글누림한국소설전집

고향

이기영 장편소설

책임편집·해설–강진호
문학평론가. 성신여자대학교 국어국문학과 교수.
저서로는 『한국문학의 현장을 찾아서』, 『탈분단 시대의 문학논리』, 『현대소설사와 근대성의 아포리아』 등이 있고,
편저로는 『증언으로서의 문학사』, 『국어 교과서와 국가 이데올로기』 등이 있음.

일러스트–이효정
문화진흥회주최 전래놀이, 라메르 수상전시, 자연과 생태 전시에 참여.
출판미전 순수부문 금상 수상. 현재 그림책 작업 다수 진행.

글누림한국소설전집 6
고향 이기영 장편소설

초판발행 2007년 12월 3일

지 은 이 이기영
펴 낸 이 최종숙
펴 낸 곳 글누림출판사

편집기획 홍동선
진 행 이태곤
본문편집 김주헌 김지향
편 집 권분옥 이소희 양지숙 허윤희
마 케 팅 안현진 나현명 정태윤

주 소 서울시 서초구 반포4동 577-25 문창빌딩 2층(137-807)
전 화 02-3409-2055(대표), 2058(영업), 2060(편집)
팩 스 02-3409-2059
전자메일 nurim3888@hanmail.net
등록번호 제303-2005-000038호(2005. 10. 5)

값 16,900원
ISBN 978-89-91990-73-9-04810
ISBN 978-89-91990-67-8(세트)

출력·안문화사 **스캔**·삼평프로세스 **용지**·화인페이퍼 **인쇄**·서정인쇄 **제책**·동신제책

글누림한국소설전집 ⑥
고향
이기영 장편소설
韓國現代小說

글누림

'글누림한국소설전집'을 새롭게 간행하며

디지털 환경에 익숙해진 문학 독자들을 위해 '글누림한국소설전집'을 새롭게 간행한다.

세계의 유수한 고전적 저작들의 목록 절반 이상이 소설이라는 것은 놀라운 일도 이상한 일도 아니다. 잘 짜인 한 편의 이야기인 소설은 사회가 지향하는 꿈과 소망을 고스란히 담고 있다. 소설을 언어로 직조한 시대의 세밀한 풍경화라고 하는 말은 그래서 가능하다. 소설이 그 짧은 역사에도 불구하고 인류 문화의 벗으로 자리 잡을 수 있었던 것도 이러한 특성과 무관하지 않다.

시대의 격랑 속에 한치 앞도 전망할 수 없는 오늘날의 개인은 소설 속에 담긴 과거의 시공간과 만나면서 인간의 보편성을 확인하고 자신의 개별성을 확장하는 정서적 체험을 하게 된다. 소설과의 만남은 단지 즐거운 독서 체험에 그치는 것이 아니라, 가치의 기준과 삶의 저변을 확장하는 문화의 실천인 것이다.

오늘날의 문학 환경은 과거에 비해 많이 변화되었다. 신세대를 위한 '글누림한국소설전집'은 시대의 디지털적 진화(?)를 고려하여 기획되었다. 무엇보다도 새로운 문화적 감수성으로 무장한 독자들에게 문자로 읽는 텍스트에 그치지 않고, 텍스트가 생산된 시대를 짐작하고 음미하며 즐길 수 있도록 배려한 것이 이 전집의 특징이다. 그 배려는 문학이 우리 삶에 기여하는 정서적 · 교육적 효과를 깊게 고려한 것이고, 동시에 역사가 주는 교훈과 달리 우리의 삶을 되비추는 거울과도 같은 성찰의 효과를 전제한 것이다.

'글누림한국소설전집'이 지향하는 기획 의도는 다음과 같다.

첫째, 이 기획은 문학교육 전문가들과 대학에서 문학을 강의하는 전공 교수들의 조언을 받아 이루어졌으며, 근대 초기로부터 한국전쟁 이전의 소설 중에서 특히 문학적 검증이 끝난, 이른바 정전(cannon)에 해당하는 작품들을 중심으로 구성되었다. 정전이란 한 시대의 표준적 규범을 뜻하는 말로, 문학 정전이란 현대문학사에서 누구나 인정하는 성과와 질을 담보한 불후의 명작들을 의미한다. 이 전집을 통해서 근대 초기 이후 지금까지 삶의 이면을 관류하는 문학의 근원적 가치와 이념을 확인할 수 있을 것이다.

둘째, 이 전집은 디지털 환경에 익숙한 젊은 독자들의 취향을 고려한 편의성을 최대한 제고하고자 하였다. 이를 위해서 어려운 낱말에는 상세한 단어풀이를 붙여 이해를 돕고자 했고, 동시에 작품 속에 등장하는 인물들의 갈등과 내면세계를 삽화로 제시하는 한편 작품과 관계되는 당대의 풍속, 생활, 풍물 등의 사진을 본문과 함께 배치하여 다양한 볼거리를 제공하고자 했다. 아울러 작가의 산실이 된 생가와 집필 장소, 유품 등을 사진으로 수록하여 작가의 삶과 작품에 대한 총체적인 이해를 돕고자 했다.

셋째, 이 기획은 교양과목을 수강하는 대학생과 시험을 앞둔 수험생, 풍요로운 삶을 소망하는 일반 독자들에게 작가와 작품, 작품의 배경이 된 당대 현실에 대한 이해를 돕는 교양서로 기능하도록 배려하였다. 수록 작품들은 본래의 의미를 최대한 존중하면서 다양한 이본들을 발표 원문과 일일이 대조하면서 현대식으로 표기하였고, 박사과정 재학 이상의 국문학 전공자의 교정 및 교열 작업을 거쳐 모범적인 판본을 만들었다.

현재 우리 소설의 역사는 1백 년을 넘어서 새로운 전통을 쌓아가고 있다. 우리 소설들에는 우리의 선조들이 고심했던 역사와 풍속, 삶의 내밀한 관심과 즐거움이 한데 녹아 있다. 독자들은 소설과의 만남을 통해 우리의 문화가 이룩해온 정체성을 확인하고 상상하는 즐거움을 만끽할 수 있을 것이다.

'글누림한국소설전집'이 디지털 시대를 살아가는 21세기의 젊은 독자들에게 새로운 독서 체험을 제공해 주고 동시에 삶의 풍부한 자양분 역할을 하기를 희망한다.

글누림한국소설전집 간행위원회

목차

간행사 004

1. 농촌 점경 010
2. 돌아온 아들 025
3. 마을 사람들 046
4. 춘궁 071
5. 마름집 085
6. 새로운 우정 097
7. 출세담 111
8. 산보 122
9. 청년회 132
10. 농번기 151
11. 달밤 169
12. 김선달 185
13. 이리의 마음 204
14. 그들의 부처 222
15. 원두막 236
16. 중학생 251
17. 청춘의 꿈 269
18. 두레 295
19. 일심사 312
20. 소유욕 335
21. 그들의 남매 347
22. 희비극 일막 362
23. 누구의 죄 381
24. 출가 396
25. 두 쌍의 원앙새 420
26. 번뇌 435
27. 위자료 오천 원 447
28. 풍년 465
29. 그 뒤의 갑숙이 496
30. 신생활 523
31. 비밀의 열쇠 552
32. 수재 571
33. 재봉춘 597
34. 경호 620
35. 갈등 641
36. 희생 676
37. 고육계 707
38. 먼동이 틀 때 722

작가 연보 738
작품 해설 741

고향

1. 농촌 점경

마을 사람들은 오늘도 논으로 밭으로 헤어졌다. 오후의 태양은 오히려 불비를 퍼붓는 듯이 뜨거운데 이따금 바람이 솔솔 분대야 그것은 화염을 부채질하는 것뿐이었다.

숨이 콱! 콱! 막힌다. 논꼬에 고인 물이 부글부글 끓어오른다. 거기에 텀벙! 뛰어드는 개구리는 두 다리를 쭉 뻗고 뻐드러진다. 그놈은 비스감치 자빠지면서 입을 딱딱 벌렸다.

인순이는 빈집에서 인학이를 보고 있었다. 그는 아침나절 서늘할 무렵에는 감나무 밑에 깔아놓은 맷방석 위에서 삭! 삭! 자고 있었다. 인순이는 그 옆에 앉아서 군소리를 하면서 부친의 버선꿈치를 기웠다.

간봄에 보통학교를 졸업한 인순이는 그만 앞길이 콱 막히고 말았다. 부모가 시집보낼 걱정을 하며, 수군거리는 것이 은근히 무서웠다. 그는 그들을 떠나서는 도무지 살 수 없을 것 같았다.

'아, 나는 어떻게 하나?…….'

그는 지향 없는 앞길을 놓고 자기의 조그만 가슴을 태웠다. 그는 자나 깨나 무시로 *만단 궁리를 해보아도 도무지 이렇다 할 묘책은 나서지 않았다. 그것은 마치 캄캄한 어둔 밤중에 명멸(明滅)하는 등불을 켜 들고 외로이 산골길을 헤매는 사람처럼 밤새도록 생각을 되풀이 할 뿐이었다. 그 인생의 조그만 등불은 아직 '광명' 을 비위기는 너무도 희미하였다. 그보다도 그의 주위에는 *야채와 같은 '암흑' 이 둘러쌌다.

만단(萬端)
수없이 많은 갈래나 토막으로 얼크러진 일의 실마리.

야채
야차(夜叉). 불법을 지키는 여덟 신장 중 하나.

감나무 밑에도 볕이 들자 어린애는 땀 흘린 머리를 긁으며 부수수 일어나 앉는다.

"엄마…… 응—응—"

"오, 우리 아기 깼나! 어머닌 밭 매러 갔는데 조금 있으면 오신다."

연재 1회분의 삽화

누이는 동생을 안아 일으키며 수건으로 땀을 씻긴다. 인순이 집은 마을 한가운데에 박혔다. 수십 호 되는 소작인의 집은 뉘 집이나 모두 그렇지만은 인순이 집도 한낮이 되면 볕을 피할 곳이 없었다. 감나무 그늘에 볕이 들면 부엌 그늘이 겨우 어린애의 포대기만큼 가리는데 그것이 동남향인 까닭에 거리도 부득부득 햇볕이 꽁무니를 디밀었다.

"엄마한테 가, 엉……."

"더운데 어디를 가자니! 밥 주랴?"

"싫여! 그까짓 보리……."

인학이는 두 발을 바둥바둥 한다.

"그럼 어떡하니! 아이 더워라!"

인순이는 진땀이 송골송골 나서 이마털이 함함한 것을 손바닥으로 씻어 넘기며 그의 쌍꺼풀진 눈을 할끗 흘겼다. 속눈썹이 기다란 눈은

곱삶이
두 번 삶아 짓는 밥.

발볌발볌
'발밤발밤'의 북한어. 어둠이나 연기, 안개 따위가 살그머니 밀려드는 모양.

느침
잘 끊어지지 아니하고 길게 흘러내리는 침.

호수 물같이 그윽이 빛난다. 하긴 그도 햇보리 *곱삶이에 배탈을 앓고 난 지가 얼마 안 된다.

그는 몸부림치고 우는 인학이를 간신히 달래서 들쳐 업고 *발볌발볌 마을 앞 정자나무를 향하여 걸어갔다.

그는 모친과 오빠가 점심참에 들어오는가 해서 내다보러 나온 것이다.

머리꼬리를 앞으로 제친 것이 치렁치렁하여 발등에 치인다. 동무아이들이 그의 머리채가 좋은 것을 샘내는 만큼 그는 자기의 머리에 홀렸다.

별안간 개 짖는 소리가 컹컹 난다.

홱 돌아보니 개들을 앞내 다리를 바라보고 뒷걸음질을 치며 짖는다. 한 놈은 짖을 경황도 없는지 길 가운데 누워서 혀를 빼물고 헐떡이며 *느침을 질질 흘린다.

거기는 순사가 칼끝을 구두 뒷굽에 절그럭거리며 마을로 들어온다. 그는 흰 장갑을 낀 한 손으로 호구조사명부 같은 술이 두꺼운 책을 겨드랑이 밑에 꼈다.

풀무치

개들은 연해 뒷걸음질을 치며 자지러지게 짖는다. 뒷산 밑 보리밭 위로는 풀무치(蝗蟲의 일종)가 풀썩풀썩하며 날아간다.

"풀무치 잡아줄까?"

"응!"

"있다가 엄마 오거든! 응?……."

순사는 마름 집으로 올라갔다. 작년 가을에 새로 온 마름 안승학은 사랑마루에 등의자를 놓고 비스듬히 누워서 부채질을 슬슬하며 매미 소리를 서늘하게 듣고 있었다. 그는 잠이 올까말까하는대로 부채든 손을 흔들었다 말았다 하는데, 별안간 군도소리가 절컥나는 바람에 깜짝 놀라서 일어났다.

"야, 복상 나오시오? 어서 올라 오시오! 자, 어서……."

"아니 이렇게 더운데 호구 조사하러 나오시는군!"

"네! 대단히 덥습니다."

"호구 조사한댔자 지난달과 마찬가지지 뭐…… 자, 어서 올라 앉아서 좀 끄르시오. 여름에는 그저 *파탈하는 것이 인사라구……."

파탈(擺脫) 어떤 구속이나 예절로부터 벗어남.

주인은 의자와 부채를 내다 놓고 객에게 연신 권한다. 그는 연신 하품을 한다.

"네, 고맙습니다. 왜 변동이 있지 않어요?"

손은 모자와 군도와 윗 양복을 벗어 놓고 *교의에 걸터앉아서 우선 이마에 흐르는 땀을 씻는데 말하는 대로 금니가 반짝였다.

교의 의자.

"오, 참 하나 있군! 김희준(金喜俊)이가 일전에 일본에서 나왔지!"

키 작은 주인은 가재수염 밑으로 입을 벌려서 웃다가, 별안간 안문을 향하여 소리를 지른다.

"덕례야."

"예……."

안에서 긴 대답소리.

"거, 세숫물 한 통 떠오너라!"

"예……."

객은 아무 말 없이 한 번 고개를 숙인다.

"그 사람 집에 있을까요?"

"글쎄요. 읍내를 가지 않었으면 집에 있겠지요."

"일본 가서 뭐 하구 있었나요?"

"아마 공부하구 있었다지요?"

부채질을 활활 하다가 멈추고, 객은

"그 사람 집이 어렵지 않은게군요?"

"왜요, 지금은 어렵지요."

"그럼 어떻게 공부를?……."

"그러니까 물론 고학을 했겠지요."

주인은 고의적 바람의 맨발 벗은 다리로 책상다리를 하고 앉는다. 짤막한 다리가 장딴지는 개구리를 잡아먹은 뱀같이 볼쏙 내밀고, 발목까지 거의 한 치씩 되는 털이 새까맣게 내리덮였다.

"그 사람밖에는 별 변동이 없겠군요!"

"네, 없어요."

객은 자기의 직무를 다 끝낸 것처럼 가뿐한 표정을 지으면서 비로소 담배를 피운다.

"안상! 아주 신선같이 사십니다그려."

"천만에……."

"아니, 이렇게 공기 좋은 데서 낮잠이나 주무시고 심심하면 들 구경이나 다니시고…… 퍽 수양되시지 않아요?"

"네! 읍내에서 살 적보다는 매우 한적은 합니다. 그러나 심심해요."

"허허, 더러 고적할 때도 계시겠지. 그러나 안상은 참 팔자 좋습니다. 자제를 많이 두셨겠다, 모두 공부를 시켰겠다, 재산이 *유여하여 아니 지금 세상에서 그 위에 더 바랄 것이 무엇 있나요."

유여(有餘)하다
모자라지 않고 넉넉하다.

"그야 그렇지만 내야 재산이 있어야지요."

"왜 이러십니까? 그만하시면 넉넉하시지, 무얼 허허허."

"넉넉이라니요, 자식들 학비도 부족인데요!"

덕례가 물통과 세숫대야를 이고 나오자

"자, 세수하시지요."

"네, 고맙습니다."

"잠깐 실례해요!"

하고 주인은 안으로 들어갔다.

*화중밭을 매는 인동이 모자는 점심을 먹으러 들어왔다. 그들은 비 맞은 사람처럼 땀을 호졸근히 흘렸다. 낙숫물처럼 떨어지는 땀방울을 박성녀는 호미 든 손으로 연신 씻었다. 치마폭에는 열무를 뜯어 담은 것을 다른 한 손으로 붙들었다. 그래, 애 밴 여자처럼 그는 *어기죽거리며 걸어온다.

화중밭
극젱이로 밭고랑을 째고 조를 심은 밭.

어기죽거리다
팔다리를 마음대로 잘 놀리지 못하고 천천히 부자유스럽게 겨우 걷다.

"어머니!"

"엄마 젖!……젖 좀……."

인순이와 인학이는 반겨서 모친을 불렀다.

"왜들 나와 섰니? 집은 비우구."

인동이는 여치를 잡아가지고 오던 것을 인학이에게 주었다.

"엄마 젖 먹구 여치하고 잘 놀아라! 응?……."

자배기

그들은 보리 찬밥으로 점심 요기를 하고 또 밭으로 나갔다. 인순이는 모친의 하라는 대로 열무를 다듬어서 보리쌀과 함께 자배기와 소쿠리를 이고 뒷고개길 밑에 있는 향나무 박힌 우물로 그것을 씻으러 갔다. 다홍적삼, 깜장치마를 입은 누이 앞에 *등거리만 걸친 벌거숭이 인학이가 실에 처맨 여치를 들고 껑청껑청 뛰며 간다.

등거리
등만 덮을 만하게 걸쳐 입는 홑옷.

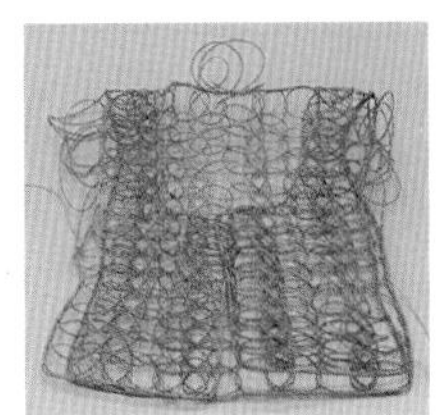

산 밑으로 있는 원터 동리는 벌써 그늘이 지고 이 집 저 집에서 이

낙조(落照)
저녁 놀.

는 저녁연기가 동구 앞 대추나무 가지에 흰 장막을 걸친 것처럼 얽혔다.

해는 만리재 고개에서 최후의 발버둥을 치고 있다. *낙조(落照)는 한입 잔뜩 물은 피를 뿜는 것같이, 핏방울은 봉화재 연봉(連峰) 위로 돌아가는 조각구름에도 풍긴 것처럼 점점이 혈색을 토한다. 서늘한 저녁바람이 앞내 여울의 잔 물살을 거스르고 불어온다. 방축가로 심은 실버들가지는 바람에 흔들리는 대로 너울거리고 춤을 춘다.

꼴
말이나 소에게 먹이는 풀.

인동이는 산모퉁이 언덕에서 *꼴을 베다가 허리를 펴고 일어서서 하늘가 저편을 쳐다보았다. 처녀의 공단 댕기 같은 진홍색 하늘빛과 보랏빛 저녁놀을 쳐다보자 그는 그만 어린애처럼 좋아서 입이 저절로 벌어졌다.

날이 저물지 않으면 냇가로 뛰어 들어가서 한바탕 물 헤엄을 치며 뛰놀고 싶었다.

'또 한 번 물쌈을 해보지. 그 자식한테 내가 질까?'

인동이는 막동이와 일전에 큰 내에서 물싸움을 하던 생각이 나서 코를 풀었다.

'내가 내년만 되어보지. 그까짓 자식 판판이 집어치고 말지!'

그러나 인동이로 하여금 그보다도 더 분하게 한 것은 제사공장으로 하루는 품팔이를 갔더니 애들이라고 삯전을 어른의 반액을 주는 것이었다. 상리(上里)에서 왔다는 상투쟁이보다 일을 못하지 않았는데 이십 전을 주는 것이 열이 나서 그 뒤로는 다시 가지 않았다.

여울목에서는 물고기가 뛴다.

장심(掌心)
손바닥이나 발바닥의 한가운데.

인동이는 *장심에 침을 뱉어서 낫자루를 새로 쥐고는 다시 엎드려서 진풀을 척척 후렸다.

언덕에 맨 송아지가 풀을 쿨쿨 맡아보다가 별안간 '엄매—' 하고 고개를 쳐들어서 하늘 저편을 바라본다. 그는 어디 있는지 모르는 제 어미를 보고 싶은 모양이었다. 꼬리를 휘저으며 쇠파리를 날린다.

인동이는 아리랑 타령을 꺼냈다.

아리랑 아리랑 아라리요
아리랑 얼씨구 어러리야…….

그러자 철둑 너머 백룡이네 원두막에서 낯익은 목소리로 노래를 받는 소리가 겨우 알아들을 만치 풍편에 들린다.

울타리 밑에서 꼴 베는 총각
눈치가 있거든 떡 받아먹게!

'저 자식이 또 저기 가 있구나…… 저 자식을 날마다 공장 일품 팔아서 그 계집애한테 올리는 모양이야!'

인동이는 그게 막동이의 목소리인 줄을 알아듣자 허리를 펴고 그 편을 바라보았다. 막동이는 세 살이나 더 먹었지만은 *걸대가 커서 공장에 가면 온 삯전을 받았다. 인동이는 것보다도 그래서 더욱 막동이를 미워하였다. "얘, 인동아! 거기 지금 물귀신 나온다! 상리 박서방 죽은 귀신, 너 모르니?……."

걸대
'걸때'의 원말. 사람의 몸집이나 체격.

막동이는 원두막에서 인동이가 서서 둘레둘레 보는 것을 쳐다보자 이렇게 고함을 치며 너털웃음을 웃는다.

"저 자식이…… 음! 어디보자, 간나새끼!……."

인동이는 그들이 자기를 조롱하는 줄 알자 얼굴이 새빨개졌다. 그는 이를 악물고 얼른 엎드려서 다시 진풀을 후렸다. 그는 분해서 견딜 수 없었다.

"이 자식아, 넌 방개한테 혼이 빠진 줄 모르니?"

그는 이렇게 마주 외치고 고개를 숙였다.

그러나 저편에서 아무 대꾸가 없는 것을 보면 못 알아들은 것 같다. 무슨 짓들을 하던지 재잘대는 소리와 방개의 콕 찌르는 소리만 들렸다.

"오빠—"

별안간 마을 편에서 누구의 부르는 소리가 난다.

인동이는 허리를 펴고 바라보았다. 인순이다!

"뭐?"

"어서 와. 캄캄하도록 뭐해!"

"그래, 간다."

인순이 뒤에는 인성이가 붙어 섰다. 그들은 도란거리며 와서 풀 언덕에 매놓은 송아지의 고삐를 끄른다.

바지게

"어서 가, 이라 쩌! 쩌! 무섭지도 않우."

"무섭긴, 무에 무서워!"

인동이는 인순이의 처녀 태나는 얼굴을 쳐다보고 방긋 웃고 나서 바지게에 꼴을 집어 얹어 지고는 그들의 뒤를 따라갔다.

그동안에 날은 저물어서 먼 데 사람은 잘 알아보지 못하도록 어둑어둑한 땅거미가 푸른 들 위로 기어온다.

만물
그해의 벼농사에서 마지막으로 논의 김을 매는 일.

희준이는 저녁을 먹고 나서 내일 '*만물' 할 일꾼을 얻으러 나섰다.

대여섯 마지기 논의 풀을 뜯자면 서너 품을 가져야 할 것이다. 그는 온 동리를 헤매다시피 돌아다녀서 간신히 두어 품을 얻고 마지막으로 원칠이 집을 찾아갔다.

'그 집은 두 *손포가 있으니까 설마 한 품을 얻을 수 있겠지!'

희준이는 이런 *속치부가 있어서 이 집에서 마지막으로 온 것이다.

말복머리의 더위는 노염에 들었다. 벌써 건들바람이 생겼는지 아침, 저녁으로는 제법 서늘한 기운이 돌았다. 칠석이 멀지 않은 밤하늘은 은하수가 냇물처럼 뻗어갔다.

이번이 세 무리째이니 인제는 올 농사도 다 지은 셈이다. 두렁이나 깎고 물꼬나 잘 보면 그 뒤에는 하늘 하기에 달렸다! 희준이는 이런 생각을 하니 적이 무거운 짐을 벗어 놓은 것 같이 마음이 가뿐하였다.

안마당에는 모깃불을 피워서 뽀얀 연기가 밤하늘로 가늘게 떠오른다. 모기 소리가 앵—하고 난다. 보리풀을 해다 쌓은 거름더미에서는 퀴퀴한 냄새가 코를 찌른다. 그 밑에서 송아지는 꼴을 삭히고 누웠는데 거기는 *각다귀가 진을 치고 있다.

"아저씨, 진지 잡수셨어요."

"거, 누군가. 희준인가?"

"네!"

"조카님 오셨나? 저녁 먹었어?"

"네, 먹었습니다."

희준이는 박성녀의 인도하는 밀대방석으로 앉았다.

원칠이는 오늘도 제사공장으로 날품을 팔러 갔다가 지금 막 돌아와서 저녁상을 치르고 났다. 하루 진종일 힘찬 노동을 하고 겨우 사오십 전의 삯전을 버는 것이었지만 벌써 보리양식이 떨어져 가는 그로서는 그나마도 큰 부조였다. 만일 그것이라도 벌이가 없었으면 *햇동을 무엇으로 댈는지 모른다.

손포
일할 사람.

속치부
잊지 아니하고 마음 속에 새겨 둠.

각다귀
각다귓과의 곤충을 모두 일컫는 말. 모양은 모기와 비슷하나 크기는 더 크다.

햇동
햇곡식이 나올 때까지의 동안.

원칠이는 아들딸들과 둘러앉아서 저녁을 먹은 후에 비로소 피곤한 몸을 쉬며 담배 한 대를 맛있게 피우는 참이었다.

"아저씨, 내일도 품 팔러 가서요?"

"가야지, 왜 그러나?"

"우리 일 좀 해주셔야겠는데요."

"글쎄…… 나는 갈 수가 없네마는 인동이나 보내도록 하지. 걔가 다른 집에 일을 맞추지나 않었는지, 원……."

원칠이는 부채질을 하며 모기를 쫓는다.

"아이, 따가워! 모기가 영글어서 꽤 따가운데."

"어떻든지 한 품 주셔야겠어요. 품이 째서 일꾼 얻기가 여간 힘들어야지요."

"그렇지, 내남없이 모두들 품팔이하느라고. 이번이 *이둠인가? 만물인가?"

이둠
이듬. 논밭을 두 번째 갈거나 매는 일.

"만물이랍니다."

"아이구, 그럼 마지막일세그려. 인제 시원하겠네."

"별안간 농사를 짓자니까 *두미도 모르고 힘이 차서 못해먹겠어요."

두미
처음과 끝을 아울러 이르는 말.

"허허…… 선비 농사가 그렇지. 자네야 참 어디 농사를 지어봤겠나. 올에 첨이지?"

"네!"

원칠이는 침을 뱉고 나서

"자네 농사도 쏠쏠하게 되었데. 참 누님께서 부지런하셔서. 자네야, 집에 온 지도 며칠 안 되지 않아."

"공장은 얼추 지어갑니까?"

"가을 안으로는 다 되겠지. 거기 어떻게 우리 계집애 좀 넣어주도록 해주게."

"참, 꼭 좀 넣어줘. 걔는 조카님만 바라고 믿고 있대요."

박성녀도 영감의 말이 떨어지자 마주 조른다.

"글쎄요. 어디 주선해 보지요. 설마 그거야 되겠지요."

"걔는 아주 거기 들어가고 싶어서 애를 쓰는구먼…… 시집은 가라니까 펄쩍 뛰면서……."

"그렇겠지요. 원체 그런 데 들어가는 것이 좋습니다."

"그럼, 조카만 믿어."

"네…… 저도 내일 꼭 믿는데요."

희준이는 허허 웃으며 자리를 일어섰다.

"안녕히들 주무서요."

"어, 잘 가게! 조심하수!"

한 귀퉁이가 어지러진 달이 뾰주름히 동천으로 떠오른다. 미구에 월색은 뜰 안에 가득 찼다. 이슬이 내린 감나무 잎사귀는 어슴푸레하게 달그림자를 울타리 안으로 던지고, 월광에 부딪혀서 반짝반짝 빛난다. 개똥벌레가 등불을 켜고 날아간다.

"개똥벌레 박박! 박박……."

아이들이 손뼉을 치며 개똥벌레를 잡으러 다니는 소리가 요란히 들린다. 그들 중에는 인성이도 끼여서 뛰어다녔다. 그는 개똥벌레를 서너 마리 잡아서 호박꽃 속에다 싸서 들고 다녔다.

호박꽃

원칠이는 마누라와 단둘이 되자 담뱃대를 마당에다 툭툭 털며

"이 사람은 자기 형보다 변변한데!"

"그럼요, 명준이는 샌님인데, 무얼!"

박성녀는 어린애에게 젖을 물리느라고 비스듬히 누웠는데 달빛이 거울처럼 얼굴에 비췄다. 그래 그는 한 손으로 달을 가렸다. (그의 지하실 같은 생활은 명랑한 것이 도리어 싫었다.)

"그 사람은 농사를 지어도 잘 짓겠는데……."

"성이라는 사람은 물꼬도 볼 줄 모르는데, 뭐…… 아따 작년에 우리 집으로 모 심으러 왔다가 하는 꼴이라니…… 당신도 보시지 않었수?"

박성녀는 웃음이 나와서 먼저 웃었다.

"허허…… 거머리를 물리고 뛰어 나오던 때 말이지…… 액퀘!"

원칠이는 별안간 재채기가 나서 굉장한 소리를 질렀다. 침이 마누라의 얼굴에도 튀었다.

"원, 어린애 놀래겠수…… 아따 모를 찌러 들어가서 두어 춤을 간신히 찌고 나자 거머리가 둥둥 떠다니는 것을 보더니만."

"'아이 저, 거머리 봐라!' 하고 놀래면서 자기의 다리를 들여다보니까 거기도 붙었구려! 그러니까 고만 '에기 거머리!' 하고 기겁을 해서 거머리를 떼집어 내버리고 논둑으로 나가더니 땅이 꺼지게 한숨을 쉬며 '아이, 피나는 것 좀 봐. 아저씨! 난 못 하겠서유.' 하고 가지 않었수. 호호…… 그때 어떻게들 웃었던지…… 일꾼들이 모두 허리를 잡았구먼."

"허허…… 그런데 어떻게 또 농사를 지으려고 따로 났나?"

"그거야 자기 처가에서 보살펴 주지 않겠수."

"처가는 잘 사나?"

"잘 사나 봅디다. 그러고 그 사람의 아낙네가 여간 벼락인감. 아주 살림꾼인걸…… 나두 한 대 피웁시다."

마누라는 영감의 대를 얻어서 부스러기 담배를 담는다. 고쟁이 속에서 벼룩이 살살 긴다.

"그런데 이 애들은 어디로 다 갔나?"

"달이 밝으니까 놀러 다니는가부. 아이, 가려워……."

"인순이는 어디 갔어?"

원칠이는 안심치 않은 듯이 박성녀를 돌아본다. 마치 '계집애를 단속하는 것은 어머니의 책임인즉 당신도 주의하소.' 하는 것처럼.

"정식이 집에 간 게지유. 바느질 배우러 간다고 *장 가지 않우."

장
항상.

마누라는 괴춤을 훔척훔척 긁는다.

그들은 인순이를 어서 시집을 보내고 싶었으나 어디 마땅한데도 없을 뿐 아니라, 제가 아직 시집은 안 가겠다고 해서 버쩍 우기지는 못했다. 마름집 딸처럼 공부도 더 못 시키는 것이 안타까웠다. 그들은 인순이를 집에서 우두커니 놀리는 것이 민망하였다. '사람의 수란 알 수 없는데, 어떤 놈의 꼬임에 빠져서……' 원칠이는 이런 불안한 생각이 항상 염두에 떠올랐다. 어느 자식이 안 귀하랴마는 사남매 틈에 하나밖에 없는 딸, 인순이를 그들은 몹시 귀여워했다.

희준이가 아래 모퉁이를 한 바퀴 돌아서 집으로 가는 길에 조첨지네 집 모퉁이에서 인순이와 마주쳤다.

"어디 갔다 오니?"

"오빠 집에— 오빠는 어디 갔다 와?"

"나도 네 집에."

"어머니가 무슨 말 안 합디까?"

"무슨 말? 공장?"

"응! 난 오빠만 믿우!"

인순이는 달빛에 부시는 흰 얼굴을 돌이켜서 방긋 웃으며 부끄러운 듯이 한달음에 뛰어간다. 그는 희준이를 친오빠처럼 따랐다.

'저 애는 꼭 넣어주어야. 어느 놈을 졸라야 될까?'

희준이는 자기 집 앞에 이르자 큰 기침을 두어 번 하면서 삽짝 문을 닫고 들어갔다.

달은 더욱 휘영청 밝았다.

2. 돌아온 아들

희준이는 일본에서 나온 지 얼마 되지 않았다.

오 년 동안에 고향은 놀랄 만치 변하였다.

정거장 뒤로는 읍내로 변하여서 큰 저자를 이뤘다. 전등, 전화가 가설되었다.

사철(私鐵)
'사유 철도'를 줄여 이르는 말.

*사철(私鐵)은 원터 앞들을 가로 뚫고 나갔다. 전선이 거미줄처럼 서로 얽히고 그 좌우로는 기와집이 즐비하게 늘어섰다.

전선이 늘어선 거리의 풍경

읍내 앞 큰내에는 굉장하게 제방을 쌓았다. 상리 안골에서 내리지르는 물과 봉화재 골짜기에서 흐르는 물이 정거장을 휘돌아서 원터 앞들을 뚫고 흐르다가 읍내 앞 정남쪽으로 와서는 한데 합쳐서 큰내를 이뤘다. 세 갈래 진 *물목은 웅덩이처럼 넓게 패었다.

물목
물이 흘러 들어오거나 나가는 어귀.

이 물목은 강물의 어귀와 같이 여울이 졌다. 그래서 홍수가 질 때에는 물목이 벅차서 부근의 전답은 물론이고 읍내 앞 장거리까지 침수가 되었다. 그런데 거기를 굉장하게 방축을 쌓아올리고 양쪽으로는 신작로의 가로수와 같이 '사쿠라'와 버드나무를 심었다. 그리고 정자를 새로 지었다. 그러나 그동안 변한 것은 그뿐만 아니었다. 상리로 돌아가는 넓은 뽕나무밭 개울 옆으로는 난데없는 제사공장이 높은 담을 두르고 굉장히 선 것이었다. 양회 굴뚝에서는 검은 연기가 밤낮으로 쏟아져 나왔다.

십여 년 전만해도 이 밭 가운데는 뽕나무가 약간 심기고 한 귀퉁이에는 잠업전습소(蠶業傳習所)라는 누에치는 강습소가 빈약한 널판 집 십여 간 속에 붙어 있었다.

희준이는 그때 강습생으로 육 개월 동안을 다녀보았다.

그때 사용하던 *제사기(製絲機)는 지금과 같은 전기장치가 아니었다. 원시적인 물레와 같은 손으로 두르는 기계인데 왼편에다 화롯불을 피워 놓고 그 위에다가 냄비를 올려놓고서 고치를 삶아서 손으로 실 끝을 찾아가지고는 *자새에 달린 바퀴를 둘러서 감는 것이었다. 그는 나중에 이 근대적 대공장을 견학하러 갔을 때 자기의 전습생(傳習生) 시대를 생각하고 *감구지회가 없지 않았다. 수백 명의 여공이 큰 공장 안에서 일렬로 몇 줄씩 늘어앉아서 일제히 번갯불 치듯 돌아가는 전기 자새에다 실을 감고 있었다. 냄비 속에 있는 고치는 물고기 뛰듯 하였다. 그들은 한눈 한 번을 팔지 못하고 고스란히 기계를 지키고 있었다. 희준이가 그 날 저녁 때, 정거장에서 차를 내려서 정거장통의 새로 된 시가지를 보고, 읍내의 신작로를 보고 읍내의 방축을 보고, 신설한 제사공장을 보고 놀란 것은 자기가 어렸을 적만 해도 불과 몇 백 호 되지 않던 시골 읍내가 아주 대도회지로 변한

제사기(製絲機)
고치나 솜 따위로 실을 만드는 기계.

자새
새끼, 바 따위를 꼬거나 실 따위를 감았다 풀었다 할 수 있도록 만든 작은 얼레.

감구지회(感舊之懷)
지난 일을 떠올리며 느끼는 회포.

것이다. 그러나 희준이로 하여금 제일 놀라게 한 것은 그 동안에 자기 집이 변한 것이었다. 그는 고향에 돌아오기 전에도 자기 집이 원터로 이사 간 줄은 알고 있었다. 읍내 집을 팔고 누구라든가? 그 전의 소작인 집을 사서 줄여 앉았다는 말은 모친의 편지로 듣고 있었다.

그럼에도 불구하고 그는 어쩐지 예전 집이 보고 싶어서 그날 차에서 내리는 길로 일부러 찾아가 보았다. 희준이가 그 뒤에 이런 말을 하자, 모친은 별안간 눈물을 텀벙텀벙 쏟고 *비줄비줄 울었다. 읍내 집은 비록 초가일망정 안팎채가 드높은 것이 큰집 살림을 하기에도 무난하였다. 그 집이 바로 장거리에 있었다. 그의 조부가 생존했을 때에는 사랑채에서 큰 객주(客主) 영업을 하였다 한다.

비줄비줄
입술이 한쪽으로 일그러지면서 보기 사납게 우는 모양.

희준이가 중학을 마치고 수년 전까지 땅마지기나 남았던 것도 그때 그의 조부모가 모은 재산이었다. 그런데 그날 그 집을 찾아가 보니 예전의 집모양은 간 곳이 없고 그 터전에 신작로만 넓혀졌다. 장거리를 넓히는 바람에 바깥채는 헐렸다. 안채는 새로 짓고 전방을 꾸민 모양이었다. 그때 희준이는 마치 길을 잃은 나그네와 같이 한동안 우두커니 서서 자기 집의 옛터를 바라보았다.

희준이가 일본에서 나오던 날 저녁 때 원터 동리는 별안간 발칵 뒤집혔었다. 동리 개는 있는 대로 다 나와 짖고, 닭이 *풍기고, 돼지가 꿀꿀거리고, 송아지가 네 굽을 놓고 뛰며 어미를 불렀다. 그것은 인성이가 학교에서 돌아오는 길에 희준이를 만나보고 인사를 하자 한달음에 뛰어와서 *선통을 했기 때문이다. 그래서 희준이 집은 물론 인성이 집 안팎식구와 업동이네, 김선달네, 수동이네, 막동이네, 그 외에도 누구 누구. 거의 온 동리 사람들이 옹기종기 나와서 동구 앞을 내다보았다.

풍기다
짐승이 사방으로 흩어지다.

선통(先通)
미리 알림.

졸망구니
졸망졸망한 조무래기.

젊은 각시들은 울타리 밑과 삽짝문 옆에 붙어서고 *졸망구니들은 달음박질을 쳐서 골목길 거리로 뛰어 나왔다. 이 바람에 닭이 풍기고, 개가 짖고, 송아지가 뛰고, 돼지가 꿀꿀거린 것이다. 그런데 웬일이냐? 그들은 희준이 행색이 너무 초라한 데 놀랐다. 그들의 생각에는 그도 좋은 양복에, 금테 안경을 쓰고, 금시계 줄을 늘이고 그리고, 짐꾼에게는 부담을 잔뜩 지워가지고 호기 있게 돌아올 줄 알았다. 그것은 그들 뿐 아니라 희준의 모친과 그의 아내까지도. 한데 그는 시꺼먼 학생 양복에 테두리가 오글쪼글한 모자를 쓰고 행장이라고는 모서리가 해진 손가방 한 개를 들었을 뿐이다. 그는 일본으로 건너간 지 오륙

년 만에 나오지 않았는가. 서울 가서 중학을 마치고 다시 일본까지 건너가서 유학을 하고 나올 적에는 그는 무엇이든지 장한 일을 하고 온 줄 알았다. (그들의 장한 일이란 것은 돈을 많이 벌었거나 무슨 월급자리를 얻었거나 그런 것인데 그는 아무것도 못 한 것 같기 때문에.)

"공연히 미친년같이 뛰어 나왔지. 난 무슨 장한 행차나 들어온다구. 허허 참…… 우리 아들(역부)이 서울 갔다 오는 길도 이보다는 낫겠구먼!"

변덕쟁이로 유명한 김소사는 작은아들이 역부를 다녀서 그전보다 살기가 좀 낫다고 변덕도 그만큼 더 늘었다. 그는 지금도 체머리를 흔들며 희준의 흉을 보느라고 입에서 거품을 꺼냈다.

"글쎄유. 아마 돈도 좀 못 벌어온 게지유?"

"돈이 무슨 돈이야. 돈을 벌었으면 저렇게 초라한 꼬락서니로 들어오겠나. 비 맞은 장닭같이 후줄근하게."

"그 집도 아들 공부를 잘못 시켰지. 그러기에 공부도 너무 시키면 못쓰는 게니. 식자가 우환으로 아무것도 못하는 법이야."

"참, 그런가 봐유. 그래도 그전보다는 것기가 훌떡 벗었든데유."

"그거야 딴 곳 *박람을 많이 했으니까 그렇지."

김소사는 쇠득이 처에게 말대꾸를 하고 나서 또 한 번 하하 웃었다. 그러나 희준이는 이런 것에는 도무지 상관도 없는 사람처럼 유쾌한 기분으로 마을에 들어왔다. 모친과 동리 사람들은 그의 이런 기분을 이상히 여겼다. 혹시 그는 일부러 *어리손을 치느라고 이런 기분을 *강작함이나 아닐까? 그들은 희준의 심정을 참으로 알 수 없었다. 사실 희준이는 진심으로 유쾌하였다. 그것을 오래간만에 고향에 돌아오는 기쁨보다도 그동안의 변천은 어쩐지 형용하지 못하지 못할 그런 쾌감을

박람(博覽)
사물을 널리 봄. 책을 두루 많이 읽음.

어리손
'엉너리', 남의 환심을 사기 위하여 어벌쩡하게 서두르는 짓.

강작(强作)
억지로 기운을 냄.

자아냈다.

집은 읍내서 살던 집에 비교하면 토굴과 같고 협착하다. 모친은 두 볼이 오므라지도록 더 늙고 아내는 보기 싫게 앙상하다. 이런 것을 생각하면 그는 응당 슬퍼하는지도 모른다. 그러나 그 외의 모든 것은 원칠이의 두드러진 코가 더욱 검붉게 두드러지고, 입모습이 자물쇠처럼 꽉 잠긴 것과 아울러 모든 것은 새 생활을 앞둔 고민과 같았다. 태아를 *비릇는 산모의 진통과 같이 묵은 것은 한편으로 쓰러져간 것 같다. 그것은 다만 묵은 것을 조상하는 것은 아니었다. 묵은 둥치에서 새싹이 엄 돋는 것과 같다 할까? 늙은이는 더 늙고 줄어갔으나 젊은이들은 여름풀과 같이 씩씩하게 자라났다. 어린애들은 몰라보도록 컸다. 인순이는 색시 태가 흐르고 인동이는 몰라보도록 장성하지 않았는가!

비릇다
임부가 진통을 하면서 아이를 낳으려는 기미를 보이다.

삼사일 동안은 엄벙덤벙 지났다. 동리 사람들은 제가끔 희준이를 찾아왔다. 무슨 큰일이나 치르는 집처럼 사람들이 들락거렸다. 그러나 그들은 *미구에 희준이에게서 흥미를 잃기 시작했다. 희준의 집은 전과 같이 다시 쓸쓸해졌다. 그의 누이는 그 동안에 시집을 갔다. 그는 벌써 첫애를 낳다 한다. 네 살 먹은 아들은 낯이 설은 듯이 아버지의 얼굴을 뻔히 쳐다보았다. 희준이도 마주 아들을 바라보았다. 난 후로 처음 상면을 하는 아들은 어쩐지 자기 아들 같기도 하고 같지 않기도 하였다. 어린애는 비죽비죽 운다. 모친의 말을 들으면 그가 떠나던 이듬해 정월에 아내는 첫아들을 낳았다는 것이다.

미구(未久)에
오래되지 않아.

"정식아, 애비여! 애비한테 그저 낯가리나. 절 좀 하지 않고."

할머니는 손바닥을 치며 이리 오라니까 아이는 어머니의 가슴으로 고개를 처박는다. 아내는 그것을 보고 빙그레 웃는다.

"정식이?"

희준이는 무슨 글자인지 몰라서 비로소 아들의 이름을 물어보았다. 그는 우선 집안을 둘러보니 서글펐다. 게딱지같은 토막 벽에는 신문지 한 장도 바르지 않았다.

"그래, 정식이. 정월에 낳았다고 제 큰애비가 정식(正植)이라고 지었단다."

희준이는 아무 말 없이 때 묻은 자릿날을 들여다보고 앉았다. 고리타분한 흙먼지 냄새가 온 방안에서 떠오른다. 모친은 *장죽을 물고 있다가 희준의 눈치를 슬쩍 보며

"인제는 집에 누가 있느냐. 재 큰애비도 따로 나고 했은즉 네가 *착심을 해서 살림을 해야지…… 내야 인제 죽을 날이 멀지 않었는데 바랄 것이 뭐있으랴만은, 네 댁이 불쌍하지 않느냐……."

모친은 나직이 한숨을 쉬고 나서 다시 말끝을 잇댄다.

"시집이라고 와서 너는 밤낮 저라고만 돌아다니니 생과부라도 분수가 있지 도무지 그게 무슨 짝이란 말이냐!"

그는 다시 희준이를 곁눈질하며 치맛자락으로 코를 씻는다. 그의 머리는 어느덧 반백이 넘도록 희어갔다.

그는 지금도 벌써 눈물이 글썽글썽하였다. 웬일인지 그는 아들을 만나보면서부터 울음을 걷잡을 수 없었다. 마치 울음보가 터진 사람처럼—잠자코 듣고만 있던 희준이는 별안간 열이 나서 부르짖었다.

"아니, 형은 그게 무슨 짓이야. 집안에 아무도 없는 줄을 알면서 그래 자기네 식구들만 살짝 빠져나간단 말이요. 다른 식구는 죽거나 말거나…… 대관절 어머니를 어째라고……."

장죽
긴 담뱃대

착심(着心)
어떤 일에 마음을 붙임.

"아이구 얘야. 그건 네 형만 나무랄 게 아니다. 여러 식구가 한 집 속에서 살 수 없고 해서 시킨 것이야."

모친은 어쩔 줄 모르며 큰 아들의 애매한 것을 변명해주려고 애를 쓴다. 그는 목소리를 떨었다.

"아무리 어머니가 그리 하셨더라도 나 같으면 그렇게는 못하겠소."

희준이는 생각할수록 서운하였다. 그러나 모친의 말을 들으면 농사라고 해마다 짓는대야 남의 *빚구럭만 하고 소용이 없었다 한다. 몇 해 전만 해도 내 땅마지기나 있었더니 수다한 식구가 가만히 앉아서 그것만 타먹기 때문에 곶감 꼬치 빼먹듯 있는 대로 팔아먹고 나서 이곳으로 나앉은 뒤로부터는 남의 토지만 소작을 하는데 형이란 사람은 책상물림으로 농사라고는 물꼬도 볼 줄 모르니 그런 농사를 머슴 두고 지어서 무엇이 남겠느냐? 그래서 올해는 대여섯 마지기만 빼놓고 농사치를 모두 내놓았는데 형은 그전부터 제 처가에서 오라고 했은즉 그렇게라도 분가를 시키는 것이 좋을 것 같아서 처가살이를 보냈다는 것이다. 모친은 지금도 자기의 처사를 잘한 줄로만 믿었다. 희준이는 언제 나올 줄 모르고 그러니 여러 식구가 먹을 것도 없는 집안에서 그대로 옴닥옴닥 하다가는 나중에는 농사도 짓지 못하고 할 수 없이 굶어 죽는 *경상이 눈앞에 보일 것이 아닌가. 큰아들의 처가는 견딜 만할 뿐 아니라, 큰며느리는 벌써부터 따로 나자고 그 남편을 조르는 눈치가 뵈었다. 남들은 구구하게도 처덕을 보려드는데 그렇다면 왜 못하랴! 자기네 세 식구야 설마 어떻게든지 못 살겠느냐고— 그래 모친은 그들을 얼른 떠맡기고 말았던 것이다. 큰아들은 다섯 식구나 된다고…….

전후사연을 자세히 들어본 희준이는 그럴 듯하기도 하다. 동시에 그는 자기 형을 비웃었다.

빚구럭
빚이 많아서 헤어나지 못하는 어려운 상태.

경상
좋지 못한 몰골. 경치.

'사내자식이 창피하게 처가살이를 하다니…….'

희준이는 곧 이런 말이 입 밖으로 나오는 것을 모친이 어찌할지 몰라서 억지로 참았다. 그의 형 명준이는 원래 성질이 고리타분하였다. 그는 보통학교를 졸업한 후에 말뚝처럼 꾹 집안에서 박혀 있었다. 형수는 그가 살림살이에 착실한 것을 탐탁히 아는 모양이었다. 그는 무엇보다도 아내를 잘 건사하는 좋은 남편이요, 자식을 잘 낳는 좋은 아버지였기 때문에 —.

'아직 삼십도 못된 이가 아들이 삼형제라니…… 그런데 또 애를 뱄다고!'

희준이는 속으로 은근히 놀랐다. 돼지같이 새끼만 쳤나!

"그 애들은 제 내외끼리 의가 어떻게 좋은지…… 그런데 뉘들은 왜 그 모양이냐? 한 *삼줄에 삼형제를 내리낳아 놓고 태기가 있는데 궁합을 보니까 역시 아들을 낳겠다나."

삼줄
탯줄.

모친은 부러운 듯이 마치 뉘들도 어서 그렇게 낳아주렴! 하는 말과 같았다. 희준이는 웃었다.

"자식만 자꾸 나면 제일이우?"

"무슨 말이여. 이십 전 자식이요, 삼십 전 *천량이라구. 자식도 농사와 같으니라, 때를 놓치면 낭패하는 게야."

사실 그의 노파심은 큰며느리는 아들을 잘된 김장 무 뽑듯이 하는데, 작은며느리는 짝 잃은 해오라기같이 외롭게 지내는 것이 보기에 민망하였다.

김장무

천량
개인 살림살이의 재산.

큰아들 식구들은 한 집안 속에 고스란히 모여서 재미 있게 오순도순 사는데, 작은며느리는 옷 입은 채로 동그마니 윗목에서 꼬부리고 자는 꼴을 보면 그는 부지중 눈물이 핑 돌았다.

올빼미

한 집안 식구라도 설움은 각각이다. 큰며느리는 단잠이 들어서 코를 쿨쿨 고는데, 자기와 작은며느리는 서로 자는 체하지마는 아래 윗목에서 올빼미처럼 눈을 말똥말똥 뜨고 있었다. 그래 그는, 죽은 영감을 생각하고 며느리는 멀리 떠나 있는 그의 남편을 그리워했다. 그들은 코 고는 소리에 두 눈은 점점 반송반송해졌던 것이다.

'저 년이 지금 제 서방 팔을 베고 저렇게 코를 골 테지…… 천하에…….'

어떤 때 모친은 이와 같은 당치도 않은 투기를 하고 속으로 웃은 적도 있다. 그러나 윗목에서 옹송그리고 새우잠을 자는 작은며느리의 경상을 볼 때 그는 더욱 심정이 사나워지고 사지가 떨렸다. 자기가 그럴 적에야 젊은 애들의 마음이야 오죽하랴? 저 애는 지금 남 몰래 우는지도 모를 것 아닌가! 그럴 때는 그만 방망이를 들고 큰 아들 방으로 쫓아 들어가서 자는 년의 머리채를 휘여 잡고 늘씬하게 두드려 패고 싶은 마음이 불현듯 났다. 작은며느리가 정식이를 난 후로부터는 그들에게 이런 고적은 덜 하였다. 며느리도 그 아들에게 정을 붙이기 시작했다.

그렇다니 말이지 자기가 큰아들을 따로 내보낸 것은 물론 집안 형편이 한 집 속에서 살 수 없는 것이 첫 조목이었지만 외떨어진 작은며느리 꼴이 보기 싫어서도 그러한 것이었다. 그들—큰아들네—도 한 집 속에서 살기가 불편한 점이 많아서 나가고 싶어 했는지 모른다. 하기야 그들이 나간다고 작은며느리가 별안간 외롭지 않을 턱도 없겠지만 사람의 마음이란 그런 것도 아니었다. 그들이 따로 난 뒤부터 작은며느리의 태도는 확실히 달라졌다.

그전에는 늘 침울한 기색으로 묻는 말에 잘 대답하지 않던 사람이 그 뒤로는 그렇지가 않았다. 그는 비로소 제 집같이 탐탁히 알아서 생활의 재미를 아는 모양이다.

'사람이란 그저 제 것이래야만 흡족한 모양이야!'

희준이가 나온 뒤로 며느리는 아주 딴 사람같이 변했다. 그는 이마에 주름살이 펴고 목소리도 명랑해졌다. 모친은 이런 생각을 하며 지금도 잠이 안 와서 *궁싯궁싯하였다.

궁싯궁싯하다
잠이 오지 않아 누워서 몸을 뒤척이다.

밤은 어느 때나 되었는지 닭 울음소리가 사방에서 들린다. 새벽녘의 서늘한 기운이 문 안으로 기어든다. 그는 벽을 안고 돌아누웠다. 그는 그대로 잠이 안 와서 일어나 앉았다. 그는 머리맡에 둔 성냥갑을 더듬어서 담배 한 대를 피워 물었다.

며칠 뒤에 명준이는 희준이가 나왔다는 말을 듣고 동생을 보러왔다. 그는 아들 삼형제와 만삭이 된 배를 안은 아내를 앞세우고 왔다. 아이들은 안 데리고 오려다가 작은아비를 못 본지도 오래고 해서 모두들 왔다고 그는 인사를 하고 나서 모친에게 이런 말을 했다. 명준이는 그 동안에 못 알아보도록 *노성하였다. 그는 아래턱에 수염이 펄펄 날리고 구레나룻이 한 치나 길었다. 둥그런 얼굴에 두 눈은 조그마한 것이 마치 뒤웅박에 구멍을 뚫어 놓은 것 같다. 그것은 더욱 그의 *메줏볼 진 아래턱이 그렇게 보였다. 타원형의 해맑은 얼굴을 가진 희준이와는 아주 딴 모습과 같이 그는 지금도 *찰완고처럼 구식을 지키는 모양이다. 아이들을 일일이 절을 시키고 자기도 모친에게 절하였다.

뒤웅박

노성하다
나이에 비해 어른 티가 나다.

메줏볼
얼굴에 살이 쪄서 축 늘어진 볼.

찰완고
아주 완고함. 또는 그런 사람.

희준이는 어쩐지 절하기가 어색해서 그만두었다. 형은 아우의 손을 잡고 눈물이 글썽글썽해서 부르짖는다. 그는 떨리는 목소리로—

"네가 얼마만이냐? 왜 나올 때에 통지도 없었니……."

근친(覲親) 시집 간 딸이 친정에 가서 부모를 뵘.

그들 내외는 참으로 *근친 온 부부처럼 떡을 하고 술을 받아서 짐꾼에게 지워 왔다. 현금 오 원은 희준이에게 무엇을 해먹이라고 큰아들이 꺼내놓았다. 그래 모친은 신이 나서 좋아했다. 그는 일변 이웃 안노인들을 청해다가 떡을 놓고 술을 권했다.

그들이 있는 동안 집안은 또 한 번 떠들썩하였다. 이웃 여자들은 틈틈이 마실을 왔다. 그들은 희준이 모친에게 아들들을 잘 두었다고 연신 칭찬이 벌어졌다. 그럴 때마다 모친의 입은 쩍 벌어졌다. 사실 작은아들과 큰아들 식구가 이와 같이 한 집 속에 모여보기는 영감이 죽은 뒤로는 근래에 처음이다. 그래 그는 만면 화색을 띠우고 이웃사람들에게 지나온 소경력을 *일장설화했다. 그는 오 년 동안이나 굽이굽이 서려 담아 두었던 말을, 누구보고도 하지 않던 말까지 지껄였다.

일장설화(一場說話) 한바탕의 이야기.

그는 오래 그리던 아들을 만나보자 그동안의 울음보가 터지듯이 참았던 말보마저 터진 것이다. 모친은 며느리들의 이야기를 하다가 별안간 박성녀를 쳐다보며 묻는다.

투기(妬忌) 강샘. 부부나 사랑하는 이성 사이에서 상대되는 이성이 다른 이성을 좋아할 경우에 지나치게 시기함.

"인성 어머니도 *투기해 보았어?"

"투기유?"

곰방대를 물고 앉았던 박성녀는 어리둥절하다가

"난 그런 것 해볼 처지가 어디 되었어야지유."

"하하…… 동생이 젊었을 때 작은마누라도 안 얻었던가베."

"그 고지식쟁이가 작은마누라를 얻을 주변이나 되겠디유."

"워낙 그럴게요. 여북 점잖아야 관운장님이라고 했을까. 하하. 그런데 참 죽은 영감이 언제가 한번은 살살 꾀겠지."

모친은 신이 나서 또 이야기를 꺼내며 담배를 부스럭부스럭 담는다.

마실꾼들은 마치

'무슨 이야기를 하려고 저리도 야단인가?'

하는 것처럼 넋을 잃고 그의 입을 쳐다본다.

윗방에서는 쇠득이 처, 막동이 형수, 백룡이 누이 방개가 주인 동서와 붙어 앉아서 무슨 이야기를 소곤거리다가 아랫방에서 웃음통이 터지는 바람에 입을 다물었다. 큰동서는 배가 불러서 헐떡인다.

"뭐라고 꾀었어유?"

"응! 작은마누라를 얻자고 꾀순단 말이지."

"하하—"

업동이네가 별안간 웃음을 터뜨린다.

"그래, 하도 꾀이기에 모른 척했지. 그랬더니만 아니나 다를까, 어디서 하나를 얻어 왔는데…… 황새 늦새끼처럼 키가 멀쑥한 사람을 얻어 왔더구먼! 업동이네도 보았던가?"

업동 어머니는 아들을 무릎 앞에 앉히고 흥미 있게 듣다가

"난 못 보았시유."

"참, 못 봤겠군. 인성 어머니는 보았지! 그려 보았어. 그런데 난 마찬가지여. 그저 *심상하더군! 혼자 있을 때나 별 다르지 않게 지나겠어. 아 그려, 하루는 해가 이 위에 올라오도록 이것들이 아무 기척도 없구먼! 그래도 이제나 나올까, 저제나 나올까하고 지금 기다리고 있는 판이지. 설마 나오겠지하고…… 아니, 그래도 깜깜 무소식이로구먼!"

"그게, 웬일일까?"

박성녀는 눈을 휘둥그러니 뜨고 이야기꾼을 쳐다본다.

"글쎄, 들어봐. 그래 문을 열고 아랫방을 무심히 내려다보니까 신발 두 켤레가 나란히 놓였는데 사람은 도무지 기척도 없겠지!"

심상하다
대수롭지 않고 예사롭다.

주인이 이야기를 잇대자

"아이구메나!"

업동이네는 벌써 한 손으로 입을 가리고 웃음을 방비한다.

"아, 그걸 보니까 별안간 열이 벌컥 나는데 도무지 참을 수가 없단 말이야…… 그래 고만 화로를 번쩍 들어서 *며내붙이고 동이를 며내붙이고 한바탕 야단을 치지 않었겠나베……."

아랫방에서는 별안간 웃음통이 터졌다. 그는 두 손으로 화로와 동이를 들어서 며내붙이는 시늉까지 해가며 여러 사람을 더욱 웃겼다.

"참 별일 다 보았어. 신발 두 켤레가 방문 밖에 나란히 놓인 것을 본 것이 어째서 그렇게 열이 났던지 몰라…… 그래 나 혼자 속으로 그랬구먼! 참 이상한 일도 다 많다. 어째서 그때는 그랬던가? 아마 투기라는 것을 그래서들 하나보다 했어……하하……."

"하하하……."

"호호…… *시앗 싸움엔 돌부처도 돌아앉는다고, 뉘나 왜 안 그렇겠어유."

"그래도 난 그때까지 투기가 무엇인지 몰랐거든!"

그는 명주 수건으로 짓무른 눈가를 이리 씻고 저리 씻고 한다. 모두들 웃어대서 얼굴이 빨갛도록 상기가 되었다.

"그래, 어떻게 했어유? 문짝을 떼고 드잡이가 났던가유?"

"어데 차마 그럴 수야 있던가베. 그래 나 혼자만 야단을 쳤지. 그랬더니 그 사람이 그제서야 쫓아 나오며 성님 왜 이러느냐고 만류하겠지."

며내붙이다
메어붙이다. 어깨 너머로 둘러메어 바닥에 내치다.

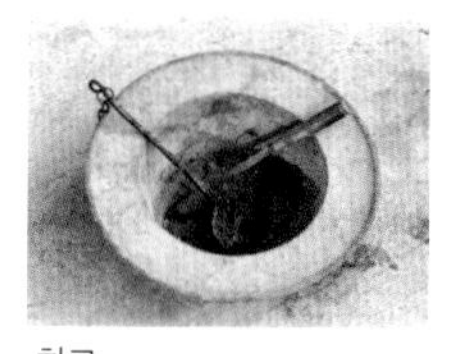

화로

시앗
남편의 첩.

"하하……. 워낙 그건 잘못했고먼유. 아니 아프지도 않은데?"

"아프긴 어디가 아파."

윗방에서 듣고 있던 큰며느리도 빙그레 웃고 있다. 그는 속으로 생각하기를 —

'무얼 그래여…… 서모를 데려온 뒤부터는 잠을 못 주무시는 것 같은데…… 한 번은 밤중에 창문을 뚫고 내다보며 엿을 듣지 않으셨남!'

마실꾼들이 흩어지자 모친은 큰아들이 있는 건넌방으로 들어갔다. 방은 명색만은 세 개나 되었다. 명준이는 건넌방에서 낮잠을 자고 희준이는 어디로 갔는지 보이지 않는다. 그는 집에는 잠시도 붙어 있지 않았다. 그렇지 않으면 낮 모르는 손을 끌고 와서 부산을 피웠다.

모친은 명준이를 깨웠다. 그는 큰아들의 처가살이 모양을 조용히 듣고 싶었던 것이다.

"애야, 웬 낮잠이냐? 고만 일어나!"

"응……."

명준이는 기지개를 켜면서 눈을 번쩍 떠보다가 벌떡 일어나 앉는다.

"희준이 어디 갔니?"

"몰라유. 아이, 졸려!"

"기 애는 밤낮 어디를 다니는지 참 고르지도 못하다. 하나는 *아낙군수고 하나는 빨빨거리기만 하니…… 대관절 넌 어떤 셈이냐?"

아낙군수
늘 집 안에만 있는 사람을 놀림조로 이르는 말.

"뭐 어때유?"

모친이 흉을 보는 바람에 그는 나발주둥이처럼 입이 뚜해졌다.

"거기는 살기가 어떠냐 말이야."

"뭐 어떨 것 있슈? 좋지유."

명준이는 모친의 묻는 의미를 알아챘는지 빙그레 웃으며 머리를 긁는다.

“너야말로 처갓집 말뚝에다 절할 위인이다. 사내자식이 계집에게 너무 쥐여도 못 쓰는 게야!”

모친은 도끼눈을 뜨고 아들을 흘겨보다가 금시로 상냥해지며 목소리를 죽여서

“네 장인 장모가 눈치나 안 보이데?”

“아니—”

“올 농사도 짓고?”

“네!”

“몇 마지기나?”

“여남은 마지기…….”

“그것 아주 주었으면 좋겠구나!”

모친은 나직이 한숨을 쉬었다. 그는 다시 소곤거렸다.

“네 아우는 네가 따로 났다구 섭섭히 알더라만 참, 그렇게 하기를 잘했느니라. 네 식구가 그냥 있어 봐라, 먹을 것도 없는 집 안에서 식구들만 옴닥옴닥할 테니— 어떻게 산다니…….”

모친은 잠시 말을 그쳤다가

“기 애도 늬 아버지를 닮았나봐, 너무 헤퍼서…….”

명준이는 아무 말 없이 앉아서 손톱으로 자릿날을 긁는데 모친은 아들의 입에서 무슨 말이 나오기를 기다리는 것처럼 숨을 죽이고 그의 턱을 쳐다본다.

그 이듬해 봄이었다. 정거장에서 북으로 떠나는 북행 열차가 우렁차게 기적을 불며 검은 연기를 솟구친다. 차는 성난 말같이 코를 불며 무

거운 바퀴를 천천히 움직인다. 겨울은 패전한 군대처럼 물러가자 앞내에는 어느덧 얼음장이 풀리고 먼 산에 쌓인 눈사태도 녹았다. 한동안은 봄바람이 몹시 불어서 원터 동리의 초가지붕을 모조리 불어 날리고 신작로의 흙먼지를 일으켜서 행인의 눈코를 뜨지 못하게 하던 *왜바람도 인제는 *잠풍해졌다. 그리고 묵은 풀뿌리에서는 새싹이 엄돋았다. 따뜻한 봄에는 암탉의 보금자리 속같이 포근하게 대지를 둘러쌌다.

왜바람
방향이 없이 이리저리 함부로 부는 바람.

잠풍(潛風)
바람이 잦아들다.

아물아물한 먼 산이 푸른 아지랑이의 벨을 쓰고 조는 듯이 하늘 밖에 둘러섰다. 모든 것이 양지를 향하여 마치 어린애가 어머니의 품 안에 안겨서 자모의 젖을 빨고 있듯이 일광의 가닥가닥을 물고 늘어졌다. 그러나 때로는 산들바람에 어슴푸레 졸고 있던 나뭇가지와 풀잎들은 깜짝 놀라 깬 듯이 고개를 까딱인다.

희준이는 뒷동산에 앉아서 지금 떠나는 기차를 정신없이 바라보았다. 차는 볼 동안에 작아졌다. 누에같이 기다랗던 차는 번데기처럼 오그라든다. 장승재 마루턱을 올라가는 차는 개미가 기어가는 것같이 조그맣게 보인다. 그러자 차는 그나마도 안 보이고 한 점의 검은 연기가 중천에 둥둥 떴다. 미구에 연기도 사라졌다.

그 밑에는 허연 벌판이 *대설대 같은 철둑 좌우로 휑하니 뚫렸을 뿐! 대지는 금시에 질식된 것처럼 적막하다! 그래서 여울을 흐르는 앞냇물 소리와 동 뒤 솔숲에서 이는 바람소리도 뚝 그치고 봉화재 연봉 위로 솜같이 되어 올라든 흰 구름도 까닥 않고 그대로 오뚝 선 것같이 않은가! 지금 희준이 귀에는 아무 것도 들리지 않고 그의 시선은 오직 한 곳, 장승재로 뚫린 철사 같은 레일을 바라보고 있었다. 레일은 일광에 비쳐 번쩍번쩍 빛난다. 그는 고개를 숙였다. 그리고 생각했다. 그

대설대
담배설대. 담배통과 무부리 사이에 끼워 맞추는 가느다란 대.

동안에 나는 무엇을 했을까? 아무 것도 한 것이 없지 않은가! 작년에 지금 떠난 저 차를 타고 왔을 때 유쾌한 기분과 팔딱이던 기상은 지금도 기억에 떠오른다. 그런데 그것은 불과 사흘이 못가서 없어지지 않았던가!

그는 그때 동경을 떠나올 때 차 안에서부터 여러 가지 생각에 얽히었었다. 그는 실로 고향에 돌아와서 할 일을 궁리해 보았던 것이다. 그의 이런 포부는 현해탄을 건너서 부산을 접어들면서부터 더 크게 하였다.

차창 밖으로 내다보이는 철도 연선의 살풍경인 촌락은 그로 하여금 감개무량케 하는 동시에 또한 그의 마음을 굳게도 하였다. 농촌은 오륙 년 전보다도 더욱 황폐해지지 않았는가! 그런데 그는 고향에 돌아온 지가 벌써 일 년이 되어 간다. 그동안에 자기는 무엇을 했는가? 하긴 청년회 일을 안 보지 않았다. 그는 그곳 청년회의 집행위원이 되었다. 그러나 청년회란 무엇 하는 게냐? 그는 처음 나와서 읍내 있는 청년회인지 무슨 구락부인지 몰랐기 때문에— 어떻든지 청년들이 모이긴 모였었다. 한편에서는 장기를 두고, 한편에서는 바둑을 두고, 그리고 마당에서는 한 패가 테니스를 치고 있다. 그들은 내기를 하고 있었다. 승부를 결단하자

"가세."

하고 그들은 일제히 일어난다.

'어디를 가자는가?'

그때 희준이는 *덩둘하였다. 결국 따라가 본즉 거기는 음식점!

이런 주식업에 비교하면 그래도 그들이 노동야학을 시작한 것은 장한 일이다. 그러나 이 역시 유명무실로 선생들의 태만한 행동은 학생들의 열정을 꺼지게 했다. 그때보다는 청년회 꼴이 제법 쇄신된 모양

덩둘하다
매우 둔하고 어리석다.

같다. 그러나 희준의 안목으로 본다면 지금도 그것은 비빔밥에 지나지 않았다. 그들은 지금도 유흥 기분에는 백 퍼센트의 열을 띠고 나선다. 그도 그럴 것은 그들은 대개 장사치들과 은행 회사원들의 중산급으로서 지식 정도로도 중학 한 개를 똑똑히 마친 사람이 별로 없었다.

그런 생각을 하면 자기는 공연히 헛일을 하는 것 같았다.

"그런 자식들과 무슨 일을 같이 한다고…… 그 자식들은 아무짝에도 쓸데없는 자식들이야. 쥐꼬리는 송곳집으로나 쓰지. 이 자식들은 거름도 못할 자식들인데, 뭐."

이런 말은 희준이보다도 그들끼리 서로 욕하는 말이었다.

"이 고장이란 원체 할 수 없는 곳이지요. 팔도 *모산지배가 모여 사는 곳이라, 모두 본 데 없이 자라나서 부랑무식하고, 아무것도 모르지요. 그래서 청년회가 있대야 그저 *벌제위명이지요. 도무지 할 수 없는 인간들이라……."

모산지배(謀算之輩) 꾀를 내어 이해타산을 일삼는 무리.

벌제위명(伐齊爲名) 겉으로는 어떤 일을 하는 체하고 속으로는 딴 짓을 함을 이르는 말.

희준이가 ㅇㅇ일보사 지국장인 장수철을 찾아가서 고향에 돌아온 첫 인사를 하고 났을 때 복장을 근대식으로 차린 그는 가장 점잖게 지사적 어투로 이런 말을 했었다. 그는 그때 청년회 위원장이라면서 마치 남의 말을 하듯 하지 않던가! 마치 자기는 그들의 류가 아니라는 것처럼—.

그 뒤에 다른 청년에게 그의 위인을 들어본즉 그는 벌써 사십이 넘은 무기력한 선구자로서 비겁하기가 짝이 없다는 것이었다. 그는 언변은 좋다. 그 대신 실행이 없다는 것이다. 그들에게는 누구 하나 존경을 받지 못했다.

'사람이란 그저 그렇고 그런 게야…….'

이와 같은 선입견이 그들의 뇌수에 박혔다. 사람이란, 자기의 신념을 잃게 되면 바람에 불리는 갈대와 같이 향방 없이 흔들리는 법이다. 육 년 전까지 이 고을에서 지사로 존경을 받던 김도원은 구한국 시대부터 사립학교 선생이요, 선각자였다. 그는 이 고을에서 선등으로 서울 배재학당을 졸업한 사람이다. 그의 제자도 수백 명이었으나, *일경의 청년들은 그를 선생님이라 부르며 숭배하였다. 그런데 그는 면장질을 하다가 부정 행위를 하고 쫓겨나서 지금은 술장사를 하고 있다. 그의 뒤로 기미년 통에 한때 사상가로 숭앙을 받던 최목사는 어떤 불미한 일로 신도 중에서까지 신임을 잃고 쫓겨 갔다. 그 바람에 신자의 수가 별안간 줄어지고 엡웟 청년회가 있는데도, S 청년회를 읍내 청년들이 따로 만들었다. 그래, 그들의 소시민적 인생관은 사람에 대한 거대한 신념을 부정하기까지 한 것이다.

일경
한 나라. 또는 어떤 곳을 중심으로 한 일부 지역.

배재학당

희준이는 그들의 이와 같은 선입견을 위험시하였다. 그는 거의 일 년 동안이나 그들과 싸워왔다. 그는 어떤 때 스스로 실망하기도 했다. 또 어떤 때는 자기 자신도 그들과 다르지 않는 인물로 비관해본 적도 있었다.

'나도 그들과 같은 부류의 인간이다. 나의 한 일은 무엇이냐?'

그의 이러한 생각은 모든 것을 다 집어치우고 멀리 해외로나 어디로나 가고 싶었다. 허나 그의 다음 생각은 그것을 물리쳤다. 그것은 마치 추수할 곡식을 문 앞에 두고 다른 곳으로 찾아가는 자기도피와 같이 때문에—.

'나는 아직 한 사람 몫의 일꾼이 못 되었다. 좀더 공부를 할 필요가 있지 않은가!'

그는 다시 자기가 무슨 일을 해보겠다는 것이 원체 외람한 짓이라고 반성해 보았다. 그러나 또한 공부를 한다면 어떤 공부를 더 해야 할 것인가? 이것은 또한 자기의 안일한 생활을 합리화하자는 용서치 못할 자기기만이 아닌가! 무자비한 자기비판은 그를 아주 하찮은 존재로 떨어뜨리고 말았다. 자기는 폐인같이 아무 소용없는 인간이 된 것 같다. 그는 가책에 견디지 못해서 답답증이 났다. 그런 때에 슬그머니 없던 유혹은 독사처럼 머리를 쳐들었다. 음전이의 덜퍽진 엉덩이가 눈에 박힌다. 그는 야학을 가르칠 때마다 추파를 건네는 것 같다. 어떤 때는 석류 속 같은 잇속을 드러내고 웃었다. 그는 지금도 그 생각을 하고 몸을 떨었다. 그는 자기 아내와 음전이를 대조해 보았다.

'나는 언제까지 못생긴 아내를 데리고 살 의무가 있을까?'

별안간 그는 자기의 머리를 쥐어뜯었다.

'아! 천치다, 천치다! 천치 같은 소리를 또 할 터이냐?'

그는 머리를 흔들고 주먹을 불끈 쥐었다. 그는 벌떡 일어서자 그 길로 산 밑을 뛰어내렸다. 마을에 핀 살구꽃이 저녁볕에 더욱 환하다.

살구꽃

3. 마을 사람들

앙구다
모판 자리 따위에서, 흙을 보드랍게 하여 고르게 깔다.

부친과 함께 못자리를 *앙구는 인동이는 허리를 펴고 먼 산을 바라보았다. 아지랑이가 아물아물 졸음을 청한다. 그는 산모퉁이 찬물받이 논다랑이에서 오늘도 진종일 못자리판을 앙구었다. 지척에서 내려다보이는 큰내 얼음판에서 두 손을 비벼 가며 얼음을 지치던 것이 바로 엊그제 같은데 벌써 또 봄이 왔다. 심란한 봄이 왔구나! 헌데, 얼음은 언제 풀리고 나뭇잎은 언제 싹 돋았담? 나는 그 동안에 자고 있었던가? 그는 이런 생각이 들자 마름집 아들 갑성이의 스케이트를 뺏어서 처음으로 얼음을 지쳐 보다가 그만 빙판에다 뒤통수를 부수고 자빠지던 생각이 문득 나서 혼자 웃었다.

쇠스랑

원칠이는 아무 말 없이 곰방대를 입에 물고 쇠스랑을 짚고 서서 못자리를 밟는다. 그의 검붉은 얼굴은 두드러지게 콧날이 서고 눈초리가 위로 쭉 째진데다가 아래턱에는 풀 *귀얄 수염이 매달렸다. 마을 사람들은 그의 별명을 관운장이라 부른다. 이런 얼굴에 키대가 큼직

귀얄
풀이나 옻을 칠할 때에 쓰는 솔의 하나.

한 원칠이는 마치 『삼국지』에 나오는 관운장과 같다는 것이다. 그는 못자리를 밟으며 앞내의 방축을 내려다보았다. 재작년 봄까지 공사를 마친 이 방축은 세 갈래로 둑을 막은 길이가 천여 칸통이나 된다는 것이다.

자기도 인동이와 번갈아가며 부역을 나왔지만 면내에 사는 각 동리 사람들도 호구마다 일을 나왔다. *도록고를 밀 줄 모르는 촌사람들은 부상자도 간혹 있었다. 그는 상리 살던 박서방이 여울목에서 빠져 죽던 기억이 나자 별안간 머리가 주뼛해져서 고개를 외로 돌렸다. 박서방도 제방 공사에 부역을 다녔었다. 원칠이는 박서방을 잘 아는 만큼 그 집 식구가 지금 어떻게 사는지 몰라서 궁금한 생각이 들었다.

도록고(トロツス)
트럭. 광산에서 캐낸 광석을 실어 나르는 지붕 없는 화물차.

'흥! 그 사람이 죽은 지도 벌써 일 년이 되어 오는군…….'

제사공장 굴뚝에서는 해가 저물도록 연기가 그치지 않는다. 그는 한동안 검은 연기를 토하는 높은 굴뚝을 쳐다보았다.

"공장에서는 밤에도 일한다니?"

원칠이는 비로소 철문같은 입을 열고 아들에게 물어본다.

"그럼요. 낮대거리, 밤대거리로 번갈아 가며 바꾼대유."

인동이는 해가 어슬핏해도 가잔 말이 없는 부친이 미웠다. 그는 오늘 한나절까지 *구벽토와 거름을 져내기에 허리가 아팠다.

구벽토(舊壁土)
오래된 바람벽의 흙. 논밭의 거름으로 쓴다.

저녁에 막동이와 같이 읍내를 가기로 맞췄는데 그 애가 먼저 가지나 않았는가 싶어서 마음이 쓰였던 것이다.

"인순이는 어느 대거리라니?"

"몰러유."

"넌 거기를 안 들어가 봤니?"

"못 들어가게 해유."

원칠이는 침을 뱉었다. 그는 공장을 지을 때 품 팔러 다닌 터이라 공장 내부를 지도를 펴놓은 듯이 잘 알 수 있었다. 허공에다 기계를 매고 그 위 지붕 꼭대기로 기와를 지고 올라가던 생각을 하면 지금은 아슬아슬하니 오금이 떨린다. 그는 그만 철문(입)을 다물었다. 두 사람의 철벅거리는 물소리만 논배미 속에서 그윽이 났다. 퀴퀴한 거름 냄새가 진흙물 위로 떠오른다. 그들은 *똘을 치느라고 다시 엎드려서 가재처럼 뒷걸음질을 쳐나갔다.

똘
'도랑'의 방언.

"저물도록 뭐 하셔요?"

"아, 어디 갔다 오나?"

"어디 갔다 오시유?"

그들은 희준이를 쳐다보자 허리를 펴고 일어선다.

"이 모퉁이 뉘 좀 보러요. 야학에 안 갈래?"

"봐서유."

"그럼 이따가 천천히 오셔요!"

"어, 우리도 고만 가겠네."

희준이가 지나가자 원칠이는 흙탕물에 쇠스랑 자루를 씻고 연하여 두 다리를 씻는다.

'저 사람은 어디를 밤낮 쏘대는지 몰라. 도무지 안 가는 데가 없으니…….'

원칠이는 다리를 씻고 나서 이런 생각을 하고 희준이가 가는 뒷모양을 다시 쳐다보았다.

희준이는 네 활개를 치고 부리나케 마을 안으로 들어간다. 별안간 마을 속에서는 여러 마리의 개 짖는 소리가 요란하게 어둠을 뚫고 들려왔다.

원칠이는 저녁상을 받고 앉자 전에 없이 쓸쓸한 기분이 떠돌았다. 그전 같으면 낮에는 뿔뿔이 헤어졌다가도 해가 지면 온 집안 식구가 고스란히 모여 앉아서 밥을 먹었다. 그것은 날마다 되풀이하는 평범한 일이었으나 그래도 무어라고 말할 수 없이 그것이 가정의 화기를 자아냈다.

가난에 쪼들리고 밖에서 무슨 화나는 일이 있다가도 어린 자식들이 모락모락 커가는 양을 보고 그것들이 한 자리에 옹기종기 앉아서 *구순하게 노는 꼴을 보면 저절로 마음이 확 풀리고 만다. 그래 그는 밖에 나갔다가 돌아와서 아이들이 하나라도 눈에 뜨이지 않으면 우선 궁금해서 마누라에게 물어보는 터이었다. 작년부터 내외가 단둘이 앉으면 아들 장가들일 걱정과 딸 시집보낼 걱정을 서로 주고받았다.

구순하다
서로 사귀거나 지내는 데 사이가 좋아 화목하다.

그런데 인순이가 공장으로 들어간 뒤부터는 집안 한 귀퉁이가 갑자기 무너진 것 같다. 한 식구가 아주 없어진 것 같다. 딸이 공장에를 간대야 불과 오 리도 못되는 지척에 있는 줄을 번연히 알면서도 어쩐지 집안의 *운김은 전과 같지 않고 쓸쓸하였다. 그런 생각은 조석 때 흔히 난다. 아버지의 마음이 이럴 적에야 어머니의 안타까움은 말할 것도 없지 않은가!

운김
집안의 분위기나 기운.

박성녀는 조석을 지을 때마다 밥상을 들고 드나들 때마다 읍내 편을 바라보고 자진 한숨을 바람 편에 부쳐 보냈다.

"아이구…… 이건 저녁이나 얻어먹는지…… 원!"

지금도 그는 밥상을 들고 오다가 문득 딸 생각이 나서 가슴이 뭉클해진다. 그는 마침내 이 말을 입 밖으로 내지 않고는 견딜 수가 없었다.

"그럼 산 사람이 저녁도 안 먹었을라고…… 쓸데없는 걱정을 말고 물이나 떠와!"

원칠이는 마누라한테 대범하게 큰 소리로 핀잔을 주었으나 속으로는 자기도 가슴 속이 쓰렸다. 인동이와 인성이는 밥을 먹으면서 또 싸움판이 벌어질까봐 은근히 마음을 졸였다.

'원체 어머니가 너무 수다해. 밤낮 인순이 타령이로구만! 어련히 잘 있을까봐. 여편네들이란 그저 이 담에 내 계집이 그래 봐라! 그년의 주둥패기에다가 자갈을 맥여놀 테니.'

인동이는 희준이한테서 일본에 있는 큰 공장 이야기를 듣고 자기도 그런 데를 들어가 보고 싶었다. 그는 저녁을 푹푹 퍼 먹고는 물도 안 마시고 밖으로 휑 나갔다.

인동이는 자기를 머슴 부려먹듯 하면서도 아무렇게나 알면서 인순이는 잘 가 있는 것까지 공연히 조바심을 하는 모친의 꼴이 보기 싫었다. 그러나 박성녀는 무시로 그 딸이 보고 싶었다.

그것은 차라리 멀리 떨어져 있기나 한다면 오히려 잊어버리기라도 하겠는데 이건 눈 앞으로 빤히 건너다 보면서도 지척에서 만나지 못하는 것이 더욱 안타깝게 보고 싶게만 하지 않는가!

인순이는 작년 가을에 공장으로 들어간 뒤로 그 동안 두 번밖에는 집에 오지 않았다. 그래서 그는 미친 사람처럼 그토록 인순이 타령만 하고 궁시렁거렸다.

어떤 때 불현듯 딸 생각이 날라치면 그는 그 길로 쫓아가서 끄집어 내오고도 싶었다. 그러나 영감이 무서워서 그럴 수도 없고 그러자니 할 수 없이 애꿎은 인성이만 졸라댔다.

"이애, 인성아. 뉘가 잘 있는지 좀 가보고 오려무나. 넌 누이도 안보고 싶으냐?"

그러면 인성이는 모친에게 핀잔을 주었다.

"자주 가보면 쫓겨난대두—공연히 남보고만 가보래! 월사금을 달래도 안 주면서."

"저 자식도 제 애비를 닮아서 쏘기 한 가지는—사내놈들은 왜 그리 멋쩍은지! 예이, 빌어먹을 놈 고만둬라!"

박성녀는 이를 악물고 아들에게 주먹질을 했다. 그는 나무에도 돌에도 붙일 데 없는 마음을 하소연할 곳 없어 오직 남모르는 애를 혼자 삭힐 뿐이었다.

"모든 것이 가난 때문이다. 이놈의 돈 원수를 언제나 갚나!"

그는 맥이 풀린 사지를 다시 추슬러가지고 가난뱅이 살림에 다만 한 푼이라도 더 보태려고 소 갈 데, 말 갈 데 닥치는 대로 안팎일을 *시악을 써가며 거들었다. 덧없는 세월은 그 가운데 흘러갔다. 사실 그는 그런 속에서 오늘날까지 오십 평생을 늙어 오지 않았던가…….

G군에서는 십년 전후에 삼대 공사를 기공했다. 읍내 앞내의 제방 공사는 부역이 많았으되 철도 부설과 제사 공장 건축공사는 인부를 모집해서 역사를 시작했다. 그 바람에 부근 촌락의 농군들은 노동자로 뽑혀 와서 품을 팔았다. 제일 먼저 기공한 것이 사설 철도 부설공사였다. 철도공사를 시작할 때에는 한 *구미에 얼마씩 여러 사람이 몫을 떠맡아 가지고 구역마다 토역일을 판*뜨기로 했었다.

그래서 맡은 구역 역사를 마치면 *'간조' 날 십장한테서 품삯을 찾는 것이었다. 그런 일에는 십장이 떼먹고 달아나는 수가 많았다. 그래도 셈을 찾게 되면 오륙십 전 벌이는 되는 셈이었다. 하긴 구역을 잘못 맡으면 마이너스가 되는 수도 있었지마는. 십장은 인부의 삯전을 의레 훑아먹을 줄 알았다. 그런 데다 비교하면 작년에 지은 공장 건축공사는 비록 삯전은 적다 할망정 떼인 적은 없었다.

시악(恃惡)
자기의 악한 성미를 믿음. 또는 그 성미로 부리는 악.

구미
구미(くみ, 組), '조'의 일본말.

뜨기
도급으로 일하는 것.

간조
'월급'의 일본말.

원칠이는 작년 여름동안 햇동을 댈 때까지 거기서 벌어먹고 살았다. 그런데 올해는 아무 공사도 없기 때문에 그들은 춘궁을 만나도 벌이할 곳이 없다. 양식이 떨어져서 허덕대는 사람이 많은데 보리는 앞으로도 한 달이나 더 있어야 먹을 둥 말 둥 하다. 원터 동리의 가난한 사람들도 벌써부터 굶는 집이 많다. 원칠이 집 역시 그들 틈에 빠지지 않아서 그날그날 좁쌀 됫박으로 끼니를 이어가는데 보릿동을 대기가 여간 큰 일이 아니었다.

작년에는 막동이도 공장 품을 팔아서 곧잘 살았다. 그는 주머니 속에 잔돈푼이 떠나지 않았다. 그것은 훌륭하게 방개의 환심을 살 수 있었다. 그는 날마다 방개에게 참외를 사주고 화장품과 옷감도 끊어다 주었다.

그런데 올해는 그도 궁해졌다. 도무지 아무 벌이가 없었다.

'어떻게 하면 돈벌이를 할까? 그래서 방개의 사랑을 다시 이어볼까?'

그는 아주 미칠 지경이었다.

'그놈의 가시내, 돈 떨어지니까 생파리 같이 쏘기만 하겠지!'

막동이는 별안간 질투의 화약에 불을 붙였다.

'아니 그년이, 어떤 *샛서방을 만들고서 나를 차버리려고 그러는 게 아닌가? 흥! 그래만 봐라. 이년 가랑이를 찢어 놓을 테니.'

막동이의 두 눈에서는 번갯불이 번쩍인다.

'아, 돈! 돈…… 원수의 돈.'

그는 다시 부르짖자, 두 주먹으로 눈물을 번갈아가며 씻었다.

인동이는 작년처럼 막동이를 무서워하지 않았다. 그는 작년보다 완력이 세어진 것을 스스로도 느낄 수 있었다. 남들이 말하기는 키가 한

샛서방
남편이 있는 여자가 남편 몰래 관계하는 남자.

치나 더 컸다 한다. 이런 자신은

'자, 인젠 누구든지 오너라. 한번 해보자!'

할 만큼 그는 힘이 뻗쳤다. 물오르는 봄나무처럼 뼈가 굵었다. 그래, 막동이가 장난을 청할 때도 그는 마주 대들었다. 막동이는 그가 자기에게 대하는 태도가 전보다 달라진 데 은근히 *자겁이 났다.

자겁(自怯)
제풀에 겁을 냄.

'저 애가 작년보다 기운이 세졌는가?'

하는 생각은 어쩐지 막보지 못할 것 같다. 용기가 줄어든다. 만일 전처럼 마구 다루다가 넘겨박히는 지경이면 그런 망신이 어디 있느냐고.

이런 기미를 알아챈 인동이는 막동이를 대할 때마다 당돌한 태도를 보였다. 인제 그는 한 손을 잡힐 생각은 꿈에도 없이 그를 제 또래로밖에는 알지 않았다. 막동이도 이 눈치를 채자 어디 두고 보자고 별렀으나 저편이 너무 강경하게 서두는 품에 그는 차차 *여기가 질리고 말았다. 자라 모가지가 줄어가듯.

여기(沴氣)
남에게 굽히지 않는 굳세고 억척스러운 기운.

인동이의 자부심은 방개를 대하는 데도 전과 같이 어린애 같지는 않았다. 그는 방개를 만날 때마다 공연히 조롱하고 싶었다.

"너, 참 요새 좋구나."

"무에 좋아?"

"막동이와 좋단 말이야."

"남이야 좋던 말던 네가 무슨 상관이야?"

그럴 때마다 방개는 이렇게 느물거리고 눈도 거들떠보지 않았다. 인동이는 그가 오히려 자기를 어린애로 돌리려 드는 것이 분하였다. 그는 지금 아침을 먹고 나서 먼 산 나무를 가는 길에 동구 앞에서 우연히 방개를 만났다. 방개는 어디를 갔다 오는지 읍내에서 오는 길을 걷고 있다.

새참하다
새뜻하고 참하다.

나들이옷을 쏙 빼고 분홍 고무신을 *새참하게 신었다. 서로 마주치자 인동이는 싱글싱글 웃으며 작대기로 길을 가로막았다.

"이 애가 왜 이래?"

방개는 상큼하니 눈썹을 거슬리고 대번에 골을 낸다.

"너 요새 예뻐졌구나. 골내면 뉘를 어쩔테야!"

방개는 인동이가 아주 어른 같은 소리를 하는 꼴이 같잖아 보였다. 그래 하도 기가 막혀서 한 번 웃었다.

"왜 웃어?"

"누구 무서워 웃지도 못해!"

방개는 별안간 성난 고양이처럼 이를 악물고 대들었다. 경련을 일으켜서 아랫입술이 바르르 떤다.

"안 비킬 테야? 소리 지를 테야."

방개는 사방을 휘둘러보았다. 아무도 보이지 않는다.

"지르렴."

"어머니!"

"에, 어리다. 젖 먹고 싶은가?"

인동이는 방개가 붉그락푸르락 하며 방정을 떠는 꼴이 볼수록 재미가 난다. 기름을 발라서 곱게 빗은 머리가 햇볕에 지르르 흐른다. 그는 분홍색 저고리에 *메린쓰 남치마를 입었다. 젖가슴이 *산날망이 같이 도도록한 게 떠들어 보고 싶을 만큼 시선을 끌었는데 그 밑으로는 나날이 허리에 엉덩이가 *호마 궁둥이처럼 펑퍼짐하다.

방개는 쌍꺼풀진 눈을 살차게 뜨고 놀란 새처럼 가슴을 발딱거린다.

"아, 안 비킬테냐?"

그는 악이 받쳐서 *모질음을 쓰며 두 발을 구르고 궁둥이를 흔들었

메린쓰
모슬린 mousseline. 소모사를 써서 평직으로 얇고 보드랍게 짠 모직물.

산날망이
산등성이.

호마(胡馬)
중국 북방이나 동북방 등지에서 나던 말.

모질음
고통을 견디어 내려고 모질게 쓰는 힘.

다. 인동이는 별안간 그를 번쩍 안고 보리밭 고랑으로 들어가고 싶은 충동이 났다. 그는 여전히 두 팔을 벌리고 섰다. 어쩔까? *초로는 아직 도 마르지 않아서 길 가운데의 흙이 축축하게 젖었다. 촌 길이라 그리 넓지도 않은 데 봄비에 자라난 풀은 어느 틈에 길었는지 베 포기의 장잎 같은 풀잎 끝에 방울방울 이슬이 맺혔다. 그것이 햇볕에 반짝일 때마다 수많은 구슬을 헤친 것처럼 오색이 영롱하게 눈이 부신다.

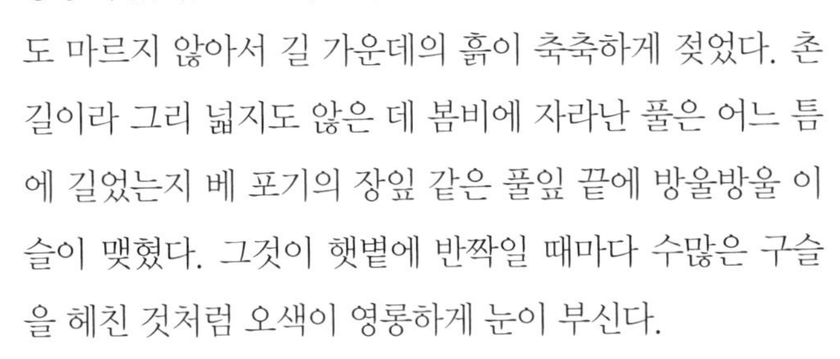

초로(草露)
풀잎에 맺힌 이슬.

방개는 어쩔 줄을 몰랐다. 그는 인동이를 피해 가자면 풀밭을 밟고 비켜가지 않으면 안됐다. 그러자면 *곤때도 안 묻은 새 버선을 버리게 되지 않는가! 그러나 그보다도 그의 자존심은 인동이를 피해서 달아나고 싶지는 않았다. 그는 재차 이를 악물었다.

곤때
'고운 때'의 준말.

"너, 요새 기운 세다더구나!"

"누구한테 들었니?"

인동이는 여전히 싱글벙글한다.

"아무한테든지…… 소가 세면 왕 노릇 한다니?"

"그렇지. 말 잘 했다!"

"안 비킬 테냐. 망할 놈의 새끼!"

방개는 별안간 큰 소리로 악을 썼다. 어른의 목소리같이 질그릇 깨지는 소리를 낸다.

"오, 너 욕했지!"

방개는 더 참을 수가 없어서 막 풀밭으로라도 빠져 나가려 하던 차에 마을 안에서 별안간 고함치는 소리가 들렸다.

"인동아, 나무 안 가고 거기서 뭐하니?"

박성녀가 싸리문 밖에서 내다보며 악을 쓴다. 난데없는 모친의 목소리에 놀란 인동이가 뒤를 돌아보는 틈을 타서 방개는 마치 개구멍으로 빠지는 강아지처럼 몸을 빼서 달아났다. 그는 저만치 가다가 돌아서더니

"망할 놈의 새끼!"

하고 발을 구른다. 그러나 그의 성난 눈초리와 입모습에는 빈정거리는 웃음인지 상쾌해 하는 웃음인지 알 수 없는 가냘픈 미소를 띠우고 있었다.

"조런 육시할 년."

"예, 요 깍쟁이가 차갈 놈의 새끼!"

"이년아, 막동이는 은테를 둘렀데, 금테를 둘렀데?"

인동이는 지게를 지고 뒷걸음질을 치면서 생각나는 대로 욕을 퍼부었다. 그는 마지막으로 던진 욕이 제일 유쾌해서 제 풀에 하하 웃었다. 방개도 뒷걸음질을 쳐가며 마주 욕을 끼얹다가 나중 번의 욕을 듣더니만 그만 얼굴이 새파랗게 질렸다.

"내…… 네 에미한테 이르지 않나 봐라."

그는 머리를 푹 숙이고 두어 발자국을 걷다가 별안간 고개를 돌이켜서 떨리는 목소리로 부르짖었다. 그 뒤로 그는 다시는 옆눈 한 번을 안 팔고 종종걸음을 쳐간다. 손이 이따금 머리 위로 올라가는 것을 보면 그는 울며 가는 것 같았다.

인동이는 심술궂은 웃음을 머금고 그 길로 돌아서자 봉화재 골짜기로 쏜살같이 올라갔다.

"바람은 우리릉 우리릉 물결은 출렁! 출렁!"

뒤미처 그의 입에서는 육자배기가 흘러나왔다.

봄이야 꽃이야 하고 여유 있는 사람들은 모두 봄 기분에 들뜬 판이다. 읍내 은행 회사원의 유지들이 음식과 기생을 싣고 용바위 밑 큰 소(沼)에서 강 천렵을 푸짐하게 하던 날 원터 사람들은 보리밭 매고 못자리를 가꾸기에 분주하였다.

진달래

안승학이도 놀이판에 한몫을 끼었다. 원터 뒷산에도 진달래꽃이 검은 바위 틈에서 환하게 피어났다. 안승학은 언제와 같이 금테 안경에 금시계 줄을 늘이고 금 *마구리한 단장을 짚었다. 회비 삼 원은 그의 악어피로 만든 지갑 속에 깊이 들었다. 그는 유지의 발기라면 어느 모임이든지 대개 참례하였다. 그것은 명예와 지위를 높여 가는 데는 가장 유리한 처세술이기 때문에. 그는 시간을 엄수하는 성벽을 가졌다. 시간은 황금이다! 참으로 그에게는 다시없는 금언이었다. 그는 아메리카 대통령 워싱턴의 일화 두 가지를 지금도 잘 기억한다. (그가 서양 각국에 대한 지식이라고는 원체 이것밖에는 없었지마는) 그 한 가지는 어느 독본엔가 있는 *워싱턴이 어렸을 때에 정원에 심은 사쿠라 나무를 도끼로 찍었더니 그의 부친이 "누가 이 나무를 비었느냐?"고 집안사람들을 보고 호령하였을 때 그가 얼른 나와서

마구리하다
기다란 물건 끝을 막다.

"소자가 모르고 베었습니다."

하고 이실직고 했다는 정직한 이야기.

또 한 가지는 워싱턴이 후일에 출세했을 때 어느 날 아침, 집회 시간에 간부 한 사람이 오 분을 늦게 와서 말하기를 시계가 틀려서 지각함을 고했더니 그때 워싱턴은

"그런 시계는 당장에 깨어버려라!"

고 호령하였다는 시간 준수하라는 이야기다. 안승학은 먼저 이야기보다도 나중 이야기를 명심하였다. 그래서 그전에는 아들들에게 먼저 이

워싱턴(Whshington, George, 1732~1799)
미국의 초대 대통령. 건국의 아버지로 불린다. 대통령 취임 후 연방 정부의 기초 확립에 노력하였고, 프랑스 혁명에 따른 영불전쟁 때는 중립을 지켰다. 3선을 끝내 사양하고 은퇴하였다. 재임 기간은 1789~1797년이다.

야기를 자주 들려주고 훈계하던 것을 근래에 와서는 그만두었다. 원래 정직이란 것은 조그만 어린애 사회에서만 필요한 것 같다. 어른의 사회에서 정직을 제대로 지키다가는 여간 손해가 아닐 것같이 그는 생각되었기 때문에. 그래서 안승학은 정직이라는 것과는 차차 절연하기로 작정하였다. 거기에 비하면 그의 나중 이야기는 *명심 불망하지 않을 수 없다. 왜 그러냐 하면 그것은 참으로 자기에게 유익하기 때문에. 그래서 안승학은 우선 좋은 시계라면 돈을 아끼지 않고 사들였다. 누구나 그의 집을 가보면 시계가 많은 데 놀랄 것이다. 그의 집에도 마치 시계점을 벌인 것처럼 갖은 시계를 진열해 놓았다.

명심 불망(銘心不忘)하다
마음에 깊이 새겨 오래도록 잊지 않다.

그는 그전에 관청에를 다닐 때에도 지각을 한 일이 없다. 그는 어느 모임에든지 남 먼저 출석했다. 그리고 '조선 사람은 시간관념이 부족하다. 저렇게들 늦게 오니까 외국 사람들에게 게으름뱅이라는 비방을 듣는다.' 고 뒤에 오는 사람들을 빈정대었다.

그는 시간 데이의 기념으로 표창장과 금시계 한 개까지 상을 탔다. 이날 놀이판은 진탕만탕 때려 부수는지 장구소리가 원터 뒷산 모퉁이에서 보리밭을 매는 사람들의 귀에까지 들렸다. 그들은 막동이네 보리밭을 매었다. 마른 땅에 호미 날이 닿는 대로 흙덩이는 떡덩이처럼 켜가 진다. 흙덩이를 끄는 대로 뽀얀 먼지가 일어난다. 보릿대는 싱싱하게 동이 서 올랐다. 보리는 미구에 팰 것같이 수염이 뾰족하게 나온 놈도 있다. 김첨지, 막동이, 원칠이, 덕칠이 그들은 보리밭 고랑을 한 줄씩 타고 앉아서 호미질을 하며 걸어간다. 푸른 하늘에는 노고지리(종달새)가 높이 떠서 지저귄다. 김첨지 마누라는 맨 나중에 떨어져서 그들의 이야기에 말참례할 경황도 없었다. 그는 어서 바삐 그들을 따라가려고 허둥지둥한다. 그러나 늙은이의 약한 팔 힘은 호미

종달새

가 점점 더 무거웠다. 그는 마치 물에 빠진 사람처럼 허우적거리기만 하고 앞으로 나가지를 못했다. 그 대신 그는 황소 숨소리 같은 어깨 숨을 쉬었다.

저녁 때 안승학은 보리밭 머리 길로 비틀거리며 지나간다. 그는 술을 먹을 줄 모르는데 이 날은 어지간히 취한 모양이다. 밭 매던 사람들은 안경을 코 뿌리에 걸치고 모자를 비스감치 쓰고 가는 안승학을 쳐다보고 일제히 웃음을 내뿜었다.

안승학이 지나가자 그들은 한마디씩 지껄였다.

"흥! 잘들 놀고 오는구먼!"

"저이가 취했을 적에는 놀이판이 여간 푸짐하지 않었던 게지? 허허허."

"그럼 왜기생까지 나갔다니까 여간 판이 아닐 겔세 뭐."

"그런데 희준이는 어째서 안 갔다나. 아까 점심 때 보니까 그 사람은 집에 있던데!"

김첨지가 곰방대를 빨다가 가래침을 뱉으며 덕칠이를 쳐다본다.

"그 사람은 돈이 있나유."

"그런 데도 돈 있는 사람만 어울리는가!"

김첨지는 그제서야 의심을 풀었다는 것처럼 덕칠이를 쳐다보다가 손바닥에 침을 뱉어서 호미 자루를 고쳐 쥐고는 다시 풀을 뽑는다.

바지 가랑이에 황토 흙이 묻어서 소 궁둥이 같이 더께가 앉았다. 그는 구리빛 같은 얼굴이 햇빛에 그을려서 오동색으로 번쩍였다. 장마통에 맹꽁이떼 울음소리가 별안간 뚝 그치듯이 그들의 대화는 중단되고 오직 호미 날이 마른 흙에 닿는 소리만 사악사악 들린다. 누구의 입에서인지 말문이 다시 열렸다.

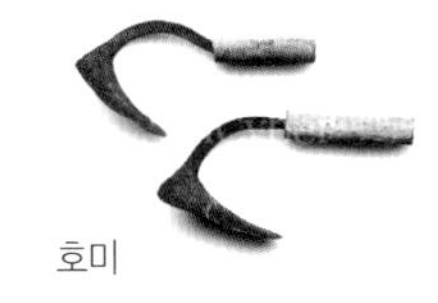
호미

"그 사람은 돈도 없지마는 아마 그런 축 하고는 잘 어울리지 않는 게야."

"참, 그런 게지. 패가 다른가봐."

"난 별 사람은 그 사람인 줄 아네."

"왜요?"

"아니, 야학인가 무언가 가르치면 돈도 생기는가?"

"생기긴 뭬 생겨요. 그 사람은 청년회 대장이래유."

"대장!!"

김첨지는 대장이라는 바람에 눈을 크게 뜬다.

"저보고도 야학을 다니라는데유. 고단해서 어디 다닐 수가 있어야 지유."

지랑폭
길섶에서 많이 자라는 풀.

막동이는 호미 든 팔에 힘을 주자 *지랑폭 뿌리를 캐서 밭둑으로 내던진다.

"아이, 저 고기 뛰는 것 좀 봐!"

여러 사람의 시선은 일제히 앞내를 내다본다. 여울물은 고요히 석양에 비꼈는데 뼘이 넘는 고기떼는 끓는 가마 속에 든 것처럼 펄떡펄떡 뛰 논다.

"에, 그놈 잡아서 고추장에 찍어 먹었으면!"

덕칠이는 군침을 삼킨다.

"그런데 올봄에는 저기서 왜 꽃놀이를 않는대유."

"또 빠져 죽을까봐 않는 게지."

원칠이는 상리 사람 박서방이 빠져 죽은 생각이 문득 나서 소름이 쭉 끼쳤다.

꼭 작년 이맘때다. 앞내 정자에서도 오늘과 같이 큰 놀이판이 차리고 질탕하게 노는 중이었다. 왜기생과 놀이꾼들은 마치 지금 뛰는 물고기처럼 뛰놀았다. 박서방은 그날이 장날도 아닌데 읍내를 내려왔다. 그는 그전 해에 집을 잡히고 변리 돈을 얻어 쓴 것이 기한이 넘어서 집행을 당하게 되었는데 그날도 빚을 얻으러 내려왔다. 허탕을 치고 홧김에 아래 장터 *쇠전(牛廛) 머리의 고산이 집에서 막걸리 몇 잔을 외상으로 사먹었다. 그때 그는 고산이에게도 술 한 잔을 사주며

쇠전(牛廛)
쇠장, 소를 사고파는 장.

"여보 고산이. 아는 도끼에 발등 찍힌다고 한 동리 사람이 더 무섭디다. 올해 농사를 지어서 가을에는 갚을 테니 돈 십오 원만 빚을 달래도 담보할 것이 없다고 안 주는구려…… 그래 내가 그 돈을 떼먹겠소?"

하고 취중에도 진담을 토했다. 한 동리 사람이란 상리 사람으로서 읍내 와서 *작은집 살림을 하며 한편으로는 포목과 잡화상을 벌이고 '대금업' 도 하는 권상철, 권선달이었다. 박서방은 술을 먹고 나서 자기도 구경을 간다고 뚱땅거리는 놀이판으로 쫓아갔다. 방축 안, *돈대 위에 지은 정자 위에서는 남자와 여자들이 서로 얼크러져 오뉴월 잠자리떼처럼 맴돌고 뛰놀았다. 그들은 모두 취해서 얼굴

작은집
첩의 집.

돈대(墩臺)
평지보다 높직하게 두드러진 평평한 땅.

이 원숭이 볼기짝처럼 새빨개 가지고.

박서방은 처음에는 그들이 질탕하게 노는 데 홀려서 자기도 흥이 났다. 그러나 그는 다시 자기는 그들의 류가 아니란 것을 깨닫게 되었다. 그는 차차 우울해졌다. 마침내 그는 자살을 결심하자 별안간 "응!" 소리를 지르고 여울목으로 물구나무를 섰다.

"사람 빠졌다!"

군중은 와—하고 그리로 쏠렸다. 그 바람에 놀음판은 뒤죽박죽이 되고 말았다. 그때 생각은 지금 여러 사람의 가슴을 오히려 *동침처럼 찔렀다. 그들의 대화는 다시 중단되었다.

동침
병을 치료하는데 쓰는 가늘고 긴 침.

지금 그들은 제각기 박서방이 죽은 것을 본 대로 들은 대로 생각의 실마리를 풀어냈다. 그들의 눈은 안 보려는 데도 자꾸 깊은 여울물이 내려다 보였다. 해가 어슬핏해질수록 여울물은 더욱 *충충해지고 무섭게 빛난다.

충충하다
물이나 빛깔이 흐리고 침침하다.

그날 인동이는 뒷고개 밑에서 쇠득이네 보리밭을 품앗이로 매러 갔다. 아침 한나절은 쇠득이네 두 식구도 같이 밭을 매다가 점심을 먹고 나서부터는 국실이와 단 둘이만 매게 되었다.

쇠득이는 나무하러 가고 그의 모친은 허리가 아파서 일순이와 함께 집을 보고 있었다. 보리는 겨우내 잘 거루어서 장하게 되었다. 울섶같이 들어선 보릿대는 고랑이 잘 뵈지 않게 *우긋하다. 그들은 단둘이 되자 이상히도 마음의 고적을 느꼈다. 국실이는 왜포 수건을 쓰고 앉아서 인동이와 나란히 호미질을 하였다. 그는 인동이에게 떨어지지 않으려고 부지런히 따라 오는 것 같다. 가는 바람이 솔솔 불 때마다 연한 보리 잎이 여자의 얼굴을 스치고 다

우긋하다
식물이 무성하여 우거지다.

보리밭

시 목덜미를 간지른다. 그것은 마치 맑은 물속에서 목욕을 할 때와 같은 쾌감을 느끼게 한다. 밀기름 냄새가 확! 끼친다. 훈훈한 흙냄새와 아울러 신선한 풀 냄새가 주위의 풀밭에서 떠올랐다. 멀리 갠 하늘 위로 태양은 눈이 부시게 빛난다. 국실이는 옥색저고리에 검정치마를 입었다.

'쇠득이가 장가는 잘 들어서 나도 이런 여편네한테로 장가를 갔으면…….'

인동이는 국실이를 곁눈질해 보다가 속으로 이런 생각을 하며 큰 손으로 호미질을 연신한다. 인동이는 원칠이(부친)를 닮아서 아직 갓 스물에 불과했건만 기골이 장대하였다.

"인성이 성."

"왜 그러유?"

"접때 왜 방개는 시달렸어!"

국실이는 인동이를 쳐다보며 눈웃음을 살살 친다.

"접때 언제!…… 아, 저!"

인동이는 별안간 얼굴이 새빨갛게 붉어 올랐다.

"호호…… 방개가 맘에 드는 게지."

"아니라우. 그 놈의 계집애가 되지 않게 건방져서."

인동이는 침을 뱉고 나서 국실이의 시선과 마주치자 따라 웃었다. 그는 총각의 부끄럼을 탔다.

"내, 붙여줄까?"

"싫수."

"왜?"

"그까진 남 먹던 *턱찌끼를……."

턱찌끼
'턱찌꺼기'의 준말. 먹고 남은 음식.

국실이는 한숨을 짓는다.

"그럼 인성이 성은 어떤 데로 장가갈테야? 숫색시한테로?"

"그럼 같은 값이면 숫것한테로 가지 누가…… 허!"

"숫색시이기만 하면 제일인가. 마음에 들지 않아도?"

"마음에 들어야지유."

국실이는 또 한 번 한숨을 지었다.

"맘에 들지 않는 것도 억지로 가라면?"

"그럼 그까짓 것 달아나지."

"어떻게 맘에 드는 색시?"

"그건 왜 자꾸 물우. 어디 중신해주실라우?"

"그려, 해줄테야. 호호호."

"정말이야?"

"그럼—."

"똑…… 당신 같은 색시가 있다면……."

"앗!"

국실이는 무색해서 고개를 숙였다. 그는 별안간 눈물이 쫙 쏟아졌다. 묵은 상처를 칼끝으로 도려내는 것처럼 그는 예전 설움이 일시에 북받쳐 나왔다. 마침내 그는 흑흑 느껴가며 울었다. 인동이는 맹랑하였다. 그는 자책을 하는 동시에 무서운 마음이 떠올랐다.

"아니 왜 울우? 내가 그런 말했다고 골 나섰수?"

"난 그럴 줄은 모르고 자꾸만 묻기에……."

국실이는 여전히 흑! 흑! 느끼고만 있더니 겨우 진정한 듯이 치마끈으로 눈물을 씻는다. 그는 두 눈가가 빨갛게 부어올랐다. 인동이는 머리를 긁는다.

"아니…… 인성이 성은 조금도…… 내 설움에 못 이겨서 별안간…… 하지만 인성이 성도 나 같은 건 사람으로 알지 않을걸! 끅—"

그는 다시 한숨을 나직이 쉬자 시름없이 먼 산을 바라본다. 원터 뒷산에서는 꾹꾹새가 처량히 운다.

"꾹꾹! 꾹꾹!"

"인성이 성이 그런 생각을 할 적에는 인순이도 강제로 시집보내지는 않겠지! 아이구, 참 음식 먹기 싫은 건 개나 주지만은 사람보기 싫은 것은…… 그리도 못하고……."

그는 눈물 고인 눈에 *강잉히 웃음을 띠우며 치마끈으로 코를 풀어 훔친다. 그리고 자기도 모르게 군소리를 하면서 다시 밭을 매기 시작하였다.

강잉(强仍)히 억지로. 부득이. '그대로'로 순화.

"꾹꾹! 꾹꾹!"

뒷산에는 여전히 꾹꾹새가 울고 있었다.

쇠득이 처 국실이는 열다섯 살 먹어서 시집을 왔다. 그의 집은 쇠득이 집과 바로 이웃이었다. 국실이 부친 최명보는 이 고을에서 한 삼십 리 되는 T군에서 살다가 사위 *발년으로 이사를 온 것이다. 그는 아들은 없이 딸만 사형제를 내리 두었다. 그는 고향에서도 농사를 지었으나 그리 어렵지는 않게 살았더니 딸 삼형제를 출가시켰는데 빚을 진 데다가 그 벌충을 한답시고 어떤 지관에게 홀려서 친산을 *면례한다고 또 돈을 쓴 것이 더욱 빚이 늘어가서 나중에는 남의 땅이나마 소작도 못하고 떨어질 처지가 되었다.

발년 발연(絆緣). 얽히어 맺어지는 인연.

면례(緬禮) 무덤을 옮겨서 다시 장사를 지냄.

명보는 그 고장에서는 제법 행세를 하는 축으로서 생활이 그리 어렵지가 않았던 만큼 큰 딸 이하로 혼수를 많이 해주었다고 남의 입에 오르내리던 터이다. 그런데 사위를 역시 완고한 행세꾼들을 골랐기 때문에 시대의 변천으로 말미암아 몇 해 안 가서 그들도 자기와 같이 중산계급으로의 몰락 과정을 밟아 왔다. 그 중에서 제일 낫다는 사위가 원터로 와서 살던 셋째사위였는데 그가 이 사위의 발연으로 이사를 왔을 때는 국실이가 겨우 열세 살 먹던 해 봄이었다. 그는 늙은 내외와 어린 딸 세 식구가 삼십 리를 걸어서 이 셋째딸을 찾아왔다.

그는 사위의 사랑채를 치우고 들자 그해부터 농사를 지었다. 그런데 그 이듬해 정월에 불행히 셋째딸은 *산후 별증으로 세상을 떠났다. 안사돈은 원래 무당을 좋아하는 까닭에 읍내 단골에서 물어 보았더니 집의 귀신이 붙어 와서 *작희를 한 까닭이라 한다. 그래 그들은 큰 굿을 하고 며칠을 지나서 경기도 큰집 근처로 이사를 떠났다.

산후 별증
산후더침. 아이를 낳은 뒤 조리를 제대로 못 해 생기는 여러 가지 병.

작희(作戱)
훼방을 놓음.

그들은 집을 떠나야만 화액을 면하고 앞으로 운수가 틔겠대서. 그 바람에 명보의 세 식구는 별안간 닭 쫓던 개 울 쳐다보는 격이 되었다. 그들은 당장 갈 곳이 없어서 남의 집 곁방살이를 하지 않으면 안 되었다. 그 이듬해 봄부터는 농사도 짓지 못하게 되었다. 그는 불 없는 화로와 같은 딸 없는 사위를 다시 쫓아갈 수가 없었다.

쇠득이는 보통학교를 열 살 먹어서 들어갔으나 두 해 째 거푸 낙제를 하고 중도 퇴학을 했다. 그는 학교에 가기를 싫어했다. 제가 싫어하는 공부는 부모도 어찌할 수 없었다. 그는 나무지게를 다시 지었다. 그러나 집안 형세가 그리 구차하지 않은 만큼 쇠득이가 열일곱 살 먹던 해에 그의 부모는 장가를 들이려고 사방으로 혼처를 구했다. 그때 쇠득이는 국실이가 아니면 장가를 안 들겠다고 도망질을 쳤다. 붙잡아 오면 또 달아났다.

외아들을 둔 그의 부모는 할 수 없이 최명보에게 통혼을 해보았다. 최명보는 허락했다. 그의 형세가 전만 같아도 자기보다 지체가 낫지 못하고 신랑도 똑똑치 못한 그런 집과는 혼인을 하지 않겠으나 지금은 이런 것 저런 것을 따질 처지가 못 되고 본즉 그는 차라리 배나 곯지 않는 데로 딸을 *여의고 싶었던 것이다. 그런데 쇠득이와 약혼이 된 눈치를 채자 이번에는 국실이가 도망질을 쳤다. 그는 쇠득이가 자기 남편으로서는 눈에 차지가 않았다. 국실이는 쇠득이와 약혼이 된 후로 돈푼이나 생긴 눈치를 보고 하루는 아무도 없는 틈을 타서 손그릇을 뒤져보았다. 그는 그 길로 차를 타러 정거장으로 나갔다. 그는 자기의 둘째형을 찾아 가려는 길이다. 국실이가 막 차표를 사가지고 개찰구로 나가려 한즉 쇠득이가 헐떡이며 쫓아와서 그의 소매를 덥석 붙잡았다. 그 쇠득이는 벌벌 떨리는 손으로,

여의다
딸을 시집 보내다.

"너 어디 가니?"

"아무 데 가면 네가 무슨 상관이냐?"

"너 도망가지. 그럼 난 어짜라고! 못 간다! 못 간다……."

"왜 못 가! 너고 나고 무슨 상관이냐? 어서 놔! 얘, 차 떠난다."

"네 아버지하고 우리 아버지하고 혼인하기로 했는데, 네가 어디를 가니? 난 어짜라고……."

대합실에서 난데없는 희비극이 벌어지자 입장한 경관은 국실이를 붙잡았다. 그동안에 차는 떠났다. 그들은 이리하여 그해 가을에 파란 많은 혼례식을 새끼로 얽어매놓듯 간신히 거행하였다.

그러나 국실이는 시집을 간 후에도 새장에 갇힌 멧새처럼 애를 삭이지 못하였다. 그는 '단념'을 하려다가도 사나이의 못난 꼴을 보면 금시로 심정이 끓어올랐다. 그러는 가운데 이럭저럭 삼사 년을 살아갔다. 어느 해 황소가 꺾이던 해 가을에 시부와 시조모는 유행 감기로 앓더니만 불과 보름동안 차례로 세상을 떠났다.

멧새

시조모의 초상을 치르고 나자 시아버지마저 덜컥 죽는다. 두 무렵의 초상을 치르기에 *상채를 백여 원이나 빚을 졌다. 금융조합 돈을 얻어서 그 빚을 갚고 나니 새 빚이 점점 다시 늘어가서 쇠득이 집도 필경 소작농으로 몰락하지 않을 수 없었다.

상채(喪債)
상사를 치르면서 진 빚.

농민이 토지를 아끼는 것은 마치 어미가 자식을 아끼는 것과 같다 할까? 그들을 빚을 내서 쓸지언정 땅을 팔고 싶지는 않았다. 그래서 빚꾸러기가 되도록 땅을 붙잡고 늘다가 더 지탱할 수 없을 지경에야 땅을 팔고 보면 그때는 벌써 여지없는 소작인으로 떨어지고 만 것이다.

쇠득이 집 역시 그 꼴이 된 것이다. 그럴 줄 알았으면 애초에 땅을 팔았을 것이 아닌가? 그들은 후회막급이었다. 막내사위 끈으로 살던 최명보는 다시 이런 꼴을 보니 그만 *심화가 나서 그 이듬해 봄에 한 많은 세상을 영구히 눈감아 버렸다.

심화
마음 속 울화.

늙은이라고는 두 집 과부가 남았는데 국실이 모친은 이 딸, 저 딸에게로 돌아다니며 눈칫밥을 얻어먹는 신세가 되었다. 국실이는 열여덟 살에 첫아들을 낳았다. 시모와 남편은 아이의 명을 길게 한다고 오장이에 넣어서 '시렁'에 얹었다가 아주 죽이고 말았다. 오장이(아이 이름을 오장이라고 지었다.)를 죽인 뒤로 국실이의 애달픔은 더했다. 그는 몇 번이나 달아나고 싶은 것은 남의 욕이 무서워서 억지로 참았다. 그 몇 해 전에 쇠득이가 부치던 논은 서울 민판서 집으로 팔리는 바람에 그는 소작권이 떨어지게 되었다.

그 이듬해 정월에 새 마름 이근수(李根洙)가 이사를 와서 새로 *전장을 *배비했다. 쇠득이는 몇 차례나 *사음(舍音)을 찾아보고 간청해 보았으나 그는 좀처럼 듣지 않았다. 그래 쇠득이 모친도 그 뒤를 이어서 애걸해 보았다.

전장
개인 소유의 땅.

배비
비례를 따라 몫몫이 나눔.

사음
마름, 지주를 대리하여 소작권을 관리하는 사람.

나중에는 국실이가 안으로 청을 넣었다. 이근수는 국실이의 외양이 똑똑함을 보고 내심으로 탐을 내고 있는 만큼 음흉하게 낚시를 던졌다. 국실이는 감질이 나서 마름집을 자주 다녔다. 그 바람에 다행히 논은 얻었다. 그러나 쇠득이가 논을 얻은 사흘째 되던 날 밤중에 국실이는 가만히 이근수가 혼자 자는 사랑방 문을 도수장에 들어가는 짐승처럼 벌벌 떨면서 열었다. 국실이는 이근수를 처음 대할 때 그의 시선에 끌렸다.

그의 눈은 자기에게 무엇을 하소연하는 것 같았다. 그는 그때까지 젊은 남자에게서 그와 같은 정열에 타는 눈을 보지 못했다. 그래 그는 그의 시선이 무서우면서도 한편으로는 끌리는 힘이 있었다. 청춘의 유혹은 넋을 공중에 뜨게 한다. 일후에 꿈을 깨고 나서 그는 얼마나 혀를 깨물었던가?

국실이는 이근수의 시선이 부딪칠 때마다 그의 가슴은 은근히 탔다. 노루를 쫓는 사냥개처럼 이근수는 추근추근하게 그의 뒤를 따랐다.

어느 날 식전 쇠득이는 들에 거름을 져내고 시어머니는 남새밭에 오줌을 주러 나간 틈에 (그는 부엌에서 밥을 지으려니까) 이근수는 큰 기침을 하며 쇠득이를 찾고 들어선다.

"아무도 없어유."

국실이는 불을 때다 말고 부지깽이를 든 채로 내다보다가 대답했다.

"다들 어디 갔을까?"

"들에 나갔서유."

남자의 시선에 마주친 국실이는 별안간 감전된 사람처럼 온몸이 찌르르했다. 사나이도 몸을 떨었다. 그는 주위를 한 번 휘둘러보자 와락 달려들더니 국실의 손목을 덥석 쥐었다.

"아아, 노서요! 누가 봐유……."

그는 손목을 뿌리쳤다.

"보긴 누가 봐……."

"아아! 놓아요…… 아이……."

"그럼, 내 말 들을테냐! 응?"

"……."

"오늘밤에 우리집 사랑으로 온다면…… 그럴테야!"

그 뒤로 두 사람의 관계는 마을 안에 소문이 쫙 퍼졌다. 그러나 쇠득이는 못 들은 척하고 그 아내를 전과 같이 사랑했다. 그는 당초부터 자기를 싫어하는 여자를 아내로 삼았다는 것이 그만 것엔 눈감아 두자던 것인지도 모른다.

4. 춘궁

읍내 앞 큰내는 엊그제 장맛비에 불어서 시뻘건 황토물이 벌을 넘어 흘렀다. 원터 뒷고개로 뚫린 길이 좌우 논둑 사이로 꼬불꼬불 내려오다가 내 둑 앞에 와서 뚝 그치고 그 위에는 널판 다리가 금방 떠내려갈 것처럼 어린애의 종아리와 같은 약한 소나무 기둥을 버티고 간신히 얹혀 있다.

상류에는 지금도 비가 오는지 모른다. 그러나 이 근처 읍내 일경은 어젯밤부터 비가 멈췄다. 그 대신 바람이 밤중까지 몹시 불더니만 새벽부터는 안개[濃霧]가 자욱이 껴서 누가 따귀를 붙인대도 도무지 지척을 분간할 수 없다. 이런 날은 대개 안개가 늦게 갠다. 그리고 의레 일기가 좋은 법이었다.

"에, 오늘은 날이 들겠군!"

새벽녘에 오줌을 누러 나온 원칠이는 지리한 장마에 시달리던 끝에 날이 개일 조짐을 보자 상쾌하듯이 부르짖었다. 그는 방으로 들어와서 곰방대에 담배 한 대를 피어 물고 한참동안 머리를 긁고 나서 그 길로 마름집 논을 갈러 갔다. 문 여는 소리에 단잠을 깬 박성녀는 기지개를 부드득 켜며 눈을 번쩍 떠보았다. 창문까지 캄캄한 방안은 나가는 사람도 보이지 않았다. 그래 그는 잠결에 부르짖었다.

"아니…… 벌써 일 나가우. 캄캄 절벽인데."

어린애가 빈 젖을 악착스럽게 빤다.

"벌써가 뭐야? 날은 샜는데 안개가 져서 그렇지. 참, 지독하게도 꼈군! 아—함."

영감은 뒷간에 들어갔는지 그 뒤로는 기침하는 소리를 몇 번인가 들었을 뿐. 박성녀는 다시 새벽잠이 슬며시 들었다. 그는 빈대 때문에 밤중까지 잠을 못 잤다. 올라가는 아침 첫차가 어둠 속으로 철교를 건너는 소리가 우루루! 하고 나자 차는 뒤미처 '뛰—' 소리를 질렀다. 안개는 모든 것을 한입에 삼켰다. 하늘, 땅, 나무, 집, 산, 내 할 것 없이 모든 것은 한 빛으로 뭉친 혼돈 천지와 같다. 수묵(水墨)을 풀어놓은 것 같은 안개는 차차 희끄무레한 *박암(薄暗)으로 변해진다. 가까운 사람이 보이고 보리밭 너머로 내 둑에 선 나무숲이 보이고 그리고 정거장 통의 지붕과 제사 공장의 굴뚝이 희미하게 윤곽을 그리고 드러났다. 그러자 어느 틈에 벗어졌는지 모르게 눈이 부시는 태양은 동천으로 솟아올랐다. 안개는 불덩이 같은 해를 토하고 어디로 사라지자 하늘 한 복판은 백금같이 서기한다. 그의 한 떨기 안개가 마치 아주 없어지기가 섭섭한 것처럼 해를 스치고 지나서 산봉우리에 웅크리고 주저앉았다. 봉화재 연봉이 동쪽 하늘을 막아선 밑으로 치마 주름처럼 접힌 골짜기마다 다시 얼크러진 늦은 안개는 구름인지 연기인지? 유유히 산잔등으로 피어오른다. 그 속에서 뻐꾹새가 울고 있다.

박암
어두울락 말락 할 정도의 어둠.

"뻐꾹! 뻑뻐꾹…… 뻐꾹!"

뻐꾹새 울음소리는 실안개 속에서 오색이 영롱한 아침 햇살을 타고 그윽이 들린다.

해가 중천에 떠오르자 *연하는 흔적도 없이 사라지고 이 개인 하늘이 유난히도 푸르게 개인 밑으로 넓은 들은 읍내 앞뒤로 탁 틔었다. 읍내 뒷잔등의 무성한 고목나무 숲이 푸른 하늘을 떠이고 섰는데 장거리는 지네발처럼 길게 가로 뻗쳤다. 거기에 태양이 내려쪼인다. 박성녀는 늦잠이 들어서 아침 차가 올라간 뒤에도 한참에야 일어났다. 그는 영감이 오늘도 '쇠일'을 나간 때문에 어제 저녁에 남은 찬밥 한 그릇을 가지고 나물국을 끓여서 아이들과 그럭저럭 아침을 여의고 말았다.

연하(煙霞)
안개와 노을을 함께 이르는 말.

인성이는 점심을 싸가지고 갈 밥이 없어서 그대로 학교에 갔다. 박성녀는 상을 치우고 나서 장마 통에 후질러진 벗은 옷을 *똘창물에 주물러 넌 뒤에 썩은 새를 마당에 펴 널고 나자 오래간만에 빗접을 펴놓고 머리를 빗었다. 깨진 거울 속으로 들여다보이는 얼굴은 늙은이 뱃가죽같이 주름이 잡히고 가죽이 고무 주머니처럼 늘어났다. 그는 나들이옷이 따로 없었다. 아래 위 광목옷이 명색은 흰옷이라도 땀과 때와 검댕에 찌들어서 새까맣게 더럽고 살에 휘휘 감겼다. 그는 인학이를 등에 업고 함지박을 이고 나서자 삽짝문을 지치고 원터 앞길로 걸어갔다.

똘창
'도랑'의 방언.

박성녀는 앞내 다리를 건너다가 별안간 현기증이 나서 그 자리에 주저앉았다. 그는 눈을 딱 감고 앉아서 한동안 정신을 진정하고 있었다. 그가 별안간 현기증이 그렇게 난 것은 빈속이라 다리가 헛 놓인 데다가 등에 업힌 어린애가 갑자기 두 팔을 휘저으며 공중으로 몸을 솟구친 때문이었다. 어린애도 냇물을 보고 좋아했다.

"아이구 이놈의 새끼야 가만히 좀 있어라! 그렇지 않아도 현기증이 나는데 까딱하면 빠져 죽을 뻔했다.”

그는 한 손으로 어린애의 볼기짝을 탁 치며 부르짖었다. 눈을 떠보니 그 경황 중에도 함지박은 놓치지 않고 붙들었는지 그대로 있다. 그는 눈을 뜨면 어지러워서 다시 감았다. 그는 이게 웬일인지 몰랐다. 다리 밑에는 시뻘건 황토물이 용솟음을 치며 콸콸 흐른다. 그러나 비록 널쪽 다리라도 송판 두 쪽을 깔아놓아서 그리 위험할 것도 없는데 그 날은 변으로 익숙히 다니던 다리가 그렇게 무서웠다. 그는 눈을 뜨면 땅이 핑핑 돌아간다. 그리고 다리는 마치 파도를 헤치고 나가던 나룻배처럼 뒤 눕듯 하였다.

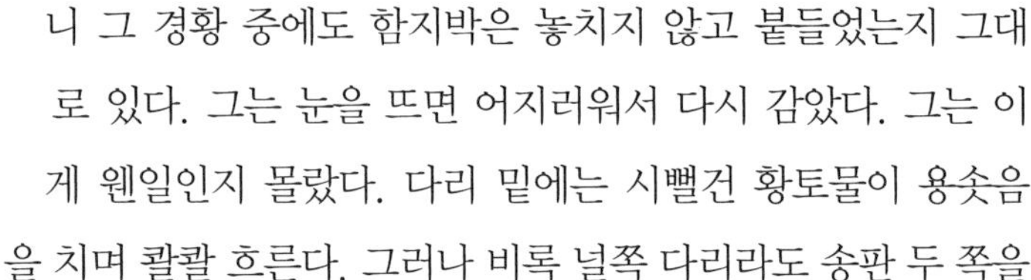

함지박

박성녀는 참으로 어쩔 줄을 몰랐다. 그 순간! 그는 있는 정신을 가다듬자 함지박을 붙들고 일어서는 길로 그만 한 곳을 노려보고는 일직선으로 달아났다. 이 바람에 어린애는 “악—” 소리를 치고 기함을 했다. 다리를 건너온 박성녀는 온몸에 진땀이 쭉 흘렀다. 그는 함지박을 내던지고 길옆 풀 언덕에 쓰러졌다.

냇물 흐르는 소리가 그제야 제대로 들린다. 앞뒤 논꼬 속에는 맹꽁이떼가 요란히 운다. 논고랑마다 빗물이 가득 실렸다.

‘아이구 아슬아슬해라. 하마터면 귀신도 모르게 죽을 뻔했지!’

그는 긴 한숨을 내뿜고 일어나 앉아서 어린 입에 젖꼭지를 물렸다. 냇둑에 선 버드나무 고목은 어젯밤 바람에 부딪혀서 한 가지가 척 늘어졌다. 장하게 된 보리가 군데군데 엎쳤다. 아직도 빗방울을 머금은 풀잎은 일광에 반짝인다. 까치 한 마리가 읍내 편에서 이 나무를 향하고 날아오며 깍깍 짖는다. 그 놈은 꽁지를 별스럽게 깝죽대며 까치집 아래위로 오르내리며 짖는다. 마치 무슨 *긴짐승이나 본 것처럼 그러자 냇물 건너편 들판에서 ‘어쩌쩌!’ 하고 소 모는 소리가 원터 뒷산에

긴짐승
길짐승. 뱀 따위와 같이 몸이 기다란 짐승을 통틀어 이르는 말.

부딪혀서 쨍! 하고 냇물을 가르며 울려온다. 박성녀는 물끄러미 그 편을 바라보았다. 그 목소리 임자가 자기 남편과 같기 때문에. 원칠이는 물론 속에서 장기 멘 소를 몰고 간다.

"성님! 무얼 그렇게 맥 놓고 보시유?"

"아니 업동이네야. 왜 인제 가?"

박성녀는 깜짝 놀라서 돌아보다가 반색을 하며 부르짖는다.

"난 벌써 가신 줄 알고 집에 안 들렀지라우."

업동이네는 '왜포' 수건을 쓰고 역시 빈 광주리를 *똬리 받쳐서 머리에 이었다. 그리고 만삭이 되어가는 바가지짝 같은 배를 안았다.

"냇물을 건너는데 별안간 어지럼증이 나서 간신히…… 참 별꼴을 다 보았어. 그래 울렁거리는 가슴을 진정하느라고 이렇게 앉았대여!"

박성녀는 마치 남의 말을 하듯 하고 한 번을 씩 웃는다.

"원체 냇물이 많아서 무섭구먼! 아침을 또 못 잡수셨던 게지?"

"아니야. 찬밥을 먹어서."

박성녀는 궁둥이를 털고 일어서며

"그런데 오늘도 남았을까?"

"글쎄유. 늦지나 않었는지. 우리도 아침을 못 끓였대유."

"그럼 어서 갑세. 그나마 머리를 싸고 대드니 *좀체놈은 *천신을 할 수 있어야지."

그들은 정거장 좌우로 즐비한 일본 사람들의 드높은 상점을 철둑 너머로 건너다보며 읍내로 뚫린 길을 터벅터벅 걸어갔다.

아래 장터 영생 양조소(永生釀造所) 문 앞 광장에는 오늘도 남녀노

똬리
짐을 머리에 일 때 머리에 받치는 고리 모양의 물건.

좀체놈
좀처럼.

천신(薦新)
처음으로 또는 오랜만에 차례가 돌아와 얻을 수 있게 됨.

소의 군중이 몇 겹으로 들어서서 목을 길게 빼들고 무엇을 기다리고 있었다. 그들은 모두 제가끔 빈 그릇을 들고 있다. 누루퉁퉁한 얼굴에 초라한 의복으로 간신히 살을 가리고 있는 그들은 마치 흉년을 만난 피난민을 방불케 한다. 사실 그들은 먹을 것이 없었다.

"어떻게 하는 셈야. 아무 소식이 없으니."

"글쎄 원. 다들 어디 갔을까?"

텁석부리 옆에 섰던 젊은 곰보가 역시 진력이 나는 듯이 말대꾸를 하며 군침을 삼킨다. 그는 말을 할 때마다 깡마른 *모시통이 뿔뚝뿔뚝 내민다. 한 사람이 말을 내니까 여러 사람들은 거기 따라서 또 지꺼분하게 떠든다. 우는 애를 업은 여자들은 이런 데를 와서도 아이에게 *지청구를 퍼붓고 손바닥으로 볼기짝을 때렸다.

모시통
목젖.

지청구
까닭없이 남을 탓하고 원망함.

"이놈의 새끼 뒤져라."

이 양조소는 그전에 면사무소로 쓰던 집을 새로 사서 증축한 것이다. 주인 김도원은 얼마 전까지 면장을 다니다가 어떠한 일로 권고사직을 당하였으나 그는 상당한 재산이 있었기 때문에 다시 신용을 회복할 수 있었다. 그래서 그는 수천 원을 들여서 양조소 도가를 시작했던 것이다.

이 집 술은 도내는 물론이요, 서울까지 판로가 확장되었다. 사무실에서 양복쟁이 하나가 호기 있게 뛰어나오자 군중은 웅성거리며 일시에 그에게로 주목한다. 그는 참으로 자기의 행복한 처지에 자긍을 가진 사람처럼 그의 혈색 좋은 얼굴을 마치 '나 좀 봐라' 하는 듯이 번쩍 들고 군중을 둘레둘레 본다. 그는 양복바지에 손을 찌르고 군중에게 연설하듯 한다. 면장 다니던 버릇이 그대로 남아 있다.

"에, 오늘도 이렇게 많이 왔는데 물건이 많지 못하니 우선 그런 줄을 미리 알란 말이야. 그러나 누군 주고 누군 안 줄 수 없으니까 오전 이상을 팔 수가 없어. 자! 그러면 이렇게 질서가 문란해서는 정신을 차릴 수가 없은즉 차례차례로 하나씩 늘어서라구."

말이 떨어지자, 여러 사람들은 일시에 일렬 종대로 늘어섰다. 서로 앞을 서려고 떠밀고 끄잡고 하는 바람에 한동안 왁자지껄하였다.

"마치 정거장에서 차 타러 나가는 것 같으네."

"글쎄 말야. 하하……."

그들은 또 한바탕 *헤식은 웃음을 웃었다. 양조소에는 물물이 *술지게미가 많이 나왔다. 그전에는 가축을 기르는 사람들에게 헐값으로 내고 거저 주기도 하였는데 누가 먼저 발견을 했는지 지게미를 사러 오기 시작했다. 그는 읍내 사는 막벌이꾼이었었는데 몇 때를 굶고 나서 곰곰이 생각한 끝에 마침 동전 몇 닢이 있는 것을 가지고 *재강을 사다가 끓여 먹어보았다. 그 뒤로 이것이 전파되자 재강은 훌륭한 픈거리 양식으로 이 근처 가난한 사람들에게 소용되었다.

재강은 나가기가 무섭게 번쩍번쩍 팔렸다. 그래서 그전에는 거저 내버리듯 하던 재강은 훌륭한 상품이 된 것이다. 어떻든지 부근 촌락의 가난한 소작농은 더구나 춘궁에는 먹을 것이 없어서 *초근목피로 겨우 연명을 하는데 이 고장과 같은 야산에는 풋나물도 흔치 않아서 그것도 먼 산 나물을 가지 않으면 안 되었다. 그래서 다급하면 거름하려고 면에서 얻어온 콩깻묵으로 죽을 쑤어먹기도 하는데(비료를 사람의 뱃속에다 하는 셈인가?) 거기다 비교하면 이 재강이야말로 고등 요리가 아닌가! 이에 그들은 너도 나도 하고 재강이 낫다는 소문을 듣는 대로 양조소 문 앞에 운집하는 터였다. 그러나 양조소 주인은 마치 거저

헤식다
맺고 끊는 데가 없이 싱겁다.

술지게미
술을 만들고 남은 찌꺼기. 재강에서 모주를 짜내고 나면 남는다.

재강
술을 거르고 남은 찌꺼기.

초근목피(草根木皮)
풀뿌리나 나무껍질. 맛이나 영양분이 없는 거친 음식을 비유한 말.

헛청
헛간으로 된 집채.

나 주는 것처럼 지금도 호기를 피우고 그들을 호령하였다. 사무실 안 *헛청에는 큰 멍석을 깔고 거기다가 하인들이 연신 술지게미를 펴 나른다.

"덕성이 어서 닫아주게. 냄새나 죽겠네."

"예! 얼마야? 삼전! 또 얼마야? 이전어치."

덕성이는 한갑이와 마주서서 팔을 걷어 부치고 재강을 팔았다. 그들은 사무실에서 도장을 찍어 넘기는 대로 전표의 금액을 들여다보고 거기 따라서 들이미는 그릇에다가 재강을 담아주고는 등을 내밀었다.

"받은 사람은 어서 척척 나가라구! 또 없어?"

잠견 공동 판매소와 같이 촌사람들은 쑤왈거렸다.

지게미에서는 야릇한 누룩 썩는 냄새가 코를 찌른다. 어떤 것은 곰팡이가 나고 초같이 쉰내가 난다. 그 속에는 지푸라기, 솔잎사귀, 피, 벼 깍지, 돌, 별별 잡동사니가 다 섞였다. 그래도 어떤 사람의 밀 깍지만 남은 재강을 한 바가지씩 받아가지고는 입을 헤 벌린다. 그는 우선 한 주먹을 움켜서 입 안에 털어 넣고 벌컥벌컥 씹어본다.

"애, 꼴 봐서는 제법 술내가 난다. 히히히—"

재강에도 등급이 있다. 찹쌀 지게미에 멥쌀이 섞인 것은 값이 비싸다. 그것은 제법 주기가 있어서 끓여 먹을 만하였다. 그러나 이런 것은 좀처럼 그들에게 *참례 오지 않았다.

참례
예식, 제사, 전쟁 따위에 참여함.

한참만에 박성녀의 차례가 왔다. 그의 영감이 술을 좋아하기 때문에 그는 양식이 떨어질라 치면 재강을 사다가 끓여주는 터였다. 지금 박성녀는 오전짜리 한 푼을 치마끈에서 풀어서 사무실에 디밀고 전표 한 장을 받았다. 등허리에 업힌 어린애는 어느 틈에 잠이 들어서 고개가 근드랑근드랑하며 옆으로 매달린다. 이쪽으로 제치면 이쪽으로, 저쪽으로 제치면 저쪽으로. 근처의 파리들은 사방에서 재강 멍석으로 날아 덤빈다. 등이 새파랗고 윤이 반지르르 나는 똥파리도 섞여 앉았다. 날리면 또 오고, 또 오고 한다. 파리도 술이 취했는지 한참씩 재강을 핥다가는 앞발로 주둥이를 쓰다듬고 뒷발로는 연신 *갈랙질을 하고 있다. 박성녀는 허청으로 들어가서 함지박을 내려놓고 전표를 내주었다.

갈랙질
가댁질. 아이들이 서로 잡으려고 쫓고, 이리저리 피해 달아나며 뛰노는 장난.

그 뒤에는 바로 업동이네가 붙어 섰다. 그들은 차례로 파리가 천신한 재강을 받아가지고 나와서 머리 위에 이고 돌아서려 할 즈음에

"어머니!"

하고 저편에서 뛰어오는 학생은 동저고리 바람인 인성이었다.

"넌 벌써 오니?"

박성녀가 다정히 묻는데

"그럼 오늘이 반공일인데 또 지게미를 사러 왔수?"

"그래."

"난 그거 먹기 싫어!"

"싫어도 어짜니, 양식이 떨어진걸……."

모친의 말은 구슬프게 들렸다.

"어머니 참, 누이가 낼 온대."

"낼 온대? 너 가봤니?"

"지금 가보구 왔수."

박성녀는 오래간만에 딸을 만날 생각을 하니 한편으로는 반갑기도 하면서 다른 한편으로는 애달픈 생각이 치받쳤다.

"아이구 네 뉘가 집이라고 온대야 뭐 해먹일 게 있어야지. 하필 밥거리도 없을 때 온다는구나."

모친은 부지중 한숨을 내쉬며 목 메인 소리로 말끝을 흐렸다.

"그러시지 부모 된 마음에…… 그래도 인순이가 월급을 제대로 타게 되면 성님 팔자가 늘어지지."

업동이네는 위로하는 말인지 부러워하는 말인지 모르는 말을 뱉고 웃는다. 젖가슴이 황소 불알처럼 축 늘어졌다.

인순이는 작년 가을에 희준의 주선으로 제사공장에 직공으로 들어갔다. 그는 아직 제 밥벌이에 지나지 않는 기숙생으로 들어가 있는데 이번에 세 번째로 집에 다니러 나온다는 것이었다.

"배고프겠다. 어서 가자."

"어서 가서유. 날이 퍽 더운데유."

양조소 앞에 모여 섰던 군중들도 하나 둘씩 뿔뿔이 헤어졌다. 박성녀와 업동이네는 인성이를 앞세우고 오던 길을 돌아섰다. 어느덧 앞내다리를 당도한즉 냇둑에 선 버드나무 고목 밑에 웬 남녀 학생이 가방을 내려놓고 다리를 쉬고 섰다. 여학생은 검정치마에 윗도리를 희게 한 양복을 입고 하얀 파라솔을 손에 들었다. 그들은 이런 시골에서 보기 드문 남녀 학생인 만큼 박성녀와 업동이네는 유심히 쳐다보았다.

"갑성이군!"

인성이가 자세히 보더니 이렇게 부르짖는다.

"응! 마름댁 아들이야!"

"여학생은?"

"글쎄. 그럼 그 댁 딸인가?"

남학생이 마주 쳐다보고 이편으로 걸어 나오는데 그들은 과연 갑성이 남매였다.

박성녀와 업동이네는 머리에 이었던 것을 빨리 내려놓고 갑숙이한테로 쫓아갔다.

"아이구, 아가씨. 언제 내려왔수? 난 뉘라구."

"아가씨, 지금 내려오시는 길이유?"

하고 그들은 반가운 인사를 하였다.

"인순이 어머니! 아…… 잘들 있었나요?"

"잘 있었지라우. 벌써 방학 때가 돼서 오셨나베. 마님 *제절도 안녕하신가유? 왜 함께 내려오시지 않고."

"아니, 다니러…… 집이 벼서 오실 수가 있나. 호호호."

갑숙이도 상냥한 표정으로 그들에게 웃는 낯을 보인다. 갑숙이는 신경 쇠약이 들어서 삼 주간 휴가를 얻어 가지고 시골로 *정양을 하러 오는 길인데, 갑성이는 누이를 따라서 함께 오는 길이었다.

갑숙이는 양산을 펼쳐서 머리 위로 내려 쪼이는 태양을 가리고 서면서

"인순이도 잘 있지요?"

제절(諸節)
듣는 이의 집안 식구들의 기거 동작을 높여 이르는 말.

정양(靜養)
몸과 마음을 안정하여 휴양함.

"잘 있지유…… 기 애는 공장에 들어갔다우."

"공장? 어떤 공장에……."

갑숙이는 게슴츠레한 눈을 뜨고 약간 놀라는 표정을 짓는다. 이마에 구슬땀이 송골송골 돋았다. 업동이네는 은근히 갑숙이의 몰골이 달라진 데 놀랐다. 이 년 전만 해도 털 안 벗은 복숭아처럼 까슬까슬하고 솜털이 돋아서 앙상하던 얼굴이 살결이 희어지고 땟물이 홀딱 벗은 것을 볼 때 과연 서울물이란 좋다 하였다.

"실 켜는 공장이라나, 비단 짜는 공장이라나유."

박성녀는 어린애를 옆으로 돌려서 젖을 빨리며 대답한다.

"이러 쩌쩌!"

물 건너 들에서 논 가는 소몰이 소리가 들리자 박성녀는 다시 그 편을 바라보았다. 소와 사람은 물속으로 쟁기질을 하며 느럭느럭 간다.

"참 여기도 제사공장이 앉았다니. 그럼 집에서 다니나요?"

"아니라유. 기숙사라나 어디 들어갔다는데 내일 집에 다니러 온다나유."

하고 박성녀는 씩 웃는다. 말 이 같은 뻐드렁니를 내놓고.

"내일이 노는 공일인가. 그럼 나도 만나보겠군!"

갑숙이는 인순이가 내일 온다는 말을 듣자 별안간 반가운 생각이 난다. 그는 인순이와 같이 보통학교를 다닐 때에 누구보다도 친한 사이였다. 자기는 지금 여자고보 사 학년을 다니지만 두어 급이 아래이던 인순이는 그렇게 봄에 졸업을 하고 나서 다시는 상급학교에 다닐 수 없기 때문에 할 수 없이 제사공장에 들어갔다는 것을 그는 비로소 알게 되었다.

"그럼 어서 갑시다. 시장하시겠군!"

"아니, 차안에서 무엇을 먹었어요."

"인성아, 이것 좀 이어다우."

박성녀는 엉거주춤하고 서서 인성이가 이어주는 함지박을 받아 인다.

"그게 무어야? 웬 술지게미들만…… 돼지 먹이를 받아들 가나."

박성녀와 업동이네는 별안간 *면구한 생각이 나서 얼굴을 붉히고 서글픈 웃음만 웃고 있었다.

면구(面灸)하다 낯을 들고 대하기가 부끄럽다.

"돼지죽이 아니라 사람죽이라우."

지금까지 혼자 서서 손장난을 하고 있던 갑성이는 누이에게로 고개를 돌이키며 그들의 대화 속에 뛰어들었다.

"하하하—정말 참 사람죽이지."

"사람이 그걸 어떻게 먹어?"

갑숙이는 곧이 안 들리는 것처럼 양미간을 찡그리고 웃는다.

"말 말어. 아까 장터 양조소 앞에 사람이 많이 선 것 못 보았남!"

"아니 그럼 그게 다 지게미를 사러 온 사람들이냐?"

갑숙이는 한동안 무슨 수수께끼나 풀리는 것처럼 물끄러미 한 곳을 쳐다보고 있었다.

"서울 사람들은 이런 것 안 먹나유?"

박성녀는 그대로 있기가 어쩐지 더 면구한 듯해서 짐짓 아무런 말을 물어보았다.

"난 못 보았는데유."

"그래도 여기 사람들은 없어서 못 먹는대유."

"그렇고 말고— 아이구, 사람 살기가 왜 그리 고난인지…… 서울 사람들도 그런가유?"

갑숙이는 그저 웃고만 있었다. 그들은 제각기 딴 생각을 하면서 천천히 원터로 들어가는 길을 밟아갔다.

"이러 쩌쩌! 워……."

물 건너 들에서는 원칠이의 소 모는 소리가 간간히 적막을 깨친다.

5. 마름집

첫여름, 아직 보리는 익지 않았다. 마을 중의 가난한 작인들에게는 보릿고개가 오히려 봉화재 꼭대기와 같이 까맣게 쳐다 보인다. 그러나 또 한편으로는 미구에 먹을 것도 같이 감질을 내게 한다. 그래서 그들은 보리가 얼른 익기를 *심축하면서 무시로 시퍼런 보리밭을 쳐다보았다.

마름집 안승학의 집에서는 벌써부터 모를 심기 시작했다. *조신력은 일찍 심어야 한다고 그는 오늘부터 논 열 마지기에다가 남보다 제일 먼저 조를 내었다.

원칠이는 어제 진종일 이 집 논을 갈았다.

"에, 그 논 벼 잘되겠나. 이런 논을 한 번 지어 보았으면 죽어도 원이 없겠다."

그는 논을 갈면서 이렇게 부르짖었다. 봄내 가물어서 갈이가 잘된 데다가 세 벌, 네 벌, 갈아엎었다. 그런데 엊그제 비가 흡족히 와서 모심을 물이 넉넉하였다.

심축(心祝)하다
마음으로 축하하다.

조신력
1910년 무렵부터 일본에서 도입되기 시작한 벼 품종의 하나.

안승학은 아침부터 다리에 각반을 치고 들로 나갔다. 그는 금테 안경에, 금반지를 끼고 양복조끼 앞자락에도 마치 자랑을 하려는 것처럼 금시계줄을 길게 늘였다. 그 위에 누른 빛 레인코트를 입고, 머리에는 *농립을 쓰고 손에는 검은 양산을 단장 삼아 짚고 섰다.

농립
여름에 농사할 때 쓰는 모자.

일꾼들은 못자리판에 들어서서 모를 찌고 있었다. 그들은 마치 황새가 우렁을 찍을 때처럼 고개를 빼 숙이고 일제히 엎드렸다.

희끄무레한 옷 밑으로 허벅다리까지 걷어 부치고 구부린 모양은 흡사히 황새 떼가 몰려 앉은 것 같기도 하였다. 모싹은 아직 어려서 나긋나긋한 것이 잘 뽑히지 않았다.

원칠이는 흙탕물 속에서 *써레질을 하고 있다. 그는 이 동리에서 제일가던 쟁기질꾼이다. 그는 오십이 넘었는데도 오히려 황소처럼 일을 했다.

써레질
모내기 전 갈아놓은 논에 물을 대고 흙덩어리를 부수고 논바닥을 편평하게 고르는 작업.

그러나 그는 논을 열 마지기밖에는 더 얻지 못했다. 그것도 원터 산모퉁이 비탈에 매달린 메마른 *봉천지기[天水沓]였다. 그는 이 논 열 마지기를 마치 황금밭으로 아는 모양 같다. 겨울이면 개똥을 주고 여름이면 퇴비를 섞어서 거름을 잘 하기 때문에 그런 논에서 *대석 이상의 소출을 낼 수 있었다. 그러나 한재가 심한 해에는 이런 근농(勤農)도 허사로 돌아갔다. 작년도 늦게 심어서 반 소출밖에는 못 내먹었다. 그래도 도조는 정조로 닷 섬이다.

봉천지기[天水沓]
빗물에 의하여서만 벼를 심어 재배할 수 있는 논.

대석(對石)
한 마지기의 논에서 벼 한 섬이 나는 일.

원칠이는 십여 년 전만 해도 논 섬지기나 농사를 짓고 큰소리를 세우기까지 했다. 어느 해 흉년이 든 데다가 그해 겨울에 친상을 당하게 되자 상채를 몇 십 원 지기도 했지마는 그 뒤로 웬일인지 형세가 차차 줄기 시작하더니 어느 틈에 지금과 같이 가난뱅이로 떨어지고 말았다.

집안이 *치패해 가는 꼴을 본 인동이는 보통학교 이 학년을 중도에 퇴학하고 부친과 힘을 합하여 농사를 *약빨리로 지어 보았으나 그래도 집안 형편은 갈수록 가난을 파고들 뿐이었다.

기미년의 소란통을 겪고 나자 마을 사람들 중에는 *남부여대하고 고향을 떠나는 이가 있었다. 덕삼이네 종형제가 일본으로 노동판을 쫓아가던 해에 춘식이네 온 집안 식구는 서간도로 농사를 지으러 간다고 *가산집물을 몽땅 팔아가지고 떠났다.

그전부터 서간도가 살기 좋다고 소문이 나서 인근 동에서는 떠나는 사람들이 더러 있었다. 그런데 해마다 더욱 생활난을 부르짖는 농군들이 어디든지 살기만 좋다면 *불원 천리 쫓아갈 판이었다. 그러나 또 한타국의 먼먼 길을 일조에 훌쩍 떠나기는 저마다 그리 용이한 일이 아니었다. 그래서 못 떠나는 사람들은 떠나가는 사람들을 도리어 부러워했다. 그때 원칠이도 춘삼이를 부러워한 사람 중의 한 사람이다.

"어디든지 살기만 좋다면 못 갈 것 있나. 갈 수가 없어서 못 가지. 아—하."

그때 원칠이는 정거장까지 전송을 나와서 그들을 눈물로 작별했다.

"들어가서 바로 편지하소. 살기 좋으면 나도 가겠네!"

"그람세, 그 동안 잘 있게!"

그러나 춘식이는 들어간 후로 지금까지 일거 무소식이었다.

"그 사람이 죽었는가? 살았는가?"

원칠이는 지금 써레질을 하면서도 그 생각이 문득 나서 춘삼이네 안식구의 얼굴을 일일이 그려보는데 별안간 마름집에서는 평양마마의 독살스러운 소리가 귀청을 울렸다.

치패(致敗)
살림이 아주 결딴남.

약빨리
약아서 눈치나 행동 따위가 재빠르게.

남부여대(男負女戴)
남자는 지고 여자는 인다는 뜻.

가산집물
집안의 재산과 살림 도구들.

불원 천리(不遠千里)
천 리 길이 멀다고 여기지 않음.

함독(含毒)하다
독기를 지니다.

야단독장
야단독판. 다른 사람을 깔보거나 무시하고 혼자서 마구 행동함.

숙자—그전에는 평양기생 명색으로서 춘홍이란 예명을 가진 숙자는 식전 아침부터 부산을 떨기 시작했다. 상어같이 거친 살결에 주근깨가 닥지닥지한 데다가 살기가 가득한 족제비 눈을 지루 뜨는 삼십여 세의 *함독한 여자였다. 평상시에는 행랑어멈과 갑출이(자기가 난 아들)를 업어주는 덕례를 들들 볶던 그는 오늘도 식전부터 소리를 고래고래 지르며 *야단독장을 친다.

"덕례야!"

"예."

"이년아 뒷간에 가서 뭐 하러 열 나절이나 자빠져 있느냐? 어서 요강을 쏟아오라니까."

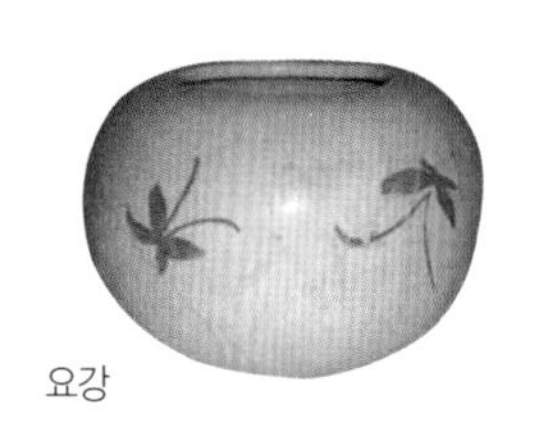
요강

"다 눴어유."

덕례는 뒷간에서 대답을 하고 호박잎을 뜯어서 얼른 밑을 씻는다.

"어멈, 일꾼 밥은 어떻게 되었어? 어서 내 가야 하지 않아."

"얼추 해가유 아씨."

길동 어멈은 부엌에서 설거지를 하며 입술을 삐쭉 내밀었다. 떠드는 소리에 갑숙이는 곤하게 자던 식전잠을 깨었다. 그는 어제 차멀미로 피곤했을 뿐 아니라, 간밤에 늦도록 이야기를 하느라고 늦게 잤기 때문에 수면 부족을 느꼈다. 그는 숙자의 떠드는 소리에 잠을 더 잘 수 없었다.

'악착도 부린다.'

갑숙이는 하품을 하며 게슴츠레한 눈을 부비고 일어났다. 경대 속으로 들여다보니 눈알이 시뻘겋다. 그는 신경질이 발작되며 별안간 불쾌한 생각이 치밀어 올랐다.

그는 이불을 아무렇게나 개어 얹고 방안을 쓸어냈다. 영창문을 열어 놓고 내다보니 신선한 아침 공기가 바닷물같이 서늘하게 부딪힌다. 그 윽한 시골 아침의 정적은 와글와글하고 복잡하던 도회지의 정조와는 별천지다. 어디서 개 짖는 소리가 컹— 컹— 두어 마디. 뒤미처 동구 앞 느티나무(정자) 위에서 까치 짖는 소리가 깍깍 나자 한동안 괴괴하더니만 이번에는 바로 울 안에 섰는 감나무 밑에서 수탉이 홰를 탁탁 치며 고개를 길게 빼고 울지 않는가.

"꼬— 끼— 요! 골—"

울타리에는 호박꽃이 노랗게 피었다.

갑숙이는 닭의 울음소리를 듣고 자기도 모르게 기쁨이 샘솟아 올랐다. 그는 그대로 앉아 있을 수 없는 어떤 감흥에 이끌려서 마루 아래로 뛰어내렸다. 그는 금시로 희망에 불 타는 처녀의 열정에 가슴을 뛰면서.

"왜 더 자지 않고 어느새 일어났어?"

숙자는 무엇을 그러는지 여전히 잔소리를 하며 방으로 마루로 들랑거리다가 갑숙이를 보고 이런 말을 한다. 갑숙이는 한동안 숙자의 얼굴을 맥없이 쳐다보았다.

그의 말은 지팡이를 내다주며 더 묵어가라는 사람 같지 않은가?

'저런 인물이 기생질을 어떻게 했을까? 사내들 눈이란 참으로 알 수 없지.'

갑숙이의 이런 생각은 자기 부친도 이 여자에게 반했다는 것이 속으로 웃음이 나왔다.

그동안 오입을 수없이 하고 첩을 대여섯 번 갈아들인 이가 종말에는 이런 여자와 맞붙어서 아주 그 손아귀에 쥐여서 상투 끝까지 빠졌다는 것이 우습지 않은가?

"작은어머니 떠드는 소리에 어디 잘 수가 있어야지. 에, 참."
하고 머릿방에서 자던 갑성이가 눈을 부비며 마루로 나앉는다.

"망한 녀석 같으니. 오늘 모 심는데 그럼 일찍 서둘러야지. 너도 가서 모나 좀 심으렴."

"심으라면 그까짓 것 못 심을까."

"서울사람은 게으르게 늦잠만 자고 아무 일도 안 해서 약하지만 시골 사람들은 사철 일을 해서 튼튼하단다."

우데마끼(うでまき) '손목시계'의 일본말.

숙자는 자기 팔뚝에 감은 '*우데마끼' 금시계처럼 농촌 생활을 자랑삼아 말한다.

"그래 시골 사람은 죄다 건강하고 부자로 잘 사는구려. 그런 사람들이 돼지죽 같은 재강죽은 왜 먹을까? 옳아, 그건 별미로 먹는 게군?"

"호호호…… 저 애가!"

갑숙이는 손으로 입을 가리며 무색한 웃음을 웃는다. 숙자는 얼굴이 발개가지고 애매한 덕례에게 별안간 소리를 빽! 지르며 부엌으로 들어간다. 갑성이는 누이를 바라보며 눈을 끔뻑끔뻑하였다.

감꽃

갑숙이는 동생에게 눈짓을 하고 감나무 밑으로 걸어갔다. 그는 두 팔을 벌려서 울 밑에 엎드린 장닭을 잡으려니까 닭은 그만 놀라서 꼬꼬댁거리며 확 풍긴다. 거기는 감꽃이 두서너 개 노랗게 떨어졌다.

첫여름을 맞은 나무와 풀들은 푸른 비단과 고운 잎사귀를 온몸에 휘감고 산들바람에 너울거린다. 읍내 뒷잔등에 서 있는 충충한 고목나무 숲과 냇둑에 늘어선 젊은 포플러나무의 행렬과 또 수양버들의 늙은 가지에도 연녹은 눈마다 피어나서 아침 이슬을 함함히 머금었다.

어젯밤의 평화한 꿈을 깬 대자연은 다시 이날의 태양을 맞이하여 하루 동안의 긴장한 생활을 준비하고 있다. 그러는 가운데 그들은 성숙의 가을을 앞두고 부쩍부쩍 성장의 가지를 내뻗친다. 그런데 자기는 왜 홀로 이 속에서 슬퍼하지 않으면 안 되는가? 갑숙이는 처량한 생각이 난다.

햇발은 부챗살처럼 퍼져서 감나무 가지 사이로 광선의 가닥가닥이 새어 나온다. 일광을 받은 나무 잎사귀는 마치 자모의 품안에 안긴 어린애처럼 반가운 웃음을 내뿜었다.

갑성이는 울 밖으로 나가서 무슨 유행가 같은 노래를 신명나게 부른다. 그의 목소리가 차차 멀리 들리는 것을 보면 그는 앞들 모심는 데로 나가는 모양이다.

'저 애는 무엇이 저리 좋을까…… 아직 철이 안 나서 그런가? 그렇지 않으면 사내는 둔감해서 그런가?'

하긴 자기도 몇 해 전까지는 갑성이만 못지않게 유쾌한 생활을 살아왔었다. 도무지 불행을 모르고 지내지 않았던가. 그렇다면 지금까지 불행이라는 것을 모르고 산 셈이 아닌가!

그는 자기의 신경쇠약을 가진 병적 성미가 발작적으로 이따금 흥분하고 센티멘탈해짐이 아닌가도 싶었다. 그래서 그는 이런 쓸데없는 생각은 끊어버리자고 결심했다.

지금도 그는 공상을 끊으려고 얼른 마루로 올라왔다. 그동안에 갑출이는 깨어서 덕례 등에 업혔다.

"갑출이 잘 잤니? 자, 뽀뽀! 뽀뽀 좀 할까?"

갑숙이가 자기 아들을 얼러주는 것을 좋아서 쳐다보는 숙자가 별안간 호호 웃으며

"어린애들처럼 웬 감꽃을 주웠니? 서울은 감나무도 귀하지?"

별안간 갑숙이는 귀밑이 새빨개지며 자기 손을 들여다 보았다. 과연 그는 어느 틈에 새로 떨어진 감꽃을 서너 개 주워들었다.

"호호… 감꽃도 오래간만에 보니까 퍽 예쁘겠지. 아나 갑출이 줄까?"

"아서, 먹으라구."

"먹으면 어떠우. 나도 어려서 감꽃을 먹었는데."

갑숙이는 일부러 소꿉질했다는 말은 하지 않았다. 그런 말을 했다가 속을 뽑힐까 무서워서. 다섯 살인가, 여섯 살 무렵에 갑숙이는 한 동리에 사는 희준이와 같이 울타리 밑으로 돌아다니며 감꽃을 주웠다.

그때 희준이는 감꽃을 주워줄라치면 그것을 받아서 *짚홰기에다 길

짚홰기
짚에서 이삭이 달린 줄기.

게 꿰었다. 그렇게 몇 꼬치를 꿰어 가지고는 나무 그늘 밑으로 가서 동무들과 소꿉질을 하며 놀았다. 어느 때는 희준이와 단둘이 놀기도 했다.

그런데 한번은 부친에게 들켜서 야단을 맞았다.

"계집애년이 계집애끼리 놀지 않고 왜 커다란 사내 녀석하고 노니? 이년 냉큼 들어가! 다시 또 그럴테냐?"

이렇게 호통을 치는 바람에 그만 질색을 하고 쫓겨 들어갔다. 그 뒤로 갑숙이는 희준이와 놀지 않았다.

갑숙이가 여덟 살 되던 해 봄에 읍내 있는 보통학교를 들어간 뒤로부터 그는 다시 희준이와 함께 한 학교를 다니게 되었다. 희준이는 그때 벌써 삼학년이나 되었다. 그들은 물론 가정이 엄격할 뿐 아니라, 서로 동무 지어 다닐 기회도 없었지만 길거리에서 오다가다 서로 만나는 때가 있었다. 그럴 때는 희준이가 먼저 쳐다보며 웃었다.

그러면 갑숙이는 고개를 푹 숙이고 달음박질을 쳐갔다.

어쩐지 희준이는 갑숙이를 만날 때마다 놀려주고 자꾸만 놀려주고 싶었다.

어느 해 한번은 서로 마주쳤을 때, 희준이는 싱긋 웃으며

"갑숙아! 너 소꿉질하던 생각 안 나니? 그런데 뭐…… 달아나긴……."

갑숙이는 그때 어쩔 줄을 몰랐다. 그는 분한 생각이 나서 그 길로 집에 가는대로 부모에게 고자질을 하고 싶었다. 그러나 한편으로는 그가 자기에게 친하게 구는 것이 어쩐지 좋게도 생각되었다. 갑숙이는 지금도 이런 생각이 들자, 다시금 얼굴이 붉어졌다.

'그는 벌써 장가를 갔다지. 아니 첫애를 낳는지도 모르지.'

갑숙이는 뒤미처 자기를 꾸짖었다.

'내가 미쳤나, 실성을 했나! 남의 사내야 장가를 들었던 말았던 무슨 상관이야.'

하고 그는 먼저 생각을 취소하고 싶었으나, 그것은 마치 딱딱한 연필로 쓴 글씨를 고무로 지울 때처럼 잘 지워지지 않았다.

숙자는 그런 부산통에도 세수를 하고 나자 경대 앞에 앉아서 머리를 한나절씩 빗고 화장을 했다. 갑숙이는 그것이 꼴보기 싫었다.

덕례는 마루에 걸레질을 치고 나서 요강을 부시고, 세숫물 떠놓고, 또 무엇 무엇을 하라는 숙자의 입시늉하기에 골몰하였다. 그리고 나서 그는 일변 갑숙이 안은 갑출이를 받아서 등에 업었다.

길동어멈은 부엌에서 혼자 모심는 일밥을 짓느라고 갈팡질팡했다. 그는 아궁이 앞에서 여러 군데 밥솥, 국솥, 지짐이 냄비에 불을 때느라고 얼굴이 연시감처럼 익고 땀이 나서 적삼 등을 함씬 적셨다. 얼굴에는 땀방울이 낙숫물처럼 철철 흐른다.

그는 무엇을 먼저 해야 좋을지 모르는 사람처럼 이리 닫고 저리 닫고 했다. 구정물 통에서 그릇을 닦다가 밥이 넘어서 쫓아갔다. 밥솥의 뚜껑을 열어놓고 거품 김을 불고 나니까 또 국솥이 펄펄 끓어 넘는다. 국솥에 있는 불을 물리고 나니까 지짐이 냄비를 끓이던 불이 화르르 타나온다. 그래 그는 또 그놈을 부지깽이로 긁어 넣었다. 그는 그만 짜증이 났다.

'제밀할, 큰일 하는데 혼자만 맡겨두면 어짜잔 말이야—팔자가 사나워서 남의 집 *드난을 하려니까.'

드난
임시로 남의 집 행랑에 붙어 지내며 그 집의 일을 도와줌. 또는 그런 사람.

그는 땀물도 주체를 못 하는데 눈물까지 쏟아졌다. 행주치마로 콧물과 눈물을 씻고 나서 그는 목멘 소리로 덕례를 불렀다.

"덕례야!"

"예—"

"넌 불 좀 때주지 않고 뭐 하니?"

"애기 업었시유."

"애기 업고 불 때지 마라. 매워한다."

숙자는 얼굴에 *베니 칠을 하다가 부르짖는다.

"덕례야!"

"예—"

"가서 뉘 좀 불러온— 업동이네나 돌쇠네나. 댁에서 큰일을 할 때는 부르지 않아도 좀 와보지 않고…… 그래두 논은 남보다 많이 달라지. 사람들이 왜들 그래! 염체가 없는지……."

마치 땅을 거저나 주는 것처럼 야단을 치며 숙자는 애매한 그들에게 생트집을 잡는다. 길동어멈은 부엌에서 그 말을 듣고 입을 비쭉 내밀었다.

'밥 한 그릇 주기가 아까워서 뉘 오는 것을 긴치 않게 알면서도 무얼 안 온다고. 능청스럽게 저럴까…….'

갑숙이는 마루에 앉아서 숙자의 하는 꼴을 보고 속으로 웃었다. 그는 어멈이 혼자 부엌에서 허둥지둥하는 것을 차마 보지 못해서 치마를 걷어 치고 부엌으로 들어갔다.

"아이구 아가씨 고만 두서유."

"더러우면 빨아 입지 걱정인가."

갑숙이는 어멈을 마주보고 웃으며 냄비 앞에 앉아서 불을 집어넣었다. 어멈은 갑숙이의 인정이 고마웠다.

'학교 공부한 이는 참 다르군.'

그러자 업동이네가 와서 부엌일을 시원스레 거들었다. 북어 지짐이,

베니
베니(べに). '연지'의 일본말.

아욱국, 미역 자반, 무말랭이 무침, 고등어 토막, 새우젓—이런 반찬으로 한 광주리를 해서 이고 그는 앞들로 내갔다.

갑숙이는 아침을 먹고 나서 그길로 인순이 집을 찾아갔다.

6. 새로운 우정

박성녀는 오래간만에 공장에 있는 딸이 온다는 기별을 듣자 집에 돌아오는 길로 온 동리를 돌아다니며 양식을 꾸러 다녔다. 하긴 마름집으로 꾸러 갔으면 제일 탐탁하겠지마는 거기는 말하기가 어려워서 굶어 죽는 한이 있더라도 그런 소리를 하러 가기는 싫었다. 그것은 비단 박성녀뿐만 아니라 이 동리의 가난한 사람들은 모두 그러하였다. 얼른 생각하면 이 동리의 가난한 작인들은 그 집에서 분배해 주는 전장을 얻어 부치니까 서로 친할 것 같은데도 실상은 그와 정반대로 간격이 멀어졌다. 없는 사람과 있는 사람들 사이에는 마치 물에 뜬 기름과 같이 한 이웃 간에도 서로 쌓이지 않았다. 웬일인지 이러한 간격은 해가 바뀌는 대로 점점 더 심한 것 같다.

맷방석

그래서 박성녀는 자기 처지와 비슷한 가난한 집으로 돌아다니던 끝에 희준이 집에서 쌀 한 되와 백룡이 집에서 좁쌀 두어 되를 꾸어 왔다.

어제 낮에 사온 술지게미는 안마당에서 맷방석을 펴고 널어놓았다.

인순이는 아침을 먹고 왔기 때문에 점심이나 일찍 지어준다고 박성녀는 벌써부터 보리쌀을 씻기 시작했다. 오늘은 마침 공일이 되어서 어린 남매가 모처럼 서로 만났는데 비록 꾸어온 양식으로나마 어미 손으로 밥을 지어 먹일 생각을 하니 가슴이 뻐근하도록 기쁜 생각이 났다.

그러나 인순이는 부잣집으로 시집간 딸이 오래간만에 가난한 친정에 온 것처럼 모든 것이 서글퍼보였다. 여직공으로 있는 자기도 결코 호강을 하는 바는 아니었으나 그래도 기와집 속에서 거처는 깨끗하고 아직까지 재강죽은 먹지 않았다.

그런데 대관절 이게 사람이 거처하는 집인가? 게딱지만한 초막이 게다가 고옥이 되어서 올 여름 장마에는 기어이 쓰러질 것 같다. 인순이도 한동안 우두커니 앉아서 집안을 둘레둘레 보았다.

마치 자기도 언제 이 속에서 살았던가 하는 것처럼.

"벌써 점심을 지어요? 그럴 것 없이 우리집으로 가자!"

실심(失心) 근심 걱정으로 맥이 빠지고 마음이 산란해짐.

인순이가 *실심한 태도를 보이자 갑숙이는 그를 자기 집으로 가자고 꾀었다.

"난 싫어……."

"왜?"

서름서름하다 사이가 자연스럽지 못하고 서먹서먹하다.

인순이는 갑숙이가 친절히 구는데도 불구하고 어쩐지 *서름서름한 생각이 나서 한 말로 거절해버렸다. 그는 오래간만에 갑숙이를 만난 것이 반갑기는 하면서도 서로 환경이 다른 만큼 어렸을 때처럼 정답지가 않았다. 그것은 우선 갑숙이가 입은 비단옷과 자기가 입은 무명옷이 서로 구별되는 것처럼, 인순이는 그런 옷을 입은 것이 얄미워 보였다. 비단옷이 부러워서 그렇다는 것은 아니다. 지금 인순이의 감정은 단순히 그런 것도 아니다. 만일 갑숙이가 다른 옷을 입었다면 그런 생각이 안 났을지도 모른다. 그는 갑숙이가 자기들이 짜기 시작한 인조견 교직 *숙수로 치마적삼을 해 입은 것이—정작 그것을 짜는 자기는 못해 입는데 갑숙이 같은 방적공장이 어떻게 생겼는지도 모르는 사람은 그것을 해 입었다는 것이—어쩐지 야릇한 생각을 먹게 하였다.

숙수
날실에는 생명주실, 씨실에는 세리신을 제거한 명주실을 써서 무늬 없이 평직(平織)으로 짠 천.

"왜 가면 어때서 그러니?"

"그래도 난 싫어!"

인순이는 가벼이 대답한다.

"내둥 안 가다가 밥 얻어먹으러 가겠어유 호호호. 아가씨나 우리집에서 조밥 좀 자서보지. 서울서는 조밥 안 먹지유?"

"왜 안 먹어요."

갑숙이는 박성녀의 말하는 눈치를 짐작하자 다시 더 간청하지는 않았다.

그도 혹시 자기가 인순이를 데리고 갔다가 숙자에게 재미 없는 눈치를 보인다면 그것은 차라리 안 데리고 간만 못하기 때문에. 그렇다니 말이지 갑숙이 자신도 마치 남의 집에 손으로 온 것처럼 어설프고 제 집 식구 같지 않았다.

그것은 비단 숙자뿐 아니라 그의 부친 안승학도 웬일인지 의붓아비처럼 서름서름한 생각이 들게 한다.

갑숙이는 문지방에 걸터앉았다가 마당으로 내려섰다. 그는 맷방석 앞에 쪼그리고 앉으며

"이게 무에야? 아니 이게 어저께 사오던 술지게미 아니우?"

"그렇다우."

밥을 안치고 밥솥에 불을 때는 박성녀는 갑숙의 말이 떨어지자 얼른 대답한다.

"이걸 왜 말려요? 어떻게 먹을라고."

인순이도 따라 나와서 갑숙이와 마주앉는다. 박성녀는 불을 한 부엌 그러넣자 부지깽이를 든 채로 나와서 '재강 요리법'을 서울사람에게 설명하여 주었다. 사실 갑숙이는 그것을 신기하게 듣고 감탄하지 아니치 못하였다.

불암소
털빛이 누르스름하고 붉은 암소.

"이것을 이렇게 말리면 밀 껍데기 '누룩 깍지'와 덜 삭은 쌀알이 바짝 마르지 않어유. 그래 그것을 까부르면 밀 껍질은 나가고 싸래기만 남는 것을 죽을 쒀 먹으면 아주 맛나답니다. 아가씨는 그런 것 못 자서 보았겠지?"

"못 먹어봤어요. 옳거니 그렇게 해서 먹는 것을 난 그대로 먹는 줄만 알고…… 돼지죽 같은 지게미를 어떻게 먹나 했지. 호호호."

갑숙이는 손으로 입을 가리며 간드러지게 웃는다.

"왜 그냥 먹는 것도 있지라우. 찹쌀 막걸리나 약주 술지게미 같은 것은 쌀이 많이 들고 누룩도 좋기 때문에 지게미도 곱지라우. 그런 건 그대로 끓여 먹어도 좋고 생으로 먹어도 좋지만 어디 그런 건 비싸서 사먹을 수가 있나유."

하고 박성녀는 이를 헤 벌리며 웃는다. *불암소 꼬리 같은 노란 머리를 간신히 정수리에 감아 얹고 눈곱이 낀 때꾼한 두 눈을 해멀거니 뜨고 서 있는 모친의 경상을 쳐다볼수록 인순이는 가슴이 뭉클하였다. 그것이 갑숙이의 애젊은 고운 살결과 또는 맵시 있는 비단옷과 서로 좋은 대조가 되었다. 인순이는 아까 생각이 문득 났다.

자기가 짜는 비단을 남은 저렇게 잘해 입는데 정작 자기는 입을 수가 없는 것처럼 해마다 쌀농사를 짓는 부모는 쌀은 다 어쩌고 재강죽으로 연명을 하는가?

그렇다면 자기나 자기 부모는 똑같은 처지에 사는 사람들이 아닌가! 자기는 아까 그래도 공장에서는 기와집에서 거처는 깨끗하고 아직 재강죽은 먹지 않는다고—농촌보다는 탁탁한 것처럼 말하였다. 그러나 거기에는 하루에 십여 시간씩 일하는 붙박이 노동이 있지 않은가. 그만해도 인제는 숙련이 되어서 그대로 감내할 수 있지마는 공장에 처음 들어갔을 때, 아침부터 저녁까지 하루 종일 꼬부리고 앉아서 실을 켜기란 참으로 사람이 죽을 지경이었다. 전기 자새는 번개같이 돌아가는데 끓는 물에서 고치를 건져내서 실 끝을 찾으려면 여간 힘든 것이 아니다. 자칫하면 끊어지고 그것을 서툰 솜씨로 다시 잇기란 진땀이 바작바작 나곤 하였다. 그래도 그는 남한테 질까 무서워서 마음을 졸이고 초조했다. 남보다 성적이 나쁘면 월급을 적게 부친다는 바람에.

누에고치

이렇게 하루를 시달리고 나면 두 손이 홍당무처럼 익고 눈은 아물아물하고 귀에서는 전봇대 우는 소리가 나고 목에는 침이 마르고 등허리는 부러지는 것같이 아프다. 수족은 장작같이 뻣뻣해서 도무지 자유를 듣지 않았다. 손등은 마른 논 터지듯 터졌다.

이것은 참으로 노동 지옥이 아닌가! 농촌에는 이와 같은 노동이 없는 대신에 거기는 기아가 대신하고 있다. 노동과 기아! 그 어느 편을 낫다 할 것이냐? 아니 그들에게도 농민만 못지않은 기아가 있고 농민에게도 그들만 못지않은 노동이 있다. 결국 그 두 가지는 그들에게 공통된 운명이 아닐까?

지금 인순이는 막연하나마 이런 생각을 하고 속으로 이상히 생각했다.

'노동자와 농민은 왜 굶주리고 헐벗지 않으면 안 되는가?'

그러나 인순이에게 그보다 더 이상한 것은 갑숙이가 여직공을 부러워하는 것이었다.

'그건 농담이겠지. 저 애가 무엇이 답답해서 직공이 되고 싶대!'

인순이는 갑숙이의 진정을 캐보려는 것처럼 말끄러미 쳐다보는데 갑숙이는 무심히 손끝으로 재강을 헤집고 앉았다. 그는 무엇을 생각하는 모양 같았다.

"여직공이 몇 명이나 되니?"

하고 갑숙이는 별안간 묻는다.

"한 삼백여 명 된대."

"아이 꽤 많고나. 정말로 내가 들어갈는지 모르니 편지하거든 잘 소개해 주어야 한다."

"거짓말! 뭘 하러 거기는 들어간다고 그래. 난 나올 수가 있으면 도로 나오고 싶은데."

"아니야, 정말이야. 그런 사정이 있을는지도 몰라서……."

"그러나 내가 무슨 힘 있나."

갑숙이는 별안간 실심한 태도를 보이다가 다시 미소를 띠우며 발딱 일어선다.

"내 점심 먹고 올게. 이따가 들 구경 가자고. 응!"

"왜 아무 데서나 좀 자시지 않고."

"아니 조금 있으면 부르러 올걸. 그럼 꼭 가, 응!"

"응! 그래."

인순의 대답이 떨어지자마자

"작은아씨! 거기 계슈? 어서 오시래유."

하는 덕례의 목소리를 들은 갑숙이는 구둣발로 깡충깡충 뛰어나간다. 인순이는 부러운 듯이 그의 높은 구두 뒷굽을 우두커니 바라보고 있었다.

일꾼들은 밥을 먹고 나서 담배를 피워 물고 점심참을 쉬고 있었다.

밭 귀퉁이에 있는 언덕 위에는 느티나무 한 주가 서 있고 그 밑 논 귀퉁이에는 옹달샘이 흘러내린다. 일꾼들은 나무 밑에서 몸을 쉬고 이 샘물로 목을 축였다.

업동이네는 일꾼들의 밥 먹은 그릇을 샘물에 부신 뒤에 주섬주섬 담은 광주리를 이마에 이고 일어섰다. 그 뒤에는 배가 북통같이 *맬롱한 업동이와 바둑이가 달랑달랑 따라갔다. 업동이는 벌써 아랫도리를 벌거벗고 다닌다.

맬롱하다
볼록하게 도드라지다.

업동 아버지—덕칠이도 모심는 일을 왔다. 일꾼들은 거머리를 뜯긴 다리에서 시뻘건 피를 흘리며 혹은 드러눕고 혹은 앉아서 담배를 피운다. 덕칠이와 원칠이도 담배를 붙여 물고 마주앉았다. 거머리를 물린 자국은 그들의 다리에도 동침을 맞은 구멍처럼 검은 피가 엉겨붙었다.

모내기

조첨지는 적삼을 벗어들고 이를 잡고 앉았다. 그는 서캐가 깔린 겨드랑이 밑 솔기를 앞니로 자근자근 깨물었다. 그러는 대로 으지직으지직 소리가 난다.

젊은 패들은 길바닥에다 '곤질' 을 그려놓고 둘러앉아 고누를 두었다. 늙은이 축은 구성지게 무슨 이야기를 하다가 간간이 당나귀 울음 같은 얼빠진 웃음을 내뿜는다.

여인들 두어 명은 샘가에서 웃통을 벗어부치고 등멱을 감는다. 방개 어머니는 등허리에다 바가지로 냉수를 끼얹는 대로

"아이 차가워! 에 시원해라!"

하며 헐헐 느낀다. 그가 등멱을 다하고 일어서서 머리에 쓴 왜포 수건으로 젖가슴을 쓱쓱 문지르는 것을 무심코 쳐다보던 덕칠이는

'에, 그 여편네 지금도 훌륭한걸! 젖통이가 포동포동하고 살 하나 군데 없는 것이 마치 마름댁 암소 같구나!'

하고 군침을 꿀떡 삼켰다. 사실 방개 모친은 사십이 넘었는데도 오히려 서른 대여섯밖에 안 되어 보인다. 그는 처녀 적부터 이 동리에서 명물이었다. 삼년 전에 상부(喪夫)를 한 뒤에 그는 마음 놓고 해마다 '개가' 를 가면서도 웬일인지 그 해를 못다 살고 번번이 갈라섰다. 그래서 지금도 사내는 무수하지마는 법률상으로는 훌륭한 과부였다.

"아재 왜 그렇게 쳐다보우. 내 얼굴에 뭐 묻었우?"

"그 젖통이가 탐나서 그러우."

그들의 대화에 여러 일꾼들은 와 하고 *홍소를 터뜨렸다.

홍소(哄笑)
크게 웃거나 떠들썩한 웃음.

"오늘밤에 갈까?"

"오는 걸 누가 말려!"

그들은 다시 웃었다. 냇둑 풀밭에는 점심까지 써레질을 하던 마름집 암소가 한가히 드러누워서 입아귀를 삭인다. 어여쁜 송아지는 어미젖을 쿡쿡 치받으며 빨다가는 무슨 짓인지 별안간 두 귀를 쫑긋하고 냇

둑으로 깡충깡충 뛰어간다. 사람으로 치면 그게 부모 앞에서 재롱을 부리는 셈인지 그렇지 않으면 다리에 힘을 올리려는 것인지! 송아지는 뛰어가다가 코 끝으로 풀잎을 맡아본다. 그리고 별안간

어미소와 송아지

"엄매!"

하고 소리를 지르며 송아지는 다시 어미에게로 뛰어간다.

"엄매!"

새끼가 우는 바람에 어미소도 따라 운다. 그 소리에 뒷산이 찌르릉하고 울린다.

교대해서 등멱을 감고 일어선 삼분 어머니는 수건으로 등을 닦다가 한 손을 들어서 냇둑을 가리키며

"저게 누구라우. 마름댁 아가씨 아닌가?"

"글쎄, 그럼 또 하나는?"

"참, 그건 또 누구일까."

그들은 눈이 뚫어지게 쳐다보는데, 원칠이도 그 편을 보다가

"우리 인순인가, 오늘이 오는 날이라고 이 애가 집에 온다더니만."

"그렇군, 참 인순이군!"

일꾼들은 인순이란 바람에 모두들 대화의 총부리를 원칠이에게로 돌려댄다.

"아재는 딸도 잘 두셨지. 인순이가 월급을 타면 허리띠를 끌러 놓으셨지. 뭐—"

"난 딸이나 있어야 그런 데라도 넣지."

"딸만 있으면 되나. 그것도 다 학교 공부를 해야 되는 게지."

"그렇지, 암. 지금 우리네 처지로서야 어디 아들이 있기로서니 학교

치다꺼리를 할 수 있나."

조첨지는 막내둥이가 올해 겨우 열 살 남짓한 것을 나무지게를 지운 것이 지금도 애석해서 한숨을 내쉬었다.

인순이와 갑숙이는 소가 누운 데서 상거가 멀지 않은 잔디밭에 나란히 앉아서 이편을 바라보고 있다.

길동 아버지(마름집 아범)가 먼저 일어나서 모춤을 논배미 속으로 나르기 시작하자 일꾼들은 곰방대를 털어서 꽁무니에 끼우고 하나 둘씩 논둑으로 걸어 나왔다. 길동 아버지는 지게에 짊어진 모춤을 내려서 먼 데 논배미로 힘껏 내던졌다. 모춤은 공중을 긋고 물탕을 치며 떨어진다. 미구에 온 논배미에는 새파란 모춤이 벌려 있다.

"원칠이는 참 용하거든. 남은 아들도 공부를 못 시키는데 딸까지 공부를 시켜서 저런 *소도를 보게 하니."

소도
효도(孝道).

"그렇기에 무슨 일이고 선등해야 되는 법이야."

그들은 인순이가 마치 진사 급제나 한 것처럼 떠들고 야단이었다. 그러나 정작 원칠이는 조첨지가 자기를 부러워하는 이상으로 인순이를 더 공부시키지 못한 것이 한이 되었다. 지금 갑숙이와 나란히 앉은 인순이도 서울로 공부를 보냈다가 동무와 같이 집에 다니러 왔다면 얼마나 더 기쁠 것인가!

"말 말우. 나도 소바리나 있던 것을 어느 틈에 올려 보내고 소득이라고는 계집애 하나 보통학교 공부시킨 것밖에 없지 않수."

"원체 그렇지. 참 원칠이도 고만했으니까 공부를 시켰지. 없으면 어미, 아비 제사도 못 지내는데 할 수 있나."

"*동부동 그렇기도 하지만 내남없이 몰라서 못 가르친 사람도 있습니다. 계집애는 고사하고 사내자식도 머리 깎고 학교에 보내는 것을

동부동
꼼짝할 수 없이 꼭.

몇 해 전 만해도 큰 변으로 알지들 않었소."

"우선 나부터도 그랬는걸! 허허허…… 참."

"허허—세상은 무척 변하는 세상이지. 지금은 못 가르쳐 걱정 아니여!"

"그럼. 삼분 어머니도 오늘밤에 가서 딸 하나 만드시유."

"하하하…… 인제 만들어서 그걸 언제 키워가지고……."

"하! 하! 하!"

허벅다리까지 걷어 부친 일꾼들은 논 속으로 들어가서 일렬로 늘어서자 모를 한줌씩 모춤에서 빼들고 심기를 시작했다.

진흙물 속은 모를 꽂는 대로 푸른빛을 띠어갔다. 뒤미처 벼 포기 사이로는 유창한 '상상디아' 소리가 흘러 나왔다.

햇볕은 어제보다도 더 뜨거웠다. 구름 한 점 없는 하늘에 불덩이 같은 태양은 그들의 등허리 위로 '직사' 한다. 까딱하면 그것은 그들의 등허리 위로 떨어질 것도 같이. 아니 그보다도 태양은 벌써 떨어진 것처럼 논배미 속으로 찬란하게 들여다보인다.

보기만 해도 징그러운 거머리들은 사람의 피를 맡고 사방에서 굼실거리고 온다. 그러나 그들은 거머리를 뗄 생각도 않고 그대로 모를 심는다. *건갈이의 거머리란 유명하기 때문에 원체 하도 많은 것을 일일이 떼려다가는 정작 다른 일도 못 할 지경이었다.

건갈이
마른갈이. 마른논에 물을 넣지 않고 가는 일.

"에—거머리란 놈들 잘 뜯어먹는다. 마치 보쌈에 엉기는 송사리 떼 같구나!"

덕칠이가 논둑으로 모춤을 가지러 나오는데 그의 두 다리에는 콩멍석처럼 거머리가 새까맣게 붙었다.

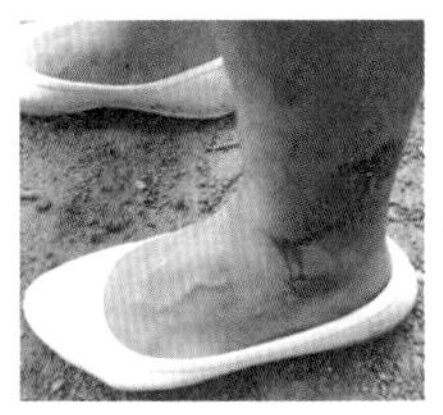
거머리에 물린 발목

안승학은 어느 틈에 나왔는지 모르게 논둑에서 모심는 것을 보고 서 있다. 그는 양산을 펴서 들었다. 그의 시선은 풀밭에 앉은 갑숙이와 인순에게 던졌다. 인순이가 누군지 모르는 모양 같다.

일꾼들은 주인이 나온 것을 보자 이야기를 뚝 그치고 부지런히 모를 꽂는다. 왼손아귀로 잡은 모춤에서 모포기를 재빨리 떼어다가 심을 때마다 물꼬에 송사리 떼가 오르는 것처럼 쪼르륵 소리만 들렸다. 내 속에서는 어린아이들의 재깔대는 소리와 철벅철벅 물탕치는 소리가 들린다. 발가숭이들은 벌써 제 세상을 만난 것처럼 시내 강변으로 몰렸다.

보리 이삭

보리 이삭은 이따금 부는 바람에 파도 같이 꿈틀거린다. 정거장에서는 차 떠나는 소리가 들린다.

갑숙이는 눈이 부시는 햇빛을 등허리로 받으며 모심는 일꾼들을 바라보다가

"저—우리 반 애들은 지금 다 무엇들을 하고 있다니?"

버들잎을 훑어다가 자근자근 씹어서 상긋한 냄새를 맡고 있던 인순이는 갑숙이가 묻는 바람에 고개를 돌이키며

"시집간 애도 있고, 노는 애도 있고, 달아난 애도 있고 그렇지…… 아마 시집간 애들이 제일 많을 게야!"

"서울로 공부 간 애는 별로 없지?

"*내남없이 살기 어려운데 보낼 수가 있어야지."

내남없이
나와 다른 사람이나 모두 마찬가지로.

인순이는 이편 말을 하는 것 같은 생각이 나서 더 하고 싶은 말을 중단했다.

"누가 달아났다니?"

"아따 왜, 홍년이라고 있지 않었니."

"그래, 그래. 저 미치광이 같이 잘 웃던 애 말이지. 왜 달아났다니?"

"저보다 두 살이나 덜 먹은 머리꼬리 달린 글방 애한테로 정혼했는데 오늘이 혼인날이면 그저께쯤 내뺐단다."

"왜 하필 머리 단 신랑을 골랐을까. 시시덕이 재를 넘는다더니 기 애가 기어이 그랬구나."

"머리는 땋을망정 어렵지는 않으니까 사위 덕 좀 보려고."

"아이구, 망측해라. 네 반 말괄량이 곰보도 시집갔니?"

"기 애도 즈 어머니가 술장사해서 돈 잘 버니까 너도나도 하고 사방에서 대가리를 싸매고 사윗감이 대들었대. 호호호……."

인순이의 웃는 모습을 홀린 듯이 쳐다보던 갑숙이는 마주 정찬 웃음을 넌지시 웃으며

"그런 애는 데려갈 사내가 없을 줄 알았더니…… 어디나 지금 세상은 돈이 날개로구나. 그래 홍년이는 저 혼자 갔대?"

"혼자 갔다기도 하고 뉘를 달고 갔다기도 하니까 모르지."

갑숙이는 자기보다 손아래인 인순이가 남녀 관계에 대한 말을 거침없이 대꾸하는데 은근히 놀랐다. 이런 생각은 그의 중심을 떠보고 싶어서

"너 다니는 공장에도 남직공이 있겠지?"

"그럼."

"그들과 같이 일도 하고?"

"그럼."

"그들이 상스럽게 굴지 않니?"

"왜 안 그래."

"그럼, 어떻게 지나니?"

갑숙이는 눈썹을 찡그리며 무참한 웃음을 머금는다.

"그게야 피차 일반이지. 남자만 그런 줄 아니, 계집애 중에도 별별 애가 다 있단다."

"그도 그렇겠지. 수백 명이 한 곳에 모였으니까."

"그럼, 남자고 여자고 별 사람이 다 있지 않고!"

"얘, 그렇지만 잡된 사내가 옆에서 지분거리면 난 못 배길 것 같다."

갑숙이는 해죽이 웃으며 인순이를 쳐다본다. 사실 그는 이 다음에 공장에 들어간다면 그런 성화를 어떻게 받을는지 몰랐다.

갑숙이는 앞으로 자기의 신상을 생각하니 별안간 '우울' 한 기분이 떠올랐다. 그는 참으로 자기의 전정이 어떻게 될는지 몰라서 은근히 상심이 되었다. 지금도 그는 시름없이 마음속의 요동을 안고 있는데 별안간 어디서

"누님—"

하고 부르는 소리가 들린다. 둘레둘레 보니 저기서 갑성이가 두 팔을 젓고 뛰어온다.

7. 출세담(出世談)

안승학은 원래 이 고을 읍내에서 살았다. 지금부터 이십 년 전만 해도 그는 다 찌그러진 오막살이에서 콩나물죽으로 연명하던 처지였다. 그러던 사람이 오늘은 수백 석 추수를 하고 서울 사는 민판서 집 사음까지 얻어서 이 동리로 옮겨 앉은 것이다.

그것은 안승학의 근본을 아는 사람은 누구나 놀랄 만한 일이었다. 그는 지체도 없고 형제도 없이 타관에서 떠들어온 사람이었다. 그러므로 이 고을에는 그의 일가친척이라고는 면서기를 다니는 아우밖에 아무도 없다. 그의 부친은 경기도 죽산이라던가 어디서 토방 노릇을 하던 아전이었는데 승학이가 성년이 되기 전에 죽고 그의 모친도 부친이 별세한 지 삼 년만에 마저 세상을 떠나고 말았다 한다. 그래서 거기서는 살 수가 없으니까 아내와 어린 동생 하나를 데리고 이곳으로 들어왔다. 읍내에는 그의 처가가 사는 터이므로.

처가도 역시 가난하였으나 그래도 처가의 끝으로 ※옹대가리나마 다

옹대가리
'옹'은 작고 옹졸하게 생긴 모양을 가리킴.

시 장만해놓고 살림이라고 떠벌렸다.

그런데 그 무렵이 마침 경부선이 개통한 직후였다. 이 근처 사람들은 생전 처음 보는 기차와 정거장과 전봇대를 보고 경이의 눈을 크게 떴다. 안승학은 지금도 그때 목판차를 맨 처음으로 먼저 타고 서울을 가보았다는 것을 자랑삼아 말하였다. 그때 그는 어떤 친구의 심부름으로 혼수 흥정을 하러 따라간 것이었다.

그의 자만(自慢)은 그것뿐만 아니었다. 그는 경기도 출생이라고 이 지방에서는 제일 똑똑한 체를 하였다.

우편소가 새로 생긴 것을 보고 이웃 사람들은 그게 무엇인지 몰라서 겁을 잔뜩 집어 먹고 있었다. 장승같이 늘어선 전봇대에서는 노상 잉—하는 소리가 들렸다. 그것은 전신줄을 감은 사기 안에다 귀신을 잡아넣어서 그런 소리가 난다는 것이다. 그리고 우편소 안에는 무슨 이상한 기계를 해 앉히고 거기서는 무시로 괴상한 소리가 들렸다. 그래서 이웃 사람들은 그것도 무슨 귀신을 잡아넣어서 그런 소리가 들리는 것이라고 하였다.

그럴 때에 안승학은 이 귀신을 부리는 재주를 그들 앞에서 시험해 보았다.

그는 엽서 한 장을 사서 자기 집 통호수와 자기 이름을 쓰고 편지 사연을 써서 우편소 안으로 집어넣었다. 그리고 그들에게 장담하기를 이것이 오늘 해전 안에 우리집으로 들어갈 터이니 가보자는 것이었다. 과연 그날 저녁 때—지옥사자 같은 누런 옷을 입은 사람은 안승학의 집에 엽서 한 장을 던지고 갔다.

"참! 조화 속이다!"

하고 그들은 일시에 소리를 질렀다.

비행기가 잠자리처럼 날고 인조인간이 발명된 지금 세상에서 이런 소리를 들으면 누구나 코웃음을 치리라마는 그때 시절에는 사실로 그러하였다. 말하자면, 그때 그 무렵에 안승학은 이 고을에서 우편으로 보내는 편지를 제일 먼저 써본 이중에도 한 사람이었던 위대한 선각자였다.

그러므로 그는 그 이듬해 봄에 새로 설립한 사립학교에도 자기가 선등으로 입학을 하였다. 말로는 학생이라 하지만은 춘추가 근 사십이나 되는 아들 손자를 거느린 사람도 있었고, 쇠뿔관을 점잖게 쓰고 온 사람도 있었고, 초립동이 상투 꼬부랑이 또는 머리를 따 늘인 *총각대방도 있었다. 그때 안승학은 모친의 상중이라 북포 망건에 방립을 쓰고 다녔다.

이러한 십인십색의 학생들이 쭉 둘러앉아서

"アナタハドナタデスカ?"

(당신은 뉘댁이십니까?)

총각대방(總角大方) 결혼하지 않은 성년 남자로, 일정한 견식도 있고 도량도 넓으며 나이가 든 사람을 이르던 말.

"ワシハタク リヨボデス."

(나는 이서방이올시다.)

하는 일본말을 한문 서당에서 논어, 맹자 읽듯 하고 있었다.

안승학은 두 해만에 학교를 졸업하고 나서 그는 바로 군청으로 들어갔다.

그는 물론 일본말을 잘할 뿐 아니라 생활의 막다른 사정은 다만 한 푼 벌이라도 하지 않으면 안 되기 때문에 남들이 손가락질하는 '*고원' 이라도 들어갈 수밖에 없었던 것이다.

고원(顧員)
관청에서 사무를 돕기 위하여 두는 임시 직원.

그는 이렇게 남 먼저 개화를 하였다. 말하자면 이것이 그의 출세에 대한 첫걸음이다.

그러나 안승학의 *치부에 대하여는 여러 가지 풍설이 많다. 그가 지금은 사음도 보고 취리[貸金業]도 하지만은 몇 해 전까지도 단순히 하급의 월급 생활을 하고 있음에 불과하였다.

치부(致富)
부를 쌓음.

월급이라는 것은 빤한 것이 아닌가. 그것으로 의식은 족할는지 모르나 저축까지 한다는 것은 의문이었다. 월급은 장사와 같지 않기 때문이다.

그래서 그는 다시 아마 뇌물을 많이 먹은 것이라는 소문도 있고, 또는 토지조사 임시에 *은결(隱結)로 숨은 땅을 누구와 협잡해서 나중에 자기 땅으로 돌려 쳤다는 말도 있다. 또한 그는 첩을 많이 얻어서 살았기 때문에 어떤 돈 많은 여자를 얻어 살다가 그 여자의 돈을 뺏어서 땅을 산 것이 아닌가 하는 추측도 있으나 이것은 전혀 무근한 풍설에 지나지 않았다. 그렇다면 어떤 과부 부자나 얻었어야 할 터인데 그는 과부라고는 얻어본 적이 없다.

은결(隱結)
조선시대에, 탈세를 목적으로 전세(田稅)의 부과 대상에서 부정 불법으로 누락시킨 토지.

남의 유부녀를 떼들이기는 비일비재하였지만은—이랬든지 저랬든지 그때 시절로서는 족히 있음직한 일이었다. 그 시절에 우연만치 똑똑하고 장래를 내다보는 *선견지명이 있는 사람이라면 테 밖에 앉아서도 돈벌이를 상당히 할 수가 있었다. 장사를 해도 그렇고, 농사를 지어도 그렇고, 하다못해 노름판을 쫓아다녀도 그랬었다.

농민들은 묘목 값이 비싸다고 산을 많이 내버렸다. 도처에 미간지와 진펄이 있었다. *환자쌀도 조화가 부쳤다. 역둔토는 연부(年賦)로 불하(拂下)를 하였다. 이런 것을 일일이 주워 쓰자면 한이 없을 테니 그만두자.

유선달은 대서를 해서 부자가 되었다. 장거리에 있는 권상철은 포목상을 보아서 돈을 모았다. 그 외에도 운송점을 해서 치부한 사람, 음식점을 해서 치부한 사람, *황아전을 보아서 치부한 사람, 대금업을 해서 치부한 사람, 제 바닥에 살던 조선 사람도 이렇게 되었으니 약빠른 외국 사람들은 더 말할 것도 없지 않은가.

광목 자투리와 물감 통을 걸머지고 촌촌으로 돌아다니던 땡땡이 청인 왕가와 장거리에서 사탕물을 한 컵씩 팔아서 어린애들의 코 묻은 동전 푼을 알겨먹던 일인 중촌이는 지금 수십만 원의 거부가 된 판이었다.

그러면 그 돈은 다 어디서 나왔던가? 그들은 모두 촌사람의 주머니를 겨누었다. 이 지방은 *자래로 우수한 '곡향'이라 생산물의 대부분은 농산물이었던 때문이다.

이랬거나, 저랬거나 안승학은 다행히 이 통에 한 밑천을 잡았다. 그래서 원거하던 누구누구 하던 부자들은 인천 미두로 망하고, 청요리로 망하고, ×갈보 통에 망하고 모조리 망해 가는데 그의 형세는 점점 불일듯 하였다. 그는 부농가(富農家)에서 농우(農牛)를 *개비하듯 첩을 해마다 갈아들이고 호의호식을 하면서도 도깨비 세간처럼 형세는 늘

선견지명(先見之明) 어떤 일이 일어나기 전에 앞을 미리 내다보고 아는 지혜.

환자쌀 '환자곡(還子穀)'의 북한말. 조선 시대에, 각 고을의 사창에서 백성에게 꾸어 주고 가을에 이자를 붙여 받아들이던 곡식.

황아전 예전에, 담배쌈지·바늘·실 따위의 자질구레한 일용잡화를 벌여 놓고 팔던 가게.

자래(自來) 예로부터.

개비(改備)하다 있던 것을 버리고 다시 장만하다.

어갔다.

*그래서 무 밑동같이 *한미하던 사람이 오늘은 거액의 (略)자요, ○○학교 ○○의원이요, 금융조합 평의원이요, ○○장이요, ○○사정사원이요, 전군주사요, 또! 또! 또…… 무엇무엇이었다. 이만하면 훌륭하지 않은가?

1936년 한성도서주식회사에서 펴낸 단행본 『고향(상)』에는 다음과 같이 바뀌어져 있다. "그래서 무 밑둥같이 한미하던 사람이 오늘은 셈평이 펴인 데다가 그 밖에도 여러 가지 유익한 지위를 얻을 수 있었다. 이만하면 훌륭하지 않은가?"

한미(寒微)하다
가난하고 지체가 변변하지 못하다.

시체(時體)
그 시대의 풍습이나 유행.

그는 금테 안경을 쓰고 때때로 후록코트와 중산모에 예복을 차리고 뽐내었다. 그는 아주 훌륭한 *시체 양반이 되었다.

그래서 그전에는 자기가 고개를 숙이던 사람들이 지금은 도리어 자기에게 고개를 숙이었다. 승학이가 서울 사는 민판서 집 사음을 얻어한 뒤로부터 그의 호기는 한층 더 높았다.

그가 민판서 집 마름을 운동한 내막에도 적지 않은 맥락이 숨어 있었다. 백성을 다루던 그의 신랄한 수완은 마침내 성공하고 말았던 것이다. 어느 해 여름에—앞내에 큰 홍수가 져서 민판서 집 전장이 많이 상했을 때 민판서는 친히 농사 시찰을 내려왔었다. 이 기미를 알아차린 안승학은 어떤 소작인을 찌고 어떻게 삶았던지 딴딴하기로 유명한 민판서도 그의 수작에 넘어가고 말았다.

그는 한편으로 미인계를 쓰고, 이간책을 쓰고, 갖은 음모를 다 꾸며서 그전 사음을 *중상하였다. 그 미인계에 지금 데리고 사는 숙자가 중대한 역할을 했다는데 인물이 보잘 것 없는 숙자를 내버리지 않고 도리어 그 손아귀에 쥐여 지내는 것은 그때 죄악이 폭로될까 무서워하는 비밀이 있다는 쉬—쉬—하는 소문이 있다기도 한다.

중상(重傷)하다
근거 없는 말로 남을 흘뜯어 명예나 지위를 손상시키다.

안승학은 그때 군에 있었다. 그는 재무계에 오래 있었던 것만큼 누구의 논이 어디가 붙고, 어떤 *다랑이에 수

다랑이
산골짜기의 비탈진 곳 따위에 있는 계단식으로 된 좁고 긴 논배미.

렁이 있고, 봇돌이 있다는 더구나 원터 앞뒤에 있는 전장에 있어서는 자기 집 그릇 수효를 헤이기보다도 더 용이하였다.

이에 그는 비밀히 원터 앞뒤 들에 민판서 집 전장을 지적도(地籍圖)를 펴놓고 복사하였다.(그는 '측량' 도 할 줄 알았다.)

지적도를 복사할 때에 그는 일부러 냇둑으로 붙은 경계선을 다소 변작을 하였다. 그 변작을 한 부분의 바로 활등같이 굽은 냇둑 안의 *구레논이 그전 마름이 짓던 논이었다. 그런데 그전에는 그 냇둑이 그렇게 휘지를 않았는데 작년 수파에 그 둑이 반이나 무너져서 위험하다고 새로 쌓을 때에 도리어 내 안으로 둑을 다가서 쌓기 때문에 내가 좁아져서 올해 큰 수해를 본 것이라고 설명하였다.

구레논
고래실. 바닥이 깊고 물길이 좋아 기름진 논.

민판서가 실지 답사(實地踏査)를 하며 지적도와 대조를 해보니 과연 그의 말대로 *여합부절이었다. 민판서는 꼭 곧이듣기를 그것은 분명히 제가 짓던 논을 늘려 먹자고 방축을 허수히 할 뿐 아니라 악의로 한 줄만 알게 되었다.

여합부절(如合符節)
사물이 꼭 들어맞음.

그런데 마침 그때 순진한 소작인—실상은 못난이—쇠득이가 그전 마름이 자기 아내를 간통했다고 진정을 왔다. 그는 참으로 눈물을 흘리며

"제 계집처럼 마구 그랬어유…… 그래도 논이 떨어질까 봐서…… 세상에 이런 억울할 데가 있습니까?"

하고 손등으로 눈물을 씻었다.

민판서는 대로하여 사음을 불러다 놓고 그 당장에 마름을 떼고 말았다.

*불의지변을 당한 이 사음은 *망지소조하여

"대감! 별안간 이게 무슨 처분입니까? 좌우간 무슨 연유로 그런 처

불의지변(不意之變)
뜻밖에 당한 변고.

망지소조(罔知所措)
너무 당황하거나 급하여 어찌할 줄을 모르고 갈팡질팡함.

분을 내리신다는 까닭이나 가르쳐 주셔야 할 것이 아닙니까?"

이 말에 민판서는 다시 호령이 추상같다.

세의(世誼) 여러 때에 걸쳐 사귀어 온 정.

"그건 자네가 생각해보면 알지 않나. 자네 선친하고 참 *세의도 있고 해서 마름을 맡겼은즉 남의 집 일이라도 각근히 봐야 하겠고, 또 양반의 집 자식으로 처신을 잘 가져야 할 터인데, 점잖은 사람이 그게 무슨…… 에—고약한 사람 같으니."

민판서는 장죽으로 마루청을 쾅! 쾅! 두드리며 불탄 벌판에 소 날뛰듯 하는 바람에 이근수는 말 한마디 붙여보지 못하고 그 자리를 물러났다.

일패도지(一敗塗地) 싸움에 한 번 패하여 간과 뇌가 땅바닥에 으깨어진다는 뜻으로, 여지없이 패하여 다시 회생할 수 없게 되는 지경에 이름을 이르는 말.

그래서 그는 안승학에게 *일패도지해서 마름집을 내놓고 촌에 사는 자기 형 집으로 합솔을 하였다.

그날 밤부터 숙자는 민판서의 사관으로 자주 출입하였다.

무엇하러 갔는지 그것은 아무도 모른다. 그런데 그건 마름 이근수가 쇠득이 처를 상관하기는 벌써 지나간 일이었다. 그때 근수는 한번 관계를 짓고는 이내 떼고 말았다.

그럼으로 쇠득이로서는 이 일에 대해서는 아무런 아리고 쓰릴 것이 없었다.

여반장(如反掌) 손바닥을 뒤집는 것과 같다는 뜻으로, 일이 매우 쉬움을 뜻하는 말.

다만 안승학이 충동이는 바람에 그런 연극을 꾸민 것이었다. 하기는 그렇게 하면 새 마름에게서 또 논 마지기나 얻어 부칠까 하는 희망을 가지고 있기도 했지만. 이만한 술책을 꾸밀 수 있는 사람이라면 지적도를 위조하는 것쯤은 *여반장이 아닐까? 사실, 그전 마름이 방축할 때에 홍수의 위험을 무릅쓰고 논둑을 닦아 한 일은 없었다. 단지 위험치가 않은 그 아래 둑을 내 안으로 조금 밀어낸 것이 이런 기막힌 일을 당할 구실을 삼게 할 줄이야 누가 알았으랴? 이 사음은 나중에 알고 복통을 하기를 마지않았다 한다.

안승학은 마름을 뺏은 것보다도 이 동리에서 안하무인으로 *곤댓짓을 하고 다니던 양반을 해내고 만 것이 더욱 통쾌하였다.

곤댓짓
뽐내어 우쭐거리며 하는 고갯짓.

독수리

양반을 잡아먹은 상놈은 사실 양반보다도 더 무서웠다. 그래서 그는 솔개를 내쫓은 독수리처럼 이 동리에서 새 양반이 되었다.

새 양반은 묵은 양반보다 돈에 들어서는 더 무서웠다. 새 양반은 돈으로 되는 때문이다.

안승학은 쇠득이에게 논 한 마지기도 더 주지 않았다. 그는 쇠득이를 불러다 놓고 다른 사람 같으면 전에 짓던 논을 뗄 터이지마는 그런 일이 있기 때문에 그대로 둔다는 것이었다. 원님이 갈리면 그 밑에 육방관속도 다 갈리는 것이 아니냐고. 그때 쇠득이는 그 말씀도 지당하다 하였다. 사실 그는 그런 연극을 안 꾸몄으면 논이 떨어질 뻔하였다고 혀를 빼물고 놀랐다. 쇠득이는 그길로 집에 가서 아내에게 그 말을 하고 좋아 하였다.

"저런 천치 같으니. 논 안 떨어지는 것만 알지 제 계집 망신시키는 줄은 모르나."

"아따 망신은 무슨 망신이여. 세상이 다 아는 *반남아인데."

반남아(半男兒)
성격이 매우 개방적이고 행동이 활달한 여자를 이르는 말.

"저런 망나니…… 그래라, 너는 네 멋대로 하렴. 나는 내 멋대로 살 터이니."

국실이는 오장이를 죽이고 나서 미구에 또 일순이를 배었다. 그는 오장이를 죽인 생각을 하면 두고두고 분하였다. 그는 일순이를 난 뒤에도 오장이 생각이 가끔 났다.

제 명에 죽었어도 원통할 터인데 비명에 죽인 것을 생각하면 산 애가 더 밉게 보였다. 안승학은 다른 여자에게는 눈도 떠보지 않았다. 그는 지금은 무엇보다도 돈이었다.

그래 그는 아들딸에게도 사람은 돈을 벌어야 된다고 훈계를 하였다.

"너희도 돈을 벌어야 하느니라. 사회니 무어니 하고 떠들어도 결국 돈 가진 놈의 노름이야. 다 소용없지. 그저 돈이다. 애비가 오늘날 이만한 지위를 얻은 것도 무엇 때문인 줄 아니? 돈 때문이야. 지금이라도 돈 한 가지만 없어봐라! 다시 쪽박을 찰테니! 흥!"

하고 그는 교활한 웃음을 웃었다.

그가 일부러 삼 남매를 공부시키기 위해서 큰마누라로 하여금 서울 살림을 배치한 것도 다른 본의가 아니었다. 자기는 벌써 시대에 뒤떨어진 인물 같았다. 만일 자기가 좀 더 학식이 있었다면 군수 한 자리는 걸렸을 것이 아닌가?

그런데 지금 시대는 금전도 학문이 있어야 벌 수 있다. 아들과 딸을 중학교나 대학교까지 가르쳐서 그들이 나오는 대로 관청이나 실업 방면으로 출세를 하는 날이면 자기는 따라서 그들의 지위로 올라가고 또한 돈도 벌게 될 것이 아닌가? 자기처럼 험하게 벌지 않고, 점잖게 벌 수 있지 않은가? 공부도 장사 속으로 하는 게다!

그런데 그는 불행히 수판질을 잘 못하였다. 아니, 수판을 잘못 논 것이 아니라 자기의 운명이라 하였다.

어쩐지 그들은 자기처럼 돈을 소중히 알지 않은 것 같다. 이것이 위험 사상의 첫걸음이 아닌가?

큰딸은 외양은 자기를 닮은 것 같다. 아니, 자기보다도 저의 어머니를 더 닮은 모양이다. 그러므로 그는 마음이 희떠웠다. 그래서 그가 갑숙이를 보고 여자고보로 입학을 시킬 때에도 여간 *심사 숙려한 것이

심사 숙려(深思熟慮) 심사숙고. 깊이 잘 생각함.

아니었다. 이런 계집애를 공부를 시켰다가 만일 시속의 유행병 같은 연애병에 걸려서 가정의 풍파를 일으키면 어쩌나 하였다.

큰아들 갑성이는 술장사하던 *내모(乃母)를 닮아서 역시 위험성이 있다. 그는 그 언제인가 저의 모친이 찾아보러 와서 숙자와 시앗 싸움이 났을 때 자기가 서자(庶子)인 줄을 눈치 챈 모양인즉 그 놈도 집안의 평화를 깨칠는지도 모른다.

내모(乃母) 그의 어미.

그렇다면 둘째아들 갑준(甲俊)이는 어떤가? 그도 외탁을 한 것 같다. 웬일인지 지금 애들은 모두 외탁을 하는 것이 이상하고 불쾌하였다. 내모는 처녀이었던 만큼 퍽 순진하고 얌전하였다. 그러나 그는 *요사(夭死)하지 않았는가? 생소한 남자에게 유혹을 당한다는 것은 아무리 여자라 할지라도 마음이 단단치 못한 탓이 아닐까? 그러면 그 속에서 나온 자식이 더구나 그를 닮은 자식이 역시 영글지가 못할 것이 아닌가?

요사(夭死) 일찍 죽음. 요절.

이렇게 차례로 하나씩 따져본 승학이는 끝으로 갑출(甲出)이를 점쳐보았다. 갑출이는 지금 네 살밖에 안되었지만, 그는 지금부터 싹수가 있는 것 같았다.

그는 여간 욕심쟁이가 아니었다.

그리고 제 것이라면 악을 써가며 뺏으려 든다. 그는 자기를 다소간 닮은 것도 같지만 내모를 닮았더라도 탓할 것이 없었다.

딴딴하고, 약고, 뱃심 좋고, 똑똑하기가 갑출이를 지날 자가 없을 것 같다. 그러나 그는 지금 겨우 네 살이 아닌가? 그가 장성하기를 기다리자면 자기는 근 칠십 지경이니 벌써 그때는 저 세상 사람이 될는지도 모른다. 이런 생각은 그로 하여금 화증이 나게 하였다.

'놈의 새끼들의 버릇을 어떻게 가르칠까?'

그는 고개를 외로 꼬고 바로 꼬고 하였다.

8. 산보

갑성이는 해수욕 옷을 입고 냇물을 둘러막은 보(洑) 안에서 아이들과 헤엄을 치고 놀았다. 열여덟 살 먹은 남자로서는 무척 *조달한 편으로 허벅다리가 어른 같고 목소리가 우렁우렁하였다. 그는 물오리처럼 물속으로 텀벙 들어갔다가 헤어 나오고 다시 봇둑으로 올라와서는 보기 좋게 *'도비고미'를 하였다. 어린애들은 상류 쪽으로 올라가서 얕은 곳에서 물장구를 치며 놀았다. 그들은 서로 물싸움을 하고 모래를 끼얹고 울며불며 하였다.

조달한
나이는 어리지만 어른 같이 보임.

도비고미(とびこみ)
'뛰어듦, 다이빙'의 일본말.

갑숙이가 부르는 바람에 갑성이는 봇둑에서 돌아섰다. 그들과 정면을 하고 서 있는 갑성이의 벌거벗은 몸은 건강한 육색(肉色)이 태양에 이글이글 타올랐다. 그의 억세 보이는 팔뚝 주먹을 쥐어서 공중으로 내두른다. 인순이는 넋 놓고 한참동안 갑성이를 쳐다보았다.

'저 애 서울 가 있더니 퍽 컸다! 어쩌면 저렇게 어른같이…….'

인순이는 은근히 놀랬다. 그리고 자기가 그런 생각을 하고 있는 것이 어쩐지 남부끄러웠다. 그는 갑숙이가 무슨 눈치나 채지 않았는가 해서 슬쩍 그 색을 살폈다. 그리고 안심하였다.

"왜 불렀어!"

"고만 나오너라."

"왜?"

"읍내로 산보 가자."

"읍내? 뭐 사주면 가지."

"뭐 사주니?"

"연애 사탕!"

"호호호, 연애 사탕이 뭐냐?"

"초콜릿도 몰라."

두 처녀는 풀밭에 대굴대굴 구르며 웃었다. 배창자가 당기도록 웃고 나서 갑숙이는

"그래. 사줄게, 어서 가자."

"그럼 가지. 참말로 사줘야 해!"

"그래!"

갑숙이는 다시 웃었다.

"그러나 시골 놈들이 초콜릿을 먹을 줄 알까? 없으면 어짜고!"

"없는 게야 할 수 있니!"

그들은 다시 웃었다. 갑성이는 한달음에 뛰어가서 옷을 갈아입고 수영복은 한 동리 아이에게 맡기고 온다.

갑숙이는 핸드백에서 오십 전짜리 은전 한 닢을 꺼내서 갑성이에게 주며

"그럼 너는 그것을 사가지고 호호호…… 저 읍내 뒷잔등으로 오너라!"

"산보는 들로 가는 것이지 읍내로 무슨 산보야."

"서울 산보는 들로 가지마는 시골 산보는 읍내로 간단다."

"응, 그런가. 그럼 같이 가야지. 왜 나 보고만 먼저 가래?"

"혼자 가서 사지 뭐 하러 상점 앞에 가 쭉 섰니."

"누이도 같이 가서 연애 사탕 있수 해보지. 그럼 *바새기! 이 자식이 그거 무슨 말인가? 하고 따귀를 냅다 갈기면. 허허허……."

바새기
바세이(ばせい), '시끄럽게 욕하는 소리'의 일본말.

갑성이가 손바닥에 침을 뱉어가지고 뺨을 때리는 흉내를 내니까 두 처녀는 또 죽겠다고 깔깔댄다.

"아이구 고만…… 얘 배창자 아파 죽겠다."

세 사람이 읍내 편 길로 걸어가는 것을 쳐다보고 있던 안승학은 갑성이를 소리쳐 부른다.

"갑성아, 어디 가니?"

"네!"

"어디 가?"

"읍내로 뭐 사러 가유."

"그럼 얼른 갔다 오너라."

"네!"

갑성이는 대답을 하고 돌아서며 머리를 긁는다.

"왜 얼른 오라는 게야. 어디 간다면 늙은이는 의레 그런 말을 하는 말이겠다. 뉘?"

"왜 그러니?"

"우리 아버지도 연애해 봤다우?"

"미친 녀석 같으니…… 그게 다……."

갑숙이는 누이의 위엄을 보이려는 듯이 동생에게 눈을 흘긴다. 그러나 갑성이는 조금도 기탄없이 여전히 할 말은 다 하는 것 같았다. 그는 공중을 쳐다보며 허허 웃었다.

"아마 연애를 못해 봐서 여편네를 자꾸 얻는 게야."

"미친놈…… 연애만 잘하는 사람도 여편네만 많이 줏어들이더라."

"그래도 아주 반해놓으면 외골수로 빠질 게지."

"어매!"

두 처녀는 얼굴이 새빨개졌다. 갑성이는 그 꼴을 보더니 역시 얼굴빛이 빨개지며 무슨 의미인지 침울해지며 중얼댄다.

"하지만 그건 너무 심하지. 오십이 불원한 늙은 작가가……."

갑숙이는 옆에 있는 인순이가 면구스러워서 곁눈질로 연신 눈짓을 하였다.

그들은 과자를 사가지고 읍내 뒷잔등의 솔밭 속으로 가서 먹고 놀며 즐비한 장거리와 정거장 한 모퉁이를 내려다보았다. 청년회관의 기와집이 날아갈 듯이 밭둑이 섰다.

몇 해 전보다 홍수가 무척 는 것 같다. ××은행 지점은 정거장 뒤에다 벽돌 양옥으로 새로 지었다.

남쪽으로—뽕나무밭이 무성한 옆으로 제사공장과 방직공장의 높은 굴뚝이 공중으로 아가리를 벌리고 있다.

굴뚝에서는 연기가 나지 않는다. 인순이는 그 굴뚝을 보자 별안간 무서운 생각이 났다.

그는 오늘 저녁만 지나면 내일 식전부터 저 속으로 끌려들어갈 생각이 난 것이다. 그래서 무서운 노동을 낮과 밤으로 계속하는 대로 저 굴뚝에서는 쉴 새 없이 연기를 내뿜지 않는가?

자기는 지금 꽃으로 치면 봉오리인데 비바람에 떨어진 낙화와 같이 혈색은 바래고 살결은 시들어간다.

인순이의 실심한 생각은 부지중 '여공의 노래'를 시름없이 부르게 하였다.

……………

베 짜고 실켜는 여직공들아
너희들 청춘이 아깝고나
일 년은 열두 달 삼백은 예순 날
누구를 위하는 길쌈이더냐?

………………

어머니 아버지 날 보고 싶거든
인조견 왜삼팔 날 대신 보소!

………………

공장의 굴뚝엔 연기만 솟고
이내의 가슴엔 한만 쌓이네…….

인순이의 군소리를 어떤 때는 들리고 어떤 때는 잘 안 들렸다. *잠착히 듣고 있던 갑숙이가 발딱 일어나 앉으며

"그게 뉘들이 부르는 노래냐? 크게 좀 해봐라."

"얘, 싫다!"

인순이는 깜짝 놀라서 노래를 그쳤다. 그는 어느덧 두 눈에 눈물이 글썽글썽하였다.

"술이란 눈물인가, 한숨이던가?"

갑성이는 이런 노래를 마주 부르며 잔디밭에 배를 깔고 엎드렸다.

"저 애도 벌써부터 난봉이 났어. 노래를 해도 카페에서 부르는 노래만 부르고."

"이왕 나려면 일찌감치 나야지."

"그는 그렇지!"

"그런데 뭐—*사—게와 나미다까 다메이끼까?"

"눈물이고 한숨이고 얘 고만 가자!"

"아니 뭐 이 노래가 좋지 않수? 술이라고 하지 말고 이렇게 하면 어때? '연기란 눈물인가, 한숨이런가? 요내 몸! 불태우는 용광로런가?' 어때여? 이만하면 훌륭한 공장가가 되지 않었수?"

갑숙이는 파란 솔을 받고 앞서 나서며

"우리 공장 구경하고 갈까?"

"싫여 난…… 문지기가 볼까봐."

"그럼, 뒤로만 보지."

"그래도 난…… 뉘 만나는지 모르니까."

"만나면 좀 어떠냐?"

"일껏 집에 보내니까 놀러 다닌다고 이다음 노는 날에는 외출을 안

잠착
'참척'의 원말. 한 가지 일에만 정신을 골똘하게 씀.

사게와 나미다까 다메이끼까(さけは なみだか ためいきか)
'술이란 눈물인가 한숨인가'의 일본말.

시킨단다."

"뭐? 아니! 정말로 그래여?"

"그럼. 저 건너 동리에 사는 애도 한 번 읍내로 놀러왔다가 들킨 뒤로부터는 다시 자기 집에 못 가게 되었단다."

갑숙이는 이 말을 듣고 은근히 놀랐다.

'공장이란 그렇게 자유가 없는 곳인가?'

그는 속으로 생각하고 다시금 놀랐다.

그들은 오던 길을 돌아서서 다시 걸어갔다. 그동안에 해는 너웃너웃 서천으로 기울어졌다. 원터 앞들에서는 상사디아 소리가 석양을 빗기고 바람 편에 유창하게 들린다.

그들이 막 철둑을 건너갈 무렵에 저편에서 마주 오는 사람은 희준이었다. 갑숙이는 희준이의 시선과 마주치자 양산으로 얼굴을 반쯤 가리고 옆으로 비켜섰다.

"어디 가시우. 청년회관에 가시유?"

"응! 어디 갔다오니."

"놀러 갔다와유. 강연회는 언제 한대유?"

"글쎄. 아직 일자는 미정인데. 쉬 하게 되겠지."

갑성이가 인사를 하고나자 인순이는 그대로 지나가는 희준이를 소리쳐 불렀다.

"오빠!"

모시 홑단 두루마기에 새까만 중절모자를 쓴 희준이는 고개를 돌이키며 돌아선다.

"왜, 못 본 척하고 지나가서요?"

중절모자

인순이는 희준이가 얼을 먹고 당황해하는 표정이 우스워서 손수건으로 입을 가리고 웃었다.

"난 누구라고…… 인순인 줄……."

희준이는 갑숙이의 양산에 가린 인순이를 미처 보지 못하고 그대로 지나쳤던 것이다.

"벌써 야학에 가우?"

"그래!"

희준이는 주머니를 뒤져서 담배 한 개를 피워 문다.

"야학 구경 안 갈래?"

"갔으면 좋지만 싫우."

"왜!"

"아는 사람 만날까봐."

"만나면 어떠냐."

"그래도……."

"그럼 있다가 우리집으로 놀러 오너라."

"아침에도 갔더니 안 계시던데 뭐!"

인순이는 야속한 듯이 눈썹을 찡그린다.

"오늘 저녁에는 내 일찍 들어가지."

희준이는 빙그레 웃었다.

"그럼, 놀러가게 일찍 오셔요!"

"그래, 너도 꼭 와야 된다. 할 말이 있어."

희준이는 다시 한 번 고개를 돌이켜서 부탁을 하고는 담배 연기를 뒤로 남기고 뚜벅뚜벅 걸어간다. 그들이 이야기를 하고 서 있는 동안에 갑숙이는 말뚝같이 그 자리에 붙어 섰다. 그는 마치 현미경으로 자기의 오장을 들여다보는 것 같아서 어떻게 처신을 가져야 하는지 몰랐다. 그래서 그는 이런 때에 여자로서 가장 얌전히 가져야 할 태도를 여러 가지로 생각해 보았다.

앞으로 가자니 걸음걸이가 흉잡힐는지 모른다. 그대로 서 있자니 무료하기 짝이 없다. 그래 그는 풀잎을 뜯어들고 입으로 물어뜯었다. 가슴은 공연히 뛰었다.

그는 인순이를 보는 척하고 양산 밑으로 사내의 뒷모양을 보았다.

희준이는 어려서보다도 기골이 준수해졌다. 그는 감꽃을 같이 줍던 생각을 하고 남몰래 얼굴을 붉혔다.

"저이가 희준씨지, 지금 뭐 한다니?"

"청년회 일을 한대."

"너 하고 어떻게 되니?"

"아니."

"그럼 웬 오빠야?"

"그 집하고 의형제 했단다."

"의오빠야?"

"그래!"

동성 동본이라 두 집은 호형 호제를 하고 지냈다.

갑숙이는 비록 의오빠일망정 그런 오빠를 가진 인순이를 부러워했다.

"너도 우리 오빠를 아는구나."

"어려서 같이 학교를 다니지 않었니?"

"그럼 왜 인사를 하지 않고!"

"부끄러워서 안 했다……."

"부끄럽기는 아는 사람 보고 인사하는 것이 무에 부끄러우냐."

"글쎄 말이지. 우리 누나는 헛공부했어. 당신은 이 다음에 나 보고도 물론 인사하시지."

"그럼 그게 무슨……."

인순이는 잠깐 *수태를 띄우고 해죽이 웃는다. 갑숙이도 따라 웃었다.

수태(垂態) 수줍어하는 태도.

"저 애는 실없긴."

"내가 미쳤나…… 뉘가 못났지."

"그래, 넌 잘났다!"

냇둑 수양버들 속에서 우는 꾀꼬리 소리를 듣자 그는 비로소 정신이 펄떡 나서 만난의 공상을 깨쳤다.

꾀꼬리

9. 청년회

읍내 청년회에서는 의외로 돌발 사건이 생겨서 별안간 임시총회를 소집하게 되었다. 그것은 바로 이삼 일 전에 생긴 일이었다.

—S청년회원 한 사람이 어떤 친구를 만나서 술 한 잔을 나누고 얼굴이 벌개져서 헤어졌다. 그가 막 예배당 모퉁이를 돌아오려니까 엡웻 청년회 덕육부장이라는 키다리 속장이 들창문 밖으로 내다보다가 손가락질을 하며

"청년회원이란 것들이 밤낮 술만 처 먹고 돌아다니니 대체 뭐 하는 청년회야. 술 먹기 위한 청년회란 말인가?"

하고 깔깔대며 웃었다.

S청년회원이 그 말을 귓결에 듣자, 그는 그 길로 예배당 안으로 쫓아 들어가서

"지금 무슨 말을 했느냐? 그럼 늬 청년회는 뭐 하는 것들이냐?"

하고 시비를 걸었다.

저편에서도 마주 대들어 옥신각신 말다툼이 나고 나중에는 *두발부리까지 나서 유혈이 낭자하게 되었는데 S청년회원도 약질이 아닐 뿐더러 또한 취중인 만큼 여간 흥분하지 않았다. 그러나 그는 단신이요, 저편은 여러 명이기 때문에 안면 기타에 약 일주일 전치의 타박상을 당하였다. 그런데 이 사건이 돌발되기 전까지는 실로 델리케이트한 복선(伏線)이 오래 전부터 잠재해 있었다.

두발부리
두발부예(頭髮扶曳). 머리털을 끌어 잡고 휘두르며 싸움.

대관절 키다리 속장이 무슨 까닭으로 먼저 S청년회원을 건드렸던가? 만일 그때 술 먹고 지나가던 사람이 S청년회원이 아니고 다른 사람이었더라면 그는 결코 흉을 보지 않았을 것이다. 왜 그러냐 하면 술 먹은 청년회원은 비록 남몰래 먹는다 하더라도 자기네의 청년회원 중에도 없지 않기 때문이다. 그는 무엇보다도 우선 S청년회를 부인하고 싶었다.

한 고을에 청년회가 둘씩 있다니 말이 되나. 그것은 지구 위에 태양이 둘씩 비치는 것과 같은 모순이다. 자기네의 기독청년회가 먼저 설립되었는데도 그들은 따로 청년회 하나를 새로 조직했다. 게다가 그 청년회의 세력이 점점 커가는 것도 앙심이 나는 데다가 자기네의 회원이 저편으로 건너가는 사람까지 생기고 보니 그들은 참으로 부아가 있는 대로 끓어올라서 참을 수 없었다.

평소에 이와 같이 상극이던 그들은 은연중 중상과 *데마를 일삼다가 마침내 그것이 실로 사소한 일에 도화선이 되어서 폭발하게 되었던 것이다.

데마
데마고기(demagogy), 대중을 선동하기 위한 정치적인 허위 선전이나 인신공격.

그러므로 이번의 충돌 사건은 결코 우연한 일로 볼 수는 없었다. 이러한 충돌은 조만간 피치 못할 형세였기 때문에 만일 이번 일이 안 생겼다면 앞으로는 이보다 또 더 큰 사건이 돌발했을는지도 모르지 않는가. S청년회 편에서는 여기에 중대성을 인식한 것이었다.

오후 일곱 시 정각이 가까워오자 회원들은 꾸역꾸역 입장하기 시작했다.

희준이도 위원인 만큼 먼저 와서 총회를 준비하기에 분주하였다. 그는 이 사건이 생긴 뒤로부터 연일 연야 활동하였다.

이날 저녁에 갑성이가 방청을 간다고 나서는 것을 보고 갑숙이도 "나도 갈테야!" 하고 따라나섰다. 갑숙이는 희준이를 한 번 만나본 뒤로 자기도 모를 이상한 충동을 느꼈다.

그는 희준이가 그동안에 서울에서 중학을 마치고 다시 동경 유학을 한 것과 작년 여름에 귀향한 후로는 이곳 청년회를 지도한 줄도 알게 되었다. 또한 그에게는 벌써 아들까지 있는 줄을 알았다.

그러나 그는 웬일인지 마치 눈으로 보이지 않는 무슨 줄로 자기의 몸뚱어리를 잡아매서 *끄다리는 것처럼 그에게 끌리는 무엇이 있었다.

끄다리다
끌어당기다.

그는 오늘 저녁에도 마음속으로는 여러 번 가지 말자고 작정하였으나 갑성이가 구경 간다고 나서는 것을 보매, 불현듯 자기로도 억제할 수 없는 충동이 걸음을 내치게 하였다.

그는 갑성이를 따라가면서 여러 번 자기에게 물어보았다.

'무엇하러 가느냐?'

그것은 그저 구경 가보고 싶어서…… 한데 바른대로 말하면 그는 청년회 방청보다도 희준의 얼굴을 더 한번 똑똑히 보고 싶은 생각과 그가 무슨 말을 하는지 들어보고 싶다는 것이 정직한 고백일 것이다. 그는 마치 무슨 큰 모험이나 하는 사람처럼 무섭고도 유쾌한 아슬아슬한 기분을 느끼면서 조마조마한 발길을 어둠 속으로 떼놓았다.

서기가 *점명(點名)을 끝내고 나서 회원의 출석수를 보고하자 위원장은 긴장된 기분으로 일어서서 회원의 반수 이상이 출석하였으므로 총회는 성립되었다는 것과 이어서 개회를 선언하였다.

점명(點名)
명부(名簿)의 이름을 차례로 점을 찍어 가며 부름.

먼저 의장 선거에 들어가서 연장자인 ○○일보 지국장을 추천하자 만장일치로 가결되었다. 의장이 선거되자 장내가 진동하도록 그에게 박수를 보냈다.

S청년회는 읍내 뒷잔등—송림 속을 지나서 정거장을 건너다보는 언덕 위에 밭둑을 까부수고 새로 지은 기와집이었다. 회관은 십여 간이나 되어서 시골 청년회관으로는 그리 빠지는 축이 아니었다. 기미년 이후의 도처에서 향학열이 고조되고 사업욕이 팽창되는 바람에 이 지방에도 소위 유지 청년의 발기로 이 청년회를 창설하는 동시에 청년회를 세우자면 우선 회관을 건축해야 된다고 기부금을 모아서 새로 지은 것이다.

그때 이 청년회를 창립하는 데 있어서는 안승학도 열렬한 활동분자의 한 사람이었다. 그는 예수교라면 사갈과 같이 미워했다. 그는 믿기는 *공맹지도를 정교로 알기 때문에 그 외의 모든 종교는 이단 사교라고 배척하였다.

공맹지도(孔孟之道)
공자와 맹자가 주장한 인의(仁義)의 도.

그러나 바른대로 말하면 그는 유교 신자도 아무 것도 아니다. 글방에서 한문자나 읽은 까닭으로 그저 공맹을 떠받친 데 불과하다. 그가 예수교를 배척하는 것은 그의 본처가 자기는 만류하는데도 열렬한 예수교 신자가 된 관계인지 모른다.

공자

그는 아내가 천주학을 한다고 하루는 그의 머리채를 휘어잡고 방망이로 두드렸다. 그때 아내는 한사코 저항하기를

"당신이 오입하는 대신으로 남 예수 믿는 걸 왜 말리유? 공자님이 남의 계집 보라고 가리칩데까? 그런 짓보다도 예수 믿는 게 더 큰 됩데까?"

아내의 그 말에는 안승학도 할 수 없는지 그만저만 매를 거두고 말았다.

향학열이 차차 식어가자 청년회도 한때는 유명무실하게 빈집만 지키고 있다가 희준이가 돌아온 뒤로부터 작년 이래로 재흥이 된 셈이다.

의장은 말을 이어서

"오늘밤에 갑자기 임시총회를 소집한 것은 여러 회원도 이미 아시다시피……."

하고 일장 설명을 한 후

"우선 이 사건이 돌발한 이후로 그동안에 집행위원회에서 처리해온 경과를 보고하겠습니다."

한 옆에서 무엇을 쓰고 있던 뚱뚱보 서기—그전에 면서기를 다니던—는 책상을 집고 일어서서 허리를 굽히며 무거운 입술을 열었다. 그는 보고 연설을 시작했다.

"에, 김학철 동무가 웹웻 청년회 덕육부장으로 있는 키다리 속장! 아니, 이수학 이외의 오륙 명에게 구타를 당했다는 기별을 듣자, 우리는 즉시 응급치료를 가하는 동시에 그 진상을 청취하고 돌아와서 곧 집행위원회를 열었습니다. 그래서 대책을 강구한 결과…… 에, 질문위원 세 사람—김희준, 이몽룡(『춘향전』에 있는 이도령 이름과 같으므로 춘향이 서방이란 별명을 가졌다.), 김덕봉씨—이 세 분이 그날 밤으로 웹웻 청년회장인 정목사를 찾아가서 사단의 전말을 설명한 후, 가해자의 처벌과 진사의 뜻을 표하라는 가장 온당한 요구를 제출하였습니다."

회중은 차차 긴장한 빛을 띠었다.

"그렇다. 가장 정당하고 온건한 요구다!"

성난 말같이 코를 불며 부르짖는 사람도 있다.

"그럼에도 불구하고 저쪽에서는 우리의 요구를 거절하였습니다. 그는 도리어 우리 편을 가택 침입으로 몰고 그래서 정당방위를 하기 위해서 부득이 때린 것이지, 결코 구타하기 위한 구타는 아니라고 주장합니다."

장내는 별안간 물 끓듯 소란하였다.

"*선손을 걸고도 정당방위야!"

"의장! 회장을 정숙합시다!"

"의장! 의장!"

사방에서 의장을 부르는 손이 항구의 돛대처럼 늘어섰다. 의장은 두 손을 쳐들고 장내를 정돈시키기에 쩔쩔매고 있다.

"의장! 어서 보고를 진행합시다."

"그 뒤로 어제 오늘 몇 차례나 경고를 하였습니다마는 그들은 조금도 우리의 요구를 성의 있게 응대하지 않습니다."

장내는 더욱 살기가 등등하였다.

서기가 보고를 마치고 나자 의장을 다시 일어나서

"지금 보고를 들은 바와 같이 저들의 태도는 너무나 무성의하다는 것보다도 가히 적반하장 격으로 나옵니다. 그러면 이런 문제를 상임집행위원회에서 처리하기는 매우 어려울 것 같아서 임시 총회를 소집한 것이올시다. 그러면 여러분 회원은 이 문제를 신중히 생각하셔서 충분히 토의해 주시기를 바랍니다."

"의장!"

선손
먼저 손찌검을 함.

고두머리
'곱슬머리'의 방언.

동편 창문 밑으로 앉은 키가 몽똑하고 *고두머리를 곱실곱실 기른 청년이 일어선다. 고집쟁이로 유명한 최명호다.

"말씀하시오!"

"저자들이 가택 침입이니, 정당방위니 하는 것은 도대체 말이 되지 않습니다. 그저께 학철 동무가 술 먹는 자리에는 이 사람도 참예했었는데 사실 그 동무는 술도 몇 잔 안 먹었습니다. 술이란 한 잔만 먹어도 얼굴이 붉지 않습니까?"

"그렇지. 자네처럼 말이지."

장내는 웃음소리가 떠오른다.

"의장! 회원에게 농담을 엄금합시다. 중대한 문제를 토의하는 이 마당에서 잡담을 하고 있다는 것은 우리 회원으로서 가장 불근신한 태도인 줄 압니다."

고두머리가 팔팔 뛴다.

"옳소! 정숙합시다!"

"그러면 그자들이 학철 동무에게 한 소행은 그 동무에게 과실이 있는 게 아니라……."

"의장!"

별안간 의장을 부르고 일어선다.

"의장! 언권은 내게 있습니다."

"가만 있어. 이 사람아…… 내 말 먼저 들어."

"긴급 동의!"

고두머리는 긴급 동의 바람에 할 수 없이 주저앉았다. 그는 지금 일어선 양복쟁이에게 도끼눈을 흘기고 쳐다본다.

"저 자식은 밤낮 긴급 동의야! 되지 못하게."

"의장! 우선 학철 동무가 봉변당한 진상을 자세히 들려주시오. 물론 잘 아시는 분도 계시겠지만 집행위원회에서 조사한 그 진상을 보고해 주셨으면 좋겠습니다."

"의장! 그 의견 찬성이오."

"의장! 무용한 시간을 허비하지 말고 어서 의사를 진행합시다. 그 진상을 뉘나 다 잘 알 줄 압니다."

"의장! 결코 그렇지 않습니다."

"그렇소. 그 말 찬성이오."

"재청 있소?"

"네, 그 동의에 재청이오."

여러 사람 앞에서 남의 입만 쳐다보고 있던 *고석박이 청년이 *천재일우의 기회를 얻었다는 것처럼 재빠르게 재청을 불렀다. 의장은 서기에게 다시 진상 보고를 명하였다.

"에, 아까 말씀하신 분의 증명과 같이 그때 학철 동무는 술도 얼마 안 먹고 예배당 앞을 지나니까……."

희준이가 답답한 듯이 참다못해 일어선다.

"의장! 이렇게 보고만 듣고 있다가는 밤새우기 쉽겠습니다. 우리는 먼저 이 사건의 대상에게 명확한 규정을 내려야 할 줄 압니다. 그 규정은 간단하게 지을 수 있습니다. 원래 이 문제를 해결하는 데 있어서는 신사적 질문이나 항의가 필요치 않다고 나는 봅니다. 왜 그러냐 하면 저들의 행위는 처음부터 난폭하기 때문이외다. 그것은 우리 회원의 한 사람을 개인적으로 상대한 것이 아니라 우리 회의 전체를 헐기 위한 *조전입니다. 저들의 소위 교리라는 것은 박애를 선전하고 왼빰을 친 자에게 바른 빰을 돌려대라는 무저항주의가 아닙니까? 그런데 지나가는 사

고석박이
얼굴이 속돌처럼 얽은 사람을 놀림조로 이르는 말.

천재일우(千載一遇)
천 년 동안 단 한 번 만난다는 뜻. 좀처럼 만나기 어려운 좋은 기회를 이르는 말.

조전(兆前)
어떤 징조나 조짐이 나타나기 전.

람을 먼저 건드리고 구타까지 한다는 것은 하등 개인적 감정이 없는 바에야 그것은 우리 회를 정면으로 침해하려는 폭행으로 볼 수밖에 없습니다."

"옳소! 그렀수!"

"그러면 우리는 적극적으로 저들에게 정당성을 보일 필요가 있을 줄 압니다. 저들이 오만한 태도로 나온다는 것이 벌써 우리의 미약한 요구를 엿보고 멸시하자는 수작이 아닙니까?"

장내는 죽은 듯이 괴괴하였다.

다만 어슴푸레한 전등불이 휘황하게 그들의 두상을 비췄다. 장내는 다시 희준의 의견을 중심으로 *갑론을박 한참동안을 떠들썩하다가 마침내 결의문과 성명서를 발표하는 데 대하여 전형위원과 기초위원을 몇 사람씩 선정해 가지고 그들에게 모든 것을 일임하기로 결정하였다.

갑론을박(甲論乙駁) 여러 사람이 서로 자기 주장을 내세우며 상대편의 주장을 반박함.

갑숙이는 열한 시가 지나자 갑성이를 재촉해서 그만 가자고 중간에 퇴장했다. 그는 끝까지 방청하고 싶었으나 밤이 너무 깊게까지 있다가는 부친에게 꾸중을 들을까 무서워서 먼저 나왔다.

그는 무슨 일이든지 착수를 하면 끝까지 뿌리를 캐야만 직성이 풀린다. 그런 대신에 *물덤벙술덤벙 대들고 싶지도 않았다. 그는 오늘밤에도 끝까지 방청을 하고 싶었다. 그는 희준이에게 아주 *감심하고 말았다. 바른대로 말하면 희준의 말을 그는 더 듣고 싶었던 것이다.

물덤벙술덤벙 아무 일에나 대중없이 날뛰는 모양.

감심 마음속 깊이 느낌. 또는 그렇게 감동되어 마음이 움직임.

그의 말은 열정이 타고 힘 있고 조리 있게 듣는 이의 가슴을 요령 있게 찌른다. 그는 누구보다도 정당한 이론을 가진 것 같다. 그는 다만 이론을 하기 위한 이론이 아니라, 용감한 실천을 통하려는 이론 같았다. 갑숙이는 그에게서 투사의 면목이 약동하는 기상을 엿보고 은근히 놀라기를 마지않았다.

이론을 잘 캐는 사람은 얼마든지 있을 줄 안다. 그러나 이론을 실천으로 옮기는 사람—아니 실천을 위한 이론에 열심히 하는 사람은 흔치 않다. 실천이란 말로만은 될 수 없기 때문이다. 그는 이 점에서 희준이를 존경하고 싶은 생각이 났다. 그러나 또한 인간이란 미묘한 인연이 있는 줄 안다. 누가 어떤 두 사람을 다 같이 얼굴을 안다 하자. 그중에 한 사람은 성명을 통하고 한 사람은 통하지 않았다 하면 벌써 거기서부터 그 두 사람에게 대한 정분이 달라진다. 성명을 통치 않은 두 사람은 서로 안면은 있으면서도 피차간 누구인 줄을 알면서도 길에서 만나면 모르는 사람처럼 지나가지 않는가. 그러고 그들은 서로 야릇한 기분으로 돌아다보고 외면을 하지 않는가?

만일 갑숙이도 희준이가 전혀 모르는 사람이라면 그렇게까지 충동을 받지 않았을는지도 모른다. 어려서 어깨동무로 커가던 사람—함께 소꿉질하고 신랑, 각시 장난을 하던 사람이 그와 같이 장성한 것을 볼 때, 그는 남다른 정분을 그 어디서 느낄 수 있었다. 그것을 무슨 연모의 정이라기는 어폐가 있을지도 모르나 또한 그렇다고 평범한 우정이라기도 섭섭할 것 같다. 그러면 그것이 무엇일까?

여기까지 생각한 갑숙이는 부지중 얼굴이 붉어짐을 깨달았다.

'그이는 벌써 아들까지 두었다지! 그리고 나도 처녀가…….'

두 사내의 얼굴이 필름같이 지나간다. 경호의 얼굴과 희준의 얼굴이…….

그는 그만 울고 싶다. 지금 어둔 밤을 터벅터벅 걸어가는 것과 같이 자기의 앞길은 암흑이 둘러싼 것 같다. 오! 달은 벌써 넘어갔다. 들 안에는 적적한 어둠이 안겼는데, 다만 오열한 냇물소리만 창자를 끊고 목 막혀 흐를 뿐! 무심코 등 뒤를 돌아보니 정거장 구내에 매달린 전등불이 큰 어둠 속에 떨고 있다.

'그렇다. 나의 광명은 벌써 등 뒤로 지나갔다.'

갑숙이는 다시 명상에 잠겼다.

'나도 아버지의 유전을 받아서 음란한 여자로 태어났나? 왜 그와 순진한 우정으로 못 사귀었던가…….'

그러나 갑숙이는 미구에 다시 머리를 흔들었다. 한 집안에서 청춘 남녀가 조석으로 얼굴을 마주 보고 지날 때 어느 쪽에서든지 사랑의 싹이 텄다고 하자. 대상이 그리 싫지도 않은데 한쪽에서는 풀무에 달은 강철 같은 열정을 끼얹는다.

그때…… 그때는 어떻게 할까?

'좀 더 참아주셔요…… 나는 아직 당신을 모릅니다. 나도 당신을 잘 알고 당신도 나를 잘 이해한 후에 그러고 나서 피차에 더 알 것이 없고 모든 조건이 적합하거든 정식으로 결혼을 하셔요!'

이렇게 해야 할까? 그렇다! 갑숙이는 그렇게 못한 것을 후회했다. 그러나 그것은 지금 생각이지 그때 생각은 아니었다. 그는 똑똑히 하면서도 차츰차츰 그의 열정에 잠겨 들어갔다. 마치 맑은 물에 홀려서 한 발 두발 깊은 물속으로 들어가다가 풍덩 빠지는 사람처럼—.

어느 날 밤—집안 식구는 나들이 가고 빈 집을 지키고 있을 때 그는 그만 처녀로서의 마지막 것을 뺏기고 말았다.

'아! 그날 밤! 그날 밤!'

갑숙이는 지금도 몸을 떨었다.

이튿날 아침에 늦잠이 들었다가 무슨 소리에 놀라 깨보니 배달부는 편지 한 장을 전하고 간다.

갑숙이는 그 편지를 얼른 집어서 괴춤에 끼우고 범죄인처럼 사방을 휘둘러보았다. 그것은 경호에게서 온 편지였다.

결의문이 신문에 발표되고 성명서가 중외로 선포되자 두 청년회의 충돌사건은 일군에 물론 자자하게 퍼져갔다.

그러나 대개 어떤 분쟁이든지 시비는 두 갈래로 나뉘듯이 이번 일에 있어서도 그들은 제각기 편을 갈랐다. 그래서 청년회 편이 옳다는 사람도 있고 예수교 측이 옳다는 사람도 있다. 완고한 축들은 도대체 청년회란 것이 무엇 말라비틀어진 것이냐고 *오불관언의 태도를 취하였다.

밥 먹고 할 일이 없으니까 공연히 밥지랄을 한다고 콧방귀를 뀌었다.

그 뒤로 두 청년회 사이에는 노골적으로 적대적 행동을 취했다. 야학생들은 사람 잘 치는 예수쟁이라고 키다리 속장을 놀렸다.

키다리 속장은 그때 싸움통에 앞니 한 개가 부러졌다. 그래도 웬일인지 그들은 고소를 하지 않았다. 하긴 고소를 안 한 게 다행이다. 만일 고소까지 했다면 문제는 더욱 확대되고 따라서 자기네의 체면이 더욱 말이 아니었을는지도 모른다.

그렇지 않아도 사회의 여론은 교회 측으로 비난이 간다. 도대체 술 먹은 사람을 건드린 것이 잘못이 아닌가. 그리고 한 사람을 여러 사람이 때린 것도 잘못이 아닌가. 그 한 사람이야말로 정당방위의 입장에 섰다. 그럼으로 앞니 아니라 다리가 부러졌다손 치더라도 *한가를 못할 일이라고 한때는 예수를 열렬히 믿던 영생 양조소 주인까지 목에 핏대를 세우고 역설하였다. 그는 기미년 전후의 한참 당년에 예수교가 득세할 무렵에는 *독신자가 되었었는데 추세를 잘 하기로 유명한 그는 그 뒤로 차차 예수교가 신망이 없어져가자 그만 불교 신자로 '교적'

오불관언(吾不關焉) 나는 그 일에 상관하지 않음.

한가 원통한 일에 대하여 하소연이나 항거를 함.

독신자(篤信者) 종교에 믿음이 깊은 사람.

을 옮기었다. 지금은 더구나 술장사를 하기 때문에 그는 예수쟁이라면 원수와 같이 미워했다.

그러나 정목사만은 여전히 그의 심술궂어 보이는 입모습 위에 음흉한 웃음을 띠우고 모든 사람의 비난하는 말을 못 들은 척하고 뱃심을 부렸다.

흑작
남을 속이거나 남의 일을 훼방 놓기 위하여 교활한 수단을 씀. 또는 그 수단.

"흥! 뉘들이 암만 *흑작을 부려보렴! 하나님이 보호하시는 교회가 끄떡이나 할까?"

채플린(Charles Spencer Chaplin, 1889~1977)
영국의 희극배우·영화감독·제작자.

곤댓짓
뽐내며 우쭐거리며 하는 고갯짓.

그는 *채플린 수염을 연신 쓰다듬었다. 그는 여전히 하나님 앞에 감사한 기도를 올리고 여전히 *곤댓짓을 하며 수양 강좌에 초빙을 받았다.

한 달에 얼마씩 받는 사금도 그렇지만 제일 그의 마음을 기쁘게 하는 것은 어린 양과 같이 매끈한 처녀들에게 하나님의 복음을 전하는 강연이었다.

그들은 참으로 천사와 같이 아리따웠다. 이들 천사와 한 자리를 베풀 때에는 그는 언제든지 칼라를 새로 달고 양복을 솔질하고 머리에는 빗질을 곱게 했다. 아무쪼록 보기 싫은 대머리를 감추려고.

한데 예배당에서는 설교를 하기를 육신의 양식을 위한 세상일만 하고 하나님을 공경하는 안식일(주일)을 범하는 것은 하나님 앞에 용서치 못할 죄인이라고 하다가도 그들 앞에 가서는

"하나님께서는 언제든지 일하는 사람을 상 주십니다. 노동은 신성하기 때문이외다. 사회를 위해서 땀 흘리는 노동! 그 위에 더 신성한 것이 없은즉 여러분은 이 천직을 다 하기 위하여 근면하고 모든 규칙을 복종하지 않으면 안 됩니다."

요술쟁이와 같이 그는 한 교리에서 두 진리를 발견하는 기적을 하고 있었다.

그러나 어떻게 들어갔는지 모르나 그 뒤로는 어린 양의 가슴에도 적지 않은 동요가 일어났다.

인순이도 목사의 얼굴이 다시 쳐다보인다.

그러나 목사는 여전히 거룩한 설교를 반복한다. 그는 사건이 돌발하던 이튿날 오후에 와서는 이상히도 흥분된 얼굴을 쳐들고 술 먹는 사람을 지독하게 공격하는 설교를 열렬히 떠들고 갔다.

'목사의 말이 정말인가! 어느 말이 옳은 말인가?'

인순이는 한가한 틈을 탈 때면 고개를 숙이고 앉아서 생각의 실마리를 이리저리 풀어보았다. 세상은 호두 속같이 도무지 갈피를 잡을 수 없지 않은가!

희미한 인생의 등불을 켜던 인순이는 오히려 가시덤불을 헤매고 있었다.

청년회의 충돌사건도 날이 갈수록 흐지부지하고 인제는 화재 난 집터에 타다 남은 숨 죽은 불김이 가는 연기를 올리고 있듯이 몇몇 사람이 호사객의 입에서 오고가고 할 뿐이었다.

원래 이 고을에는 자래로 큰일이 없던 곳이다. 하긴 임진년 이전에는 이 고을도 수천 호 대읍으로서 앞뒤의 넓은 들에는 인가가 총총했었다 한다. 지금도 옥문거리니 비석거리니 하는 구 동명이 남아 있어 상리로 올라가는 논 밭둑에는 기와 조각과 돌 주추가 군데군데 덤불을 이루어 있다.

그 뒤 어느 *등내 때인가 *민요가 한 번 일어났었고 희준이 조부가 관속을 다닐 때 사또를 지경 밖으로 넘긴 일이 있었다. 그 후로는 최근의 갑오년 동학 난리를 치룬 것이 고작일 것이다.

그 외에는 별일이 없이 고을사람들은 제각기 생애에 골몰하기에 여

등내
벼슬아치가 벼슬을 살고 있는 동안.

민요(民擾)
민란.

념이 없었다. 군민의 대부분은 농사를 짓고 그러는 속에서 자식을 낳고 기르고 장가가고 시집가고 하는 중에 한편으로는 젊은이가 늙어가고 늙은이가 죽어갔다.

이마적
지나간 얼마 동안의 가까운 때.

그래서 *이마적은 누구 집에서 혼인을 지내고, 누구네의 환갑잔치가 있다든가, 누구는 생활난으로 자살을 했다든가, 장날 어떤 장꾼이 술주정을 하다가 붙들려갔다든가, 그렇지 않으면 어디서는 도적놈이 나고, 어떤 계집은 간통을 하다가 서방에게 들켜서 매를 죽도록 맞았다는 것이 그들의 생활 이면에 떠오르는 '일상 화제' 가 될 뿐이었다.

이런 일은 모두 일 개인의 사사에 불과한 것이다. 그럼으로 그들은 이런 소문을 들을라치면

"또 그런 일이 생겼군!"

하고 한 번씩 웃으며 이야깃거리를 삼아왔다.

그런데 이런 사소한 일에다 비교해 보면 이번의 청년회 사건은 근래에 처음 보는 중대 사건이라 할 것이다.

예전에는 이 고을에서도 해마다 싸움을 하였다. 그때는 물 아래, 물 위로 편을 갈라서 서로 승부를 가르는 까닭에 사람들은 남녀노소 없이 들끓어 나오고 동리마다 풍물(農樂)을 치고 나서서 읍내가 떠나가도록 한바탕 뒤집어엎었다. 마치 그때처럼 젊은 사람들은 피가 끓어서 한동안 열중하였다.

희준이, 몽룡이, 고두머리 위원장 몇몇 사람이 며칠씩 구류를 살고 나왔다.

그 바람에 한동안 쉬었던 야학을 전대로 다시 시작했다.

야학은 아동반, 부인반, 남자반으로 정리하였다. 학생이 불었다. 선생을 자원하고 나서는 사람이 있었다. 몇 사람이 이렇게 열을 내자 다

른 사람들은 그 기분에 끌려서 모두 제 집일 보듯 하였다.

각 음식점에서는 심부름꾼들을 야학에 보냈다. 그것은 청년회원들이 자기네의 다시 없는 고객인 까닭에 그들의 환심을 사자는 것이었다.

원터에서도 인동이, 수동이, 막동이, 조첨지 막내아들, 순길이 들이 틈 있는 대로 야학에 갔다. 인동이는 보통학교 이 학년을 다닌 까닭에 더러 잊어버리기도 하였으나 갑반에서는 별로 배울 것이 없었다.

야학은 청년회당 안 이 구석, 저 구석에서 각기 칠판 한 개씩을 따로 붙이고 하였다. 그래서 한편에는 조무래기가 몰켜 앉고, 또 한편으로는 남자들이 몰켜 앉고, 그 *안침으로는 부인들과 계집아이들이 자리를 잡고 앉았다.

안침
안쪽으로 쑥 들어간 곳.

그것을 다시 갑을 반으로 나누기 때문에 그들의 앉은 자리는 예닐곱 갈래로 늘어 앉아서 각기 구역을 나누게 되었다.

그래서 마루에는 마치 테니스 코트와 같이 백묵으로 금을 그었고, 학생들을 테 밖으로 못 나가게 규칙을 세웠다.

그 안에서 그들은 봄철을 처음 맞는 개구리떼처럼 떼를 지어 울며 문자의 나라의 신비한 문을 두드렸다.

"가갸거겨…… 一二三四五六七八九十……."

그들은 이런 것을 배우고 있는 것이 남부끄럽고 우스워서 어른들도 킬킬거리며 웃어댔다. 가갸 뒷다리도 모르는 막동이도 그들의 틈에 끼여 앉아서 '메기' 입을 헤 벌리고 읽으면서 그들을 따라 웃었다.

메기

야학을 여덟시 반부터 아홉시 반까지 한 시간 동안을 하였다. 요새는 밤이 짧은 까닭에 어떤 때는 늦게 와서 아홉 시에 시작하는 때도 있었다. 온종일 들일을 하고 온 사람들은 저녁에 고단해서 여간 큰마음을 먹지 않고는 야학에 오지 못했다.

그들은 열 시만 지나면 꼬박꼬박 졸았다.

덜름하다
어울리지 않게 홀로 우뚝하다.

청년회관에는 전등불이 켜졌다. 사방이 툭 터진 *덜름한 언덕 위에 지은 이 집은 서늘한 저녁바람이 활짝 열어붙인 유리창 안으로 불어온다. 지금 막 넘어간 저녁 해는 아직도 훤하게 넓은 들에 후광을 남기고 있다. 익어가는 보리밭이 굼실굼실 물결을 친다.

이날 부인반 야학은 희준이가 맡아봤다. 그는 부인반을 맡은 선생이 사고가 있어서 못 오기 때문에 대신 보게 된 것이다.

오늘밤은 산술 시간이었다. 희준이는 쉬운 산술 문제를 칠판에다 써 놓고 학생들이 맞추어오기를 기다리고 앉았다.

쪽을 찐 주인과 머리 땋아 늘인 소녀들 틈에 음전이도 끼어 앉았다. 그는 하얀 모시치마와 적삼을 눈이 부시게 입고 머리는 삼칠분(三七分)으로 갈라서 쪽을 쪘다.

그는 책상 앞으로 반쯤 기대앉아서 공책을 펴놓은 위에다 연필을 입으로 물고 있다. 침 묻은 연필로 무엇을 다시 쓴다. 그는 붓방아를 찧다가 무엇을 골똘하게 생각할 때처럼 고개를 갸우뚱하고 고무로 닦은 것을 새로 쓰기 시작한다.

이렇게 한 문제를 맞히고 나서는 만족한 미소를 불그름한 입술 위에 띠우고는 속눈썹이 기다란 게슴츠레한 눈을 깜작이며 칠판 위를 쳐다본다.

그는 새 문제를 다시 시작하려고 그것을 눈 익히고 있는 것이었다. 이런 때에 희준이 눈과 마주치면 그는 별안간 웃음을 지우고 얼른 고개를 숙이었다.

그의 뒷줄에는 방개가 노트를 펴고 앉았다. 그는 이마적에 새로 입

학했다. 촌색시 같지 않은 '모던' 풍인데다가 장날 약장사가 연설하면서 파는 도금 반지를 꼈다. 그는 아직도 산술을 어떻게 하는 것인지 요령을 못 얻은 것처럼 연필을 입에 물고 한참씩 맥 놓고 앉았다.

그럴라치면 옆에 앉았던 젊은 부인이 소곤소곤 가르쳐준다. *졸망구니 계집아이들이 사이사이 끼어 앉아서 참새 떼 지저귀듯 쫑알거리며 선생님을 귀찮게 군다.

졸망구니 졸망졸망한 조무래기.

"선생님 다 했어요."

"어서 새로 내주셔요."

"얘, 나는 아직 안했다."

"누가 저더러 하지 말랬남."

남반에는 조선어 시간이었다.

그들은 십인 십색의 갈라진 목소리로 '독본'을 읽느라고 귀청을 떼낸다. 그들은 부인반으로 곁 눈질을 하면서. (음전이의 전등불 밑에로 눈이 부시는 소복과 방개의 함함하게 빗어 내린 소담스런 머리채가 그들의 시선을 끌게 했다.) 인동이는 두 처녀를 번갈아 보고 있었다.

그들은 공부를 시작한 지가 아직 삼십 분도 채 못 되었는데 벌써부터 졸음이 사르르 왔다. 인동이는 연신 하품을 하면서도 음전이와 방개를 번갈아 쳐다보았다.

'요놈의 계집애 이따가 보자!'

"다들 하셨습니까?"

희준이는 교의에서 일어나며 학생들을 둘러보고 물었다.

"선생님 다 했어요. 다 했어요."

그는 그제야 백묵을 들고 칠판에 쓴 문제를 한 문제씩 맞춰가며 자세히 설명했다.

그는 모든 사람이 한 사람도 모르는 것이 없을 때까지. 그리고 다시 새 문제를 써놓고 전과 같이 동창 앞 의자에 걸터앉았다.

창문 밖에는 만월의 큰 희망을 안은 반달이 중천에 걸려 있다. 달은 방안을 들여다보려는 것처럼 이마를 숙이고 추녀 끝을 엿보아 든다. 음전이도 반달 형국으로 구부리고 앉아서 무엇을 정신없이 쓰고 있다. 달을 내다보던 희준이는 그의 반쪽 얼굴에 눈을 박았다. 그는 부지중 한숨을 내쉬었다.

그는 꽃다운 처녀가 소복한 아리따운 자태에 홀렸다.

"뿡—" 하는 자동차의 경적 소리에 희준이는 깜짝 놀라서 일어났다.

"다들 하셨습니까?"

시침을 뚝 떼고 그는 전과 같이 산술 문제를 칠판 위에다 풀기 시작했다.

10. 농번기

청년회의 분규 사건이 생긴 이후로 한참동안 소란한 중에도 원터 사람들은 농사짓기에 여념이 없었다.

참으로 청년회란 것이 그들에게 무슨 아랑곳이냐?

그들은 지금 한참 모심기에 정신이 없었다. 그동안에 보리도 익어서 풋보리 *바심하랴, 화중밭 매랴, 남새밭 모종하랴 도무지 한 몸뚱이를 몇 갈래로 찢어도 손포가 모자랄 지경이다. 그래서 그들은 눈을 까부치고 돌아다니며 서로 일손을 얻어서 남 먼저 해치우려고 애들을 썼다. 그러는 중에 비는 사이사이 한 줄금씩 와서 그들은 *노박이로 비를 맞아가며 들일을 거두었다.

이 악다구니판에 원칠이도 논 열 마지기를 간신히 꽂아놓았다. 그는 *봉천지기를 짓는 만큼 천수가 마르기 전에 모를 심지 않으면 안 되었다.

업동이네도 뒷들에 박힌 여덟 마지기에 모를 냈다. 모심기를 끝내기

바심
타작.

노박이
한곳에 붙박이로 있는 사람.

봉천지기
천둥지기, 빗물에 의하여서만 벼를 심어 재배할 수 있는 논.

도 전에 마을 한 귀퉁이에서는 보리마당질 소리가 요란하다.

손포
일할 사람.

이 통에 박성녀는 혼자 *손포라 미처 손이 안 돌아가서 쩔쩔매었다. 그는 날마다 풋보리 바심하랴, 조석을 끓여먹으랴, 밭 매러 다니랴 도무지 안팎일에 쌓여서 한시도 헤어날 틈이 없었다.

싸개
싸개질. 여러 사람이 둘러싸고 다투며 승강이를 하는 짓.

그래 그는 눈을 뜨고 있을 동안은 이렇게 일거리에 *싸개를 눌려서 허둥지둥하다가 해를 넘긴다. 그러다가 저녁상을 치르고 나면 사대삭신이 노그라져서 그 자리에 쓰러지고 만다. 그는 꿈에도 일거리에 가위를 눌렸다.

—간밤 비에 보리밭 고랑에 물이 흥건히 고이고 거기에 보릿대가 척척 업혔다. 한시바삐 베지 않으면 보리는 썩어서 싹이 틀 지경이다. 그래서 그는 인성이에게 악다구니를 하며 찬비를 맞으면서 보리를 베느라고 헐헐 느끼다가 깜짝 놀라 깨보니 꿈이었다. 다시 눈을 감으면 금방 베어놓은 보릿단이 *벌창을 하는 황톳물에 둥실둥실 떠내려간다. 그러면 또 두발을 동동 구르며 냇둑으로 쫓아 내려가서 보릿단을 건지려다가 냇물에 풍덩 빠졌다. 그 바람에 깜짝 놀라서 눈을 떠보니 역시 그것도 꿈이었다.

벌창
물이 넘쳐흐름.

그럴 때는 옆에서 자는 인학이가 모친의 잠꼬대 소리에 놀라 깨서 *악패듯 울면서 젖을 빨며 말며 한다. 어떤 때는 한방에서 자던 영감이 흔들어 깨우며

악패듯
사정없이 매우 심하게.

"여보! 왜 그래? 가위를 눌렸나 그게 무슨 소리야."

하고 입맛을 쩍쩍 다신다. 비로소 정신이 펄쩍 난 그는 자기 딴에도 우스워서

"왜 내가 무엇이라고 했수? 아이구 밤낮 일에 허위대니까 꿈을 꾸어도 그런 꿈을 꾸는가부?"

하고 그는 꿈 이야기를 하고 나서 다시 웃었다. 웃고 나서 생각하면 다시 부아가 나서 견딜 수 없었다. 사람이 한 세상을 이렇게만 살다가 죽을 것이냐? 그것은 참으로 웃을 일이 아니었다. 허무한 일이다.

그래 그는 누구에게 지목할 수 없는 가난살이를 *들떼놓고 푸념을 했다. 그는 마침내 영감을 원망하고 자식들을 원망하고 부모를 원망하다가 나중에는 자기 자신까지 저주하면서 신세 한탄을 하는 것이었다. 젊어서 한때는 내외 싸움도 가끔 했다. 그때는 원칠이도 신경에 바늘이 돋쳐서 화약같이 분노를 터뜨렸다.

들떼놓다
꼭 집어 바로 말하지 않다.

"안 되면 조상 탓이라고. 이년아 가난한 것이 내 탓이냐? 응…… 네 년의 팔자는 얼마나 좋기에."

하고 황소같이 날뛰며 닥치는 대로 세간을 때려 며붙였다. 그럴 때 박성녀는 자기가 매 맞는 것보다도 세간이 아까워서

"사내 명색으로 계집자식 하나 못 건사하고 무슨 큰소리야! 큰소리가! 그래도 불알 달린 위세인가! 아니꼽게…… 세간이 뭐랬나, 세간은 왜 며붙여? 아이구 이 원수야 날 죽여라…… 엉엉—"

값진 세간이라고는 장롱 한 개 남은 것을 마저 때려 부술 때 그는 이렇게 목을 놓고 울었다. 친정어머니가 푼푼이 모아서 시집올 때 사준 것이다. 그는 인순이가 시집갈 때 새 장롱을 사주지 못할 처지이라 그것을 대물려 주려던 생각을 먹었던 만큼 그 후 며칠을 두고 섦게 울었다.

그러나 지금은 때려 부술 세간도 없지마는 박성녀도 전과 같이 영감에게 대들지 않았다. 그들은 인제 *강심살이에 늙어서 내외 싸움도 지치고 말았다. 싸움도 어지간해야 하지 않는가!

강심살이
고생살이.

생각하면 영감도 불쌍하였다. 늙게 어린 자식들하고 고생살이에 쪼들리며 하루 한 날 편한 틈 없이 신역이 고된 것을 볼 때 어찌 동정의

눈물이 없을쏘냐?

그러나 무시로 쪼들리는 가난뱅이 살림은 어느 틈에 그로 하여금 히스테리를 일게 하였다. 그럴 때는 물불을 헤아리지 않고 푸념을 하게 했다. 그렇게 '*한석'을 하고 나면 마치 가뭄 끝에 내리는 한 줄금의 소나기와 같이 가슴에 막혔던 답답증이 적이 후련한 것 같지 않은가.

한석
한바탕.

그는 지금도 울화가 치받쳤다. 모는 다 심었지만 밀보리도 베어야 하고 *지심할 일, 방아 찧을 일, 빨래할 일, 이 일 저 일 한꺼번에 덮쳐 누르는데 영감과 인동이는 날마다 품앗이를 다니고 품팔이 다니기에 골몰하였다. 누구 하나 거둬두는 사람이 없고 그렇다고 한 몸에 두 지게를 질 수도 없건마는 어린애는 새끼에 맨 돌멩이처럼 매달린다. 이런 때에 인순이나 집에 있었으면 작히나 신역이 편할 것이냐?

지심하다
'김매다'의 방언.

방아 찧는 농가의 모습

"자식이란 쓸데없지. 제 발로 걸어갈 만치 키워놓으면 코가 세서 어미 말은 들어야지. 그러기에 옛말이 하나 그른 게 없느니. 무자식 상팔자라구!"

박성녀는 업동이네와 부엌에서 품앗이로 보리방아를 찧고 있었다. 그들은 지금 *아시방아를 한 절구 찧어내서 널어놓고 다시 물통보리를 찧기 시작했다. 두 사람의 얼굴에는 구슬땀이 비 오듯 한다. 적삼 등에서 발산하는 땀내와 보릿겨 쉰내가 한데 섞여서 시큼한 냄새가 부엌 *탑새기 속으로 떠오른다. 박성녀는 웃통을 벗어부쳤다. 시꺼먼 젖통이에 포도알 같은 젖꼭지가 붙었다.

아시방아
'애벌방아'의 북한어. 뒤에 온전히 찧을 양으로 우선 간단히 찧는 방아질.

탑새기
'솜먼지'의 방언.

"성님 그래도 자손밖에 좋은 게 없다우. 지금이라도 성님이 돌아가 보지. 머리 풀도 대들 사람은 인동이 형제밖에 누가 있겠수."

"그렇지만 죽어서야 누가 안다나. 살아서 지지리 고생하니 말이지."

"아이구 성님도 그런 말씀 마시유. 젊어서는 내외간밖에 없고 늙어서는 자식밖에 없단다우."

"내외간이구 자식이구 다 집안이 넉넉해서 볼 말이라네."

"그래도 가난한 집에 자식까지 없어보슈 처량해서 살 수 있나. 쉿차!"

"그도 그렇지만—너무 없으니까 세상만사가 그저, 시들해서 어서 죽었으면 좋겠어……."

"그런 말씀 마셔유. 김선달네 내외들 못 보셨수. *해오라기 한 쌍처럼 좀 쓸쓸해 보여유."

"참, 그 집에는 왜 양자도 않는다나."

"양자할 일가붙이도 없는가 봅디다! 암만하니 제 밑구멍으로 난 자식 같겠어유. 호호."

그는 숨이 차서 씨근씨근하였다. 두 사람은 한동안 *헐금씨금 방아만 찧고 있는데 인학이는 *매판 위에서 홑이불을 걸치고 잔다. 파리떼는 왱—하고 그의 얼굴과 보리쌀 멍석으로 붙어 앉는다.

"쉿—차!"

"쉿—차!"

"아이구 혼자 손포로 일이 태산같이 밀릴 때는 자식이고 무에고 다 귀찮은 생각만 나서 애꿎은 우리 인성이만 나무라지. 학교도 그만두고 나무를 해 오라는 둥, 네 뉘를 당장 데려 오라는 둥, 그러면 이게……아니 너 벌써 오니?"

인성이는 책보와 모자를 안방에 내던지고 적삼 섶으로 이마에 흐르는 땀을 썩 씻는다.

"어머니 내일은 월사금을 꼭 가져오래!"

해오라기
왜가릿과의 새.

헐금씨금
몹시 숨이 차서 숨소리가 자꾸 가쁘고 거칠어지는 모양.

매판
매갈이나 맷돌질을 할 때에 바닥에 까는 방석.

"품값을 받아야지 어디 돈 있니, 더운데 웃통 벗고 낯 씻으렴!"

"월사금이 얼마래유?"

"닷 냥이라네."

박성녀는 시름없이 대답하고 나직이 한숨을 짓는다.

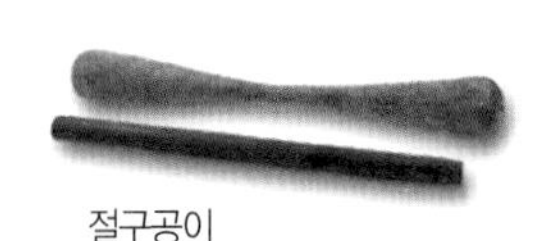
절구공이

인학이가 잠을 깨서 일어나 앉으며 어머니를 부르는 바람에 그는 절굿공이를 놓고 아들에게 젖꼭지를 물리고 있는데 업동이네는 만삭 된 배를 안고 기운차게 방아를 찧는다.

"아가 고만 먹고 성하고 놀아라. 어서 보리를 *대껴야지 저녁에 개떡 쪄주지, 응!"

대끼다
애벌 찧은 수수나 보리 따위를 물을 조금 쳐 가면서 마지막으로 깨끗이 찧다.

뒤꼍 울타리 밑 찔레나무 가시덤불에서는 여치 우는 소리가 찌르르 난다. 한낮의 불볕이 화로 속같이 후끈! 후끈! 달아오른다.

도리깨질 하는 모습

마름집 바깥마당에는 보리마당질꾼 칠팔 명이 삥 둘러서서 "어—하" 소리를 지르며 도리깨질을 하고 있다.

그들은 점심 새참에 막걸리 한 잔씩 들이켜고 얼근한 김에 막 두드리는 판이었다. 한낮 때까지 보릿대는 다 바심을 하고 지금은 이삭을 *몽글리는 참이었다.

몽글리다
'몽글다'의 사동사. 낟알이 까끄라기나 허섭스레기가 붙지 않아 깨끗하다.

그들은 마름집으로 일을 오면 모두 신명이 나서 일들을 잘했다. 그것은 마름의 눈에 잘 보이려는 소작인 심리가 움직이기도 함이었지만, 그보다도 그 집의 풍족한 생활은 저절로 배가 불러지는 것 같았다. 어떻든지 술밥부터 잘 먹지 않는가. 그들은 요새 보리 곱삶이만 먹다가도 이 집으로 일을 오면 반섞이 쌀밥에 토막 반찬을 포식할 수 있었다.

구장집 머슴 곽첨지는 영남 사투리로 왜가리같이 끽끽 소리를 지르

면서 *도리깻열을 곤두세워가지고 경상도 도리깨질을 껑충 후려쳤다. 그러는 대로 지푸라기는 도리깻열에 휘감겨서 공중으로 떠오른다. 그의 궁둥잇짓과 *모들뜨기 발짓하며 영남 도리깨질에 목 곧은 목소리와 한데 어울려서 참으로 우스우면서도 그것이 매우 어울리고 신명을 내게 하기 때문에 다른 일꾼들도 한데 쓸려서 일들을 잘한다.

도리깻열
도리깨채의 끝에 달려 곡식의 이삭을 후려치는 곧고 가느다란 나뭇가지.

모들뜨기
몸의 중심을 잃고 심하게 자빠지거나 나가떨어지는 일.

"어—하."

"이—"

"어—하."

"이—"

일꾼들의 머리에는 보릿짚 검부러기가 마치 신식 결혼식장에서 나오는 신랑 신부 머리에 꽃술이 감긴 듯하였다. 밀잠자리떼는 그

밀잠자리

위로 맴돌며 솔개진을 치고 있다.

무아몽중(無我夢中)
자기도 모르게 꿈속에 있는 것 같다는 뜻으로, 자기도 모르게 넋을 잃고 행동하는 지경을 이르는 말.

지금 그들은 누구나 도리깨질에 *무아몽중이었다. 얼굴과 수염과 머리에는 보리까락이 하얗게 붙었다. 옷 속으로도 보리까락이 들어가서 진땀이 끈적끈적한 살에는 바늘 끝같이 꼭꼭 찌르는 줄도 모르는 것처럼.

안승학은 사랑에 앉아서 자못 만족한 미소를 띠고 일꾼들을 내다보았다. 그는 등의자에 걸터앉아서 한 손으로는 부채질을 슬슬 하면서.

도리사
중국에서 나는 베의 하나. 도루마보다 올이 곱다.

맨발 벗은 두 다리에 *도리사 중의를 꿰고 윗도리는 안동포 적삼을 시원하게 입었다.

'놈들 일 잘한다. 마치 황소 뛰듯 하는구나. 술이란 일꾼들이 먹을게야. 한 그릇씩 안기면 행결 일을 잘하거든—대관절 몇 섬이나 날까? 닷 섬 엿 섬?'

안승학은 주먹구구로 한참 따져보고 그것을 어떻게 했으면 장리를 늘릴까 생각해보았다. 보리 한 말에 사십 전이라면 한 섬에 팔 원씩. 닷 섬에 사십 원—사십 원이면 소 한 마리를 살 수 있다. *도지소를 사다 기르게 할까? 길동 어멈이란 위인은 사람이 바지런치가 못해서…….

도지소
'도짓소'의 북한어. 한 해 동안에 곡식을 얼마씩 내기로 하고 빌려 부리는 소.

그럴 것 없이 육 푼 변리면 한 달에 이 원 사십 전씩 가만히 앉아서 딸기 따듯 할 텐데! 그렇지 않으면 장릿벼로 주든지. 한참 이렇게 궁리를 하는 판에

"오늘 보리 타작하셔요?"

하고 희준이가 들어온다.

"아, 희준인가. 어서 들어오게."

주인은 방을 치우며 객에게 의자를 권한다.

"괜찮습니다. 여기도 좋아요."

"마루에는 보리까락이 날아와서. 좀 들어와. 방 안도 시원하니."

"네!"

아래 윗방을 마주 터놓은 장판방에 윗목으로는 둥그런 탁자와 그 주위로는 등의자 서너 개를 놓았다.

"김군 그동안에 고생했다지? 공연히 쓸데없이……."

"아니, 별일 없었어요."

"그럼 다행일세. 다시는 그런 짓들 말게—. 그러다가 고생하면 나만 *앵하지 별 수 있나."

앵하다
분하고 안타깝다.

"네…… 이번에도 우리들이야 잘못한 게 뭐있었나요. 공연히 저자들이 그랬지요."

"응! 그런 말은 나도 들었어. 하지만 야소교 하는 그까짓 것들을 가릴 것 있어야지. 시비도 우연만한 *자옥 말이지. 상대가 안 되는 마당에는 이겨도 지는 것과 마찬가지니…… 그리고 지금 세상에는 그저 내 실속 차리는 게 제일이야 그밖에 무슨 일이 있나?"

자옥
형편이나 처지.

안승학은 가장 선배인 것처럼 자기의 철학을 늘어놓았다.

"글쎄요."

"암, 그러니 그렇고 말고!" 주인은 별안간 안으로 입을 대고 덕례를 소리쳐 불렀다.

"덕례야!"

덕례가 차를 내오자 희준은 주인이 따라주는 것을 받아서 한 모금을 마시고 나서

"저 여쭐 말씀이 있어서 뵈러 왔는데요……."

"응, 무슨 말?"

"댁에서 혹시 돈을 놓으시지 않는가 해서……."

"돈! 돈이 어디 있나. 돈은 왜?"

주인의 표정은 금시로 달라지며 어색한 말을 불유쾌한 감정 속으로 파묻으려 한다.

"대금을 하신다면 몇 십 원간 제가 좀 돌려썼으면 좋겠어요."

"어디 그런 돈이 있나…… 안에서 애들 몫으로 몇 원씩 기르는 것은 있는지 모르지만."

"네, 그러시다면 할 수 없지요."

희준이는 무안한 생각이 나서 금시로 얼굴이 붉어졌다. 주인의 눈치가 벌써 자기를 불신용하는 것 같은 태도에 슬그머니 불쾌한 감정이 치밀었다. 희준이의 이런 눈치를 채자 그는 무슨 생각이 났는지 한참 만에

"그것도 자네가 쓰는 것 같으면 모르겠네마는 청년회에서 쓰는 것이라면 한 푼도 융통하기 싫어!"

"아니 이건 제가 쓰려는 것입니다."

"글쎄, 그렇다면 안으로 좀 물어볼까. 될는지 모르나 얼마면 꼭 쓰겠나?"

"한 이십 원 써야겠어요. 집문서를 갖다 드리지요."

"아니 그게야 없으면 상관있나. 자네 집과 우리집 사이에—"

"그래도 그렇지 않습니다. 요새 일이란……."

"아버지!"

갑출이가 아장아장 걸어 나오는 것을 승학은 문밖으로 나가서 번쩍 안고 들어온다.

"손님 보고 인사도 없나. 곤니찌와!"

어린애는 부친의 흉을 내서 고개를 까딱한다.

"하하하…… 참, 갑출이 인사 잘하네!"

"자제입니까? 몇 살이어요?"

"응! 인제 두 돌 지났어. 자식이 약기만 하고 튼튼치가 못해서 걱정이야."

승학은 어린애를 무릎 위에 앉히고 차를 한 모금씩 마신다.

희준이 부친 김춘호와 안승학은 읍내에서 한 이웃 간에 살았다. 그들은 *제배지간으로 친하게 지냈다. 그때는 춘호의 부친 김호장이 생존한 때여서 그는 부모덕에 잘 지냈으나 승학은 한참 궁할 판이었다.

그러나 승학이가 군청으로 들어간 후로는 차차 두 집 형세는 처지가 바뀌게 되었다. 승학은 *발빈이 되어가는 대로 김춘호는 가산이 *치패해갔다.

그의 부친 김호장이 죽은 후에는 객주 영업도 걷어치우고 말았다. 김호장은 젊어서 호장을 지낼 때 호랑이로 유명한 인물이다. 그가 어느 등내 때에 행악하는 원을 지경 밖으로 축출한 일도 있었지만 그는 *능꾼이요, 뱃심이 좋았다. 그때 한참은 육방 관속은 물론이요, 기생까지도 그에게 먼저 수청을 든다는 소문까지 있었다.

이런 가정에서 외아들로 태어난 춘호는 귀둥이로만 자라났다. 그는 어려서부터 주색에 눈을 떴다. 그때 안승학은 그의 *병정질을 하였다. 친상을 당하자 그는 마음 놓고 방탕한 짓을 할 때였다. 마침내 그는 읍내에서 부지를 못하고는 농막을 치우고 원터로 나앉은 것이다.

패가한 후에 그는 심화를 끓이다가 어느 날 소주를 잔뜩 먹고 속에서 불이 나서 타 죽었다.

희준이가 모자를 들고 일어서자 안승학은

"왜? 더 놀다가 가지?"

제배지간
동배간. 나이나 신분 따위가 서로 같거나 비슷한 사람들 사이.

발빈(拔貧)
가난에서 벗어남.

치패(致敗)
살림이 아주 결딴남.

능꾼
능수꾼. 일솜씨가 능란한 사람.

병정질
돈 있는 사람을 따라다니며 잔시중을 들고 공술을 얻어먹음.

"많이 놀았어요."

바깥마당에서도 여전히 도리깨질하는 소리가 요란하게 들린다. 승학은 *가재수염을 쓰다듬으며

가재수염
윗수염이 양옆으로 뻗은 수염을 비유적으로 이르는 말.

"그럼 있다가 기별함세. 잘 가게!"

"네!"

그는 희준이를 작별하고 나서 안으로 들어갔다. 무슨 일이 났는지 안에서는 별안간 숙자의 때꼰때꼰한 목소리로 떠드는 소리가 집안이 요란하도록 떠들썩하였다.

"웬 야단이야! 응……."

승학은 금테 안경 밑으로 눈을 회동그라니 뜨고 숙자를 쳐다보았다.

숙자는 광주리장수한테 보리살구를 사느라고 그렇게 떠든 것이었다. 그는 일전 한 푼에 두 개씩 하자고 하고 장사는 그렇게는 밑진다고 세 개에 이 전씩 하자고 하고. 갑숙이는 빙그레 웃으며 건넌방 툇마루에 걸터앉아서 그들을 쳐다보고 있다.

살구

"애들처럼 웬 투정이야. 우리 갑출이도 살구 사주까?"

승학은 갑출이를 마루로 올려놓고 살구 광주리를 들여다본다.

"살구가 잘구먼!"

"나리도 이 살구를 잘다 하셔유?"

"얼마씩? 일전에 한 개씩이면 잘 보았구먼 그래."

"아이구 그렇게는 정말 밑집니다."

"그럼 이십 전어치만 달라구."

"이십 전어치를 다 사서 뭐 하우."

"어른은 안 먹나."

장사는 서른 개를 헤고 나서 다시 두 개를 덤으로 더 주는 것을 숙자

는 아귀다툼을 해가며 세 개나 더 빼앗았다.

승학은 빙그레 웃으며 숙자의 하는 짓을 잠자코 쳐다본다.

"안녕히들 계십시오."

장사는 주머니에 돈을 집어넣고 나서 광주리를 이고 나갔다.

"잘 가라구. 자 이리들 오너라. 살구 먹자."

승학은 다람쥐 밤 까먹듯 살구를 통째로 입에 넣고 씹으며 재치 있게 씨를 발라낸다.

"그 살구 맛있다."

"맛있어요? 사랑에 희준이가 왔었다지?"

"그랬어."

"왜 왔대여?"

숙자는 *살기 웃음을 치면서 분 바른 *턱어리를 승학의 턱 밑으로 바짝 대고 묻는다.

살기 웃음
독살스러운 기운을 띤 웃음.

턱어리
턱주가리.

"돈 좀 취해달라구."

남편의 말에 숙자는 입술을 비쭉 내민다.

"돈은 무슨 돈."

"집문서를 잡고 이십 원만 달라는구먼!"

안승학의 대답은 어설프게 들린다.

"주지 말어요. 그따위 난봉꾼에게 꿔느니 호랑이 아가리에 개를 꿔지. 언제 받자고 저한테 돈을 꿔어!"

숙자는 눈살을 찌푸리며 표독스럽게 부르짖는다.

"그래도 모처럼 말하는데⋯⋯ 거절할 수 있어야지. 그래 이따가 기별한다고 그랬구먼."

"히, 서울로 일본으로 *까지르며 잘난 체하고 돌아다니더니만 왜 돈

까지르다
주책없이 쏘다니다.

도 좀 못 벌었던가. 그런 것들이 무엇을 한답시고 껍죽대니 참 그런 게야말로 꼴불견이야!"

숙자는 공연히 제풀에 역정이 나서 넋이야 신이야 하고 야단이다. 갑숙이는 듣기가 민망하였다. 그것은 마치 자기 보고 들어보라는 말과 같기 때문에. 승학은 갑숙이의 눈치를 보다가 기침 한 번을 하고 나서 코 먹은 소리로

건지
'건더기'의 변한 말.

"흥 그러기에 말이야. 조석 *건지가 없는 주제에 천하사를 걱정하는 셈이지!"

하고 숙자의 말에 맞장구를 친다.

"갑숙아, 너도 좀 생각해 보렴! 갑성이란 놈이 있었더라면 같이 들어 볼걸. 사회니, 무에니 하고 떠돌아다니는 자의 말로라는 것은 모두 희준이 짝이 된단 말이야. 그 사람도 똑똑하지만 길을 잘못 들어서 저 꼴이 됐지. 그 사람이 아까 우리집에 와서 궁한 소리를 할 때 얼마나 면구했겠니. 우연만 하면 그런 말을 하러 왔을 것이다. 흥! 그렇지 않으냐? 그런 것을 생각해서 늬들도 정신 차려야지. 저 비지땀을 흘리고 보리마당질 하는 사람들도 돈이 없기 때문에 저런 고생을 하지 않니?"

갑숙이의 고개는 점점 숙어졌다. 그는 송구해서 도무지 그대로 듣고 있을 수가 없었다. 마침내 그는 자리를 차고 일어섰다.

"내가 돈을 꿔주랬수 어쨌수. 왜 나보고 걱정이야."

"저런 괘씸한 년!"

"아버지가 들어라고 하시는데 못 들은 척할 것이지. 그렇게 성낼 건 무엇 있니? 너도 성미는 참 이상하다."

승학이와 숙자는 푸르르 성이 나서 눈을 흘긴다.

"나 성미 고약한 줄 인제 알았수."

갑숙이는 그 길로 문밖으로 튀어 나왔다.

일꾼들은 해가 어슬핏하도록 보리 이삭을 몽글렸다. 저녁 술참거리에 그들은 한참을 쉬느라고 멍석에 둘러앉았다. 행랑어멈은 북어지짐이와 열무김치를 술상에 받쳐 내왔다. 막걸리 *자배기에는 술 *종구라기가 둥둥 떠돈다.

"에, 참 욕들 봤군! 어서들 먹어!"

안승학은 안에 있다가 일꾼들의 술상 내가는 것을 보고 사랑마당으로 나왔다.

"나리도 한 잔 하시지유."

"어디 술 먹을 줄 아나. 어서들 자셔!"

덕칠이는 행랑아범이 따라놓은 술 사발을 우선 곽첨지에게 들어주며

"자! 곽첨지 먼저 잡수. 참, 곽첨지 도리깨질에는 사람 반하겠던데, 허허허……."

곽첨지는 중년에 이 고장으로 들어와서 돌아다닌 까닭에 지금도 곽첨지라고 부르는 사람보다 곽서방이라 부르는 사람이 많았다.

"아닌 게 아니라 잘 하거든! 곽서방 바람에 힘든 줄 모르고 일들을 잘한단 말이지."

주인도 빙그레 웃으며 그들 말에 동의한다.

"그래서 이번 참은 술을 안 내도 하는데 나리께서 일부러 사 오신 게라우."

길동 아버지가 잇따라서 빙그레 웃으며 주인에게 생색을 낸다. 곽첨지는 막걸리 한 잔을 쭉 들이켜고 나자 텁석부리 수염을 한 손으로 쓰다듬어서 발꿈치에 문지르고 김치 *뿌다구니를 입 안에 집어넣고 어

자배기
둥글넓적하고 아가리가 넓게 벌어진 질그릇.

종구라기
조그마한 바가지.

뿌다구니
어떤 토막이나 조각 따위를 낮잡아 이르는 말.

석어석 씹는다.

"뭐 잘할 게야 없지만두 우리 고장에서두 남한테 빠지든 안 했지라우."

"아니 잘 해여. 참 그런데 평생 홀애비로 늙을 셈이유. 어떻게 장가 좀 들어봐야지?"

천량
개인 살림살이의 재산.

"장가는 맨 불알로 들 수 있는가, *천량이 있어야 하지."

"그럼 장가가는 데 불알이 제일이지 뭐, 허허허!"

"하하하."

도망구니
'도망꾼'을 일컫는 말.

"참 그 말 잘 났수. 상리에서 한 삼십 먹은 *도망구니 계집을 붙들어 놨다는데 그거 곽서방 얻어줄까."

학삼이가 술을 먹고 나서 안주를 집으며 히히 웃는다.

"얻을 수 있으면 그렇게 해보지. 곽첨지 근력으로는 아직도 아들 삼형제는 무난할 걸."

원칠이도 마주 대꾸를 하며 웃는다.

여러 사람들은 모두 원칠이 말을 찬성하며 오늘 저녁이라도 당장 가서 데려오자고 서두른다. 곽첨지는 처음에는 농담으로 알고 웃다가 차차 구체적으로 말이 되는 것을 보자 별안간 고개를 설레설레 내젓는다.

"아니 왜 그래? 얻을 마음 없수?"

"없지."

"왜?"

곽첨지는 담뱃대를 툭툭 털어서 새로 한 대를 담으며 목소리를 곤두세우고 부르짖는다.

"내사 계집 안 얻는 내력을 이야기해 볼까라오! 하도 속아서 인제는 고만……."

그는 누런 이를 드러내놓고 갈기머리가 늘어진 상투머리를 내흔든다.

"왜? 모두 달아났나! 하하하하."

"달아나는 놈에, *본나미가 와서 찾아가는 놈에 도무지 어디 믿고 살 수가 있던가요."

본나미 본남편.

"하긴 그도 그래!"

쇠득이가 하는 말에 여러 사람들은 일시에 와—하고 웃었다.

"아니 한 번은—"

곽첨지는 담뱃불을 빼끔빼끔 붙이고 나서

"저, 한 번은 밥 얻어먹으러 다니는 여인네가 왔겠지요. 젊은 여자인데 아주 똑똑하단 말야."

"헤헤."

"그래, 참 지금같이 동네 사람들이 다리고 살락 하길래 몇 달 다리고 살았지라유. 한데 보시소. 저 일심사 중놈 하나가 하루는 와서 제 계집이라꼬 고만 데리고 간단 말다. 헤헤헤. 내사 고만 기가 딱 차서……그 뒤로는 다시……."

곽첨지는 한 손을 펴서 얼굴 앞으로 들고 살래살래 내젓는다.

"하하하. 그동안 애도 안 뱄나?"

"뱄는지 안 뱄는지 내사 모르지. 그 후로는 *상구 못 만났구마!"

상구 '아직'의 방언.

"그게 몇 해 전 일인데?"

"한 이십 년도 아마 더 됐을 게라오."

"잘 생각했소. 그때도 그랬는데 지금은 다 늙은 터에 계집은 얻어서 뭐 하겠소. 신세 편케 홀로 지내지."

"내가 그럴락 해서 다시 안 얻소."

주인도 그들의 이야기에 호기심을 내고 따라 웃었다. 곽첨지는 굴뚝에 연기 솟듯 담배 연기를 입 밖으로 토하며 여러 사람을 둘러본다.

11. 달밤

야학을 파하고 나자 인동이는 비로소 졸음을 깨고 일어섰다. 그는 굴레 벗은 말 같이 시원하였다. 웬일인지 오늘밤에는 원터에서는 방개와 인동이밖에 다른 이는 아무도 안 왔다.

음전이는 눈이 부시는 모시치마 뒷자락을 산들바람에 나부끼며 여왕과 같이 그날의 *총중에 쌓여간다.

총중에
경황없이 여러 가지로 바쁜 가운데.

"형님, 안 가시유?"

인동이는 희준이를 쳐다보고 묻는다.

"난 천천히 가겠다."

"그럼 먼저 갈래유."

"그래라."

달은 아직도 서천에 매달렸다. 별들은 달빛에 무색한 듯이 저마다 숨바꼭질을 하고 있다. *괴괴한 밤하늘에 아늑히 비추는 달과 별! 달빛은 은은히 흐르고 별들은 여왕과 같은 달을 둘러싸고 총총히 늘어섰

괴괴하다
쓸쓸한 느낌이 들 정도로 아주 고요하다.

다. 자고로 몇몇 사람이 저 달을 쳐다보며 울고 또한 웃었던가!

그러나 애젊은 사람들과 청춘의 꿈같은 행복을 달과 함께 소곤거렸다. 달의 유혹은 그들을 밤새는 줄도 모르고 지향 없이—따라가고 싶게 한다.

큰길 거리를 나서서 단둘이 된 인동이는 방개에게 은근히

"늬 오빠는 왜 안 왔니?"

"우리 오빠 말이냐? 몸살이 났어."

"응, 그거 안됐구나. 막동이는?"

"기 애는…… 내가 아니!"

방개는 잠깐 무색한 웃음을 띠우며 목소리에 노염을 붙여 꺼낸다. 인동이는 방개의 심중을 엿보자 속으로 간지러운 웃음을 웃었다.

"너, 저 지난 번에 나보고 욕했지. 어디 좀 보자."

"언제?"

"지난 봄에!"

그들은 어느덧 철도 둑을 넘어섰다. 그는 앞서가는 방개의 머리채에서 상긋한 동백기름 냄새를 맡았다.

함함한 머리채! 달빛에 비치는 하늘하늘한 인조견치마 속으로 굼실거리는 엉덩이…… 그리고 통통한 두 팔목, 잘록한 허리—인동이의 시선은 마치 불똥이 튀듯 방개의 몸뚱이의 군데군데로 튀어 박혔다.

그는 몸을 떨었다. 가슴이 널뛰듯 한다. 그러나 그 순간 막동이의 형상이 나타나자 그는 그만 찬물을 끼얹는 것 같은 소름이 쭉— 끼친다.

'그 자식이 주무르던 머리채! 팔뚝! 허리! 그리고 또…….'

그의 이런 생각이 금시로 방개의 낯짝에 침을 뱉고 발길로 걷어차고 싶게 한다. 마치 그는 방개가 제 계집이나 된 것 같이 그들에게 무서운

질투를 느낀다.

'내가 지금만 같아도 그 자식에게 *선손을 못 걸게 했지!'

인동이는 한숨을 내쉬었다.

"너 골연 있니?"

"희연 밖에 없다."

"골연 없어?"

"골연 살 돈이 어디 있니."

"담배 먹고 싶다. 얘, 그거라도 한 대 피우고 가자!"

"길거리에서?"

"저—기 철로다리 옆 모래밭으로 가서."

방개는 한 손을 들어서 달빛이 훤히 비치는 강변을 가리킨다.

"막동이가 담배도 안 사주던?"

"!!"

방개는 복잡한 표정으로 눈을 흘겼다. 인동이는 시선을 마주 쏘며 음흉한 웃음을 뱉었다.

시내 강변의 모래 틈에는 돌비늘이 무수히 반짝인다. 그들은 나란히 모래 틈에 앉았다. 물소리가 쫄! 쫄! 풀벌레가 찍! 찍! 그런데 가는 바람이 솔솔 분다.

인동이는 *물쭈리와 *대꼬바리가 맞붙은 곰방대를 꺼내서 종이 봉지에 싼 담배 부스러기를 담아 물고 성냥을 꺼냈다. 연기가 풀썩 나며 담뱃진 내가 독하게 난다.

"나 좀!"

선손
선수. 먼저 손찌검을 함.

물쭈리
'물부리'의 방언.

대꼬바리
'담배통', '담뱃대'의 방언.

방개는 인동이 입에서 물쭈리를 빼어다 물며

"넌 막동이가 샘나니?"

"그 자식 수틀리면 패줄란다. 간나새끼!"

"네가 기 애를 이겨?"

"그까짓 자식을 못 이기고 살아서 무엇하게."

"정말?"

"그럼!"

방개는 생글생글 웃으며 연기 나는 물쭈리를 그대로 인동이의 입에 넣어 주었다. 인동이는 별안간 정신이 얼떨떨해졌다. 그는 담뱃불을 끄고 나서 그만 그 자리에 방개를 껴안고 쓰러졌다.

"아이 놔 얘! 가만 있어 좀……."

"참, 달도 무척 밝지!"

희준은 야학을 끝낸 후에 동무들과 모여 앉아서 청년회의 진흥책에 대하여 여러 가지로 이야기를 하였다. 이 여름 방학 동안에 그들은 재미있는 일을 시작해 보자는 것이었다.

그간 강연회를 한 번 열자는 것이 뜻밖에 충돌 사건으로 못하고 말았다. 청년회원의 친목을 두텁게 하고 야학생들의 위안을 목적으로 하는 원유회 같은 것도 거행해 보았으면 좋을 것 같다. 한데 그런 것을 개최하자면 우선 거기 드는 비용이 문제였다. 그 비용을 무슨 방법으로 어떻게 *판출할 것인가 하는 것이 그들의 두통거리였다. 그러자면 별수 없이 신문 지국의 후원을 얻고 부족한 것은 회원의 부담으로 할 수밖에 없다는 것이 오늘 저녁 모인 사람 중에서 대다수의 의견이었다.

"에, 밤낮 이야기해야 그 수밖에 없담! 난 고만 가겠네."

판출하다
마련해내다.

희준이는 벌떡 일어나서 기둥에 걸린 모자를 떼어 썼다.

"어느새 가서 뭐 할 테야. 인제 겨우 열 시 반인데!"

"가느라면 또 지체되지 않나."

김학철은 기둥에 걸린 시계를 쳐다본다. 충돌 사건의 장본인인 그는 아주 열심히 청년회에 관심을 갖기 시작했다.

"일찍 가서 자는 것이 상책이지."

희준이는 빙그레 웃으며 뒷짐을 지고 벽에 기대섰다.

그는 그들이 무슨 일을 하자 할 때는 *여출일구로 앞장을 서다가도 책임을 행할 마당에는 서로를 *발라맞추는 것이 전례로 되는 것이 괘씸하였다. 이번 일에도 제각기 부담을 한다지만 그 역시 말뿐인 것이 뻔한 노릇이다.

그들은 청년회의 사업을 위한다거나 자기들의 행동을 바로잡기 위함보다도 언제나 유흥 기분으로 들뜨고 있었다. 그래서 그는 더 말하고 싶지가 않았다.

"가세들!"

"아마 오늘 저녁에는 긴상이 제일 소득이 많을 걸!"

고두머리가 양복 윗저고리를 팔뚝에 끼면서 희준이에게 농담을 붙인다.

"무슨 소득?"

이몽룡이가 한 추렴 들려고 말끝을 가로챈다.

"여차 *양신에 미인을 상대했으니 그런 소득이 또 있겠나."

"하하, 참 그도 그런데!"

"넌 춘향이가 있지 않으냐?"

"에이, 미친 자식!"

여출일구(如出一口)
이구동성(異口同聲). 여러 사람의 말이 한결같음.

발라맞추다
말이나 행동을 남의 비위에 맞게 하다.

양신
이렇게 좋은 날.

"하하하."

"김 동무 한턱하시우. 그 색시가 자꾸 추파를 보내는 것 같던데요. 하하하!"

면서기를 다니던 박준표가 너털웃음을 웃는다.

"괜히들 실없는 소리 말아요."

희준이는 성을 내며 부르짖었다.

"달이 참 밝은데, 한잔 했으면 좋겠다."

학철이는 담뱃불을 붙이고는 성냥개비를 유리창 밖으로 내던지며 중얼거린다.

"이 사람아, 술 먹고 그런 봉변을 한 지가 몇 날 안 되는데 또 그런 소리를 하나?"

"술이나 먹을 줄 아는 것이 그런다면."

"글쎄 말이지. 으레 덜된 것이 일은 저지르는 법이니."

"그놈들 마치 한속으로 나온 것 같으네."

학철이는 상덕이와 몽룡이를 쳐다보며 웃는다. 상덕이는 키가 후리후리한 게 명태같이 마른 데다가 얼굴은 알곰알곰 얽었다.

"그런데 목 옴치레기가 무슨 일로 안 왔다니?"

"글쎄!"

"그 자식이 오늘 저녁에 재수가 없느라고! *연해 음전이에게 곁눈질을 했을 텐데!"

연해 계속.

"가만두게. 그 바람에나 혹시 모가지가 솟아나올는지 모르니. 하하하."

"흥!"

희준이는 준오짝이 농담을 또 하는 게 밉살머리스러웠다.

얼굴이 골패의 준오짝 같기 때문이다.

“저 자식은 밤낮 농담이야. 농담을 하다 만들었는지.”

일행 사오 인은 큰 길거리로 걸어 나왔다. 그들은 암만해도 그대로 헤어지기가 섭섭한 모양이었다.

“너 한잔 사라!”

“이 자식아, 돈 있니?”

“외상 못해?”

“아니, 또 술이야. 그냥들 헤어지라구!”

“달이 이렇게 밝은데…….”

희준이는 휘적휘적 앞서서 달아났다.

“아, 먼저 가려나?”

“난 가서 자야겠네.”

“저 사람은 외고집이야.”

세 사람은 읍내로 가는 길을 나란히 떼놓았다. 돌자갈을 깐 한길 위로 단장을 끄는 소리가 희준이 귀에는 차차 멀리 울려왔다.

‘저런 작자들과 무슨 일을 한담!’

으스름 달밤은 훤한 들판에 검푸른 장막을 드리웠다. 달빛 아래에는 초가집도 궁전과 같다.

원터 뒷산에 아득한 솔숲이 우중충하게 그늘진 밑으로 마을의 초가집들은 선경과 같이 은은히 안겨 있다.

소쩍새

조각달은 어느덧 서천에 기울어졌는데 딱따구리는 뒷산에서 울고 소쩍새는 동구 앞 느티나무 속에서 운다. 고요한 이 밤에 한 줄기 시냇물이 은파를 번득이며 들 가운데로 감돌아 흐르는데 큰내의 여울물은 바다같이 훤하게 남쪽으로 트여 있다.

"소쩍! 솟소쩍!"

소쩍새는 처량하게 밤을 새워 울려는가!

홀로 가는 희준이는 적적한 들 가운데를 접어들며 마음속에 고독을 느꼈다. 그의 외로운 그림자가 논둑길 밑으로 따라온다. 넓은 들과 같이 마음속에도 공허를 가져왔다.

그는 동무들을 격려하며 일을 보다가도 가끔 이와 같은 적막을 느꼈다. 그런 때는 여러 사람들과 같이 함께 웃고 떠들어도 자기만은 산중에 홀로 있는 사람같이 의식의 간격을 자아낸다.

'이까짓 일을 하며 세월을 보내고 있담!'

그는 자기의 생활이 무의미한 것 같았다. 인간이란 이렇게 하찮은 존재인가 하는 가소로운 생각도 난다.

그는 금시로 허무한 생각이 들어가서 만사가 무심해졌다.

'무엇 때문에 사는가? 놈들은 모두 조그만 사욕에 사로잡혀서 제 한 몸 생각하기에 여념이 없지 않은가? 그래서 말로나 글로는 장한 소리를 하지만 뱃속은 돼지같이 꿀꿀거리는 동물이야! 그것들과 같이 일을 해보겠다는 나 자신부터 같은 위인이 아닐까?'

그러다가도 어떤 박자로 열이 올라서 다시 일에 열중할 때는 금시로 그는 어떤 희망에 날뛰어서 낙관을 하게 했다.

'그렇다! 그들도 사람이 아닌가. 잘 지도하면 된다.'

마치 그는 숨죽었던 모닥불이 한동안 검은 연기만 토하다가 별안간 불길을 확 내솟듯이 청년의 왕성한 '열정'이 모든 곤란을 무찌르고 일어났다.

그러나 지금 희준이는 다시 고적하였다. 그는 김빠진 맥주처럼 맥없이 들길을 걸어갔다.

'그 사람들이 아마 음전이 집에 가서 먹지!'

그는 즉시 그들을 쫓아가고 싶었다.

음전이가 부엌으로 들어가서 술상을 차리는지도 모른다. 그는 참으로 자기에게 추파를 보냈는가! 그것은 몰라도 그는 볼 적마다 웃는 것이 인사였다.

냇둑을 지나서 널판다리를 건널 무렵에 그는 물소리가 그윽이 들리는 사이로 어디서 사람의 목소리가 재깔재깔 들리는 것 같았다.

'누구일까?'

발을 멈추고 귀를 기울였다. 목소리는 냇물 아래편에서 난다. 여자의 웃음소리가 들린다.

한참만에 그는 그들의 목소리 임자가 누구인 줄을 알아낼 수 있었다. 그는 자기도 모르게 미소를 띠고 멈췄던 걸음을 내처 걸었다. 그는 이 밤에 자기 집으로 들어가기가 싫었다. 가정은 마룻방같이 쓸쓸하였다. 보기 싫은 아내! 그것은 왜 뒈지지도 않을까?

마을 속은 집집이 괴괴하였다. 사람들은 모두 꿈나라로 깊이 든 모양이다.

으스름달빛이 지붕 *갓머리에 어렴풋이 비치고 흙벽 틈에 뚫린 들창문을 엿보아 든다. 마치 그 안의 비밀을 탐지하려는 것처럼. 코 고는 소리가 들린다. 잠꼬대하는 소리! 입맛 다시는 소리. 그리고 여자의 쌔근쌔근하는 숨소리가 들린다.

갓머리
지붕의 마루.

희준이는 마름집 모퉁이를 발자국 소리도 없이 무심히 돌아갔다. 그늘진 추녀 밖으로 웬 사람의 그림자가 길게 뻗친 것을 보고 그는 깜짝 놀라서 정신을 차려 봤다.

'이 밤중에 누구인가?'

그는 일부러 인기척을 내고 그 집 대문 앞을 지나갔다. 거기는 웬 여자가 달에 홀린 듯이 문간에 붙어 섰다. 달빛을 안은 아리따운 여자는 희준이와 시선이 마주치자 얼른 외면을 하고 돌아선다. 희준이는 저만큼 가다가 다시 한 번 돌이켜 보았다. 그 여자는 여전히 그 자리에 붙어 섰다. 갑숙이였다.

아내는 밤이 깊도록 자지 않고 앉았다. 그동안에 어린애가 새로 생긴 아내는 오히려 *산티를 벗지 못하고 얼굴이 부석부석하다. 그는 윗방에 갓난이를 끼고 자다가 빈대가 몹시 물어서 일어나 앉았다. 그는 석유 등잔에 불을 켜놓고 나서 갓난아이의 기저귀를 들쳐보았다.

산티
산모(産母)의 얼굴에 나타나는 병적인 기색.

"아이구 가엾어라. 콩멍석같이 부르텄구나! 몹쓸 놈의 빈대들! 그 푸진 살을 뜯어먹다니! 오—아가 젖 먹어!"

그는 입속으로 중얼거리며 비스감치 누워서 아이 입에 젖꼭지를 물렸다.

인제 달포를 지난 아이는 배냇머리가 반지르르하고 얼굴에는 젖살이 포동포동 몰렸다. 그는 어린애가 볼수록 귀여웠다. 게다가 또 아들이 아닌가?

아랫방에는 시어머니가 정식이를 데리고 잔다. 정식이는 젖을 그렇게 밝히던 아이가 아우를 본 뒤로는 어머니한테는 얼씬도 않았다.

"할머니! 아이가 어디서 나왔다우! 어머니 뱃속에서 나왔수?"

밖에서 놀던 정식이는 난데없는 어린애 소리를 듣고 뛰어 들어와 보더니만 눈을 휘둥그러니 뜨고 할머니에게 그때 이런 말을 의심스레 물었다 한다.

아내가 그렇게 쉽게 또 아들을 낳으려니는 참으로 뜻밖에 일이었다. 그렇게 쉽게 낳을 수 있는 것을 여태 못 낳고 생으로 늙지 않았나? 남들은 인제 금실이 좋아졌다고 부러워하는 소리가 *미상불 해롭지 않게 들렸다.

그러나 남편은 여전히 집안일에는 등한한 것 같았다. 인제는 자식도 커가고 하니 살림이나 약빠르게 해서 부모 처자를 잘 건사해야 할 것이 아닌가? 남들은 *지악하게 벌어도 못살겠다는 이 세상에서 그는 무슨 일인지 월급 자리로 취직을 하래도 하지 않고 번둥번둥 노는지 모르겠다. 그리고 그 빌어먹을 놈의 청년회인지 무엇인지 읍내 건달패에게 밤낮 미쳐 다니는 것이 얄미웠다.

아내의 이런 생각은 혹시 어떤 계집에게 빠지지 않았나 하여 한 동안은 비밀히 남편의 행동을 염탐해보기도 했다.

'초년에 고생한 년이 후분을 바랄 수 있나! 개꼬리 삼 년 가야 황모

미상불
아닌게 아니라 과연.

지악하다
일을 하는 것이 악착스럽다.

못 된다구 제 행실 저 갖지 남 줄라구!'

그는 마침내 남편을 원망하고 애달픈 신세를 한탄할 뿐이었다.

그는 지금도 이 생각 저 생각에 시름없이 앉았다. 남편은 참으로 무엇에 미쳤는가? 남들의 말과 같이 그는 과연 별인인가? 그는 왜 마음이 변하였을까? 예수를 믿으면 착심이 된다는데 왜 그것도 안 믿을까?

밤이 점점 깊어갈수록 아내의 남편을 염려하는 마음은 더욱 커갔다.

'밤중까지 어디 가서 뭐 하고 있어? 아이구 하루 한 날이 아니구!'

그는 다시 입속으로 중얼거렸다.

이런 집으로 시집을 보낸 친정 부모가 그는 새삼스레 원망스러웠다. 남과 같이 처지는 넉넉하지 못한 대신 왜 서로의 뜻도 맞지 못하게 살 것이 무엇이냐? 이런 생각이 들어 그의 눈에서는 눈물이 소리 없이 흘러내렸다. 눈물은 자는 아이의 얼굴에 떨어진다. 아비의 하는 꼴을 보면 자식들의 장래가 불쌍해 보인다.

그는 울어도 시원치가 않았다.

반송반송하다
잠은 오지 않고 정신만 말똥말똥하다.

뜰 아래는 훤히 비친다. 아내는 점점 두 눈이 *반송반송해졌다. 그는 뒤숭숭한 마음을 걷잡지 못하여 가만히 문밖으로 나왔다.

지나간 모든 일이 새록새록 안타깝다. 젊은 시절을 돌아보면 너무도 허무하게 지나왔다. 그런 생각을 해서라도 남편은 인제 자기를 소중히 여겨야 될 것이 아닌가? 그런데 남들은 속도 모르고 금실이 좋아졌다는 둥 남편을 잘 얻었다는 둥 별별 소리를 다 하지 않는가!

'아이구 우스꽝스런 소리두. 인물만 잘나면 뭘 해? 이름 좋은 허울타리지. 그리고 자식만 낳으면 금실이 좋은가?'

그는 부엌으로 들어가서 냉수를 떠먹고 나와서 마루에 걸터앉았다. 마당에서 꼬부리고 자던 검둥이가 소리 없이 꼬리를 치며 대든다. 아내는 가만히 개 대가리를 쓰다듬으며 시름없이 안산을 건너다보았다.

"에헴!"

별안간 싸리문을 여는 소리와 함께 남편의 기침 소리를 듣자 아내는 소스라쳐 일어났다. 검둥이는 한달음에 뛰어나가서 반기며 주인에게 뛰어오른다. 아내도 금시에 남편이 반가워졌다.

"이 개! 이놈의 개가."

희준이가 싸리문을 잠그고 나서 개를 쫓으며 들어오는데 아내는 그대로 서서 혼자 말처럼 나직이 부르짖는다.

"아이 밤이 깊은데 인제 오시나베!"

"왜 자지도 않고 나와 있어?"

"자다가 빈대가 물어서, 빈대가 어떻게 나오는지 또 날 궂을라나!"

아내는 옆구리를 긁적긁적하며 남편의 눈치를 본다. 그는 해죽이 웃어 보인다.

"저녁 진지 어떻게 하셨수?"

"먹었어!"

희준이는 의관을 벗어 던지고 마루에 올라앉아서, 담배를 붙여 문다. 아내는 의관을 개켜서 한옆으로 치우고 윗방 문 앞턱으로 쪼그리고 앉는다.

"자지 않고 왜 앉았어."

"어련히 잘까봐. 걱정이시유."

아내는 무심코 웃음 섞인 목소리를 꺼냈다. 그러나 희준이는 아내의 웃는 꼴이 더욱 보기 싫었다. 웃는 입을 짓찧고 싶다.

'못난 것이 애교를 부리는 셈인가.'

"참 저—마름집에서 빚내온 돈 다 어따 쓰셨수?"

아내는 한동안 망설이다가 용단을 해서 말을 꺼냈다. 그는 또 남편에게 *통명이나 맞지 않을까 해서 가슴이 후닥닥거렸다.

통명
못마땅하거나 시답지 아니하여 불쑥 하는 말이나 태도가 무뚝뚝함.

"왜 그래?"

희준은 아내에게 곱지 않은 눈을 떴다.

"글쎄, 이상한 말이 들리기에!"

"무슨 말?"

아내는 한참 만에

"아까 업동이네가 그러는데 학삼 어머니가 그러더라구! 정식이네는 마름집에서 장변 이백 냥을 얻어다가 청년회라나 야학하는 데라나 디밀었다구 그래유."

"흥, 그놈의 늙은이 어디서 용하게 들었다. 그런데 왜 묻는 게야?"

"그런 소문이 들리기에 참말인가 해서!"

"참말이면 어쩔 테야?"

"어짜긴 누가 어쨌댔수. 그런 말이 들리기에 물어보는 말이지! 식구들은 벌건 적신인데 여름살이 한 자를 끊었나, 장마철은 닥쳐오는데 땔나무를 샀는가? 곡식 말과 품값 갚은 것밖에 없는데 그런 소문이 들리니까 어머님이 또 여간 화를 내셔야지!"

아내는 목소리를 떨면서 분한 듯이 여간 푸념을 한다.

"요게 왜 이리 쫑알거리는 게야? 아니 너 굶겨 죽일까 봐 걱정이냐?"

"어떤 년이 그런 걱정 한댔수. 너무 실속을 못 차려 남들이라도 그런 흉을."

아내는 치맛자락으로 눈물을 씻으며 목멘 소리를 삼킨다.

"이것이, 남의 참견 말아. 너보고 벌어먹으라고는 안 할 테니."

"아이구 그렇게 큰소리할 것두 난 없겠수!"

"뭣이 어째?"

"그럼 뭐루 큰소리유? 남과 같이 잘 먹이구 잘 입혔수? 계집자식을 호강시켰수?"

아내는 입을 *옥물고 독살이 나서 쌔근거린다.

옥물다
악물다.

"저런 미련한 것! 그런데 너보고 누가 살라더냐? 진작 부자 놈한테로 갈 일이지!"

"툭하면 가라지! 내가 이 집에 와서 얼마나 잘 먹구 잘 살기에. 흑! 흑…… 나두 공밥 안 먹었수."

희준이는 분한 대로 하면 아내를 당장에 박살을 내고 싶었다. 들어오나 나가나 그에게는 하나도 유쾌한 꼴을 볼 수 없다. 도처에 무지와 반동이 날뛰고 있다.

"에—더러운 인간들! 더러운 욕심!"

야학 용품의 외상값을 칠팔 원 꾸어준 것뿐인데 자기를 무슨 부처님 같이 아는 것이 우습잖은가?

"에끼, 아무리 무지하고 인색하기로 너 같은 것도 사람이냐?"

희준은 참다못해 주먹으로 아내의 턱주가리를 치받쳤다. 그러나 그는 양심에 비취는 자기 증오도 느꼈다.

"아이구 잘난 양반 *붉지 않우. 때리긴 왜 때려."

붉다
부끄럽다.

"때리긴커녕 너 같은 건 죽여도 싸다! 죽여야 한다!"

이 말 속에는 자기 자신도 포함된 것 같다. 소유욕은 아내에게만 있는 것일가?

떠드는 소리에 아랫방에서 자던 모친이 쫓아 나왔다.

"아니 왜들 그러니! 자지 않고! 응? 너 술 먹었니?"

"술. 그러우 술 먹었수. 에—빌어먹을 놈의 세상을……."

희준이는 벌떡 일어나서 밖으로 나간다.

"애야! 밤중에 어디를 또 가니?"

그러나 희준은 아무 대답도 없다.

"아이구 내가 얼른 죽어야 이 꼴 저 꼴 안 볼 텐데……."

모친은 담뱃대를 털어서 새로 담으며 한숨을 쉬었다.

12. 김선달

원터 앞뒤로 뚫린 넓은 들 일면에는 어느 틈에 심었는지도 모르게 온 들안이 퍼렇게 일변하였다. *오종은 벌써 새까맣게 땅내를 맡고 포기가 벌기 시작한다.

오종
이른모. 봄에 이르게 종자를 심거나 모를 냄. 또는 그 종자.

올해는 못물이 많아서 건답도 일제히 심을 수 있었다. 원터 사람들은 모가 끝나자 잠시 가득한 숨을 돌릴 수 있었다. 둥구나무 밑에는 대낮에도 낮잠 자는 사람들이 더러 있다.

하긴 농가의 일이란 꼬리를 맞물고 있는 것이다. 밀보리 마당질을 끝내고 나면 전곡 모종과 화중밭을 매지 않으면 안 되고 뒤미처 논을 매기 시작하면 한여름철을 그 가운데서 보내고 만다.

가양(家釀)
집에서 쓰려고 술을 빚음.

예전 같으면 보리마당질 뒤에 그들은 *가양한 막걸리 잔을 나누면서 정자나무 밑에서 골패를 하고 놀았을 것이다. 젊은 축들은 앞내에서 멱 감고 여자들은 달밤에 디딜방아를 찧으며 군소리를 불렀다. 읍내는 난장이 서고 남사당패

디딜방아

근립
걸립. 동네에 경비를 쓸 일이 있을 때, 여러 사람들이 패를 짜서 각처로 다니면서 풍물을 치고 재주를 부리며 돈이나 곡식을 구하는 일.

맥추
보릿가을.

바리
'마리' 의 방언.

는 *근립을 꾸며가지고 각 촌으로 돌아다녔다. 그들은 농가의 *맥추(麥秋)를 엿본 것이다. 농군들은 밀보리를 팔아서 돈냥이나 있을 대목이었다.

원칠이도 젊었을 때에는 상씨름꾼으로 뽑혀 다녔다. 한창 때는 소를 몇 *바리씩 끌었다. 그러면 건달패들이 그를 붙들려고 할 때 그 언제인가 한 번은 송아지를 둘러업고 삼십 리를 달아난 일도 있었다.

슬하에 일점 혈육이 없는 이러니 김선달은 그때에도 노름판을 쫓아다녔다. 술 잘 먹고 시조 한 장 부르고 잘하던 김선달이 그 무렵에는 호강으로 잘 지냈다. 인근처에 반반한 술집 계집들은 은근히 그에게 정을 주고 술을 주고 하였다.

그는 천한 계집을 상관하면 재수가 있다 해서 무당, 종, 백정, 여승, 사당 등의 갖은 오입을 골고루 해보았다.

그가 젊어서 너무 험하게 놀아서 그런지 등이 구부정하고 자식은 하나도 낳지 못하였다.

어떤 때는 그는 잠이 안 와서 지난 일을 생각하며 궁싯거릴 때—그는 가만히 손가락을 꼽아보았다. 오십 명, 백 명, 이백 명을 헤고 나서는 얼굴까지 잊어버린 여자가 많아서 그는 도무지 더 헬 수가 없었다.

지금부터 삼십여 년 전에는 원터 앞내 양편으로 참나무숲이 무성했다. 원터 뒷산에도 아름드리 소나무가 울창하게 들어서서 대낮에도 하늘이 잘 안 보였다. 그 숲 위로 달이 떠오르고 뒷산 송림 속으로 해가 저물었다. 여름에 일꾼들은 녹음에서 땀을 들이고 젊은 남녀들은 달밤에 으슥한 숲 속을 찾아서 청춘의 정열을 하소연하였다.

봄에는 갖은 새가 이 숲에 와서 울고 뒷산 바위틈에는 진달래꽃이 빨갛게 피어났다. 아지랑이가 낀 먼 산은 푸른 하늘 밑으로 둘러서고 꾹꾹새는 처량히 뒷산에서 울 때 마을 여자들은 이 숲 안으로 빨래를 오고 사내들은 이 냇물에서 천렵을 하지 않았던가.

가을이 되어서 낙엽이 푸떡푸떡 떨어질 무렵에 밤송이는 아람이 벌고 물방앗감씩 되는 참나무에는 가지가 휘도록 상수리가 열렸다. 그러면 아이들과 여자들은 끼리끼리 *보구미를 들고 나와서 상수리를 털고 밤을 주웠다. 거기는 몇 주가 안 되는 밤나무와 냇둑으로 늘어선 버드나무를 제하고는 모조리 참나무숲이 늘어섰다.

상수리

보구미
'바구니'의 방언.

그들은 참나무 밑동을 큰 돌멩이로 후려 때려서 상수리를 털어놓고 제가끔 주웠다. 억척스러운 마을 여자들은 사내만 못지않게 돌멩이를 참나무에 내붙였다.

—나뭇갓을 베고 나서 추수를 앞두고 잠시 일손을 쉴 동안에 젊은이들은 그들을 따라와서 장난치고 농담을 붙였다. 넓은 들 안에 벼이삭은 황금빛으로 익어가는데 그들은 유쾌하게 *청추(淸秋)의 하룻날을 보내었다. 남자들은 상수리를 털어주고 누가 많이 줍나 '*저르미'를 하였다. 그것으로 묵을 쑤고 떡을 해서 그들은 서로 돌려주며 먹었다. 그때는 그들에게도 생활이 있었다. 그들의 생활에는 시(詩)가 있었다.

청추(淸秋)
맑은 가을 날.

저르미
겨룸.

그런데 그렇던 숲이 부지중 터무니도 없어지고 따라서 그들에게도 지금은 아무것도 없지 않은가! 참으로 어느 틈에 그렇게 되었는지 꿈과 같지 않은가? 단지 남은 것이라고는 쉴 새 없는 노동이 끝장 없는 가난을 파고들 뿐. 지금 그들은 모두 그날 살기에 눈코 뜰 새가 없었다.

가뭄에 물 마르듯 그들의 생활은 바짝 말랐다.

그러나 그때나 지금이나 그들이 농사를 짓기는 일반이었다. 앞내의 숲은 왜 *발매를 안 하면 안 되었던가?

발매
나무를 가꾸는 산에서 키운 나무를 한목 베어 냄.

한참 당년의 세도할 무렵에 조판서 집은 원터 뒷산에 묘지를 잡고 이 숲까지 억지로 뺏었다. 시대는 변해서 조판서 집이 망하는 바람에 이 숲도 망한 것이다. 보수적인 조판서의 손자는 전장을 곶감 꼬치 빼 먹듯 팔아먹다가 마지막으로 산소까지 팔아먹은 것이었다.

마을 사람들은 그때나 지금이나 땅을 파는 동안에 세월은 새 시대를 가져왔다.

—그때 해라 하던 양반들이 차차 혀가 꼬부라져 들어갔다. 그들은 봉건적인 자기네의 생활이 몰락하는 정도를 따라서 마을 사람들에게 대하는 말투가 달라졌다. 조판서의 아들도 지금은 하대하는 말을 하지 못했다. 머리 위에서 바윗돌이 내리눌리는 것 같은 압력에 눌려서 그는 왕년의 호기가 여지없이 쑥 들어가고 말았다. 마을 사람들은 차차 인간적으로 대우를 받았다.

*토호질로 유명하던 조판서는 무죄한 백성을 잡아다 놓고 아무런 트집을 잡을 수가 없으니까.

"이놈 괘씸한 놈! 양반의 앞에서 버릇없이 구레나룻이 나다니 이놈을 당장에 물고를 내어라."

하고 하인을 호령해서 곤장을 때렸다는 것은 아직까지도 이 근처에 유명한 이야깃거리로 남아 있다. 그렇던 조판서 집을 그 자손을, 그들은 지금 아무개라고 착호 성명을 하게 되었다. 농민도 옛날과 같지 않게 사람 대접을 받는 것 같다. 이야말로 개명한 세상 덕이었다.

그런데 어느 날 조첨지는 양식이 떨어져서 읍내 권상철의 집 전장에 둑막이하는 *모군일 품팔이를 갔다. 권상철의 조부와는 젊어서부터 친구 간이 아닌가. 그런데 비단옷을 입고 입에 궐련을 문 권상철은 품값 삼십 전으로 자기를 제집 종처럼 온종일 흙짐을 지우고 부려먹었

토호질
예전에 지방의 양반이 세력을 믿고 무고한 백성에게 가혹한 행동을 일삼던 일.

모군일
토목 공사 따위의 일.

다. 이것은 또한 그전 시대에는 당해보지 못한 일이었다.

"후—세상은 이렇게 변했구나. 늙은 놈은 어서 죽어야지!"

그날 해 저물게 조첨지는 품값을 찾아 가지고 돌아서며 속절없는 탄식을 하였다. 그러나 세상이 변해가는 데 놀라고 한하기는 비단 조첨지 하나뿐이랴! 그것은 누구에게나—마치 먼 길을 가는 나그네와 같이 흘러가는 세월은 주위의 환경을 변하게 하였다.

원칠이는 사십 년 동안을 하루같이 농사를 지었다. 그는 한 해도 농사를 안 지은 적이 없다. 아니 그것은 비단 원칠이 한 집뿐이 아니라, 이 마을의 원거인들은 모두 다 그렇다. 조첨지는 농사를 칠십 년 동안을 지어왔다. 그들은 대를 물려가며—쇠득이가 지는 지게는 그의 부친이 지던 것이다.

낫과 지게와 호미는 아버지에게서 아들에게로—아들에게서 다시 손자에게로, 다시 손자는 또다시 그 아들에게로—대를 물려 내려왔다. 그들은 그밖에는 후손에게 전할 것이 없었으므로.

지게

그러나 벼에는 그때나 마찬가지로 쌀이 열리고 쌀은 그때나 마찬가지로 그들에게 양식으로 필요하였다.

그런데 웬일일까?

모를 키워서 벼를 영글게 하면—그놈은 천길 나무 위에 길들여서 길러낸 새끼 새가 어미를 버리고 공중으로 후르르 날아가듯이 하룻밤 사이에 없어지고 말았다. 그러면 그들은 마치 어미새의 자웅이 새끼 새를 부르며 지저귀듯이 허공을 쳐다보며 탄식하였다. 그리고 그 이듬해 봄이 돌아오면 그들은 다시 작년의 하던 일을 되풀이하지 않는가?

……마치 그 어미 새가 또다시 알을 까고 새끼를 치듯이……

대체 이것은 무슨 까닭인가?

지전
지폐.

조첨지는 그것을 *지전이 난 까닭이라 하였다. 김선달은 그런 것이 아니라 그것은 인구가 많아지기 때문이라고 반박했다.

"땅은 그대로 있는데 사람 수효는 자꾸 느니까 가난한 사람들이 많아질 수밖에 더 있어요. 그러니까 무슨 일이 나서 사람들이 훨씬 줄어지면 살기가 좀 나을 테지요."

들까부르다
위 아래로 심하게 흔들다.

김선달은 말상 같은 얼굴에 반질반질한 아래턱을 *들까부르며 자기도 모르는 '맬서스 인구론'을 내세웠다. 한참 동안 무슨 생각을 하고 있던 조첨지는 반백이 넘은 채수염을 쓰다듬으며

"자네 말도 지당하긴 하네만두 그 대신 죽은 사람도 많지 않은가. 그러면 돈이 귀할 터인데 물건 값은 왜 비싸다나?"

"돈은 왜 귀해요?"

김선달은 의아한 눈을 뜨고 조첨지를 노려본다.

"아따 사람이 많으니까 돈이 귀하지 않겠나."

"아니지요, 사람이 많으니까 돈이 더 흔하지요."

"그럴까? 흔하든지 귀하든지 간에 그놈의 지전은 잘못 만든 줄 아네. 아니 예전 엽전 시절에는 엽전 한 푼만 가져도 못할 노릇이 없었는데—왜 몇 백 냥짜리니 몇 관짜리니 하는 지전을 만들었느냐 말이야? 그러니까 도적맞기도 쉽고 쓰기도 헤프고 물건 값이 비싸단 말이야. 이 사람아 그렇지 않은가? 허허허!"

"예전에는 왜 가난이 없었나요. 가난 구제는 나라에서도 못 하신다는데—다 마찬가지지요."

"그야 그렇지만두 예전이야 어디 지금 세상 같았나."

"그럼 다 같은 돈인데 왜 외국 물건 값은 비싸고 조선 물건 값은 쌉니까? 그전에는 광목 한 자에 칠팔 전 하던 것이 지금은 근 삼십 전을 하

는데 곡가는 그대로 쌀 한 말에 왜 일 원 테를 뱅뱅 도느냐 말이어요!"

"그거야! 돈이 달라졌으니까 그렇지. 지전이야 어디 우리네 돈인가? 개화 돈이지! 허허허."

조첨지와 김선달은 서로 자기의 말이 옳다고 우겼다.

그러면 마을 사람들은 어느 말을 정말로 믿어야 옳을지 몰라서 멀거니 두 사람의 입을 쳐다보고만 있었다. 그들에게는 이편 저편 말이 모두 옳은 것 같기 때문에! 조첨지와 김선달은 희준이가 나오기 전까지는 이 마을에서 제일 유식쟁이 노릇을 했다. 하긴 그전 마름과 지금의 안승학이 있었지만 자기네와 생활이 격리된 그들에게는 그들의 말까지도 신임을 하지 않았다. 그래서 조첨지와 김선달은 만날 때마다 이야기의 적수였다. 어떤 때는 서로 얼굴을 붉히고 담뱃대로 *상앗대질을 하면서 격론도 하였다. 왜 그러냐 하면 조첨지는 예전 시대로 돌아가려는 보수적인데 김선달은 막연하나마 이 세상을 옹호하려는 신식이기 때문이었다.

상앗대질
'삿대질'의 본말.

"아무튼지 세상은 좋은 세상입네다. 돈 한 가지가 없어 그렇지요."

"아따 그 사람 시원한 소리 하네. 돈이 어데 있어야 말이지."

"그래도 사람 나고 돈 났지, 돈 나고 사람 났던가요."

김선달은 얼굴에 핏대를 세우고 고성으로 부르짖었다.

"허허! 그렇게 큰소리해야 우선 자네부터 돈 앞에 굴복하지 않었나? 참 자네 같은 사람이 돈 한 가지만 있어 보게."

조첨지는 나직이 한숨을 쉬었다. 사실 김선달은 무식은 할망정 이 근처에서는 인기로 치는 사람이다.

"그까짓 돈은 고사하고 남과 같은 신식 개화만 했더라도 아닌 게 아니라 되지 못하게 꺼떡대는 놈들을 그대로 두고 보겠습니까?"

흰목
터무니없이 자기 힘을 뽐냄.

김선달이 *흰목을 쓰는 바람에 젊은 사람들은 일시에 웃었다.

"선달님이 막 비행기를 타십니다그려!"

"고얀 놈! 비행기가 아니라 사실 그렇지. 하나, 음지가 양지 될 때가 있으니라!"

그는 마치 예언자와 같은 말을 다시 꺼내었다.

"하하하! 또 하나 이인이 나섰군!"

비양
얄미운 태도로 빈정거림.

그들은 김선달의 말을 한편으로 *비양을 하면서도 다른 한편으로는 그의 말을 그럴 성싶게도 듣고 있었다. 그러나 희준이가 나온 뒤로부터는 그들은 차차 희준이에게 묻게 되었다. 그럴 때마다 희준이는 마치 재판관같이 그들의 말을 듣고 있었다. 그는 언제나 그들에게 미소를 머금고 대하였다.

백룡이네는 올해도 산모롱이 황토밭에 원두를 놓았다. 백룡이는 벌써부터 원두막을 지으려고 준비한다. 그는 작년에 지었던 기둥을 챙겨 놓고 햇밀대로 *떼우적을 엮었다. 쇠득이의 처는 어린애를 들쳐 업고 이웃집으로 돌아다녔다.

떼우적
떼적. 비나 바람 따위를 막으려고 치는 거적 같은 것.

뱁새

인동이는 조무래기 떼를 몰아가지고 앞내 버드나무숲으로 뱁새 새끼를 꺼내러 갔다. 그것을 읍내 일본 사람에게 팔고 싶었던 것이다. 작년에는 꾀꼬리 새끼 한 마리를 잡아서 닷 냥을 받고 팔아먹었다.

정자나무 밑에는 늙은이들이 밀대 방석을 깔고 앉아서 한가하게 담배를 피운다. 김선달은 가마니 쪽을 깔고 낮잠을 누워 잔다. 그는 쇠파리가 성가시게 구는 것을 부챗살로 날렸다. 거기는 조첨지, 원칠이, 덕칠이와 역부 다니는 학오의 형 학삼이도 섞여 앉았다.

인성이는
쌀잠자리를 잡아서
날개를 잘라놓고 그놈이 날아
가려고 푸드득거리며 애쓰는 꼴을 재미있게 들여
다본다. 왕개미가 느티나무 뿌리 위에서 길거리로 쏴쏴
기어 다닌다. 마름집 소가 밭둑으로 풀을 뜯으며 다닌다. 그
는 무수하게 덤비는 등에와 쇠파리를 연신 꼬리를 저어서 쫓는
다. 송아지는 그 밑에서 젖을 빨며 따라간다.

한낮의 뜨거운 태양이 내리쬐는 앞들 논 속에서는 뜸부기 우는 소리가 이따금 뜸! 뜸! 뜸!

뜸부기

"아, 더운데 웬 낮잠은 주무시유. 그만 일어나우."

학삼이는 싱글싱글 웃으며 김선달의 맨발 벗은 발바닥을 간질인다.

"아서! 가만둬. 아시래도 그래!"

"하하, 고만 주무셔요. 원 오뉴월 염천에 웬 낮잠이유."

"에, 그 사람 참! 막 재미있는 꿈을 꾸는데 훼방을 놓는담! 아—하."

김선달은 선잠을 깬 눈을 번쩍 떠서 학삼이를 쳐다보다가 입맛을 쩍

쩍 다시며 벌떡 일어나 앉는다.

"담배 있나, 한 개 주게!"

학삼이는 김선달에게 마코 한 개를 꺼내주며

"왜 기와집을 한참 짓다 말았수?"

하고 빙글빙글 웃으며 묻는다.

"흥, 참 꿈도 이상한 꿈을 다 보겠는데."

김선달은 담배를 피워 물더니 말상 같은 입으로 싱글벙글 웃는다. 그는 꿈 이야기를 시작했다.

무변대해(無邊大海) 끝없이 넓은 바다.

"꿈에 배를 타고 어디로 멀리 가는데 *무변대해 중에 외딴섬이 보이겠지. 풍랑이 심해서 배는 금시로 뒤집어 엎힐 것 같은데, 간신히 섬 위로 배를 대고 올라오지 않었겠나. 아, 그런데……."

요두전목(搖頭轉目) 머리를 흔들고 눈을 굴리며 몸을 움직인다는 뜻으로 행동이 침착하지 못함을 이르는 말.

김선달은 코로 연기를 내불며 *요두전목을 하고 떠드는 것을 여러 사람들은 흥미 있게 모두 그의 입을 쳐다본다.

일난풍화(日暖風和) 날씨가 따뜻하고 바람이 부드러움.

녹음방초(綠陰芳草) 푸르게 우거진 나무와 향기로운 풀이라는 뜻으로, 여름철의 자연경관을 이르는 말.

고대광실(高臺廣室) 매우 크고 좋은 집.

"아, 그런데 바다는 그렇게 풍랑이 심한 데도 섬에 올라가 보니까 거기는 *일난풍화하고 *녹음방초가 우거진 속에서 *고대광실이 즐비한데, 사람들은 분주하게 무슨 일을 한단 말일세! 그리고 앞으로 툭 터진 들에는 곡식이 꿰어지게 되었는데 거기는 하나도 노는 사람이 없다는 것이야!"

"자네가 아마 태곳적 꿈을 꾸었나베. 옛날에는 우리 동리도 그랬느니."

조첨지는 의미 있는 듯이 김선달에게 시선을 던지며 웃는다.

"거기는 노름꾼도 없고 도적놈도 없다던데요!"

"그러니까 요순적 시절이란 말이지!"

조첨지는 코똥을 뀌며 슬슬 부채질을 한다. 자기 말이 옳다는 기세를 내보이며

"그리고 사람들은 무쇠로 만든 소와 말을 부려먹는데 그놈들이 논밭

을 저 혼자 가는 것이 허허 참 신통하단 말이야! 그래서 거기는 종이 없다네그려!"

"종은 웬 종?! 원 별소리도. 꿈도 거짓말 꿈을 꾸시유?"

"이 사람아! 거짓말은 왜?!"

"아니 그럼 김선달이 천당을 가보신 게지. 천당이 그렇다며 허허허."

덕칠이가 너털웃음을 웃으며 김선달을 쳐다본다.

"글쎄, 천당인지 지옥인지는 몰라도 그런 곳인데 아닌 게 아니라 꿈에도, 그렇지 않아도 이상해서 뉘를 좀 찾아가 보고 물어보려고 막 그러는 판인데 아, 이 사람이 공연히 깨워서 못 물어보았거든 응!"

김선달은 원망스러운 듯이 학삼이를 쳐다보며 빙그레 웃는다.

"참 분하시겠수. 허허허!"

학삼이는 빈정거리는 웃음을 웃는데 조첨지는 나직이 한숨을 내쉰다. 그는 앉으나 누우나 언제나 허리가 몹시 아팠다.

김선달은 젊어서 장난꾼으로 유명하였다. 지금 구장이 사는 산모퉁이 아래 원터에는 예전에 맹학자라는 학자가 훈학을 하고 있었는데 김선달은 그때 여남은 살 먹어서 조석으로 글을 배우러 다녔다. 어려서도 그는 장난이 심해서 커다란 호박에 말뚝을 처박고 남새밭으로 돼지를 몰아넣고 남의 집 장독대에 돌팔매질을 하고 달아나기가 일쑤였다.

한번은 여름철인데 맹학자는 *행기를 할 겸 날마다 한 번씩 *살포를 짚고 들구경을 나섰다. 그는 들에를 나갈 때에도 도포를 입고 의관을 정제하였다.

어느 날 김선달은 어제와 같이 집에 가서 점심을 먹고 오는 길인데 저만큼 멀리 보니까 선생님이 도포를 벗어서 길옆 풀숲 위에 놓고 산구렁 안으로 똥을 누러 가는 모양이었다.

행기
기운을 차려 몸을 움직임.

살포
논에 물꼬를 트거나 막을 때 쓰는 농기구.

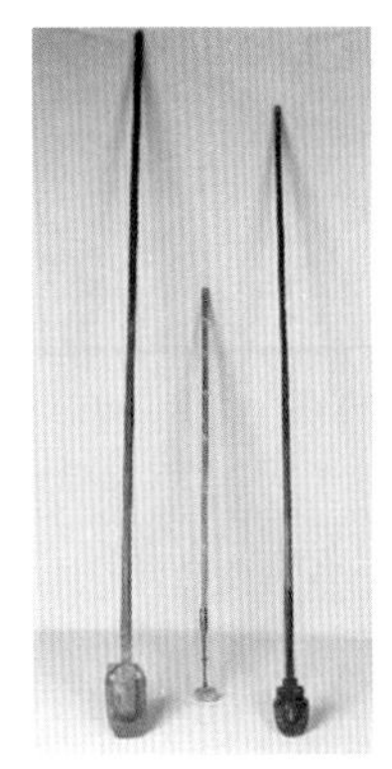

율모기
뱀과의 하나.

그는 그 순간 한 꾀를 생각하고 풀숲을 뒤져서 *율모기 한 마리를 산 채로 붙잡았다. 그는 싱글벙글 웃으며 오다가 선생님 도포 소매 속에다 율모기를 집어넣고 전같이 그것을 접어놓고는 시침을 뚝 떼고 그대로 지나갔다. 물론 맹학자는 그런 줄을 몰랐다. 그는 뒤를 보고 와서 무심히 도포를 떨쳐입었다. 몇 걸음을 전과 같이 도포 소매를 흔들고 오는데 웬일인지 한쪽 소매가 변으로 묵직한 것 같다. 그러자 무엇이 꿈틀하는 바람에 가슴이 선뜩해서 들여다보니까 얼룩덜룩한 율모기가 서리고 앉아서 혀를 날름거리며 똑바로 노려보는 것이었다.

"어—"

맹학자는 그것을 보더니 그만 기급을 해서 물에 빠진 사람처럼 "어—" 소리를 지르며 도포 소매를 휘둘렀다. 그리고 달음질을 쳤다. 그는 그 길로—어쩔 줄을 모르고 연신 "어—" 소리를 지르면서 어떻게 도포 소매를 휘내젓고 달려왔던지 집에 와서 꺼내보니까 율모기가 그만 죽어버렸다 한다.

그는 그때 이야기를 지금도 가끔 하며 맹 학자가 도포 소매를 휘젓고 들어오던 흉내를 내고 웃었다.

이십여 세 적 한창 노름에 미쳐서 밤을 새우며 돌아다닐 때—어느 날 아침이었다. 자기 부친과 겸상을 해서 조반을 먹는데 연일 연야의 피로와 수면 부족으로 그는 밥을 먹다 말고 꼬박꼬박 졸았다.

그러다가 그는 숟갈총을 거꾸로 잡고 투전짝을 죄듯이 빠드득 죄면서

"이 자식아, 뺄려면 빼고 말려면 말지. 왜 따오기 샘구녕 들여다보듯 하고 있어!"

하고 자기 아버지 턱밑에다 숟갈총을 들이댔다가 그만 주릿대를 안았

다는 것은 지금도 유명하게 *조명이 났다.

김선달은 이렇게 갖은 경난을 다 해보고 건달패로 쏘다닌 만큼 그는 박람을 많이 하고 이야기도 잘한다. 그게 다 있는 말인지 지어낸 말인지는 모르나 거짓말이라도 참말처럼, 능청스럽고 곧이듣게 하였다.

지금도 그는 소싯적 이야기를 해서 여러 사람의 흥미를 끌고 있는데 희준이가 고의적삼 바람으로 휘적휘적 정자나무 밑으로 나온다. 그 바람에 김선달은 이야기를 *중둥미었다.

"오늘은 읍내 안 갔던가?"

원칠이가 부채질을 하며 쳐다본다.

"네! 아저씨 댁에도 밭을 다 매셨나요?"

"웬걸! 점심 먹고 또 매러 가야겠네!"

"선달님은 또 무슨 이야기를 하십니까?"

희준이는 김선달을 보고 웃는다.

"가만 있어. 지금 한창 재미있는 판이야."

학삼이는 희준이를 눈짓으로 제지한다. 그는 온몸의 털이 수염으로 올라 몰킨 것처럼 아래위 턱이 잔솔밭 같이 수염 속에 파묻혔다.

"지금 궐련 한 개 벌이하기에 진땀을 빼는 모양일세! 허허허."

김선달은 말상 같은 얼굴에 주름을 잡고 코를 찡긋찡긋하고 웃으면서 담뱃대에 담은 궐련 한 개를 희준이 앞으로 쳐들어 보인다. 재똥이 앉은 궐련 끄트머리에서는 한 줄기 회색 연기가 꼬불꼬불 바람에 나부끼며 올라간다.

"무슨 이야기유! 선생님 도포 속에 뱀 잡아넣던 이야기입니까?"

"허허허, 아니야! 아니야! 참 자네야말로 시체 개화 이야기가 많을 테지. 그런 이야기나 좀 하게!"

조명
남들이 빈정거리는 뜻으로 지목하여 부르는 이름. 개인의 좋지 않은 소문.

중둥미다
중동무이. 하던 일이나 말을 끝내지 못하고 중간에서 흐지부지 그만두거나 끊어버리다.

김선달은 중대가리를 긁적긁적 긁으며 담배를 뻐끔뻐끔 피운다.

"무슨 시체 이야기요?"

희준은 빙그레 웃으며 김선달을 쳐다보고 물었다.

"어떻게 해야 잘살 수 있고 어디 가면 살기 좋다는 시체 이야기 말이야."

"살기 좋은 데가 따로 있나유. 어디든지 제 돈 있으면 살기 좋지유."

"어서 하던 이야기나 마저 하셔요!"

학삼이가 조소하는 웃음을 띠며 김선달을 빈정거린다. 그는 마치 자기는 살기가 걱정이 없으니까 그런 말은 남의 일같이 여기는 모양 같았다. 그렇다면 그가 자기를 볼 때마다 이야기를 하라고 조르는 것도 생활이 유여하다는 표시가 아닌가?

저는 저의 동생이 역부를 다녀서 월급 푼이나 밀리니까 뱃속이 유하고나. 김선달의 이런 생각은 별안간 그에게 어떤 반감을 가지게 하였다.

'네까짓 것이 얼마나 잘 살기에 꺼떡대니! 아무리 돈이 제일이라 하지만 그래도 사람 나고 돈 났다.'

김선달은 입속으로는 여전히 이렇게 아니꼬운 생각을 뇌면서

"흥, 자네같이 넉넉한 사람은 그렇지만 우리 같은 사람이야 밤낮 살 걱정밖에 없다네! 어떻게 하면 살 도리가 있을까? 어디 가면 살 도리가 있을까? 올해나 날까? 내년이나 날까? 자나 깨나 먹고살 걱정밖에 더 있나? 아저씨 그렇지 않아요?"

"암, 그 다 이를 말인가! 그밖에 없지."

조첨지는 맞장구를 치며 한숨을 나직이 쉰다.

"그래, 대낮에도 그런 꿈을 꾸셨구려! 허허허. 그러나 걱정하면 소용 있어유. 되는 대로 사는 게지유."

학삼이는 여전히 유한 소리를 한다.

"걱정을 한댔자 소용은 없지마는 그렇다고 안 할 수도 없으니까 하는 게지."

"그럼! 누가 걱정을 하고 싶어 하나요. 사람이 개 돼지 같은 생활을 하면서 그것을 아무렇지도 않게 안다면 그거야말로 개 돼지만도 못하게요!"

김선달은 부지중 *애성이가 나서 퉁명스러운 말을 내던지다시피 하였다.

"그렇고 말고—내남없이 여북해서 사는가. 목구멍이 *보두청이라고! 하…… 그런데 청년회란 건 무엇 하는 게라나? 자네가 거기 대장이라지?"

한동안 담배만 피우고 있던 조첨지는 마치 오래전부터 한번 물어보자고 벼르던 것을 여러 번째 정신이 *상막해서 잊어버렸다가 이제야 생각났다는 것처럼 묻는 말이었다. 그는 눈알이 시뻘건 눈으로 가는 웃음의 물결을 치며 희준이와 김선달을 번갈아 쳐다본다.

"아닙니다. 대장은 무슨!"

희준이는 *허구픈 웃음을 마주 웃었다.

"그래, 그거 하면 뭐 생기는 게 있는가?"

"생기긴 뭐 생겨요. 아저씨도 참 딱하신 말씀도 하십니다."

김선달은 가장 자기가 그 속을 잘 아는 것처럼 묻는 말을 가로챈다.

"그럼 무슨 목적으로 그 짓들을 한단 말인가? 내 밥 먹고 내 신발 떨어뜨리고 허허허 원! 그렇지 않은가?"

"허허 참. 아저씨도 퍽은 완고하십니다. 그게 다 사회상을 위해서 갸륵한 일을 하는 것이 아닙니까? 우리 같은 우매한 백성은 그저 개 돼지

애성이
속이 상하거나 성이 나서 몹시 안달하고 애가 탐. 또는 그런 감정.

보두청
'포도청'의 변한 말.

상막하다
기억이 분명하지 않고 아리송하다.

허구프다
허전하고 어이없다.

처럼 제 목숨 하나만 먹고 살기에 겨를이 없지만도 잘난 사람들은 그렇지가 않거든요."

희준이는 어쩐지 차차 듣기가 면구스러웠다. 그는 벙어리처럼 빙그레 웃고만 있었다. 조첨지는 눈을 깜짝깜짝하고 한 손으로 채수염을 쓰다듬으며

"내야 무엇을 알겠나만 더구나 개화 속 일을! 하지만 지금 세상에서 할 일이 무엇인가? 먹고살기가 난리 속인즉 그저 제각기 빌어먹을 일밖에는…… 그렇지 않으면 그런 건 다 잘 먹고 잘사는 사람들이나 심심풀이로 할 일이겠지."

조첨지는 마치 그렇지 않으냐고 희준이에게 질문을 하려는 것처럼 쳐다보다가 다시 말끝을 꺼낸다.

"참, 아까 김선달도 예전 이야기를 하데마는 그때같이 사람 살기가 유족해야 할 일도 많고 놀 일도 많고 하지! 이건 지금 세상처럼, 넨정할 것 너나없이 입에 풀칠하기가 어려운 판국에 무슨 할 일이 따로 있단 말인가! 이렇게 맨송맨송한 세상에서? 하, 참 그전에는 장난들도 드셌지. 지금 인심 같으면 김선달도 징역을 아마 여러 차례 갔을걸. 허허허. 하지만 지금은 먹고살기가 난린데 그 일이 그중 큰일이 아닌가?"

조첨지는 다시 희준이를 의미 있게 똑바로 쳐다본다. 그의 우멍한 큰 눈은 마치 무엇을 하소연하는 것 같다.

"참 청년회 일은 어떻게 되었나?"

김선달이 별안간 생각난 듯이 묻는 말에

"무얼 어떻게 돼요. 그 뒤에 그럭저럭 말았지요."

희준이는 무심히 대답하였다. 더운 바람이 확 끼쳤다.

"흥!"

무슨 의미인지 김선달은 허구픈 콧소리를 한다.

"그렇게 시비를 할 테면 애초에 시작을 왜 했나! 참 선비들이 하는 일일세."

"그럼 어떻게 합니까, 그밖에 할 수 있어야지요."

희준이는 어색한 변명처럼 대답했다.

"당초에 말일세! 우리 같으면 내일은 삼수갑산을 갈지언정 그 당장에 어떤 놈의 다리 *옹두리를 분질러놓고 말지. 그래 옥신각신 말로만 왔다 갔다 한단 말인가? 그따위 시비는 몇 백 년 두고 해보게. 무슨 신통한 구정이 날 듯한가?"

옹두리
나뭇가지가 부러지거나 상한 자리에 결이 맺혀 혹처럼 불퉁해진 것.

"그렇다고 덮어놓고 주먹질이야 할 수 있나요. 매사란 앞뒷일을 생각해야지요."

"물론 그야 그렇지. 동시에 무슨 일을 시작하려면 그 응어리를 송두리째 빼놓아야 한단 말일세. 우리는 그런 일에 상관이 없기 때문에 아랑곳을 안 했네마는 정말 내게 당한 일 같애 보지. 그까짓 것 어떤 놈의 목줄때기를 대번에 비틀어놓고 말지 그래. 그대로 있어—기껏해야 죽기밖에 더 하겠나?"

김선달은 참으로 열이 치받치는 듯이 모시통을 벌떡거리며 목소리를 돋운다.

"허허허. 선달은 그래도 젊은 혈기가 남았네그려!"

조첨지가 부러운 듯이 말한다. 사실 소싯적에 잡놈 행세를 하던 그는 누구보다도 제일 속이 트인 것 같다.

조첨지가 치켜세우는 바람에 김선달은 한층 어깨가 으쓱해졌다. 그는 연신 코똥을 뀌면서

"말이 났으니 말이지—참 아저씨도 아까 그러한 말씀을 합디다마는

그까짓 청년회는 무엇 하러 가는 겐가? 그까짓 것들하고 무슨 일을 같이 하겠다고. 하긴 자네가 나온 뒤로는 좀 달라진 것도 같데마는! 어떻게 했으면 오늘은 심심풀이를 잘할까? 하는 유복한 자식들이나, 그렇지 않으면 제 에미 애비가 뼛골이 빠지게 일을 해서 보통학교나마 공부를 시켜놓으니까, 번둥번둥 처먹고 놀면서 '공' 인지 급살인지 치러까지르는 것들이 무슨 제법 큰일을 하겠다는 말인가. 흥! 그래도 내세우는 말들은 장관이지, 뭐? 그런 운동을 하면 몸이 튼튼해지고 먹은 게 소화가 잘된다고! 아니 못 먹어서 부황이 나 죽을 놈이 부지기수인데 돼지죽으로만 알던 지게미도 못 얻어먹어서 양조소 굴뚝을 하느님 쳐다보듯 하고 한숨을 짓는 이러한 살얼음판인데. 그래 기껏 걱정이 밥 먹은 것을 삭일 걱정이로구먼! 천하에 기급을 할 놈들 같으니!"

김선달은 가래침을 탁 뱉으며 담뱃대로 상앗대질을 한다. 이때 희준이는 마치 그 말에 자기가 모욕을 당한 것 같아서 무색하기가 짝이 없었다. 그러나 그는 어떻게 말을 해야 좋을지 몰라서 그대로 잠자코만 있었다.

"이렇게 말하면 희준이가 어떻게 생각할는지 모르지만 물론 희준이 보고 하는 말은 아니니까. 자네는 어찌 알지 말게. 단지 나는 그런 자식들과 무슨 일을 해야 아무 소용없단 말뿐이야. 응! 그 중에서 한 가지만은 잘하는 일인 줄 아네! 그 역시도 그까짓 자식들이야 뭘 하겠나만……."

"한 가지는 무에요?"

희준이가 얼굴을 붉히며 물어보았다.

"야학이니, 그건 잘하는 일이야! 아는 놈만 자꾸 가르칠 것 있나. 모르는 놈을 잘 가르쳐야지."

“정말 아는 놈이나 있으면 좋게요. 모르는 놈보다도 아는 놈이 잘못 알아서 더 큰 병통이랍니다.”

희준이는 김선달에게서 무슨 자기와 공통되는 것을 발견한 것 같은 것이 있자 심중에 *진득한 생각을 갖게 하였다.

진득하다
성질이나 행동이 끈기가 있다.

‘그렇다! 참으로 그런 자식들과 무슨 일을 할 것이냐?’

그는 비로소 자기의 가진 신념이 더욱 굳어지는 것을 느끼는 동시에 다시 한편으로 자기의 인텔리 근성을 자책하기 마지않았다.

“이년아! 이 육시 처참할 년아! 이년아 이년아!”

별안간 마을 윗모퉁이에서 여자들이 악쓰는 소리가 귀청을 뗀다. 이 바람에 앉았던 사람들은 싸움판으로 우르르 몰려갔다.

“웬일이야! 무슨 일이야?”

13. 이리의 마음

싸움은 두 과부 사이에 벌어졌다. 쇠득이네 화중콩밭에는 어제부터 *가래떼가 새까맣게 엉겨 붙었다. 저녁때 쇠득이 모친이 언년이를 업고 콩밭머리로 슬슬 올라왔다가 가래떼를 발견하자 그는 그만 대경실색해서 가래를 수백 마리나 잡아 죽였다. 그는 언년이가 우는 것도 그냥 떼어 내놓고 씨도 없이 가래를 죽였지만 밤새로 또 오지나 않았는지 몰라서 오늘도 아침나절에 혼자 슬슬 올라가보았다. 그런데 아직 가래는 오지 않았으나 다른 뜻밖에 일이 생긴 줄을 누가 알았으랴.

가래
가뢰. 가룃과의 곤충을 통틀어 이르는 말. 농작물의 해충.

화중콩은 인제 두세 잎이 갈라져서 씨가 골고루 선 콩잎이 나날이 예쁘게 커났다.

'올해는 콩섬이나 좋이 할까 부다!'

그는 날마다 콩밭을 들여다볼 때마다 가을 예산을 미리 해보고 이렇게 기뻐했다. 메주콩은 얼마나 쑤고 얼마쯤 남기고 나서 나머지는 팔아서 옷감을 바꿔야겠다고. 그런데 가래란 놈이 대들어서 밭머리 한

두둑을 발매한 것도 분해 죽겠는데 웬 송아지가 이쪽 한 두둑을 마저 뜯어 먹고 있지 않은가!

그는 이 꼴을 보자 그만 두 눈이 뒤집혔다. 그래 그는 두 발을 동동 구르며 팔을 내젓고 쫓아갔다.

"이놈의 즘생! 어떤 육시할 놈의 쇠새끼가 남의 화중밭을 작살내느냐?"

노파는 악을 썼다. 그러나 송아지는 웬 사람이 저렇게 소를 지르나! 하는 것처럼 그의 큰 눈을 *끄먹이며 고개를 돌이켜 보더니 그대로 서서 콩순을 뜯는다. 그는 꼬리를 내저으며 참으로 맛있는 듯이 콩잎을 물어뜯을 때마다 고개를 위로 쳐들고 입맛을 다신다.

끄먹이다
끄먹거리다. 눈을 자꾸 껌뻑거리다.

쇠득이 모친이 헐레벌떡이고 밭머리로 쫓아왔을 때에는 벌써 꽤 많이 뜯어 먹었다. 송아지는 사람이 가까이 오는 줄을 알고 어슬렁어슬렁 밭둑으로 기어 나간다. 그는 입맛에 당기는 콩잎을 그대로 두고 가기가 아까운 것처럼 기어 나가면서 연신 입 가까이 있는 콩순을 뜯어 먹었다.

"아이구! 저런! …… 이놈의 쇠새끼! 이 염병을 할 놈의 쇠새끼! 응, 이 박살을 할 놈에……."

쇠득이 모친은 열이 꼭두까지 올라서 어쩔 줄을 모르다가 돌멩이를 주우러 이리 닫고 저리 닫고 한다.

"어디 갔어? 응! 아이구 돌멩이가 다 어디 갔어? 응! 개똥도 약에 쓰려면 없다더니…… 돌멩이가 다 어디 갔어. 이놈의 네밀할 놈의 짐성을 때려죽여야."

그는 돌 한 개를 간신히 빼가지고는 송아지를 쫓아갔다.

"엄매!"

송아지는 엄매 소리를 치며 저편으로 달아난다.

송아지는 이리 쫓아가면 저리로 달아나고 저리 쫓아가면 이리로 달아난다.

"이놈의 쇠새끼 어디로 달아나니? 어디로! 아이구, 어떤 연놈이 남의 콩밭머리에다 송아지를 매놓았어?"

그는 또 시악을 써가며 송아지와 한동안 술래잡기를 하였다.

돌멩이를 집어 던지면 소는 네 굽을 놓고 이리 뛰고 저리 뛰고 한다. 그 바람에 말뚝이 헐거워졌던지 돌멩이가 송아지의 정수리를 올바로 맞힐 무렵에는 소는 그만 말뚝을 빼가지고 산 밑으로 펄펄 뛰며 내리닫는다.

"엄매!"

"어떤 놈의 쇠새끼냐? 오늘 밤에 염병을 앓다가 거꾸러져라! 방개네 집 송아지가 아니여! 그놈의 집 연놈들은 무슨 심사로 하필 남의 콩밭머리에다 소를 맨담! 저거번에도 어미 년이 매길래 못 매게 했는데도. 그런 화냥년이 어디서 생겨나서 올해는 서방도 안 해 가고 왜 집 안에만 자빠러졌어! 일 년이면 열두 번씩 서방을 해 가는 년이!"

쇠득이 모친은 오히려 여분이 삭지 않아서 백룡이 집안 식구들에게 바가지로 욕을 퍼부었다. 그리고 눈물이 떨어질 만큼 애처롭고 가슴이 쓰리게 밑동만 남은 콩줄기를 들여다보았다.

"아이구 가엾지! 커가는 곡식을 이런…… 경황 중에 오줌은 왜 육시하게 마려울까?"

노파는 밭고랑에 앉아서 오줌을 솰솰 내깔겼다. 조금 있더니 온 동리가 떠들썩하게 큰소리가 나며 백룡이 모친이 올라온다. 그는 부엌에서 무엇을 하다 오는지 머리에는 수건을 쓰고 푸른 치마 위로 행주치마를 둘러 입었다.

"누가 남의 송아지를 때려 쫓았어? 응! 뉘녀, 남의 송아지를 쫓은 것이!"

쇠득이 모친은 울렁거리는 가슴을 안고 일어서서 마주 내려다보며 고함을 쳤다.

"내가 그랬어! 왜 남의 화중밭 머리에다 송아지를 매서 콩밭을 발매하게 하여 응!"

"아주머니도 콩을 얼마나 뜯었다구 그리 야단이야? 응! 말 못하는 즘생을 두르려 쫓을 건 무에유? 콩을 많이 결딴냈거든 물어 달랬으면 그만일 게지!"

"말로만 물어줘! 말로만 물어줘? 그런 말을 뉘게다 해여…… 제집 송아지만 제일이구 남의 집 콩밭은 망쳐도 좋단 말인가? 송아지 좀 쫓은 것이 그리 대단해서. 원 빈말로라도 콩밭을 그랬으면 안됐다고 할 게지. 됩다 그래 소를 쫓았다고 야단이야."

쇠득이 모친은 입에 게거품을 북적이며 뻐드렁니를 앙당그려 물고 백룡이 모친에게로 달려들었다.

싸움 잘하기로 유명한 백룡이 모친은 여간 사내는 마구 해내는 솜씨인 만큼 그대로 있을 리가 만무하다. 그는

'요게 몇 푼어치나 되는 늙은 것이 요 모양이야!'

싶게 노파가 하찮아 보였다. 더구나 쇠득이 모친은 벌써 환갑이 지난 늙은이가 아닌가? 그는 가는귀를 먹고 눈이 짓물러서 진물진물한데다가, 천식증까지 있기 때문에 일상 헐헐 느끼며 어깻숨을 쉬고 있었다. 뻐드렁니가 위로 몇 개가—그나마 밑동만 걸려서 근뎅근뎅하고 어금니는 몽탕 빠져서 두 볼이 덜 익은 바가지처럼 오므라들었다.

"아니, 왜 이리 야단이야! 콩을 결딴냈으면 물어주겠다는데! 얼마나 콩을 뜯었다고 응!"

"콩을 안 뜯었으면 어떤 육시할 년이 지랄일까? 좀 가봐! 가봐."

쇠득이 모친은 손가락질을 하며 밭머리로 앞장을 서 간다.

그래 백룡이 모친도 기가 나서 궁둥이를 내두르고 쫓아갔다.

"이까짓 것을 뜯었다고 그래. 에이 늙은이가 천하에…… 난 정말로 많이나 뜯었다구."

"이게 적어! 적어서 걱정이야! 그럼 더 뜯어 먹었으면 좋을 뻔 했군! 사람의 심보가! 여기서 콩이 잘되면 얼마나 날 테기에."

쇠득이 모친은 밭고랑으로 뛰어 들어가서 일일이 손가락질을 하며 앙탈한다.

"한 포기, 두 포기, 열 포기,……, 열다섯 포기……."

그는 열다섯 포기까지 헤고 나니 새삼스레 분통이 터져서 소리를 빽 질렀다.

"그래도 적어서 걱정이냐? 열다섯 포기가 적어서 걱정이야!"

그는 가래가 뜯은 것도 송아지가 뜯었다고 보태고 싶었으나 가래는 저쪽 밭머리 위로 갉아먹기 때문에 송아지는 바가 짧아서 거기까지는 못 가게 된 것이 내심에 분하였다.

"아니 그래, 열댓 포기에서 콩이 나면 몇 되나 난다구 이리 극성을 떨어? 그럼 콩값 물어 줄 테니 임자는 쇠값 물어내라구!"

백룡이 모친은 상앗대질을 하면서 쇠득이 모친에게로 마주 달려든다.

"쇠값이 무슨 쇠값이야. 뉘한테 상앗대질이냐! 이년 뉘한테 떼를 쓰느냐? 이년."

쇠득이 모친은 앞가슴을 풀어헤치고 대들며 체머리를 흔든다.

"송아지가 놀랬으니까 약값 내란 말이다. 아니 뉘보고 이년 저년 하니? 늙은 년이라고 아주머니 대접을 하니까…… 이년이."

백룡이 모친은 주먹을 쥐어서 노파의 아래턱을 치받쳤다. 그러지 않아도 근드렁거리는 앓니가 무엇을 씹을 때마다 마주 닿으면 여간 아프지 않은데 별안간 아래윗니를 탁 마주치고 보니 그만 눈에서 불이 번쩍 나고 무엇이 부러지는지 우지끈! 하는 소리가 난다.

"아이구!"

그는 펄썩 주저앉으며 두 손으로 양쪽 볼을 움켜쥔다. 그는 눈을 딱 감고 한동안 죽은 듯이 앉았다. 손가락 사이로 피 섞인 *느침이 줄줄 흘러나온다.

느침
잘 끊어지지 않고 길게 흘러내리는 침.

피 나는 것을 보자 노파는 별안간 울음을 왁 쏟는다.

"아이구 아이구 사람 죽인다. 이년이 사람 치네!"

노파는 벌떡 일어나더니 흙 한 주먹을 쥐어서 별안간 백룡이 모친의 얼굴에 쫙 끼얹으며 한 손으로는 그의 머리채를 휘어잡았다.

"이년 누구를 치니? 너는 에미 애비도 없니? 이 화냥년아!"

"아니 이년이 뉘보고 화냥년이라니. 이년 화냥질하는 거 눈깔로 봤니?"

"그럼 못 봐! 이 ××랭이 찢어 죽일 년!"

"이년아 대라! 어서 대라!"

고장(股掌)
넓적다리와 손바닥을 아울러 이르는 말.

젊은 과부는 늙은 과부의 *고장을 들어서 내두르니 저만치 나가떨어진다.

"아이구 이년이 사람 치네. 늙은이 치네! 이년아 날 죽여라."

쇠득이 모친은 엉덩이까지 괴춤이 내려간 것을 한 손으로 추켜올리며 백룡이 모친에게로 다시 달려든다.

그는 쥐꼬리 같은 머리가 풀어져 내리고 낡은 광목 적삼 등허리가 한 조각이 뭉청 나갔다.

"이년이 덤비면 뉘를 어쩔 테야."

"그래 죽여라! 이년 이 화냥년!"

떠다박지르다
마구 떠다밀어 넘어 뜨리다.

노파는 *떠다박지르는 대로 다시 달려들며 입에 고인 피를 백룡이 모친에게 확확 내뿜었다. 피가 흐르는 이빨과 아울러 너덜너덜하는 적삼동 밑으로 시꺼먼 살이 드러난 게, 더욱 그의 몰골은 처참하게 보였다. 그는 체머리를 흔들며 여전히 피 고인 침을 한 입씩 내뱉었다.

"퉤! 퉤! 퉤!……."

두발부리
머리털을 잡고 휘두르며 싸우는 일.

정자나무 밑에 앉았던 사람들이 우 몰려갔을 때에는 두 과부는 밭머리에서 한참 이렇게 *두발부리를 하고 나서, 마을로 내려와 가지고 재차로 시작한 싸움판이었다.

이번에는 두 집안 식구들이 편쌈을 벌인 판이다. 거기에는 쇠득이 처 국실이도 누구만 못지않은 강병이었다. 그는 백룡이 처와 상대가 되어가지고 때로는 그의 모친에게도 좌충우돌하며 욕설을 퍼부었다.

"이년들아! 늬년들은 부모도 없니? 뉘보고 이년 저년 하고 사람을 땅땅 치니? 이 무지막지한 년 같으니!"

"이년아, 너는 누구보고 한데 껴놓고 이년들이라니? 늙은이가 하필 무슨 욕을 못해서 화냥년이라니? 화냥질하는 걸 어떤 년이 봤니?"

"그년들 화냥질했다 소리가 그리 대단한가베! 이년아 어미 년이 화냥질하다 부족해서 자식 년까지 시키면서 그런 소리를 어디서 벌리고 하니? 아가리가 남대문 구멍만 해도 못하겠다."

쇠득이 모친이 머리꼬리를 감아 얹으며 며느리의 기세를 타서 공세를 취한다. 이 말은 마치 백룡이 모친의 얼굴에 모닥불을 끼얹는 것 같았다. 그는 금시로 얼굴이 붉으락푸르락해가지고 마주 대들며 ※정가를 한다. 그는 차마 사람의 귀로는 들을 수 없는 갖은 욕설을 퍼부었다. 이 바람에 이웃 사람들은 백차일 치듯 길거리에 둘러서고 울타리 구멍과 사립문 틈으로 구경꾼의 눈은 그들을 겹겹이 둘러싸고 있다.

정가
지나간 허물을 들추어 흉봄. 또는 그런 흉.

"이년아! 네년은 네 며느리를 얼마나 잘 건사했기에 남의 흉을 보니? 늙은 불여수 같은 년아!"

"이 개 ×으로 빠진 년아! 누구 보구 늙은 여수 같다니. 내 며느리가 어쨌단 말이냐? 그래 이년아……."

"저런 늙은 잡년 보았나! 이년아 너도 며느리를 서방질시켜서 논을 얻지 않었어? 똥 묻은 개가 겨 묻은 개보고 더럽다더니 저년이 그쪽일세!"

백룡이 모친은 인제는 독이 올라서 픽픽 웃으며 말하는 게 더욱 무섭다.

"아이구 저런 사람 잡아먹을 년 보아! 제 년이 그러니까 남두 그라는 줄 알고…… 아이구 저런."

쇠득이 모친은 기가 막힌 듯이 혀를 차고 발을 구른다. 그러나 백룡이 모친은 여전히 싱글싱글하며 모욕의 소낙비를 퍼붓는다.

"내가 사람 잡을 년이냐? 네 년이야말로 그래서 사람을 잡아먹었지! 손자새끼 잡아먹지 않었니? 오장이를 죽이지 않었어? 샛서방을 닮아서 키울 수가 없으니까, 오장이에다가 담아서 실겅에다 얹어 죽이고 무엇이 어째? 수명 장수한다기에 그랬더니 고만 죽었더라고. 이년아 어디다가 닭 잡아먹고 오리발 내미는 게야? 마른하늘에 벼락을 맞을 년들 같으니?"

경쟁이
재앙을 물리치기 위하여 경(經)을 읽어 주는 것을 직업으로 하는 사람.

무당 넋두리 같은 백룡이 모친의 목소리는 마치 *경쟁이가 도깨비 경을 읽을 때 귀신에게 추상같은 호령을 하듯이 길게 내뽑는 여음(餘音)이 구경꾼들의 귀에까지 무시무시하게 들린다. 과연 구경꾼들도 처음 듣는 이 말에는 모두 혀를 내두르고 숨을 죽였다.

쇠득이 처가 첫아들을 낳았을 때 그런 미신으로 아이를 죽인 일이 있었던 만큼 그들은 이 말을 반신반의해서 끼리끼리 수군거렸다.

"아이 정말 그랬을가? 삼분 어머니?"

"글쎄 인제 보니까 그랬구먼. 그러면 그렇지 어떻게 담아 넣었기에 숨이 막혀서 사람을 죽게 한담!"

삼분 어머니는 혀를 차며 마주 고갯짓을 한다.

"워낙 이상스러웠어. 까마귀 날자 배 떨어지기로 그런 소문이 돌던 끝에 그런 일이 났으니! 정말 그랬으면 몹쓸 것들이지."

업동이네는 수동이네를 돌아보며 혀를 찬다. 쇠득이 처는 그동안에 백룡이 처와 맞붙어서 욕설을 퍼붓다가 그만 백룡이 모친의 입에서 나오는 이 말을 들더니만 별안간 얼음 기둥이 된 것처럼 빳빳하게 사지가 굳어 올랐다. 그는 금시로 핏기 하나 없이 얼굴이 해쓱해졌다. 무섭게 뜬 두 눈은 꼼짝도 않고 백룡이 모친을 지르떠 본다.

"아—"

별안간 외마디소리를 한 번 지르더니 그는 토막나무가 쓰러지듯 모들뜨기로 넘겨박힌다. 두 눈은 여전히 무섭게 지르뜬 채로.

"사람 죽었다!"

군중은 일시에 아우성을 치고 달려들었다. 거기는 희준이도 뛰어왔다.

"흥! 세상이 갈수록 그악해지니까 사람들도 늑대가 되는구나……."

조첨지는 이 꼴을 멀거니 보다가 혼자 중얼거리며 자기 집으로 돌아온다.

희준의 아내 복임이는 부엌 뒤 수채에서 저녁먹이 보리쌀을 닦고 모친은 정식이를 무릎 앞에 앉히고 묵은 솜을 피우고 있다. 복임이는 장독대 옆으로 조그맣게 화단을 모으고 거기다가 맨드라미, 봉선화, 채송화, 분꽃, 백일홍, 양귀비, 국화 등속의 화초 모종을 심어놓고 날마다 귀엽게 들여다보았다.

백일홍

양귀비

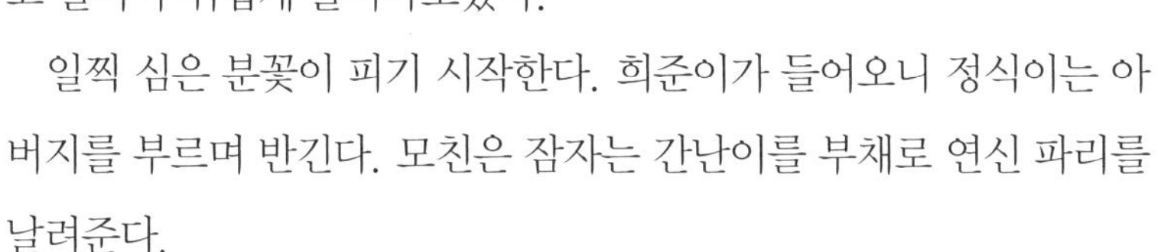

일찍 심은 분꽃이 피기 시작한다. 희준이가 들어오니 정식이는 아버지를 부르며 반긴다. 모친은 잠자는 간난이를 부채로 연신 파리를 날려준다.

"아버지!"

"애비 오니?"

모친은 돋보기 안경을 쓴 눈을 들어서 쳐다보다가

"참! 그거 신통도 하지!"

하고 손자의 궁둥이를 투덕투덕하면서

"넌 점심도 안 먹고 어디서 인제 오니. 좀 차려 오랴?"

"싫우—쌈판에 있느라구."

희준이는 들마루에 걸터앉는다.

"쌈을 여적 해여? 쇠득이 처가 까무러쳤다더니 어떻게 됐다니?"

"깨났어요."

부엌에서 저녁밥을 안치고 난 아내는 자숫물을 흘리며 나와 섰다.

"아니 그래—"

모친은 아들에게로 한 걸음 다가앉으며

"그게 참말이라니?"

"그게 뭐요?"

"아따 쇠득이네가 오장이를 일부러 죽였다는 말이……."

"그런 말씀 말아요. 남의 속을 잘 알지도 못하고 함부로 지껄이다가 공연히 망신하시지 말고!"

아들은 모친을 핀잔주며 눈은 아내에게로 흘긴다. 남편의 시선이 무섭게 노려보는데 아내는 몸을 떨며 부엌 뒷문에 붙어 섰다.

"그 애는 말은 무슨 말이야. 그런 소리가 들리기에 물어보는 말이지."

"방개 어미가 무엔가 제 근본이 들쳐나니까 음해하느라고 그런 게라우. 모두들 그건 거짓말이라던데요."

"그래요, 워낙 그럴 것이 아니냐? 쇠득이 처가 태기가 있기는 그런 소문이 나기 전인걸!"

"안 할 말로 제가 그런 짓을 했다면 무얼 그렇게 죽을라구까지 분해할 리가 있나요. 아까 깨나더니만 쇠득이한테로 달려들며 미련하게 자식은 왜 죽여 놓고 남한테 그런 음해를 입게 하느냐고 *주장질을 하던데요."

"하하 그러니까 쇠득이는 뭐라고 하던가?"

주장질
몹시 나무라거나 때리는 일.

"뭐래요, 그저 눈물만 이리 씻고 저리 씻고 하지."

"허허! 내 그렇게 못난 녀석은…… 그 구경 좀 할 걸 못했구나."

"구경은 무슨 구경이오. 남은 죽네 사네 하는데, 난 간호하느라고 있었지. 누가 구경하러 있은 줄 아시유."

모친은 담배를 담으며

"원체 백룡이 어미란 것이 행실 부정하고 수다하고 몹쓸 계집이니라, 흥 그런데 그런 년들은 아무 걱정 없이 잘 살고 저 인동이네 같은 착한 사람들은 점점 못살게만 되니 그건 또 웬일이라니? 하느님은 착한 사람은 복을 주시고 악한 사람은 벌을 주신다는데. 원, 저생에 가서는 바뀌어질는지 모르지만, 그 계집이 어려서부터 소문이 고약해서 제 서방이 살아서도 하루 도리로 매를 맞았단다. 이 동리에 그런 물이 들기는 똑 그것들 때문이여! 화냥년이라더니 참 *금점꾼 놈의 계집은 개 밑구녕 같은 게야!"

금점꾼
금광에서 일을 하는 사람.

남편의 호령에 아내는 빙긋 웃으며 부엌으로 들어갔다. 그는 남편이 무서웠다.

희준이는 낮잠을 한숨 자려고 목침을 찾아 베고 막 드러누웠으려니까, 밖에서 달음박질하는 소리가 쿵쿵 들리자 인동이가 헐레벌떡이며 뛰어 들어온다.

그는 숨이 차서 한참 말을 못하고 씨근대다가

"저—저, 얼른 가셔요."

"왜? 무슨 일이 났니?"

"또 양잿물을 먹었대요."

"뭐? 아니 쇠득이네가?"

"네—어서!"

희준이는 깜짝 놀라서 벌떡 일어나는 길로 한달음에 인동이와 같이 뛰어나갔다.

쇠득이 처 국실이가 까무러치는 바람에 두 집의 싸움판은 흐지부지 중지되고 모든 사람의 시선은 국실에게로 집중되었다.

그는 자기 집으로 떠메여 온 뒤로 한참만에야 겨우 정신이 깨어났다. 그는 다시 생각할수록 암만해도 분한 맘을 참을 수 없었다. 살이 떨리고 뼈가 저리다. 자기가 그전 마름과 관계가 있었던 것은 사실이나 오장이를 죽인 것이 그런 부정한 씨를 받은 까닭으로 일부러 독살했다는 것은 그것은 꿈에도 생각지 못할 소름이 끼칠 일이다.

비록 자기 사내에게는 처음부터 싫어했지만 그래도 그 아들을 자기는 얼마나 귀애했던가. 아니 남편을 미워하는 만큼 사내에게로 갈 애정까지 그 아들에게 쏟지 않았던가. 그런데 그 아들을 죽였다니?

온 동리에 소문이 퍼지기는 마름에게 논을 얻기 위해서 그런 짓을 했다지만 실상인즉 그런 것만도 아니었다. 항상 사내에게 불만을 품고 있던 그는 자기로서도 억제치 못할 한때의 유혹에서 그만 그의 음흉한 간계에 속아 떨어진 것이다. 이성에 대한 경험이 적은 그는 *애오라지 감정의 지배를 받은 것이 아니던가. 그는 참으로 순진한 처녀의 마음으로 그에게 정조를 바쳤었다.

애오라지
'겨우'를 강조하여 이르는 말.

그런데 그는 그 뒤로는 칼로 싹 도린 듯이 정을 끊고 도리어 자기가 먼저 반해서 꼬리를 쳤다고 온 동리에 소문을 퍼뜨릴 줄이야 누가 알았으랴? 참으로 그가 그렇게 박정한 남자인 줄 알았다면 그는 애당초에 논 아니라 그보다 더한 것이 떨어진대도 그런 관계는 맺을 리가 만무했다.

국실이는 이런 생각이 들자 다시금 목이 메고 가슴이 떨렸다. 그는 생각할수록 이런 애매한 소리를 듣게 한 것은 오직 사내를 잘못 만난 탓이라고 모든 원한은 마침내 사내에게로 쏠렸다. 이에 그는 사내가 죽이고 싶도록 미웠던 것이다.

그러나 그는 다시 생각해본즉 남편이란 위인은 원래 등신이므로 그런 것은 상대할 나위도 못 될 것 같다. 그렇다면 에라 내 한 목숨만 없어지면 이런 꼴 저런 꼴 안 볼 테니 차라리 내가 죽는 편이 낫지 않으냐고. 그는 지금 아무도 없는 틈을 타서 양잿물을 입 안에 털어 넣은 것이었다.

희준이가 쫓아갔을 때는 벌써 이웃 사람들이 와서 녹둣물을 해 먹인다. 비눗물을 갈아 먹인다 하고 또 한참 부산할 판이었다. 국실이는 머리를 풀어헤친 채, 눈을 뒤어쓰고 드러누워서 무엇이고 먹이는 대로 퉤퉤 내뿜었다. 그의 입에서는 연줄달아 피가 흐른다.

쇠득이가 오줌을 누러 나간 틈에 그는 부엌으로 기어 나와서 양잿물을 집어 먹었다는데 뒤미처 쫓아가서 일변 꺼냈기 때문에 다행히 덩어리는 목구멍으로 넘어가지 않았다 한다. 그들은 비로소 입에서 나오는 피는 그동안에 입 안이 상해서 나온 것인 줄을 그제야 알 수 있었다.

"아니 왜 잘 간호하라니까 둘이 다 어디를 갔었어?"

"누가 그럴 줄 알았어유. 괜찮다기에 난 오줌 누러 갔었지유."

희준이의 핀잔에 쇠득이는 머쓱하니 머리만 긁고 섰다. 희준이는 국실의 머리맡으로 가서 그의 입 안을 벌리고 보며

"왜 뱉어? 목이 아파서 그래?"

국실이는 그렇다는 듯이 겨우 두 눈만을 움직인다.

"먹지만 않었으면 괜찮겠지!…… 그게 무슨 짓이야. 아까 고만치 일

렀으니 분을 돌리지 않고."

병인은 그 말을 알아들었는지 별안간 두 눈에서 눈물을 텀벙텀벙 쏟는다.

그는 무슨 말을 하려고 입을 벌리는데 혀가 굳어서 목소리가 잘 나오지 않는다.

"여! 여! 북! 해! 야!"

"여북해야 먹었겠느냐 말인 게군! 에그 가엾어라……."

박성녀가 고개를 끄덕이며 눈물이 글썽글썽해진다.

"참 생사람을 죽일 뻔했지! 거짓말하는 년의 아가리는 똥을 먹여야 해!"

누구의 입에서인지 이런 말이 나오자 쇠득이는 멀거니 섰다가 별안간 어디로인지 나가버린다. 그는 희준의 주선으로 아내가 인력거를 불러 타고 읍내 병원으로 실려 가는 것을 보고 섰다가 그만 백룡이 집으로 뛰어갔다. 그는 똥 한 바가지를 퍼들고 우르르 달려가더니 마당에 섰는 백룡이 모친 얼굴에다 그만 느닷없이 그것을 끼얹었다.

"앗!…… 와! 와!"

백룡이 모친은 그만 그 자리에 털썩 궁둥방아를 찧고 뒤로 나자빠졌다.

별안간 똥바가지를 뒤집어 쓴 백룡이 모친은 머리에서부터 발등까지 황금 같은 누런 똥 투성이가 되었다. 그는 눈을 뒤집어쓰고 버르적거리며 두 팔을 공중으로 내젓는다.

"아! 아! 이놈아! 아 퉤! 퉤! 악! 왁!"

악취가 코를 찌른다. 그는 악을 쓰는 바람에 똥물이 입 안으로 흘러들어가서 별안간 오장이 벌컥 뒤집히며 연신 구역질을 하기 시작한다.

"왝—왝—"

며느리는 부엌에서 저녁을 짓다가 고함 소리에 뛰어나왔다. 시어머니는 삽시간에 똥 친 막대기 꼴이 되었다. 그는 어쩔 줄을 모르고 사지를 벌벌 떨고만 있었다.

"이년아, 저놈을 가만두느냐?"

시모의 호령 소리를 듣고 그는 비로소 똥바가지를 찾느라고 이리 닫고 저리 닫고 쩔쩔맨다.

"무얼 찾으러 다니나? 어서 물을 퍼다가 어머니를 씻기지 않고!"

구경꾼들은 또다시 뺑 둘러섰다. 옆에서 보던 희준이 모친이 하도 보기에 민망해서 말참견을 했다.

"아, 저런 놈을 그래 가만두어요. 아이구 애아범은 어디로 뒤질러 갔어! 아이구 이 일을 어째!"

백룡이 처는 이러지도 저러지도 못하고 여전히 쩔쩔매기만 한다.

"가만두지 않으면 어쩔 텐가? 자네마저 똥 감투를 쓰면 어쩌려고. 어서 어머니나 씻어드리게. 저렇게 오장이 뒤집혀서 보깨는데!"

그동안에 업동이네는 뒤꼍으로 들어가서 물 한 자배기를 떠다놓고

"어서 씻어드려. 아이구 별일도 다 많지. 이웃 간에서 이게 다 무슨 짝들이야! 아이 구려라."

"아니, 일순네가 깨났다더니 또 무슨 일이 났나. 웬일들이라우?"

"지금 또 양잿물을 먹었대!"

수동 어머니가 호들갑스럽게 눈알을 굴린다.

"저런! 아이그 딱해라! 정말?"

이 소문을 아직 못 들은 축들은 혀를 차며 기급을 한다.

"그러기에 말이란 조심할 게야. 말 한 마디로 사람이 죽고 산다지 않아?"

"그렇구 말구유."

희준이 옆에 섰던 김선달 마누라는 온몸을 벌벌 떨고 섰다. 그는 중년이 넘도록 초산도 못해보아 그런지 배추 줄거리같이 정갈해 보였다. 백룡이 모친은 쭈그리고 앉아서 여전히 구역만 하고 있다.

"왝—왝—"

"저희들도 별별 욕을 다 하고서 뉘게다 이따위 짓이여! 병신이 지랄한다고 이 연놈들 뉘들의 아가리에는 똥이 안 들어갈 줄 아니, 어디 좀 보자! 아이구 구려라. 방개야! 이년은 어디 갔어?"

백룡이 처는 눈을 찡그리며 시모의 머리를 대야 물에 씻겼다. 그는 상을 찌푸리고 외면을 한다.

"그래도 우리집에서는 거짓말을 안 했단다. 거짓말하니까 끼얹었다!?"

쇠득이는 저만큼 서서 해멀건 눈을 끄먹거리며 띄엄띄엄 하는 말을 방울방울 떨어뜨린다. 그는 평생에 남과 다투어본 적이 없던 만큼 처음으로 성난 꼴을 본 여러 사람들은 어른 아이 할 것 없이 모두 그 꼴이 우습게 보였다.

"애! 쇠득이도 골나니까 무섭다!"

윗모퉁이에서 똥 난리가 났다는 소문을 듣고 온 동리 아이들이 온통 몰려왔다. 쇠득이네 집에 있던 사람들도 우 몰려왔다.

백룡이 모친이 웃통을 벗는 것을 보자 희준이 모친은 큰 소리로 외쳤다.

"다들 갑시다. 웃통만 씻어서는 안 될 테니 아주 온몸을 죄다 씻게 해여!"

"그래야겠어. 가십시다."

구경군들은 끼리끼리 몰려 나갔다. 사방에서 수군거린다.

"하하, 참 얼결에 목욕은 잘하겠군!"

"미련한 놈이 호랑이를 잡는다구, 그런 때는 쇠득이도 제법인걸!"

"고만 못한 지렁이도 밟으면 꿈지럭한다우. 사람 쳐놓고 오장육부가 누가 없겠수?"

"그러기에 남을 깔볼 게 아니야!"

"참 그렇지. 백룡 어머니도 설마 제까짓 것들이 아무 말 하기로니 어떠냐고 그런 말을 했던 게지."

"암, 그러기에 계집이란 제 말냥으로 내버려두면 못 쓰는 게니. 여북해서 옛말에도 젊은 계집은 사흘을 매 안 맞으면 여수가 된댔나!"

희준이 모친은 앞선 축들과 나란히 오며 말대꾸를 하고 나서 학삼이 모친을 흘금흘금 돌아다보고 속으로는 이런 생각을 하였다.

'또 한 년이 똥물을 켤 년이 있는데…… 이 바람에 수다가 좀 쑥! 들어갈려는가…….'

14. 그들의 부처

“어머님 인제 오셔유. 진지 잡수셔야지!”

“넌 구경 안 갔었니? 아따 참 장관이더라…….”

“아니유. 전. 거기 없어요?”

“기 애는 일순 어멈 데리고 읍내 병원에 갔다나. 그런데 그동안에 또 그런 난리가 났단다.”

시어머니가 들어오는 것을 보고 며느리는 싸리문 귀퉁이에 붙어 섰다가 *안동해서 들어간다.

안동(眼同)하다
사람을 데리고 함께 가거나 물건을 지니고 가다.

“병원은 갈 사람이 없어서…… 참 분주도 하지!”

복임이는 별안간 실쭉해서 부르짖었다.

“글쎄 말이다. 뭘 병원에 갈 돈 있었겠니. 그래 제가 가야 외상 약을 얻을 수 있겠으니까, 그런 게지!”

며느리는 더욱 심술이 나서 온몸이 푸르르 떨렸다.

“아이구 남의 다리를 긁어도 분수가 있지! 아마 제가 죽을병이 들렸다면 그렇게 안 할걸요!"

모친은 독사같이 성이 난 며느리를 돋보기안경 너머로 슬쩍 눈치를 보면서

"그럴 리야 있겠니마는 기 애는 워낙 내 집 일보다 남의 집 일을 잘 보는 사람이니까. 그래야 그런 것들이 그런 공이나 알려준다데! 다 쓸데없는 일이건만 왜 그러는지 몰라."

모친은 마음속으로는

'네가 먹을수록 양냥하는구나! 그전에다 대면 여간 착심이 된 것이 아닌데! 계집년이 국으로 있지 않고 방자하게 남편의 하는 일을 참견할 게 무에냐?'

고 꾸짖으면서도 겉으로는 듣기 좋은 말을 이렇게 했다.

"공은 무슨 공이어요. 도리어 약값이라도 *무리꾸럭 안 하기가 당하지요…… 물에 빠진 놈 건져주면 보따리 어쨌느냐는 셈으로 요새 세상 인심이란 다 쓸데없는데! 그런 줄을 번연히 알면서도 왜 그저 실속은 못 차리는지!"

무리꾸럭
남의 빚이나 손해를 대신 물어주는 일.

며느리는 부엌에서 점도록 바가지를 긁는데 모친은 마루에 앉아서 시름없이 담배를 피우고 있다.

"나 역시 그 말이다! 그러나 암만 일러야 벌써 천성이 그런 걸, 심하게 말하면 어미 자식 사이에 점점 의만 나지 소용 있니…… 그저 모든 것을 사주팔자로 돌리는 것이 마음 편하지."

"오늘만 해도 남들을 보셔요! 콩 몇 포기를 송아지가 뜯었다고 그렇게들 죽을 둥 살 둥 모르고 쌈질하는 걸! 남들은 그렇게 *이악해두 못 사는데 이건 어짜자고 늙은 부모를 모시고 어린 자식들하고 그러는지? 무엇에 미쳐서 엎으러졌어! 염병할. 그러다가는 평생 가야 빌어도 못

이악하다
이익을 위해 지나치게 아둥바둥하다.

먹을 걸 뭘!"

며느리는 입속으로 중얼거리며 밥상을 갖다가 모친의 턱 앞에 놓는다.

"아이구 시끄럽다. 원! 에미 애비가 못 가르친 버릇을 계집이 가르치겠니!"

모친은 불쾌한 듯이 며느리를 핀잔주고 밥상을 끄다려서 숟갈을 잡았다.

"정식아 밥 먹자! 왜 마른 호박 고작이로 고추장찌개나 하지 않고 기애는 그걸 잘 먹는데!"

"호박 고작이도 얼마 없어요."

며느리는 시어머니가 역정을 내는 눈치를 보고 다시 더 퉁명스러운 말을 못 꺼냈다. 그는 희준이가 언제는 안 그랬을까마는 쇠득이 처 같은 젊은 여자와 가까이 군다는 것이 다른 무엇보다 그의 맘을 졸이게 하였다. 실속이야 있든 없든 남편을 독차지하고 싶은 소유욕은 그의 가슴속에 불현 듯 투기의 불을 싸질렀다.

희준은 어두울 무렵에야 집으로 돌아왔다. 그는 우선 아내와 모친의 좋지 않은 기색이 첫눈에 뜨인다.

"왜 인제 오니? 병원에서 인제 오는 게냐?"

"왜 그러셔요? 병원에 안 갔으면 큰일 날 뻔했다우!"

"글쎄 말이다. 병원에는 다른 사람을 보내지 못하니……."

"다른 사람이 가서 되우?"

희준이는 지금까지 유쾌하던 기분이 금시로 사라졌다. 그는 집안사람이 그런 줄은 모르고 자기의 오늘 한 일에 다시 없는 만족을 느끼며 오는 길이었다.

사람은 때로는 이런 일을 함으로써 인간의 순진한 행복을 느낄 수 있지 않은가! 한 사람의 착한 생명—더구나 젊은 청춘을 살리는 것은 사람으로서 가장 고상한 행동이요, 정의가 아니면 안 될 것이다.

희준이는 이와 반대로 자기의 행동을 비난하는 그들의 눈치를 채자 금시로 불쾌한 감정을 억제할 수 없었다. 그는 한동안 무서운 눈매로 아내를 원수같이 노려보다가 저녁을 먹는 둥 마는 둥하고 문밖으로 다시 나갔다. 희준이는 부지중 지금 아내와 조혼하던 경과가 일일이 추억의 실마리를 풀어 내렸다.

희준이는 열네 살 먹던 해 봄에 지금 아내와—복임이는 열여섯 살 먹어서—결혼을 했다. 그해에 희준이는 보통학교를 졸업했는데 그때 어린 맘에도 그는 조혼을 반대했던 것이다.

그러나 부모는 한사코 그에게 결혼을 시켰다. 그들이 그와 같이 아들의 조혼을 강제로 한 것은 재래의 습관도 습관이었지만 그보다도 중대한 원인이 또 한 가지 있었다. 그것은 그해 봄이 희준의 조모의 갑년인데, 회갑 잔치에 손부까지 겹쳐서 경사를 보자는 것이 그들의 유일한 이상이었기 때문이다.

"얘야, 할미가 언제 죽을지 모르는데 네가 장가드는 게나 보고 죽어야지! 글쎄 남들이라고 그럴라고 너는 웬 고집이냐? 어른들이 시키는 대로 순종하는 거이 옳은 법이다. 그리고 애비가 장가들면 서울로 공부 보내준다지 않데? 그런 걸 왜 고집만 한단 말이냐? 집안이 난가가 나서 할미 환갑이고 무에고 도무지 경황이 없게 되면 너에겐 좋을 게 무에냐."

그때 조모는 그렇게 측은한 말을 하며 눈물을 흘렸다. 희준은 몇 번이나 달아나고 싶은 것을 조모의 말이 걸려 발길을 멈춘 적도 있었다.

또 한 가지 유혹은 그를 서울로 공부시키러 보낸다는 말에

"그럼 장가는 갈 테니 이담에 이혼을 해도 내 탓은 말아야 하우."

"하하! 그거야 이담 일이 아니냐. 이혼을 할는지 백년을 해로할는지 그건 다 팔자 소관이니까."

희준이는 결혼을 하고 나서 바로 서울로 올라갔다. 그는 맘에 없는 결혼을 한 때문에 잠시도 집에 있기가 싫었던 것이다. 그것은 자기가 장가를 들었다는 것보다 무엇을 강제로 당한 것 같은 불만한 생각이 항상 흉중을 떠나지 않았다.

그 뒤에 동무들이 희준이를 조혼했다고 놀릴 때면 그는 으레 이런 말로 대꾸하고 허구픈 웃음을 웃었다.

"가만들 두어. 그게 중학하고 바꾼 교환 조건이란다!"

그러나 한번 올라간 희준이는 일 년 일 차의 여름 방학에도 갖은 핑계를 다 해가며 집에는 내려오지 않으려 했다. 그래 그 어느 해인가 한번은 그의 부친이 일부러 올라가서 그 아들을 붙잡아가지고 내려온 일까지도 있었다.

그들은 희준이를 보고 싶다는 것보다도 젊은 며느리가 청승맞게 혼자 떨어져 있는 것이 보기가 민망해서 그런 것이다. 그러나 희준이는 집에 내려와서 여전히 자기 아내를 소 닭 보듯 하고 있었다.

그는 집에 내려올 적마다 아내의 보기 싫은 정도가 더해갔다. 서울서 매끈한 여학생들만 보다가 그 아내를 대해 보면 그것은 마치 송충이같이 흉측해 보일 뿐이었다.

어느 때 그의 모친은 희준이를 조용히 불러 앉히고 은근히 달래기를

"이 애야, 넌 글쎄 어짜려고 그러는 게냐?"

"무얼 어째요?"

"네 아내 말이야! 남의 귀한 딸을 데려다 놓고 생으로 그게 무슨 짝이라니."

"그런 걸 누가 데려오랬수? 뉘 좋으라고 한 짓인데 왜 인제 내 탓이유?"

"넌 안 좋을 것 무엇 있니?"

"난 그래도 싫은걸요."

"그러지 말고 오늘 밤에는 네 댁 방에 좀 들어가거라! 제발 좀 빌자!"

"허허 참! 빌 노릇을 왜들 하고 그러우. 자꾸 그러면 난 저녁차로 올라 갈라우."

모친은 아들의 말을 듣자 그만 기가 막혔다. 그는 벙어리 냉가슴 앓

듯 말 못할 사정을 어디다 하소연할 곳도 없었다. 그 며느리를 얻어 오기는 벌써 삼 년이나 지나지 않았는가?

만일 올 여름에 또 놓치면 내년 일 년을 다시 기다려야 한다. 큰아들에게서는 벌써 손자와 손녀들이 주렁주렁한데 이건 하늘을 봐야 별을 딴다고. 제 아내 옆에도 가기를 싫어하니 어찌한담. 그래 그는 번연히 영감의 성미를 알면서도 아들의 말을 남편에게 전하였다. 부친은 아들의 이 말을 듣더니만 별안간 우르르 달려가서 아무 말 없이 희준이를 주먹으로 쥐어박았다.

웬 영문을 모르는 희준이는 한 손으로 볼을 싸잡고 멀거니 서서 그의 부친을 마주 쳐다보았다.

희준이가 그날 밤차로 올라간 후에 그는 졸업을 할 때까지 내려오지 않았다. 이래저래 살림은 해마다 치패해 가는데 그들은 희준이로 하여금 심화를 한 가지 더하게 하였다

누구보다도 춘호는 작은며느리를 보기가 민망하였다. 그런데 복임이는 무슨 까닭인지 시조모와 시부모에게 효성이 지극하다. 그는 자기의 외로운 정을 그들에게 붙이려 함이었던지, 내외간에 구수하게 지내는 큰며느리보다도 그들을 잘 받들어갔다. 그런 것을 생각하면 그들은 더욱 뼈가 저렸다. 어떤 때 춘호는 술을 먹고 들어와서 작은며느리를 보고 있을 때에는 그만 화가 불끈 치밀어서 마누라에게 공연한 생트집을 하였다.

"이놈을. 다시는 학비를 보내주지 말어야! 원체 보내줄 돈도 없고 한데. 잘 되었어! 에—"

그는 술내가 확 풍기는 트림을 하고 나서

"당신이 내일 그렇게 편지하소. 인제는 보내줄 돈이 없으니까 내려오든지 맘대로 하라구."

"당신이 하시지, 왜 나보고 하라우."

마누라는 배알이 틀려서 외면을 하고 앉는다.

"아니, 그것 좀 못할 게 무에야?"

"글쎄 여적 보내주다가 졸업할 날도 얼마 남지 않았는데 별안간 못 부쳐주겠다면 그놈은 좋겠수? 그러면 저도 더 앙심을 먹고 무슨 짓을 하고 돌아다니는지 세상일을 누가 안단 말이오."

"그럼 어떻게 하란 말이야!"

"그러니까 땅이라도 팔아서 그대로 대어준다면 몰라도 난 그런 편지는 못하겠소."

"땅 팔 것이 어디 있어? 농사지을 것도 변변치 못한데."

"그럼 어떡하우? 그럴 것 같으면 당초에 공부를 시킨 것이 불찰이지!"

"누가 시키고 싶어 보냈나? 그 죽일 놈이 애비의 말을 듣지 않아서 그런 게지!"

"그래도 그게 잘못입네다. 이럴 줄 알았으면 장가고 공부고 다 고만두게 할걸! 그때도 어머님 환갑만 아니더라도 저 하자는 대로 내버려 둘걸!"

"누가 잘못이야. 아니 내가 잘못했단 말이야?"

"당신더러 잘못했다는 게유? 지금 와서 이렇게 되고 보니 당장 눈앞에 생각만 한 그때 한 일이 잘못이란 말이지요."

"아니 우리는 조금도 잘못한 일이 없어. *만장판에 가서 장꾼들한테 물어보라구. 누가 잘못했나…… 아 그 망할 놈이, 아니 그것도 제 배필을 잘못 얻어주었다면 그도 모르지. 그렇더라도 자식 된 도리로는 부

만장판
많은 사람이 모인 곳. 또는 그 많은 사람.

모의 말을 순종해야 할 터인데, 제 댁이 이건 인물이 누구만 못 한가 부모에게 효성 있고 동기간에 우애 있고 백사에 도무지 나무랄 것이 없는데! 그 빌어먹을 놈이! 아니 이게 아마 아버지 산소를 잘못 모셔서 *산화가 난 것 아니오? 어머니 그렇지 않아요?"

산화
산탈. 묏자리가 좋지 못한 탓으로 자손이 받는다는 재앙.

이때까지 장죽을 물고 앉아서 한숨만 치쉬고 내리쉬고 하던 그의 모친은

"그래서 면례를 모시지 않었니."

"쓸데없는 말 말아요! 어디 기 애만 그러우. 요새 애들은 모두 그렇다우."

"아니 그럼 젊은 놈들한테는 시집도 보내지 못할 일이게. 그런 게 아니야 그놈이, 그 망할 놈이 집안을 망치려구 아이구!"

춘호는 별안간 가슴을 치며 통곡하였다.

"아니 이게 무슨 짓이오. 요란스러워요."

"애 고만 참아라. 벌써 기운이 불길해서 그런 걸!"

고부는 달려들어서 춘호를 뜯어말리고 일으켜 앉혔다.

"이놈을 당장 쫓아가서 다리를 분질러야, 그런 놈을 공부를 더 시키면 무얼 한담!"

'하라는 파종에 감투 걱정이냐더니 참 별꼴도 다 보지!'

그때 마누라는 이런 생각을 속으로 하고 기막힌 웃음을 삼켰다.

참으로 그것은 누구의 죄일까? 남편의 말마따나 산화라 할 것인가, 시모의 말마따나 가운의 불길인가?

부친상을 당한 후에 그는 잠시 집안에 머물러 있었다.

추연하다
처량하고 슬프다.

뜻밖에 상부의 변을 당한 모친은 *추연히 눈물을 흘리면서 인제는

남편의 대신으로 아들을 책하였다.

"네가 어짜려고 그러느냐? 너의 아버지가 왜 돌아가신 줄 아니? 가뜩이나 울화가 많으신데 너까지 그래서 응결이 든 줄을!"

"응결은 나도 들었소."

"네가 응결 들 게 무어냐?"

모친은 한동안 맥없이 쳐다보다가

"너는 그걸 모두 부모의 죄로 아는지 모르나 말이란 하기에 달리고 생각이란 먹기에 달린 것이란다. 미운 사람도 눌러보면 귀염성이 있어 보이고 맛없는 음식이라도 배가 고프면 달게 먹는 법인데 사내자식이 왜 그렇게 외 얽고 벽 친 듯이 옹고집이란 말이냐."

"당기지가 않는 것도 달게 먹어요."

"저런 망할 놈 말하는 것 좀 보아!"

모친은 더 말할 나위가 없던지 혀를 차고 돌아앉는다.

"아이구 소경 개천 나무랄 것 있나, 제 눈먼 탓이나 하지."

"잘 생각하셨수."

"이 녀석아, 말이나 말아라. 속상해 죽겠다."

"그러기에 어머니도 좀 생각해보시구려. 세상일이란 하나도 공 게 없는 게랍니다. 그때는 좋아서들 그랬으니까 인제는 그 값을 갚아야지요. 그때 뭐라고 했는데요? 내 원망을 말랬지요!"

"글쎄 너는 그렇지만 네 아내야 무슨 죄니?"

"무슨 죄요? 저도 부모 잘못 만나고 시대를 잘못 탄 죄지."

"그럼 넌 한 편생 그 모양으로 지낼 테냐? 그것 참 웃을 수도 없고!"

모친은 다시 돌아앉으며 하소연하는 듯이 아들의 눈치를 보았다.

"그러니까 맘대로 하란 말이지요. 그냥 있기가 싫으면 가든지 가기가 싫으면 나 하는 대로 내버려두든지! 두 가지 중에서 하라는데, 나보고만 자꾸 그러면 어떡하우?"

그러자 희준이는 다시 일본으로 건너가지 않았는가. 그때 그는 온 집안 식구가 울며불며 만류하는 것도 한사코 듣지 않고 떠났다. 그런데 어떻게 된 셈인지 그가 들어간 뒤로부터 아내는 태기가 있게 되자 그 이듬해 정월에 지금 있는 정식이를 낳았다.

그것은 복임이 자신도 잘 모르는 일이었다. 사월 보름께던가. 한참 달이 밝을 무렵인데 그가 전과 같이 자기 방에서 괴춤도 풀지 않고 쓰러져 자다가 놀라서 깨어보니 옷끈이 풀어지고 웬 사내가 옆에서 자는 것이었다.

"누구여!"

그는 하도 의외인 만큼 소리를 지르려니까 얼른 입을 틀어막는데 그는 틀림없이 남편의 손등이었다.

"아무 말도 말아!"

희준이도 그때 일을 생각하면 한편으로 고소를 금할 수가 없었다. 그러나 지금은 그 아내가 그때같이 밉지는 않았다. 그는 인제 아내에게나 가정에 대한 그전 생각은 모두 깨끗이 단념하기 때문이었다. 소위 이상적 가정…… 그것은 완전한 공상이 아닌가?

그전에는 피차에 말을 않고 중간에 다리를 놓던 것을 인제는 그렇지 않다. 더구나 아들을 다시 낳은 뒤로는 어쩐지 아이에게도 귀여운 생각까지 들게 하였다. 어떤 때는 얼러도 주고 안아도 주고 싶을 만큼.

그래서 모친은 내심으로 좋아하는 모양이었다. 하긴 자기는 지금도 그가 아내를 미워하는 줄 알지만 싸우는 중에서 정 붙는다고 서로 싸움이라고 하고 맞달라 붙는 것이 아주 무관심하는 것보다 낫게 여겼다. 그렇게 찌룩째룩하며 살아가는 가운데 차차 나잇살이나 먹게 되면 언제 그랬더냐? 하고 도리어 구수하게 사는 법이라구!

'사람이란 참 *격난을 할 게로다.'

모친은 어떤 때 예전 생각이 들게 한다. 사실 희준이는 그동안에 마음이 트여왔다. 그러나 그들은 너무도 자기의 속마음을 이해하지 못하는 대로 그는 점점 그들을 저주하고 싶었다.

생활은 싸움이다. 그는 어디서나 이 생각을 잊어서는 안 될 줄 알았다. 적은 자신에게도 자기 집안에도 도처에 있음을 깨달았다.

그만큼 그의 앞길은 점점 험준하여 때로는 아득한 생각을 갖게 한다.

'내가 이 짐을 끝까지 질 수 있을까?'

솔밭 위로 넘어가는 우중충한 달 그늘은 마치 조수 물처럼 마을 안으로 밀려 나온다. 그러나 달빛을 받은 들 건너편은 훤하게 딴 세계를 이루었다.

그것은 마치 이 지구를 두 쪽으로 갈라놓은 것과 같이 어둠과 광명은 딴 색으로 갈려 있다.

어둠은 광명을 향하여 돌진한다. 그것은 이 땅의 모든 것을 저의 암흑한 빛으로 죽여 버리려는 악마와 같이 발작한다. 미구에 원터 동리는 그의 시꺼먼 아가리 속으로 들어가고 말 것 같다.

광명은 어둠의 돌격을 피하여 뒷걸음질치며 달아난다. 그러나 들 건너편에 큰 희망을 안은 월세계는 넓은 땅을 그의 빛나는 광채로 껴안고 거기에 위대한 이상과 생명의 기쁨을 불어넣는다. 철둑 너머로 점점이 반짝이는 전등불은 이 커다란 동경에 불타고 있는 어떤 영물의 장차 어둠을 정복하기 위한 형형한 눈동자와 같이 빛나지 않는가! 그

격난
경난(經難). 어려운 일을 겪음. 또는 그 어려움.

러나 냇둑에 늘어선 버드나무의 실버들가지는 오히려 평화한 달밤에 졸고 있다.

희준은 한 발 두 발 읍내 가는 길 위로 걸음을 옮겼다. 마치 그는 등 뒤에서 밀려오는 어둠 속에서 광명한 세계를 향하여 전진하려는 것처럼. 과연 그는 자기의 인텔리 근성을 비웃었다. 그것은 가정에 있어서나 사회에 나가서나 때때로 행동에 드러났다. 왜 자기는 일직선으로 자기의 신념을 향해서 돌진하지 못하는가? 그는 지금 자기의 발걸음과 같이 어둠에서 광명을 향하면서도 전후좌우를 둘러보며 공연히 우물쭈물하고 있지 않은가!

달 그늘은 마침내 원터 동리를 온통으로 삼키고 말았다. 다만 인동이네 집 지붕 닷머리를 겨우 남긴 한 줄기 광선이 그 언저리를 훤하게 할 뿐이었다.

희준은 한동안 돌아서서 그것을 우두커니 쳐다보고 있었다. 사방으로 욱여싸는 어둠 속에서 최후의 일각까지 싸우고 있는 한 점의 광선! 그것은 무심한 가운데 어떤 충동을 주지 않는가!

희준은 지금 자기를 마치 이 한 점의 광선에 비기고 싶었다. 자기는 지금 묵은 인간의 어둠 속에서 겹겹으로 에워싸여 있지 않은가. 모든 인습과 무지한 어둠 속에 이기적 흑암 속에서 홀로 싸우고 있지 않은가? 그것들은 참으로 무섭고 영맹하게 자기에게 적대한다. 그것들의 압력이 너무도 거대하기 때문에 자기는 때로 실망하고 주저하고 회피하려 하지 않았던가?

그러나 철둑 너머의 전등불은 여전히 그의 형형한 눈동자를 힘 있게 껌벅이고 있다. 그는 미구에 닥쳐올 거대한 어둠의 돌격을 조금도 무서워하지 않는 것처럼—아니 도리어 그의 눈동자는 어둠 속에서 더욱 씩씩하게 빛날 것처럼—그렇다! 광명은 어둠을 물리치는 데 위력이 있고 공로가 있는 것이다. 비록 조그만 광명이라도 그 앞에는 어둠이 범접하지 못한다.

어둠을 무서워 하는 광명이란 있을 수 없다. 그런 것이 있다면 그것은 반딧불과 같이 금시에 사라지고 말 것이 아닌가?

그렇다면 광명을 향하여 나가는 지금의 자기가 어둠을 무서워 할 것이 무엇이냐? 자기의 주위에 어둠을 둘러싸였으므로 비로소 광명한 자기의 존재가 귀중한 의의를 가질 수 있을 것이 아니냐?

횃불을 높이 켜들고 어두운 세상을 비추어 인간의 새 길을 개척하려는 용사의 걸음이 어찌 신작로 위로 자동차를 달리는 것과 같이 순편할 수가 있으랴?

—이런 생각이 들수록 희준은 자기의 의지가 박약함으로 스스로 애달파했다. 그것은 원래 타고난 육체에서 생리적으로 오는 것인지는 모르나—그는 인동이 집 지붕 닷머리에 있던 한 점의 광선이 최후의 일각까지 그 자리에서 없어지고 마는 것이 다시없이 위대해 보이지 않는가! 또한 철둑 너머로 점점이 비치는 전등불이 장차 닥쳐올 어두움을 앞두고도 더욱 그의 광선을 밝히고 있는 것이 다시없이 위대해 보인다. 오! 용감한 광명의 용사여!

'제가 감히 이 잔을 마실 수 있겠습니까?'

희준은 별안간 두 눈에서 눈물이 텀벙텀벙 쏟아져 흐른다. 그것은 마음속에서 깊이깊이 내솟는 고결한 눈물이었다.

넘어가는 달은 일각일각 어둠을 몰아서 온 들을 휩싸온다. 그러나 전등불은 그럴수록 저의 광선을 찬란히 밝힌다.

15. 원두막

목단

석류화

파초

안승학은 아침에 일어나면 우선 화초를 건사하는 것이 날마다 하는 첫 일과였다. 월계장미, 목단, 백일홍, 석류화 같은 것, 수선화, 파초, 난초, 백합 같은 것도 있었다.

그 뒤로는 세수를 하고 나서 갑출이가 깨었으면 그와 함께 노는 것이었다. 어떤 때는 책상 앞에 앉아서 맹자를 펴놓고 읽기도 하였다. 그런 때는 그는 정자관을 쓰고 앉아서 끄덕이는 것이다.

"저게 무슨 짓이야. 아이구 망측해라! 호호호."

숙자가 그 꼴을 보고 간간대소를 할라치면

"왜? 학자님이 글을 읽을 때는 으레히 관을 쓰는 법이야."

"호호. 그런 당신도 학자님이야!"

"학자님은 아니라도 학자님을 배우려니까 관을 써야지, 에헴!"

안승학은 기미년 *인산 때에 새로 지은 고운 북포 두루마기와 건을 쓰고 일부러 서울까지 올라가서 망곡을 한 일이 있었다. 아침을 먹고 나면—하긴 그전에 또, 실과를 주전부리하는 일도 있지마는—장부를 펼쳐놓고 모든 *세음조와 장부를 계산하는 것이었다.

그럴 때는 으레 방문을 꼭 처닫고 혼자 가만히 숨도 크게 쉬지 않고 수판질을 했다. 그리고 거기에 조그만 아라비아 숫자를 써넣는 것이었다.

그가 장부의 계산을 끝내고 나서는 으레 치부에 대한 공상을 마치 종교 신자가 묵도를 한참씩 하듯 하고 있었다.

'무엇을 하면 돈벌이가 제일 될까. 섣부른 장사를 했다가 밑지는 날이면 큰일이고 어떤 놈을 꾀어서 똑 장사를 하잤으면 좋겠는데!'

그의 이런 생각은 한동안 자본주를 낚으려다가 헛물만 켜고 말았다.

그것은 읍내에서 포목상으로 치부한 권상철을 꾀어가지고 잡화상을 크게 한번 벌여보자 한 노릇이 틀리고 만 것이다.

그는 상철의 아들인 경호가 서울 있는 자기의 본실 집에서 하숙을 하고 있기 때문에 공공연하게 권상철의 흉을 보지 못하지만(그러면 그 아들이 하숙을 옮길까 무서워서) 속으로는 은근히 미워했다.

'어떻게 했으면 그 자식보다 많은 재산을 늘려볼까?'
하고 그는 시기하는 마음까지 먹고 있었다. 할 수만 있으면 그의 금고라도 훔쳐 오고 싶었다. 그런데 상리 사는 박서방이 일채(日債)로 집을 쫓겨나게 되어서 돈 십 원을 권상철한테로 얻으러 갔다가 거절을 당하고 돌아오는 길에 앞내 큰 여울물에 빠져 죽은 사실이 있은 후로는 그는 만나는 사람마다 보고 상철이가 너무 인색하다고 *타매하였다.

그는 일전에도 어떤 친구를 만나서 그런 말을 하고 끝까지 자기는

인산(因山)
임금, 황태자, 황태손과 그 비(妃)들의 장례.

고종 인산 전날 덕수궁 앞에 모인 군중.

세음조
셈조. 돈 따위로 셈하는 조건.

타매(唾罵)하다
아주 더럽게 생각하고 경멸히 여겨 욕하다.

그렇지 않다는 것을 은연중에 자긍하려는 것처럼 희준이에게 변리돈 준 것을 무슨 자선이나 한 것처럼 뽐내며 말하였다. 그러나 승학이가 희준이에게 그 돈을 꾸인 것은—알고 보면 음흉한 야심이 그 돈 속에 송편 속처럼 들어 있는 것이다. 희준이가 나오기 전까지는 원터 동리에서야 안승학의 말 한 마디면 누구 하나 거스를 사람이 없었다.

그는 마름의 세력과 금전의 권리로 온 동리를 자기 장중에 쥐락펴락할 수 있었다. 그런데 희준이가 나온 뒤로는 차차 그의 인망이 높아지는 것 같은 반면에 자기의 위신은 은연중 깎이는 것 같은, 자기에게 있던 세력이 조금씩 그에게로 빠져나가는 것 같은 위험을 느끼게 한다.

'응! 암만해도 그 사람을 굴복시켜야! 그렇지 않으면 큰일 난다!'

정직하고 담을 쌓은 승학이는 은근히 그를 매수하고 싶었다. 말하자면 그에게 일부러라도 환심을 사고 싶었다.

불감청 고소원 (不敢請 固所願) 마음 속으로는 간절히 바라지만 감히 청하지 못함.

그런 계제에 돈을 꾸러 왔으니 그야말로 *불감청이언정 고소원이 아닌가? 그래 그는 뒷구멍으로는 그의 흉을 보고, 또한 그것으로 자녀에게 교훈의 재료를 삼았다. 이만하면 그로서는 현금 감정 이상의 일거삼득이 아닌가? 이해타산이 이만큼 밝은데 왜 부자가 못 되냐고 그는 은근히 자기의 지혜를 탄복하였다.

사실 그의 지금까지의 재산도 생쥐같이 약고 다람쥐처럼 인색한 데서 모은 것이 아닌가?

원두막

안승학은 올해 처음으로 원두막을 지었다.

그는 해마다 여름이 되면 참외 값이 수십 원씩 되었다. 참외를 자기도 잘 먹지마는 숙자는 아귀같이 더 잘 먹는다. 그래 그렇게 사먹는 돈으로 참외 한 밭을 심어 놓았으면 그게 도리어 돈이 덜

들지 않을까? 이것을 결정하는 데 승학은 숙자와 마주 앉아서 한나절을 주판질해 보았다.

"아따 내 밭에다 심는 것, 구실만 물면 고만인데 따져볼 것 무엇 있수?"

"저런 숙맥 보았나. 내 밭이라도 남의 밭처럼 생각해야 되지 않아."

"그럼 '도지만' 더 따지면 되지 않우?"

"저런 밥통 보았나. 품값, 거름 값과 원두막 짓는 품은 어짜구."

"품값은 무슨 품값? 아범이 질 걸!"

"저런 천치 봤나! 아범은 밥 먹지 않고 사나. 그 때문에 다른 일을 못할 테니까 그 품값도 쳐야지."

"하하하. 그렇게 *옴니암니 죄다 치다가는 일하는 시간까지 쳐야겠수."

숙자는 아양을 부리며 간드러지게 웃는다.

"그럼 할 수만 있으면 그렇게 쳐야지! 평균 하루에 삼십 전어치 씩은 먹지?"

"참외 말이야? 그렇게 먹구 말구."

"그럼 참외철을 두 달만 치더라도 얼마냐 말이야. 삼 삼은 구, 이 구는 십팔, 십팔 원이나 되지 않나!"

"그거뿐이야? 당신 치듯 하면 아범이 참외 사러 다니는 시간과 그 품값두 쳐야겠수."

"물론 쳐야지. 그럼 모두 이십 원만 잡지."

승학은 이렇게 따지고 나서 이번에는 원두를 놓는 비용을 따져 보았다. 그래서 만일 이십 원이 훨씬 넘는다면 그는 원두를 놓지 않을 작정이었다.

그런데 그것을 따져놓고 보니 공교롭게 십구 원 *각수가 되지 않는

옴니암니
자질구레한 일까지도 좀스럽게 셈하거나 따지는 모양.

각수(角數)
돈을 '원' 단위로 셀 때, '원' 단위 아래에 남는 몇 전이나 몇 십 전을 이르는 말.

가! 계산표는 다음과 같다.

一. 원두막 건축비	2,800전
一. 원두 매는 품값	1,500
一. 비료대	,500
一. 종자대	,300
一. 지세	,450
一. 소작료(사두락)	10,500
一. 숙직료(일당 십 전)	3,100
합계급	19,150

"암만 따져도 그런 걸!"

"그럼 사먹는 게나 마찬가지게."

숙자는 낯간지러운 듯이 사내를 쳐다보며 묻는다.

"글쎄 원, 암만해 봐도 그래여."

안승학은 수판알을 올렸다 내렸다 하더니 별안간 무릎을 탁 치고 좋아한다.

"그래도 놓는 것이 이익이야. 하하하. 하나 안 친 거 있어!"

"안 친 게 무에야? 그렇게 다 치고서."

"뭔고 하니 원두막을 지어놓으면 낮으로는 피서하러 나올 텐즉! 아니 당신도 더러 나오겠지? 그러면 말야 집에 있을 적보다 옷에 땀이 안 찰 테니까, 그 이익이 얼마냐 말야. 가만있자 그놈을 얼마나 쳐야 할꼬?"

숙자는 별안간 대굴대굴 뒹굴며 뱃살을 쥐어 잡고 웃는다.

"아—아이구 배야. 난 무엇이 빠졌단다구 호호호…… 그런 걸 칠 테면 원두막으로 나올 때 땀 흘리는 것도 쳐야지."

"뭐? 그까짓 게야 바로 문 앞인데…… 그런 땀은 뒷간에 갈 때도 흘리지 않나."

"뒷간에는 누가 공연히 가나! 호호호……."

"그래도 그것과는 다르대도 그래. 그럼 얼마냐, 옷 한 벌 빨어 입는데 옷이 상하는 손해와 또 비누 값 품값이. 그리고 또 참외를 더러 팔지 않나."

"파는 것보다 읍내서 뺏어 먹으러 오면 어짜구?"

"그게야 행랑집에서 파는 것이라면 고만이지."

"흉년이 들면!"

"그럼 농사도 못 짓게!"

"에—여보 당신같이 잘다가는 담배씨로 뒤웅을 파겠수."

"무슨 말이야, 단단한 땅에 물이 고이지."

"그래도 원—호호호!"

"흥! 나보다 더한 전라도 어떤 큰 부자는 정초에 세배하러 온 작인 하나가 절을 하다가 일어나는 길에 궁둥이로 치받쳐서 람푸를 깨쳤는데 그 람푸 값을 물렸다는 이야기를 들었어! 하! 참."

"무얼! 당신도 피장파장이겠수. 끌! 끌!"

"별소리 말라구. 모로 가도 서울만 가면 제일이 아닌가!"

승학이도 자기 깐에 *다라웠던지 허구픈 웃음을 한바탕 웃었다.

다랍다
언행이 순수하지 못하거나 인색하다.

안승학은 원터 뒷산 밑 황토박이 서너 마지기 밭에다가 원두를 놓았다. 참외, 수박, 외, 성환 참외 등과 옥수수, 올방콩을 밭고랑 사이로 듬성듬성 심었다.

그는 계산을 그렇게 잘한다면서 이런 것들을 빼놓고 쳤다. 원두밭은 행랑아범이 가꾸었다. 그는 참외가 열매를 맺기 시작하자 주인이 시키는 대로 원두막을 지켰다. 원두막은 덕칠이와 단돌이 온종일 지었다. 그날은 승학이도 일찍 나와서 막을 다 짓도록 감독을 하였다. 막을 지은 뒤부터는 저녁마다 행랑아범이 지켰다. 그는 원두를 놓기 때문에 신역이 더 고되었다.

'공연한 놈의 원두는 놓고서 남을 못살게 굴지. 이놈의 참외를 여수나 죄다 파 가거라.'

그는 원두를 가꾸기보다도 저녁에 숙직을 하기가 괴로웠다. 진종일 일을 하고 나서 그전 같으면 집에서 그대로 편히 잘 터인데 지금은 그 길로 다시 막으로 나가지 않으면 안 되기 때문이다.

참외가 익기 시작하자 승학은 갑출이를 앞에 걸리고 날마다 한두 차례씩은 나갔다. 갑숙이도 가끔 그들을 따라다녔다.

오늘도 안승학은 점심을 먹고 나서 담배를 피우며 앉았다가

"에— 더워. 갑출아 원두막에 가자!"

하고 일어선다.

"원두막이 제일 시원해. 갑숙이 넌 안 갈래?"

"가요."

"나도 갈 테야."

갑숙이가 간다니까 숙자도 덩달아 나선다.

"죄다 가면 집은 비구."

안승학은 눈을 크게 뜨고 소리를 꽥 지른다.

"덕례보구 보라지!"

"그깟년이 무슨 집을 보아. 모다 훔쳐 가면 어쩔려구!"

"훔쳐 가긴 대낮에 누가 훔쳐 가요. 더워! 나도 갈 테야."

숙자는 자기도 따라가지 못해서 안달을 한다.

"그럼 내가 집에 있을게 작은어머니 가시우."

"그러든지, 뉘 하나는 집에 있어야 해!"

"그럼 내가 먼저 다녀올게 너는 이따가 나가렴!"

하고 숙자는 어린애처럼 좋아하며 새로 옷을 갈아입는다. 그는 어디로 먼 데 출입이나 하려는 것처럼 나들이옷을 갈아입고 경대 앞으로 앉아서 화장하기에 열이 났다.

"어서 가! 뭘 하는 게야?"

"가만 있어요. 좀—"

그는 버선을 찾아 신는다. 손수건을 꺼낸다. 신발을 찾는다. 한참동안 *뒤스럭을 떨었다.

뒤스럭거리다
수다스럽고 부산하게 말하거나 행동하다.

"덕례야, 내 신 어디 갔니?"

"몰라유."

"모르면 누가 알아. 이 박살할 년아! 아, 여기 있군!"

그는 마지막으로 신을 찾아 파라솔을 펴들고 나선다. 하늘하늘 하는 오색 보이루 치마에 생항라 적삼을 금단추로 물려 입고 적삼 앞자락 위로는 금시계줄을 늘였다. 그는 여름에는 답답하다고 우데마키를 차지 않았다.

안승학은 고의적삼 바람으로 머리에는 농립을 쓰고 맨발에 게다를 신었다. 한손으로는 갑출의 손목을 붙들고 간다.

"같이 가요!"

"어서 오라구."

정자나무 밑에 앉았던 사람들은 안승학을 보고 일제히 인사를 한다.

희준이도 그들의 틈에 끼여 앉았다가

"원두막에 나가셔요?"

"아, 자네 논 다 맸는가?"

"네, 일간 매겠어요."

"원두막으로 놀러 좀 와!"

"네, 참외 많이 열렸나요?"

"어디 잘 안 되었어!"

마을 사람들의 시선은 일제히 기생처럼 모양을 차린 숙자에게 쏠렸다.

"흥!"

무슨 의미인지 김선달은 코똥을 뀌며 말 입 같은 입을 벙싯벙싯한다.

원두막 위에는 앞내에서 불어오는 바람이 서늘하게 얼굴을 스친다. 그들은 참외와 수박을 깎아 먹고 나서 머리를 마주 대고 나란히 드러누웠다.

갑출이는 한가운데 앉아서 손장난을 치고 있다.

"에, 참 시원하다. 여기서 한숨 잤으면 좋겠네."

"자지!"

숙자는 별안간 승학의 귀에다 입을 대고 무엇인지 쥐도 못 듣게 한참동안 소곤소곤하며 얼굴에는 긴장한 표정을 지었다.

그들이 나간 뒤에 갑숙이는 빈집을 혼자 지키고 있었다. 행랑어멈은 부엌일을 치우고 나서 보구미를 끼고 들밭으로 김칫거리를 뜯으러 나가더니 금방 있던 덕례까지도 거기를 따라갔는지 슬그머니 어디로 없어지고 말았다.

그의 마음속에는 별안간 회오리바람이 일어났다. 한 점의 *매지구름이 마음 하늘에 둥둥 떠돌자 근심의 소낙비는 폭우로 쏟아진다.

하기 방학은 얼마 남지도 않았는데 만일 경호가 내려와서 여전히 추근추근하게 좇아다니면 어찌할까? 숙자는 지금도 원두막에서 자기 흉을 보고 있는지 모른다. 그런 눈치를 채고 부친한테 고자질을 한다면 아, 만일 그렇게 된다면 자기는 학교도 못 다니게 되고 어떤 비경에 떨어질는지 모르지 않는가? 갑숙이는 발버둥질을 치며 울었다. 그는 다시 턱을 고이고 앉아서 시름없이 먼 산을 건너다보았다.

마음속에서는 여전히 폭풍우가 *설레발을 친다. 그러나 다시금 생각하면 이제 새삼스레 조바심할 것도 아니었다. 그것은 어느 때 발각되든지 조만간에 탄로나고 말 것이다. 자기도 벌써 이와 같은 앞일을 염려하기 때문에 거번에 인순이에게 여직공을 부탁해두지 않았던가? 여차직하면 공장으로 들어갈 결심이 아니었던가!

'그렇다 걱정할 것 없다. 그밖에 더 못 될 것이 무엇이냐!'

그는 이 이상 더 다른 고장만 생기지 않기를 바랄 뿐이었다. 그는 오히려 그때에 임신이 안 된 것을 천행으로 여겼다.

이렇게 마음을 *도슬러 먹고 나니 *적이 가슴속이 후련하다. 비 뒤에 갠 하늘처럼 눈물이

매지구름
비를 머금은 검은 구름 조각.

설레발
몹시 서두르며 부산하게 구는 행동.

도스르다
무슨 일을 하려고 별러서 마음을 다잡다.

적이
꽤 어지간한 정도로.

어린 두 눈은 태양과 같이 반짝인다. 그는 다시 알 수 없는 희망과 인생의 광명을 동경하기 마지않았다.

갑숙이는 마음을 진정하고 부친의 테이블 앞에 걸터앉아서 책꽂이에 꽂힌 사진첩을 뒤적뒤적해보았다. 그는 숙자가 갖은 모양으로 찍은 사진과 부친과 나란히 서서 찍은 사진들을 보고 입술 위로 엷은 미소를 띠었다.

"편지요!"

갑숙이는 사진첩을 들여다보다가 깜짝 놀라서 마루로 뛰어나왔다. 체부는 편지 두 장을 뜰 위로 던지고 나간다.

편지는 동생들에게서 왔다. 그는 한 장만 해도 될 터인데 따로 두 장씩 한 것이 의심난다. 먼저 갑성이가 한 엽서를 본즉 돌아오는 십팔일 날 아침차로 갑준이와 같이 내려간다고 정거장까지 나와 달라는 것이었다. 갑숙이는 기쁜 마음을 걷잡지 못했다.

그는 다시 무심히 갑준이가 한 편지를 새로 뜯어보고 별안간 얼굴에 다홍물을 끼얹었다. 그는 우선 누가 보지 않는가 해서 주위를 한번 둘러보았다. 가슴은 별안간 두방망이질을 한다.

그 편지 속에는 또 한 봉투가 들었는데 그것은 경호의 글씨였다. 그는 보고도 싫고 말고도 싫은 그의 편지를 한동안 주물럭거리다가 뜯어보았다.

그것은 먼저 편지와 같이 사랑을 하소연한 말이었다. 당신을 떠나서는 살 수가 없다는 둥 자기는 변치 않는 사랑을 가지고 있다는 둥 그런데, 당신은 왜 얼음덩이 같으냐고?

'……덧없는 세월은 당신이 떠난 후에 어느덧 달이 두 번째 밝았습니다. 아! 그동안에 나는 얼마나 당신을 보고 싶어 안타까워했는지요?

때로 남쪽 하늘을 바라보아도 거기는 무심한 구름만 오고갈 뿐—깜박이는 별들도 아무 말이 없습니다!'

마치 시속 연애 서간집을 뒤져서 미사여구를 일부러 골라 쓴 것 같은 노골적으로 야비한 말을 늘어놓은 것이 눈썹을 찡그리게 한다. 그리고 글씨도 일부러 곱게 쓰려고 노력을 한 것이라든지 심지어 편지 봉투까지도 자기의 환심을 사려고 애를 쓴 흔적이 나타나 보여서 어쩐지 사내답지 않은 얄미운 생각이 난다.

편지를 다 보고 난 갑숙이는 오히려 그의 입술 위로 조소를 머금었다. 그는 겉봉을 다시 자세히 살펴보니 그것은 갑준의 글씨를 모방해 쓴 것이었다.

별안간 부아가 끓어오르자 그는 경호의 편지를 발기발기 찢어서 입 안에 넣고 한동안 그것을 잘강잘강 씹고 있었다.

갑숙이가 희준이를 보기 전까지는 경호를 그렇게 생각하지 않았다. 자기보다 뛰어난 인물을 보지 못한 여자는 자기를 미인이라고 생각할 수 있는 것처럼 지금까지 접촉한 미혼 남자 중에서는 경호만한 사람도 별로 없다고 보았을 때 그는 은연중 경호를 사모하는 마음이 있었으나 그러나 한번 희준이를 만나본 뒤로부터는 차차 경호에게 부족을 느끼기 시작했다.

잔잔한 바다에 난데없는 풍랑이 일듯이 갑숙이의 마음속은 그때부터 요동했다.

그는 지금 경호의 편지를 솜이 피도록 씹고 있었다. 씹다가는 생각하고 생각하다가는 씹고 편지가 솜 피우듯 일어난다. 입 안에서는 종이 향기와 잉크 냄새가 섞여 난다. 그는 침을 뱉어보았다. 침은 잉크물이 들어서 새파랗게 배어 나왔다.

갑숙이는 입 안에 든 종이솜을 꺼내서 다시 손톱으로 찢었다. 벌써 글씨는 시늉도 없이 없어졌다. 비로소 그는 그것을 수채에 내던지고 공상을 중지하였다.

그는 마루 끝에 동그마니 올라앉았다. 연신 침을 뱉고 나서 그는 놋대야에 물을 떠다 놓고 적삼을 벗었다. 허리 위로 드러난 상반신의 나체는 과년한 처녀의 흰 살결에 파묻혔다.

놋대야

하얀 젖가슴이 도도록하게 드러난 위로는 포도알 같은 젖꼭지가 쌍으로 붙었다. 알맞추 살이 찐 어깨 밑으로는 두 팔이 미끈둥하게 부어 뺀 듯이 육색 좋게 드러났다. 목뒤로는 노란 솜털이 길게 났다. 그는 양치를 하고 나서 비누로 얼굴과 팔뚝을 씻었다. 그리고 물수건으로 등을 문지르고 손으로 젖가슴을 닦았다.

등멱을 감고 나서 그는 손수건을 빨고 있는데 밭에 나갔던 행랑어멈은 김칫거리 열무를 한 보구미 들고 온다.

"벌써 오우, 덕례는 어디 갔다우?"

"여태 밭에 있다가 지금 원두막으로 갔어유."

행랑어멈은 보구미를 부엌 뜰 앞에 내려놓고 마루 끝에 털썩 주저앉는다.

"퍽 더웁지요. 난 등멱했더니 좀 시원한데요."

"*발바당이 뜨거워서 다닐 수가 없어유. 어찌두 날이 끓이는지!"

*뒤제기 발 같은 발등을 들여다본다.

"맨발로 다니니까 그렇지, 좀 쉬시유!"

행랑어멈은 금시로 홀린 듯이 갑숙이의 흰 살결을 쳐다본다.

'어짜면 살결이 저렇게도 흴까? 아주 박 속 같은 걸!'

그는 입속으로 부르짖으며 자기의 오동빛 돋는 팔뚝을 번갈아 보았다.

발바당 '발바닥'의 방언.

뒤제기 '두더지'의 방언

—부지중 그는 한숨이 흘러나왔다.

"참 작은아씨 혼자 나당기시지 말우!"

"왜?"

갑숙이는 수건을 비눗물에 비비다가 손을 멈추고 쳐다본다.

"누가 뭐래요?"

"엊그제 왜 작은아씨가 앞 냇가로 거니시지 않었어유. 그때 아씨가 나으리 보고 좋지 않게 말씀하시던데요."

"그럼 누가 이 복중에 집안에만 들어앉았수. 누가 염병을 앓고 땀을 내던가!"

갑숙이는 발끈 성이 나서 부르짖었다.

"그래도 아씨는 그러시던데요. 또 제가 그런 말씀 했다고 싸우시든 말으셔유."

"싸우긴 그까짓 일로 싸워! 암만 그래야 소용없을걸!"

갑숙이는 수건을 빨아서 줄에 널고 경대 앞으로 가서 빗질을 하고 앉았다. 가슴이 벌떡거린다.

"어멈, 김칫거리 뜯어 왔어?"

숙자가 치맛바람을 내고 들어오는 것을 보고 어멈은 깜짝 놀라며 얼른 일어나면서

"네, 뜯어 왔어유 아씨! 원두막에 갔다 오셔유?"

"아이, 더워라! 거기서 들어오는데 또 땀이 흠씬 찼겠지. 원두막은 퍽 시원하더라! 어서 가봐라!"

"서울서 편지 왔군요. 걔들이 십팔일 날 온다구!"

"응! 십팔일 날?"

갑숙이는 숙자에게 성난 눈치를 보이지 않으려고 그길로 원두막으

로 나갔다. 정자나무 밑에서 희준이와 시선을 마주치자 그는 고개를 숙이고 그 앞으로 가만히 지나갔다.

그는 원두막을 당도할 때까지 공연히 가슴이 몹시 뛰었다.

16. 중학생

유순경이 아들딸을 데리고 서울에서 딴 살림을 시작하기는 벌써 사 년 전 봄이었다.

순경이는 사십이 넘은 *갈걍갈걍하게 생긴 여자인데 여자의 키로는 중키가 넘을 것 같다. 갑숙이는 그의 모친을 닮아서 부친보다도 키가 크다. 순경이는 갖은 풍상을 많이 겪어서 그런지 얼굴에도 살이 쪽 빠지고 오십이 *불원한 여자처럼 주름살이 잡혔다.

갈걍갈걍하다
얼굴이 파리하고 몸이 여윈듯하나 단단하고 굳센 기상이 있다.

불원(不遠)하다
거리나 사이가 멀지 않다.

지금은 살기가 넉넉하지만 근 이십 년 전만 해도 토막 속에서 마련 없이 지났다. 그때—조석을 편히 굶을 때, 이러니저러니해도 친정 덕을 보고 산 셈이다.

개구리가 올챙이적 생각을 못한다고 안승학은 그런 생각은 꿈에도 없다. 그는 관청에 다닌 뒤로 차차 형세가 나아지자 여자를 주섬주섬 얻어 들이기 시작하면서부터는 도리어 자기를, 친정으로 재물이나 빼돌리지 않는가 싶어 의심을 품는 모양이다. 그런 눈치를 채고 순경이는 친정과 발을 끊었다.

돈을 지독하게 아는 위인이 계집은 왜 그리 주워 들이는지 모른다. 자식 넷이 저의 모친은 모두 각각이 아닌가! 순경이는 밤에 자다가도 그런 생각이 들면 저절로 웃음이 나왔다.

갑성이 모친은 장터에 있는 술장사 딸이었다. 그는 친정살이를 왔다가 승학이와 눈이 맞아서 그렇게 되었는데 그가 갑성이를 밴 줄 알자 남편은 돈을 들이고 본부한테서 떼어 왔다.

그때부터 두 집 살림을 배치한 것인데 이날 이때까지 자기는 남편을 뺏기고 말았다. 그 뒤에 남편은 읍내 요리점에 있는 어떤 기생과 또 관계를 맺고 죽자 살자 하는 꼴을 보매 먼저 여자는 갑성이를 떼놓고 나가버렸다. 겨우 돌 지난 갑성이는 자기가 맡아서 길러냈다. 승학은 그 기생을 떼다가 살더니만 또다시 갑준 어머니를 얻어 들였다.

갑준이 모친은 아주 숫처녀다. 남편은 그때 며칠 동안 촌으로 출장을 나갔다가 돌아오는 길에 난데없는 웬 가마 한 채를 앞세우고 밤중에 들어오는데 가마 안에서 꽃 같은 색시가 *전반 같은 머리를 땋고 나왔다.

전반(剪板) 같다
여자의 땋은 머리가 숱이 많고 치렁치렁함을 비유적으로 이르는 말.

그때 순경이는 하도 어이가 없어서

"이게 웬 색시라우?"

하니까 승학은 기급을 해서 두 손을 내저으며 순경의 귀에 입을 대고 이렇게 소곤거렸다.

"쉬—내가 살려고 데려왔어! 내일 *낭자를 얹어주라구!"

낭자
여자의 예장(禮裝)에 쓰는 딴머리의 하나. 쪽 찐 머리 위에 덧대어 얹고 긴 비녀를 꽂는다.

그날 밤에 순경이는 갑숙이 남매를 앞세우고 친정으로 달아났다.

이 바람에 먼저 기생이 또 풍파를 내고 나가버린 후 집안은 한동안 구순한 것 같더니 처녀는 갑준이를 낳고 나서 아이가 돌이 채 되기 전에 덜컥 죽었다. 그가 죽으매 갑준이는 또한 자기 차례로 오고 남편은

또다시 기생 오입을 시작했다. 그렇게 몇 다리를 건너오다가 지금의 숙자한테로 떨어지고 만 것이다.

안승학은 숙자의 몸에서 갑출이를 낳기 전까지도 여자의 *주전부리를 쉬지 않았다. 몇 해 전까지도 남의 유부녀를 떼어다가 둘 곳이 없으니까 순경이의 집으로 갖다가 감추고는 토요일마다 서울을 올라 다녔다. 그 눈치를 채고 숙자가 쫓아 올라와서 저희들끼리 두발부리를 하며 대판으로 싸우는 통에 별안간 온 집안은 발끈 뒤집혔다. 그들은 서로 나가라고 악을 쓰며 머리채를 꺼두르고 방망이 찜질을 하며 굉장하게 싸웠다.

주전부리
때를 가리지 않고 군음식을 자꾸 먹음. 또는 남의 사람과 관계하여 성욕을 채우는 일을 속되게 이르는 말.

그때 순경은 어쩔 줄을 모르고 벌벌 떨면서 말려보다가 나중에는 구경꾼처럼 웃고만 있지 않았던가!

승학은 그때 어느 편을 들어야 할는지 몰라서 어안이 벙벙해 있다가 싸움판이 점점 커지니까 그만 몰래 도망질을 쳤다. 그들은 하룻밤 하루 낮을 싸우고 나더니 새로 들어온 여자가 배알이 틀려서 한바탕 *왜장을 치고 나갔다.

왜장치다
쓸데없이 큰 소리로 마구 떠들다.

"에이, 드런 연놈들 같으니. 개 같은 연놈들끼리 잘 살아라! 사내놈은 처첩을 거느린 놈이 다시 또 계집을 얻는 그런 ××××놈이 어디 있으며 계집년도 남의 첩으로 돌아다니면서 *건강짜를 하는 그런 기급할 년이 어디 있어? 이년아! 너 같은 년이 끼여 있는 줄을 알았으면 네 할미가 와서 떡 해놓고 빌어도 난 안 살겠다!"

건강짜
이유없이 부리는 강짜.

그때 망신을 톡톡히 당하고 나서 그랬던지 승학은 그 뒤로는 다시 계집질을 하지 않았다. 하긴 그 뒤로 관청을 떨려 나오고 나이도 인제는 오십이 불원하였지마는.

재동 막바지 오른편으로 있는 순경의 집에는 중학생들이 왕개미떼같이 쑤알거리며 집 안이 떠나가도록 떠들썩하다. 그들은 오늘부터 하기 방학이 된 것이다.

순경의 집에는 기숙생이 사오 인 있었다. 거기에 자기집 아이들을 합치면 칠팔 명 학생들이 날마다 *복대기를 쳤다.

복대기
들볶이는 일.

그들은 내일 아침차로 모두 고향에 돌아간다고 벌써부터 짐을 싼다, 무엇을 사들인다, 빨래를 한다, 편지를 부친다 하고 갖은 부산을 떨었다. 경호는 남몰래 양과자를 사다 두었다.

"어머니 우리들도 내일 아침에 내려갈라우."

"그래라, 다들 가거라!"

갑성이는 순경이를 친어머니처럼 따른다.

"아니, 그럼 아주머니 혼자 계시게!"

"혼자 있으면 조용하고 좋지."

"하하 참 우리가 죄다 떠나면 집안이 적적할걸!"

"너무 조용해서 심심하실 걸!"

"에, 좋다. 인제 한 달 동안 실컷 놀아 붙이자."

"나는 밑진 잠 좀 실컷 자야겠다."

"이 자식아, *소대성이냐 잠만 자게!"

"나는 집에 가서 며칠 있다가 일심사 절로 올라가겠다."

"참, 일심사(一心寺) 중이 경호의 수양아범이라지?"

갑성이가 경호에게 이런 말을 던지니까 여러 학생들은 일시에 와그르르하고 웃는다.

"에이 미친놈, 건 거짓말이야."

경호는 일고 오 학년을 다니고 갑성이는 양정 삼 학년을 그리고 갑준이는 이고 이 학년을 다녔다.

"아니여. 수양아버지는 몰라도 경호를 일심사에 불공하고 났다는 말은 나도 들은 듯해여."

순경이가 하는 말에 여러 학생들은 경호를 *읏살렸다.

"그럼 너 아부지가 바로 중이구나. 왜 그런고 하면 부처가 너를 만들었다 하니까로 부처님 자식은 즉 중의 자식이란 말이다. 하하하!"

"저 자식은 또 *리구쓰를 늘어놓는다. 얘 이 자식아, 너 그런 공식을 어디서 배웠니? 너는 그럼 예수쟁이 학교를 다니며 하나님 아버지란다고 목사를 죄다 네 애비로 삼으려니? 하나님 아들이 곧 목사의 아들이냐 말야? 이 자식아!"

하고 경호는 경신학교 삼 학년을 다니는 경상도 학생인 전도의 말을 반박했다.

소대성
고전 소설 「소대성전」의 주인공. 잠이 몹시 많은 사람을 비유적으로 이르는 말.

읏살리다
남을 마구 놀려 주거나 집적거리다.

리구쓰(りくつ)
'핑계'의 일본말.

키가 작고 딱 바라진 전도는 부채를 든 팔을 펴서 경호의 말을 막으며

"얘야 봐라! 그건 안 될 말이다. 그러기에 나는 하나님을 믿지도 않고 우리 부모가 나를 낳으려고 하나님께 기도드린 일도 없단 말이다. 하지만도 너로 말하면 일심사 부처님 앞에 빌어서 *어시호 네가 생겨났다 하니까 너는 부처님이 만든 셈이 되고 중이 만든 셈이 아닌가! 왜 그런고 하면 우리같이 신불을 믿지 않는 사람의 안목으로 볼 때에는 아니 한 걸음 더 나가서 과학적 *유물론으로 볼 때에는 신이나 불이 기적을 베푼다는 것은 전혀 비과학적인 미신이니까. 그렇다면 신불 그 자체부터 존재할 수가 없으니까. 그런 우상이 사람이 만들 수 없는 것은 또한 정한 이치인즉! 하하하 그러므로 너는 중의 자식이 분명하단 말이다. 안 그런가? 이 사람들아! 하하하."

어시호(於是乎)
이제야. 또는 이에 있어서.

유물론
물질을 제1차적·근본적인 실재로 생각하고, 마음이나 정신을 부차적·파생적인 것으로 보는 철학사상.

"하하하 그렇다! 그렇다!"

경호는 머리를 긁으며 미안한 듯이 부르짖는다.

"아주머니는 공연히 그런 말씀을 하셔서 저 자식이 또 *이어중을 까게 해."

이어중(異於衆)
무리 가운데에서 뛰어남.

"아니 그건 그렇지 않지. 어디 부처가 만들었다는 것인가, 삼신이 점지했단 말이지."

"그러나저러나 일반입니다. 삼신이란 게 어디 있는 겐가요."

"늬 어머니가 불공을 갔다가……."

"에이, 미친 자식!"

경호는 얼른 전도의 입을 틀어막았다. 그들은 저녁에 오래 못 볼 활동사진을 보러 갔다가 밤늦게야 돌아왔다.

이튿날 학생들은 아침을 일찍이 서둘러 먹고 제각기 고향을 찾아서 정거장으로 흩어졌다. 어떤 학생은 공복으로 첫새벽에 떠나기도 하였

다. 갑성이네 형제와 경호와 경상도 학생은 일곱 시 차를 타러 행구(行具)를 짊어지고 남대문 밖으로 나갔다.

경부선 기차 안에는 각처로 내려가는 학생들이 새까맣게 들어차서 까마귀떼처럼 지저귄다. 갑성이의 일행도 한 구석을 비집고 들어서서 우선 제각기 행구를 선반 위에 올려놓았다.

"얘, 이 문둥아 자리 없어. 이거 큰일이다."

"수원까지만 서서 가면 된다."

구석구석에서 학생들의 웃음소리, 떠드는 소리와 함께 그 좁은 속에서도 장난을 치며, 주먹질, 발길질을 해서 차 안은 완연히 그들이 점령한 것 같다. 청춘의 왕성한 혈기는 그들을 생선처럼 뛰게 한다.

차가 어느덧 용산역을 지나가자 그들은 차창 밖으로 고개를 내밀고 일시에 고함을 쳤다.

"저 한강 봐라! 철교가 *이마받이를 한다!"

일제 때의 한강 철교 모습

이마받이
이마로 부딪침. 또는 그럴 정도로 몹시 가까운 상태.

안빵(あんパン)
'팥빵'의 일본말.

그들은 한참동안을 떠들고 나더니 인제는 무엇들을 먹기 시작한다. 서로 행장을 뒤지는 대로 갖은 과실이 쏟아져 나온다. 어떤 학생은 *안빵을 통째로 입 안에 넣고 두 볼이 메어지도록 눈을 홉뜨고 씹는다. 능금을 그대로 들고 먹는 이도 있다. 갑성이 일행도 실과를 꺼내 먹기 시작했다. 그들은 큰 정거장을 지날 때마다 서로 먹을 것을 사들였다.

"얘, 이번에는 네가 참외를 한턱해라!"

"그래, 난 참외를 살 테니 넌 수박을 사내라!"

이렇게 먹다가는 떠들고 떠들기가 싫증나면 다시 먹는 것이었다. 다른 승객들은 그들의 하는 것을 보고 모두들 웃는다. 귀엽게 보는 축도 있었으나, 성가시게 여기는 이도 있었다.

"에—사람이란 저만 때가 좋은데, 우리는 인제 늙었지."

"그러기에 중학 시절이 제일 좋거든."

중년의 양복쟁이 한 패는 학생들의 활발한 기상을 부러워하는 표정으로 건너다본다.

"그런데 우리는 중학 시절을 못 당해 보았으니."

차는 그동안에 T역까지는 한 정거장을 남기고 다시 떠났다.

"야, 벌써 다 왔구나!"

"참 빠르구나! 이야기를 하며 오니까 더 빠른 것 같은데."

갑성이 형제와 경호는 행구를 수습하기 시작한다.

"야, 이 문둥아 너 올라올 때 대구 능금을 사와야 한다."

"그러마. 늬들은 *세깡마까를 사오너라."

세깡마까
참외의 한 종류.

기차가 T역에 도착하자 갑성이 일행은 행구를 들고 차에서 뛰어내렸다.

"잘 가거라!"

"그래, 잘들 있거라!"

정거장 출구에는 갑숙이가 나와 섰다. 경호의 집에서도 짐꾼이 나왔다.

"뉘—나 왔소!"

갑성이와 갑준이는 차표를 주고 나오며 갑숙이를 반가이 맞았다.

"안녕하셨어요?"

"네! 안녕히!"

경호의 시선이 마주치자 갑숙이는 고개를 숙여서 간신히 답례를 한다. 그는 어쩐지 경호가 아주 낯선 사람같이 서름서름한 생각이 났다.

무어라고 말할 수 없는 야릇한 기분이 순간에 떠올라서 견딜 수 없었다.

그들은 제각기 짐을 챙기자 정거장 밖으로 걸어 나왔다. 경호는 자기 집에서 나온 짐꾼에게는 먼저 가라고 이르고 나서 자기는 갑성이 일행을 따라갔다.

"병환은 좀 나신가요?"

"네!"

"왜 편지 답장도 안 하셔요?"

"……."

"그저께 편지도 보셨지요?"

"네……."

경호는 갑성이와 갑준이가 변소에 간 틈을 타서 잠깐 동안—이런 대화를 도적질하듯 하였다. 그는 가슴이 뛰기 시작한다.

오정이 가까운 태양은 도가니 속같이 달아올랐다. 그들은 정거장통의 긴 골목을 지나서 서로 길이 갈릴 무렵에

"자, 그럼 낼 만나자!"

"네가 우리 집으로 오너라!"

"참 네 집에는 원두막을 지었다지?"

"그래, 참외 먹으러 나오너라."

"응! 그러마."

경호는 안타까운 시선으로 넌지시 갑숙이를 작별하였다. 갑숙이는 그의 시선을 피하며 살짝 얼굴을 붉혔다.

어머니가 각각인 갑숙이의 삼 남매는 손가방과 바스켓과 책보를 하나씩 들고 원터 앞내를 건너서 곧장 집으로 들어가려니까

"얘들아! 이리 와, 이리 와."

하고 원두막 위에서 승학이가 손짓을 하며 부른다.

"아버지가 부르신다. 원두막으로 가자!"

"뉘! 참외 많이 열렸수?"

"많이 열렸단다."

"참외 좀 먹고 갈까."

어머니가 각각인 그들은 얼굴도 모두 각각이었다. 그들이 원두막으로 들어가니 부친은 수박을 쪼개놓고 먹다가 어서들 올라오라고 연신 재촉을 하면서 한옆으로 자리를 비켜 앉는다.

"갑출이 잘 있었나? 과자 좀 주랴?"

아들들은 원두막 위로 올라와서 부친에게 모자를 벗고 절을 한다. 갑준이는 절을 하고 나자 바스켓을 열고 나서 과자 봉지를 꺼내어 동생을 주었다.

"어서들 옷 벗고 땀 들여가지고 수박들 먹어라! 갑숙이 너도."

"난 먹기 싫여!"

"왜? 지금도 골치가 아프냐?"

"아니요, 괜……."

"그럼 왜? 사람이 왜 그리 시부정찮으냐? 쭈그렁 밤송이처럼……."

승학은 딸을 노리고 쏘아보며 속으로는 이런 생각을 하고 있었다.

'저 계집애가 암만해도 수상한데! 단순한 신경쇠약이 아니라 아마 무슨 번민이 있지? 그렇다면 *과년 찬 계집애들의 번민이란 대체 무엇일까? 연애병?'

안승학은 별안간 *살쐐기가 온몸에 일었다.

'그럼 큰일인걸! 어디 한번 넌지시 *중정을 떠볼까?'

승학은 일부러 큰기침을 하고 나서 턱을 가까이 쳐들고

과년
여자 나이가 혼인할 시기를 지난 상태에 있음.

살쐐기
여름에 생기는 피부병의 한가지. 가볍고 따끔거림.

중정(中情)
가슴 속에 맺힌 감정이나 생각.

"너 무슨 번민 있니?"

전광 같은 시선을 쏘며 창졸간 묻는 바람에 갑숙이는 잠깐 당황한 기색을 띤다.

"번민은 무슨 번민이요! 골치가 가끔 아파서 그라지요."

"골치가 왜 아프다니? 공연히 아파?"

"왜 아픈지 누가 알아요."

갑숙이는 별안간 머리를 두 무릎 위로 숙이고 손수건으로 눈물을 씻는다.

"하하하, 그랬다고 울어? 원 못생긴 것두. 애비가 걱정스러워서 묻는 말인데."

"……"

"그만두고 수박 먹으라구. 갑출아, 과자 좀 누나 안 주나."

갑출이는 과자 봉지를 쥔 채로 몸을 흔든다. 그는 밥상에 간장종지처럼 아버지를 노상 따라다녔다.

갑출이의 몸짓하는 것이 우스워서 갑숙이는 그만 웃음을 내뿜었다.

"호호호! 갑출이 돼지!"

"뉘가 돼지야."

"하하하. 예끼 놈!"

"퉈—"

갑성이가 욕을 하니가 갑출이는 그의 얼굴에 침을 뱉는다.

"하하하."

"얘들아, 고만 들어가자. 점심을 먹어야지!"

승학은 적삼을 입고 일어나서 원두막 아래로 내려오며 *글밭을 매고 있는 아범을 부른다.

글밭
'그루밭'의 준말.

"아범—"

"네—"

"점심 먹으러 올 때 노랑 참외 한 망태기만 따 와! 수박하고."

"네."

승학은 얼굴이 각각인 사 남매를 앞세우고 마을 안으로 들어왔다. 숙자가 우르르 나오며

"왜 인제들 오니?"

"작은어머니 안녕하셔요."

갑성이 형제는 모자를 벗고 허리를 굽혔다.

"원두막에 있다 왔어. 어서 점심 지라구!"

"잘들 있었니? 어머니도 안녕하시고. 어서들 올라가거라. 배들 고프겠구나."

숙자는 원래 인사성은 놀라웠다.

"어서 밥 지어. 고기 좀 사오고 떡도 좀 하라구!"

별안간 집안은 떠들썩하였다.

숙자는 행주치마를 두르고 이리 갔다, 저리 갔다 하며 연신 덕례를 부른다 어멈을 부른다 하며 있는 대로 *뒤스럭을 떨었다.

뒤스럭
언행이 수다스럽고 부산하며 변덕스러운 모양.

갑숙이는 공연히 건성으로 외면치레만 하는 그 꼴이 속으로 우스워서 견딜 수가 없었다.

미스꼬시 백화점

안승학은 저녁 때 아들들을 위하여 다과회를 열었다. 넓은 대청에 돗자리 두 닢을 마주 깔고 거기다가 옻칠을 윤나게 한 식탁을 갖다 놓았다. 그는 그 언제 서울 간 길에 미쓰꼬시 데파트를 구경 갔다가 이 상을 칠 원 오십 전에 사왔

다. 거기에다 얼음에 채운 참외 수박과 과자 등속을 수북하게 올려놓고 한옆으로 놓인 화로에는 주전자에 찻물을 끓인다. 밀크와 각사탕은 차반 앞에 놓았다. 그는 상을 그대로 놓기가 무미하다고 서양 백합을 심은 화분 한 개를 한가운데 올려놓았다.

"자, 인젠 맘대로들 먹으라구, 당신도 먹어!"

"아주 참 손님 대접하는 것 같은데! 호호호."

"개명한 사람들은 제 식구끼리라도 오래간만에 만나면 그렇게 하는 법이야."

승학은 숙자를 마주 쳐다보며 웃다가 과자 한 개를 집으며

"그런데 뉘들 공부 잘했니?"

"네, 잘했지요."

"또, 너도……."

"잘 했어요."

"형은 운동선수랍니다."

갑준이는 동그란 얼굴을 쳐들며 부친을 보고 씩 웃는다. 승학은 속으로 이런 생각을 하였다.

'저 애는 똑 제 어미 바탕이야! 미상불 궐녀의 동그란 얼굴에 내가 반했더니. 어째 그렇게 요사를 했던지? 내가 너무…… 한데 큰놈도 똑 제 어미를 빼쐈지! 제 어미가 말승냥이 같더니 자식도 운동선수가 됐군…… 그건 지금 어디 가서 어떻게 사는지? 저도 인제 늙었을걸…….'

"누가 늙었어?"

숙자가 묻는 바람에 안승학은 깜짝 놀라서 머리를 긁으며

"아니야! 저…… 아따 무엇이든지 잘만 하면 고만이지, 도적질도 잘만 하면 고만이거든. 안 할 말로 말야! 그런데 운동도 잘 하면 돈 생기니?"

"그럼, 생기고 말고요."

"응! 그래, 돈 생길 공부라면 잘해야지. 그저 지금 세상은 돈이 제일이니라. 공부도 돈 벌기 위해서 하는 건데 뭐."

"공부는 사람 되라고 하는 거 아닌가요."

갑준이가 수박을 들고 먹으며 불복인 듯이 부친의 말을 받는다.

"천만에 돈이 없으면 사람 꼴이 못 되거든. 너 봐라, 거지를 누가 사람으로 치던!"

"겉만 사람을 꾸미고 속은 짐성 같으면 그건 또 사람인가요?"

이번에는 갑성이가 부친의 말대꾸를 하였다. 갑숙이는 혼자 웃고만 있다.

"늬들도 사람은 원숭이가 되었다면서? 인제는 사람이 원숭이가 되는 시대란 말야. 사람은 저 될 대로 다 되었으니까 인제는 거꾸로 되거든!"

"아 어째서 그래요. 아니요, 아니요."

하고 두 아이들은 손뼉을 치고 웃는다.

"그런 사람이 죄다 원숭이로 되면 그때는 또 무에 되나요?"

"응! 그때는 다시 원숭이가 사람 되지."

"하하하! 얼네—참!"

승학은 싱글싱글 웃으며 가재수염을 한 손으로 배배 꼬다가

"얘들아, 아닌가 봐라. 늬들 말로 당초에 인간이 생긴 제는 아주 몇 십만 년 전이라고 한다지? 그랬지? *아레와 우소다 게레도모. 그렇다면 몇 십만 년이나 된 사람이 오늘까지 참사람이 못 되었다면 그게 언제 되느냐 말야? 그러니까 사람은 도로 원숭이가 된단 말이지. 저—개명했다는 서양놈들 봐라. 모두 털이 노란 게 원숭이 같지 않은가? 하하하."

아레와 우소다 게레도모 '그것은 거짓말이지만'의 일본말.

"아, 그건…… 그건, 사람들이 우매해서 일반 사회가 문화적으로 발전하지 못했으니까 그렇지요. 다시 말하면 인간에 가난이 있어서 그것만 없이 하면!"

"누가 없애니?"

"사람이 없애지요."

"조물주가 만든 것을 사람이 없애여. 얘들아, 들어봐라! 이 천지만물에는 모두 음양 상극이 있는 게야. 기는 놈이 있으면 뛰는 놈도 있고, 뛰는 놈이 있으면 또 나는 놈이 있거든. 높은 산이 있는 동시에 깊은 바다가 있지 않느냐? 그래서 사람에게도 남녀가 있고 선악이 있고 빈부가 있는데, 아니 가난이 없으면 누가 노동을 하겠니. 모두 게을러서 제 집 안방에만 자빠졌게."

"하하하, 아니요 아니요! 사람이 만든 것을 사람이 왜 못 없애요!"

"그래서 당신도 원숭이가 되느라고 원숭이 다리처럼 털이 저렇게 났구려! 호호호."

숙자의 말에 세 학생들은 와—하고 웃음통이 터지며 데굴데굴 뒹굴었다.

"요새 젊은 애들은 노인의 말을 곧이 안 들어서 큰일이야. 얘들아! 저—"

승학은 무슨 말을 또 꺼내려 하는데 숙자는 승학의 털 난 다리를 보고 점도록 킬킬거리며 웃는다.

"왜 이리 웃어! 얘 네 눈은 *살가지 눈이야."

"내 눈이 왜 살가지 눈이여!"

"아니면 뭐야! 허허허!"

"그럼 또 어째!"

살가지
'살쾡이'의 방언.

"어짜긴 누가 어짠댔나. 원숭이와 살가지는 사촌 격이란 말이지! 허허허 건 농담이고 뉘들도 저 박훈이를 알겠구나."

"박선생님 말이지요. ㅇㅇ신문사 다니는?"

"그래. 참 그 사람으로 말하면 우리와 같이 학교에 다닐 때 공부도 잘했지. 그렇던 사람이 공연히 *발락꾼이 되어서 돌아다니더니만 인제는 지쳤는 게야. 겨우 신문사에서 빌어먹는다지. 그 사람도 그 짓만 안 했더면 지금쯤은 돈냥이나 착실히 밀렸을 터인데 기미년 이후에 금융조합 서기를 내놓았겠다. 흥, 지금까지만 붙들고 있었더면 그 사람은 벌써 이사가 되었을걸."

발락꾼
발록구니. 하는 일이 없이 놀면서 돌아다니는 사람.

"금융조합 이사가 그리 장한가요?"

갑준이는 부친의 말을 하찮게 받아 챈다.

"흥! 이사면 고만이지. 실속은 도지사보다 낫단다. 돈을 만지거든! 그런데 그 사람은 공연히 난봉이 나가지고 성명까지 난봉이 나서 한 자를 떼내버렸다나. 박일훈(朴一勳)이를 고만 일 자는 빼고 박훈이라고 한다지? 그 착한 아내까지 이혼을 하고 연애인지 몽둥인지 하느라고."

"그게 난봉난 게유? 사회에 나서서 사업하는 게지요."

"사업이 무슨 사업이야. 수신제가 연후에 치국평천하인데 이건 제가는커녕 수신도 못하는 위인들이 주제넘게 무슨 일이야, 일이! 우리 동네 희준이가 똑 그 사람을 닮아가지…… 그 사람도 아직 이혼은 안 했지만 참 어째서 이혼을 안 했는지 몰라. 아이구, 그 동경, 대판이나 서양 갔다 온 놈들 툭하면 이혼하는 꼴이라니! 기급을 할 놈들!"

승학이가 희준이를 미워하는 까닭은 또 한 가지 이유가 있다. 갑숙이가 집에 와 있으니까 혹시 그와 어떤 밀접한 교제나 있지 않을까 해서 미리부터 방패막이를 하자는 심산이다. 갑숙이는 부친의 말이 듣기 싫어서 연신 눈살을 찌푸리며 고개를 숙였다.

"당신도 남의 말 할 입이 있수?"

숙자가 의미 있게 쳐다보며 별안간 눈총을 준다.

"왜? 내가 어째서?"

"글쎄 참, 아버지가 박선생님만이나 하시래유."

"왜 내가 뉘만 못하냐 이놈들!"

"아니 당신을 못났다는 것이 아니라 호호호! 여편네를 뉘만치 못 얻어 들여서 그러냐 말이지."

승학은 우유차를 두어 모금 홀짝홀짝 마시고 나서

"허! 그건 말이야, 그러기에 나는 이혼은 안 했거든! 예전 법대로 하는 것은 조금도 죄가 아니야."

숙자는 별안간 상혈이 되어서 부르짖는다.

"왜 죄가 아냐! 나도 이렇게 살기는 하지만두 말이야. 바른대로 말이지, 한 사내가 두셋씩 계집을 데리고 사는 것은 틀린 수작이야. 그럴 테면 이혼을 하고 의합하게 두 내외끼리 사는 것이 정당하지 뭐!"

승학은 숙자의 성난 눈치를 채자 임기응변으로 *어리손을 친다.

"그건 또 무슨 소리야! 일부일부라도 서방질하는 년들은 어짜구! 내, 이야기 하나 할게 들어볼라나. 예전에 어떤 남녀가 있는데 남자는 계집을 열 번 얻고, 여자도 시집을 열 번 갔었더래. 죽어서 저승에를 갔는데 염라대왕이 먼저 남자를 불러 세우고 하는 말이 너는 계집을 열 번이나 얻어 살았다니 그런 갸륵한 일이 없구나. 한 계집에게 저고리 한 감씩이라도 떠다 입혔을 것이니, 그런 적선이 없어. 그러니 너는 극락으로 가고."

(아이들이 킬킬거리며 웃는다.)

어리손
'엉너리'의 방언. 남에게 환심을 얻으려 그럴듯하게 꾀어 넘기는 말이나 솜씨.

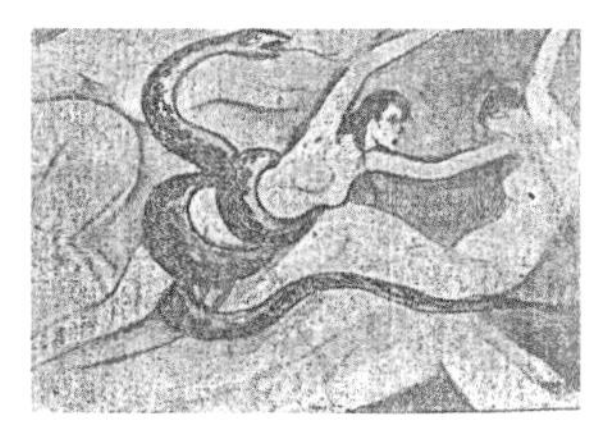
연재 당시 삽화

"그 다음에 여자를 불러놓고 하는 말이 너는 서방을 열 번이나 해 갔다니 천하에 몹쓸 년이다. 열 사내의 등골을 수없이 빨아먹었을 테니 그런 적악이 없지 않느냐! 너는 지옥으로 가거라. 그래 그 여자는 지옥으로 보냈다는 이야기야! 그런데 여자를 많이 얻은 것이 무슨 죄냐 말야!"

숙자는 기가 막혀서 승학을 얼없이 쳐다보다가

"아이구, 난 무슨 이야기라구! 그럼 당신도 죽어서 극락으로 가시겠구려!"

"암!"

"암이고 어린애 먹던 턱찌끼고 다 듣기 싫소. 아마 염라대왕도 당신 같은 게지……."

"뭐? 누가 꾸며댄 줄 아나, 그건 예전부터 있는 이야기야."

"듣기 싫소 여보, 그까짓 소리……."

숙자는 눈초리가 꼬부장하게 성이 났는데 갑숙이는 웃음을 참을 수 없어서 수건으로 입을 가리고 돌아앉았다.

17. 청춘의 꿈

그날 밤에 희준이가 집으로 돌아오는 길에 그들의 눈치를 본 것뿐인데 인동이와 방개의 관계는 누구의 입에서 소문이 났는지 바람에 불려 산골짜기로 떨어진 낙엽처럼 이 사람 입에서 굴리고 저 사람 입에서 굴려서 온 동리의 집집을 뺑뺑 돌아다니다가 맨 나중에는 막동이의 귓속으로 총알같이 들어왔다.

그렇지 않아도 지난 봄내로 방개의 태도가 달라진 데 수상한 생각을 가지고 있던 차에 급기야 알고 본즉 이런 일이 있지 않은가.

그는 그 말을 들을 때에 불같이 성이 나서 어쩔 줄을 몰랐다.

"연놈들을 대매에 쳐 죽여야."

그 말을 옮긴 사람이 빙그레 웃으며

"무얼 임자 없는 실과는 아무나 따 먹어도 좋지 않은가."

"어째 그래요. 개똥참외도 먼저 맡은 사람이 임자인데요."

"그럼 한번 해보려무나 허허허. 그러나 인동이는 아마

개똥참외

만만치 않을라. 기 애가 작년보다 무척 컸더라!"

"제까짓 자식이 크면 얼마나 컸을까."

막동이는 말로는 대포를 놓았으나 속으로는 좀 켕겼다.

그날 저녁에 막동이는 방개를 찾아갔다. 그는 방개를 만나서 처음에 뭐라고 말을 꺼내야 좋을지 몰라서 걸어가며 곰곰이 생각해 보았다. 방개와의 관계는 그 집 식구들도 알기는 하지마는 그들이 있는 데서는 차마 물어볼 용기가 나지 않는다. 그렇다면 그를 밖으로 데리고 나와야겠는데 만일 그런 눈치를 채고 나오지 않는다면 그때는 어떻게 할까? 머리채를 훔쳐 잡고 끌고 나올 것인가.

그런데 막동이가 막 방개의 집을 당도하려니까 다행히 방개는 누구를 기다리는지 아랫대를 내려다보며 길가에 혼자 나와 섰다.

'그 자식을 기다리고 있는 게지!'

문득 이런 생각은 막동이로 하여금 더욱 질투의 불길을 솟구치게 한다.

"방개야!"

방개는 한 발을 주춤하며 놀란 사람처럼 막동이를 쳐다본다.

"뭐?"

"저리로 좀 가자."

막동이의 목소리는 거칠다.

"어디를 가?"

"너한테 할 말이 있어 그래."

"여기서 말하렴."

"너 요새 달라졌구나."

방개는 침을 뱉으며 한 걸음을 뒤로 물러선다.

“너 요새, 인…… 인동이와 좋아 지낸다더구나.”

막동이는 온몸이 떨리고 말소리까지 떨려 나온다.

“누가 그러디? 흐…….”

“왜 이래! 본 사람이 다 있어.”

“누가 봐?”

“본 사람을 대야겠니?”

“거짓말 마라!”

“요런. 너 그럼 내 말 왜 안 듣니?”

막동이는 주먹을 쳐든다. 방개는 몸을 피하며

“듣기 싫으니까 안 듣지!”

“뭣이 어째? 그래 못 듣겠니.”

“난 못 듣겠다.”

“어…… 어째 못 듣겠니?”

“나도 모른다.”

말이 떨어지자 막동이의 손은 방개의 머리채를 움켜쥐고 내둘렀다. 방개는 한 바퀴를 핑그르르 돌아서 엎어졌다가 발끈 일어서더니 막동이에게로 마주 대들며

“이 새끼야, 왜 때리니? 뉘의 머리를 끄내두르니? 내가 네 계집이야? 이놈의 새끼!”

하고 사내의 앙가슴을 쥐어뜯는다. 그는 막동이가 뿌리치는 대로 덤비며 할퀴고 물고 하였다.

“이게 왜 대들어. 드런 년 같으니.”

“이 새끼야, 네가 드런 놈이다. 제 계집도 싫으면 달아나는데, 넌 싫대두 왜 그래! 계집애라구 내가 만만하더냐! 남이야 좋든 말든 네가 무

슨 상관이냐?"

"뭐?…… 뭣이 어째? 인동이가 무서워서…… 조런 간나위 같은 년!"

"조런 *재리가 차갈 자식!"

재리
나이 어린 땅꾼.

"방개야, 왜 그러니 응! 어디서 뉘랑 싸우니 응?"

백룡이 모친은 별안간 방개의 울음소리를 듣고 뛰어나온다. 그가 똥바가지를 뒤집어쓴 뒤로는 한동안 부끄러워서 이웃 간에 마실도 잘 다니지 않고 씨암탉처럼 집안에서 뱅뱅 돌고 있었다.

갑성이와 갑준이는 내려오던 이튿날부터 원두막에 나가서 밤에도 잤다.

원두막은 승학이가 한여름 동안을 피서하기 위하여 일부러 지은 까닭에 천장도 드높고 칸수도 넓었다. 거기에는 이 인용의 모기장을 치고도 넉넉히 잘 만하다. 그것은 마치 침상 위에서 자는 것과 같이 잠자리가 편하고 또한 시원하였다. 더구나 이마적은 달밤이라 저녁에 앞내에서 멱을 감고 와서 참외나 수박을 깨뜨려 먹고 달빛이 비치는 모기장 속에는 자는 취미라니 삼방 약수터도 이에서 더 상쾌할 것 같지 않다.

갑숙이도 저녁 바람에 가끔 와서 놀다 들어갔다. 그런 때는 갑성이 형제가 번갈아가며 누이를 전송해주는 책임을 맡아 보았다. 그들은 부친이 아직까지 갑숙이를 어린애로 보는지 자기들을 따라다니게 하는 것이 우스웠다.

원두막에는 경호도 가끔 놀러 왔다. 안승학은 경호를 의심하지 않았다.

그는 서울 있는 자기 집에 기숙하고 있을 뿐 아니라 갑숙이는 언제든지 동생들과 함께 있기 때문에—아는 도끼에 발등 찍힌다고 이 다음에 그가 자기 딸과 경호와의 관계를 알았을 때 그때 얼마나 대경실색했던가!

경호가 두 번째 오던 날 밤에 갑숙이도 원두막으로 바람을 쏘이러 나갔다. 보름을 갓 지난—달은 아직 뜨지 않았다. 동천이 훤한 틈으로 봉화재의 윤곽이 어렴풋이 하늘 밖에 금을 긋고 섰다. 맑은 바람이 솔솔 불어온다. 땅거미 어둑어둑한 밤이 검푸른 장막을 드린 들 건너편으로는 정거장 거리의 점점한 전등불만 깜박인다. *유현한 창공에는 별들이 깜박인다.

유현하다
캄캄하고 아득하다.

찍—하는 풀벌레의 외마디 소리. 누구의 창자를 끊는 듯이 구슬픈데, 이따금 부는 바람에 옥수수대가 와스스—하고 온몸으로 떨고 섰다.

미구에 달은 산봉우리 위로 삐주름히 떠오른다. 한 줄기 푸른 광선이 훤하게 들판을 비쳐온다.

"애, 달 뜬다."

"참 좋다!"

"애들 우리 목욕 가자."

세 사람의 학생들은 한마디씩 지껄이고 원두막 아래로 뛰어내린다. 이때 갑숙이는 어쩐지 마음이 처량하였다.

"뉘! 뉘도 같이 갑시다."

"난 싫다!"

갑성이가 권하는 말도 갑숙이는 시름없이 대답하였다.

"같이 가시지요."

경호는 안타까웠다.

"네, 먼저 가셔요."

갑숙이는 길을 비켜서며 고개를 숙인다. 갑성이와 갑준이는 저만큼 앞서가며 유행 창가를 높이 부른다.

달은 벌써 산봉우리 위로 올라앉았다. 한편 쪽이 조금 이지러진 달은 바다 속으로 떠오르는 야광주와 같이 온 누리에 서늘하게 서기한다. 풀끝에 맺힌 이슬이 월광에 반짝이며 눈물진다.

해사하다
'상냥하다'의 방언.

은근한 달빛은 두 사람의 얼굴을 비추었다. 갑숙이의 *해사한 얼굴은 달빛을 받아서 더욱 희었다. 그들의 희미한 그림자가 뒤로 나란히 뻗어 있다. 갑숙이는 자기의 의지를 돌이키고 그의 뒤를 따라 섰다.

그는 무형한 줄로 묶여 가는 것처럼 경호를 줄줄 따라갔다.

"난 저리로 돌아서 들어갈 테요."

"왜요?"

"누가 보면?"

"무얼 동생들과 같이 가는데!"

경호는 몸을 떨었다. 그는 갑숙이가 고향에 내려온 뒤로 몰골이 좀 나아진 것이 반가웠다. 그런데 그는 웬일일까? 서울서보다도 기분이 매우 침울해진 것 같다. 그것은 그동안에 좀 서름서름해진 까닭인지 모른다고 경호는 아무쪼록 자기편에 이롭도록 해석하고 적이 안심할 수 있었다.

갑성이 형제는 벌써 냇둑으로 달려가서 옷을 훌훌 벗고 물속으로 뛰어들었다. 냇물 속으로 비치는 은파는 그들이 물탕을 치는 대로 쪼각쪼각 깨져서 변두리로 갈라진다. 냇물은 그리 깊지 않았다.

그윽이 흐르는 물소리는 인적에 놀라서 별안간 숨을 죽인 듯한데, 두 사람의 그림자는 물속으로 길게 뻗었다.

그들의 그림자는 물결에 씻겨 흐르고 물결은 다시 그들의 그림자를 씻는다.

경호와 갑숙이는 그들이 멱 감는 하류로 내려가서 수풀 밑 강변 가에 숨어 앉았다. 달은 그들의 앉은 측면을 비춘다.

갑숙이는 손수건을 돌돌 뭉쳐서 적삼 소맷부리에 넣고 두 손목을 맞잡고는 상큼하니 앉았다. 냇물을 가르고 이는 바람이 그의 하늘하늘한 치맛자락을 나부낀다. 여자의 살내와 땀내가 섞인 향기를 경호는 그의 목뒤에서 맡았다.

그는 숨이 달아올랐다.

"여보!"

"네!"

"당신은 왜 그리 냉정해졌소?"

"내가요?"

갑숙이는 방긋 웃고 고개를 돌린다.

"나는 당신을 얼마나 생각하고 보고 싶어했는지 아우. 그런데 당신은……."

경호는 상기된 시선을 원망스러운 듯이 갑숙의 얼굴 위로 던진다.

"내가 어째요. 답장 못한 것은 그럴 틈이 있어야지요."

갑숙이는 어색한 듯이 생각하고 머리를 숙인다.

"그렇게 틈이 없어요?"

"당신은 남의 사정도 모르고!"

갑숙이는 야속한 듯이 부르짖고 다시 그의 고개를 두 무릎 사이로 파묻는다. 경호의 더운 입김이 여자의 뺨을 스친다.

그것은 서늘한 얼음 속 같은 갑숙의 가슴을 불덩이처럼 녹이는 무엇이 있었다. 별안간 갑숙이는 그만 그의 가슴속에 고개를 처박고 어깨를 흔들며 흐늑흐늑 느꼈다. 그의 뜨거운 눈물이 목 아래로 흘러내리는 것을 경호는 꿈속같이 느꼈다.

"여보! 갑숙씨, 왜 이리 울우 응."

웬일인지 모르는 경호는 깜짝 놀라서 갑숙의 등을 흔들며 애가 타서 물었다. 그러나 갑숙이는 그럴수록 울기만 더한다. 그는 모든 설움을—경호가 모르는 설움까지 한꺼번에 울려는 것처럼.

얼마쯤 뒤에 갑숙이는 손수건으로 눈물을 씻고 일어나 앉는다. 그의 눈은 한곳을 쏘아본다.

"왜 울우? 이야기나 하구려!"

"……."

갑숙이는 울음을 그치자 다시 한숨을 짓는다. 그는 무엇을 결심함인지 입술을 깨물었다.

"왜 그래?"

"난 어떻게 해야 좋다우? 생각하면 미칠 것 같아서……."

갑숙이는 겨우 한 마디를 하고 다시 또 고개를 숙인다. 그는 수건으로 코를 풀고 나서

"아버지가 아시는 날에는 난 학교도 못 다니고 쫓겨날 텐데…… 당신은 남자니까 자기 생각만 하지. 내가 신경쇠약에 걸린 것은 무슨 까닭인데요, 뉘 때문인데요? 그런데 당신은 왜 앞뒤를 생각지 못하고 눈앞 일만……."

"아, 그래서!"

경호는 비로소 갑숙의 속을 알아챈 듯이 부르짖는다. 그는 숨을 돌

리고 나서

"설령 당신 아버지가 아시기로니 그리 반대하실 거야 없지 않소?"

"아버지가 완고하신 줄을 모르셔요?"

"만일 끝까지 반대하시거든 우리 *가께오찌 하십시다."

가께오찌(かけおち) '사랑의 도피'의 일본말.

"가께오찌? 아니 어데로요?"

"아무 데로나 갈 곳 없겠어요."

"당신은 공부도 하다 말구?"

"그렇게 되면 그까짓 공부는 해서 무엇 하나요."

"흥! 그런 기분에 날뛰는 어리석은 생각은 그만두셔요."

"아니 그럼 당신은 안 가겠다는 말씀인가요?"

경호는 실망한 표정으로 갑숙이의 맘속을 읽어본다.

"안 가는 게 아니라 못 가겠어요."

"왜요?"

"왠가 생각해보구려. 그럼 그 결과가 어떻게 될 텐데요."

"어떻게든지 되는 대로 되겠지요."

별안간 갑숙이는 웃음이 나오는 것을 손등으로 입을 가리며

"당신은 그저 어린애 같구려! 가서 어머니 젖 한 통 더 먹고 오오."

"그럼 나보고 어떻게 하라구. 아!"

경호는 다시 갑숙이의 어깨에 손을 얹었다.

"당신이 하자는 대로 무엇이든지 다 할 테니 자, 말해주어요!"

이번에는 경호가 갑숙이의 목뒤로 고개를 처박고 훌쩍거린다.

"남보고 왜 우느냐더니!…… 누가 들으라구 어서 그쳐요!"

갑숙이는 경호의 어깨를 흔들었다.

자욱을 뗀 달은 어느덧 한 발을 솟아올랐다. 교교한 월색은 온 들 가

운데 가득 찼다. 큰내의 여울물도 은파에 번득인다. 산모퉁이 백룡이네 원두막 위에도 남녀의 속삭이는 소리를 엿보려는 것처럼 달빛은 원두막 추녀 밑을 넘실거린다. 거기에는 방개와 인동이가 붙어 앉았다.

아시논
애벌김을 매야 하는 논.

수동이네 *아시논을 매고 온 인동이는 저녁을 먹고 나자 냇물에서 멱을 감고 나서는 달을 따라서 물 아래로 내려갔다.

그는 그대로 자기가 심심해서 백룡이네 원두막으로 슬슬 가보았다. 마침 원두막에는 방개가 혼자 앉았다. 방개와 대거리로 그의 모친은 저녁을 먹으러 들어가서 아직 나오지 않았다.

"너 혼자 있니?"

"응?"

인동이는 원두막 위로 성큼 올라서는 길로 방개를 품안으로 끌어 앉았다. 여자의 웃는 눈이 달빛에 반짝인다.

"웬일이우?"

"임자 보고 싶어서!"

"거짓부렁!"

"정말!"

"호! 참 그런데 저, 막동이 봤어?"

"언제?"

"요새!"

"아니! 왜 그래?"

"그럼 임자하고 한번 닥뜨릴 테니 그런 줄 알라구."

방개는 안심찮은 듯이 눈을 크게 뜨고 인동이를 쳐다보며 한 손으로는 그의 밤송이같이 까슬까슬한 머리털을 문지른다.

"똑 말총 같으네!"

"왜 무슨 일이 있었니?"

방개는 약간 고개를 끄떡인다.

"무슨 일?"

"저, 접때 그 애를 만났는데 나를 마구 때리려 들겠지. 그래 왜 때리느냐고 했더니 뉘들 어디 보자고 벼르겠지. 그게 한번 해보겠다는 수작이 아닌가베!"

"해보라지. 제까짓 자식 겁날 것 없어."

방개는 잇속을 드러내고 방긋 웃으며 해사한 얼굴을 쳐들고 눈초리를 꼬부장한다.

"해보면 이길 테야?"

"그럼 그 자식을 못 이겨."

"어디 두고 볼까?"

"이기면 어쩔 테야?"

방개는 생긋 웃다가

"이기면 상 주지."

"무슨 상?"

"아무 상이나 내가 제일 주고 싶은 상……."

방개는 인동이의 크낙한 몸집과 *틀진 얼굴과 우렁찬 목소리에 그의 마음이 쏠렸다. 그러나 그는 작년까지도 그를 아직 어린애로밖에 볼 수 없었다.

틀지다
겉모습이 당당하고 위엄이 있다.

그들은 이렇게 재미있게 이야기를 하며 막 참외를 벗겨 먹는데 별안간 인기척이 나며 사람의 그림자가 달빛에 비쳐온다. 방개는 어떤 예감에 찔려서 가슴이 펄쩍 뛴다. 그는 원두막 아래를 내려다보다가 가만히 부르짖었다.

"아이그 저걸 어째! 막동이가 와……."

그는 손을 내저으며 벌벌 떤다.

"오면 어째. 무서울 것 뭐 있니."

막동이는 기침을 하고 원두막 위를 쳐다본다.

"뉘여?"

인동이는 일부러 목소리를 크게 내서 물어보았다.

"내다 막동이야. 인동이냐?"

"그래, 저녁 먹었나?"

막동이는 원두막 위로 올라와서 인동이와 단둘이 있는 방개를 발견하더니, 눈이 *간좌곤향으로 틀어지며 두 주먹을 불끈 쥔다.

간좌곤향(艮坐坤向) 약간 비뚜로 자리잡은 자리나 방향을 비유하는 말.

"인제도 거짓말이야. 이년의 계집애!"

막동이는 이를 악물고 방개에게로 달려든다.

"거짓말 아니면 어째!"

"무엇이 어째?"

막동이는 방개의 뺨을 치며 다시 머리채를 잡으려고 들이덤빈다. 방개는 뺨을 만지고 울며 대든다.

"왜 때리니, 이 자식아. 너 접때도 날 때렸지!"

인동이는 그들의 틈으로 들어가서 얼른 막동이의 두 팔을 붙들었다.

"너 왜 붙드니?"

"말로 하라구. 때리지 않고는 말도 못하겠니?"

"때리든 말든 네가 무슨 상관이냐?"

"싸움은 말리고 흥정은 붙이랬다고 왜 상관이 없어!"

두 사람은 한동안 독수리처럼 서로 노리고 보았다.

"아니 이거 못 놔?"

"못 놓겠다. 너 쌈하러 왔거든 나하고 싸우자꾸나!"
"정말이냐?"
"그래, 장부일언이 중천금이다!"
"흥! 이 자식 봐라. 되지 못하게!"
"여기서 이럴 것 없이 널찍한 밑으로 내려가자!"
"그래, 가자!"
막동이는 인동이의 꽁무니를 잡아끌며 원두막 아래로 내려간다.
"놓고 가자. 누가 달아날 줄 아니?"
인동이도 따라 내려가며 긴장한 목소리로 부르짖었다.
"너 요새 기운 세다더구나. 어디 얼마나 센가 보자, 건방진 자식."
막동이는 *괩마리를 추키며 웃통을 벗어부친다.
"네가 건방지지, 내가 건방져. 요새 세상에 사람을 땅땅 치고."
"무엇이 어째, 이 자식아!"
"어째긴 누가 어째, 덤빌 테면 어서 뎀비라구!"
막동이는 약이 올랐다. 별안간 앵! 하고 이를 악물더니 비호같이 달려들어 인동이의 앙가슴을 대가리로 콱 받았다. 그 바람에 인동이는 뒷걸음을 서너 발자국 치다가, 궁둥방아를 찧고 주저앉는다.
방개는 원두막 위에서 이 광경을 보고 사지를 벌벌 떨 뿐이었다.
"이 자식아, 그래도!"
인동이는 궁둥이를 털고 일어섰다. 가슴이 얼쩍지근하다. 그는 허리끈을 졸라매고 나서 "악!" 소리를 치며 마주 달라붙었다.
그는 막동이의 앙가슴을 쥐어지르며 한 손으로는 그의 상고머리를 잡아낚았다. 막동이는 인동이의 멱살을 붙들고 늘어진다. 두 사람은 한동안 엎칠뒤칠하였다. 그러자 인동이가 앙! 소리를 치며 막동이의

괩마리
허리춤.

모들뜨기
몸이 심하게 자빠지거나 나가떨어지는 일.

머리를 잡아채고 그의 다리를 걸어 넘기자 막동이는 옆으로 *모들뜨기로 나가떨어진다. 그 바람에 인동이는 한 팔을 뒤로 짚기 때문에 미처 선수를 걸지 못한 틈을 타서 막동이는 재차로 인동이의 짚은 팔을 탁 치고 달려들며 찍어 눌렀다.

인동이는 그의 모가지를 잔뜩 껴안고 뒹굴었다. 웃통을 벗은 알몸뚱이가 밭고랑에서 풀 언덕까지 뒹굴어 나갔다. 그래서 막동이의 등허리는 풀뿌리에 긁혀 미고 돌부리에 째져서 온몸이 피투성이가 되었다. 서로 물고 차고 주먹질 발길질 조금도 사정을 두지 않았다.

인동이의 주먹이 막동이의 볼퉁이를 사정없이 후려치는 바람에 막동이는 앞니가 부러져서 피와 함께 부러진 이를 내뱉었다. 그 대신에 인동이는 눈두덩을 얻어맞아서 밤톨만큼 멍이 들었다. 두 사람은 원두막 밑까지 대굴대굴 구르며 격투를 계속하다가 그 밑의 언덕으로 내리 뒹굴었다.

"아이구머니나! 저걸 어째?"

방개는 말릴 수도 없고 그냥 있을 수도 없어서 두 발을 동동 구르며 여전히 떨고만 있었다. 그는 원두막 아래로 뛰어내려서 그들의 싸움터로 가까이 갔다.

시악(恃惡)
자기의 악한 성미를 믿음. 또는 그 성미로 부리는 악.

두 사람은 거기서도 맞붙어서 뒹굴고 있었다. 그들은 인제 *시악도 안 쓰고 성난 황소처럼 서로 식식거리는 숨소리만 높이 들렸다.

그들이 지금 뒹굴고 있는 곳은 밭고랑이었다. 이 밭고랑을 지나면 한길이요, 길 밑에는 엇비슷한 언덕이다. 그 언덕 아래로 경사진 비탈을 내려가면 바로 큰 냇물이 흐르는 물속이었다. 그런데 그들은 아래로만 자꾸 뒹굴어 내린다.

방개는 가슴이 조마조마하였다. 이런 때에 누가 왔으면 좋겠는데 웬일인지 저녁을 먹으러 들어간 모친까지도 아무 소식이 없었다.

"아이 저걸, 어째! 고만고만……."

방개는 그들이 뒹구는 대로 따라오며 애끓는 탄식을 터뜨렸다. 밭고랑을 토막나무 끈 자국처럼 만들어놓고 그들은 길 둑에까지 굴러 나왔다. 달빛에 비치는 두 사람의 꼴은 보기만 해도 무서웠다. 온 얼굴이 흙투성이와 피투성이가 되어서 콩고물 묻힌 인절미처럼 눈코도 분간할 수 없었다. 그들은 길 한가운데서 한참 동안을 복대기 치더니만 또다시 그 밑 언덕으로 내리뒹굴었다.

거기는 얼마 아니 되는 지면이다. 그대로 뒹굴다가는 그만 그 밑 냇물 속으로 떨어지고 말 것이다.

"아이구머니, 사람 살리우!"

방개가 아우성을 치며 그들에게로 뛰어갔을 때에는 벌써 두 사람은 냇물 속으로 풍덩 빠지고 이어서 철벅철벅하는 물소리만 무섭게 들렸다.

"사람 살리우—"

방개는 산송장같이 사지가 옹동그려졌다.

하기방학이 되어서 자기집 아이들까지 시골로 싹 쓸어 내려간 순경이의 집은 온 집안이 텅 빈 것같이 쓸쓸하였다.

그는 행랑어멈 내외가 있기도 하지마는 안방에서 홀로 빈집을 지키고 있었다. 밤낮 떠들썩하다가 별안간 집안이 괴괴하고 보니 너무 고적해서 혼자 있기가 심심했다. 그래 그는 누웠다 앉았다 하며 이 생각 저 생각을 갈피없이 헤매고 있었다.

그는 무심히 방학하던 날 낮에 경상도 학생이 경호를 중의 자식이라고 놀려주던 생각이 났다. 그것은 자기도 모르게 가슴이 선뜩해진다. 경호의 부친 권상철이는 장가를 든 뒤에 이내 초산을 못해서 그는 그 뒤에도 소실을 여러 번째 데리고 살던 것은 인근 동이 잘 아는 일이다.

그런데 경호를 일심사에 가서 백일치성을 드리고 그의 본처가 비로소 낳았다 한다. 그때 그 집에서는 잔치까지 배설하고 천고에 없는 경사처럼 떠들지 않았던가!

"참말로 희한한 일이다. 일심사 부처님은 정말로 영감하시군!"

그때 여러 사람들이 떠드는 소리를 듣고 자기도 신기하게 여겼던 것이다. 그러나 지금 다시 그때 일을 가만히 생각해보면 한 조각의 의심이 없지도 않다. 허탄한 예전 이야기와 같이 못 낳던 자식을 불공해서 낳았다는 것은 예수를 믿어온 자기로서는 백주에 거짓말로밖에 들리지 않는다. 더구나 지금의 자기는 예수에게도 의심을 품게까지 된 바가 아니냐? 그렇다면 경호는 참으로 누구의 자식일까? 어디서 중의 자식을 몰래 데려다 기른 것이나 아닌가?

순경은 그렇지 않아도 갑숙이와 경호의 관계로 남모르는 가슴을 조이는 판이다. 그가 일부러 시킨 것은 아니라도 그들은 어느 틈에—자기가 눈치를 채고 딸을 조용히 꾸짖으려 했을 때에는 벌써 다시 바로잡지 못할 일을 저질러버렸다. 엎지른 물은 다시 담으려야 소용없다. 그래 자기 생각 같아서는 경호만 한 사윗감도 없을 것 같아서. 하긴 사내답게 틀지진 못하다 할지라도 선비의 재질을 타고나서 글재주 있고 똑똑하고 의리 있고, 그리고 있는 집 자식의 티를 내지 않는 게 남 보기에 제일 수더분하였다.

기위 그렇게 된 바에는 저희끼리 그대로 결혼을 시켰으면 좋겠는데, 어쩌다가 남편의 중정을 떠볼라치면 안승학은 어디까지 양반 혼인을 한다고 장담을 하는 통에 두말을 붙일 수가 없었다. 언제인가 한 번도 남편이 혼인 걱정을 할 때에, 슬그머니 경호를 쳐들어 보았더니 그는 펄쩍 뛰며 며붙이듯이

"그까짓 장돌뱅이 자식하고 누가 혼인을 한담!"

하고 부옇게 핀잔을 주며 몰아센다.

그런 것을 억지로 우길 수가 없고 그러자니 자기 혼자만 가슴을 태울 뿐이었다. 갑숙이도 앞일이 걱정되어 그러는지 신경쇠약증이 걸렸다. 이번 여름에도 저는 방학한 뒤에나 내려가겠다는 것을 자기가 우겨서 미리 휴가를 얻어 보낸 것이다. *기위 저지른 일은 할 수 없더라도 또다시 무슨 일이 생기면 큰일 아닌가. 젊은 것들이 그러다가 만일 남편의 눈에 뜨이는 날이면 그야말로 생벼락이 날 것이다.

기위(旣爲) 이미.

그는 자다가도 이런 생각이 나면 금시로 소름이 쪽 끼치고 가슴은 널뛰듯 하였다.

'아마 그때는 나를 칼로 찔러 죽이려 들걸. 이렇게 사느니 차라리 죽

는 편이 낫겠지만 공부도 못다 시킨 어린 자식들이 불쌍하지!'

잡도리
잘못되지 않도록 엄하게 단속하는 일.

그런데 더구나 경호가 그런 미천한 자식이라면 남편의 *잡도리는 말할 것도 없거니와 자기 자신에도 께름칙할 것 같다. 지금 세상은 그런 것 저런 것을 가리지 않는다. 하지만 그래도 중의 자식으로 사위를 삼는다는 것은 암만해도 탐탁한 일 같지는 않다.

'아! 그러면 이 일을 장차 어찌할까?'

그는 지금도 이런 생각이 나서 혼자 궁싯궁싯하고 있는데 밖에서 별안간 인기척이 나며

"형님 계시우?"

하고 드러오는 것은 오래간만에 보는 최신도 부인의 목소리였다.

"뉘여! 참 오래간만인데, 어서 올라와요!"

순경이도 최신도를 반가이 맞아들였다.

히사시가미
일본식 머리 모양. 앞머리를 쑥 내밀게 빗은 것.

최신도는 삼십여 세나 되어 보이는데 이 집 주인보다는 키가 크고 몸집이 좀 뚱뚱한 편이다. 머리는 *히사시가미를 하고 장딴지 위로는 검은 양말을 추겨 신었다.

"어째, 형님 혼자 계셔?"

"오, 방학이 되어서 학생들이 모두 시골들 내려갔군."

신도는 마루 위로 올라앉으며 상글상글 웃는다. 이 예수교인의 직업적 겸손이 그의 얼굴에도 드러나 보인다.

"그랬어. 이 뒷문 앞으로 와요, 시원한 데로!"

순경은 신도를 쳐다보니 요전에 만났을 적보다도 몸이 무척 축진 것 같아서 유심히 더 쳐다보았다.

"그 동안에는 왜, 그렇게 한 번도 볼 수 없어?"

"어디 틈이 있어야지요! 오늘도 문안을 들어왔다가 지나는 길에 별

러서 들렀는데요. 호…….”

“경수도 방학했겠지.”

“했어요. 제 외가에 갔다나요.”

순경이는 최신도가 불쌍해 보였다. 그것은 그가 청상과부래서 그런 것만이 아니다. 그가 자기 집에서 작년 봄까지 있다가 하숙을 떠나간 내막에는 남다른 비극이 숨어 있는 까닭이었다.

순경이는 시골서 살 때 최신도와 같이 열심히 예수를 믿었다. 그는 청상과부로 외아들을 데리고 살다가 어느 발연으로 예배당에를 다니기 시작하자 거기에 마음을 붙여서 독신자로 되었던 것이다. 그는 보통학교도 못 들어가 본 구식 여자였으나 야학도 부지런히 다니고 ‘사경회’와 ‘부흥회’를 열심히 따라다니기 때문에 목사와 선교사의 눈에 들어서 차차 교역자로 출세하게 되었다.

당시 기독교 선교의 중심지였던 서울 YMCA 건물

그가 몇 해 뒤에 ‘속장’으로 있다가 서울 가서 성경 학원을 공부한 후로부터 그는 ‘권사’가 되고 미구에 전도부인이 되었다.

그 무렵에 최신도는 순경의 집에 기숙을 하고 있었는데 순경이의 신앙이 박약해진 까닭은 그전에 예수를 진실히 믿던 사람들이 차차 물러나가고 그중에도 박훈이 같은 사람이 배교를 하는데 낙심이 되었지마는 그보다도 최신도의 비밀을 안 뒤로 더 하였다.

그게 바로 재작년 겨울. 신도는 강원도 지방으로 달포 동안 전도를 갔다 오더니만 전에 없이 몸집이 부대해진 것 같았다. 그는 무슨 병이라고 젖가슴 위로 붕대를 여러 겹 감았다. 그래 웬일인지 몰라서 의아하던 중 그 뒤에 또 전도를 나갔다가 돌아왔는데 이번에는 몸이 홀쭉

미구(未久)하다
얼마 오래 지나지 않다.

해지고 전에 찾지 않던 미역국을 때마다 찾는 것이었다. 그러자 그는 *미구해서 아주 하숙을 떠나고 말지 않았던가. 순경이는 지금도 그때 생각이 나서 최신도의 얼굴이 다시 쳐다보이는데 신도는 오히려 그런 줄을 모르고 있는 것이 다행하기도 하였다.

"더운데 요새도 전도 다니나?"

"그럼요. 오늘도 교인 심방 나섰는데요."

신도는 잠깐 눈썹을 찡그렸다가 다시 상냥한 표정을 짓고 부채질을 한다.

"그래, 집에 애들까지 다들 갔군요."

"그랬대요."

"형님도 같이 가시지 않구."

"아이그 내가 뭘 얻어먹으러 가."

"호호호 왜요? 참 그동안에 예배당에 좀 다니셨수?"

"예배당이 다 뭐야. 집에서도 밤낮 똥 싸 뭉기는데."

"무얼 나한테 전도하러 왔나, 그런 수작은 붙이지도 말어!"

"아니, 왜 그러셔요?"

"난 벌써 마귀가 된 지 오래거든."

"아이구 형님도 참, 왜 그렇게 낙심이 되셨다우?"

"글쎄 내가 낙심이 되었는지 교회가 타락이 되었는지 모르지! 그런데 참 청년회 충돌사건 이야기를 들었어?"

"저 시골 말이지요. 들었어요."

순경이는 마코 한 개를 피워 물고 나서 매 눈과 같은 눈동자로 신도를 쏘아보며

"예전에는 예수교가 가난한 편인 줄 알았더니 짜장 알고 본즉 그렇

지가 않겠지. 왼갖 부정한 짓은 교회에서 하고 양털 옷을 입은 이리 떼만 예배당에 모인 것 같애여!"

"형님 그건 또 무슨 말씀이여?"

신도가 얼굴을 붉히며 무색해한다.

"무슨 말이 다 뭐야. 거번 청년회 일만 해도 투서를 하네 밀고를 하네 그게 어디 하나님을 믿는 게야, 세상 권세를 믿는 게지. 그로 보면 모두들 건성이야. 직업 속이고 권력 속이고 목사는 간음을 했어도 그저 쉬쉬하면서 원터 사는 소작인의 젊은 과부 수동이네라든가 뉘는 행실이 부정타구 출교를 시켰다지. 그리고 그 집에서 부치는 논까지 떼려고 사방으로 쑤석거린다며?"

"아이구 참 별일들도 다 많지! 형님은 그 소문은 또 어느 틈에 벌써 들으셨수?"

신도는 그대로 있기가 무안한지 자리를 차고 일어섰다.

"왜 바로 가요, 더 놀다 가지!"

순경이는 최신도가 다녀간 뒤로 더욱 마음이 흥숭상숭해서 그대로 있기가 싫었다. 그는 마음속에 실꾸리 감기듯 한 모든 생각을 뉘의 앞에서 모조리 풀어놓고 싶었다.

그가 무슨 비밀이든지 아무 *기탄없이 *토설하기는 오직 한 사람이 있었다. 그는 박훈의 지금 아내인 난희라는 여자였다.

순경은 그 길로 광화문통에 사는 난희를 오래간만에 찾아갔다.

열 시가 지난 오전의 태양은 차차 더운 김을 뿜어올린다. 그는 재동 여자고보 앞을 지나서 안국동 네거리를 향하고 내려갔다.

벌써 모시 등허리는 땀이 축축이 배었다. 길거리에는 뽀얀 먼지가 거마의 뒤를 이어서 공중에 떠오른다.

기탄(忌憚)없다
어려움이나 거리낌이 없다.

토설(吐說)하다
숨겼던 사실을 비로소 밝히다.

"이 집에 누가 있나 없나?"

순경이가 대문 안으로 들어서며 인기척을 내자,

"아, 웬일이셔요?"

하고 난희는 반가이 일어서며 맞아들인다. 그는 무슨 바느질거리를 펴들고 마루에 나앉았다.

"무에 웬일이여, 마실 왔지."

순경이는 회색 양산을 접어서 기둥 앞에 세우고 흰 고무신을 벗으며 올라선다. 난희는 하던 일을 주섬주섬 치우며

"이 더운데 마실을 오셔요. 이리로 앉으셔요, 거기는 더운데요."

조히
종이.

"그럼 더웁다고 꼼짝 못하겠네. 그래서 조선 사람은 *조히 사람이란 조명을 서양 사람에게 듣는대여, 더우면 더웁다고 추우면 춥다고 비오면 비 온다고 죽치고 들어앉았기 때문에 호호호……."

"인제 그럼, 조선 사람의 대표로 개명하셔서 그런 말을 안 듣게 하셔요."

난희는 미소를 띠고 그의 아담한 얼굴을 쳐든다. 계란형의 단아한 용모를 가진 그는 화장을 하지 않는 편이 오히려 얌전해 보인다. 그는 몸 가지는 것, 말하는 것, 걸음걸이까지 그의 얼굴과 같이 얌전하였다.

"애들은 다 어디 갔수?"

"밖에 놀러 갔나 봐요."

"박선생님은 신문사에 가시고?"

"네!"

박훈이가 동경에서 나오는 길로 서울 와서 난희와 동거하고 있을 때 그들은 몇 달 동안 순경의 집에 기숙을 하고 있었다. 박훈과 안승학은 소학 시절의 동창생이요, 그가 금융조합을 다닐 때는 순경이와 같이

열렬한 예수교 신자였다.

"아마 박선생님은 집안 애들이 연애를 해도 가만두실걸!"

순경이는 퇴침을 베고 드러누우며 밑도 끝도 없는 말을 불쑥 꺼낸다.

"닷다가 웬 연애는요? 누가 연애한대요?"

난희는 부채로 파리를 날리며 웃음 섞인 말대꾸를 하니까

"누가 한다는 게 아니라 당신도 연애를 해보셨을 테니 말이지! 참 우리집에는 큰일 났수."

"무슨 큰일?"

"계집애 말이야!"

순경이는 목소리를 한층 낮추어서

"어떻게 해야 좋을지 모르겠어."

"무얼 어떻게 해요. 그대로 결혼을 시키지요."

"이런 제기, 아무나 당신네들 같은가베. 그이가 야단 독장을 칠테니까 그렇지!"

"야단은 무슨 야단이야, 당신도 누구만 못지않게 연애를 하시구서 호……."

"제법 연애나 했으면 좋게. 그건 계집 지랄이었지!"

난희는 잠깐 홍조를 띤 두 볼이 연연히도 곱게 그의 맑은 안청과 아울러 어여쁜 표정을 짓는데

'여편네를 수없이 얻어 들여도 이런 여자 하나를 못 얻는 위인이 계집이라면 사족을 못 쓰니. 지금 있는 숙자가 이 여자만 같았어도!'
하고 순경이는 아미를 숙인 난희를 유심히 쳐다보며 마음속으로는 이런 생각을 하고 있었다.

"준이 어머니는 볼수록 이뻐. 내가 사내래야 연애나 해보지."

"연애요. 지금 세상에 연애는 무슨 어리석은 연애유!"

"왜, 지금 세상은 연애를 못하나?"

"지금은 돈으로만 사는 세상인데 연애가 무슨 연애여요. 그저 어쩔 수 없이 맞붙어 사는 게지."

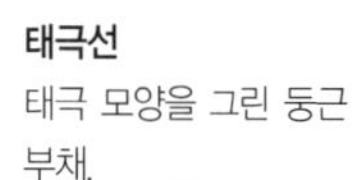

태극선

태극 모양을 그린 둥근 부채.

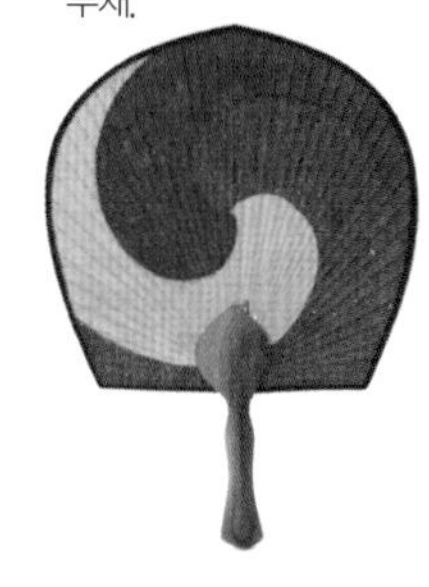

난희는 *태극선으로 입을 가리고 정찬 웃음을 입술에 띤다.

"아니야, 사내였다면 그대로 안 있어. 연애 좀 해봤을걸!"

순경이는 부득부득 연애를 했겠다고 우기는 꼴이 더욱 우스웠다.

순경이는 일어나 앉으며 마코 한 개를 피워 물었다. 그는 남편이 험한 짓을 한 후부터 담배를 배웠다. 예수를 독신할 때는 끊었더니 이즈음에 다시 피우기 시작했다.

"참, 저—최신도가 안부합디다."

"네, 언제 왔어요?"

"아까 왔더군."

"그저 전도 부인을 다니나요?"

"그럼."

"교회에서는 그저 모르나요?"

난희는 의미 있는 웃음을 웃는다.

"모르제. 아는지 모르는지 아주 전보다도 몸이 홀쭉하던데요."

"남이 모르더라도 그게 양심에 가책이 안 될까요?"

"남의 속을 누가 아나. 그러나 왜 안 되겠수."

난희는 서그픈 웃음을 머금으며 남의 일이라도 민망하기 짝이 없었다. 그는 목소리를 낮추어서

"그래, 그게 누구 자식일까?"

"모르지! 아마 우리 집에 와 있기 전에 셋방살이를 했다는데 그 바깥

채에 있던 사내와 눈이 맞은 게야."

"그이도 미쳤지, 늙어가며 그게 무슨 짓이야. 커가는 아들도 있으면서."

"그러기에 과부도 중년 과부가 어렵다우."

"어렵기는 무에 어려워요. 내남없이 마음이 약해서들 그렇지."

"남의 말 작작해요. 이편이 당해보면 더할는지 누가 아나 흐흐!"

"무얼 그래요. 아따 혼자 살 수 없거든 버젓하게 하나 얻어 살지요, 무슨 걱정이유."

"저 봐, 시집갈 수 있는 사람은 그렇지만 못 갈 사람은 어짜구? 그 집도 소위 양반집이라 아직까지도 개가를 변으로 아는데, 또 전도 부인이 아닌가베."

"아따, 지금 세상에 양반 상놈이 어디 있수, 수절할 수 없으면 시집가는 게지요, 그럼 전도부인으로서 그런 짓을 해야 옳아요?"

"지금 세상이 반상은 더 잘 가리는 것 같던데. 하긴 그래야 옳지마는, 견물생심으로 어디 다들 그런가베. 그저 젊은 사내와 젊은 여자가 가까이 굴면 기어이 무슨 변통이 생기는 게야. 마치 화약과 불이 가까워지면 폭발이 되고 말 듯이. 아닌가 우리 집 계집애를 두고 보구려."

"그건 아직 실사회를 모르고 경험이 부족해서 그렇겠지요. 그렇거든 부모들이라도 정당하게 화락한 가정을 이루어서 자손들에게라도 모범을 보이지 못한 바에 젊은 애들만 탓할 수도 없지 않아요."

"하긴 그런데 구식 사람들은 어디 그런가베, 아직도 예전 생각만 하고 앉았지. 참으로 그런 옳지 못한 것이 인간에서 없어지고 자유로 사는 세상이 언제나 올는지. 아이구 그런 세상을 보고 죽었으면 지금 당장 죽는대도 난 원이 없겠어! 참, 세상은 말세야! 이 설움 저 설움 설움

없는 사람이 없고 인간에 불행이 안개 끼듯 꽉 찼으니, 성경 말마따나 세상에 죄악이 *관영해서 그런가? 살이 살을 먹고 쇠가 쇠를 먹고 사람이 사람을 먹어서 그런가? 그런 것을 생각하면 답답만 하더라."

관영(貫盈)하다
가득 차다.

"무에 답답해요, 옳지 못한 것을 없애려면 옳지 못한 것과 싸워서 이기면 되지 않아요? 예전 말에도 옳은 일을 보고 하지 않으면 용맹이 없다고 했지만, 불의를 보고도 그대로 있는 것이 답답한 일이지요. 가령 말하자면, 우선 갑숙이 자당으로만 보더라도 남편이 그렇게 옳지 못한 일을 하시거든 다만 굴복만 하지 말고 정당하게 마주 대들어서 싸웠다면 오늘날 그처럼은 안 되었을는지도 모르지 않아요. 그것은 나 한 몸을 희생하기 싫다는 이기심보다도, 나와 같은 처지에 있는 수많은 불쌍한 여자—학대받는 여자—를 사회적으로 향상시키려는 인류의 정당한 생활을 위해서 말이지요!"

난희는 진중한 목소리로 부르짖는데, 순경은 그의 말에 홀린 듯이 난희의 입을 쳐다보며

"아따 그때는 누가, 옳고 그른 줄이나 알았으며 또 그럴 자격이 있었나베."

"그럼 옳은 줄 알았을 때부터라도 하고, 자격대로도 못해요? 지금이라도 왜 못하셔요?"

"하하하! 인제 다 늙은 게 하긴 뭘 해여. 다 파먹은 김칫독인걸! 하긴 나도 지금 생각만 같더래도 가만히 안 있었지. 그때는 그것을 다시 없는 부덕으로 알았거든."

순경은 다시 나직이 한숨을 짓는다.

18. 두레

희준이는 안승학에게서 이십 원을 차금한 중에서 논매는 *고지품삯과 양식 말을 얻어놓았다. 그는 올해도 머슴을 두지 않고 십여 세 되는 나무꾼 아이를 얻어 두었다.

그는 이른 봄부터 밭도 매보고 모도 심어보았다. 그는 틈 있는 대로 지성스레 농군들을 따라다니며 노동을 체험했다. 그런 만큼 그들은 희준이를 가까이할 수 있었다. 그래 그들은 희준이가 농사일에 서투른 줄 알면서도 간혹 품앗이로 손을 바꾸기도 하였다.

청년회에서 강연회와 원유회를 계획하던 것은 여러 가지 사정으로 당분간 중지하게 되었다. 그렇지 않아도 별 사업이 없었지만 요새는 야학을 하는 것이 유일한 사업이었는데 그나마도 날이 더우니까 학생들이 잘 오지 않았다.

또한 노동 야학은 농번기로 인해서 역시 휴학 상태에 빠졌다.

마을 안에 젊은 아이들이 두레를 내자고 조르는 바람에 희준이는 거

고지품삯
논 한 마지기에 값을 정하여 모내기부터 마지막 김매기까지의 일을 해 주기로 하고 미리 받아쓰는 삯.

기 따라서 차차 물론을 일으켜보았다.

"상리에도 *두레를 내고 타 동리는 모두 두레를 내는데, 우리 동리에서도 한번 해봅시다그려!"

하고 그는 정자나무 밑에 모여 앉은 노축들에게 말을 꺼내니 그들은 서로 얼굴을 쳐다보며

"글쎄 두레를 내는 것도 좋겠지만 원 빈동이라서 어떨는지? 하여간 설도를 해보게그려!"

"시작이 반이라구, 안 되는 일이 어디 있단 말이유."

언제나 활발한 김선달은 벌써부터 신이 나서 *출반주한다.

"그러나 마름댁에서 어떻게 알는지. 첫째 그 댁의 의향을 들어야 하지 않겠나?"

조첨지는 희준이를 돌아보며 의아해한다.

"네, 그건 제가 가서 의논을 합지요. 그럼 그 밖에는 이의가 없겠어요?"

"그럼 없지, 누가 있겠나. 그것도 지금 당장 추렴을 내란다면 내남없이 어렵겠지만!"

"아니 풍물은 정말로 외상으로도 살 수 있을까?"

김선달이 재차 묻는다.

"그건 염려 마셔요. 돌아오는 장날이라도 얻을 수 있어요."

원터 사람들의 짓는 농사를 합치면 거의 십여 석 지기나 되므로 타도 전장의 고지를 안 매더라도 풍물 값을 제하고 몇 십 원은 남을 수 있다. 한 마지기에 삼십 전씩만 치더라도 오륙십 원은 *무려하기 때문이다.

두레
농촌에서, 농번기에 서로 협력하여 공동 작업을 하기 위해 만든 조직.

출반주하다
여러 사람이 모인 자리에서 맨 먼저 말을 꺼내다.

무려하다
믿음직스러워 아무 염려할 것이 없다.

"쇠뿔도 단김에 빼야 한다고 아주 지금 가서 의논을 해보고 오지요."

희준이는 벌떡 일어나서 그길로 안승학을 찾아갔다.

"저 사람같이 바지런한 사람은 참 처음 보아 허!"

"아니오. 동리 간에는 그런 사람이 있어야 무슨 일을 합네다."

마을 사람들은 희준이가 휘적휘적 가는 뒷모양을 바라보며 한 마디씩 지껄인다.

안승학의 사랑에는 갑성이 형제가 무엇을 떠들썩하고 있었다. 아침 해가 감나무 그늘에 가리고 이슬을 머금은 서늘한 바람이 사랑마루로 기어든다.

"아버지 계시냐?"

"네, 진지 잡수셨어요."

갑성이는 안으로 들어가자 뒤미처 안승학이가 큰기침을 하고 나온다.

"일간 안녕하셔요?"

"아! 희준인가. 어서 앉게."

주인은 희준이가 찾아온 까닭을 눈으로 캐내려는 것처럼 말끄러미 쳐다본다.

"저 잠깐 의논드릴 말씀이 있어서 왔는데요."

하고 희준이는 우선 두레에 대한 의견을 꺼내보았다. 잠자코 듣던 승학이는 우선 수판을 들고 나왔으며

"두레를 내서 밑지든 않을까? 어디 좀 따져보세."

"네, 따져보셔요. 그래 먼저 여쭈어보려고."

안승학은 희준이가 추켜올리는 바람에 유쾌한 듯이

"응, 잘하면 한 사오십 원은 되겠네. 하여간 손해만 없겠거든 좋도록 해보게그려."

하고 반승낙을 하였다.

"그럼 의논을 해서 시작해보겠어요. 무어 별반 이의는 없을 테니까요."

희준이는 마지막으로 또 한 번을 다지고 자리를 일어섰다.

안승학은 희준이와 정면 충돌하기가 싫어서 표면상으로는 선선히 승낙하는 체하였으나 내심으로는 두레를 내자는 데 그리 찬성하고 싶지는 않았다. 그것은 두레를 반대하거나 자기에게 손해가 돌아올까 겁내는 것이 아니라 역시 희준이의 세력이 커질까 봐서 시기를 하기 때문이다. 그는 스스로도 너무 자겁함이나 아닌가 하고 은근히 자기를 꾸짖어보기도 하였으나 어쩐지 마을 사람들이 희준이를 가까이 하는 것 같은 생각은 자기의 지위가 흔들리는 것처럼 불안이 없지 않았다.

안승학은 그 뒤로 한참 동안 수판알을 굴리며 생각을 해보다가 갑성이를 시켜서 학삼이를 불러왔다. 학삼이는 그가 민판서 집 '사음'을 운동할 때부터 그에게는 다시없는 심복이었다.

그래서 무슨 일이든지 긴한 일이면 으레 학삼이와 상의하는 터이다.

"아침 잡수셨어요?"

수염으로 한몫을 보는 학삼이는 주인에게 공손히 인사를 하며 마루 끝에 걸터앉는다.

"아, 이리 좀 들어오게. 조용히 할 말이 있어."

학삼이는 무슨 일인지 몰라서 눈을 둥그러니 뜨고 방으로 들어와 앉는다.

"자네도 들었나! 희준이한테."

"무엇 말씀인가요?"

"두레 말이야."

"네, 젊은 애들이 지껄이는 말은 들었어요, 왜요?"

주인은 한 걸음 다가앉으며 교활한 웃음을 가재수염 밑으로 머금으면서

"그럼 잘 되었네. 자네가 그것을 반대하게."

"내가 반대해요?"

"응 그래. 지금 곧 희준이가 왔다 갔는데 그런 말을 하기에 동중에 손해가 없거든 해보라고 했네마는 나중에 생각해본즉 뒷일을 누가 아나. 두레를 냈다가 공연히 *부비만 나게 되면 가난한 사람들에게 힘에 넘치는 추렴새만 물리게 될 것 아닌가?"

부비
일을 하는 데 써서 없어지는 돈.

"그야 그렇습지요. 여럿이 하는 일이란 일상 믿을 수 없는 게지요. 하지만 온 동리서 모두들 찬성한다면 저 혼자 반대적이라고 될 수 있을까요."

"아따 그러니까 정히 해볼 테면 하라구 하고서 만일 손해가 나는 날이면 어떻게 할 셈이냐? 무슨 일이고 간에 앞뒷일을 재어보아야 한다고 미리 발을 빼놓으란 말이야."

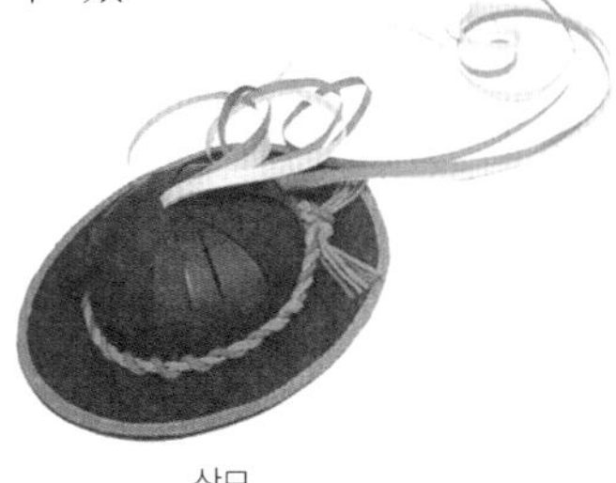
상모

"네, 고만하면 알겠소이다. 그럼 그렇게 합지요."

한편으로 희준이는 안승학의 집에서 돌아오는 길로 여러 사람들과 같이 지금 한참 풍물을 사올 예산을 따져보고 있었다. 농기도 장만하고 상모, 패랭이, 장삼 등—이왕이면 제구 일습을 남 보기에도 빠지지 않도록 일신해 보자는 것이었다.

패랭이

그 속에 들어서는 누구보다도 김선달이 대장이다. 그는 젊어서 걸립패를 따라다니며 많이 놀아본 경험이 있느니만큼 *상쇠도 잘 치고 그 방면에 익숙하였다.

상쇠
농악대원을 이끌고 꽹과리를 치며 가락을 이끌어나가는 사람.

뒤미처 학삼이가 정자나무 밑으로 나왔을 때 희준이는 그가 딴 배짱

이 있는 줄도 모르고 무심히 말을 붙였다. 그런데 학삼이는 어쩐지 내색이 다르다.

"자네는 무엇을 잘 치나? 북을 잘 치나, 징을 잘 치나?"

"난 아무것도 칠 줄 모르네."

"여적 헛나이 먹었네그려. 그런 것 하나도 칠 줄 모르고."

학삼이는 별안간 성을 내며

"그런데 정말로 두레를 내는 겐가? 난 그건 반대적일세."

뜻밖에 이 말을 들은 여러 사람들은 일제히 학삼이의 기색을 살핀다.

"무엇이 어째? 여적 있다 인제 와서 그건 무슨 딴소린가? 누가 뭐라고 하든가?"

덩둘하다
어리둥절하여 멍하다.

희준이가 넘겨짚는 바람에 학삼이는 잠깐 *덩둘하다가

"뭐…… 뭐라긴 누가 뭐래여. 정작 생각해보니까 나중 일이 어찌 될지 몰라서 그러는 말이지."

"나중에 무에 어찌 될지 몰라? 자네도 일전에 의논하는 것을 듣지 않었나. 또 그리고 온 동리의 어른이 다 찬성하시는데 자네 혼자 *중뿔나게 반대가 무슨 반대인가?"

중뿔나다
1. 어떤 일에 관계없는 사람이 불쑥 참견하여 나서는 것이 주제넘다.
2. 하는 일이나 모양이 유별나거나 엉뚱하다.

희준이는 팔을 걷고 바짝 대드는 폼이 금방 텁석부리 수염으로 손이 올라갈 것 같다. 그래 학삼이는 한 걸음을 뒤로 물러서며 두 팔을 쳐들었다.

정자나무 밑에서는 별안간 왁자지껄하고 싸움판이 어울렸다.

희준이는 학삼이의 태도가 돌변한 것은 반드시 무슨 까닭이 붙은 줄 알았다. 학삼이란 위인이 출중한 인물이 못 되는 만큼 제 자의로는 비록 불만한 점이 있더라도 그렇게 대담할 수가 없었다. 일상 무슨 일이고 제 주견이 똑바로 서지 못한 인간일수록 남의 꾐을 잘 듣고 남의 똥에 주저앉는 법이다. 지금 학삼이도 이런 '예'에 빠지지 않았다. 그렇다면 그에게 피리를 불 사람은 안승학이밖에 없지 않은가?

이런 기미를 알아챌 수 있는 희준이는 그까짓 학삼이를 상대하느니보다도 안승학의 여기를 질러놓을 필요가 있기 때문에 그는 학삼이를 단단히 조져놓으려 들었다. 학삼이는 희준이가 너무도 무섭게 달려드는 바람에 그만 기가 눌려서 가슴이 떨리는데

"어째서 반대하는 게냐? 까닭을 대라! 네가 아무 말 없다가 지금 별안간 반대를 하는 것은 *필유 곡절한 일이니까 그 곡절을 대란 말이다!"

"곡절은 무슨 곡절, 그런 것도 동네의 큰일인데 만일 시작했다가 *추렴새만 무리꾸럭하고 헛수고만 하면 재미없지 않은가. 그래서 하는 말이지 무슨……."

학삼이는 얼굴이 새파랗게 질려서 어물어물한다.

"그러면 자네는 두레를 냈다가 손해를 보는 날이면 추렴이 돌아갈까 무서워 그러는 말인가?"

"암 그렇지, 다른 게야 있겠나."

"그럼 당초부터 그렇게 말을 해야지 덮어놓고 반대한다는 것은 무슨 수작이냐 말이야. 그럼 길게 말할 것 없이 그건 내가 보증할 테니 염려 말게. 그러면 되지 않겠나."

"그렇다면 물론 반대할 것 없지. 난 그저 우리 동리가 빈동이고 해서 그런 것을 냈다가 잘되면 모르지만 만일 그렇지 않고 보면 공연히 안 하니만 같지 못하단 말일세. 안 그러우, 아저씨."

학삼이는 동의를 구하려는 듯이 조첨지를 돌아보며 묻는다.

"암, 그도 그렇지. 자네도 동리에서 하는 일을 일부러 반대할리야 있겠나."

필유 곡절(必有曲折)
반드시 무슨 까닭이 있음.

추렴새
추렴하는 일, 또는 그 돈이나 물건.

학삼이도 수그러졌으나 희준이는 오히려 분이 삭지 않았다. 그는 생각할수록 소위가 괘씸하다.

"그게야 자네 맘대로 하게마는 우리는 기위 시작한 일인 만큼 고만둘 수 없네. 자네도 알다시피 두레를 내면 누가 단독으로 이익을 먹는 겐가 무엔가. 재래의 풍속 중에 농가의 오락으로는 고만한 것이 없기 때문에 관청에서도 장려하는 것인데 설령 나중지사를 *확적히 모른다 하더라도 자네에게만 특히 손해를 입힐 것도 아니요, 또한 자네보다도 몇 갑절씩이나 처지가 어려운 사람은 모두 좋다고 찬성하는데 그래 자네 혼자 주제넘게 나서서 '나는 두레 내는 것 반대하네!' 해야 옳단 말인가. 사람이 그렇게 *음증을 써서는 못 쓰느니 어디 그럴 수가 있나."

확적하다
틀림없이 들어맞다.

음증(陰症)
음침한 성격.

"이 사람아, 말도 '어' 에 *닯고 '아' 해 닯다고 음증을 쓴단 말이 무슨 말인가?"

닯다
'다르다' 의 방언.

학삼이는 *중인소시에 면박을 당하는 것이 창피해서 색을 먹고 대든다.

중인소시(衆人所視)
여러 사람이 다 같이 보고 있는 형편.

"그럼, 그게 음증이 아니고 무에야. 생각 좀 해봐!"

"무엇이 음증이란 말인가?"

"왜 인제 와서 반대냐 말이야. 네가 무슨 명색으로 반대하느냐 말이야."

"아니 이 사람이……."

"그래 어째, 이 자식아. 네가 누구의 세력을 믿고 그러는 게야! 수염값이나 해!"

희준이가 그의 아래턱을 치받고 달려드는 것을 여러 사람들이 달려들어서 간신히 뜯어말렸다. 학삼이는 처음부터 말이 꿀리는 만큼 더 달려들 용기가 나지 않았다. 그래 그는 여러 사람들이 만류하는 바람에 못 이기는 척하고 물러섰다.

그는 속으로 분하기가 한량 없었으나 어찌할 수 없었다. 여러 사람들은 다시 풍물을 장만할 공론이 분분한데 그는 우두커니 한편 구석에 앉았다가 머쓱하니 돌아갔다.

'에—공연히 남의 말을 들었지. 자기가 할 말을 왜 공연히 남 보구 하래. 하지만 이 자식 어디 보자!'

학삼이는 *모주 먹은 돼지처럼 *게두덜거리며 걸어갔다.

학삼이가 저의 집으로 간 뒤에 김선달은 허허 웃으며

"아니 그 사람이 웬일이라나. 참말로 누가 충동이 하였지?"

"그럼 뻔한 노릇 아니우."

희준이는 김선달을 쳐다보며 의미 있는 말을 던졌다.

"그 자식이 아마 다른 집으로 가서 뭐라고 또 하소연할 게요. 그럼 또 무슨 음모를 꾸며가지고 우리를 훼방 칠는지 모르니까 그러기 전에 미리 단속할 필요가 있지 않겠어요?"

"흥, 제까짓 장단에 누가 춤을 추던가?"

김선달이 코웃음을 친다.

"그래도 알 수 있나요. 남의 일 돕기는 어려워도 해치기는 쉬운 세상인데."

희준이는 모모한 이에게는 미리 부탁을 단단히 해 놓고 그길로 집집마다 돌아다니며 설명하기를, 만일 두레를 내서 손해가 날지라도 자기가 담보할 테니 아무 염려 말라고 단단히 약속해 두었다.

모주
약주를 뜨고 난 찌끼 술.

게두덜거리다
굵고 거친 목소리로 자꾸 불평을 늘어놓다.

장날 아침에 희준이는 김선달, 원칠이, 덕칠이, 쇠득이, 막동이 등의 장꾼들과 함께 풍물을 사러 장으로 들어갔다. 풍물장사는 다년간 윗장터 음전이네 음식점에 주인을 정하고 있었는데 술장사하는 음전 어머니는 희준이를 신임하는 터이라 그는 주인집을 담보시키고 외상으로 사올 예산이었다.

징과 징채

희준이가 주인 여자에게 그런 사정을 말하니까 그는 대번에 승낙하고 일변 풍물장사에게 소개를 시킨다. 장사는 주인의 말을 듣더니만 두말없이 고개를 끄덕였다.

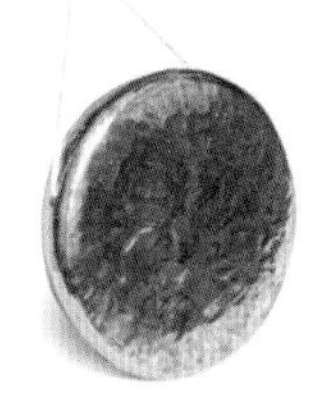

꽹매기

이 바람에 막동이와 김선달은 신이 나서 물건을 고르기 시작했다. 김선달은 징채를 들고 징을 꿍! 꿍! 울려본다. 막동이는 오래간만에 장구를 쳐보고 꽹매기를 쳐보며 좋아한다.

얼마 뒤에 그들은 한 벌을 골라잡았다. 물건 값은 거의 이십 원 돈이나 되었다.

희준이는 장꾼들에게 막걸리 한 잔씩을 대접하고 일어서려니까 주인은 할 말이 있다고 두루마기 자락을 꼭 붙잡는다.

"이 양반이 사위를 삼으려나, 왜 붙들어. 그럼 잠깐들만 기다리시우."

주모는 희준이를 술청 옆으로 안동해 들어오며

"저, 우리 딸 혼인을 정하고 싶은데 김선생이 혹시 아시는지 몰라서……."

"아, 어디로요?"

머리를 얹은 주모는 사십여 세의 중년을 넘었으나 젊어서는 유명한 오입쟁이였던 만큼 얼굴 전형에 오히려 어여쁜 구석이 보인다. 그는 딸이 셋이나 되는데 큰딸은 경기도에서 잠업기수(蠶業技手)를 다니고 둘째딸은 보통학교를 마치고서 시집을 보냈다. 지금 이 딸은 들여앉히고 침선을 가르쳐서 어디 마땅한 데로 여의어 주자는 노릇이, 너무 골라서 그런지 좀처럼 혼처가 나서지 않았다. 그래 그는 무식을 한탄하는 딸에게 환심을 사려고 최근에는 야학을 보내기 시작했다.

"저, ○○사는 박가 내력을 아시는지?"

"대강은 짐작하지마는 자세히는 몰라요. 왜, 지체를 보려고."

"아이구, 나 같은 사람이 지체는 무슨 지체!"

"그럼, 신랑은 뭘 하는 사람인데?"

"글방물림으로 농사를 짓는다나. 제 땅마지기도 있나 봅디다마는 나이가 좀 어리고 사람의 속을 알 수 있어야지!"

"나이가 어리다면 난 불찬성인데. 그리고 어중띠기 완고는 재미가 적은 걸요. 그런 데보다는 차라리 착실한 농군이 좋지 않아요!"

"그래요 나도 그런 생각이 있어도 어디 착실한 곳이 나서야지! 어미가 사람 노릇을 못한 대신에 자식이나 그렇지 않도록 진실한 사람을 얻어 맡겨놓은 다음, 한번 출가를 시킨 이상에는 일평생을 해로하도록…… 그래 그런 데로 주고 싶어요, 완고는 조강지처는 안 버리니까요."

주인은 나직이 한숨을 돌려 쉬는데 어느덧 그의 눈에는 눈물이 글썽글썽하였다.

"글쎄요. 그건 생각대로 하시겠지만 이왕이면 야학을 다니고 하니 내년 봄까지 기다려보시지."

"네, 나도 그런 생각이 없지 않으되 머리가 커다란 것을 이런 *봉놋집에 두었다가 사람의 수를 알 수 있나요? 무슨 일이 있든지 하면…… 그래서."

봉놋집 나그네가 한데 모여 자는 주막집.

그는 젊어서 지난 자기의 신세를 생각하고 오직 자식들에게나 그런 전례를 다시 밟히지 않으려 하여 천지신명께 축수하였다.

장목
꿩의 꽁지깃을 묶어 깃대 끝에 꽂는 꾸밈새.

*장목을 해 꽂은 깃대에는 기폭이 펄펄 날렸다. 그들은 정자나무 밑에다 농기를 내꽂고 우선 한바탕을 뛰고 놀아보았다.

김선달은 상쇠잡이로 앞을 서고 막동이, 덕칠이, 인동이, 박서방, 백룡이, 상출이, 월성이, 또 누구누구 한 잡이꾼은 넉넉하였다. 쇠득이는 장삼을 입고 춤을 추었다.

저녁때— 마을 사람은 집집이 저녁을 치르고 나왔다. 여자들도 싸리문 밖으로 바람을 쐬러 하나 둘씩 나온다. 한낮에 쩔쩔 끓던 불볕은 저녁이 되어도 땅이 식지 않았다.

북소리가 둥둥 울리자 그들은 신이 나서 모두들 정자나무 밑으로 몰키었다. 풍물이 제각기 소리를 내니 마을에는 별안간 명절 기분이 떠돌았다. 어린애들은 함성을 올리며 돌아다닌다.

좌상
가장 나이가 많거나 으뜸인 사람.

공원
조합의 실무를 맡아보는 사람.

내일부터 두레를 나서게 되었는데 안승학도 저녁을 먹고 나와서 구경을 하다가 무슨 생각이 들었는지 자기 논부터 매달라는 부탁을 자청해서 말하였다. 그래 희준이의 발론으로 그를 '*좌상'으로 추켜올리고 희준이는 '*공원'이 되었다.

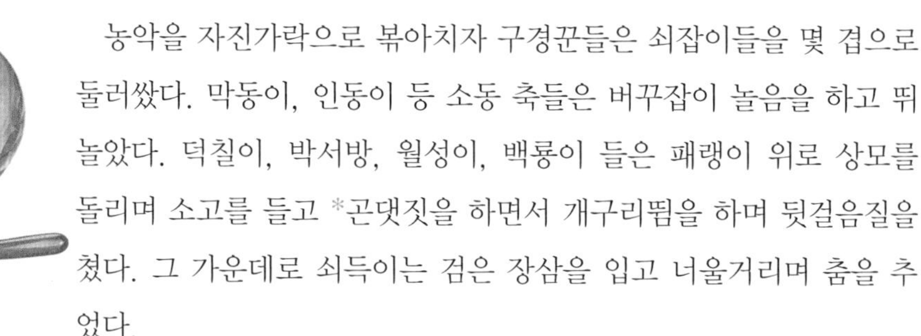

소고

곤댓질
뽐내며 우쭐거리는 고갯짓.

농악을 자진가락으로 볶아치자 구경꾼들은 쇠잡이들을 몇 겹으로 둘러쌌다. 막동이, 인동이 등 소동 축들은 버꾸잡이 놀음을 하고 뛰놀았다. 덕칠이, 박서방, 월성이, 백룡이 들은 패랭이 위로 상모를 돌리며 소고를 들고 *곤댓짓을 하면서 개구리뜀을 하며 뒷걸음질을 쳤다. 그 가운데로 쇠득이는 검은 장삼을 입고 너울거리며 춤을 추었다.

"좋다! 버꾸야!"

희준이는 잡이손 속에서 징을 치며 돌아다녔다. 이 바람에 김선달도 신명이 나서 '*부쇠 앞에 마주 돌아서서 발을 굴러가며 자진가락을 넘겼다.

이튿날 아침에 집집마다 한 명씩 나선 두레꾼들은 농기를 앞세우고 안승학의 구레논부터 김을 맸다.

"깽무깽깽, 깽무깽깽, 깽무깽, 깽무깽, 깽무깽깽……."

아침 해가 뿌주름히 솟을 무렵에 이슬은 함함하게 풀 끝에 맺히고 시원한 바람이 산들산들 내 건너 저편으로 불어온다. 깃발이 펄펄 날린다. 장잎을 내뽑은 벼 포기 위로는 일면으로 퍼렇게 푸른 물결이 굼실거린다.

그들은 머리에 수건을 질근 동이고 꽁무니에는 일제히 호미를 찼다. *쇠코잠방이 위에 등거리만 걸치고 허벅다리까지 드러난 장딴지가 개구리를 잡아먹은 뱀의 배처럼 불쑥 나온 다리로 이슬 엉긴 논두렁 사이를 일렬로 늘어서서 걸어간다. 그중에는 희준이의 하얀 다리도 섞여서 따라갔다.

두레가 난 뒤로 마을 사람들의 기분은 통일되었다.

부쇠
중쇠. 걸립패에서, 상쇠 다음으로 놀이를 지도하는 사람.

쇠코잠방이
여름에 농부가 일할 때에 입는 잠방이.

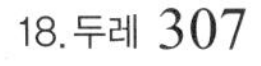

백룡이 모친과 쇠득이 모친도 두레 바람에 화해를 하게 되었다. 인동이와 막동이 사이도 옹매듭이 풀어졌다.

백룡이 모친은 밤저녁으로 두레 노는 것을 보고 오는 길에 쇠득이 집에로 들어가서

"형님, 쇠득이가 어짜면 춤을 그렇게 잘 춘다우?"
하고 다정한 목소리를 꺼내었다.

"들어와. 담배 한 대 자시고 가."

백룡이 모친은 쇠득이 모친이 권하는 대로 뜰 위로 올라앉으며 다정스러이

"형님, 그전 일을 조금도 어찌 알지 마소! 나도 그때 *분지도에 그랬으니."

분지도
분김.

"서로 그렇지. 우리가 무슨 원수질 것 있는가베."

"그러기에 말이지우. 자네도 조금도 *어성버성하게 생각하지 말게. 싸움 끝에 정이 붙는다고 그럴수록 잘 지내세."

어성버성하다
분위기가 어색하거나 사람을 대하기가 서먹서먹하다.

"그다 이를 말씀이여유."

쇠득이 처도 상냥한 표정을 보였다. 참으로 그들은 언제 싸웠더냐 싶게 오순도순 이야기를 하였다.

오늘 논을 매고 쉬는 참에 덕칠이는 인동이와 막동이를 노렸다.

"이놈들아, 그래 싸움해서 누가 졌니? 두 놈이 냇물 속으로 물구나무를 섰다더니."

"막동이가 졌대유."

수동이가 맞장구를 치니까 좌중은 와—하고 홍소를 내뿜는다.

"에이 그래, 지고서 밥을 먹니. 나 같으면 송편으로 목을 따 죽겠다."

"아니유, 그 애가 퍽 쨍쨍해졌던데유."

막동이는 낯을 붉히며 웃는다. 인동이도 부끄러웠다.

그러나 막동이는 방개가 보는 데서는 신명이 나게 더 잘 뛰노는 것 같았다.

백룡이네 논을 매러 와서 두레는 한바탕 들판에서 놀고 저녁때의 쉴 참이 되었다. 농군들은 논두렁에 앉아서 담배를 피운다.

술을 많이 먹으면 논을 거칠게 맨다고 그들은 누구에게나 한 번에는 한 사발 이상을 더 먹이지 않았다.

지금 그들은 담배 연기에 싸여서 이야기의 꽃이 피었을 때, 희준이도 그들의 틈에 끼여 앉아서 한 추렴을 들었다.

"아니 희준이는 그러다가 농군이 되기 쉽겠네. 풍물 치는 것은 어디서 그렇게 배웠나."

김선달은 앞니 빠진 말상 같은 얼굴을 흔들며 허허 웃는다.

"글쎄 말이지. 논두 매면 곧잘 매겠는데."

"왜 농군이 되면 못 쓰나요?"

희준이는 그들을 쳐다보며 따라 웃는다.

"자네 같은 사람이야 농군이 안 되더래도 잘 살 수가 있을 터인데. 참 저 사람은 별일이여! 왜 월급 생활을 않는다나?"

하고 조첨지는 참으로 의심스러운 듯이 희준이를 노려본다.

"월급 생활보다도, 이런 일 하는 것이 제일 좋아요."

"그래도 무슨 주의가 다르기에 그렇지 않은가. 우리 같은 무지한 백성이야 여북해서 땅을 파먹느냐 싶은데? 원 참."

조첨지는 다시 의심스러운 눈을 희준에게로 돌리는데 그러나 희준이는 잠자코 그들의 대화를 듣고 있었다.

—그들은 오히려 원시적인 우매한 생각에 사로잡혀 있었다. 인간의 생산력이 유치하였을 때 자연에게 압박을 당하고 사회 환경의 지배를 받을 때 그들은 이것을 불가항력으로 돌리는 동시에 인간을 무력하게 보고 따라서 '숙명적' 인생관을 갖게 되지 않았던가? 지금 이들에게 노동은 신성하다. 사람은 누구나 병신이 아닌 다음에는 노동을 해서 먹고 사는 것이 가장 옳은 일이라고, 농사짓는 것과 석탄 캐는 것과 고기 잡는 것과 길쌈하는 것 같은 생산적 노동은 그것들이 우리 생활에 직접으로 필요한 것인 만큼 더욱 귀중한 일이라고 설명을 한댔자, 잘 알아듣지 못한다. 그들은 놀고서도 잘 사는 사람을 부러워한다. 놀면서 잘 사는 까닭이 웬일인지는 몰라도 사실이 그런 것만은 거짓말이 아니다.

희준이는 올봄에 뒷산에 올라서 떡갈나무 잎을 보고 느끼던 것이 생각난다. 지금 이들은 마치 떡갈나무의 묵은 잎사귀와 같이 낡은 생각이 붙어 있지 않은가. 햇 잎사귀가 길게 싹터 나오는데도 묵은 잎사귀는 그대로 그 밑에 붙어 있다. 그들은 새 시대를 맞으면서도 오히려 묵은 사상에 사로잡혀 있지 않으냐? 봄이—인간의 봄이 무르녹아야만 그들의 묵은 잎사귀도 떨어지려는가?

저녁때였다.

한참을 다시 논을 맬 무렵에 희준이도 호미를 들고 논 안으로 들어섰다. 그는 제일 거머리에 뜯기는 것이 징그럽고 둘째로는 허리가 아픈 것이 견디기 어려웠다. 다른 사람들은 그가 그저 따라다니는 것을 미안하게 여겨서 그러는 줄만 알고 공원은 논을 매지 않아도 좋다고 만류한다. 그러나 희준이는 그런 생각이 아닌 만큼 논 매는 것을 배워본다고 참참이 대들어서 매보았다.

처음에는 호미가 잘 돌아가지 않았다. 떡덩이 같은—지심이 잔뜩 낀 흙덩이를 잡아 파내서 엎지르며 벼 포기 사이로 기어 나가기란 여간 힘이 들지 않는다. 장잎은 좌우로 얼굴을 스쳐서 까딱하면 눈을 찌르기 쉬운데 등허리에서는 불볕이 내리쪼인다. 발밑에는 뜨거운 물이 부글부글 끓는다.

그러는 대로 숨이 콱콱 막히며 얼굴에서는 땀방울이 철철 흐른다. 내 살을 꼬집어서 남의 아픈 사정을 알랬다고 자기가 직접으로 육체적 노동의 고통을 당하고 보니 그전에 놀고먹던 허물이 뉘우쳐진다.

이들의 피땀의 결정인 곡식을 거저 앉아 먹은 것이 황송하다.

해 질 무렵까지 백룡이네 논을 다 매고 나서 깃대를 들고 그들은 마을로 들어왔다. 그 집 마당에서 또 한바탕을 뛰며 놀았다. 백룡이 모친은 술을 한 동이를 사다가 일꾼들을 먹였다. 그도 술이 취해서 얼근한 바람에 달려들더니만 치맛자락을 걷어들고 쇠득이와 마주 서서 엉덩춤을 덩실덩실 춘다. 그리고 지화자를 불렀다. 구경꾼들은 그들이 똥을 끼얹고 싸우던 엊그제 일이 생각나서 속으로 웃었다.

그날 밤에 희준이는 밤새도록 허리를 끙끙 앓았다.

두레패

19. 일심사

원터의 두레는 나날이 성적이 좋아서 두레꾼들은 신이 나서 뛰노는데 서울에서 내려온 중학생들은 한여름 동안을 재미있게 보내려고 들로 강변으로 헤매었다. 갑성이 형제는 요새도 원두막에서 자고, 심심하면 냇물로 뛰어들어서 시원하게 멱을 감았다.

그러나 갑숙은 여전히 실심한 기분으로 그날그날을 보내었다. 그는 경호를 만나본 이후로 그의 수심은 더하였다.

그는 그날 밤에 경호를 만나보고 돌아와서 밤새도록 뜬눈으로 새우며 자기의 앞길을 궁리해보았다. 희준이를 사모하는 마음은 간절하였으나 그것은 공상에 가까운 부질없는 생각이라 하였다.

경호는 산으로 올라갈 무렵에 그에게도 동생들이 놀러 올 때 함께 오라고 당부하였다. 갑숙이는 조용한 틈을 타서 한번 다시 경호와 통사정을 하고 싶었으나 역시 그런댔자 별도리가 있을 것 같지 않다. 지금 와서 지나간 일을 생각하면 오직 뉘우치는 눈물과 한탄하는 설움이 남아 있을 뿐! 자기는 인제 죽지가 부러진 새와 같아서 *증왕에는 하늘 끝 저편까지 인생의 행복한 생활을 바라보던 안타까운 동경(憧憬)과 아리따운 희망도 사라지고 말았다.

증왕(曾往)
이미 지나가 버린 그때.

그의 이와 같은 여지 없는 절망은 한편으로 지금껏 생각지 못했던 현실을 쓰라리게 체험하는 동시에 어떤 견딜 수 없는 애처로운 자책을 느꼈다.

대체 자기의 생활을 짓밟은 자는 누구일까? 자기의 앞길을 가로채고 낭떠러지로 떨어뜨린 자는 누구일까?

일심사는 상리 안골로 올라가는 봉화재 중턱에 매달렸다. 경호는 집에 와서 십여 일 있다가 일심사로 올라갔다. 그는 해마다 여름에 내려오면 한동안은 이 절에서 몸을 쉬었다.

일심사 부처에게 불공을 드리고 경호를 낳았다 해서, 그의 집과 이 절 주지는 한집안 식구처럼 친하게 지낸다. 그래 경호가 절에 가면 그들은 여간 후대를 하지 않는다.

칠월 그믐으로 접어드는 여름은 본격적으로 더워졌다. 나무가 귀한 평지에만 살던 경호는 산에 올라와 보니 여간 유쾌하지 않다. 절 밑 동구에는 아름드리 느티나무가 절벽과 바위 사이로 두터운 그늘을 떠이고 섰다.

거기에는 녹음이 뚝뚝 떴고 매미 소리는 서늘하게 석간수처럼 흐른다.

그 옆으로 골짜기를 흐르는 맑은 물은 바둑돌 같은 *반석을 씻고 흘러서 군데군데 석담(石潭)을 이루고는 다시 층암으로 떨어진다. 쳐다보면 외외한 석봉은 하늘과 마주 닿았는데 그 중턱에 조그맣게 터전을 잡고 제비집같이 깃들인 것이 일심사란 외로운 절이다.

반석
넓고 편평한 바위. 너럭바위.

반석 사이로 흐르는 물줄기

안계(眼界)
시야.

잔산단록(殘山短麓)
낮고 작은 산들.

앞으로는 *안계가 탁 트여서 멀리 서해 바다의 원경(遠景)이 연하(煙霞) 속으로 그림처럼 펼쳐 있다. 그 사이로 연해 있는 *잔산단록은 마치 바다의 파도처럼 푸른 굽이를 쳐 나가고 다시 점점이 흩어진 마을들은 푸른 숲이 수묵처럼 엉클어진 속으로 아득한 그림자를 은은히 던졌다. 하늘에는 흰 구름이 둥둥 떠돈다.

경호는 이런 경치를 혼자 보기가 무료하였다.

'갑숙이와 함께 저 강물과 바다를 바라보았으면 얼마나 유쾌한 일일까?'

이런 생각은 지금이라도 쫓아가서 그를 데리고 오고 싶다. 그는 할 수 없이 갑성이에게 편지를 썼다.

일심사에는 남중들과 여승 한 명이 산다. 주장중 내외는 그전부터 알지마는 늙은 중 하나는 처음 보는 사람이었다. 그는 얼굴이 얽둑얽둑하고 고석박이에 다복솔 같은 구레나룻과 아랫수염을 길렀다.

방은 너덧 개나 있고 법당은 석벽 밑으로 층대를 올려 쌓고 지었다.

부엉이

외떨어진 방 한 칸을 차지하고 있는 경호는 밤저녁이 되면 더욱 심심하였다. 들리는 것은 오직 그윽한 물소리와 처량하게 우는 밤새 소리뿐이었다. 뒷산에서는 부엉이가 저녁마다 운다.

멀리 차 떠나는 소리가 풍편에 가늘게 들린다. 그는 금시로 인간이 그리웠다.

그날 밤 경호는 꿈에 갑숙이를 여러 번 보고 선잠을 깼다.

'그가 올라올까? 안 올까?'

경호의 불타는 듯한 정열의 날개는 허공을 배회하였다.

이튿날 아침에 기다리던 갑성이는 오지 않고 산 밑 동리에 사는 웬 노파가 집안에 우환이 있다고 책을 좀 떠들어 보아달라고 왔다. 이 절 중은 불공을 하는 외에 관상도 점도 할 줄 아는 체하였다.

올만 남은 삼베 치마를 입고 다 떨어진 광목 적삼을 노닥노닥 지어서 입은 노파는 손등에 덮인 힘줄이 지렁이처럼 뻗치고 일어섰는데 얼굴은 덜 익은 바가지짝처럼 쪼그라든 것이 한눈에 보아도 가난한 농가의 할머니인줄 알 만하다. 쇠꼬리 같은 몽그라진 머리로 간신히 쪽을 쪄서 나무 젓갈로 비녀를 해 꽂고 헌 고무신짝을 누덕누덕 기워 신었다.

그는 산길을 올라오느라고 숨이 턱에 닿아서 아래턱을 한참 들까불며 미처 말을 못한다. 그는 뒤꼍으로 돌아가서 냉수 한 그릇을 퍼먹은 뒤에 마루 끝으로 와서 부러진 다리처럼 털썩 주저앉으며

"저……."

하는데, 아직도 어깻숨을 쉬고 있는 것을 보면 가쁜 것보다도 딸의 병을 애타하는 어머니의 안타까운 비탄이 앞을 서는 모양 같다.

"에—어디 누가 편치 않아요?"

화상은 마루로 나와서 마주 앉으며 묻는다.

"아, 저…… 저 딸애가 한 사흘 전부터 앓는데 배가 아프고 도무지 잠을 못 잔다구 해서…… 내—무슨 병이 그럴까?"

하고 노파는 안심찮은 듯이 중의 얼굴을 빤히 쳐다본다. 그의 눈에는 아무쪼록 잘 보아달라는 애원하는 표정이 숨어 있다.

"네, 배가 아프고 잠을 못 잔대요?"

"그래요, 쇠통 잠을 못 자고 배가 아프다는구먼!"

"네, 알겠어요. 아무 걱정 마셔요."

화상은 무슨 책을 떠들어 보고 한참 뒤적뒤적하더니만 목소리를 높

여서

"수일 전에 이웃집에서 해산한 이가 있지요?"

"응? 있지. 우리 집 앞집에 사는 말불이가 아우를 봤지라우."

"그렇지요. 그게 그 해산 귀신이 발작을 해서 병이 난 것입니다."

"응! 해산 귀신이 붙들렸어요? 아이구 저 일을 어쩔까?"

노파는 기급을 해서 눈을 홉뜨고 부르짖는다.

"아무 염려 마셔요. 지금 가르쳐드리는 대로 예방을 하면 괜찮습니다."

"아! 어떻게 하라구?"

"저 조밥 아홉 그릇과……."

"조밥?"

"예, 조밥 아홉 그릇과 말 아홉 필을 그려서 술 한 잔하고 *염장(鹽醬)을 갖추어서 정동(正東)으로 사십 보를 밟아 나가서 동룡(東龍)이란 귀신을 세 번 부른 뒤에 그리고 *퇴송을 시키고 돌아오면 됩니다. 그런데 참, 가던 길을 다시 돌아오면 안 되니까요, 오실 때는 딴 길로 오셔야 해요."

염장(鹽醬)
소금과 간장.

퇴송
물리쳐 도로 보냄.

"조밥 아홉 그릇이유? 아이구 좁쌀이 어디 있나 원!"

"그건 그릇 수효만 채우면 되니까요. 접시 같은 데다가 조금씩 담아도 좋습니다. 술 한 잔하고 간장 된장을 갖추어서요."

"아이구 원, 좁쌀을 어디 가서 꾸나. 그래 그렇게만 하면 낫겠는가라우?"

"예, 오늘 저녁에 그렇게 하면 속히 나을 텝니다."

노파는 한숨을 쉬고 나서 말 아홉 필도 그릴 사람이 없다고 그려 달래서 신문지에다 말 마(馬)자 아홉을 따로따로 써주는 것을 받아가지고 은혜를 치사한 후에 지팡이를 짚고는 오던 길로 내려간다.

돌길에 지팡이를 끄는 소리가 경호의 귀에 다시 들렸다.

점심때에는 중년 된 여자가 딸이나 며느리 같은 젊은이를 데리고 왔다. 그들도 가난한 농군의 아내 같다.

요새 그 흔한 인조견 적삼 하나를 못 해 입고 당목 옷을 아래위로 입었다.

"어디서들 오셨나요?"

주지는 행여나 불공이나 하러 온 줄 알고 은근히 묻는다.

"저, 한 삼십 리 밖에서 왔는데유. 절 구경을 처음으로 왔어요. 그래서 요리(要理)를 몰라서 어떻게 하는 줄 알아야지유."

"요리를 알든 모르든 부처님한테 정성껏 절을 하시면 부처님은 당신의 심중을 아시는 만큼 소원 성취를 해주십니다."

텁석부리 중의 말이다.

"네, 그래— 당초에 요리를 몰라서 절도 못 했는데유. 요리를 몰라서 돈도 한 푼 안 가져오구유."

"돈은 이 다음에 가져오시고 그저 정성껏 절을 하십시오."

그러나 그 여자들은 *점도록 요리를 모른다고 한 말을 되씹고 되씹고 하였다. 그들은 기이한 경치와 산중에 외딴 절이 있는 것을 참으로 경탄하기 마지않았다.

점도록
'하루종일'의 방언.

그들의 모녀는 원터에서도 거의 이십 리나 남쪽으로 더 나가는 큰 들에서 산다. 그들은 기차를 타보기는커녕 차 구경도 자세히 못했다. 해마다 정거장으로 차 구경을 온다고 벼르면서 그것을 못 해왔다. 작년 추석만 해도 꼭 구경을 한다는 것이 농사가 시원치 않아서 그런 것 저런 것 경황이 없었다. 그래서 올해는 벼르고 별러서 구경을 나온 것이다.

육순이 가까운 그의 모친은 인제는 죽을 날도 멀리 않아서 마지막일는지 모르는 딸의 얼굴을 보러 왔다. 그들이 듣기에는 죽어서 저승에 들어가면 최판관이 염라대왕 옆에 붓을 들고 앉아서 들어오는 황천객을 일일이 심판한다 하지 않는가?

"너는 이승에서 무슨 공덕을 닦았느냐?"

최판관은 이렇게 먼저 묻는다는 것이다. 그런데 지금 이들은 가난하기 때문에 남에게 적선한 것이 없다. 길가 집이 아니라 *급수 공덕도 못하고 물가 집이 아니라 *월천 공덕도 못했다. 하긴 걸인이 조석을 빌러 올 때 찬밥 한 술갈을 떠준 일이 간혹 있지마는 그것도 벌써 예전 말이다. 지금은 자기네들이 *거산할 지경인데 무슨 여유로 걸인을 주느냐 말이다.

급수
물을 길음.

월천
내를 건넘.

거산(擧散)
집안 식구나 한곳에 살던 사람들이 모두 뿔뿔이 흩어짐.

그다음에 최판관은 또 묻기를,

"너는 이승에서 무엇 무엇을 구경했느냐?"

한다는데 그들은 역시 대답할 말이 없다. 서울 구경을 했나, 명산대천을 가보았나. 이번에 절 구경과 정거장 구경을 나오지 않았으면 한껏해야 그들은 읍내 가서 장 구경을 한 것뿐이다. 그래서 딸은 일부러 친정어머니를 데리고 나선 것이다. 그는 이 절 구경과 아울러 모친의 저승길을 밝혀준다고 이십 전짜리 인조견 한 자를 끊어다가 다홍 허리띠를 접고 다홍 주머니를 다홍 끈으로 달아서 해 채웠다. 그의 모친은 그것을 다시없이 기뻐하였다.

그들은 다 찌그러진 움막살이에서 여름에는 빈대, 모기, 벼룩에게 뜯겨가며 보리죽으로 연명하고 겨울에는 주리는데 추위까지 겹쳐서 벌거벗은 겨울나무처럼 오들오들 떨지 않는가? 길 가운데 난 풀이 행인의 발자국에 밟혀 엎치듯이 그들의 혼은 나날이 부닥치는 악착한 현실에 부닥쳐서 미처 숨 쉴 새도 없이 아주 숨죽은 사람도 많지 않은가?

그러나 어쩌다가 이런 곳을 와보고 또한 자기들보다 생활 환경이 다른 사람들을 볼 때 그들은 입을 벌리고 놀라기를 마지 않았다. 그것은 이런 데도 사람이 사는 곳인가 하다가 나중에는 그들도 자기네와 같은 똑같은 사람인 데 두 번 다시 놀랐다. 천당과 지옥은 내세에 있는 것이 아니라 현세에 있는 것 같기 때문이다.

그래 그들의 머릿속에 오랫동안 잠자고 있던 혼은 별안간 청천벽력에 놀라 깬 것처럼 인생을 부르짖어 탄식하였다.

그러나 그들의 탄식은 무엇을 가져오더냐? 봉건적 숙명관은 그들에게 오직 미신과 우상 숭배를 강제할 뿐이 아닌가!

지금 이들도 부처님에게 정성껏 절을 하면 소원 성취가 된다는 바람에 법당 문을 열어놓고 절을 수백 번도 더 하였다. 절은 돈이 들지 않고 땀만 흐를 뿐이었다. 그런데 부처님은 육갑을 짚은 대로 언제나 마찬가지로 *감중련을 하고 앉았다.

그들은 다시 합장 배례하였다. 노파는 입속으로 연해

"나무아미타불! 관세음보살."

을 불렀다.

부처님

감중련
입을 다물고 말을 하지 않음을 이르는 말.

경호는 심심해서 사중을 한 바퀴 돌다가 법당 안에서 그들이 쉴 새 없이 절하는 것을 우두커니 바라보았다. 그의 부모가 자기의 수명을 이 절에서 빌 때에도 저렇게 절을 했던가? 이런 생각에 꼬리를 달고 나오는 생각은

'자기는 참으로 부처에게 빌어 낳았는가?'

하는 의심이 난다.

초산을 못했다는 모친이 별안간 자기 하나만 낳고 다시 또 못 낳는다는 것은 참으로 이상하지 않은가? 하기는 그래서 부처님이 영험하다는 것이지마는 어쩐지 그전까지 무심했던 경호도 차차 이런 생각이 들수록 그런 기적을 의심하고 싶게 된다. 경호의 이런 생각은 모친에게 언제 한번 물어보고 싶은 동시에 지난번 방학 때 내려올 무렵에 경상도 학생—진도의 농담하던 말이 문득 새삼스레 그의 머릿속으로 떠오른다.

사흘째 되던 날 아침나절에 갑성이 남매가 올라왔다.

갑숙이는 동생들이 같이 가자고 조르는 데 몇 번이나 사양하다가 부친의 눈치를 보고 나서 솔깃이 따라가 보고 싶은 생각이 났다. 그것은 경호를 만나보고 싶다는 것보다도 한번 다시 그의 최후의 말을 듣고 싶음이었다.

그렇다고 그는 절에서 자고 올 생각은 없었다. 그래 당일로도 다녀오자면 식전 일찍 떠나지 않으면 안 된다고 아침을 해 돋기 전에 먹고 그길로 출발하였다.

마을 앞을 나오니 벌써 두레꾼들은 풍물을 치며 앞들로 행렬을 지어 나간다. 농립을 쓰고 뒤따라가는 희준이의 뒷모양도 보인다. 갑숙이는 가슴이 쓰라리다. 그는 다시 쳐다보지 않고 고개를 숙였다.

갑숙이는 일심사를 처음 가본다.

어려서 너덧 살 적에 어머니가 업고 가본 일이 있다 하나 그는 지금 그때 일을 모른다. 읍내 한가운데를 가로 뚫고 지나가서 제사 공장 옆으로 상리까지 올라가는 길은 평탄하였으나 골짜기로 산비탈을 올라갈수록 차차 험한 산골길이 나선다. 아침 햇빛이 영롱하게 풀끝에 맺힌 이슬을 반사한다. 넌출진 풀잎이 얼크러진 풀 언덕에는 낙거미집이

해변의 천막처럼 거미줄을 쳐놓았다. 그 속에 크고 작은 거미가 들어앉았다. 활엽수의 연푸른 잎사귀에 참나무, 밤나무, 느티나무들의 큰 나무가 우뚝우뚝 섰다. *돌너덜을 내리구르는 석간수가 좌우의 풀숲을 뚫고 옥을 부시는 소리로 흐른다.

돌너덜
돌이 많이 흩어져 있는 비탈.

산 잔등을 올라서니 고개 마루턱에 느티나무 *서낭이 있다. 서낭 밑에는 돌자갈을 쌓아올리고 그 뒤에는 바위가 둘러섰다. 서낭나무 가지는 흰 헝겊, 빨간 헝겊을 매달고 *사나끈 사이에다 흰 종이 수지를 꿰어서 금줄을 띄웠다.

서낭
토지와 마을을 지켜준다는 신.

서낭 밑에 쌓아올린 돌자갈.

그 밑 땅바닥에는 볏짚으로 화톳불을 놓은 재가 아직도 고스란히 있는 것을 보면 며칠 전에 누가 *노구메 정성을 들인 것이다. 서낭 뒤 바위 중턱에는 조그맣게 터진 곳이 있는데 거기다가 돌멩이를 던져서 얹히면 누구나 소원 성취가 된다고—행인들의 던진 돌멩이가 떨어져서 그 밑에 수북하니 쌓였다.

사나끈
새끼줄.

노구메
산천의 신령에게 제사 지내기 위하여 놋쇠나 구리로 만든 작은 솥에 지은 메밥.

갑성이는 먼저 올라가서 거기다가 돌멩이를 얹히려고 애를 쓴다.

"너 거기다가 돌을 던져봐라, 그게 뭔지 아니?"

"그럼 몰라. 총각은 장가들고 색시는 시집간다지."

"미친놈 별소리를 다 하네."

갑숙이는 갑준이가 하는 말을 픽 웃으며 그들이 얹으려고 몸 다는 꼴을 가소롭게 보고 있었다. 그는 자기도 장난을 해보고 싶었으나 동생들이 놀릴까 봐서 용기가 나지 않는다.

"뉘도 좀 던져보지."

"싫다, 난."

"이번에는 내가 꼭 맞춘다."

"나도 맞춘다. 하나, 둘, 셋!"

"에—잘 얹힌다. 호호호……."

"에라 고만두자. 난 장가 안 들겠다."

그들은 손을 툭툭 털고 바윗돌에 주저앉는다. 눈 아래로는 읍내 앞 넓은 들이 내리깔렸다. 푸른 들은 바다와 같이 먼 산 밑까지 펼쳐 있다.

"아, 시원하다. 참 좋은데!"

"얘, 어서들 가자."

장승

갑숙이가 재촉하는 바람에 그들은 다시 산 이쪽 비탈을 가로 타고 돌아갔다.

그 산모퉁이를 돌아 올라간즉 두 갈래 진 어구에 얼굴에다 주황 칠을 한 장승이 좌우로 버티고 섰다. 장승 배에는 '천하 대장군' 이라고 썼는데 새로 깎아 세운 장승 뒤에는 썩어 문드러진 낡은 장승들이 무서운 이빨을 내밀고 한 무더기로 몰켜 섰다.

"야, 장승 봐라!"

"아이그 무서워!"

갑숙이는 발을 멈추고 우뚝 서며 몸서리를 친다. 그는 그 앞을 지나가기가 실쭉해서 발끝을 *적여디디고 외면을 하는데, 장난꾼인 갑성이는 왈칵 달려들어 얼싸안더니만 장승 이빨에다 제 입을 대고 돌려가며 입을 맞춘다.

적여디디다
제겨디디다. 발끝이나 발뒤꿈치로만 땅을 디디다.

"아이구, 저 애가 미쳤나 웬일이야!"

갑숙이는 눈썹을 찡그리며 놀라는데

"무에 무슨 짓이야. 장승하고 입 맞추면 재수 있다는데! 흥, 이놈 잘 만났다. 어디 한 번 더 맞출까?"

갑숙이와 갑준이는 그 꼴을 보고 허리가 아프도록 마주 보고 웃는다. 그러나 갑성이는 천연스럽게 시치미를 뚝 떼고 여전히 입을 맞추고 있다.

"우—"

산 밑에서

"우,"

소리를 지르니까 산 위에서도 마주 군호를 한다.

"우—"

경호의 군호 소리다.

경호는 갑성의 일행이 올라오는 줄을 알자 한 달음에 뛰어 내려와서 그들을 영접하였다. 그는 누구보다도 갑숙이가 온 것이 뛰고 싶도록 기쁨을 자아낸다.

"아, 올라오나?"

"이 사람, 잘 있었나?"

"야—경호. 이애는 지금 장승하고 키스했단다."

"호—"

갑숙이는 경호와 잠깐 묵례를 교환하며 손수건으로 입을 가린다.

"자네도 입 좀 맞춰보지. 그럼 재수 있다네."

"얘, 입 맞출 데가 그리 없어서 장승하고 입 맞춰."

"오—참, 자네는 키스할 곳이 따로 있지. 난 몰랐군!"

"미친놈!"

갑숙이는 귀밑을 붉히며 입속으로 가늘게 부르짖었다. 그들도 갑숙이와 경호의 관계를 짐작한다. 그들은 이따금 누이를 놀려주고 싶은데 갑숙이는 그것을 질색하였다.

경호는 일행의 행장을 받아 가지고 앞을 서서 올라갔다. 이날도 절은 조용하니 아무도 오지 않았다. 경호는 점심을 부탁해놓고 그들을 데리고 절 뒷산으로 올라갔다.

갑성이와 갑준이는 식물 채집을 한다고 표본책을 가지고 뛰어다닌다. 갑숙이는 자기도 모르게 경호의 뒤를 따라갔다.

어느덧 두 사람은 노송나무 밑 바위틈에 은신하고 앉았다. 나무 그늘 속의 유수한 *동학을 뚫고 올라와서 층암 절벽 아래에 동그마니 올라앉은 절은 들보에 매달린 제비집처럼 위태하다.

동학
깊고 큰 골짜기.

산 밑을 내려다보니 더욱 아슬아슬하였다. 그 아래로—몇 천 길 낭떠러지처럼 급한 비탈이 지고 절 위로는 병풍같이 둘러친 큰 바위가 금시에 떨어질 것처럼 굽어보고 섰다.

바위 위로는 낙락장송이 서고 다시 그 위로 솟은 봉우리[石峰]는 유리 같은 푸른 하늘을 송곳 끝같이 치받고 섰다.

—법당 옆으로 한 줄기 석간수가 쫄! 쫄! 목메어 흐른다. 갑숙이는 이런 경치를 처음 보자 일시는 홀린 듯이 모든 근심을 잊을 수 있었다.

노송

"경치가 매우 좋지요?"

경호는 황홀한 듯이 갑숙이의 측면 얼굴에 시선을 쏘며 묻는다. 멜빵허리를 달아 입은 옥색 치마 위로 흰 적삼 등이 아른하게 윤곽을 그렸다. 장미색으로 살을 비치는 두 팔이 경호의 눈을 홀리게 한다.

"네— 처음 와보는데 퍽 좋아요."

갑숙이는 멀리 서해안을 바라보며 나직이 부르짖었다.

"처음이셔요? 난 그전에도 와보셨다구."

"아니, 처음이어요."

"네, 저게 서해 바다요. 그 옆으로 훤한 모래톱과 마전을 펴서 넌 것 같은 물이 보이는 것은 강물입니다."

경호는 한 손을 쳐들고 손가락으로 가리킨다.

"네……."

"난 갑숙씨가 안 오실는지 몰라서 퍽 궁금했어요. 올라오시기에 다리 아프시지요?"

"아니 괜찮아요. 그렇지 않아도 오지 않으려다가……."

"네— 왜요?"

경호는 몸이 달아서 부르짖는데, 갑숙이는 한동안 아무 대답이 없다.

"갑숙씨, 나는 당신이 그리워서 참을 수가 없는데 당신은 그저 그렇게 생각하시나요?"

갑숙이는 경호의 얼굴을 한참 동안 정색하고 쳐다보는데 그의 입술은 가늘게 떨렸다.

"그럼 옷고름에 꿰어찰라우? 당신이 만일 나를 사랑할진대 당신은 앞으로 훌륭한 인물이 되도록 공부에 힘을 쓰셔요. 그렇지 않고 다만 가정의 행복을 바라시거든 진작 다른 데로 구혼을 하시든지!"

"아니 그럼 당신은 그것을 나에게 최후로 하시는 말씀인가요?"

"네."

"당신 아버지가 승낙을 하셔도?"

"네—승낙을 하실 리도 없어요."

갑숙이의 이 말은 경호에게는 참으로 청천벽력이었다. 그는 다시 무슨 말을 잇대려는데 거기서 갑성이와 갑준이가 콧노래를 부르며 오는 바람에 하던 말을 *중동치고 말았다.

두 사람은 마주 일어서서 서로 *동안뜨게 걸어 나왔다.

중동치다
하던 일이나 말을 끝내지 못하고 중간에서 흐지부지 그만두거나 끊다.

동안뜨다
거리가 멀다.

점심을 먹고 나서는 방안에서 한참 뒹굴었다. 그들은 갑성이가 사가지고 온 과자를 먹고 경호가 산 밑으로 일부러 사람을 시켜서 사온 참외와 수박을 냉수에 채웠다가 꺼내 먹었다.

저녁때 폭포수로 목욕을 가자고 조르는 바람에 경호는 앞장서서 그들을 안내하였다. 그는 아까 갑숙이의 최후란 말을 들은 뒤로부터 갑자기 맥이 풀려서 아무것도 감흥을 주지 않는다. 갑숙이도 그런 눈치를 채었는지 연신 경호의 눈치를 곁눈질한다. 그는 혼자 처져 있기가 무료해서 그들의 뒤를 따라갔다.

갑성이와 갑준이는 의기충천하게 떠들고 노래를 부르며 활발하게 앞서간다. 그들은 셔츠 바람으로 수건을 머리에 동이고 막대기를 휘두르며 뛰어간다.

폭포수는 절에서 동북편으로 두어 마장을 산날망이로 돌아가는— 그윽한 골짜기 속에 있다. 유수한 수풀 속에서 내리지르는 물소리가 차차 크게 들려온다.

큰 폭포가 절벽으로 떨어지는 밑으로 시퍼런 못이 파이고 그 좌우로 주옥을 헤치는 것 같은 물방울이 뛰노는데 거기에는 반석이 쫙 깔렸다. 갑성이와 갑준이는 돌너덜을 더듬어 내려가며 신기한 듯이 고함을 친다.

"야, 저기가 좋다! 저리로 가자."

그러나 경호는 목욕할 생각도 나지 않아서 미진한 이야기를 마저 하려고 으슥한 곳으로 갑숙이를 끌고 갔다.

그들은 조그만 폭포가 흐르는 옆으로 활엽수가 우거지고 칡 덩굴, 가래 덩굴이 무성한 나무 밑으로 올라가 앉았다. 서해안은 여기서도 운봉(雲峰)이 *중중첩첩한 사이로 시원하게 내려다보인다. 경호는 무슨 말을 먼저 해야 할는지 몰라서 주저하는 모양을 보이다가

중중첩첩하다
여러 겹으로 겹쳐 있다.

"당신이 아까 하신 말씀은 잘 알겠는데요, 별안간 그건 왜 그런?"
하고 갑숙이의 마음속을 읽어보려는 듯이 시선을 쏜다. 갑숙이는 잠깐 당황한 기색을 정돈하면서

"말은 별안간 나왔어도 생각만은 그전부터 있었어요! 우리는 아직 이십 안팎의 소년으로 몸을 학창에 두지 않었습니까?"

갑숙이는 기침 한 번을 하고 상기된 얼굴로 쳐들며 하던 말을 잇댄다.

"그러면 우리는 앞으로 배울 것도 많고 할 일도 많은데 단순하게 연애에만 열중하고 있을 처지가 못 되지 않아요. 그런데 더구나……."

갑숙의 말에 경호는 불순한 생각이 사라지고 문득 옷깃을 바로 잡지 않을 수 없었다.

"네, 그거야 그렇지만 우리는 벌써 인연을 맺지 않았나요. 기왕 그렇게 된 바에는 끝까지……."

"그래도 그게 용이치 못하고 또한 그로 말미암아서 공부도 못하고 아무 일도 할 수 없다면 우리의 장래가 어찌 될는지 모르지 않아요. 그러다가 타락이 되든 하면— 그래 나는 이대로 있다가는 자진해 죽을 것 같아서……."

그는 치마끈으로 눈물을 씻는다. 경호는 열이 오른다.

"그럼 당신은 어떻게 했으면 좋겠습니까?"

"네! 경호씨는 우선 우리집에서 하숙을 옮겨주실 수 없을까요?"

"내가 당신 눈에 그렇게 보기 싫게 되었나요?"

경호는 목소리가 떨리며 두 주먹이 부르르 쥐어진다.

"당신은 또 오해하셔요? 나는 당신이 옆에 있으면 점점 번민만 더해지니까 하는 말이지요."

"번민?"

"그것은 잘 생각해보시면 아시겠지요. 피차에 신세를 망칠 것이 아니라 후일을 기다리는 편이 나을 것 같으니까. 하긴 또 그동안에 어떻게 될는지는 모르지만도!"

"무엇 말씀인데요?"

"아버지가 아시는 날이면!"

"만일 그때 당신 집에서 풍파가 날 때는 어떻게 하렵니까?"

"네! 그런 때는 가장 옳은 일이라고 생각하는 앞길을 취할 수밖에 없지요?"

"옳은 길이오?"

"그렇지요. 나는 당신도 그때에는 옳은 길을 찾아서 새로운 생활과 싸우는 용사가 되시기를 바랄 뿐이에요."

갑숙이의 눈은 눈물이 반짝였으나 그의 말 속에는 단단한 결심이 포함된 것 같다. 경호는 나직이 한숨을 짓는다.

"그건 너무 '관념적'이 아닐까요?"

"아니지요. 우리는 이론과 실천이 합치돼야 할 시대를 타고났어요."

갑숙의 말은 정중하고 그의 기색은 시퍼렇다.

청명하던 하늘에는 난데없는 거먹구름이 서편에서 떠들어오며 우렛소리가 은은히 멀리 들린다.

우르르―서해안 쪽 연봉으로는 소나기가 까맣게 뺑 둘러싸고 쳐들어온다. 우르르―

"얘들아, 비 온다 고만 들어가자!"

갑숙이는 자리를 일어나서 풀덤불을 헤치고 내려오며 동생들에게 소리를 질렀다. 경호는 넋을 잃은 사람처럼 한동안 우두커니 앉아 있다. 그는 갑숙의 말을 정당하게 해석할 수는 있다. 만일 서로 접촉이 잦았다가 임신이라도 되는 날이면 그야말로 큰일이 아닌 바도 아니다. 그러나 자기들은 이미 사랑의 싹이 터서 마침내 향기로운 꽃을 피우지 않았는가?

혹시 그는 시골 와서 있는 동안에 상식적으로 무슨 변동이 생긴 것이나 아닐까? 그렇지 않으면 순전히 그의 영리한 이지적 판단으로서 장래를 경계하기 위함일까? 그의 말 속에는 자기를 격려하는 말도 있는 것 같고 또 한편으로는 자기를 부족해 하는 말도 숨어 있는 것 같지 않은가? 경호는 이런 생각을 할수록 어떤 불안을 느끼지 않을 수 없었다.

경호는 갑숙의 뒤를 따르다가 별안간 목소리를 나직이 하여 불렀다.

"갑숙씨!"

"네—"

갑숙이는 놀라운 기색으로 돌아다본다. 경호는 떨리는 목소리로 침착히 부르짖었다.

"당신이 정말로 그렇다면 아무리 고통이 되더라도 당신 말대로 하리다. 이번에 올라가서 하숙을 옮기지요."

그전처럼 추근추근하지를 않고 의외로 의젓한 태도를 갑숙이는 좋아했다.

"정말로 그렇게 해주시겠어요? 그럼 퍽……."

갑숙이는 지금껏 우울한 표정을 감추고 명랑한 웃음을 띠며 경호를 쳐다보았다. 경호는 눈물이 글썽글썽하니 입술은 금방 울려는 사람처럼 실룩거린다.

갑숙이는 그를 안타까운 듯이 쳐다보다가 나직이 한숨을 짓고 먼저 발길을 옮겼다.

그는 경호를 참마음으로 위로해주고 싶었으나 무슨 말을 해야 좋을는지 몰라서 마음만 초조하였다.

천둥소리가 가까이 들리면서 거먹구름은 우레를 따라온다. 소나기는 원터 뒤로 읍내까지 새까맣게 몰려오는데 햇빛에 빗줄기가 살대같이 거꾸로 섰다. *일진광풍이 적막한 산 고랑을 휩쓸고 올라오더니 큰 빗방울이 후둑후둑 떨어진다.

"비 온다, 어서 가자!"

그들이 서로 외치고 절 안으로 뛰어 들어왔을 때에는 소나기가 *놋날 드리듯 해서 갑성이와 갑준이는 머리가 후줄근하게 젖었다. 갑숙이와 경호는 그들보다 먼저 들어왔기 때문에 옷이 젖지 않았다.

일진광풍(一陣狂風) 한바탕 몰아치는 사나운 바람.

놋날 드리다 빗발이 죽죽 쏟아지는 모양을 비유적으로 이르는 말.

번개

미구에 사방은 자옥하며 비는 무섭게 쏟아진다. 별안간 천지가 아득하고 풍우가 대작한다. 그들은 방으로 쫓겨 들어와서 무섭게 퍼붓는 빗방울을 내려다보고 있었다. 낙숫물이 도랑물처럼 흐르고 마당 안이 뿌듯하게 빗물이 *창일했다. 우르르! 우르르! 하는 천둥소리가 처참하게 들리는 사이로 번갯불은 번쩍! 하늘 복판을 짜개고 지나간다.

창일(漲溢)하다
물이 불어 넘치다.

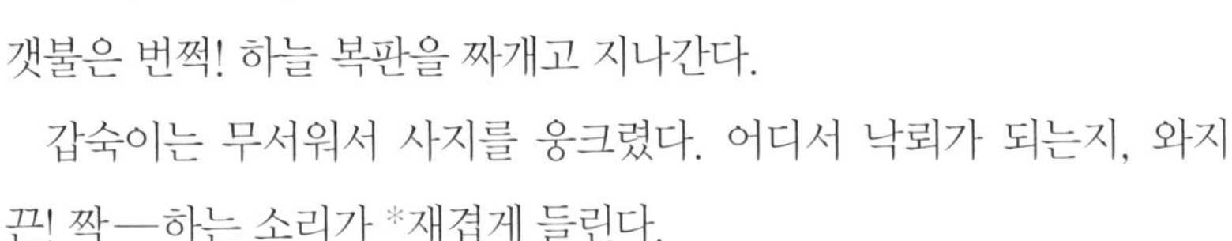

갑숙이는 무서워서 사지를 웅크렸다. 어디서 낙뢰가 되는지, 와지끈! 짝—하는 소리가 *재겁게 들린다.

재겹다
지겹다.

"아이그, 비가 안 그치면 어쩐다니?"

갑숙이는 은근히 조바심을 하였다. 해전에 집에를 가야 할 터인데 만일 비가 와서 못 가게 되면 어찌하나?

그러나 갑숙이의 걱정은 기우에 불과하였다는 듯이 해 지기 전에 비는 흐지부지 그쳤다. 석양 산색이 비 뒤에 더욱 연연하게 푸르다. 석양은 낙조를 재촉하는데 멀리 서해안의 경치가 그림같이 드러난다. 갠 하늘 저편! 보랏빛 구름이 여신의 환영(幻影)처럼 베일을 쓴 밑에 훤한 *사주(砂洲)와 한 폭의 긴 강물은 눈 아래로 깔린, 산과 산이 파도처럼 굽이쳐 나간 사이로 숨었다 드러났다 하며 바다와 함께 맞닿았다. 바다 저편 하늘가에는 낙조에 물든 저녁놀이 영롱하게 피어오른다. 갑숙이는 한동안, 홀린 듯이 산수의 자연미를 바라보았다.

사주(砂洲, 沙洲)
바닷가에 생기는 모래톱.

일각일각 황혼을 재촉하는 낙조는 다홍색으로 물들이다가 사라지고 만 뒤로는 검푸른 어둠 속을 *휘어나려는 것처럼 낫 같은 초승달이 은색으로 그 위에 빛난다.

휘어나려다
헤어나다.

저녁이 되매 외로운 절은 서늘한 바람에 불리며 적막한 산중에 섰다. 밤하늘에는 뭇별이 반짝인다. 갑숙의 일행이 내려간 후에 경호는 다시 심심하였다.

산 밑의 마을에서 개 짖는 소리가 풍편에 들린다. 별안간 사람들의 *들레는 소리가 나며 산중은 수선수선하였다.

들레다
야단스럽게 떠들다.

절에는 불공이 들어온 모양이다. 공중에 거미줄을 치고 앉은 거미같이 이 절 중은 산 밑 사람들의 불공이 얽히기를 바라고 산다.

바로 절 밑 동리에 사는 원치서의 세 살 먹은 손자 작은놈이가 벌써 십여 일 전부터 앓고 있는데 그동안에 상약을 써보아도 듣지 않아서 부처님에게 기도를 드리러 온 것이다. 주지는 그 말을 듣더니만 귀가 솔깃해서

"그럼 그렇게 하시지요. 시식 불공을 드리면 곧 낫습니다. 기름내를 피우고 진수를 갖추고 떡을 해야 되니까요. 한 이 원 들겠어요."

치서의 마누라는 그의 아들과 같이 왔다. 아들은 쌀 한 말을 지고 왔다.

"주장 스님, 그렇게 해주셔유. 그런데 너무 늦지 않었나유."

"무얼, 지금 시작해도 그리 늦지 않겠지요."

주지의 아내는 행주치마를 둘러 입고 나온다.

"성님, 그럼 떡방아도 빻고 *고양 일도 좀 봐주셔야겠어."

고양
공양.

"암! 해야지. 정성인데, 하구 말구"

그들은 일변 떡방아를 찧는다, 팥을 삶는다. 부침개질을 한다 야단이었다.

주지의 아내는 근 삼십이나 되어 보이는 키가 작은 여자로서 어디로 보든지 중의 계집 같지는 않다. 코가 납작하고 *뒷박이마를 내밀었다.

뒷박이마
뒷박을 엎어놓은 것처럼 생긴 이마.

"저 방에는 누구 손님 오셨나?"

"네!"

"어디서? 읍내서?"

"저, 권상철네 송방 집에서. 아따 우리 절 부처님에게 불공해서 아들을 난 이가 있지 않우."

주인 여자는 치서 마누라와 같이 절구질을 하며 가만히 소곤거린다.

"응, 바로 저 권성불 집이로군."

노파는 얼른 말귀를 알아들었다.

경호는 불공을 드려서 낳았다고 아명을 성불(成佛)이라고 지었던 것이다.

"네, 바로 그 집 아들이여유. 서울 가서 학교 공부 다니는데, 방학 돼서 왔대유."

"작년에도 왔었지. 이편을 점지하신 부처님을 차마 못 잊는 게지."

"그럼요, 이 아들 낳으면서부터 형세가 부쩍 늘었대유. 그래 그 집에서는 제사까지 절에 와서 지내지 않우. 우리 절 부처님이 퍽 영검하시지."

"그럼매 말이야, 참 영검하시구 말구."

처서 마누라는 절구질을 하는 대로 숨이 차서 헐금씨금한다.

"성님두 부처님을 잘 위하셔요, 그럼 복을 많이 받으실 테니."

"글쎄 말이야. 그 집은 참, 부자라지."

"큰 부자구 말구요, 그 집에를 가보면 참 으리으리합디다—시계도 별 시계가 다 있고, 유성기, '자봉침', 에라지화(라디오)라는 것두 다 있구."

"에라지화는 무엔가?"

"아따 유성기처럼 기생들이 소리하는 '에라지화' 말이유."

경호는 그들의 대화를 토막토막 듣고 웃었다. 밤이 거의 열한 시나 되자 고요한 산중은 적막을 깨치고 목탁 소리가 들려 나온다.

"수리 수리 마수리 사바하……
수리 수리 마수리 사바하……"

바라

염불 소리와 목탁 소리는 고요한 산중에서 처량하게 흘러나온다. 중은 가사를 입고 바라를 치며 근엄하게 불경을 외운다. 그러는 대로 환자의 식구들은 불상 앞에 마주 서서 쉴 새 없이 합장배례를 한다.

불공은 거의 자정까지 계속하였다. 경호는 빈방에 혼자 누워서 이 생각 저 생각에 헤매었다.

이튿날 식전에 그는 일찍이 일어나서 어제 갑숙이가 내려가던 산 밑을 내려다보았다.

눈앞에 깔린 서해안의 원경은 밤 동안에 일신한 장면으로 바꿔놓았다.

어제 저녁에 그 곱던 저녁놀과는 딴판으로 거기는 아침 안개가 산 밑으로 쭉 깔렸다. 그것은 조수가 들이민 바닷물같이 골짜기마다 뿌듯하게 깔린 안개 위로는 푸른 산이 섬(島)처럼 내솟았다. 이 안개 바다가 멀리 하늘 끝까지 서해안에 닿은 것을 경호는 홀린 듯이 바라보며 마음속으로는 갑숙이를 그리고 있었다.

20. 소유욕

안승학은 상리 사람에게도 농자금을 대부한 일이 있으므로 그곳 사람들과도 자주 연락이 있었다. 민판서집 땅은 상리에도 있는 까닭에 거기에도 십여 호의 작인이 산다.

그런데 그중에서 춘학이라는 늙은 작인이 일전에 볏돈을 얻으러 내려와서 이런 이야기 저런 이야기 하던 끝에 수년 전에 물에 빠져 죽은 박서방의 이야기가 나왔다.

그는 그집 식구의 형편이 지금 *마련없다고 권상철의 인색한 말을 하면서 마름에게 아첨을 하였다. 한 동리 간에서 살던 정리로 하더라도 돈 십 원을 빚으로 달라는데 그럴 수 있느냐고. 그래 승학이가 맞장구를 치는 바람에 그는 더욱 기운을 얻어서 지금 있는 권상철의 아들 경호는 결코 그의 친아들이 아니라는 말을 넌지시 토설했다. 이 마을 들은 안승학은 귀가 번쩍 뜨였다.

마련없다
매우 좋지 않다.

그는 바짝 다가앉으며 긴하게 물어보았다.

"그럼 그게 누구 자식이라우?"

뜻밖에 너무 긴하게 묻는 데 춘학이는 놀랐다. 그는 꽁무니를 슬슬 빼며

"모르지요. 내가 누구한테 들었던가? 허—원 늙으니까 인젠 정신이 아주 없어유. 금방 들은 것도 잊어버리거든요. 아마 그 말 출처는 죽은 박서방 집에서 나왔나 봅니다. *일부함원에 오월비상이라고 다른 사람이야 *억하심정으로 설령 그런 일이 있다손 치더라도 남의 해 되는 말을 구태여 할 리가 있나요. 그렇지 않습니까?"

하고 춘학이는 한 손으로 상투 밑을 긁으며 허허 웃는다.

"암, 그야 그렇지. 대관절 그게 누구 자식일까?"

"그걸 알 수 있나요."

하고 춘학이는 연해 꽁무니를 빼면서

"벌써 오래된 일이니까! 어떤 중의 자식이라고도 하고 또 어떤 *미실미가한 홀아비 자식이라고도 하니까요."

"그럴 테지요. 그런데 그 집에서는 일심사 부처에게 불공하고 낳았다는 게 아닌가? 부처님이 점지한 자손이라고."

"그랬다지요. 하지만 그런 것이 아니라거든! 어떤 중의 자식인 *개구녁바지를 깜쪽같이 받아다 키운 것이라고 그러더군요."

"옳거니 그런지도 모르지……."

안승학은 연신 고개를 끄덕끄덕하고 나서

"그리로는 벼가 어떻게 되었나요? 한번 올라가봐야 할 터인데."

"아직 같아서는 장한 편이지요."

춘학이는 연신 주인의 기색을 살피며 무슨 처분을 기다리는 모양 같다. 승학은 눈치를 챈 듯이

일부함원 오월비상
여자가 한을 품으면 오뉴월에도 서리가 내린다.

억하심정(抑何心情)
도대체 무슨 심정이냐는 뜻으로 무슨 생각인지 마음을 알 수 없음을 이르는 말.

미실미가(靡室靡家)
매우 가난하여 들어 있을 만한 집도 없음을 이르는 말.

개구녁바지
개구멍받이. 남이 개구멍으로 들이밀거나 대문 밖에 버리고 간 것을 데려와 기른 아이.

"그런데 볏돈을 어떻게 달란 말이오? 가을 곡가를 지금 알 수가 있어야지."

"아따, 그건 나리 처분대로 하실 게지, 급히 쓰는 놈이 별수 있나요."

춘학이는 혹시 무슨 생각이 있는가 해서 반색을 하며 주인의 얼굴을 쳐다본다.

"그럼, 오 푼 변리로 줄 테니 올 가을에 꼭 갚으시오. 그게 자릿벼 돈보다 낫지 않아요."

"네, 그렇게까지 해주신다면 작히나 고맙겠어요. 하!"

안승학은 조끼 주머니에 든 돈지갑 속에서 오 원짜리 한 장을 꺼내주는 것을 춘학이는 벌벌 떨리는 손으로 황송하게 받는다.

"그럼 올라가시유. 그리고 그런 소문이 있거든 남의 말을 함부로 말라고 타이르고 혹시 새로 들리는 소문이 있거든 내게 좀 알려주시오."

"녜, 녜 그랍지요. 내일이라도 들리는 말이 있으면 내려옵지요."

춘학이는 참으로 *사중구생한 사람처럼 은혜를 치하하고 물러갔다. 그는 아들이 몸살이 났는데 보리 양식이 벌써부터 떨어져서 갈급을 하던 차에, 돈 오 원을 얻고 보니 갠 하늘같이 마음이 트였다.

사중구생 죽었다가 살아남.

"흥, 돈이란 참 좋구나. 오 원 값이 그 속에 있겠지."

사실 안승학은 춘학이에게서 그 말이 나오지 않았으면 돈은 주지 않을 작정이었다. 더욱 그에게 정탐적 흥미를 자아내는 것은 경호의 실부가 홀아비인지도 모른다는 말이다. 그는 *향자에 보리마당질을 할 때 아래 원터 구장집에 있는 곽첨지가 자기의 지나간 경력을 말하던 생각이 부싯불 치듯 일어났다.

향자 접때.

지금 춘학이의 말과 곽첨지의 이야기를 서로 대조해보면 그 가운데 일맥상통하는 어떤 비밀이 감추어 있는 것 같기 때문이다.

"옳다! 그렇다!"

안승학은 무릎을 탁 치고 자기도 모르게 부르짖었다.

안승학은 그 길로 별로 볼일도 없이 산모퉁이 구장집을 향하여 슬슬 내려갔다. 구장은 오생원이라는 *반명하는 늙은이다. 그는 연래로 향교 직원 운동을 하였으나 워낙 양반이 부치고 운동력이 부족하여서 아직까지 *백두(白頭)를 면치 못하고 있는데 그래 그만 부아가 나서 이발소 주사(主事)라도 한다고 머리를 깎고 감투를 사 썼다.

반명
양반이라고 이를 만한 명색.

백두(白頭)
허옇게 센 머리라는 뜻으로, 벼슬을 하지 못한 사람을 일컬음.

"구장 영감 계신가요?"

승학이가 구장집 대문간에서 부르니까 구장은 큰기침을 하며 감투 바람으로 나온다.

"아, 이거 안주사가 웬일이시유, 좀 누추하지만 사랑으로 들어가시지."

"영감 근력 좋으신가요? 더운데 들어가면 뭐 해요. 여기도 좋습니다."

안승학은 나무 밑 그늘 속으로 쪼그리고 앉는다.

"원, 멍석도 죄다 보리를 널어서 깔 것이 있나, 밀대 방석도 아직 못 쳐서……."

주인은 미안한 듯이 머뭇거리다가 사랑으로 들어가서 왕골자리를 걷어 내온다.

"자, 이것 좀 깔고 앉으셔."

"그건 왜 걷어 오십니까?"

"무얼 괜찮소이다. 대관절 웬일이시오, 이 더운 폭양에?"

구장은 수염도 안 난 반송반송한 이가 빠진 아래턱을 말할 때마다 들까부른다.

"네, 여기까지 왔어요. 곽첨지는 일하러 나갔나요?"

"그럼 요새가 어느 때라구, 아니 왜 그러셔요."

"곽첨지를 일간 일 좀 보내주시겠수?"

"네, 그게야 어려울 것 없지요. 그 때문에 일부러 오셨소?"

"네, 곽첨지가 일을 잘해서 그럽니다. 무슨 일꾼이 없어서 그러는 게 아니라."

"원, 그럼 누구에게 전갈을 하시든지 하시지 않고. 늙어서도 일은 잘 하지요. 그러나 영감내기라 고집은 너무 셀 때가 있어요. 히히."

"사람이란 고집도 좀 있어야지 너무 순하기만 해도 *태화탕 같아서 못씁네다."

태화탕
언제나 마음이 무사태평한 상태를 비유적으로 이르는 말.

"하긴 그도 그렇지만. 아니 무슨 일을 하시려기에? 거기도 두레가 나지 않었나요?"

"밭을 좀 맬라고요."

"그런데 참, 송충이 나비를 요새 잡는지요. 간드레(칸델라)를 가져갔을 터인데!"

"아마 잡는다지요."

"뽕나무 날도 가까웠는데, 거름도 잘 주고 제초도 잘들 좀 하라고 일러주셔요. 댁에도 뽕나무를 심으셨지?"

"네, 조금 심었어요."

안승학은 궐련을 한 개를 피워 물고 자리를 일어섰다.

"그럼 내일이고 모레고 틈나는 대로 한 *손포만 빌리시오. 그 대신 품값은 드리든지 대품을 보내드리든지 할 테니까요."

손포
실제 일하는 사람 수, 또는 일한 양.

"아따 그게야 어찌 됐든지 간에—그러리다. 염려 마셔요."

주인은 이런 때에 한번 생색을 써보려는 듯이 승학의 비위를 맞춘다. 그도 농토가 부족한 만큼 마름의 눈을 고이고 싶었다.

"자, 그럼 안녕히 계셔요. 갑니다."

"좀더 노시다 갈걸. 그럼 평안히 돌아가셔."

이튿날 아침에 곽첨지는 일찍이 일을 왔다. 안승학은 우선 그 말을 묻기가 바빠서 곽첨지를 사랑마루로 불러 올렸다.

"곽첨지한테, 잠깐 물어볼 말이 있는데, 잘 기억나시겠소?"

"네, 무슨 말씀인지 들어봐야 알지라우."

"저, 우리 집 보리마당질 왔을 때 당신이 한 이십 년 전에 젊은 여자를 얻었다가 중한테 뺏겼다는 이야기를 했지요?"

"에, 그런 이바구 했었지라우."

"그럼 그게 꼭 어느 해 어느 달이며 또 중의 생김생김이라든지 그 여자의 모습을 똑똑히 알 수 있소?"

"대강 알지라우. 아, 그건 와 묻능기요?"

곽첨지는 암내 나는 입을 쳐들고 주인을 이상스레 쳐다본다.

"좀 그럴 일이 있어서—혹시 그 여자가 당신을 도로 찾아올는지도 모를 일이 있는데."

"네? 그 가시내가 나를 도로 찾아온다꼬요? 하하하 내사 고마 곧이 안 들린다."

"그래도 세상일을 누가 아우, 하하하."

하고 안승학이도 마주 웃는데 곽첨지는 곰방대를 물고 갑진년 줄에 있는 육갑(六甲)을 짚어보더니만 그게 바로 아무 해 아무 달이라는 말과, 중과 그 여자의 그때 용모를 기억나는 대로 말하였다.

"네, 고만하면 잘 알겠소이다. 아무한테도 그런 말 마시유."

"그까짓 말을 내사 이바구할 리가 있능기요."

곽첨지는 누런 이빨을 드러내놓고 다시 웃으며 행랑아범을 따라서 밭으로 나갔다.

안승학은 상리 사는 작인 춘학이를 그 뒤에 만나서 새로 들은 소문과 곽첨지의 말을 종합해본 결과 경호는 분명히 권상철의 아들이 아니라는 의심은 물론이요, 바로 곽첨지의 아들이 아닌가 싶은 생각도 든다. 혹시는 곽첨지의 아들까지는 확실히 모른다 할지라도 상철의 아들이 아니라는 것은 벌써 틀림없는 사실 같다.

승학은 문득 한 꾀를 생각하고 읍내 사는 권상철을 그길로 찾아갔다.

"오래간만이외다. 어서 오시지요."

권상철은 깎은 머리에 감투를 쓰고 전방에 앉았다가 승학을 보고 인사를 한다.

"네, 그간 재미 좋으셨수."

안승학은 전방 좌청에 걸터앉으며

"모시 몇 자 주시지요, 상품으로."

하고 적삼감 한 감을 끊은 뒤에 조용히 할 말이 있다고 주인을 방안으로 끌고 들어갔다.

감투

광대뼈가 내밀고 얼굴이 부대한 권상철은 눈썹 위로 검은 점이 있는 것이 의심을 해서 그런지 경호와는 모습이 월등 다른 것 같다. 그는 구부정한 허리를 구부리고 들어와서 의아한 눈치로 승학을 쳐다보며

'저 사람이 또 무슨 소리를 하려구 저러는가?'

하고 속으로 불안한 생각을 느꼈다.

"권상! 내가 요새 이상한 소문을 들었는데요."

안승학은 화두를 이렇게 꺼내놓고 우선 권상철을 의미 있게 마주 쏘아보았다.

"네, 무슨 소문이어요."

"경호가 당신 아들이 아닙디다그려!"

승학은 아주 은근하게 다정하게 말하는데 이야말로 웃음 속에 칼을 품은 것이 아닌가.

"아니 그게 다 무슨 말씀인가요?"

권상철은 참으로 아닌 밤중에 칼을 맞는 것 같은 이 말에 별안간 새파랗게 질려서 어안이 벙벙하였다.

"아니, 그렇게 놀랄 것은 없어요. 내가 결코 소문은 내지 않을 테니까!"

동개다
'포개다'의 방언.

승학은 책상다리를 *동개고 앉아서 가재수염을 한 손으로 비틀어 꼬며 교활한 웃음을 웃는다.

'저 사람이 참으로 그 속을 알고 그럴까? 누구의 중정을 떠보려는 셈인가? 새빠지게 웬일이람?'

상철은 속으로 이런 생각을 하면서

"그게야 소문을 내고 안 내고 간에 백주에 낭설이니까 아무 상관이 없지만, 허허 원! 누가 그런 실없는 말을 해요?"

"소문을 내도 괜찮구먼! 그럼 고만둡시다."

안승학은 한 걸음을 물러앉으며 거침없이 배짱을 퉁긴다.

"네, 그건 그렇지만…… 대관절 누가 그럽디까? 어디서 들은 데가 있겠지요."

상철이는 겉으로는 짐짓 아무렇지도 않은 표정을 짓는 체하나 속으로는 여간 초조하지를 않았다. 눈치 빠른 안승학이가 그런 눈치를 모를 리 없다.

"거짓말이라면 그까짓 소리는 들어서 무엇 하시려우. 그렇지 않소?"

"아니 그래도……."

'이놈아 얼른 항복해! 공연히 큰코다치지 말고.'

승학은 속으로 약을 올리며 배를 퉁기고 있다가 마지막으로 한 마디를 다져놓았다.

"거짓말인지 아닌지는 권상이 잘 알 테니까 더 말할 나위 없겠지요. 나는 다만 권상을 위하여 그런 소문을 들었기에 안심찮아서 물어본 것 뿐이지요. 그런데 나 듣기에는 증거가 다 있습니다. 그래서 자제가 우리 집에 기숙하고 있는 것으로 보든지 또 무엇으로 보든지 그대로 있기가 뭐하더군요. 거기 무슨 다른 의사가 있겠소. *언무족이 천리라고 그런 말이 사실이야 있고 없고 간에 직접 자제의 귀로 들어간다면 재미없는 일이 아니어요. 그렇게 되는 날이면 하여간 재미없거든요. 그렇지 않소! 그러고 또 만일 그게 사실이라면 권상도 여북해서 그렇게까지 했겠소. 오십 춘추에 다시 자손을 두실 수 없는 형편인데다 키워놓은 자식을 잃은 게나 다름없은즉 이랬거나 저랬거나 권상에게는 불리한 소문이 아닌가요?"

언무족 천리(言無足 千里) 발 없는 말이 천리를 간다.

안승학은 한 손으로 상철이의 넓적다리를 꾹 찌르며 이야기를 끊었다.

"네, 그렇게 말씀하시니 대단 고맙습니다. 지금은 좀 부산하니 그럼, 일간 한번 댁으로 가 뵙지요."

"그럼 그렇게 하시오. 자, 가겠소이다."

안승학은 의기양양하게 자리를 물러섰다.

'그러면 그렇지. 제가 누구라구 나를 속인담!'

집으로 돌아오는 길에 안승학은 제 이단으로 이미 발목이 잡힌 상철이를 어떻게 하면 올가미를 잘 씌울까?—만단으로 궁리하였다.

며칠 뒤에 과연, 권상철은 넌지시 안승학을 방문하였다. 그는 일전에 안승학에게서 수상한 말을 들은 뒤로부터 아무리 생각해 보아도 그대로 있는 것이 불리할 것 같았다. 필연코 어디서 무슨 증거 있는 말을 들은 모양 같은데 매일 그런 소문이 돌아서 경호의 귀에까지 들어간다면 사실 여간 큰일이 아니었다.

상철은 신문지에 싸가지고 온 세모시 두 필을 주인 앞으로 내놓으며

주의
두루마기.

"이거 변변치 않소이다마는 *주의 한 감 해 입으시지요."

"원 천만에. 그건 무얼 다—고만두셔요."

"아니올시다. 받아주셔요. 안 받으시면 제가 섭섭하니까요."

"아니에요. 도로 가져가시지요."

"원 천만에, 그건 정을 막으시는 말씀이지, 마음먹고 가지고 온 것을 어떻게 도로 가져갑니까? 허허허."

안승학은 말로는 연해 도로 가져가라고 사양하였으나 속으로는 당길심도 없지 않았다. 그러나 모시 두 필로 때우려 드는 저편의 심사를 엿보고

'이놈아! 정은 무슨 썩어질 정이냐? 이까짓 것쯤으로는 어림도 없다.'

하고 발길로 차버리고 싶었으나 개감도 과실이라고 우선 받아놓고 보자 하였다. 권상철은 비로소 한 걸음을 다가앉으며

차반
다반. 다기를 담는 조그마한 쟁반.

"참, 안주사도 아시다시피 내가 사십이 가깝도록 자식이 없지 않었나요. 그래 참 소실도 얻어 보고 외입도 해보고 불공도 해보고 하였는데!"

"네!"

주인은 상글상글 웃으며 권의 말을 듣고 앉았다. 덕례가 *차반을 받쳐서 차를 내온다.

"참, 일전에는 일부러 찾아주시고 그렇게 *근념을 해주시니 그런 고마울 데가 없는데 안상께야 무슨 말씀을 못하겠습니까."

근념
친절하고 정성스럽게 돌봄.

"아! 그다 이를 말씀인가요."

"네!"

권상철은 주인에게 머리를 또 한 번 숙이고 나서

"그러던 차에—안상은 어떤 소문을 들으셨는지 모르지만 사실인즉 이렇습니다. 참 그러던 차에 하루 저녁에는 난데없는 업동이가 들어왔어요. 어떻게 합니까? 자식 욕심은 나고 제가 낳을 수는 없는 터에 의외에 그런 일이 있고 보니 이야말로 신명이 주신 자식인가 싶어서 오늘날까지 내 자식을 삼아서 기른 것이 아니겠습니까? 그런데 지금 와서 그것이 탄로된다는 것은 참으로 귀신이 곡할 일이 아닌가요. 대관절 누구한테서 그런 말이 나왔나요? 저의 부모의 입에서나 나오기 전에는 말할 사람도 없고 또 저의 부모가 말했을 리도 없는데요."

사실 권상철은 그런 소문이 이십 년을 감쪽같이 넘어간 오늘날에 와서 누설된다는 것은 꿈에도 생각지 못할 일이었다. 그는 경호의 부모가 누구인지도 모르고 그저 살았는지 죽었는지도 모르는 형편이다.

하긴 일심사에서 백일 불공을 드린 뒤로 중의 눈치를 보아서 어떤 중의 밀통한 자식 같기도 한 기미를 알았으나 그런 것을 구태여 캐보려고는 하지 않았다.

그것은 자기 자식을 삼는 데는 차라리 누구의 자식인 줄을 모르는 편이 도리어 안심되기 때문이다.

"네, 권상이 그처럼 말씀하시는 데야 나 역시 들은 말을 안 여쭐 수 있습니까? 저, 상리 살던 박서방이 있지 않아요."

"상리 살던 박서방?"

"아따, 권상께 돈 십 원을 빚내러 왔다가 못 얻고서 빠져 죽은 박서방 말이야……."

"아니, 그럼 그 집에서 그 말이 나왔어요?"

권상철은 안색을 변하고 묻는다.

"바로 그 집에서 나왔는지도 몰라도 상리 사람에게서 들었어요. 상리는 바로 절 밑이 아니어요. 하여간 인제는 말 나온 출처가 문제가 아니라 그런 소문이 퍼지지 않도록 입을 막아놓는 것이 급선무니까요."

하고 주인은 의미 있게 객을 쳐다보며 금테 안경 밑으로 가재수염을 쓰다듬는다.

"물론 그렇지요. 참, 안상이 먼저 아셨으니 어디까지 무사토록만 해주신다면 나인들 그 은혜를 잊겠습니까? 자식 없는 죄로 이런 일을 당합니다마는 나는 인제 안상만 믿겠습니다."

권상철은 부지중 한숨을 내쉰다.

"그다 이를 말씀인가요. 아닌 게 아니라 나한테 그 말이 먼저 들어오기가 천만다행이지요. 상리에는 내가 보는 토지의 소작인이 많으니 걱정할 것 없고 또 경호는 바로 우리집에 있으니까 염려할 것 없지 않아요. 그건 아무 염려 마시오. 하하하."

"네, 그건 참 불행 중 다행이올시다."
하고 권상철이도 적이 안심되는 빛을 짓는다.

"그럼 어떻게 할까? 우선 저 사람들의 입을 막자면?"

"아, 그건 돈 십 원씩이나 주도록 하지요. 내 안상을 드릴 테니 좋도록 노나주셔요."

"네, 그러지요. 그리고 우리가 요전에 이야기하던 장사는?"

"네! 그것도 차차!"

21. 그들의 남매

인순이는 공장에 들어간 지 여러 달 만에 비로소 십여 원의 품삯을 받게 되었다. 그는 다음 날 휴일을 기다려서 오래간만에 집에를 다니러 나왔다.

비록 그동안에 뼈가 아프게 일을 하고 불결한 공장 속에서 고생살이를 해가며 번 돈이, 인제 겨우 그밖에 안 되는가 생각하면 *시쁘기도 하였지만, 그러나 부모의 품 밖을 벗어난 후 처음으로 자기의 뼈품을 들여 번 돈이란 것을 다시 생각해보면 또한 남모르는 기쁨을 느낄 수도 있는 것 같다. 자기의 어린 삭신과 여자의 연약한 몸으로 번 돈! 그것은 많거나 적거나 문제가 아니다. 돈은 남자들만 벌 줄 알던 세상! 그래서 여자는 남자에게 얻어먹고 살 줄만 알던 처지에서 자기도 남자들 틈에서 어깨를 맞겯고 그들처럼 품 팔아 번 돈이 아닌가?

시쁘다
마음에 차지 아니하여 시들하다.

생전 처음으로 내가 번 돈을 가지고 나를 길러낸 부모와 사랑하는 형제간에 다만 고기 한칼이라도 사다가 같이 먹을 생각을 하니 그것은 고생살이를 한 것보다도 기쁜 마음이 앞을 서서, 그는 며칠 전부터 노는 날이 돌아오기를 손꼽아 기다리고 있었다.

기다리던 날은 왔다. 문밖을 나서 보니 얼마나 넓은 천지냐? 그는 자기에게도 이런 자유가 있던가 싶었다.

인순이는 장터로 나오는 길에 청인 송방으로 들어가서 국수를 사고 어머니가 그전부터 먹고 싶어 하던 돼지고기 한 근을 샀다. 과자 한 봉지는 인학이를 주려고 사 들었다. 그리고 한달음에 뛰어갔다.

"어머니!"

인순이는 자기 집 싸리문을 채 들어서기도 전에 그 어머니를 힘차게 불렀다. 낯익은 목소리에 박성녀는 허둥지둥 뛰어나오다가 인순이와 마주치고는

"아! 인순이냐?"

하고 딸의 치맛자락을 붙들더니 왈칵 울음을 쏟는다.

"어머니, 울기는 왜 울우."

인순이는 천연스럽게 웃음을 지었으나 그의 눈에도 어느덧 한 방울의 이슬이 맺힌다.

"그게 다 무에냐? 어젯밤 꿈에 네가 뵈더니만."

"어머니 잡수어 보라고 고기 사왔수."

"아이구 돈이 어디서 나서 고기를 다 사왔니."

"월급 탔어요."

인순이는 방끗 웃었다. 모친은 신문지에 싼 뭉텅이를 펴보고 들어가며 입을 딱 벌린다.

"아이구 이게 다 무에냐. 국수, 쇠고기, *돝고기, 아이구 웬걸 이리 많이 사왔니?"

돝고기
'돼지고기'를 예스럽게 이르는 말.

밖에 나가서 놀다 들어온 인학이는 고기라는 말을 듣더니만 고추자지를 흔들고 들어오며

"어머니, 그게 뭬유, 나 좀!"

하고 대든다.

"이 녀석아, 뉘보고 인사는 않고 그저 처먹을 생각뿐이냐."

모친은 눈을 흘기는 것을 인순이가 동생을 번쩍 안아서 입을 맞추며

"인학아 잘 있었니? 뉘 보고 싶지 않아!"

하고 묻는데 인학이는 두 다리를 바동거리며 땅으로 주저앉는다.

"아버지는 일 가셨수?"

"그럼. 요새 두레를 따라다니시지."

"오빠는?"

"나무하러 갔나 부다."

"인성이는?"

"놀러 어디로 나간 게지."

그러자 이웃집 여자들은 인순이가 온 줄 알고 하나 둘씩 모여든다. 박첨지의 큰딸은 풀을 세게 먹여 입은 옥색 광목 치마를 와삭와삭 소리를 내며 뛰어왔다. 쇠득이 처는 고추밭을 매다가 호미를 든 채로 쫓아왔다. 먼저 온 삼분 어머니가 박첨지 딸을 빈정거리기를

"웬 풀을 그렇게 세게 했어, 참나무 장작같이."

"성님 그런 말마우. 서울 사람의 옷은 다듬이 힘으로 입고 시골 사람의 옷은 풀 힘으로 입는대유."

"그렇지. 서울 양반은 글 힘으로 살고 시골 농군은 일 힘으로 살듯이."

*이어중 맞은 학삼이의 어머니도 어느 틈에 와서 한마디의 입심을 부리니까 씨암탉같이 몽탁한 촌 여자들은 날아가는 까투리 웃음 같은

이어중 맞다
남과 다르게 행동하다.

웃음을 일제히 웃으며 제각기 부산을 떤다. 별안간 집안이 번화해진 바람에 인순의 모친은 입을 헤벌리고 좋아하며 남들이 칭찬하는 내 딸을 연신 쳐다보면서 그들의 말에 맞장구를 쳤다.

속사람
품성이나 인격의 측면에서 본 사람. 또는 사람의 됨됨이.

박성녀가 딸 자랑을 하고 싶은 것은 그의 인물보다도 *속사람이 커진 것처럼 보이는 까닭이었다. 집에 있을 때는 아주 어린애 같이 약하디 약해 뵈던 아이가 공장에를 들어가더니 차차 튼튼한 사람이 되어간다. 하기는 놀아서 곱던 손이 거칠어 악마디가 지고 볕내를 쐬지 못한 얼굴이 창백해진 꼴을 보면 한편 가여운 생각도 없지 않으나 그것은 몸이 약해서 그런 것이 아니라 지나친 노동에 피곤하고 불결한 공기 속에서 일광을 못 보기 때문에 그런 것 같다. 이 동리에는 들어앉은 계집아이도 없지마는 마름집 딸 갑숙이는 제멋대로 쏘다니며 노는데도 얼굴이 노랗지 않은가? 그런데 인순이는 뼈마디가 굵어지고 살이 억센데다가 말소리까지 힘이 있어서 사내같이 튼튼한 기상이 보인다.

어린 것이 부모를 떠났다가 오래간만에 집이라고 찾아왔으니 저간 고생스러운 하소연과 집을 그리는 애달픔이 있으련만 그는 조금도 그런 눈치를 보이기는커녕 도리어 집안사람들을 위로한다. 상글상글 웃는 표정이 천하 만사를 낙관하는 것 같은데 그것은 쓸데없는 비관을 단념한 까닭인지 또는 저의 앞길을 환하게 내다보는 굳은 신념이 있어 그럼인지 입은 꼭 맺히고 눈은 매섭게 날카로웠다.

강심살이
'고생살이'의 방언.

두멍
물을 많이 담아 두고 쓰는 큰 가마나 독.

박성녀는 날마다 한숨 안 쉬는 날이 없다. 눈물 마를 날이 없었다. *강심살이에 고생만 파고드는 생활은 하염없는 눈물과 탄식을 자아낼 뿐 아닌가? 끝없는 인생의 먼 길을 고달프게만 걷고 있는 신세는 오직 실망과 낙담할 것밖에 없지 않은가? 자기네 내외는 젊어서부터 오십 평생을 하루와 같이 애꿎은 한탄과 눈물을 짜내며 밑 없는 *두

멍에 물 길어 붓기 같은 땅파기 생활을 허덕지덕 되풀이해 살아왔다. 그런데 인순이는 웬일인가? 그렇지 않은 인순이는 웬일이냐?

박성녀는 그것을 세상이 변하니까 사람도 변하나 보다 하였다.

예전에는 집집마다 무명을 낳고 손으로 길쌈하던 것을 지금은 기계로 짜내고 돈 주고 사 입게 되는 세상이다. 인순이도 그전 세상 같으면 지금 한창 길쌈을 배울 터인데, 그는 제물로 비단 짜는 공장에 들어가지 않았나. 그리고 그것은 다만 길쌈뿐 아니라 술도 그렇고 담배도 그렇고 모든 물건이 만드는 사람 따로 사 먹는 사람 따로 있는 것 같다.

웬일일까? 참으로 그것은 희준의 말과 같이 예전에는 간단한 기구를 손으로 만들어서 모든 물건을 생산했으니까 집집마다 제각기 만들어 쓸 수가 있었지만 지금 세상은 모든 것을 기계로 만들어 쓰게 되니까 생산자와 소비자가 분리하게 되고 따라서 모든 물건은 돈으로 사지 않으면 안 되는 상품이 된 것이 아닌가. 사람마다 돈으로만 살게 되니까 돈을 갖지 못한 사람은 돈 많은 사람 밑에 가서 품을 팔아서라도 돈을 벌어야 하고 돈을 많이 가진 사람은 그 돈을 더 늘리려고 돈 없는 노동자를 사다가 모아놓고 물건을 만들게 해서 그것을 상품으로 다시 판다는 것이다. 그래서 큰 공장이 생기고 큰 부자가 생긴다는 것이 아닌가?

그런지 저런지! 무식한 박성녀는 자세히 모르나 어떻든지 세상은 딴 시대로 변한 것 같다. 자기네는 두더지처럼 캄캄한 굴속 같은 세상을 지향 없이 헤매고만 지나왔는데 오늘날 인순이는 제법 광명한 천지를 정면으로 보고 생기 있는 입김을 대지 위에 내뿜지 않는가?

그는 몇 천 년 전부터 대대로 물려 내려오던 농민의 아들이 아닌 것

전고미문(前古未聞)
전에 들어 보지 못함.

같다. 그는 *전고미문인 노동자란 이름을 가졌다. 수로는 몇 억만, 해로는 몇 천 년 동안에 농민의 썩은 거름이 노동자를 탄생케 하였던가? 농민의 아들 노동자는 새로 깐 병아리처럼 생기 있게 새 세상을 바라보는 것 같다. 그리고 이 병아리는 오히려 밤중으로 알고 늦잠이 고이 든 농민에게 새벽을 알리는 것 같다.

지금 인순이도 그중에 한 조그만 병아리와 같다 할까. 그는 도무지 자기네 마을 사람과 같지 않다. 그는 인제는 아주 마음이 강철같이 단단해진 것 같다.

박성녀는 자기 딸의 성격과 체격이 이같이 변한 데 대하여 은근히 물어보고 싶은 생각이 간절하였으나 그는 무어라고 물어야 할지 몰라서 다만 울렁거리는 가슴을 진정하지 못할 뿐이었다. 그리고 무슨 까닭인지

'저 애는 인제 내 자식이 아니다.'

무두무미(無頭無尾)
머리도 꼬리도 없다는 뜻으로, 밑도 끝도 없음을 이르는 말.

하는 *무두무미한 생각이 자기도 모르게 왈칵 치밀어 올랐다.

거의 한낮이 되자 인동이는 진풀 한 짐을 짊어지고 들어왔다.

그 뒤를 따라오던 인성이가 여치를 한 꼬미 잡아 가지고 앞장서서 들어온다.

여치

그동안에 마실꾼은 죄다 돌아갔다.

"아, 뉘 왔수?"

"그래, 오빠두 왔니?"

바깥마당에서 인동이의 풀짐을 메박는 소리가 철썩하고 난다. 인동이는 풀짐에 꽂힌 낫을 빼어서 풀을 마당 가운데로 헤쳐 넌 뒤에 안으로 들어온다.

"오빠 잘 있었소?"

인순이는 고개를 갸우뚱하며 반가운 표정으로 인동이를 쳐다본다.

"그래. 넌 얼마나 고생을 했니?"

"고생은 무슨 고생—오빠가 농사짓느라고 고생했지."

모친은 여전히 입을 벌리고 아들에게도 자랑삼아 말한다.

"월급 타서 고기랑 국수랑 사왔구나."

"어머니는 밤낮 월급 소리는……."

인순이는 낯을 붉히며 모친을 쳐다보고 웃는데

"시집갈 밑천을 죄다 쓰면 어짜니."

하고 인동이도 마주 웃는다.

"오빠두 참 우스운 소리는."

"시집갈 밑천은 오래비가 대야지, 누가 제 손으로 번다데."

모친이 아들을 핀잔주는 말이다.

"그럼 너는 나 장가들 밑천을 대렴, 나는 네 시집갈 밑천을 댈테니."

인순이는 손으로 입을 가리고 웃는다. 그는 요전에 인성이 편으로 부쳐 보낸 옥양목 적삼과 검은 문포치마를 입었다.

인순이는 저녁에 돌아오는 부친을 위해서 오빠보고 술 한 병만 사오라는 것을 모친은 내가 가겠다고 대신 나섰다.

그는 딸이 준 돈에서 우선 그의 시급한 옷을 저녁 안으로 해 입혀 보내고 싶었던 것이다. 그래 인순이는 값싼 것을 끊어 오라고 몇 번이나 당부하였다. 인성이는 모친을 따라가고, 삼 남매는 집에 남아 있었는데 인학이는 과자를 먹는 바람에 저 혼자 놀다가 어디로 나갔다.

단둘이 남아 있는 인순이는 넌지시 웃음을 짓고

"오빠두 장가들고 싶우?"

"뭐?"

서구프다
'서글프다'의 옛말.

인동이는 무슨 의미로 묻는지 몰라서 *서구픈 웃음을 웃었다. 그는 곰방대로 빼금빼금 담배를 피운다.

"글쎄 말야. 그게 다 무슨 짓이라우? 호호."

"무엇 말이야?"

"남하고 싸우고 옷을 발기발기 찢기고."

"누가 그라데? 난 모르는데."

"나도 다 들었어."

"응! 저—막동이 말이구나. 그 자식이 건방지게 구니까 그렇지."

"무얼, 뺏을라구 그러구서."

"하—뺏긴 무얼 뺏니."

"그러지 말구 가만히 있수."

"왜, 누가 어쨌댔니."

"글쎄 가만 있어. 나 있는 데서 색시 하나 중매해 줄게—호호호……."

"싫다 야! 난 달아날란다."

"어디로 달아나."

"남쪽으로나 북쪽으로나."

"달아나면 별수 있수. 가난한 사람 살기는 어디 가도 마찬가지라우."

"그래도 그까짓 농사는 밤낮 짓는대야 소경 잠자나 마나 한 가지니 어디 살겠니."

인동이는 실없는 기색을 고치며 진심을 토하는 것 같다.

"늙은 부모님은 그럼 어떻게 하우. 그러지 말고 희준이 오빠한테 잘 배우고 맘 잡어 있수— 그럼 내, 이 다음 노는 날에 색시 하나를 선보여주께, 응?"

인순이는 다시 방끗 웃는다.

"이 애는 누가 장가들고 싶어 몸 다는 줄 아나베."

인동이는 겉으로는 이런 말을 하였으나 *미상불 호기심이 없는 것도 아니었다. 그러나 인순이는 진심으로 한 말이 아니었다. 그는 아까 모친에게서 그동안 여러 가지의 집안 사정을 이야기하는 중에 인동이는 방개 때문에 막동이와 *두발부리하다가 두 놈이 한꺼번에 냇물 속으로 처박혀서 *한멋하면 귀신도 모르게 죽을 뻔했다는 말과 입은 옷을 터무니도 없이 발기발기 찢겼다는 말과 아울러, 그래 그런지 그가 요새는 마음이 달뜬 것 같다는 말을 들었기 때문에 어떻게라도 착심을 시켜보려고 넌지시 이와 같은 수작으로 한번 꾀어본 것이었다. 인동이가 내심으로 솔깃해 하는 눈치를 보고 인순이는 속으로 웃었다.

미상불
아닌 게 아니라 과연.

두발부리
두발부예(頭髮扶曳). 머리털을 끌어 잡고 휘두르며 싸움.

한멋하면
하마터면.

읍내 갔던 박성녀는 딸의 옷감을 끊어서 인성이에게 들리고 막걸리 한 병은 자기가 받아 들고 왔다. 그는 영감의 *등거리감과 아들들의 옷감도 끊고 싶었으나 영감과 의논도 없이 돈 쓰기가 어려워서 문포 한 필을 들고 만지작거리다가 그대로 왔다. 인순이의 옷감은 검은빛 인조견 치마와 관사 무늬를 놓은 흰 교직으로 적삼 한 감을 떠 왔다.

등거리
들일을 할 때, 등만 덮을 만하게 지어 입는 홑옷.

박성녀는 들어오는 길로 옷감을 마르러 희준이 집으로 갔다. 희준의 아내가 바느질을 쉽게 잘하기 때문에 그에게 손을 빌리고 싶었던 것이다.

"조카님 어렵지만 이것 좀 봐! 오늘 저녁으로 입게 좀 해주어."

그는 옷감을 펴놓고 숨이 차서 씨근거린다.

"호랑이에게 쫓겨 왔나. 왜 이리 씨근대여. 그게 누구 옷이야."

희준의 모친이 마루에 앉았다가 달려와서 들여다본다.

"기 애가 왔는데 내일 입혀 보내야 겠어유."

"응 인순이가 왔어? 월급 타 왔어?"

"돈 백이나 타 왔나 봐유."

"아이구 인제는 동생네도 수 났군!"

"이게 뭐유, 교직인가?"

희준의 아내는 옷감을 들여다보다가 마름질을 시작하였다.

"이 적삼보다 좀 크게 해여. 품일랑 한 닷 분 더할까."

"글쎄유, 내년에 입자면 크는 애들이니까 *낙낙하게 해야 할걸."

"*진동도 좀 넓게 해라. 진동 좁은 건 천하에 보기 싫더라."

시어머니가 당겨준다.

"치마 길이도 좀 길게 할까유?"

"글쎄! 여학생들은 *동강치마를 입는다며?"

"그럼 치마는 위로 남는 것을 넣지!"

마름질을 다 하고 나서 박성녀는 헌 옷을 도로 개켜 들고 일어서며

"나도 이따 틈 있는 대로 와 한 솔갱이씩 할 테니 좀 해주어. 점심을 해 먹여야겠는데 기 애가 국수를 사왔어유. 형님도 조금 있다가 오셔유?"

"아따 무슨 잔치할라나베."

"뭐 잔치는 아니라두."

"아주머니 이따가 인순이 좀 보내시유."

"그래여 형님 꼭 오시유."

박성녀는 두 팔꿈치를 휘저으며 오금에서 비파 소리가 나오도록 한달음에 집으로 뛰어갔다.

낮에 국수를 삶고 받아 온 술과 돼지고기로 안주를 해서 희준의 모친과 식구들이 점심을 먹고 나자 갑숙이도 인순이가 왔다는 말을 듣고 놀러 왔다.

낙낙하다
조금 넉넉하다.

진동
소매에서 깃과 닿는 부분의 폭이나 넓이.

동강치마
치맛단이 무릎에 오는 짧은 치마.

그는 점심을 먹고 왔다고 한 그릇 남은 국수를 안 먹기 때문에 박성녀는 그것을 인성이를 시켜서 희준의 아내에게 보냈다.

인순이와 갑숙이는 건넌방 앞에서 따로 놀다가 인순이는 희준의 집에를 간다고 일어서면서 갑숙이를 같이 놀러 가자고 졸랐다.

"싫다. 난 집으로 갈란다."

갑숙이는 수줍은 생각이 나서 그 집에 가기를 꺼려하였다.

"왜 학생도 같이 가서 놀지 그래여. 우리집에 누가 있나."

희준의 모친도 권하는 바람에 인순이는 갑숙이의 소매를 끌고 나갔다.

"마름집 딸이 얌전한데, 아마 *외탁을 한 게지."

"그래유 그 아버지처럼 되바라지지 않아유."

"인순이 덕에 내가 참 잘 먹었군. 어짜면 딸을 그렇게 잘 두었어."

외탁
생김새나 체질, 성질 따위가 외가 쪽을 닮음.

인순이를 따라가는 갑숙이는 걸음이 잘 내키지 않는다. 그는 어쩐지 부끄러운 생각이 자꾸 나서 주저하기를 마지않았다. 갑숙이는 희준의 집에를 여적 가본 일이 없었다. 그는 마치 알지 못하는 집을 처음 찾아가는 것 같아서 어색하기가 짝이 없다. 그러나 그의 마음속 한편으로는 한번 가보고 싶기도 하다. 희준이의 부인이 어떻게 생기고 그들의 가정 생활이 얼마나 재미있어 보이는지 그런 것도 넌지시 엿보고 싶은 호기심이 난다.

"들어와 얘, 괜찮다."

인순이가 앞에 서서 희준의 집 뒷문 안을 들어서니까

"아이그 참 오래간만에 집에 왔군. 어서 들어와."

"언니 잘 있었수?"

"응! 저 색시는 마름댁 색시 아니야?"

희준이의 부인은 부끄러운 듯이 치맛자락으로 아랫도리를 휩싸서 맨발을 가린다.

갑숙이는 고개를 숙여서 인사를 하고 마루에 걸터앉으며 우선 눈을 들어서 집 안을 살펴보았다.

갑숙이는 희준의 집을 처음 와보고 놀랐다. 그전부터 희준이도 가난하단 말은 들었으나, 그래도 전자에 어렵지 않게 살던 집안이라던 만큼 *불성모양으로 살 줄은 몰랐다.

불성모양
모양이 제대로 이루어지지 아니함.

그런데 생각하던 바와는 딴판으로 토막 같은 초가집에 벽에는 도배도 변변히 못하고 삐뚤어진 방구석에는 해어진 왕골자리를 깔아놓았다.

지심이
기미.

그 다음으로 놀란 것은 그의 아내였다. 그는 희준이보다 몇 살 더 먹어 보이는데 이마에는 주름살이 잡히고 강심살이에 고생을 많이 해서 그런지 얼굴에는 *지심이가 끼고 살결은 검누렇게 푸석돌같이 푸수수해 보인다.

더구나 옷 주제까지 초라하고 보니 얼굴 바탕은 차치하고 촌티가 지르르 흐른다.

'그래도 그이는 가정에 재미가 있는 게지, 재미가 있다면 아내를 왜 저 모양으로 옷도 좀 못 해 입혔을까?'

갑숙이는 속으로 이런 의심을 품다가 다시 한 번 돌이켜 생각해 보았다.

'그런 것이 아니라 아내가 미우니까 되는 대로 내버려두는 게지. 그렇다면 그는 가정의 재미를 모를 텐데!'

그러나 갑숙이가 결론을 지은 생각은 이들 중에 이것도 저것도 아니었다. 그는 아내를 사랑하는 것도 아니었지만 그렇다고 그리 미워하지도 않는 것을 엿볼 수 있었다.

만일 그가 아내를 심하게 미워할 것 같으면 그는 진작 이혼을 하였을 것이 아닌가? 그렇다면 그 아내의 남루한 의복은 전혀 그만한 여유가 없는 까닭으로 볼 수밖에는 없지 않은가? 갑숙이는 어떤 때 희준이를 사모하던 끝에 덮어놓고 그를 사랑해보고 싶은 마음도 없지 않았다.

그러나 그는 아내가 있는 사람이라 그럴 때마다 주저하였다.

희준이도 조혼을 한 사람 중에 한 사람이 아닌가? 사실 부친(안승학)의 말마따나 동경이나 서양을 갔다 온 청년들 쳐놓고 이혼을 하지 않는 남자가 몇이나 될 것이냐? 그들은 신사상에 세례를 받고 개인주의적 자유사상에 날뛰기 때문에 강제로 당한 조혼은 이혼을 해도 죄 될 것이 없다고 고향에 돌아와서는 첫 정사가 이혼인 것처럼 착수하지 않았던가?

그러나 누구나 눈을 똑바로 뜨고 쳐다볼 때 이 세상에서 진실한 자유를 가진 자가 누구더냐? 어느 곳에 진실한 자유가 있더냐? 참으로 어디에 인간의 남녀가 참마음으로써 결합할 자유가 있던가. 이것은 비단 가난한 사람들의 남녀에게만 한정한 말이 아니다.

누거만
매우 많음. 또는 매우 많은 액수.

비록 *누거만의 부자라 할지라도 그들은 돈을 쓰는 자유는 있을는지 모르나 진정한 자유는 없다. 다만 그들은 금전으로 속 빈 자유를 사는 것뿐이 아닌가?

우선 갑숙이 자신을 두고 보더라도 그는 물질적 생활에는 그다지 부자유가 없는 이상 남 보기에는 자유롭고 행복할 것 같지만 실상은 그렇지 못하다.

그는 처녀의 순진한 마음으로 무지개와 같은 고운 행복을 손짓해 불러보았다. 그러나 그에게 부딪힌 현실은 봉건적 사상과 낡은 습관과 타락한 금수 철학이 그의 몸을 싸늘하게 결박하고 있지 않은가?

그렇다면 이 시대는 자유를 누리려 할 것이 아니라 먼저 부자유와 싸워야 할 것이다. 그렇다면 연애니 가정이니 하는 것은 도무지 문제 이외가 아닌가?

갑숙이가 이렇게 생각하니 비로소 희준이의 마음을 짐작할 수 있었다. 그렇다면 그는 누가 설사 연애를 걸더라도 한 마디 말로 거절하고 말 것이다.

그의 이런 생각은 지금까지 자기의 먹고 있던 마음이 얼마나 어리석었음을 깨닫는 동시에 스스로 얼굴을 붉히지 않을 수 없었다.

갑숙이는 이윽고 자기의 부랑한 생각을 꾸짖기 마지 않았다.

원칠이가 들에서 돌아오자 인순이 집에서는 또 한바탕 부산하였다.

원칠이는 희준이를 불러서 저녁을 같이 먹게 하였다. 그는 우선 딸이 사온 술과 안주로 목을 축이고 나서 취흥이 도도하게 떠들어댄다. 그는 참으로 평생 처음으로 기쁜 날을 당한 것처럼.

갑숙이는 저녁을 먹고 나서 또다시 인순이를 찾아갔다가 희준이와 정면으로 시선이 마주쳤다. 그때 비로소 갑숙이는 소학생이 선생에게 경례를 하듯이 그에게 공손히 고개를 숙였다. 그에게는 그것이 첫인사였다.

22. 희비극 일막

그날 안승학은 권상철을 보내고 나서 만면 희색을 띠고 안으로 들어왔다. 그는 잡아놓은 토끼처럼 금방 수가 생길 것 같았다.

"무엇이 좋아서 벙실벙실 웃고 들어요?"

숙자가 이상스러운 눈초리로 쳐다보며 묻는다.

거내이불언외(居內而不言外) 안에 거처하면서 바깥 일을 말하지 않는다.

"그런 일이 있어. 여자는 *거내이불언외(居內而不言外)라고 장부의 하는 일을 참견 말라구."

안승학은 기고만장해서 전에 없이 뽐내며 숙자의 옆으로 와서 앉는다.

"참견 좀 하면 어때? 누가 왔었수?"

"읍내 사는 권상철이."

"그이가 우리 집에를 뭐 하러 왔을까?"

"와야 할 일이 있기에 왔지. 굿이나 보고 떡이나 먹으래두."

"무얼 나도 다 들었는데! 호호……."

"뭐? 조런! 방정맞은 계집 봤나."

"들으면 좀 어때. 누가 왔나 내다봤지."

"정말 들었어?"

"그럼."

"쉬— 암말두 말라고. 만일 누설을 하게 되면 큰일 나지."

"말은 무슨 말. 여보 당신도 남의 자식 걱정 말고 내 자식이나 잘 건사할 도리를 차리우."

"왜 내 자식이 어때서?"

승학은 눈을 홉뜨고 쳐다본다.

"갑숙인 어데 갔어?"

"누가 알우. 기 애가 잠시나 집에 붙어 있기에."

숙자는 내붙이는 듯이 승학의 말을 냅다 쏜다.

"응! 어디를 그렇게 쏘다닌담! 그럼 타이르지 못하고……."

"아이구 참, 기가 막혀. 기 애가 내 말을 *쇠통 무서워하는데!"

숙자는 입을 내밀며 비아냥거린다.

"에— 요년을 들어오거든 *물고를 내놔야! 똑 제 에미 년이 잘못 가르쳐서 그 본새지."

안승학은 별안간 역증이 나서 큰소리로 부르짖는다.

"시끄러워요. 공연히 남의 허문만 내지 말고 가만 있어요. 그러지 않아도 별 소문이 다 많은데!"

"아니 무슨 소문?"

"진즉 시집을 보내요. 공연히 후회하지 말고. 학교 졸업 못하면 시집도 못 간답디까? 옛날 사람이라고 시집가고 살았을라구."

"어디 마땅한 곳이 있어야지."

쇠통
전혀, 온통.

물고를 내다
'죽이다'를 속되게 이르는 말.

"아따 참, 우연만 하면 지내는 게지. 어디 별사람이 있답디까?"

"더러 생각나는 데는 제가 싫다니 원!"

"그게 다 병통이야. 싫고 좋을 게 어디 있수. 부모가 정해준 대로 할 게지."

숙자는 더욱 배알이 틀려서 외면을 한다.

"하긴 그런데, 자꾸 앓기만 하니 공부도 시원치 않고! 그렇다면 진작 시집이나 보내는 것이 좋겠지만 어디 있어야지."

"없긴 왜 없다우 고르면 있지. 그래 이 가을에 지내게 해요."

"……."

숙자의 말이 채 그치기도 전에 갑숙이가 손수건으로 이마에 흐르는 땀을 씻으며 들어온다. 숙자는 금시로 상냥한 표정을 지으며

"넌 어디 갔다 오니?"

하고 묻는데 갑숙이와 마주친 안승학은 별안간 분이 치밀어서

"어디를 밤낮 쏘다니는 게냐? 커다란 계집애가 집안에 있지 않고!"

"원두막에요, 아이 더워라."

무정지책
아무 까닭 없이 하는 책망.

부친의 *무정지책에 다소 불쾌하기도 하였으나 갑숙이는 짐짓 눙치고 대답하였다.

"원두막은 무슨 원두막? 너 인순인가 누가 왔다더니 기 애 집에 가서 놀다 왔지! 그까짓 공장에 다니는 계집애를 뭐 하러 찾아다니니?"

"기 애가 여적 있나요 벌써 갔지! 그리고 공장에 다니는 애는 사람도 아닌가요?"

"그래도 네 동무는 아니지."

앙살
엄살을 부리며 버티는 짓.

"왜 아니에요 어려서 동창생인데요."

"그래도 *앙살이야, 뭘 잘했다구!"

"아따 시끄럽소. 그럼 요새 같은 염천에 어떻게 방 안에만 들어 앉았으라우."

숙자의 간사한 말을 들은 갑숙이는 골딱지가 슬그머니 일어났다.

"*정양하러 와서 집 속에만 들어 앉았을라면 뭐 하러 왔어요. 서울 그대로 있지."

"조런 망칙한 년 보아! 그럼 도로 올라가렴!"

"그렇지 않아도 올라갈래요."

성이 *탱자같이 난 갑숙이는 건넌방으로 우르르 건너가서 내려올 때 싸가지고 온 *행구를 부스럭부스럭 싸기 시작하였다.

갑숙이는 그 이튿날 아침차로 올라갔다. 아버지와 *무이(無異) 다투다시피 하고 올라간 갑숙이를 괘씸하게 생각하는 안승학은 숙자의 권하는 말을 하루바삐 실행하고 싶은 결심을 갖게 되었다.

그날 밤에 갑숙이는 동생들에게 내일 올라가겠다는 말을 하였을 때 그들은 누이의 신병을 위하는 나머지 좀더 정양하기를 권고하였으나 갑숙이는 부친의 돌변한 태도에 분개해서 한사코 듣지 않았다. 그래 그들도 같이 올라가려다가 부친의 그와 같은 태도는 반드시 무슨 까닭이 숨어 있음을 짐작하고 그렇다면 그들은 시골에 남아 있어서 부친의 동정을 살피는 대로 서울로 기별하는 것이 좋겠다고 떨어져 있었다.

이렇게 갑숙이가 올라가자 안승학은 그날부터 사방으로 혼처를 구해봤다.

갑성이 형제는 그런 사실을 아는 즉시로 서울로 편지를 띄웠다.

칠월도 다 가고 팔월 상순이 접어든 어느 날 아침에 안승학은 귀가

정양(靜養)
몸과 마음을 안정하며 휴양함.

탱자
탱자나무의 열매. 향기가 좋으며, 약으로도 쓰임.

행구
행장, 여행할 때 쓰는 물건과 차림.

무이(無異)
조금도 다를 것이 없이.

번쩍 뜨이는 통혼 자리 한 곳이 들어왔다.

면서기를 다니는 그의 아우 안승철은 일부러 그 말을 전하기 위하여 식전에 일어나는 길로 자기 형을 찾아온 것이었다.

남자는 이 고을—그 전에는 C군이었으나 지금은 합군이 되어서 이 고을과 한 고을이 된—검은 들에 사는 이씨 문중인데 반명도 듣고 땅섬지기나 좋이 있다 한다. 그는 보통학교를 졸업하고 서울 가서 중학 삼 년을 다니다가 신병으로 중도 퇴학을 하고 내려와서 병 치료에 전력을 하기 때문에 아직 장가도 들지 않았다는데 인제는 병도 쾌복이 되어서 아주 *완인이 되었다는 것이다.

완인(完人) 병이 완전히 나은 사람.

"그런데 한 가지 안 된 것은 나이가 좀 어려, 인제 스무 살이라나!"

하는 동생의 말에 안승학은

"무얼, 기 애하고 똑 동갑인데. 사람만 준수하면."

하고 승철을 돌아본다.

"사람은 퍽 똑똑하답디다. 서울 가서 약기도 해서!"

"그럼 잘됐다. 내가 한번 *간선을 가보마."

간선 선을 봄.

안승학은 *가재수염을 연신 쓰다듬으며 좋아한다. 옆에 앉은 숙자도 덩달아서 좋다고 호들갑을 부리는 바람에!

가재수염 윗수염이 양옆으로 뻗은 수염을 비유적으로 이르는 말.

그리하여 안승학은 불시로 간선을 간다고 부산하게 길 떠날 준비를 하였다.

그는 마치 새 사돈이나 보러 가려는 것처럼 면도를 하고 수염을 화초 나무 다듬듯, 예쁘게 깎고 새 옷을 갈아입었다. 그곳까지는 자동차 길로 삼십 리라 한다.

그는 그날로 *도다녀와서 일변 서울로 편지를 부쳤다. 낭자는 아주 *극가(極嘉)하다는 것이었다. 그래 사진 한 장을 얻어 왔다고 싱글벙글

도다녀오다 갔다가 머무를 사이 없이 빨리 돌아오다.

극가(極嘉)하다 언행이나 성질 따위가 매우 아름답다.

하며 숙자에게 꺼내 보인다.

"자 어때여? 사진을 봐도 똑똑하게 생기지 않었어?"

숙자는 사진을 받아들고 한참동안 들여다보다가

"글쎄 참, 퍽 잘생겼는데…… 코가 좀 들창코로 벌름해 보이지만……."

"응 참, 그게 좀 흠점이야. 그렇지만 들창코는 사람이 선선하대. 상관있나."

"원 별소리두, 들창문에서 바람이 불던가!"

숙자는 호호 웃는다. 그는 자기 자식 같으면 그런 사위를 얻고 싶지 않았으나 갑숙이는 아무런 사람이거나 어서 시집을 보내고만 싶었다.

그것은 갑숙이가 집에 있더라도 자기에게 무슨 해를 끼칠 것은 없겠지만 계집아이를 과년하도록 두고 공부를 시킨다는 것은 어쩐지 아니꼽고 꼴 보기 싫은 때문이었다.

"우리 집에서는 합당하게 알지만 그 집에서 어떻게 생각할는지 아우."

"그 집에서도 물론 선을 보러 오겠지. 그런데 우리 집에서 하자고 우기면 저 집에서도 반대할 리는 없겠다는구먼! 그러면 다 된 혼인이지 뭐!"

"그럼 그 집에서도 어서 간선을 오래요."

"그게야 어련할라구. 우선 기 애 생각이 어떤가, 남자의 사진을 가지고 올라가서 한번 제 눈으로 보래야지."

"보나 마나 일반이지. 너무 애들 비위만 맞추지 말고 당신 생각대로 해요!"

"그래도 지금은 시대가 다르니까!"

그래서 안승학은 이삼 일 안으로 갑숙이의 혼담을 가지고 올라갈 테니 그리 알고 있으라는 기별을 순경이에게 미리 한 것이었다.

그러나 순경이는 남편의 편지를 보기 전에 벌써 아이들의 선통으로 그것을 알고 있었다. 안승학이가 남자를 간선 갔다 온 말까지 듣고 있었다.

조만간 이런 사단이 생길 줄을 알고 오늘날까지 조마조마한 마음으로 지내왔고, 그래서 그 대책을 만단으로 강구해 보았으나 또한 별도리가 없어서 그대로 지내왔지만 급기야에 일을 당하고 보니 새삼스레 가슴이 떨린다.

순경이는 그 말을 들은 뒤로부터 몇 날 밤을 뜬눈으로 새웠다. 아무리 머릿속을 쥐어짜야 신통한 묘책이 나서지 않는다. 그는 참으로 어찌해야 좋을지 몰랐다.

그것은 순경이뿐만도 아니었다. 갑숙이도 그의 모친만 못지않게 초조하였다. 그는 부친이 별안간 그렇게 서두르는 것은 반드시 숙자의 조화라는 것을 짐작할 수 있으니만큼 더욱 분한 생각을 솟구치게 한다.

"어떻게 할래? 지금은 몸도 성치 않고, 또 학교도 쉬는 터이니 이담으로 미루자고 할까? 남자의 사진이라도 보자고 해서 마땅치 않다고 파혼하자 할까? 그러면 그 혼인은 빼개지는 것인즉 또 다른 혼처가 나설 때까지 미루어 나갈 수 있지 않겠니?"

순경이는 남편의 편지를 보고 나서 갑숙이를 불러 앉히고 은근히 물어보았다. 그러나 갑숙이는 고개를 숙이고 잠자코 있다가

"아무 때 알아도 알걸. 그럼 자꾸 더 성가시지 않우."

"그러니 어떻게 한단 말이야. 아주 토설을 했다가는 생벼락이 내릴 테니."

순경이는 안심찮아서 기가 막힌 듯이 말소리에 힘이 없다.

"아무 때 당해도 당할 것은 진작 당하는 게 낫지 뭐. 난 공장에나 들

어갈라우."

갑숙이는 어떤 결심의 표정을 그의 꼭 오므린 입술 위로 드러낸다.

순경이는 갑숙이 앞으로 다가앉으며 어깻숨을 쉬면서

"얘야, 공장에는 아무나 들어가는 줄 아니! 그러지 말고 경호와 상의해서 결혼을 하든지 어떻게 하든지 하는 게 낫지 않겠니?"

"결혼을 어떻게 해요. *민며느리로 데려가란 말이우?"

갑숙이는 어이없는 웃음을 픽 웃는다.

"참 답답한 일도 많다. 그러니 어쩌잔 말이야."

순경이는 화증이 나서 한 걸음 물러앉으며 한숨을 내쉰다.

"걱정 말아요. 내 일은 내가 처리할 테니."

"아따 그년 주장하다. 기껏 달아날 궁리를 하고서! 나도 달아날란다."

"어머니는 가만히 있어요. 그러다가 두 애들마저 공부도 못 시키고 말 테니. 어머니가 없어보지, 그 손아귀에 누가 공부를 하겠소. 아버지는 돈만 알고 그이 말만 곧이들을 테니. 나는 이미 몸을 그르쳤으니까 누구 탓할 것도 없지마는."

갑숙이는 차차 목멘 소리로 목소리를 떨기 시작한다.

"아니 몸을 그르칠 게야 뭐 있니. 경호와 결혼하게 된다면 아무 문제가 없지."

"……."

"아니 경호가 무어라 하디?"

"뭐라긴 뭘 뭐래요!"

갑숙이는 그대로 있을 수가 없다는 듯이 안방에서 건넌방으로 뛰어들어갔다. 그는 들어가는 길로 책상 위에 고개를 파묻고 흐늑흐늑 느껴가며 울었다. 가책의 쓰라린 아픔은 울수록 더할 뿐이었다.

민며느리
장차 며느리가 될 여자 아이를 데려다 키워서 성년이 되면 남자 쪽에서 물품으로 대가를 치르고 혼례를 올리던 매매혼 풍속.

호기 만장(毫氣萬丈) 거들먹거리며 뽐내는 기세가 매우 높음.

안승학은 모녀간에 이러한 내막이 있는 줄은 모르고 *호기 만장해서 서울 길을 떠났다. 그는 차 안에서도 여러 가지 궁리를 해보았다.

만일 경호가 지체나 좀 높고 그런 자식이 아니었다면 사윗감으로 골랐을는지 모르나 그러나 지금은 그런 것이 문제가 안 된다. 사위보다도 더 유리한 조건이 붙기 때문이다.

그는 갑숙이를 이 가을에 혼례를 갖추고 나서 권상철의 고삐를 단단히 붙잡고 장사 밑천을 대게 할 작정인데 만일 그것을 불응하거든 당장에 문제를 일으켜서 경호의 실부모를 찾아주자는 심산이었다.

안승학이는 지금 이런 생각을 하며 차가 어서 경성에 도착하기를 고대하였다. 그는 낮차가 덥다고 저녁 직행을 타고 왔다.

그런데 정거장에 마중을 나올 줄 알았던 갑숙이가 보이지 않는다. 그는 웬일인지 몰라서 불안을 느꼈다. 혹시 일전에 책망한 일로 그것이 꽁해서 마중까지 안 나오지 않았는가!

밤은 벌써 열한 시나 거진 되었다. 한강으로 바람을 쏘이러 나간 사람들인지 전차 안에는 만원이 되었다.

안승학은 쏜살같이 집으로 곧장 가서 대문을 덜컥거리며 문 열라고 소리를 쳤다. 그의 목소리에 갑숙이 모녀의 가슴은 일시에 내려앉았다.

"지금 오시는 길이유?"

순경이는 뜰 아래로 내려서며 그의 손가방을 받아 들었다.

"지금이 뭐야. 왜 마중도 안 내보냈담!"

"저 애는 머리가 아프다고 여적 드러누웠었다우."

안승학은 모자와 양복 윗저고리를 마루에 벗어 던지고 구두를 벗으며

"밤낮 골치는 언제까지 않는 게야, 공연히 꾀병이지."

"아이 꾀병은 누가 꾀병을 해요."

갑숙이는 어이가 없는 듯이 부친을 마주 쳐다본다.

"그럼 배알이 틀린 게지. 올라올 때 심통을 부리더니."

"왜 누구랑 싸웠수?"

전차

순경이는 모자와 양복을 집어서 벽에 걸린 옷걸이에 건다.

"고런 년의 소갈찌라니! 계집애가 함부로 쏘다닌다고 타이르는 것이 해로워서!"

안승학은 마루로 올라앉으며 셔츠를 벗고 수건으로 땀을 씻는다.

"그럼 이 더운데 노상 집안에만 어떻게 들어앉았어요."

"누가 그랬어. 당신이 그랬수?"

"내가 왜 그래, 너무 쏘다니니까 말이지."

"아따 새삼스레 *내외를 시키나베."

내외(内外)
남의 남녀 사이에 서로 얼굴을 마주 대하지 않고 피함.

순경이는 숙자를 걸어놓고 말 마디나 하고 싶은 것을 켕기는 조건이 있어서 그대로 꾹 참았다.

"그까짓 소리는 그만두고 내가 편지한 거 보았어?"

안승학은 궐련을 피워 물고 우선 급한 듯이 묻는다.

"네—참, 저녁은 어짜셨수?"

순경이는 선뜻 대답이 나오지 않아서 일부러 딴청을 썼다.

"딴소리는…… 저녁이 여태 있어?"

"그런데 참 저 애는 어떻게 한다우, 늘 몸이 아프다니 진찰이라도 해보고 약이라도 멕여봐야지!"

"약은 무슨 약…… 좋은 혼처가 났어."

안승학은 곁눈질로 모녀의 눈치를 슬슬 보았다.

"별안간 혼처는 웬 혼처라우?"

순경이는 울렁거리는 가슴을 누르고 간신히 물어보았다.

"별안간은 왜. 그전부터 고르던 차에 합당한 곳이 나선 건데. 자, 사진을 우선 보라구."

안승학은 가재수염 위로 미소를 띠며 가방을 열고 봉투를 꺼내서 거꾸로 쳐들고 쏟으니까 그 안에서 사진 한 장이 떨어진다. 순경이는 남편이 집어주는 사진을 받고 싶지도 않았으나 그렇게 하는 때에는 당장 싸움이 일어날 것 같아서 마지못해 집어 보았다. 그러나 그는 가슴에서 두방망이질을 하기 때문에 아무 것도 잘 보이지 않는다.

"당신은 이 사람하구 혼인하구 싶우?"

한참만에 순경이는 남편에게 물었다.

"그럼 어때서 그래? 난 아주 더 고를 나위가 없을 것 같구먼! 형세도 유여할 뿐 아니라 제일 지체가 좋단 말이야!"

안승학은 순경이의 기색을 살피며 자기의 주장을 역설하였다. 그는 자기에게 동의하는 대답이 나오기를 기다리는 것처럼 연신 순경이를 할긋할긋 쳐다본다. 그러나 순경이는 마치 아무 눈치도 모르는 것처럼 종시 대답이 없이 멍하니 한곳을 노려보고 앉았다.

안승학은 순경의 대답을 기다리다 못해서 족치기를 시작했다.

"아니 왜 대답이 없담! 어때서 그러는 게야?"

"우리 맘에만 들면 되우? 당자한테 물어봐야지."

"그러기에 사진까지 가지고 왔어. 갑숙아 이리 온!"

부친의 부르는 명령에 갑숙이는 마치 도수장에 들어가는 소처럼 시름없이 건너왔다.

"앉아라! 너도 이 사진을 좀 봐라."

갑숙이는 외면을 하고 돌아선다.

"보아도 괜찮다. 애비가 보라는 것은 상관없어. 또 근래 여학생들은 당자끼리도 맞선을 본다더라!"

하고 안승학은 벙글벙글 웃으며 사진을 들고 일어나서 전등불 밑에 바싹 대고 또 한 손으로는 갑숙이의 어깨를 끄잡아서 불 앞으로 돌이켜 세운다.

"좀 봐요. 네 맘에 어떤가?"

갑숙이는 남자의 사진을 보자마자 소매를 뿌리치고 건넌방으로 달아났다. 그는 얼결에 잠깐 보았어도 사내의 들창코가 생각나서 수괴지심을 더 내게 하였다.

"아니 왜 그러는 게야. 그럼 시집을 안 가겠다는 말이야? 응—"

안승학은 소리를 버럭 지르며 화증을 내려 든다.

"아이구 이 일을 어찌한담!"

순경이는 금시로 입술이 바작바작 타는 것 같고 오장이 옥죄는 듯하여서 어쩔 줄을 몰랐다.

그는 얼른 이실직고를 하고 싶었으나 냉큼 그 말이 입 밖으로 나오지 않는다. 그는 어떻게든지 이 자리를 무사하게 넘기고 싶었다.

그러나 아무런 묘책이 없지 않은가? 말을 하자니 그렇고 안 하자니 핑계 댈 말이 없다. 이래저래 진땀만 바작바작 날 뿐이었다.

도스르다
무슨 일을 하려고 마음을 다잡다.

순경이는 한동안 묵묵히 앉았다가 마음을 *도슬러 먹고 나서 설마 죽기밖에 더하겠느냐는 결심으로 있는 용기를 다 꺼냈다. 그는 승학을 정면으로 쳐다보며,

"혼처는 그보다도 더 좋은 데가 있다우."

하고는 다시 고개를 돌렸다.

그는 간신히 이 말을 꺼내는데 그만해도 속이 좀 후련한 것 같았다. 마치 산고개 마루턱을 올라선 때와 같이 인제는 발길로 채여서 층암절벽으로 내리뒹굴든지 말든지, 그것은 순간에 당할 운명이니만큼 오히려 무서울 것이 없어 보인다.

"그럼 진작 그런 말을 하지, 더 좋은 곳이 어데야?"

"언제 그런 말을 하게 여유를 주었수."

"응 여유를 주지 않아서 못했구먼! 그럼 지금부터 여유를 줄 터이니 말하라구."

건넌방에서 듣던 갑숙이는 가슴을 누르고 두 귀를 기울였다. 괴괴한

방안은 폭풍우 전의 수분 간 정적(靜寂) 같다.

"우리 집에 있는 학생……."

"집에 있는 학생?"

안승학의 눈은 빛난다.

"집에 있는 학생이 누구여?"

순경이는 기침을 하고 나서, 다리를 세웠다, 놓았다 하며 목구멍 안으로 끄집어 당기는 목소리로

"권—경—호!"

간신히 대답한 순경이는 무섭게 부릅뜬 승학의 시선을 피하였다.

"누구? 경—경호!"

승학은 펄쩍 뛰었다. 순경은 더욱 간담이 서늘하여서

"그래유."

"아! 정말이야?"

승학은 갑자기 기색이 새파랗게 죽는다.

"아니 왜 그라우?"

"대관절 경호가 어떤 사람인 줄 알고 그런 맘을 먹었어? 응!"

"무에 어떤 사람이유, 사람은 매한가지지."

"매한가지? 그건 이녁 생각인가, 기 애도 그렇다는 겐가?"

안승학은 황소숨을 내쉰다.

"기 애도 그런가 부……."

"어떤가 봐?"

"!……"

"아니 어떻게 된 셈이야! 응?"

"아이구!"

안승학은 별안간 가슴을 쾅! 치고는 뒤로 벌떡 나자빠지며 벽으로 머리를 부딪고 넘겨박힌다.

"아이구 인제 집안이 망했구나, 아이구!"

"아니 왜 이래유? 웬일이유, 응!"

갑숙이도 건넌방에서 뛰어왔다.

안승학은 여전히 몸부림을 치며 엉엉 울기만 한다.

"아이구! 아이구!"

안승학은 그 뒤로 밤낮 사흘 동안을 침식을 전폐하고 머리를 싸매고 드러누웠다. 그는 벽을 안고 모로 누워서 끙끙 앓다가는 별안간 열병 환자처럼 벌떡 일어나서 가슴을 치고, 몸부림을 하며 황소처럼 울었다. 그리고

"우리 집안은 인제 망했다!"

고 주먹으로 방바닥을 치며 이를 보득보득 가는 것이었다.

이런 때에 순경이나 갑숙이가 들어갈라치면 그는 목침이나 방망이를 함부로 내던지며

"이년들 어디를 들어오느냐?"

고 호령을 추상같이 하는 바람에 그들은 얼씬도 못하였다.

그래도 여러 날을 굶어 늘어진 것이 민망해서 행랑어멈을 시켜서 밥숭늉을 끓여 들어갈라 치면 그는 또 발길로 걷어차서 상을 며내붙이고 만다. 그는 이렇게 참으로 미친 사람처럼 한바탕 발작을 하다가는 다시 소리도 없이 드러눕고 그러다가는 또 다시 일어나서 무섭게 발작을 일으켰다. 그것은 순경이와 갑숙이로 하여금 오직 *망지소조하게 할 뿐이었다.

망지소조(罔知所措) 너무 당황하거나 급하여 어찌할 줄을 모르고 갈팡질팡함.

그들은 물론 그가 올라와서 그런 내막을 아는 날에는 반드시 풍파를

일으킬 줄은 짐작하였으나 그래도 이렇게까지 굉장할 줄은 몰랐다.

참으로 그의 서두르는 폼은 누가 죽든지 집안을 망치든지 할 것 같다.

그러나 그들은 어찌할 도리가 없었다. 안방에는 번뜩만 해도 그는 죽일 년같이 *잡도리를 하며 생벼락을 내린다.

잡도리
매우 요란스럽게 닦달하거나 족치는 일.

그들은 생각다 못해서 나중에는 박훈이와 난희를 불러다가 위로를 시켜보려 하였으나 그는 이불을 쓴 채로 누워서 일어나지도 않았다.

대관절 무슨 까닭으로 그가 그러는가? 아무리 자기는 모르게 한 짓이라도 그렇게까지 펄펄 뛸 것은 없지 않은가? 죽을 일이나 저지른 것처럼 기 쓸 것이야 없지 않은가?

나흗날 되던 새벽에 승학은 천연히 일어나 앉아서 다 죽어가는 목소리로 건넌방에서 자는 순경이를 부른다.

잠인지 만지 눈썹과 씨름을 하며 이 생각 저 생각에 허덕이던 순경이는 벌떡 일어나서 눈을 비비고 건너갔다. 그는 인제야 죽나 부다 하는 생각이 나서 오장이 떨린다.

"나 불렀수?"

"거기 앉어……."

순경이는 떨리는 몸을 간신히 가누고 앉았다.

"그래 어쩌자고 그런 일을 시켰나?"

안승학은 머리맡에 놓인 *참칼을 순경이 모르게 감춘다.

참칼
'창칼'의 북한어.

"시키긴 누가 시켜. 저희들끼리 사귀었지!"

"시키진 않었다! 그럼 왜 가만 내버려두었나?

"누가 알았어야지. 나중에서야 그—그—"

"아이구!"

승학은 별안간 고함을 지르며 주먹으로 복장을 친다. 머리가 점점 숙어진다. 별안간 다시 고개를 쳐들며,

"경호란 놈을 어떤 놈으로 알았니! 이년아 한 집안 속에서 그런 줄을 모른다니?"

승학의 주먹은 번개같이 순경의 볼따귀를 후려친다.

"아!—아!"

순경이의 자지러지는 소리를 듣고 갑숙이는 등허리에다 냉수를 끼얹는 것 같은 오한을 느꼈다.

"이년아 경호가 누구의 자식인 줄 아니?"

"누구여, 권상철의 아들이지."

"권상철의 아들? 권상철의 아들 같으면 오히려 좋게!"

하고 승학은 다시 이를 갈고 순경이에게로 덤빈다.

"철썩!"

하는 소리와 함께 그의 눈에서는 또 한 번 번갯불이 났다.

"아니 뭐유? 그럼 누구의 자식이란 말이유?"

순경이는 아픈 줄도 모르고 남편에게 물었다. 그는 입 안이 터져서 피가 흘러내린다.

"불경을 해서 낳았다니까 부처가 점지한 줄 알았더냐? 아이구!"

이 말 끝에 순경이는 정신이 펄쩍 났다.

그는 비로소 남편이 야단치는 까닭을 알 수 있었다.

"그럼 당신은 왜 진작 그런 말씀을 안 했수?"

"그런 말 안 하면 자식이 못된 짓을 해도 가만두는 게냐?"

"요새 청년들은 으레히 그런데 무슨 큰 흉이유."

"아니 무엇이 어째?"

한참동안 노리고 보던 안승학은 몸을 *신장대 떨 듯 하더니만

"에끼년!"

하고 벌떡 일어나는 길로 순경의 머리채를 휘어잡아서 자빠뜨리고 배를 타고 올라앉았다.

"아이구 아버지!"

문밖에서 엿듣고 섰던 갑숙이가 뛰어 들어오며 부친의 몸을 얼싸 안았다.

"그래 죽여라. 나 하나 죽으면 고만이다! 응! 응!"

승학이는 갑숙이가 붙든 소매를 뿌리치고 얼른 한 손으로 칼을 집어서 순경의 가슴에다 칼날을 푹 찔렀다.

그리고 그는 갑숙이에게 재차로 달려들었다. 그 바람에 갑숙이는

신장대
무당이 신장(神將)을 내릴 때에 쓰는 막대기나 나뭇가지.

그만
“으악!”
소리를 치며 대문 밖으로 뛰어나갔다.

23. 누구의 죄

지금으로부터 이십 년 전 일이다. 일심사는 삼남으로 통한 큰길가인 까닭에 언제나 객중들이 많이 드나드는 터인데 박수월이라는 젊은 중도 그 중의 한 사람이었다. 그런 사람이 어떻게 중이 되었는지 모르나 속인으로도 그만치 불량할 수가 없을 만큼 철저하게 그는 싸움 잘하고 술이 험하고 마음이 악독하였다.

어느 해 봄에 그는 웬 젊은 여자 하나를 데리고 들어왔다. 그 여자는 눈이 크고 얼굴이 해사한 것이 귀염성 있고 순진하게 생겨서 그 남자를 늑대 같다고 할 것 같으면 그 여자는 양(羊)과 같다 할까. 키는 작은 편이나 보기 싫지 않을 만큼 살이 쪘다. 그는 손끝이 뭉뚝하고 통통한 어여쁜 손을 가졌다.

박수월이가 그 여자를 얻은 내력을 들어보면 누구나 상을 찡그릴 것이다. 그가 강원도 산중으로 돌아다니며 동냥을 해다가는 단골로 술을 사먹는 주막 주인 하나가 있었는데 그 여인과 서로 짜고 그 여자를 빼돌린 것이다.

그 여자는 산중에서 가난한 농가의 집 처녀로 태어났다. 열다섯 살 먹어서 시집을 갔었는데 스무 살 먹어서 동갑 먹은 남편이 세상을 떠났다. 그는 초상을 치르고 나서 며칠 안 된 어느 날 밤에 칠촌 시숙이 밤중에 들어온 것을 설레발을 놓고 도망질쳐서 그 밤으로 이십 리나 되는 친정으로 달아났다. 그는 그 뒤에 다시 인근에 사는 어떤 농군에게로 개가를 갔는데 둘째 번에 얻은 사내가 역시 술망나니요 게으름뱅이였다.

그래 그는 사내라면 진저리가 나서 그날그날을 후회하며 지내는데 하루는 주막 주인이 그 소문을 듣고 *방물장사를 들여보내서 감언이설로 꾀기 시작했다. 그래 어느 날 밤에 그 여자가 주막으로 걸어 나오자 미리부터 기다리고 있던 박수월은 그의 손목을 붙들고 밤을 새워 지경을 넘어 달아났다.

그 뒤로 그 여자는 박수월을 따라서 사방으로 헤매었는데 전 남편을 배반한 것을 도리어 후회할 만큼 그는 인간의 쓰라린 고초를 알뜰히 겪어왔다.

방물장사
여자들의 일상생활에 필요한 물건들을 팔러 다니는 행상.

수월은 그 여자를 낮에는 동냥을 시키고 밤이면 피곤한 몸을 잠들 틈도 없이 귀찮게 굴었다.

그는 밤새도록 껴안고서 온몸을 주무르고 물어뜯고 하는 변태성욕자다. 그러다가 날이 새면 그를 다시 동냥하러 보내고 자기는 주막이나 정자나무 밑에서 낮잠을 자며 술을 먹다가 그가 돌아오기를 기다리는 것이었다.

미구하여 그 여자는 애를 뱄다. 그때 박수월은 발길로 죽어라 하고 그 여자의 배를 찼다. 그 뒤로 박수월은 그 짓을 아이 떼는 묘방으로 썼다.

그렇게 여러 번 차이고 나면 여자는 아랫배가 몹시 아프고 출혈을 많이 했다. 그럴 때마다 박수월은 삽살개 같은 무서운 *잇바디를 벌리고 웃으며 이런 말을 했다.

"거 봐라! 영락없지. 애 떼고 싶은 사람은 다 내게로 오래여!"

사자의 흉악한 입에 물린 사슴처럼 끌려 다니던 그 여자는 이러구러 일심사에까지 굴러 나왔다. 그 여자는 어디로 달아나고 싶어도 사내가 잠시를 떨어지지 않았다. 만일 달아났다가 들키는 날이면 맞아 죽을까 무서웠던 까닭이다.

그런데 그해 여름에 박수월은 어디로 온단 간단 말이 없이 자취를 감추었다. 그래도 그는 언제 또 들어올는지 몰라서 그대로 있었다. 그 여자는 여전히 마을로 동냥을 나갔다. 그렇게 몇 달을 지나는 동안에 하루는 수리티라는 마을로 동냥을 갔는데 그전부터 아는 사람이 말하기를

"그까짓 달아난 중놈을 기다리면 뭐 하나. 이 동리에 합당한 사람이 있으니 같이 살우."

잇바디
치열(齒列).

하고 지성껏 권하는 바람에 원체 동냥만 하고 외로이 떠돌아다니기도 고달파서 그는 그 사람과 같이 살았다. 그 사내는 머슴 산 새경 돈을 모아서 볏섬이나 장리를 놓았다.

그런데 하루는 뜻밖에 박수월이가 찾아와서 그 여자를 끌고 일심사로 올라갔다. 그는 그동안에 또 애를 뱄다.

그러나 그것을 박수월이에게는 숨기고 있었다.

수월이가 만일 그런 줄을 알게 되면 그는 또 발길로 배를 차서 아이를 지울 것이 아닌가. 그는 생으로 아이를 지울 때에 생리적으로 당하는 아픔보다도 인생이라고 세상에 태어나서 부모에게 받은 혈육을 씨도 남기지 못하고 죽는 것이 더 원통해서 그래 이번만은 세상 없어도 아이를 떼지 않을 작정이었다. 그 뒤로 박수월은 그해 겨울까지 전과 같은 생활을 하다가 하루는 또 어디로 슬그머니 나가버렸다.

그러다가 그 여자가 만삭이 되었을 무렵에 다시 들어왔다. 그는 여자가 남산 같은 배를 안고 있는 것을 보더니만 이번에는 할 수 없던지 가만 내버려두었던 것이다.

그 여자는 그날도 동냥을 나갔다가 돌아와서 그날 밤에 옥동자를 탄생하였는데 그 아이가 커서 다음날 경호가 될 줄을 누가 알았으랴.

권상철은 읍내로 내려와서 *송방을 보기 시작한 후부터 형세는 점점 늘어갔으나 그 반면에 그들을 슬프게 하는 것은 슬하에 자손이 없는 것이었다.

송방
주단, 포목전.

그는 일심사에 해마다 불공을 드리고, 본처가 수태를 못 하는가 해서 소실도 여러 번 갈아들였다. 다른 남자에게는 자식을 잘 낳았다는 여자도 웬일인지 그가 데려다 살아보면 마찬가지로 수태를 못했다.

그래 권상철은 약도 많이 먹어보고 고명하다는 의사의 진찰도 많이 받아보았으나 종시 아무런 효험을 못 보았던 것이다.

그러자 마침 일심사에 있는 박수월이가 아들을 낳게 되자 그들은 서로 짜고 그 아이를 권상철의 아들로 만들었다.

박수월은 제 자식도 죽이던 자인 만큼 더구나 남의 자식을 키우고 싶지 않았다. 그래 권상철은 그 아이를 감쪽같이 데려다가 출생계를 권경호라 하고 길러냈다.

그러고 나서 작년 봄에 백일 불공을 정성껏 드렸더니 지성이면 감천으로 부처님이 점지한 것이라는 소문을 내는 동시에 한편으로 그는 큰 잔치를 베푼 것이었다. 박수월은 아이를 권씨 가문에 들이밀고 나서 그 길로 그 여자를 데리고 어디로 또 달아났다.

그 아이는 잘 자라나서 오늘날 경호가 되었는데 그 여자는 어디 가서 죽었는지 살았는지 지금까지 아무 소식이 없지 않은가!

경호는 자기의 초년이 이와 같이 기구한 운명에서 태어난 줄도 모르고 권상철의 집에서 곱게 커 나갔다.

그는 학령에 달하자 보통학교에 입학하였다. 그는 내모를 닮아서 위인이 순진하고 총명하였다. 보통학교를 우등으로 졸업하고 그해 봄에 서울로 올라와서 지금 다니는 중학에 입학한 것이었다.

그러므로 그는 권상철의 부부를 저의 친부모로 알고 있었다. 또한 권씨 부부도 인제는 아주 제 자식이나 다름없이 애지중지 귀애했다. 아니 도리어 친자식 이상으로 그를 소중하게 여겼다. 그것은 왜 그러냐 하면 혹시 *소루한 감정에서 경호가 어떤 눈치를 채고 만일 자기의 근본을 캐는 날에는 어쩔 수 없이 제 자식이 아닌 것이 탄로될까 염려하였음이다.

소루하다
생각이나 행동 따위가 꼼꼼하지 않고 거칠다.

그런데 뜻밖에도—참으로 천천만 의외에 권상철은 안승학에게서 그런 말을 듣고 보니 그것은 청천벽력 이상의 놀라움이었다.

그런 말이 조만간에 경호의 귀에 들어간다면 그는 당장에 저의 친부모를 찾으러 갈 것이 아닌가? 아니 그것은 경호가 그대로 있다고 하더라도 전과 같이 그를 친자식으로 믿고 살 수는 없을 것이다.

그렇다면 자기네는 이십 년 동안이나 내 아들같이 키워놓은 자식을 일조에 잃어버리고 한평생 자식 없는 몸으로 늙어 죽을 테요, 죽어서도 *무자귀(無子鬼)의 죄업을 받아서 영겁으로 *무주고혼이 될 것 아닌가?

무자귀(無子鬼) 자손을 두지 못한 사람이 죽어서 된다는 귀신.

무주고혼(無主孤魂) 자손이나 모셔줄 사람이 없어 떠도는 외로운 혼령.

그들은 이런 생각을 하면 할수록 분하고 원통하기가 짝이 없었다. 울어도 시원치 않고 죽어도 한을 풀지 못할 것 같다. 그때 권상철은 안승학에게서 그 말을 듣고 나자 별안간 두 눈이 캄캄해지고 침식이 불안하였다.

그는 며칠을 두고 만단으로 궁리하여 보았으되 도무지 묘계가 나서지 않는다.

그의 부인도 이 말을 듣고는 입맛이 썼다. 언뜻 생각하면 어차피 자기 친자식이 안 될 바에야 기왕 그렇게 되었다면 그 당장이라도 경호를 불러 앉히고 전후 사정 이야기를 *토파해주는 것이 오히려 떳떳했을 것인데, 자식 욕심에 눈이 어두운 그들은 만일 그랬다가 경호가 달아나면 어찌할까, 설사 그렇지는 않다 해도 전과 같은 애정은 갖지 못할 것을 어찌하랴? 하는 어리석은 생각이 앞을 섰다.

토파(吐破)하다 숨기고 있던 사실을 다 털어놓고 말하다.

그러나 경호 편으로서는 차라리 사실대로 말해주었다면 그는 후일에 그와 같은 일을 하지 않았을 것이 아닌가?

낳기보다 키우기가 어렵다고 자기를 친자식같이 길러준 공도 잊을 수 없으려니와 더구나 저의 부모는 지금까지 종적을 모른다니 찾을 수도 없겠으며 또한 그런 부모를 애써 찾을 필요도 없을 것이다.

한데 권상철의 부부는 일이 그렇게 될 줄은 몰랐었다. 그들은 우선 안승학의 입을 막아놓기만 하면 자기네의 비밀이 드러나지 않을 줄만 알고 그가 *내흉한 줄을 짐작하면서도 모시 두 필을 싸들고 가서 빌붙기 시작한 것이었다.

내흉(內凶) 내숭, 겉으로는 순해보이나 속으로는 엉큼함.

금전의 소유욕에 인색한 그들은 마찬가지로 자식에게도 소유욕이 강렬할 뿐이었다.

경호는 자기로 인하여 안승학의 집에서 난데없는 풍파가 생긴 줄도 모르고 또한 자기 집에서도 자기를 중심으로 안승학과 음모를 꾸미는 줄도 모르고 (그들은 마치 장님이 서로 제 닭 잡아먹는 연극을 꾸미고 있었다) 경치 좋은 일심사에서 여전히 안유한 세월을 보내고 있었다.

그는 아침저녁으로 서해 바다의 그림 같은 경개를 바라보며 안타까운 정서에 사로잡혀 있었다. 저녁놀과 같은 고운 정서를 안고 갑숙이를 그리워했다.

그는 그와의 생활을 마치 저녁 바다에 어린 장미색 놀과 같이 아름답게 물들이고 싶었던 것이다.

서해 바다의 저녁놀

그래서 어서 새 학기가 돌아오면 그와 다시 만나볼 것을 유일한 행복으로 알고 있었는데, 그가 암시로 주고 간 말은 어느 모로 뜯어보든지 불안과 안타까움을 자아내게 하였다. 기다리던 개학날은 닥쳐왔다.

경호는 구월 일일을 일주일쯤 앞두고 하루바삐 서울로 올라갔다. 그전 같으면 더 있다가 올라가라고 친절히 붙들고 만류할 터인데 웬일인지 집에서도 순순히 떠나보내는 것을 그때의 경호로서는 이상히 생각할 것이 아니라 다행히 여길 형편이었다.

그러나 권상철의 내외는 경호를 하루라도 집에다 오래 두었다가는 자기네의 비밀한 계획에 어떤 방해가 생길는지 몰라서 어서 올려 보내고 싶기 때문에 만류하지 않았다.

이런 줄도 저런 줄도 모르는 경호는 기차를 내려서 갑숙이의 집으로 들어가니 뜻밖에 그는 머리를 싸고 드러누웠다. 경호는 그를 주려고 성환 참외 한 바구니를 사가지고 왔다.

"인제 올라와!"

하고 간신히 인사를 받는 순경이도 어디가 아픈지 한 다리를 잘룩잘룩하고 마루로 나온다. 다른 학생들은 아직 올라오지 않고 갑성이와 갑준이만 올라왔으나 그들도 웬일인지 전과 같이 반기는 표정이 없다. 모두들 기색이 좋지 않은 것이 무슨 심상치 않은 일이 생긴 것 같다.

'웬일인가? 안주사가 올라와서 그간에 풍파가 생긴 것인가 부다!'

경호는 이와 같은 눈치를 채고 자기도 별안간 원기가 *초침해졌다.

초침하다
식초에 담근 것처럼 시들해지다.

"어디가 편치 않으신가요?"

"응, 이리 좀 들어와."

순경이는 다 죽어가는 목소리로 경호를 불러들인다.

어인 영문을 모르고 그는 순경의 뒤를 따라 들어가서 무릎을 꿇고 앉았다.

순경이는 한 손으로 저리는 가슴을 누르고 쿨룩쿨룩 기침을 하면서

"그동안에 집에는 뜻밖에 풍파가 생겨서 쿨룩쿨룩…… 하긴 언제 있어도 있을 일인 줄은 알았지만!"

"아니 무슨?"

경호는 당황하게 순경을 쳐다보며 물었다.

"안주사가 그동안 댕겨가셨는데, 기 애 혼처가 좋은 곳이 생겼다고

별안간 혼인을 정하자는구려, 아—그래……."

경호는 후둑후둑 뛰는 가슴을 진정하려고 여러 번 자리를 고쳐 앉았다.

"그래 어디 그 말을 안 할 수 없기에 사실대로 말했더니 고만 길길이 뛰면서 밤낮 사흘을 식음을 전폐하고 야단을 치는구려. 아이구 인제는 지나간 일이니까 말을 하우마는 우리 모녀가 하마터면 죽을 뻔했지!"

"……."

경호는 무어라고 대답할 말이 없었다.

"그래 인제는 집안이 망했다고 기 애는 공부도 안 시킬 뿐 아니라 자식으로 치지도 않는다고, 며칠을 두고 야단을 치고 갔는데, 그 뒤로도 화가 나면 올라와서 그 짓을 하구 가니 사람이 말러 죽을 일이지…… 아이구 참 이 일을 어짜면 좋대여?"

경호는 여전히 묵묵부답으로 고개를 뒤틀고 앉았다. 그는 한참만에 침통한 기색으로 머리를 들며,

"저 때문에 공연히 댁에 풍파를 일게 해서 뭐라고 사죄할 말씀이 없습니다."

"아니 그건 권학생만 탓할 수도 없어. 서로 다 불찰이지. 그러니 내 일이라도 하숙을 옮기게 하우……."

순경이는 가슴이 또 결리는지 눈살을 찌푸린다. 남편에게 칼 맞은 자리가 그저 결리고 아팠다.

"네! 옮기지요……."

하고 경호는 다시 고개를 숙였다.

경호는 자기 방으로 돌아와서 아무리 생각해 보아야 도무지 까닭을 알 수 없다. 하긴 자기도 안승학이가, 갑숙이와 자기의 관계를 모르고

있는 줄을 알고 따라서 안씨가 그런 줄을 알게 되면 다소간 풍파가 없지 못할 것은 짐작한 바이나, 그러나 자기는 미혼자이고 두 집안에서도 서로 모를 처지가 아닌 만큼 재래의 습관으로 보아서 부모의 승낙도 없이 서로 접촉이 되었다는 책망쯤은 모르되 그렇게까지 야단을 친다는 것은 너무 심한 일이요 이유를 모를 일이 아닌가?

안승학이가 그와 같이 지독한 완고라면 갑숙이를 당초에 학교에도 보냈을 리가 없다. 그렇다면 그는 자기에게 무슨 결점을 발견함인가? 그렇다면 갑숙이까지 그렇게 알고 자기를 배척하려는 심사가 아닐까? 이런 의심은 일심사에서 그를 만났을 때 수작하던 말이 낱낱이 생각난다.

갑숙이는 그때에도 하숙을 옮겨달라고 신신당부하지 않았던가?

그렇다면 그도 그때부터 자기를 배척할 마음을 먹은 동시에 이번의 소위 풍파라는 것도 오로지 자기 하나를 떼내 버리기 위한 연극을 꾸민 것이 아닌가? 그렇다! 그들은 자기와 갑숙이 사이에는 이미 육체적으로까지 관계를 맺은 까닭으로 차마 그냥 배척할 수는 없으니까 그런 계책을 써가지고 그들의 행한 일을 합리화시키자 함이 아닌가?

이만큼 생각한 경호는 다시 더 의심할 여지가 없었다. (그는 자기의 신분이 중의 자식이라는 비밀은 꿈에도 모르기 때문에.)

경호는 분하였다. 그는 저녁도 안 먹고 드러누웠다. 초저녁부터 전등불을 끄고 모기장을 둘러쳤다. 그는 밤중까지 눈이 반반하게 떠졌다. 잠이 안 오고 그대로 누워 있자니 답답증만 난다. 한바탕 몸부림을 치고 싶다.

새로 한시! 두시! 집안은 괴괴하니 모두 잠든 모양 같다.

별안간 경호는 자리를 차고 일어났다. 모기장을 떠들고 내다보니 안방에는 윗목으로 십 촉 전등이 켜지고 건넌방에는 불을 껐다.

순간에 어떤 생각이 치밀자 그는 한 발을 문지방 밖으로 내디뎠다. 그는 도적놈 모양으로 살금살금 건넌방 마루 위로 올라갔다. 그리고 경호는 가만히 귀를 기울였다.

갑숙이는 자는지 않는지 아무 기척이 없다. 경호는 간신히 목소리를 꺼내서 모기장을 떠들고 가만히 불러보았다.

"갑숙씨!"

"누구여?"

자다가 깜짝 놀라 깬 갑숙이는 벌떡 고개를 쳐들고 묻는다.

"경호요. 잠깐 물어볼 말이 있어서요. 실례지만."

"네? 참, 오셨다는 말씀도 들었으나 몸이 아파서……."

"어디가 아프셔요? 그대로 드러누우셔요."

"아니 괜……."

갑숙이는 시루 죽어가는 목소리로 대답하고는 모기장 밖으로 고개를 내밀고 앉는다.

"이리로 들어오시지요."

"아니 여기도 좋아요. 편치 않으신데 미안합니다."

"뭐, 그리……."

건넌방에서 두런두런하는 목소리를 듣고 순경이도 깜짝 놀라 일어났다. 그는 경호의 목소리를 알아듣고 문지방 밑으로 기어가서 그들의 대화를 듣기 시작했다.

"참, 이번에는 나 때문에 그런 풍파가 없었다지요? 그러나 그렇게까지 하실 줄은 몰랐습니다."

"글쎄요……."

"그래도 그렇게까지 하신 것은 반드시 내게 대한 무슨 불만이 있는 줄 아는데요. 그렇다면……."

"불만은 무슨 불만이어요. 아버지께서 너무 완고하신 탓이지요."

"다른 데로 정혼을 하셨다는데요."

"아니 그것은 아버님 혼자 생각이시지…… 나는 모르는 일이어요."

"정말로 모르시나요?"

"그럼 정말이고 말고요."

"흥! 고만두시지요. 묻는 내가 어리석은 일이겠지요."

하고 경호는 벌떡 일어나서 밖으로 나간다. 갑숙이는 그가 오해하는 줄 알았으나 어떻게 변명해야 좋을는지 몰랐다. 그래 그는 숨찬 목소리로 당황하게 경호를 다시 불렀다.

"경호씨! 잠깐만……."

일동일정을 자세히 엿듣고 있던 순경이는 혀를 차며 입속으로 자기 딸을 꾸짖었다.

"빌어먹을 년! 퍽도 미쳤다…… 요새 년들은 대가리에 피도 안 마른 것들이 서방이라면!"

순경이는 다시 혀를 찼다.

천만뜻밖에 경호의 내력이 미천한 중의 자식인 줄을 안 갑숙이는 오히려 그런 줄을 모를 때보다도 동정하는 마음이 앞을 선다. 웬일인지 그런 생각은 경호를 할 수 있는 데까지 위로해주고 싶었다.

그래 그는 경호가 자기를 의심하는데도 불구하고 차마, 경호의 비밀을 폭로해주지 못했다. 그는 모친에게도 경호에게 그 말은 말라고 당부하기까지 하였던 것이다.

"왜 부르셔요?"

나가던 경호는 다시 돌아서며 건넌방 툇마루 밑으로 기대서서 묻는다. 그는 골이 잔뜩 난 모양 같았다.

"잠깐만 거기 앉으셔요. 당신은 오해하시지 않아요?"

갑숙이는 목 갈린 기침을 하고 경호를 쳐다본다. 그는 가슴속에서 유리 조각이 부서지는 것 같았다.

"내가 오해를 하나요. 갑숙씨가 바른 말을 않지……."

"바른말이라고요? 아니 그럼 내가 지금 거짓말하는 줄 아셔요?"

"그럼 뭐요?"

"아이구 이 일을 어째!"

갑숙이는 별안간 어깻숨을 돌려 쉬며 애처롭게 부르짖는다.

"경호씨가 저를 그렇게 의심하신다면 저도 변명할 말이 있어요. 그러나 그것은……."

"그럼 왜 말 못하시나요. 나는 당신의 참말을 듣고 싶은데."

"아! 그렇지만—그 말은 차마—차마 못하겠어요. 그런 줄만 아셔요! 네."

갑숙이는 애원하듯이 눈물 어린 눈으로 경호를 쳐다본다. 그리고 가냘픈 울음을 목 안으로 느껴 운다. 이 바람에 경호도 한껏 긴장하였다.

"뭐? 차마 못해요. 무슨 말을 차마 못하시나요?"

"아! 그것은…… 그것은 오직 당신을 위해서. 아……."

갑숙이는 두 손으로 얼굴을 가리고 앞으로 고개를 숙인다.

"당신이 나를 진정으로 위할진댄 그 말을 들려주시오. 나는 그것이 소원인데요."

갑숙이는 눈물 고인 눈으로 경호를 원망스러운 듯이 쳐다보았다. 제발 그런 말은 묻지 말아달라는 표정이다.

딜레마(dilemma)
어떤 것을 선택해야 할 지 모르는 곤란한 상황.

마침내 그는 그 말을 해줄까? 말까? 하는 *딜레마에 빠졌다. 그러나 그는 암만해도 경호가 모르는 비밀을 그 당자 앞에서 폭로해줄 수는 없었다.

—경호가 만일 자기의 미천한 내력을 듣고서도 그의 장래에 아무 영향이 없다면—지금까지 친부모로 믿고 살던 권상철이가 실상은 빨간 남인 줄을 알더라도 그가 아무런 실망을 갖지 않는다면—그래 그 집에서 나오더라도 빈주먹 하나를 가지고 천하를 대적해서 싸워가며 도리어 진실한 인간의 생활을 뚫고 나갈 용기를 낼 수가 있다면 그는 물론 다행으로 알고 지금 이 자리에서 거침없이 말해도 좋겠다.

사고무친(四顧無親)
사방을 둘러 보아도 의지할 만한 사람이 없음.

그러나 그는 아무리 생각한대야 경호가 그렇게까지 꿋꿋하지는 못할 것 같다. 그는 우선 권씨 집에서 나오는 날—그날 즉시로 혈혈단신의 고아가 되지 않을까? 그래 공부도 못하고 *사고무친한 외로운 몸이 정처 없이 방황하지 않을까? 그렇지 않으면 그에게는 오직 번뇌와 고통, 타락과 암흑이 그를 절망의 심연으로 떨어지게 하지 않을까?

이런 생각은 갑숙이로 하여금, 좀처럼 그 말을 꺼내지 못하게 하였던 것이다.

"그것은 당신 마음대로 하셔요. 제 말을 안 믿으신다면 할 수 없겠지요. 그러나 이 다음 날에는 지금 내 말을 진실히 믿어주실 날이 있을 줄 알고 저는 지금 그런 자신 밑에서 당신이 무슨 말을 하시든지 또는 저를 아무리 의심하신대도 굳이 변명하지는 않겠어요! 아—그럼 그것은, 내가 만일 거짓말을 할 것 같으면 왜 이렇게까지 슬퍼할 리가 있어요?"

갑숙이는 말을 마치고 나서 그 자리에 엎드려 운다.

경호는 도무지 웬 셈인지 알 수 없었다. 진정이라면 의심스럽고 연극이라면 너무 지나치다. 그러나 자기를 위해서 무슨 말을 못 하겠다는 것은 도무지 알 수 없는 수수께끼가 아닌가? 그래 경호는 갑숙의 어깨에 손을 얹으며

"여보, 울기는 왜 울우? 내가 한 말이 당신을 그렇게 슬프게 했던가요? 당신이 정히 그러시다면 나도 더 묻지 않으리다."

"네! 그래주셔요. 그래주셔요. 당신이 그 말을 못 믿으시겠거든 그럼 당신은 나를 위해서 그 말을 묻지 말아주셔요."

갑숙이는 이렇게 말하면서 별안간 경호의 목을 두 손으로 껴안았다.

그 이튿날 경호는 하숙을 옮겼다.

24. 출가

희준이는 여러 해만에 청년회 일로 서울을 올라갔다. 그는 가을부터 확장되는 야학부 교과서와 또는 회원들에게 읽힐 서적을 사기 위하여, 하긴 우편으로 주문해도 좋겠지만 조선 서적은 잘 몰라서 직접 보고 사는 편이 좋을 것 같기 때문에 올라가기로 한 것이다.

그는 올라가는 길로 박훈을 찾아갔다. 박훈이와는 여러 해 동안을 *적조했을 뿐 아니라, 그 방면에는 익숙할 것 같아서 그에게 물으면 서적도 잘 살 수 있을 듯하기 때문이었다.

적조(積阻)하다
서로 연락이 끊겨 오랫 동안 소식이 막히다.

희준이는 그를 선생님으로 대접하였다. 그가 소학생 시절에 박훈이는 그곳 예배당에서 주일학교를 인도하였는데, 희준이도 가끔 가서, 그림엽서를 얻는 재미에 그의 설교를 듣고 있었다.

그 뒤로 박훈이는 동경으로 유학을 가고 자기는 서울 가서 중학을 다니기 때문에 서로 갈린 후에는 이내 만나지 못하고 말았다.

희준이가 동경 있을 때는 그는 벌써 서울로 돌아오고, 나와 있어서도 서로 경향 간 떨어져 있기 때문에—이내 만나볼 기회가 없었다.

박훈이를 ○○일보사로 찾아간즉 그는 벌써 퇴사하였다고 한다. 그래 *규지에게 그의 주소를 물어서 그 길로 광화문통을 찾아갔다.

규지(きゅうじ)
'사환, 급사'의 일본말.

그는 수송동 공립 보통학교 앞을 지나서 돌다리를 건너서며 아래 골목부터 번지를 찾아나갔다. 다행히 그의 집은 찾기 쉬웠다. 대문 기둥에 명함이 붙은 것을 보고 희준이는 반색을 해서 주인을 불렀다.

광화문

"나가오!"

하고 중의 바람으로 나오는 것은 바로 박훈이었다. 그는 그전보다도 살이 좀더 찐 것 같고 뚱뚱한 얼굴에 대모테 안경을 썼다.

"박선생님! 저 모르시겠어요. 김희준이올시다."

잠깐 누구인지 의아하던 박훈이는 비로소 희준의 손목을 잡고 흔들며

"아! 김군이오. 참 오래간만인데⋯⋯ 난 얼른 몰라보겠는걸!"

"그러시겠지요. 만나 뵌 지가 여간 오래야지요."

"참 반갑소. 그러지 않아도 작년인가, 동경에서 나왔단 말을 누구한텐가 듣고⋯⋯."

박훈은 한 손을 내밀어서 어서 들어가자고 친절히 권하였다.

"들어갈 데나 있습니까?"

"셋방 살림하는 놈이 별수 있겠소. 명색은 방이 둘이니까 하나를 사랑으로 쓰면 되겠지. 허허허⋯⋯."

"참 살림하신다는 말씀도 들었습니다. 그래 어떻게 간구한 서울 살림을 사셔요?"

희준이는 박훈의 뒤를 따라서 건넌방으로 들어갔다.

"살림이라고 어린애 소꿉질하듯 하지! 자 옷을 벗고 편히 좀 앉아요."

주인은 방석을 털어서 아랫목으로 깔고 희준이를 연해 권한다.

"네! 좋습니다."

희준이는 주인이 권하는 자리 위로 앉으며 방안을 둘러보다가 언뜻 문이 열린 안방을 곁눈으로 본즉 거기는 웬 여학생이 앉았는데 그는 어디서 보던 낯익은 여자 같다.

박훈은 희준이와 마주 앉아서 두둣한 입술 위로 미소를 띠고 마치 희준의 어려서 모습을 상상하며 지금의 그와를 대조해 보려는 것처럼 쳐다보고 있다가

"참 잘 만났소. 그러지 않아도 편지를 하든지 누구를 보내든지 하려던 차인데!"

"네! 저한테요?"

희준이는 한 손으로 맨송맨송한 아래턱을 만지며 의심스럽게 물었다.

"저, 김군도 안승학을 알지?"

"알다뿐이어요. 한 동리에서 사는데요."

"아버지! 담배 사 왔수!"

주인의 아들 준이가 담배 한 갑과 성냥개비를 디민다.

"자제입니까? 몇 살이어요."

"다섯 살! 손님 보고 인사해야지…… 그럼 서로 잘 알겠군."
하고 별안간 박훈은 안방을 향해서 누구를 부른다.

"안군!"

안군이 누구인가? 희준이는 잠깐 *덩둘해서 앉았는데,

"네!"
하는 대답이 들리며 *거무하에 건너오는 사람은 뜻밖에 생각도 못하

덩둘하다
어리둥절하다.

거무하에
시간상으로 얼마 안 되어.

던 안승학의 딸 갑숙이였다. 희준이는 상반신을 일으켜서 갑숙이와 마주 *스스러운 인사를 하고 다시 앉았다.

스스럽다
수줍고 부끄러운 느낌이 있다.

"언제 오셨어요?"

갑숙이는 홍조를 띤 얼굴을 다소곳하고 앉았다가 있는 용기를 다해서 간신히 고개를 쳐들며 겨우 이 말 한마디를 물었다.

그는 머리를 틀어 얹었는데 땋아 늘였을 적보다도 키가 커 보이고 그것이 도리어 의젓해 보였다.

'그간 시집을 갔는가?'

속으로 이런 생각을 하던 희준이는 대답하기를

"지금 오는 길입니다."

이때 갑숙이는 그대로 있기가 거북한 모양으로 준이를 불러서 무릎 앞에 앉혔다.

"준아 이리 와. 나하고 좀 놀까?"

희준이가 손바닥을 벌리며 안으려니까 준이는 몸을 뒤틀며 *손잡손만 하고 모른 척한다.

손잡손
좀스럽고 얄궂은 손장난.

"호호…… 낯 가리나."

갑숙이의 명랑한 웃음소리.

"참 점심 안 먹었겠지?"

박훈은 비로소 생각이 난 듯이 당황히 희준이에게 묻는다.

"점심이 여적 있어요? 먹고 왔어요."

"정말 먹었어? 그럼, 저 준아 엄마 보고 저녁 얼른 지래. 응!"

"응!"

"엄마한테 갈까?"

갑숙이는 그렇지 않아도 불편하던 차에 핑계 김에 잘 되었다는 것처럼 준이를 데리고 안방으로 건너갔다.

그는 이번에 일어설 때는 고개를 숙여 묵례를 할 뿐이었다. 그가 나가자 박훈은 안으로 난 미닫이를 닫고 희준의 옆으로 다가앉으며

1930년대 제사공장

"김군 사는 데도 제사공장이 생겼다지?"

"네 있습지요."

"그럼 여직공은 언제쯤 모집하나. 올해도 또 모집하는가?"

"아마 올 가을에도 모집할 걸요, 왜 그러셔요?"

"응, 그럼 거기 김군 소개로 누구 하나를 넣게 못할까?"

"글쎄요 소개는 해보지만 될는지요, 누군데요?"

주인은 대답 대신에 담배 든 손으로 안방 문을 가리킨다.

"네, 그가 왜?"

"그런 사정이 있어."

박훈은 비로소 갑숙의 사정을 대강 설화하였다. 그리고 자기가 그 부탁을 맡았는데 서울서는 소개할 곳이 없다니까, 그럼 시골이라도 좋으니 인순이를 들여보내준 자기에게 청을 해서 그 공장에라도 들어가게 해달라기 때문에 한번 물어보고 싶었다는 것이었다.

희준이는 주인의 말을 듣고 일변 동정에 넘치는 표정으로 대답하기를,

"네, 그러지요. 주선해보겠습니다."

"그럼 꼭 좀 힘써 보아요."

"네."

희준이는 잠깐 무엇을 생각하다가 좀 난처한 듯이

"그런데 거기는 자기 집과 바로 지척인데 나중에 서로 알면 재미없지 않을까요?"

"글쎄, 그게 문제야…… 나중보다도 호적을 첨부하는 날에는 회사에서도 그 집 딸인 줄 알고 채용할는지, 의문이 없을까?"

"네, 그도 그렇지요. 그럼 어떻게 할까요?"

"그러니까 그것을 잘 변통해야 되겠는데…… 이렇게 했으면 어떨까?"

하고 주인은 희준의 귀에다 입을 대고 무엇인지 한참을 소곤거린다.

그러는 대로 희준이는 연신 고개를 끄덕이며 그의 얼굴에는 서광이 비치는 미소가 떠돈다.

"그러면 되지 않겠어."

"글쎄요 될 상싶습니다."

"그럼 여봐. 여기서는 수속을 다 해놓고 기다릴 테니 나가려는 대로 곧 자세히 알아보아서 기별을 해주어요! 언제쯤 뽑는데, 그 절차가 어떻다는 것을……."

"네, 그러겠습니다."

박훈은 비로소 자기 자리로 멀찍이 벽에 기대앉으면서

"그럼 언제쯤 내려가겠소?"

"내일이라도 바로 가겠어요."

"뭘 그렇게 속히 갈 것 있소, 모처럼 왔으니 구경이나 하고 좀 놀다 가지."

"아이구 그렇게 한유한 틈이 있습니까? 볼일이 있어서 왔는데요."

"무슨 볼일?"

주인은 궁금한 듯이 빙그레 웃으며 마주 쳐다보고 묻는다.

"무엇 좀 사러 왔어요. 참, 가보아야겠군!"

희준이가 모자를 집어 쥐고 일어서려는 것을 주인은 별소리를 다 한다는 것처럼 잡아 뺏으며 만류하기를

"가다니, 밥 한 때도 안 먹고 말이 되나. 책을 사러 왔어? 그럼 저녁 먹고 나 하구 같이 나가서 사자구……."

할 수 없이 희준이는 도로 주저앉았다.

박훈은 난희를 불러서 희준이와 인사를 시켰다.

미구(未久)하다
얼마 되지 않다.

전등불이 켜지자 *미구하여 저녁상이 들어왔다. 난희가 겸상으로 차려서 건넌방으로 따로 들여오려는 것을 큰 식탁을 놓고 안방에서 같이 먹게 하라고 하였다. 박훈은 무관한 사이면 언제든지 그렇게 하기를 좋아하였다.

소격(疏隔)하다
사귀는 사이가 멀리 떨어져 있어서 왕래가 막히다.

조선 사람의 가정은 언제든지 안과 밖이 *소격하여서 친한 사람이 와도 남자 따로 여자 따로 각각 대접하기 때문에 피차에 간격이 생기고 서로 이해성이 부족하게 된다. 그래서 안에서 하는 일을 밖에서 모르고 밖에서 하는 일을 안에서 몰라서 일상생활에도 갈등이 생기고 오해가 생기는 일이 없지 않다. 그리하여 가정이란 것이 아무 취미가 없이 단조무미하다는 것이 그의 이론이었다.

그러나 오늘 저녁으로 말하면 비단 그래서만 만찬회를 벌이려는 것은 아니었다. 첫째는 밥을 맛있게 먹고 싶은 생각으로도 그렇지만 갑숙이를 희준이에게 소개한 만큼, 그 일에 대하여 그들을 한자리에 앉히고 낯을 익혀주는 것이 좋을 것같이 생각됨이었다.

그러면 이 다음에라도 갑숙이가 직접으로 말할 수 있도록. 갑숙이는 주인이 만찬회를 꾸미려는 눈치를 채자 가야 하겠다고 일어선다.

그래 박훈이가 이번에는 또 갑숙이를 붙들었다.

"가기는 왜, 저녁 먹고 가."

"아니 가야겠어요."

"글쎄, 먹고 가."

갑숙이도 할 수 없이 붙들려 앉았으나 희준이와 한자리에 앉아 밥 먹을 생각을 하니 벌써부터 가슴이 두근거린다.

"부끄러워 어떻게 먹어!"

그는 난희가 붙드는 것을 이렇게 말하고 얼굴을 붉혔다.

박훈이만 같아도 몰래 빠져나가겠는데 이번에는 난희가 한사코 마주 붙드는 데야 할 수 없지 않은가. 자기 혼자 남자들 틈에 끼어서 밥을 먹기가 어색하니까 동무해서 같이 먹을 갑숙이를 놓치고 싶지 않았던 모양이다.

이리하여 말썽 많은 만찬회는 간신히 박훈의 계획대로 열렸다. 그래서 박훈이와 희준이는 아랫목 편으로 앉고 난희와 갑숙이는 윗목 편으로 식탁을 마주해서 앉았다.

난희는 부엌에 드나들기가 편하도록 문 앞에 앉았는데 급기야 그것이 갑숙이와 희준이를 저편으로 나란히 앉게 하였다.

갑숙이는 그것이 더욱 수줍어서 고개를 들지 못하고 윗목으로 돌렸다.

준이는 어머니 아버지 틈에 마치 간장 종지처럼 끼여 앉았다. 그리고 그는 낯선 희준이와 갑숙이를 번갈아 쳐다본다. 갑숙이는 희준이가 쳐다볼 때마다 얼굴을 붉혔다.

박훈은 술을 사왔다. 그러나 희준이는 한 잔밖에 먹지 않았다. 방 한가운데에 전등불이 매달렸다.

밖에는 찬바람이 쌀쌀하게 부는데, 포근한 방안에서 지짐이 냄비 위로 서려 오르는 훈훈한 김을 맡으며 여럿이 둘러앉아 밥을 먹는 취미가 미상불 가정의 단란한 기분을 무르녹게 한다.

희준이도 자기 집에서는 평생에 이런 기분을 느껴보지 못하였다. 그는 은근히 유쾌하기 마지 않았다. 그러는 반면에 그는 자기 집 가정이 너무도 살풍경인 광경을 생각하고 속으로 실망하였다. 그는 이와 같은 얼기설기한 감정에 *번롱대며 밥을 맛있게 먹었다.

번롱
이리저리 마음대로 놀림.

그러나 그는 바로 옆에 앉은 갑숙이를 잊을 수 없었다. 그는 왜 자기는 아직까지 미혼자로 있지 못했던가, 하고 한탄하기를 마지않았다. 그는 이미 미혼자가 아닌 만큼 갑숙이를 사모한다는 것은 불순한 감정이라 할까! 그러나 그의 정화(淨化)된 순결한 마음만으로 그를 대하기는 너무도 학대받는 청춘의 정열이 허락하지 않는다.

희준이는 그대로 앉았기가 무료해서 이 말 저 말 주인과 담화하였다. 윗목에는 두 젊은 여자가 이따금 소곤소곤하다.

희준이는 그들의 대화에 귀를 기울였다. 그러나 무슨 이야긴지 잘 들리지 않는다. 그는 흥분되기 때문이었다.

저녁을 먹고 나서 담배를 한 대씩 피워 물고 나서는 박훈이와 희준이는 거리로 나섰다. 그들은 종로로 나와서 책전을 구경하였다.

일제시대 종로거리의 모습

그날 밤의 만찬회—그것은 희준이에게 다시 없는 자리로서 영구히 잊지 못할 일이었다. 그는 갑숙이가 만일 독신으로 산다면 자기도 그렇게 살고 싶었다.

구월도 다 지난 그믐께였다.

원터 들에는 벼가 누렇게 익어 가는데 취운정 버드나무 가지에는 병든 나무 잎사귀가 가을바람에 불려 낙엽이 우수수 떨어지는 어느 날 식전 아침. 순경이는 전과 같이 이부자리를 개켜 얹고 마루로 나오니 찬바람이 병든 몸을 오싹하게 한다.

갑숙이는 그저 자는지 건넌방 문을 첩첩히 닫고 아무 기척이 없다.

순경이는 그가 그저 자는 줄만 알고 뜰아랫방으로 내려가서 다른 학생들 보고만 어서 일어나라고 소리를 질렀다.

그들은 어젯밤에도 누가 활동사진을 한턱내서 늦도록 구경하고 돌아온 모양이었다. 거의 자정이나 되어서 떠들썩하며 들어와서는 또, 무슨 이야기를 집이 떠나도록 지껄이다가 늦잠이 든 모양이었다.

"일어들 나요, 해가 한나절인데 오늘은 학교를 *스트레기할 셈인가, 웬일들이여!"

스트레기 스트라이크. 휴업.

"아이 떠들지 말아요, 더 좀 자게!"

갑성이의 잠꼬대 같은 목소리가 흘러나온다.

"졸린데 누가 밤중까지 싸다니랬니!"

순경이는 학생들의 자는 방문마다 쫓아다니며 열어 붙였다.

그가 변소를 다녀 나와서 머리를 빗고 세수를 할 때까지 건넌방에서는 도무지 기척이 없다. 벌써 멀리 가는 학생들은 밥을 먹고 간 사람도 있다.

순경이는 수건질을 하고 나서 슬며시 궁금한 생각이 들자, 건넌방을 들여다보며

"애가 오늘은 웬 잠을 이리 자나, 고만 일어나서 아침을 먹지 않고."

그래도 기척이 없어서 그는 영창문을 열어보았다. 방안에는 아무도 없다. 웬일인가?

순경이는 별안간 의심이 펄쩍 났다. 그는 방으로 들어가서 책상을 뒤져보았다. 별로 눈에 띄는 것은 없으나 책보와 바스켓이 없다. 순경이는 두 눈이 캄캄해졌다. 그런가 하고 보니 구두도 없다. 장롱 안은 뒤져본즉 제 옷가지 몇 벌도 가져갔다.

그는 책상 위에 얹힌 수지 조각이 써놓고 나간 편지인 줄을 그제야 발견하였다. 그것을 읽어보는 순경이의 두 눈에서는 눈물이 흘러내린다.

어머니!

저는 갑니다. 아무 염려 마시고 찾지 말아주십시오.

×월 ×일 소녀 갑숙 상서

편지는 아주 간단하였다.

그는 집을 벗어나기가 급해서 연필로 갈겨쓴 모양이다.

순경이는 편지를 붙들고 흐늑흐늑 느껴 울었다. 그는 이렇게 울 것이 아니라도 행랑어멈을 불러서 조용히 물어보았다.

"새벽에 누가 나가는 기척이 없었나?"

"왜요? 못 들었는데요."

"기 애가 없으니 말이야!"

"그럼 어디를 갔을까?"

순경이는 혼잣말처럼 이렇게 다시 말하였으나 가슴속은 여간 *글뛰지 않는다. 그는 그 길로 난희를 찾아갔다.

글뛰다 마음이 들끓다.

눈이 휘둥그렇게, 식전 이슬을 맞고 들어오는 순경이를 보고 난희는 부엌에서 아침을 짓다가 뛰어나오며

"아니 식전에 웬일이셔요?"

"좀 그런 일이 있어서. 우리 애 안 왔수?"

"아니유."

순경이는 어떻게 종종걸음을 쳤던지 숨이 차서 말할 기운도 없었다. 그는 우선 마루에 털썩 주저앉으며 어깻숨을 들까부른다.

"그래, 안 왔어? 나 냉수 좀!"

난희는 행주치마로 손을 씻으며

"아니유. 냉수를 어떻게 잡숫나."

하고 부엌으로 들어간다.

순경이는 난희가 떠다 주는 물을 단숨에 한 사발을 들이켜고 나서 다시 묻는데, 난희는

"요새 도무지 안 왔어요, 다녀간 지가 벌써 오랬는데요."

한다. 박훈은 건넌방에서 그저 자는 모양이었다.

"그러지 말고, 알거든 가르쳐주어요. 기 애가 그대로 있지 않을 줄은 알았지만, 어디로 갔을까, 갈 데가 있어야지."

하고 순경이는 종시 난희의 눈치만 살핀다.

"참말로 모르니까, 모른다지요. 어디 공장 같은 데라도 넣어달라고 요전에 왔을 때 부탁은 하더구먼 집에서도 그런 자리가 없다고 걱정만 하던데요!"

"그럼 이 애가 어딜 갔다우. 어디로 죽으러 갔나? 원!"

순경이는 하염없이 눈물만 쏟고 앉았다.

그는 마치 실성한 사람처럼 안절부절을 못 하고 있다.

안승학은 권상철을 짜먹으려고 물샐틈없이 계획을 꾸민 것이 도리어 자기가 올가미를 쓰고 함정에 떨어졌다. 어서 바삐 갑숙이를 여의고 그 계획을 진행하려고 서울로 올라와 본즉 천만 뜻밖에 그런 미천한 자식으로 태어난 경호가 자기 딸과 불순한 관계를 벌써 오래전부터 맺고 있던 사실을 비로소 발각하자 그는 그만 낙담 실혼하였다. 그 자식으로 말미암아 일조에 집안을 망친 것을 생각하면 도무지 어떻게 분풀이를 해야 좋을지 모른다.

그래 그는 사흘 동안 식음을 전폐하고 몸부림을 쳐보아도 시원치 않고, 그 아내를 칼로 찔러보아도 *설분이 되지 않는다.

그런데 숙자는 옆에서 빈정빈정하고만 있지 않은가!

설분
분한 마음을 풂.

"그러기에, 진즉 시집을 보내라니까 내 말을 안 듣더니 거 보지!"
"그 집안 망할 년들이 누가 그런 짓을 하고 자빠졌는 줄 알았나!"
안승학은 별안간 이를 악물고 부르짖는다.
"아이구 자다가도 웃을 일이지! 아니 혼인 정한 이씨 집에는 뭐라고 대답할라우? 오늘이라도 간선이나 하러 왔으면 그 꼴 좀 보게!"
"듣기 싫어. 남은 분통이 터지는데 무에 좋다고 시시대여! 파혼하면 그만이지."
"덮어놓고 파혼한대여! 그럼 갑숙이는 어떻게 처치할라우? 한 평생 집에다 늙힐라우? 경호를 도로 줄라우?"
숙자는 여전히 손등으로 입을 가리고 호호 웃는다.
"그놈의 자식 이름 부르지 말래두! 이름만 들어도 이가 갈린다."
안승학은 또 한 번 이를 보도독 간다.
"호호…… 그럼 어떻게 할 테냐 말이야."
"뭘 어떻게 해, 그깟 년 안 보면 고만이지."
"어떻게 안 봐. 집에 있는 것도 안 봐, 장님 될라우?"
"그러기에 나가랬지, 그깟 년들 안 보면 고만이야."
"어디로 나가, 나갈 데가 있어야 말이지. 난 그렇게 되면 당신만 더 망신이겠네. 호호— 내 원. 뭘 남 말할 것도 없어, 당신이 너무 좋아합디다. 자랑 끝에 불 붙는다구 노루가 제 꾀에 넘은 셈이지!"
"아—그따위 말 말래도 공연히 그…… 그러는구만."
안승학은 더욱 분해서 죽으려고 한다. 그는 숙자에게 눈을 흘겼다.
"그러지 말고 내 말대로 해요."
"어떻게 하란 말이야?"
안승학은 귀가 솔깃해서, 쳐다본다.

"그 혼처를 그대로 해서 치우게 해요, 소문만 안 나면 고만 아니우."

"소문이 안 날는지 누가 아나."

"아는 듯 모르는 듯 얼른 치우면 무슨 소문이 나겠수. 도리어 그대로 집에 있는 게 소문나기 쉽지."

"하긴 그도 그렇긴 하지만."

안승학은 고개를 기웃거리며 생각을 쥐어짠다. 그 눈치를 챈 숙자는 바짝 고삐를 추켜들었다.

"생각해야 그밖에는 별도리 없어요. 공연히 화만 난다고 쫓아 올라가서 야단만 치면 무슨 소용 있수. 이왕 그렇게 된 일이니 어떻게 뒷갈망이나 차릴 도리를 해야지……."

"그럼 이씨 집에 파혼 편지를 고만둘까?"

승학은 숙자를 돌아보며 은근히 묻는다.

"아니 그 편지는 쓰지 말고 서울 편지나 써요."

"뭐라구?"

"갑숙이를 잘 달래라구."

"그럼 편지로 되나, 내가 올라가야지."

"그러시든지."

안승학은 이번에는 숙자의 말대로 회유의 방책을 써서 순경이 모녀를 꾀어보자는 심산이었다. 그래 그는 이런 생각이 들자, 그러지 않아도 한 번 또 올라가서 화풀이를 하려던 차인데, 그렇다면 한시바삐 올라가 보는 것이 좋겠다고 오늘 저녁차에 올라갈 준비를 하고 있었는데, 낮 배달 시간에 뜻밖에도 갑숙이에게서 편지 한 장이 떨어진다.

승학은 무심히 피봉을 뜯어보더니 두 눈을 홉뜨고 어—소리를 지른다.

"아! 왜 그러우?"

"그년이 달아났군! 응!"

"뭐? 갑숙이가…… 참, 일 묘하게 되는구려!"

승학이와 숙자는 어안이 벙벙해서 피차에 말이 없이 한동안 서로 쳐다볼 뿐이었다.

안승학은 편지를 다시 보기 시작하였다.

아버님 전 *상사리

불초녀는 아버지의 슬하를 영구히 떠나는 이 자리에서 한마디 마지막 글월을 올리나이다.

돌이켜 생각하옵건대 어떤 자식이 부모를 떠나기 좋아할 자식이 있겠사오며 또한 어느 부모가 자식과 천륜을 끊기를 즐겨할 리가 있겠습니까?

이것이 오로지 불초한 소녀의 죄일는지 모르오나 그렇다면 소녀를 이와 같이 시킨 것을 누구의 죄일까요? 생각할수록 가슴이 미어지고 뼈가 저리 온 바 *미거한 소녀가 이러할진댄 아버님께서도 응당 한 방울 눈물을 아끼시지 않을 줄 아옵나이다.

그러나 저는 지금 아무 변명도 하고 싶지 않습니다. 또한 아버님을 원망하려고도 아니합니다. 다만 오늘과 같이 문명한 시대에서 어찌하여 우리집에도 이와 같은 불행이 있지 않으면 안 되었던가, 그래서 부녀간에는 천륜을 끊고 동기간에는 우애를 못하는가? 다만 그것을 서러워할 뿐이오나, 또한 그 역시 우리집 한 집에서만 당하는 일이 아니라 생각하오면 누구나 한 사람을 원망할

상사리
사리어 올린다는 뜻. 웃어른에게 올리는 편지의 첫머리나 끝에 쓰는 말.

미거하다
철이 없고 사리에 어둡다.

것도 아닌 줄 아옵나이다.

그러나 아버님이시여! 사람은 짐승과는 다르외다. 사람은 밥으로만 살지 못합니다. 그들은 자유를 요구합니다. 사람에게 만일 자유가 없다면 그것은 금수와 무엇이 다르다 하오리까? 그러므로 어느 의미로 보면 부모가 자식을 가르친다는 것이나 학교에서 교육을 받는다는 것은 결국 그들에게 진정한 자유를 주기 위한 그것이라고 말할 수 있는 줄 압니다.

그들이 진정한 자유를 길러가지고 사회에 나서서 활동할 때에 서로 자유롭고 행복한 생활을 누리도록 하는 것이 인간의 가장 고상한 목적이 아닐는지요?

그렇다면 이 세상은 왜 그리도 부자유합니까? 우리집은 왜 그리도 완고합니까? 우리집은 왜 그리도 전제가 심합니까? 왜 묵은 습관을 떨어버리지 못할까요? 왜 새 시대에 발맞춰 나가지 못할까요? 이것이 전혀 불초 소녀의 한갓 주제넘은 생각이라 할까요? 시체 여학생의 건방진 생각일까요?

그러나 아버님이시여, 이 모든 허물을 소녀에게 돌려보내신대도 저는 지금 그것을 달게 받겠습니다. 다만 소녀의 한 가지 바라옵는 것은 외로우신 늙은 어머님과 배우고 있는 어린 동생들을 차마 떼치기 어려운 바올시다. 어머님은 저로 인하여 이미 미치고 실성하기 시작하였습니다. 만일 아버님께서 전과 같이 대우하신다면 어머님은 자살하실는지도 모르겠어요. 그러면 어린 동생들은 어떻게 되겠습니까? 아버님이여! 목전만 생각지 마시고 뒷일을 굽어 살피옵소서. 그들도 저와 같은 길을 밟는다면 집안 꼴이 어떻게 되겠습니까? 그래도 아버님은 만족하시겠습니까? 아!

아버님이여 저는 그들의 장래를 위하여 모든 액운을 한 몸에 지니고 떠나오니 모든 죄를 불초 소녀에게 돌리시고 저들에게 압제를 주지 마옵소서. 어머님을 볶아 죽이시지 마옵소서! 아버님이시여 어머님이 무슨 죄가 있습니까? 저희들이 무슨 죄가 있습니까. 오직 이것이 지금 아버님의 슬하를 영구히 떠나는 저의 마지막 소원이올시다. 작은어머님과 함께 내내 안녕하시기를 축수하오며 이만 상달하옵나이다.

×월 ×일 불초 소녀 갑숙 상서

안승학은 편지를 보던 목소리가 점점 가느다래졌다. 마침내 그는 눈물이 떨어져서 편지 글씨를 번지게 하였다.

"이게 어디 가서 죽었군, 응!"

"왜 그렇게 *만리장서유?"

"영원히 떠나겠다니 죽으러 간 게 아니여?"

"그러기에 내가 무에라고 했수. 공연히 야단만 치지 말고 달래랬지요."

"저게 죽었으면 어짜나, 응!"

안승학은 손등으로 눈물을 이리 씻고 저리 씻고 한다.

"그래도 자식인데! 이놈의 새끼 경호인가, 그 망할 놈이 남의 집안을 이렇게 망쳐놓는담! 그 자식이 구장집 머슴과—곽첨지의 의붓자식이래! 이놈의 자식을 저도 그 소문을 내서 알거지를 만들어놓아야지! 아이구……."

"아니 경호가 바로 곽첨지 자식이야?"

"……."

만리장서
아주 긴 글.

안승학은 그 대답은 하지 않고 부랴부랴 그 길로 서울 길을 떠났다.

순경이는 난희 집에서 돌아온 뒤로는 더욱 갑숙이의 간 곳이 묘연해서 어디 물어볼 곳도 없이 가슴만 답답하였다.

글뛰다
그리워 하는 마음이 들끓다.

참으로 그는 미치고 *글뛴 마음을 어디다 진정할 수가 없었다. 아들딸 삼 남매를 데리고 내 자식같이 살기는 하지만 그래도 내가 낳은 자식 다르고 남이 낳은 자식 다르지 않은가? 자기가 낳은 자식이라고는 오직 갑숙이 하나밖에 없는 순경이는 겉으로는 갑성이 형제도 갑숙이나 다름없이 층하를 두지 않고 대범하게 지내지만 마음속으로는 은근히 그 딸에게 자기 몸을 의지하고 살아왔다.

만일 그에게 갑숙이마저 없었다면 그는 벌써 이 집에 붙어 있지 않았을 것이다. 남편이래야 남 되고, 그런데 늙어가는 몸이 자식 하나 없이 무엇을 바라고 살 것이냐? 자기는 기위 팔자가 사납든지 어째 그랬든지 한평생을 낙이란 것을 모르고 그늘에 핀 꽃같이 시들어왔지마는 이미 반평생을 살아왔으니 한탄한들 소용이 있으랴? 그러나 그 대신 갑숙이나 잘 키워서 자기와 같은 신세를 만들지 않으려고—오직 그것만을 유일한 희망으로 알고 살아왔는데 급기야 갑숙이마저 그 꼴이 되어서 꽃봉오리가 서리를 맞은 셈이 되고 보니 장님의 지팡이같이 믿고 살던 순경이는 별안간 눈앞이 캄캄하였다.

그래도 한 집안에나 같이 있으면 울어도 같이 울고 하소연도 마주하며 서로 의지나 하련마는 인제는 어디로 온다 간다 말없이 나가버렸으니 제일 죽었는지 살았는지 일신의 안부가 염려되어 *오매간 마음을 놓을 수가 없었다.

오매(寤寐)
자나 깨나 언제나.

그래 그는 미칠 듯 실성할 것 같은 심정을 어디다 발붙일 곳이 없었다.

그는 만일 갑숙이가 죽었다면 자기도 기절을 해서 죽을 것 같다. 그런데 그는 이즈음에 꿈자리가 뒤숭숭하였다.

—어떤 때는 머리를 풀어 산발한 갑숙이가 손에 피를 흘리고 뛰어 들어오는 모양도 보이고, 어떤 때는 하얗게 소복을 하고 아무 말 없이 한 손으로 턱을 고이고 앉아서 시름없이 안산을 바라보는 생시와 같은 처량한 몰골도 보이고, 또 어떤 때는 한강철교에서 그 밑으로 무섭게 흐르는 시퍼런 강물을 내려다보다가 그만 곤두박질하는 아슬아슬한 광경도 나타나 보인다.

—그럴 때 순경이는 가위에 눌려서 엉엉 울던 울음을 내처 울기도 하고, 어떤 때는 경풍하는 아이처럼 별안간 악! 소리를 치며 벌떡 일어나 앉기도 하였다.

그 바람에 행랑어멈이 자다가 뛰어 들어오고 곤히 잠든 학생들까지 잠을 깨서 들어왔다. 그럴 때마다 순경이는 온몸에 진땀이 주르르 흐르고 사시나무 떨듯 두 주먹을 부르쥐고는 부르르 떨기만 하는 것이었다.

갑숙이가 편지를 써놓고 나가던 날부터 그는 조석도 변변히 먹지 않았다. 금시로 입맛이 싹 젖히고 밥알이 모래알처럼 곤두서서 도무지 먹을 수가 없었다. 그러지 않아도 갑숙이의 장래 일을 염려하여 상심하던 끝에 남편이 올라와서 그 풍파를 겪을 때에 칼 맞은 상처가 그저 낫지 못한데다가 이제 또 한 고비의 상처를 당하고 보니 병들고 고단한 몸이 한 가닥 소망조차 끊어져서, 인제는 그야말로 *절체절명으로 머리를 돌에다 부딪쳐 죽어도 시원치 않고 누구를 깨물어 먹어도 시원치 않을 것 같다.

참으로 자기는 전생에 무슨 죄로 새록새록 이와 같은 *참경을 골고루 겪어야만 하는가? 그러나 이런 생각도 처음 서슬 말이지 지금은 그

절체절명(絕體絕命) 몸도 목숨도 다 되었다는 뜻으로, 어찌 도리가 없어 궁박한 지경을 이르는 말.

참경(慘景) 끔찍하고 비참한 광경.

런 생각 저런 생각 아무 경황이 없다. 그는 인제야말로 정말 실성한 사람 같다. 공연히 혼자 중얼거리고 힐죽힐죽 웃는 것이었다. 느닷없이,

"갑숙아!"

부르기도 하고 별안간 무엇에 놀란 사람처럼 밖으로 뛰어나가기도 하였다.

번열증
몸에 열이 몹시 나고 가슴속이 답답하여 괴로운 증상.

그리고 그는 *번열증이 나서 밖으로만 돌아다니고 싶었다. 그는 한강으로 취운정으로 남산으로 청량리로 북악산으로 공연히 쏘다녔다.

처음에는 혹시 갑숙이가 그런 데로 가서 어디서 죽지나 않았는가? 하는 두려운 마음으로 찾아 나섰던 것이 인제는 갑숙이의 종적은 일거에 묘연한 만큼, 발작증을 일으켜서 공연히 돌아다니는 것이었다.

"이년이 어디 가서 죽었나! 나도 네년을 따라가서 죽을란다!"

갑성이 형제는 모친의 이런 말을 들을 때마다 가슴이 오싹하였다.

행창
달빛이 유난스레 환하게 밝은 모양.

그 뒤 어느 날 밤—달 밝은 밤이었다. 그날 밤이야말로 달이 *행창 밝아서 무심한 사람도 공연히 마음이 흥숭상숭 하겠거든 하물며 순경이 같은 첩첩한 근심에 싸여 있는 사람이랴! 순경이는 그러지 않아도 견딜 수 없을 심정이 그날 밤에는 야릇하게 울화를 치밀어 올렸다.

취운정

그는 시름없이 마루턱에 걸터앉아서 무심한 밝은 달을 쳐다보며 애꿎은 담배만 피우고 있다가 아무도 모르게 슬그머니 대문 밖으로 나섰다.

그는 취운정을 향하고 올라갔다. 한 걸음 두 걸음 올라갈수록 인가는 점점 멀어지고 괴괴한 가을밤의 침묵이 울창한 숲속을 둘러쌌다.

그 위로 달이 얼비친다. 이따금 부는 바람에 우—하고 소나무 가지를 울린다.

순경이는 시장터를 지나서 중앙고보 뒤로 내려가는 으슥한 소나무 숲 속으로 들어갔다. 그는 명랑한 달빛을 쳐다볼수록 도리어 애달픈 생각을 더하게 하였다. 그래 그는 음침한 바윗돌에 앉아서 한동안 흐느! 흐늑! 느껴 울었다. 그러나 그의 울음은 슬픔을 더할 뿐 아닌가? 마침내 그는 치마끈으로 목을 매고 소나무 가지에 대롱대롱 매달렸다.

"갑숙아! 어미도 너를 따러 죽으란다! 너는 어미 혼저 산다고 원망하지 말어다구……."

순경이는 목을 매기 전에 목멘 소리로 허공을 향해서 이런 말을 두어 마디 부르짖었다.

"아이구, 마님! 이게 웬일이시유?"

이 찰나에 행랑어멈이 뛰어들어서 얼른 치마끈을 끌러놓지 않았더라면 그는 영영 죽고 말았을 것이다.

뒤미처 갑성이 형제도 쫓아와서 모친을 부축하였다. 행랑어멈은 그 전부터 순경의 행동을 심상히 보지 않던 차에 그날 밤에도 그가 실심하니 앉아 있는 것을 유심히 엿보고 있었다.

별안간 대문 소리가 가만히 나며 누가 나가는 기척이 들릴 때, 그는 문득 그 생각이 나서 어린애에게 물린 젖꼭지를 빼고 대문 밖으로 나가보았다.

웬 여자가 취운정 편으로 올라간다. 그는 다시 안으로 들어와 본즉 과연 순경이는 집에 없었다. 그래 그는 그의 뒤를 밟아 올라갈 때 갑성이 형제에게도 눈짓을 한 것이었다.

순경이는 그 길로 돌아와서 신열이 몹시 났다. 그는 갱신을 못하고 자리에 누웠다. 그래도 그는 처음에는 죽을 생각까지는 먹지 않았으나 자기로서도 억제치 못할 감정에 북받쳐서 그런 짓을 했다.

그는 안승학이가 올라와서 갑숙이가 어디로 간 줄 알면 또 자기를 얼마나 달달 볶아 죽일 것이냐? 그 생각이 불현듯 나면서 그는 그만 차라리 그꼴 저꼴 안 보고 죽는 것이 신세 편하다고 가슴에 꼭 맺혔던 것이다.

순경이는 돌아오는 길로 인사불성이 되어서 앓고 있는데 그날 밤에 대문이 삐드득 열리며 안승학이가 큰 기침을 하고 종종걸음을 쳐서 들어온다.

"얘들아 네 뉘가 그저 안 들어왔니? 응!"

그는 대문 안에 들어서며 우선 이런 말을 묻는다.

"그렇게 들어올 것 같으면 왜 나갔겠어유."

갑성이가 퉁명스럽게 대답한다.

"뭐? 그럼 이놈들아, 찾어나 보아야지. 어디를 갔단 말이냐?"

"어디 간지 누가 알어유."

"아니 그럼, 이놈들아 수색 청원도 못한단 말이냐? 응!"

안승학은 아들들에게 눈을 흘리다가

"아니 뉘 어머니는 왜 또 앓는 게야?"

"수색 청원을 왜 해요. 아버지가 달어나게 하시고서……."

"뭐, 누가 달아나게 했단 말이냐? 저런 망할 놈 봤나."

"그럼 누가 달어나게 했수. 아버지는 젊어서 얼마나 잘하셨수? 첩을 몇이나 얻고?…… 당신은 별짓을 다 하시고서 그래 청춘 시절에 연애 좀 한다고 그게 무슨 잘못이라구 이 야단이시유. 어머니는 아버지에게 또 볶일까 무서워서 목매달아 죽는 것을 다행히 발견했수!"

갑성이가 울며불며 모친의 자살 미수한 말을 해가며 *폭백을 하는 바람에 승학이도 어이가 없어서 기가 쑥 들어갔다.

폭백(暴白) 성을 내며 말함.

"저런 고약한 놈 보아, 이놈아 애비는 남자니까 괜찮지만 계집애는 그렇지 못한 게야."

이 말에 삼 모자는 기가 막혀서 웃었다.

그러나 승학은 한바탕 야단을 치러 올라왔다가 도리어 아들들에게 코가 납작하도록 몰려 세우기만 하였다.

25. 두 쌍의 원앙새

원터의 두레는 좋은 성적으로 끝을 막았다. 그들은 십여 일 동안을 두고 두레 논을 맸는데, 풍물 값을 제하고서도 이십여 원이 남을 수 있었다. 그 돈을 모아두었다가 칠월 칠석에 한바탕 두레를 잘 먹자고 약속하였다. 더구나 그들을 신명나게 한 것은 올해는 농사가 *무전대풍인 것이었다. 모도 고르게 내고 그 뒤에도 비가 알맞게 와서 벼포기는 *줄방죽처럼 일어났다. 펄펄 끓이다가 소나기 한 줄금씩 쏟아지고 나면 벼는 금시로 와짝 커나는 것 같았다.

무전대풍(無前大豊) 전에 없던 큰 풍년.

줄방죽 줄을 맞추어 곧게 쌓은 방죽.

그날은 여자들도 아이들까지 한데 어울려서 흥치 있게 놀아붙였다.

정자나무 밑에다가 멍석을 죽 펴고 두레꾼들은 풍물을 치며 뛰놀았다. 그 옆에는 노인들과 어린애들이 둘러서서 구경하고 여자들은 먹이를 차리기에 분주하였다. 음식은 정자나무 밑에서 제일 가까운 인동이네 집에서 차리기로 하였다.

동리 여자들이 거의 다 모이고 온 동리의 그릇과 숟가락과 상을 있는 대로 얻어 들이고 한편에서는 떡을 치네 또 한편에서는 *돝을 잡네—그들은, 이날 식전부터 야단법석이었다. 업동이네는 그동안 딸을 낳아서 갓난이를 등에 업고 부석부석한 얼굴을 들고 나왔다.

쇠잡이꾼들은 이날 한바탕 잘 놀아보려고 흥행물을 만들기에 분주하였다. 희준이는 총지휘격으로 거기도 들여다보고, 음식을 다루는 데도 보살피기에 안팎으로 드나들었다.

그런 놀음에 익숙한 김선달은 바가지짝으로 탈을 만들고 옥수수 털로 수염을 달아서 무섭고도 우스운 탈을 쇠득이와 막동이에게 해 씌웠다. 덕칠이에게는 먹으로 통방울눈을 그리고 분을 하얗게 바르고 입술과 두 뺨에는 주홍칠을 하고 무서운 수염을 그렸다. 그리고 그는 모자 찌그러진 *갓양태에 *씨오쟁이를 짊어지고 마주 엉덩춤을 추는데 노파 옷을 입은 막동이는 꼬부랑 할머니처럼 지팡이를 짚고 곱사춤을 추며 그들을 따라다녔다. 그런데 잡이꾼들은 그들의 주위를 돌아다니며 잔가락을 박아쳤다. 상모가 빼빼 돌고 벙거지가 끄덕거리고 요두전목—엉덩이짓 손짓 발짓—도무지 그대로 섰는 사람이 없이 모두 신명이 나서 야단이다.

희준이도 춤을 추었다. 술잔이나 먹어서 얼근한 판에는 테 밖에서도 춤을 추고 대드는 사람이 많았다. 백룡의 모친도 얼굴이 빨개서 대들었다. 아까부터 여자들 틈바구니에 끼었던 백룡의 모친은 그들에게 춤추라는 졸림을 받고 있던 터이다. 마침내 그는 신명을 참지 못해서 치맛자락을 걷어들고

"얼씨구 좋다!"

소리를 지르며 뛰어들었다. 그는 덕칠이와 마주 서서 절구통 같은 궁둥이를 흔들며 춤추는 것이 가관이었다. 방개는 입에다 손가락을 물

돝
'돼지'의 옛말.

갓양태
갓모자의 밑 둘레 밖으로 둥글넓적하게 된 부분.

씨오쟁이
씨앗을 담아 두는 짚으로 엮은 물건.

고 서서 저의 모친이 정신없이 춤추는 꼴을 넋을 잃고 쳐다본다.

점심을 먹고 나서 한마당의 놀이판은 이날 놀음의 클라이맥스를 지었다. 그것은 읍내에서 청년회원들이 나오고 풍물을 외상으로 얻어준 음전의 모친이 딸을 데리고 구경 왔기 때문이다. 원터 구장인, 아래 원터 사는 오생원이 올라오고 그 집 머슴 곽첨지도 따라왔다.

곽첨지는 경상도 도리깨질이 유명하듯이 그의 춤에도 특징이 있었다. 그래 곽첨지의 춤은 만장의 박수갈채를 받고 그만큼 놀이꾼들을 열광에 뛰놀게 했다.

음전의 모친도 신명을 참지 못해서 춤마당으로 뛰어들었다. 그는 백룡의 모친과 마주 서서 젊어서 수많은 남자들과 멋있게 놀았던 장단을 맞추며 춤을 추었다. 촌 여자들의 눈이 부시게, 고운 옷을 입고 섰던 음전이는 모친의 춤추는 꼴을 놀라운 표정으로 쳐다보고 있었다. 그들은 방개의 모녀와 좋은 대조가 되었다.

한밥
끼니때가 지난 뒤에 차리는 밥.

그러나 마음껏 뛰놀고 나서 *한밥을 먹을 때에 두 과부는 술잔을 마주 잡고 울었다.

"과부 설움은 동무 과부가 안다더니 영감 생각들이 나는 게로구려."

"하하하!"

만장의 군중은 홍소를 터뜨렸다.

이어서 청년회원이 연설을 하고 여러 가지의 재미있는 여흥을 하였다. 이날 안승학은 그림자도 보이지 않았다.

감심(感心)
마음 속으로 깊이 느낌.

농군들은 그날 낮에 청년회원들의 연설을 듣고 모두 *감심하였다. 그중에도 희준의 연설은 알아듣기 쉽게 모든 사람들의 가슴을 찔렀다.

예전부터 농사는 천하지대본이라 해서, 사람은 먹고사는 것이 제일이라 하였다. 먹고사는 것만이 사람의 목적이라 할 수는 없겠지만 사람들은 우선 먹고 난 후에야 다른 훌륭한 일도 할 수 있는 것이다. 아무리 잘난 사람이라도 그에게서 옷과 밥을 안 주고 집을 안 주게 되면 그는 걸인이 되든지 굶어죽고 말 것이다. …… 그러면 옷과 밥과 집을 만드는 사람—다시 말하면 노동자나, 농민은 결코 천한 인간이 아니다. 도리어 그들은 모든 사람들을 잘 살게 만드는 훌륭한 역군들이요 또한 그만한 힘을 가지고 있다. 그들이 부지런하면 천하에 못할 일이 없다. 보라! 이 원터의 넓은 들을 누구의 힘으로 저렇게 시퍼렇게 만들었는가? 또한 저 방축과 철도를 누구의 힘으로 저렇게 쌓아 올렸는가? 저 공장에서 토하는 검은 연기는 누구의 힘으로 토하게 하는 것인가? 아니 여러분이 입으신 옷은 저 조그만 여직공인 처녀들이 연약한 힘을 합해서 올올이 짜낸 것이 아닙니까?

그중에도 남만 못지않게 감동을 받은 사람은 음전의 모친이었다. 사십 평생에 많은 남자들을 대해 보았으므로 실로 그런 말을 들어보기는 생전 처음이었다. 자기는 어쩌다가 길을 잘못 들어서 일평생 동안 *술구기를 잡고 *노류장화와 같이 뭇 남자의 손으로 넘어 다녔다. 그러는 가운데 지금은 돈 천 원이나 모이고 의붓자식이나마 곱게 키우고 있지마는 그러나 술장사 계집이라는 남의 손가락질을 받기는 고금이 일반 아닌가. 그래 그는 자식에게는 그런 누명을 들리고 싶지 않았다. 아니 그는 자기의 신세를 망친 것을 철천지한으로 여기는 대신에 자식들은 아무쪼록 착실한 사람을 만들어서 사람 노릇을 시키고 싶었다. 그래 그는 딸자식이나마 착실한 데로 시집을 보내고, 한번 배필을 정해준 뒤에는 그들이 백년해로하기를 심축하였던 것이다. 큰딸은 일찍 공부를 시켜서 지금은 보통학교 훈도까지 다니는 터인즉 그

술구기
독이나 항아리 따위에서 술을 풀 때에 쓰는 도구.

노류장화(路柳墻花)
아무나 쉽게 꺾을 수 있는 길가의 버들과 담 밑의 꽃이라는 뜻으로, 창녀나 기생을 비유적으로 이르는 말.

만하면 더 바랄 것 없다. 그러나 둘째딸을 여읜 데는 착실한 데로 잘 골라 보낸다는 것이 사위가 난봉이어서 딸도 자연 그 물이 들었다. 이제 끝으로 남은 막내딸은 제 형과 같은 처지를 밟지 말게 하자고 벼르고 있던 터이었다.

그래 어떤 사람의 중매로 이 여름에 한 곳을 듣보고 거의 정혼하다시피 되었으나 남의 중매로 한 번 본 사람의 속을 *내두사가 어떻게 될는지 누가 아는가.―이와 같은 불안한 생각은 그 혼인을 파혼해버리고 차라리 희준이 같은 사람에게 부탁을 하여서, 어떤 농군의 자질에게로 보내는 것이 좋지 않을까 했다. 그런데 그는 낮에, 원터 두레 먹는 데를 놀러 갔다가 인동이를 처음 보고 마음에 들었다. 밤을 자고 나서 그는 *중노미를 보내어 희준이를 청해 왔다.

내두사(來頭事)
앞날의 일.

중노미
음식점, 여관 따위에서 허드렛일을 하는 남자.

그는 희준이를 안방으로 조용히 맞아들이며

"저, 잠깐 의논드릴 말씀이 있어서 오시랬어요."

"네, 무슨 말?"

"사위 하나 중신해 주시라구."

"*닷다가 사위는 웬 사위! 사위는 벌써 골렀다며……."

닷다가
갑자기.

"고르긴 했는데 좀 시원치가 못해서유!"

"그럼 어떤 사위를 다시 고르시게."

"참…… 어제 선생의 연설 말씀을 들으니까 절절이 옳은 말이어요! 그래 나도 되잖은 어정잡이 사위를 얻으니보다 착실한 농군을 얻고 싶은데유."

"하하, 그건 좋은 생각입니다. 그럼."

주인은 한 걸음 다가앉으며

"그런데 저, 어제 장구 치던 총각이 있지 않우. 그게 누구 아들이래유?"

"인동이 말이군! 우리 동네에 사는 김첨지의 아들이라우. 왜 기 애가 맘에 드우?"

"응! 바로 김첨지의 아들이로군. 그 총각이 똑똑하지 않수?"

"인동이야말로 훌륭한 신랑감이지요."

"그럼 그리로 중매 좀 해주셔요? 응!"

"아니 정말이오?"

"그럼 내가 언제 선생에게 실없는 말 합디까."

주인이 정색을 하는 바람에

"그럼 그러리다."

하고 희준이도 그 자리에서 장담을 하고 일어섰다.

원터에는 팔월 추석의 한가위를 앞두고 총각과 처녀가 남모르게 가슴속으로 부러워할 만한 아리따운 소문 한 쌍이 마을 안으로 떠돌았다.

그것은 인동이가 읍내에서 크게 음식점을 하는 과부 술장사 집의 막내딸 음전이와 약혼을 했다는 것과, 또 하나는 방개가 장터 사는 최접장의 손자—역부를 다니는 기철이와 면약을 했다는 것이다. 그중에도 막동이는 여간 실심하지 않았다. 그들은 추석 전후로 혼례식을 갖춘다는 것이다. 인동이는 추석 전에 방개는 추석 후에. 추석을 전후한 두 쌍의 결혼식을 앞두고—날짜는 임박해간다.

칠석이 지난 앞 뒤 들에는 벼가 부옇게 패기 시작했다. 백중날 달밤에 젊은 축들은 풍물을 치고 노는데 방개는 달구경을 나와서 그들이 노는 것을 보고 있었다. 그는 한참 동안 서서 구경하다가 집으로 돌아가는 길인데 그만 인동이 눈에 띄어서 원터 뒷고개 밑으로 끌려갔다.

초로가 내려서 달빛에 반짝인다. 정강이까지 걷어붙인 인동이의 아랫도리는 이슬에 젖는 대로 선뜩선뜩하였다.

"아이 이슬 밭을 어디로 자꾸 가?"

할기족하다
눈을 흘겨 훑어보다.

방개는 눈을 *할기족하며 가만히 부르짖는다.

"저 소나무 밑 바위 위로 가자꾸나. 누가 보지 않게."

그들도 서로 약혼한 소문을 듣고 있었다. 그런 소문을 들은 그들은 각기 심중에 기약지 않은 한번 서로 만나보고 싶은 호기심을 가지고 있었다. 방개도 그런 생각이 있기 때문에, 잡담 제하고 잡아끄는 대로 인동이 뒤를 따라갔다.

내려다보이는 달밤에, 넓은 들은—뿌옇게 벼이삭이 일면으로 달빛을 받아서 거기에 이슬이 반짝이는 경치가 은파에 번득이는 강물과 같다 할까! 한 줄기 시냇물이 어렴풋한 들 가운데서 훤하게 띠를 펼친 저편으로, 항구와 같은 읍내의 전등불이 검푸른 밤을 얼비친다. 정거장 위로 외따르게 켜진 불은 마치 섬 속으로 반짝이는 등대와 같이 깜박인다.

산에서는 쏴 하고 바람이 일어난다. 푸른 솔가지에서는 상긋한 솔향기가 떠오른다. 솔폭나무 밑 차돌바위에 은신을 하고, 그들은 나란히 마주 앉았다.

달밤의 풍경

"아이참, 달두 밝다! 저기 저기가 인순이 있는 공장이지."

방개는 한 손가락으로 제사 공장이 있는 동쪽 벌판을 가리킨다.

"그래."

인동이는 방개의 손목을 덥석 잡았다. 그리고 방개를 넋 놓고 보았다.

"밤에도 일한다니. 굴뚝에서 연기가 나게."

"그럼, 밤낮없이 일하지 않구."

인동이는 감개무량한 듯이, 여전히 방개를 쳐다보고 있다.

"밤에 어떻게 일을 해!"

"전등불을 켜고 하지."

"……."

방개는 손등으로 입을 씻었다. 그리고 상기가 된 목소리로

"임자는 좋겠구려."

"뭬 좋아?"

"장가드니까!"

"넌 시집가지 않니."

"색시가 이쁘다지?"

방개는 약간 질투에 가까운 눈초리로 인동이를 쏘아본다.

"뉘 신랑은 이쁘지 않으냐 왜?"

인동이는 비로소 웃었다.

"내 말부터 대답해봐 글쎄. 이쁘지? 그렇지!"

"이쁘긴 뭬 이뻐 그저 그렇지."

"저 봐, 아주 이쁘단 말이지."

"난 네가 이쁘다."

"가짓부리!"

"참 너하고 이렇게 만나기도 오늘 밤이 마지막일는지 모르지 않니. 난 너한테 할 말이 있어서 불렀다."

"무슨 말?"

"넌, 시집간 뒤에 그 남자와 잘 살겠지?"

"왜! 건 왜 물어?"

방개는 입을 비쭉 내민다.

"남의 걱정 말고 네가 잘 살렴!"

비양
얄미운 태도로 빈정거림.

"아니 그렇게 *비양할 게 아니라 난 진정 말이야. 우리도 인젠 철날 때가 되지 않었니?"

"그런데 어째!"

"하긴 난 너한테만 장가를 들고 싶었는데 뉘 어머니가 우리 집은 가난하다고 마다니까……."

"가짓부리! 정말 그런 맘이 임자에게 있었군?"

"정말이야. 뉘 어머니 더러 물어보랴!"

별안간 방개는 한 손으로 인동의 입을 틀어막고 그의 가슴에 쓰러진다.

"그런 말 말라구. 넌 이담에 길가에서 만나두 못 본 척하고 지나갈 걸! 뭐……."

방개가 어깨를 달싹이며 우는 것을 인동이는 한숨을 쉬며 그를 붙들어 일으켰다. 달은 말 없이 그들의 얼굴을 은근히 내려다보고 있다.

원칠이는 움 안에서 떡을 받듯이 아들의 장가를 들이게 되었다. 그래 입이 떡 벌어졌으니 추석 안으로 성례를 갖추자는 데는 대답이 선뜻 나오지 않았다.

"여보게! 희준이, 암만해도 추석 전에는 큰일을 못 치르겠네. 그래도 대사를 지내자면 다소간 무슨 마련이 있어야 할 터인데 이건 아주 백판이니 어떻게 한단 말인가, 그런즉 자네가 잘 말해서 가을로 좀 물려주게."

원칠이는 사정을 하다시피 희준이를 또 졸랐다.

추석은 한 달도 채 안 남았다.

"그렇게는 할 수 없다는 걸…… 아따 가을이 되면 별수 있수? 되는 대로 그냥 지내버리지."

"조카님! 그래도 무엇이 있어야지 원……."

박성녀도 애가 쓰여서 하소연하는 말이다.

"아니 무엇이 없어요? 신랑 옷 한 벌이나 하고 술동이나 있으면 되지 않우. 그건 제가 외상으로 구해드릴 테요."

"그래도 명색 대사를 지낸다면 떡말이라도 치고 국수 근이나 사서 이웃 간에 노나 먹어야 되지 않겠나. 그저 맨입으로야 체면이 됐어야지. 그러니 자네가 좀 수고가 되더래도 내일 나하고 같이 가서, 좀 그런 사정을 해보세. 그래서 정히 할 수 없다면 그대로 지내는 것이지만 우연만 하면 우리 집 사정도 보고 싶단 말일세."

"아따 그랍시다. 그게야 어려울 게 있나요."

이튿날 아침에 원칠이는 오래간만에 머리를 빗고 *망건을 쓰고 실경에 얹힌, 먼지가 뽀얗게 앉은 갓을 내려서 털어 썼다.

"새 사돈집에 가는데 이거 창피해서 어디 입고 가겠나. 당목 두루마기를 노닥노닥 기웠으니."

원칠이는 *간봄에 입었던 두루마기를 금이 접힌 그대로 입고 서서 아래위를 훑어보며 중얼거린다.

"아따 그전에는 쇠코잠뱅이와 *북상투 바람으로 술 사먹으러 갔었다며 그러면 대수."

"제기랄, 그때는 남이지만 지금은 새 사돈이 아닌가베."

"새 사돈이고 헌 사돈이고 그렇지 뭐."

"뭣들을 그라시우. 어서 가십시다."

망건
상투를 틀 때 머리털을 위로 올리기 위해 이마에 두르는 건(巾).

갓

간봄
지나간 봄.

북상투
아무렇게나 막 끌어 올려 짠 상투.

"옷이 헌 옷이라고 창피하다구 그러신대요."

박성녀는 희준이가 들어오는 것을 보고 행주치마로 코를 풀며 웃는다.

"원 말씀을 다 하시유. 아니 사둔 선도 보이실라우."

"하하하. 선이 아니라 이 꼴을 하고 안사둔을 보러 가기가 창피해서 말이야."

원칠이는 희준이와 같이 읍내로 들어갔다. 그는 사돈집이 가까워질수록 연해 큰기침을 점잖게 하면서 갈지자 걸음을 떼어놓는다. 그러나 그는 버선코빼기를 기운 것이 마음에 걸려서 점도록 그것을 들여다보았다.

사돈 마누라가 김첨지를 보자 반색을 하고 맞아들이며

"아이구 우리 사돈님 오시는군! 김첨지가 우리 사돈이 되실 줄 누가 알었다우?"

"에헴! 참 글쎄 말이지요."

김첨지는 수염도 그리 없는 아래턱을 쓰다듬는다.

"네, 호호호……."

안사돈은 그것이 우스운지 호호 웃는다.

"그런데 난 남의 혼인에 왜 이리 끌려다닌다우?"

"중매쟁이가 된 죄이지요."

"인제는 혼인이 다 되었으니까 그런 말씀을 하는구려. 참 세상 인심이 무서운걸."

"하하하."

"호호호……."

안주인은 하인에게 술상을 차리게 한 후에 그들을 데리고 안방으로 들어갔다.

"그런데 사돈댁!"

하고 원칠이는 우선 찾아온 뜻을 말하였다.

그동안에 술상이 들어왔다. 주인은 약주를 따라서 우선 원칠이에게 권하는데 은주전자에다 은잔을 받친 술잔을 받아먹기는 그는 평생 처음이었다. 그래 그는 황송하게 술잔을 받아서 감칠맛 있게 들이마셨다.

"그건 안 돼요. 우리 집이 다른 집만 같애도 그라겠는데 보시는 바와 같이 *봉놋방 같은 이 집에서 하루가 바쁘지 않어요."

"허허허 그러니 원, 생판 아모 것도 없으니 어찌한담!"

"사둔댁 형편은 나도 잘 알어요. 그저 두말 말고 지내셔요."

"그러니 백판 무슨 유념을 해둔 것이 있어야지요."

원칠이는 두 손을 벌리며 어이없는 웃음을 웃는다.

"없는 살림이 가을은 별수 있어요. 그저 사둔님은 상말로 굿이나 보고 떡이나 잡수셔요. 혼인 절차는 이 선생님과 의논해 할 테니까요."

"아이구 그럼 난 모르겠소. 하하하……."

원칠이는 두루마기 자락을 뒤로 걷어치우고 물러앉으며 호걸웃음을 요란히 웃었다. 그는 술이 얼근하게 취하매 인제는 만사가 태평이었다.

팔월 열나흗날—음력으로 소위 작은 추석날이 돌아왔다. 인동이와 음전이의 혼례식은 S청년회관에서 거행되었다. 신랑과 신부는 수수하게 보통 출입복으로 식을 거행하게 하였다. 그래서 인동이는 옥양목 고의적삼에 모시 두루마기를 해 입고 신부는 비단으로 흰 옷을 해 입었다.

이 혼인의 총지휘격이요 주례가 된 희준이는 금반지의 예물도 폐하자고 주장하였으나, 그것은 신부가 섭섭해 한다고 그의 모친이 우겨서

봉놋방
여러 나그네가 한데 모여자는, 주막집의 가장 큰 방.

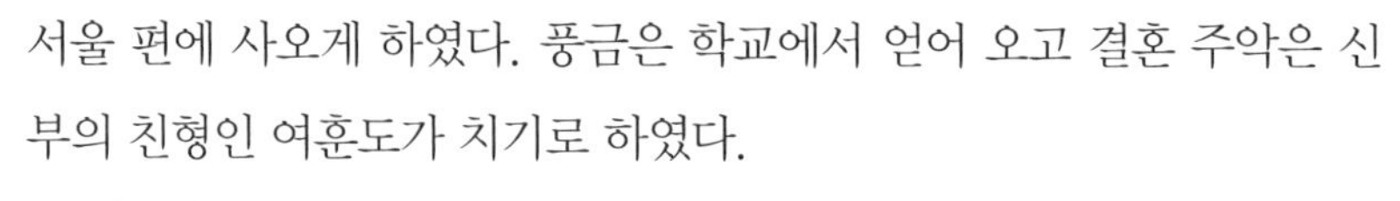

서울 편에 사오게 하였다. 풍금은 학교에서 얻어 오고 결혼 주악은 신부의 친형인 여훈도가 치기로 하였다.

풍금

인순이도 이날은 하루의 특별 휴가를 얻어가지고 오빠의 혼인을 보러 나왔다. 정각이 되자 구경꾼들은 청년회관이 빽빽하도록 들어찼다. 두 집에서 초대를 받은 손님으로는 원터 사람들과 남녀 야학생들과 그리고 신랑 신부의 친척들이었다.

원칠이도 생목 고의적삼에 옥양목 두루마기를 새로 해 입고 박성녀도 옥양목 치마에 값싼 인조견 적삼을 얻어 입었다.

인동이는 생전 처음으로 자동차를 타고 와서 혼례식장으로 들어갔다.

땔나무꾼같이 시커멓던 인동이도 목욕을 하고 새 옷을 갈아입으니

한다는 *가랑(佳郞)이 되었다. 구경꾼들은 신랑 신부가 예쁘다고 수군거린다. 원칠이 내외는 입을 벙싯벙싯하며 좋아하였다. 그들은 동편 벽으로 등을 향하고 의자에 걸터앉았다. 의자를 처음 깔고 앉아보는 그들은, 더구나 박성녀는 어째 엉거주춤하니 앉은 것 같아서 거북하기가 짝이 없었다.

가랑(佳郞)
재주가 있는 훌륭한 신랑.

그런데 풍금 옆으로 앉은 신부의 어머니는 웬일인지 실심한 표정으로 앉았다. 그는 사돈집보다도 고독한 자기의 신세를 슬퍼하는 모양 같다.

신랑 신부가 차례로 들어서자 주례는 지금부터 예식을 거행한다는 간단한 소개를 하고 이어서 혼인에 대한 의의를 설명하였다.

—혼인이란 것은 두 사람이 서로 인간의 건전한 생활을 살기 위하야 힘을 합하자는 맹서올시다. 사람은 남녀가 일반이나 그러나 부부유별인 만큼 두 사람의 합한 생활을 떳떳하다고 볼 수 있습니다. 그런데 우리 사회의 재래의 결혼은 모든 폐습이 많고 또한 조혼을 시켜서 두 사람의 행복을 위한다는 혼인이 도리어 그들을 불행에 떨어뜨리고 마는 일이 많지 않습니까?

희준이는 이런 말을 하고 나서 신랑으로 하여금 신부에게 예물을 주게 하였다.

청년회 집행위원장이 나와서 축사를 시작하자, 다른 회원들도 뒤를 이어서 축사를 하고 식을 마쳤다. 식이 파한 후에 초대를 받은 일동은 신부의 집으로 안내를 받아서 그 뒤로는 다시 잔치 자리가 벌어졌다.

이렇게 그들의 혼인은 성대하게 마치고 그 이튿날 바로 신부례를 하였다. 원칠이 집은 비록 오막살이나마 방은 둘이 있으므로 안방은 아들에게 내주고 자기네는 들어가는 첫머리 방을 쓰기로 하였다. 신부의 방이라고 양지를 사다가 벽을 바르고 바닥은 신문지로 장판을 하였다.

그러자 그달 그믐께는 방개의 혼인이었다. 방개는 기철이와 예를 갖추게 되었다. 그들은 구식으로 거행을 하기 때문에 신랑은 가마를 타고 *사모관대를 하였다.

사모관대
사모와 관대를 아울러 이르는 말. 본디 벼슬아치들의 복장이었으나, 지금은 전통혼례에서 착용한다.

방개는 큰 낭자를 틀고 연지 곤지에 족두리를 쓰고 초례청으로 걸어 나왔다.

사모관대를 한 신랑과 족두리를 한 신부

그들이 전안을 드리고 마주 사배를 하는 것을 인동이와 막동이는 야릇한 감정으로 쳐다보고 있었다. 방개는 참으로 새색시처럼 눈을 내리깔고 절을 하였다.

사흘 뒤에 가마를 타고 가는 방개의 가느다랗게, 가마 속으로 흘러나오는 울음소리를 인동이는 자기 집 문 앞에서 듣고 있었다.

인동이는 백중날 밤에 방개와 마지막으로 만나보던 근경을 그려보고 몸을 떨었다. 여자로서 매력 있는 그의 성격을 잊을 수 없었다. 그의 독사와 같은 살찬 눈! 날씬한 스타일! 꼭 맺힌 입모습! 암상쟁이! 말괄량이! 그는 창부의 타입이나 결코 맛없는 여자는 아니었다.

그러나 인동이는 단념할 수밖에 없었다. 그래 그는 방개가 시집가서 끝까지 잘 살기를 빌었다. 만일 그가 차후에도 행실이 부정하다면 그것은 자기에게도 그 책임이 있을 것 같기 때문에.

26. 번뇌

경호는 추석을 쇠러 시골집으로 내려왔다. 열나흗날이 토요일이었다. 그는 웬일인지 학교도 가기가 싫어서 아침 차로 집에를 내려온 것이다. 때는 한낮이나 되었는데 청년회관에서는 인동이의 혼례식이 그 때 마침 시작되는 판이었다.

경호는 그길로 이 색다른 혼례식을 구경하였다. 그리고 그는 자기도 갑숙이와, 그전에 결혼하기를 몽상하고 있던 것이 지금은 절망이 된 것을 생각하니 새삼스레 가슴이 빠근하였다.

그러나 그는 이 혼인 구경으로 말미암아 자기에게 뜻하지 않은 일이 생길 줄은 천만 의외였다. 그렇다니 말이지 이번 추석에는 집에서도 오란 말이 없었는데 불시로 왜 내려오고 싶었는지 모른다. 또한 내려왔으면 바로 집으로 들어갈 것이지 왜 알지도 못하는 남의 혼인을 구경 갔던가! 그런 생각을 하면 그는 그런 말을 들으려고 무엇에 혼이 씌어서 일부러 내려온 것이 아니었던가!

하긴 그날 경호가 정거장에서 내려서 바로 집으로 들어가려니까, 사람들이 꾸역꾸역 청년회관으로 몰려 들어가며 수선수선하였다. 그래 지나가는 사람더러 물으니까 청년회관에서 근래에 처음 보는 혼례식이 거행된다는 것이었다.

"처음 보는 혼례식이라니 무슨 혼례식인데요?"

"아따 음전네 같은 부잣집에서 원터 사는 김첨지 아들 같은 가난한 집으로 딸의 여의었으니 그게 처음 보는 혼인이 아닌가베…… 그 여편네의 하는 짓이란 언제든지 엉뚱하거든."

경호는 이런 말을 듣고 호기심이 나서 혼인 구경을 갔던 것이다. 아닌 게 아니라 그들의 혼인은 새로운 맛이 있는 소박한 결혼식이었다.

오랫동안을 두고 시달림과 압박을 받은 사람들이 새 시대의 정기를 타고 일어나서 새 인간의 생활을 싹틔우려고 왕성한 의기를 내뿜는 것 같다. 그것은 신사 숙녀의 말라빠진 영혼이 수천 년 전부터 외워오던 주문(呪文)에 얽매인 인형 같은 결혼식은 아니었다. 신랑 신부의 건강한 육체와 그들의 빛나는 눈빛! *질소한 식장! 간결한 예식! 수수한 복장—그리고 희준이의 암시를 주는 의미 깊은 식사와 아울러서.

질소하다
꾸밈이 없고 수수하다.

경호는 이런 것을 생각하며 뒷전에 홀로 섰는데 맞은편으로 둘러선 여자들 속에서 자기를 손가락질하며 쳐다보고 웃는다. 무엇인지 수군거리는 것 같다.

"저게 그이여. 송방 보는 권상철이 아들이여!"

"그래, 서울 가서 중학교 다니는…… 추석 쇠러 나려왔군."

"아이구 그런 이는 아들도 잘났지. 그 아들 혼인 지낼 때는 아마 이보다도 더 잘 지낼걸?"

"그럼, 그이는 큰 부자니까."

"그런데 저 애가 친아들이라우?"

"그럼, 누구여!"

"남의 자식이란 말도 있던데……."

"쉬—그런 말 말어……."

이날 상리 여자들도 읍내를 내려왔다가 호인 구경을 와서, 경호를 쳐다보고 이런 수작을 붙였다. 권상철은 포목 장사를 해서 돈을 모았지만 장사 밑천을 노름판에서 딴 돈으로 했을 뿐 아니라 근래에도 가끔 그 버릇을 놓지 않았다. 그래저래 인심을 잃어서 남녀노소 없이 권상철이라면 모르는 사람이 없고 또한 애어른 없이 권상철이라고 *착호성명을 하였다.

착호성명(着呼姓名) 웃어른의 성명을 버릇없이 함부로 부름.

경호는 그들의 대화를 자세히 듣지는 못하였으나, 어떤 예감에서 말로는 형용할 수 없는 직감을 느꼈다. 그는 그 즉시로 전신에 오한이 나고 심기가 불유쾌하였다. 그는 자기에게 어떤 불행이 닥칠 것 같은, 마치 큰 병을 앓으려는 바로 그 직전과 같은 조짐을 느꼈다.

그래 그는 고개를 척 늘어뜨리고 집으로 돌아왔다. 집에서는 별안간 아무 기별도 없이 내려온 경호를 이상히 보았다. 더구나 그가 풀이 없이 들어오는 것을 보고, 그의 부모는 심중으로 놀랐다. 혹시 어디서 저의 비밀이나 탄로되지 않았는가 싶어서, 그들은 안심찮게 물었으나 경호는 다만, 몸이 별안간 아파서 이틀 동안 조섭을 할 겸 내려왔다고 힘없이 대답할 뿐이었다.

경호는 이틀 동안을 두고 집안 식구들의 태도를 염탐하였다. 그런데 그렇게 생각해서 그런지 집안 식구들의 자기를 대하는 태도가 전보다 변스러운 것 같다. 변으로 수선스럽고 서먹서먹하지 않은가. 그전과

같이 천연스럽지가 못하고 훨씬 더 친절하게 군다는 것이 도리어 어색하고 빈 구석이 보이는 것 같았다.

이런 눈치를 채일수록 그는 더욱 대소사를 심상히 보고 있지 않았다.

그 이튿날 저녁때였다. 밖에를 나갔다가 들어오니까 안방에서 두런거리는 소리가 들린다. 경호는 발끝을 적여디디고 뒷문으로 돌아가서 엿을 들었다.

별안간 경호는 얼굴이 새파랗게 질렸다. 그는 비로소 자기의 신분을 알 수 있었다. 지금까지 친부모로만 알고 있던 권상철이 부부가 실상은 빨간 남이라는 것을 비로소 알게 되었다. 그러자 그는 다시 새 정신이 펄쩍 났다. 안승학이가 그런 풍파를 일으킨 것이라든지, 갑숙이가 끝까지 자기를 위해서 말 못하겠다는 사정과 곡절까지도. 그는 금시로 땅이 꺼지는 것 같은 실망을 느꼈다. 장맛날과 같은 우울한 심정을 어디다 하소연할 곳도 없지 않으냐?

그러나 그는 아무 말도 않고 침묵을 지켰다. 그는 그들에게 그런 말을 묻고 싶지도 않았다.

죽은 부모의 시체가 정을 떼듯이 그들에게 정이 떨어진다. 그래 그는 조금도 그런 사색을 내지 않고 그날 밤차로 천연히 서울로 올라갔다. 그는 자기의 탐정소설 같은 내력을 어떻게 해야 잘 알아낼 수 있을까, 그 방법을 궁리해 보았다.

경호는 차에서 내리는 길로 바로 갑숙이를 찾아갔다. 어떻게 알았는지는 모르지만 갑숙의 집에서는 자기의 내력을 잘 아는 모양 같다. 그러기에 안승학이도 그런 풍파를 꾸미고 끝까지 자기에게는 딸을 안 주려고 하지 않았던가. 자기의 비밀한 열쇠는 누구보다도 그 집에서 갖고 있는 것 같다.

다행히 갑숙이 집에는 아무도 없이 조용하였다. 학생들은 명절날 밤이라 모두 어디로 놀러 간 모양이었다. 대문을 열고 들어가려니 순경이가 내다보고 소리를 지른다.

"누구여!"

"저올시다. 그간 안녕하셔요."

"권학생이유. 이 밤중에 웬일이유?"

"네 놀러 왔어요. 갑성이 없습니까?"

"아마 어디들 놀러 나갔나부. 들어오!"

순경이는 마지못해 들어오라는 것처럼 시름없는 말을 한다.

"네!"

경호는 주저하다가 안방으로 들어가서 공손히 마주 앉았다.

"왜 어디 편치 않으시오."

"아니 괜찮우."

순경이는 귀찮다는 듯이 간신히 대답한다.

"시굴 안 갔었수 추석에!"

"그저께 갔다가 지금 올라오는 길이어요."

하고 잠깐 말을 끊었다가 경호는 다시 자리를 고쳐 앉으며

"좀 여쭈어볼 말씀이 있어서 왔는데요!"

"무슨 말?"

"제가 이번에 집에를 갔다가 이상한 말을 들었어요. 그것을, 댁에서

잘 아시는 것 같애서…….”

“이상한 말이라니? 난 모르겠는데…….”

순경이는 말귀를 잘 못 알아듣는 것처럼 어리둥절한다.

“다른 게 아니라 제 신상에 대한 말이어요. 지금 계신 부모가 제 친부모가 아니랍지요?”

“그, 그건 나도 처음 듣는 말인걸…… 누가 그럽디까?”

“저는 여적 몰랐는데요. 안주사 어른께서 그처럼 하신 것도 인제 생각하니까 곡절을 알겠습니다. 무어 댁에서 들었다고 말씀은 안 할 테오니 들으신 대로 말씀해주셔요.”

순경이는 무엇을 한참 생각하는 것처럼 하고 앉았다가,

“나도 잘 모르는 말을 어떻게 말하우, 안주사는 어디서 들었는지 모르지마는…….”

“그러기에 아시는 대로…… 그 말씀을 들을 뿐 아니라 요전에 오해한 것을 사죄도 할 겸 그래서 왔습니다.”

“기 애는 집에 없다우…….”

“네! 어디 갔어요?”

순경이는 한숨을 나직이 쉬며

“어디로 갔는지 *부지거처라우…….”

부지거처(不知去處) 머물고 있는 곳을 알지 못함.

이렇게 대답하는 순경이는 별안간 말을 못하고 목을 놓아 운다. 경호는 가슴이 덜컥 내려앉았다. 그는 마치 도적질을 하다가 현장에서 들킨 범인처럼 아연실색하고 순경이를 말없이 쳐다볼 뿐이었다.

경호는 어안이 벙벙해서 한동안 말을 못하고 등신처럼 앉았다가

“모두, 저 하나로 말미암어 그런 일이 생겼습니다. 그런데 미련한 저는 그런 줄은 꿈에도 모르고 도리어 댁을 오해하고 있었으니 죄송한

말씀을 무엇이라고……."

마침내 경호는 목소리를 떨며 눈물을 쏟는다.

"그날 밤에 권학생이 기 애하고 이야기하는 말은 나도 대강 들었지만, 아마 기 애도 학생의 장래사를 생각하다가 오해를 받은 것 아니겠소."

경호는 눈물을 씻으며 비장한 목소리로

"네 그렇습니다. 따님을 의심한 제야말로 더욱 죄를 졌습니다. 그러나 그런 내막을 들으셨다면 진작 저한테, 왜 말씀을 못해 주셨나요?"

"누가 그전에야 우린들 알었나베, 거번에 안주사가 별안간 올라와서 기 애 혼처를 정했다기에 학생 말을 안 할 수가 없어서 토설했더니만 학생의 근본을 캐며 그 야단을 치는 통에 비로소 알었지!"

"네 그랬어요!"

"그럼 그랬지. 학생이 여기 앉었지만 만일 그전부터 그런 줄 알었다면 나도 가만히 있지 않을 것 아니겠소."

"대관절 제가 누구 자식이라나요? 지금 부모가 친부모님이 아니라면……."

순경이는 기막힌 웃음을 괴로이 웃으며

"세상에 참 별일도 다 보지. 그걸 누가 아우."

"정말로 모르셔요?"

"알어도 난 그런 말은 못하겠소. 정히 알랴면 그건 집에 가서 물어볼 수밖에 없지 않우."

"저 역시 집에 가서 물어보기는…… 아니 그러기가 싫어서 그래요."

경호는 이윽고 목메는 울음소리를 삼킨다.

"그런 말을 누군들 하기 좋겠소. 그러니 아무 말도 안 들은 셈만 치고 공부나 힘써 하도록 하시우. 설마 학생만 가만 있으면 지금 부모야 뭐라고 하시겠소. 도리어 학생이 뭐라고 할까 봐 학생을 염려할 것 아니우. 생아자도 부모, 양아자도 부모라구 이편을 길러낸 공으로라도……."

"네 그건 그렇습지요. 그러나 지금 부모가 친부모가 아닌 줄을 안 담에야 자식이 되어서 부모가 누구인 줄이나 알어야 하지 않겠어요."

"그렇지만 벌써 이십여 년이나 된 옛일을 어떻게 알며 또 설혹 부모가 지금까지 살었다 합시다. 벌써 남의 집에다가 그렇게 내버릴 적에는 그만한 사정이 있고 이담에도 다시 안 찾을 작정으로 한 것이 아니겠수. 그러니 내 말대로 못 들은 척하고 그대로 지내다가 차차 내용을 알어보든지 해야지…… 지금 당장 내 부모가 아니라고 튀어나오면 경호의 앞일이 어떻게 되겠소."

"네 그런 줄은 저도 알어요. 그러나 제게 당한 일인 만큼 알기나 해야 하지 않습니까."

"정히 그렇다면 말할 테니 아여 발설은 말고 심중에나 넣어두. 학생을 낳자 바로 며칠 안 되어서 어떤 중이 지금 부모 댁에 업동이(개구멍받이)로 들이밀었다는데 학생의 아버지는 그 중도 아니라니까 그걸 누가 알우? 그리고, 그 중은 어머니를 다리고 그 길로 어디를 갔는지 지금까지 부지거처라니 그걸 또 누가 아느냐 말이야— 벌써 이십 년 전 일을……."

순경이는 기가 막힌 웃음을 웃고 경호는 아무 말이 없다. 그는 고개를 척 늘이치고 앉았다. 고개는 점점 숙여진다. 참으로 아니 들으니만 같지 못한 말이다.

"참 학생 내력이야말로 똑 예전 이야기책 같구려. 그러나 그런 사람이 이담에 커서 잘 된대여. 학생도 공부를 잘해서 후일에 장한 사람이 되우!"

"대관절 따님은 어디로 갔을까요?"

"어디로 갔는지 누가 알우. 죽었는지 살었는지……."

"아, 제야말로 전생에 무슨 죄로 생겨나서 남에게까지 못한 노릇을 시킬까요. 그런 생각을 하면 당장에라도 자살을 해서 아……."

순경이는 기급을 하며 수그러진 경호를 잡아 흔들었다.

"사내장부가 옹졸하게 그게 무슨 말이야. 그럴수록 마음을 단단히 먹어야지. 아여 그런 옥생각은 먹지 말어! 내가 말한 *본정도 없지 않우."

본정(本情)
본 마음. 본심.

"네! 그럼, 안주사께서는 더 잘 아실는지 모르니 한번 자세히 물어보아 주세요."

"그게야 어렵지 않지마는……."

"네, 아주머니 은혜는 어떻게 갚을는지 모르겠습니다."

경호는 눈물을 머금고 순경의 집을 하직하였다.

며칠 후에 갑숙이에게서는 동경으로 건너간다는 부산 *일부인을 찍은 엽서 한 장이 들어왔다.

일부인(日附印)
서류 따위에 그날 그날의 날짜를 넣어 찍는 도장.

사실 경호는 자기 부모를 찾는 것보다도 갑숙이의 행방을 탐문하고 싶은 마음이 더한층 간절하였다. 그는 참으로 갑숙이에게는 못할 노릇을 한 것 같은, 뼈에 사무치는 회한의 탄식을 자아내게 한다.

그는 그 뒤로는 공부도 하기 싫고, 겨울 하늘과 같은 침울한 기분에 싸여 있었다. 이 세상이 금시로 싸늘한 얼음 세계가 된 것 같다. 그는 갑숙이의 생각과 친부모의 생각이 마치 북 드나들듯 하여 올올이 꿈과 같은 비단을 짜내었다.

그는 어떤 때는 별안간—마치 예전 이야기처럼 칼을 품고, 지금 부모한테로 쫓아가서 자기의 친부모가 누구인가를 낱낱이 묻고 싶었다. 그러나 다시 생각하면 그런 일을 조급히 서둘 필요도 없을 것 같다. 차라리 순경의 말마따나 공부를 힘써 하리라 하였다. 그는 내년 봄이 졸업이었다. 어떻게든지 졸업할 동안만 참고서 그대로 학교를 다니겠다는 결심을 하였다.

그는 다시 중학을 졸업한 뒷일이 생각되어진다. 지금 부모는 세상없어도 공부를 더 시킬 것 같지는 않다. 자기를 친아들로 알고 있을 때에도 그렇거든 하물며 남의 자식인 줄 안다면 말할 것도 없지 않은가. 그들은 자기가 그런 소문을 아직 못 들은 것처럼 사색을 내지 않으니까 겨우 안심을 하고 있는 것이 아닌가?

그렇다면 그들은 자기를 장가나 일찍 들여서 한 푼 벌이라도 살림살이를 하고 있으라 할 것이다. 경호는 이런 생각 저런 생각에, 집착하면 할수록 그것을 더 하였다. 그는 학교를 갔다 오면 문을 첩첩이 닫아걸고 밤낮 혼자 우두커니 있었다. 그는 그전처럼 동무들과 사귀지도 않았다. 그래 동무들은 그의 태도가 변해졌다고 수군거리고 몰골이 수척해졌다고 가련히 보고 있었다.

따라서 그들도 그를 가까이하지 않았다. 그들은 그가 갑숙이에게 실연을 당하고 비관한 때문이라기도 하였다. 갑성이와 갑준이도 그전처럼 경호에게 친하게 굴지 않았다.

경호는 그 뒤에 순경이에게서 갑숙이가 현해탄을 건너갔다는 말을 듣고 그는 즉시 유학을 가고 싶은 생각이 골똘하였다.

그는 동기 방학 때에 내려와서 한 번인가 그 언제는 부모에게 그것을 졸라보았다. 그때 권상철은

"공부는 더 하면 뭐 한다니. 한평생 공부만 하다 말래. 먹을 것은 있

으니 인젠 고만 살림도 해봐야지, 늙은 애비만 내맡기고 너는 밤낮 그렇게 돌아만 다닐래?"

하고 뻔히 쳐다보았다.

그는, 경호가 예상했던 바와 같이 장가를 들라고 뒵다 졸랐다. 알고 본즉 그들은 벌써부터 혼처를 구하는 모양이었다.

그래 경호는 동경 유학은 단념하였다. 만일 지금 부모가 그의 친부모라면 그는 어디까지 졸라보다가 그래도 안 들을 때에는 돈이라도 훔쳐가지고 도망질을 쳤을는지 모른다. 그러나 지금의 경호는 그런 생각은 먹지 않았다.

그는 지금부터 독립 생활을 하지 않으면 안 될 자기의 처지를 깨달았다. 그는 장가를 들어서는 안 되고 어디까지 취직을 해야만 될 것 같았다.

경호는 그해 겨울을 가까스로 참아가며 학교를 꾸준히 다녔다. 절망과 비관에 별안간 빠질 때에는 그는 문득 순경의 충고를 생각하고 이를 깨물었다.

졸업을 앞두기까지…… 그리하여 그는 가까스로 중학을 졸업하고 시골로 내려왔다.

그때 그는 부친에게 취직을 청해봤다.

"취직은 물론 해야 하겠지만 장가도 들어야지 않겠니. 어디 혼처가 나섰는데…… 너도 그쯤 알어라!"

"장가는 천천히 들겠어요. 그보다도 취직을 먼저 시켜주셔요, 우두커니 놀면 뭐 해요."

"그야 그렇지!"

권상철이도 취직을 한다는 데는 찬성하는 모양 같다.

징구다
일거리나 일자리 따위를 미리 대주거나 뒤에서 지지하고 도와주다.

"이 애 말도 옳지 않우. 우두커니 놀어서야 쓰나, 어디든지 한곳 *징궈주시구려. 그리고 너도 올해는 장가를 들어야 하지 않겠니. 어미가 늙어 가는데 손주 놈이나 보고 죽어야지……."

반백이 된 모친은 두 사이를 타고 앉아서 양편의 주장을 타협하려고 애를 쓴다. 자기를 오히려 친아들로 알고 있는 그들의 심경을 엿보자 경호는 부지중 불쌍한 생각이 들어갔다.

"장가는 아무렇게나 드나요. 피차에 가합해야 되는 게지."

"아따 너도 퍽은 고르고 싶은가 보다 호호호."

하고 모친은 자애에 넘치는 웃음을 웃는다.

경호는 그들이 지금이라도 자기의 친자식이 아닌 줄 알면 저렇게 하지는 않으리라 하였다. 그것을 생각하니 별안간 가슴이 뭉클해진다. 그는 속으로 눈물을 삼켰다.

27. 위자료 오천 원

안승학은 천만 의외에 갑숙이가 출가했다는 편지를 받고 그 즉시로 서울로 쫓아 올라가 보았으나 집안 식구들도 그의 종적을 전혀 모른다니 어디 가서 찾아야 할까? 하긴 경찰서에 수색원을 제출하는 것이 좋을 성싶었으되 그리하는 날에는 소문이 파다하게 나서 집안 망신을 더 시킬 것 같다.

또한 아들의 말마따나 그가 출가한 것은 자기가 심하게 군 까닭으로 벌써 굳은 결심 밑에서 달아난 모양인즉 설혹 찾아온다 해도 다시 또 무슨 일이 있을는지 모른다. 그렇다면 당분간 그대로 내버려두었다가 서서히 염탐해보는 것이 좋겠는데 나간 뒤로 소식이 묘연한 그의 행방은 죽었는지 살았는지 몰라서 오직 그것이 염려될 뿐이다.

그러자 그는 갑숙이에게서 동경으로 건너갔다는, 부산에서 부친 편지가 서울 집으로 왔다는 기별을 듣고 비로소 안심할 수가 있었던 것이다.

그렇지만 일껏 물샐틈없이 꾸며놓은 계획이 갑숙이로 말미암아 일조에 수포로 돌아갔을 뿐 아니라 가문을 더럽히게까지 한 상처는, 그로 하여금 좀처럼 원기를 회복하게 하지는 못하였다.

그래 그는 전과 같이 의기양양해 보이지 않고 일상 침울한 기분으로 집 안에만 들어앉았다. 그는 야릇한 심사를 걷잡지 못해서 어떤 때는 혼자 술을 마시기도 하였다. 숙자는 승학의 이런 꼴을 보고 전보다도 비위를 잘 맞추는 동시에 애틋한 정을 담뿍 쏟아 부었다. 그래도 안승학은 우울한 심정을 풀지 못하는 모양 같다.

그 바람에 승학은 동리 일에 대해서도 아주 무관심해졌다. 마을 사람들은 그동안에 두레를 먹고 백중놀이를 하며 떠들어도, 그는 상가(喪家)와 같이 집안에서만 쓸쓸하게 지내왔다. 동리 사람들은 그가 별안간 무슨 일로 그러는지 몰라서 수상하게 여겼다. 희준이도 그 집 사정을 몰라서 궁금하던 차에, 간번에 서울 갔을 때 의외에 박훈의 집에서 갑숙이를 만나보고 비로소 그런 내막을 알 수 있었던 것이다.

그것은 희준이가 동리 일을 보살피는 데는 다시없는 좋은 기회였다.

안승학은 금전의 권력과 사음의 권리를 두 손아귀에 갈라 잡고 있지 않은가. 그만큼 그가 매사에 간섭을 하게 되면 어떤 경우에는 정면 충돌이 생길는지도 모른다. 그렇게 되는 경우에는 비록 자기의 처사가 정당하다 할지라도 의지가 약한 동리 사람들은 그의 위력에 끌리기도 십상팔구였다.

그런데 안승학은 집안일을 걱정하기에도 여념이 없는 모양 같다.

그는 갑숙이의 걱정도 걱정이려니와 권상철의 부자에게 어떻게 했으면 복수를 톡톡히 해볼까 하는 것이 *주사야탁으로 머리를 떠나지 않게 한다.

주사야탁(晝思夜度) 밤낮으로 깊이 생각하고 헤아림.

하긴 그가 벌써부터 생각하기는 권상철의 비행(남의 자식을 속여서 제 자식을 만들려 한 것)과 경호의 미천한 신분을 소문내 놓아서 그들로 하여금 머리를 들고 나서서 행세를 못하도록 망신을 주고 싶었다.

그러나 설사 그렇게 한다더라도 자기 집 가문을 더럽힌 것과는 상대가 되진 못한다. 그러면 그 집에서도 마주 소문을 퍼뜨리는 날에는 자기만 밑지는 장사가 되지 않는가. 설혹 그렇게까지는 안 된다 한들 그것이 자기에게 무슨 유익이 되는 일이랴?

그래서 안승학은 그와 같이 불리한 복수책은 그만두고 다른 유리한 복수책을 강구하기에 오랫동안 시일을 허비해 보았던 것이다.

그는 갑숙이를 먼저 다른 데로 결혼을 시키려 한 것이 실패의 원인으로 알았다. 만일 그렇게만 안 했어도 갑숙이가 달아날 까닭이 없지 않은가? 갑숙이를 그대로 두어야만 권상철에게 조건을 붙이기도 유리할 것 아니냐? 안승학의 이런 생각은 숙자를 원망하기까지 하였다. 그때 만일 숙자가 갑숙이의 혼사를 서둘지 않았다면 자기도 그와 같이 바쁘게 정혼하려고는 않았을 것이다. 그래 안승학은 이번에는 숙자에게도 아무 눈치를 뵈지 않고 자기 혼자만 궁리해보고 있었다.

마침내 그는 권상철을 찾아가서 직접 담판하는 외에는 별수가 없다고 생각하였다. 그것은 만일 그가 요구를 거절하는 때는 법적 수속을 밟아서라도 위자료를 청구하자는 것이었다.

위자료 오천 원! 오천 원의 금액은 금시로 그의 눈앞을 빛나게 하였다.

안승학은 권상철을 찾아갈 때까지도 자기에게는 위자료를 청구할 만한 정당한 권리가 있다고 하였다. 그것은 자기 집안을 망친 원인이 모두 권상철이 부자에게 있기 때문이란 것이다. 그가 불의한 자식 욕

심을 내지 않았다면, 그래서 경호를 자기 아들로 삼지 않았다면—두 집안의 불상사는 당초에 생길 까닭이 없지 않은가! 남의 가정의 평화를 깨치고 신성한 가문의 명예를 헐고, 그리고 또 순결한 처녀의 정조를 유린한 죄—한 말로 말하면 남의 집안을 일조에 망친 데 대해서 오천 원쯤의 위자료를 청구한다는 것은 결코 과한 금액이 아니요, 무리한 요구가 아니다. 그렇다면 그것은 법관도 원고에게 동정할 것이 아닌가?

안승학은 여러 날 만에 외출을 하였다. 다리가 허전허전한 것이 마치 병상에서 가까스로 일어난 사람 같다. 거울 속으로 나타난 그의 얼굴은 광대뼈가 두드러지도록 야위고 홀쭉하였다. 숙자는 저런 몰골을 해가지고 어디를 나가느냐고 붙드는 것을, 그는 읍내로 약 지으러 간다고 속이고 나섰다.

권상철은 오래간만에 찾아온 안승학을 반가이 안방으로 맞아들였다. 그는 상리 사람들의 입을 틀어막기 위해서 그동안에 수백 원의 금전을 안승학에게 전했었다. 그는 승학이가 그 돈을 전수히 그들에게 주지 않고 절반 이상을 떼먹었을 줄도 알지마는 약점을 잡힌 자기로서는 울며 겨자 씹기로 어찌할 수 없는 사정이었다. 그래 그는 또 무슨 핑계로 돈을 달라러 오지 않았나 싶어서 은근히 불안을 느꼈다.

"아니 신색이 전만 못하시니 어디 편치 않으십니까?"

"네, *서체로 좀 앓었어요……."

서체
여름철에 더위로 생기는 체증.

안승학은 기운 없는 목소리로 대답하고 나서 별안간 기색을 고치며,

"그런데 이 일을 어째야 옳소?"

하고 중대한 전제를 꺼내며 강경한 태도로 주인을 노려본다.

"무슨 일이어요?"

"경호란 놈이 내 집을 망쳤구려! 응……."

"네, 그게 무슨 말씀이셔요?"

권상철은 어인 영문을 몰라서 좌불안석하였다.

"그게 무슨 말씀이셔요. 경호가……기 애가 무엇을……."

주인은 승학의 눈치만 보고 있는데 그는 연해 한숨만 쉬고 앉아서 냉큼 대답을 하지 않는다.

"그놈이 딸애를 유인해 가지고 필경…… 그……그랬구려, 아이구!……."

"아니 경호가? 그…… 그럴 리가 있나요……."

"그럴 리가 있다니? 만일 그랬으면 어짤 테야!"

안승학이가 딱 을러메고 대드는 바람에 권상철은 움찔해지며

"아니 난 어찌 된 사정을 모르기에 하는 말이어요. 대관절 어떻게 된 일인가요?"

안승학은 그제야 비로소 순경이에게 들은 말에다 좀 더 보태가지고

토파(吐破)하다
마음에 품고 있던 사실을 다 말하다.

*토파하였다.

경호가 갑숙이를 꾀어내서 마침내 정조를 유린했다는 말과, 그런데 자기는 그런 일이 있는 줄은 전혀 모르고 혼처를 정하러 올라갔다가 그런 사실을 처음 알고 온통 집안이 난가가 나서 아내는 자살 미수로 병신이 되고 딸을 어디로 행위 불명이 되었다는 말을 비장하게 허풍을 쳐가며 설화하였다.

권상철은 우두커니 앉아서 한동안 그의 입만 얼없이 쳐다보고 있었다. 참으로 기가 막히는 일이었다.

"네, 나도 그런 줄은 아주 몰랐습니다. 그런 죽일 놈이 있나요……."

주인은 민망한 듯이 다시 사과하였다.

그러나 속으로는 남의 불행을 이용해서 제 욕심을 채우려던 끝에 그런 일이 있다는 것은 한편으로 고소하기도 하였다. 더구나 그 비극이 자기를 곯려먹자는 경호로 인해서 생겼다는 것은 얼마나 기이한 대조(對照)인가?

"내 집은 인제 아주 망하고 말었소. 거기 대해서 권상은 어떻게 하실 테요? 남의 집을 망해 놓았으면 그만한 책임을 져야지요!"

"네! 그건 뭐라고 말씀드릴 수가 없습니다. 그저 미안한 말씀은……."

"그러니까 거저 미안하다고 할 것이 아니라 어떻게 책임 있는 대답을 하란 말이야…… 그만하면 알 것 아닌가?"

"네, 그런데 어떻게 했으면 좋을까요?"

"그건 요량해서 해요. 당신 때문에 나는 집안을 망치고 자식까지 버렸으니…… 그만한 대가를 지불해야 하지 않소. 하기야, 그까짓 금전으로는 어떻게 그만한 손해를 배상하겠소마는…… 햄!"

권상철은 머리를 숙이고 앉았다가

“그럼 얼마쯤 했으면 좋겠습니까?”

“햄! 그건 적어도 위자료로, 오천 원은 내야지…….”

“아니 얼마요, 오천 원이요?”

권상철은 별안간 입을 딱 벌린 채 퉁방울처럼 두 눈을 홉뜨고 쳐다본다.

“얼마요? 오천 원이오? 허허허…….”

권상철은 오천 원이란 말에 *하품을 치며 마주 대항하기를

하품을 치다
매우 엄청나거나 동뜨거나 어처구니가 없어 입을 쩍 벌려 놀라움을 나타내다.

“하여간 미안하게 되었소이다마는, 기 애가 댁 따님을 사실로 유인을 했다면 모르되, 그렇지 않고 시쳇말로 연애라든가를 했다면 그런 경우에는 막상 위자료를 물어드릴 목적이 없을 것 같습니다. 그런즉 피차간…….”

하고 저편의 요구를 완곡히 거절하려는 눈치를 보인다.

“뭣이 어째! 연애를 했으면 물을 수가 없단 말이지?”

안승학은 목소리를 독구치며 권상철에게로 달려든다.

“그렇지요. 서로 좋게 연애를 했다면 그건 유인이 아니니까 물 수 없겠지요.”

“그러니까 만일 유인을 했다면 어짤 테야? 응!”

“네, 정말로 기 애가 유인을 했다면 그때는 나도 물론 생각이 있겠지요. 그렇지만…….”

“그럼 물어보라구! 당장 그놈한테 물어보라구!”

안승학은 분이 나서 색색거리며 *콩팔칠팔한다.

콩팔칠팔하다
갈피를 잡을 수 없게 마구 지껄이다.

“네 물어보지요, 염려마십시오. 그렇지만 아무리 의붓자식이기로니 너무하십니다.…… 말끝마다 놈 자를 붙일 게야 없지 않습니까?”

권상철이도 성이 나서 콧구멍을 벌름거린다.

"그런 나쁜 놈보고 그라면 좀 어때! 아니 그게 그리 대단하군!"

"대단이 아니라 이를테면 그렇단 말이지요. 여보! 안주사 그럴 게 아니라 일이란 펴도록 해야 하는 게니 우리 점잖게 말합시다."

"아니! 그게야 나도 좋도록 해결하랴기에 이렇게 조용히 찾어 온 것이 아니겠소."

안승학은 조금 눅쳐서 말을 했다.

"네 그러면 남에게도 듣기 숭한 위자료니 무에니 하는 것은 피차에 창피하지 않어요. 안주사 댁이나 우리 집이나 어디 그럴 처지입니까? 한즉……."

어상반하다
물건을 나누거나 값을 정할 때에, 양쪽에 손해가 없을 만하다.

권상철은 어떻게 했으면 둘 사이를 *어상반하게 발라맞출까 생각해 보았다. 그는 경호의 내력이 그렇지만 않았어도 맘대로 하라고 배짱을 내밀었을 터인데 워낙 고삐를 몹시 잡힌 까닭에 어찌할 수가 없었다. 그래 그는 승학의 눈치만 슬슬 살피다가,

"한즉 안주사! 누가 잘잘못 간에 기위 그 지경까지 된 터에야 엎지른 물을 다시 담을 수 있습니까, 참 아까 안상도 말씀하십디다마는 그걸 손해를 물기로 말한대도 금전으로는 벌충을 못할 것 아닙니까, 그러니자 ―*불필타구하고 우리 이렇게 하십시다. 좋은 수가 있으니."

불필타구(不必他求)
남에게서 구할 필요가 없다는 뜻으로, 자기 것으로 넉넉함을 이르는 말.

"무슨 수요?"

"호…… 혼인을 합시다."

"……."

안승학은 혼인을 하잔 말에 다시없는 모욕을 느꼈다. 그는 무섭게 두 눈을 노리고는 잠자코 주인을 쳐다본다.

"왜 그러셔요! 혼인하실 의향은 없으신가요?"

기색이 좋지 못한 안승학을 보고 권상철은 무렴한 듯이 다시 물어보

았다.

"이놈아! 뭣이 어째!"

별안간 안승학은 주먹을 부르쥐고 달려들어서 권상철의 아래턱을 치받쳤다. 아래윗니가 마주 부딪치는 바람에 탁 소리가 난다.

"아니 이게 무슨 짓인가요."

"이놈아 무에 무슨 짓이야⋯⋯ 바로 네 아들이래도 네 집하고는 혼인을 안 할 텐데 어떤 개구녁으로 빠진 자식인지 모르는 자식하고 혼인을 하재⋯⋯ 이 멀쩡한 놈아!"

권상철은 안승학의 큰 목소리를 틀어막기 위해서 *고패를 숙이고 빌붙었다.

고패
마음이나 심정 같은 것이 격하여 세차게 굽이치는 것.

"아니 안주사, 좋도록 하자는데 이럴 게야 없지 않소, 하기 싫으면 고만이지 뭐 그렇게⋯⋯."

"좋도록 하자는 게 겨우 그게냐 말야. 거머리 권가를 가지고 *반지빠르게 누구보고 혼인을 하잔담! 응⋯⋯."

반지빠르다
말이나 행동 따위가 어수룩한 맛이 없이 얄미울 정도로 민첩하고 약삭빠르다.

"못하실 건 또 뭐 있나요. 살구지 안가나 거머리 권가나 다 그렇구 그렇지! 양반이라면 다 같이 양반일 것이요, 상놈이라면 다 같은 상놈이겠지. 그러니 모른 척하고 피차에 혼인을 하게 되면 두 집안의 창피한 소문도 나지 않고 서로 가문의 체면을 세울 수가 있지 않소. 그래서 나도 생각다 못해서 혼인을 하잔 말이지 꼭 안주사 댁하고 혼인을 하고 싶어서 한 말이 아니지요. 허허⋯⋯ 그런데 안주사는 공연히⋯⋯."

"어째 거머리 권가와 살구지 안가가 같단 말이야. 이런 제기랄!"

"그럼 더 낫고 못할 건 무에요."

어느덧 주객은 서로 지체 다툼을 하느라고 옥신각신하다가 정작 담판은 저만큼 물러가고 말았다.

"거머리 권가가 명색이 뭐야?"
"살구지 안가는 무슨 양반이람!"
하고 마침내 그들은 욕질 손찌검질까지 하였다.

그러나 두 사람은 서로 약조나 한 듯이, 다시 입심으로 다투기 시작했다. 그들은 점잖은 체통에 피차간 손찌검을 하는 것은 온당치 않은 듯이 정신 차렸기 때문이다. 그들은 마치 동등한 적수가 씨름을 하는 것처럼 좀처럼 승부가 날 것 같지 않다. 서로 어떻게 약은 꾀로 넘어뜨리려니 그것은 용이한 일이 아니다. 권상철은 자기 딴은 하느라고 *점도록 사정을 해보았는데 안승학은 점점 기승을 피우지 않는가. 거기에 그는 그만 속이 부쩍 상했다. 그래 마주 대들었다.

점도록
하루종일.

"아니 그럼 경호가 당신 딸을 강간을 했단 말이야, 어쨌단 말이야? 암컷이 가만있어도 수컷이 덤벼들었을까! 한집 속에서 서로 눈이 맞었기에 그런 일도 생겼겠지, 정조 유린이란 어디 당한 말이람!"
하고 마주 흥분하였다. 오냐, 내 집 망신을 시키려면 시켜라 나도 네 집 망신을 시킬 수가 있다, 떡으로 치면 떡으로 치고 돌로 치면 돌로 치자꾸나, 이와 같이 마주 나서게 되면 자기도 결코 밑질 것은 없다 하였다.
"정조 유린이 아니다! 그럼 뭐냐 말이야?"
저편에서 강경하게 나오니까 안승학이도 할 수 없이 수그러진다.
"모르긴 몰러도…… 그것은 연애겠지요. 그러니까 혼인을 하는 것이 그런 때는 가장 좋은 일인데, 안주사는 공연히 고집을 세우시는구려. 허허 참!"
권상철도 다시 한 번 눙쳐보았다. 그는 어떻게든지 두 집이 혼인을 해야만 자기에게 유리할 것 같았다. 그것은 위자료를 물자면 *불소한 금전의 손해를 보는 것은 둘째치더라도 제일 혼인을 해야만 안승학이가 경호의 비밀을 파묻어주고, 또한 그래야만 경호를 자기의 친아들로 만들 수 있기 때문이었다. 그러나 안승학은 또한 누구만 못지않게 약았다. 설혹 경호가 권가의 친자식이라 해도 서로 혼인을 하는 날에는 돈을 먹을 수 없다. 혼인을 하고 나서 저편이 눈을 딱 감으면 그만 아닌가. 그때는 위자료를 청구할 수도 없고 혼인을 무를 수도 없다. 이런 생각이 든 승학이는 권상철의 말을 듣고 나서 코웃음을 치지 않을 수 없었다.

불소하다
적지 아니하다.

"글쎄, 그따위 소리는 암만해도 안 될 것을 왜 그란대여! 당신 아들이라도, 할지 말지 한데 더구나 그런, 어느 놈의 자식인지도 모르는 놈하고 누가 혼인을 할 사람이 있나! 그렇지 않은가요?"

이 말을 들은 권상철은 얼굴에 모닥불을 뒤집어쓰는 것 같았다. 그는 얼굴이 빨개지며,

"그러나 그런 자식이라도 댁 따님과 결연을 맺었으니 그 역시 연분이 아닌가요? 이미 그렇게 된 바에는 안주사 댁 가문을 위해서라도 피차간 혼인을 해야만 그런 비밀을 감출 수가 있지 않은가요. 또한 그런 일이 없다손 치더라도 기위 안주사께서는 내 집 *사폐를 보시기 위해서 발 벗고 나선 터인즉 이러나저러나 그래야만 두 집안 형편이 잘 펼 수 있지 않습니까. 만일 안주사 말씀대로 피차에 *상지를 하게 되면 그것은 두 집안이 서로 망할 것밖에는 아무 소득이 없겠지요. 이것은 결코 내 욕심만 채우자는 말은 아니올시다."

사폐
일의 폐단.

상지
서로 자기의 의견만을 고집하고 양보하지 아니함.

이번에는 권상철의 말에 안승학이가 모욕을 느꼈다. 참으로 그런 자식에게 자기 딸이 유린을 당한 것은 여간 분통할 일이 아니다.

만일 그런 일만 없었던들 자기는 인형을 놀리듯이 권상철을 맘대로

놀릴 수가 있지 않은가. 그런 생각을 하면 경호를 죽여도 시원치 않고 깨물어 먹어도 설분이 안 될 것 같다.

그것은 경호뿐 아니라 갑숙이도 그만큼 밉고 말라빠진 명태 같은 순경이도 그만 못지않게 미웠다. 그래 안승학은 이를 북북 갈고 다시 덤볐다.

"차라리 일시 망신을 할지언정 그까짓 놈하고 혼인을 하다니—그럼 안가가 아주 망하게."

"어차피 망한다고 치면 이래 망하나 저래 망하나 망하기는 일반 아니어요."

"어째 그래여. 그까짓 딸 하나 안 둔 셈 치면 고만이지!"

"그럼 그런 딸을 위해서 위자료는 받으면 뭐 하시겠소? 안상 말씀대로 한다면…… 허허."

"뭣이 어째? 아니 그럼 위자료를 못 내겠다는 말이야."

"난 그런 위자료는 못 내겠소. 맘대로 하시오."

"정말 못 내?"

"못 내지."

"응, 그럼 두고보자구!"

"더 할 말 없소."

안승학은 너무 분해서 전신이 새파랗게 질려가지고 발발 떨다가 최후의 수단을 쓰려고 그 자리를 물러나왔다.

그는 그길로 돌아와서 '소장'을 꾸미기에 분주하였다.

권상철은 그날 밤차로 서울에 올라갔다. 그는 안승학에게서 들은 말이 사실인가 아닌가 그것을 경호에게 우선 물어보고 싶었던 것이다.

경호는 뜻밖에, 부친이 자기를 찾아온 것이 무슨 심상치 않은 일이 생겼나 보다 하였다. 그러나 권상철은 전에 없이 친절한 수작으로 경호를 대하였다. 자기 신상의 비밀이 무슨 동기로 폭로되지 않았는가, 경호는 그런 불안스러운 예감도 없지 않다.

그는 흰 털이 듬성듬성 난 부친이 일편으로 불쌍해 보이기도 하였으나 인제는 전과 같은 따뜻한 애정이 끌리지 않는다. 그는 왜 여태까지 자기를 친아들로 속였던가? 양심을 속이고 사는 그들은 아무리 자기에게 잘하는 것도 그런 줄 모를 때처럼 고맙게 생각되지 않는다. 이런 생각은 경호로 하여금 또다시 인생의 야릇한 비애를 맛보게 하였다.

권상철도 경호만 못지않게 이때의 심경이 비참하였다. 그는 지금 까딱 잘못하면 이십 년 동안이나 키워놓은 자식을 영구히 잃을 판이 아닌가?

오늘날 그에게 있어서는 금전보다도 자손이 더 귀중하였다.

"너한테 조용히 물을 말이 있으니 애비라고 어려워 말고 바른대로 말을 해라!"

권상철은 그렇게 엄부의 자격으로 갑숙이와의 관계를 물었다. 경호는 속으로 그의 말하는 꼴이 우스웠다.

"그래 그런 일이 있었니?"

"네, 있었어요!"

"그럼 네가 그 집 딸을 유인한 것이냐? 그렇지 않으면 서로……."

"……."

"왜 대답을 않느냐? 갑갑하다."

"제가 먼저 유인을 했어요!"

경호는 부친이 무슨 까닭으로 그런 말을 묻는지는 모르나, 갑숙이를 위해서는 모든 책임을 자기가 짊어지고 싶어서 짐짓 이렇게 시인하였다.

갑숙이도 자기를 위하여 비밀을 감추어주지 않았던가 하는 생각은 더욱 모든 허물을 자기가 지고 싶었다. 그러나 권상철은 경호의 말을 듣고 놀랐다. 그는 심중에 결코 정조 유린은 아닌 줄로 믿었기 때문에.

"이 자식아! 그럼 진작 그런 말을 했으면 두 집안이 무사하도록 혼인을 정했을 것 아니냐? 인젠 그 집 딸도 어디로 달어났을 뿐더러 안주사는 분하다고 재판을 하겠다니 이 일을 어찌하란 말이냐? 후—"

하고 권상철은 한숨을 내쉰다.

"뭐라고 재판을 한대요?"

"위자료로 오천 원을 달라는구나. 오천 원이 어디 있니."

"……."

경호는 대답할 말이 없었다. 그러나 권상철은 오히려 자기를 친아버지로만 아는 줄 알고 말하는 것이 우스웠다.

안승학이가 그런 청구를 했을 때는 자기의 비밀까지 말했을 터인데 그런 말은 일부러 쑥 빼놓고 갑숙이와의 관계만을 묻는 것이 야릇하지 않은가? 또한 안승학이가 그 딸을 쳐들고 위자료를 오천 원씩이나 청구했다는 것도 놀라운 일이다. 그들이야말로 한 바리에 처실을 철면피가 아닌가.

"그럼 지금 청혼하시지요."

"그러지 않어도 내 말이 그 말이란다. 저편에서 듣지 않으니 어짜니."

"왜요?"

"우리 집하고는 혼인을 하기가 싫다는구나, 저의 안가는 무에 그리 지체가 높은지!"

"그럴 리가 있나요. 무슨 까닭이 있는 게지요."

"다른 까닭이 뭐냐? 부르튼 김에 트집을 잡어서 돈이나 좀 먹잔 말이겠지. 그러나 네 말대로 그렇다면 그 집을 나무랄 수도 없구나. 자식이 왜 그래 미련하단 말이냐!"

경호는 점점 고개를 숙였다.

"그럼 별수 없다. 인제 생각하니까 네가 장가 안 들겠다는 심중과 동경 유학을 보내달란 속도 알겠으니 별수 없이 오천 원을 물어주고 혼인을 해보도록 하자. 그렇게 한다면 아마 저편에서도 들을 테지."

"……."

권상철은 이렇게 점잖은 말로 경호를 타이르고 그 이튿날 식전차로 내려왔다.

그는 내려갈 때 청하지도 않은 돈을 이십 원씩 꺼내주며 학비에 쓰라는 것이, 경호에게는 도리어 남모르는 고통이 되었다.

그는 남의 부모를 제 부모로만 알고 사는 것이 어쩐지 자존심을 여지없이 깨뜨리는 것 같아서.

권상철은 그길로 내려와서 안승학을 찾아갔다.

"권상 웬일이셔요?"

안승학은 권상철을 사랑으로 맞아들이며 은근히 궁금해 한다.

'저자가 무슨 까닭으로 찾아왔을까?'

—그 속을 모르기 때문에.

"네, 일간 안녕하십니까?"

"앉으셔요. 그동안 평안하신가요?"

"네, 댁내도 태평하신지요."

"네, 댁에도 일안하셔요."

주객은 서로 눈치를 슬슬 보며 연신 외교적 사령을 주고받는다.

"일전에 서울을 갔다 왔는데요. 참 기 애한테 자세한 말씀을 들었어요."

하고 권상철은 담배를 붙여 물며 비로소 말을 꺼낸다.

"참 미거한 자식으로 인하야 댁에까지 화를 끼치게 한 것은 무에라고 사죄할 말씀이 없습니다. 그래도 나는 그런 줄을 아주 모르고 안주사께서 찾어 오셔서 그런 말씀을 하실 때도 설마 그럴리야 있겠느냐고까지 했었사오나 급기야 사정을 알고 본즉 과연 그렇게 말씀하시는 것도 지당하다고 생각했습니다. 그래서 참."

권상철은 다시 공손한 태도로 안승학에게 양해를 구하였다.

"네, 인제는 권상도 자세히 아셨다니 별말이 없소이다마는 물론 그런 일이 있기에 나도 참을 수가 없었지요. 역지사지해서 한번 생각해 보십시오. 권상 댁 따님을 우리 집 애가 참 그랬다면 권상께서도 가만히 안 계실 것은 정한 일이 아니겠어요."

"네, 물론 그렇겠지요. 전자에 그런 줄 모르고 한 말씀은 모두 내 불찰로 잘못되었은즉 그것은 안주사께서 눌러 용서해주십시오."

권상철은 상로판에서 윗사람에게 존경하던 것처럼 승학에게 고개를 꾸벅거린다.

이 바람에 안승학은 어깨가 으쓱해져서 연신 가재수염을 쓰다듬으며

"네, 그야 모르면 그런 수도 있지요. 그러면 대관절…… 지금 권상 생각은 어떠하신지요?"

하고 저편의 결론을 재촉하였다.

"그러지 않어도 그 때문에 뵈러 왔는데요. 거기 대해서는 *향자에 안주사가 요구하신 대로 드리지요."

향자(向者) 접때.

권상철이가 이렇게 서슴지 않고 자기의 요구를 수응해 주겠다는 말에 안승학은 귀가 번쩍 뜨이는 동시에 반신반의한 생각이 나서 당황히 물어보았다.

"요구한 대로 그럼 오천 원을 주시겠다는 말씀인가요."

"네!"

안승학은 이 순간에 승리의 기쁨을 느꼈다.

"아 권상이 그처럼 생각하셨다는 것은 하여간 고맙소이다."

"뭐 천만에, 그런데 거기 대해서는 한 가지 청이 있습니다."

"네 무슨?"

안승학은 다시 불안을 느끼고 반문하였다. 그는 무슨 딴청을 쓰느라고 짐짓 이런 패를 붙이는가 싶어서.

"안상 요구대로 오천 원을 드릴 테니 그 대신 혼인은 혼인대로 하시는 것이 어떻겠습니까. 댁에서도 돈으로만 상지가 아닌 바에 그렇게 하시는 것이 두 집안의 체면을 세울 수가 있지 않습니까?"

급소를 찔린 안승학은 잠깐 당황한 기색을 나타냈다. 그는 그전처럼 혼인 말은 내박차고 싶었으나 이번에는 오천 원을 주겠다는 바람에 눈이 어두워지지 않을 수 없었다.

그래 그는 잠깐 무엇을 생각하고 있다가

"권상이 정히 소원이시라면 뭐 못할 것도 없겠지요. 그러나 대관절 기 애가 집에 없으니 어찌하나요."

"나도 그런 줄은 압니다. 들은즉 동경으로 갔다는 소식이 있다 하니 탐문하는 대로 나오도록 하면 되지 않겠습니까."

"그야 그렇지만 한번 집을 등지고 나간 자식이 다시 들어올는지요. 만일 제가 들어와서 반대를 하지 않는다면 그건 그렇게 하십시다."

"그럼 그 돈은 따님이 나온 뒤에 드리지요, 성례를 갖추자면 자연 혼인 비용도 쓰셔야 될 것인즉 그 안에라도 쓰실 일이 있다면 다소간은 드리겠습니다마는……."

권상철은 안승학의 환심을 사기 위해서 이런 말을 선선하게 꺼냈다.

그러나 그는 어떻게든지 약혼을 먼저 해서 그 돈을 다 안 쓸 작정이다.

한편으로 안승학은 장사치의 영리한 심중을 엿보고 있는 만큼 그는 약혼을 하기 전에 그 돈을 다 받아보려는 꾀를 썼다.

그렇게 하자면 우선 갑숙이를 찾아다 놓고 권상철을 꼬일 수밖에 없다. 그래서 그는 한발을 양보하고 피차에 *상약을 한 후에 비밀히 갑숙의 행방을 사방으로 수소문해보았다.

상약(相約)
서로 약속함.

28. 풍년

원칠이 내외는 새 며느리를 얻어다 놓고 너무 좋아서 입이 떡 벌어졌다.

원칠이도 입 밖에는 내지 않지마는 그 마누라만 못지않게 며느리를 귀애하였다. 아니, 은근히 귀애하는 정은 도리어 그가 더한 편이었다.

아침에 일어날 때 어쩌다가 마누라가 큰 소리를 낼라치면, 그는 질색을 해서 손을 내저으며

"쉬— 떠들지 좀 말어. 애기가 잠 깨라구……."

"아따 원 퍽도 위하나베…… 솜에다 싸서 키운 병아리유?"

박성녀는 영감을 쳐다보며 웃는다.

"*이녁도 속이 있으면 생각해보라구. 사둔집과 같은 넉넉한 집에서 무슨 까닭으로 우리 같은 가난뱅이와 혼인을 하였는가? 남의 귀한 자식을 위하기나 해야지!"

사실 원칠이는 이번 혼인은 생각할수록 그것은 자기네의 분복에 넘

이녁
듣는 이를 조금 낮추어 이르는 2인칭 대명사.

치는 것으로 알았다.

"그러기에 천생연분이라지 않우……."

"천생연분도 연분이지마는 이녁이 메누리를 잘 건사해야 된다 말이야……."

원칠이는 요강에 침을 뱉고 담배를 퍽퍽 피운다. 그는 행여나 마누라가 며느리를 시집살이나 시킬까 봐 미리부터 타이르는 말이었다.

그는 시집살이를 몹시 시키는 시어미 속을 알 수 없었다. 자기 자식을 사랑할 것 같으면 그 며느리가 더 귀여울 터인데, 어째서 자래로 고부간은 개와 고양이같이 *앙숙이라 하였던가? 여자라는 것은 늙어가면서 여우가 되는 법인지, 도무지 알 수 없는 것은 여자의 속인가 보다 하였다.

앙숙
앙심을 품고 서로 미워하는 사이. '개와 고양이 사이'에 비유함.

"잘 건사하지, 누가 그럼 뜯어 먹우?"

박성녀는 일어나 앉아서 옷끈을 잡매며 웃음 섞인 말을 꺼냈다.

서리 새벽의 쌀쌀한 냉기가 문틈으로 스며든다. 먼동이 훤하게 손바닥만 한 창살문으로 트여온다. 방안은 아직도 캄캄하였다.

별안간 원칠이는 마누라의 귀에다 입을 가까이 대고 소곤거린다.

"메누리도 기 애를 탐탁히 아는 모양인가?"

"알고 모르고 그렇지 뭐……."

박성녀는 어색한 웃음을 웃는다.

"그것을 잘 눈여겨보란 말이야…… 무엇보다 내 자식을 잘 가르쳐서 수가 빠지지 않게 해야지, 만일 의뜻이 맞지 않으면 탈 아닌가? 기 애가 *테설궂어서 제 아낙한테도 마구 굴까 봐 걱정이란 말이야."

테설궂다
성격이나 행동이 자상하지 못하고 덜렁하다. '데설궂다'보다 거센 느낌을 준다.

원칠이는 담뱃재를 재떨이에 가만가만 털며 의미 있게 마누라를 쳐다본다.

"마구 굴긴 무얼 마구 군다구 그러우?"

박성녀는 영감이 너무 다심하게 구는 것이 밉살머리스러웠다.

"무에가 무에야! 기 애가 동리 계집애들 다루듯 하면 안 되지 않는가베!"

원칠이는 눈을 흘기며 목소리를 조금 크게 내었다.

"남보고 떠들지 말라더니 이편이 됩다 더 떠드네! 그런 걱정은 마시고 어서 일이나 가시우."

"어째 걱정이 안 되는가, 이녁도 생각해보란 말이지. 남의 집 귀한 자식을 데려다 놓았으니 아무쪼록 잘 건사를 해야 할 것 아니냐 말이야! 그래서 하는 말이지 누가 잔소리를 하고 싶어서 하는 것인가!"

"잘 키우지 그럼, 누가 뜯어 먹을까 봐서…… 당신이야말로 그렇게 잔소리를 하다가는 메누리가 달어나겠수."

원칠이는 마누라의 말을 듣고 나서 속으로 치부하였다.

'어디 두고 보자! 만일 시집살이를 시켰단 봐라, 늙은 년의 가래쟁이를 찢어놀 테니…….'

별안간 안방에서 두런두런하는 소리가 나자 원칠이는 마누라의 옆구리를 꾹 찌른다.

"쉬— 어서 나가봐! 며느리가 일어나기 전에! '어느새 일어나서 뭐 하니! 더 자거라' 하고 문고리를 밖으로 걸어주란 말이야."

"원 별소리를 다 하우. 어디서 과부를 동여 왔수!"

박성녀는 어이없는 웃음을 웃고 문밖으로 슬그머니 나갔다.

원칠이는 쟁기를 짊어지고 김선달 집으로 보리밭 가는 일을 나갔다.

어느덧 황금색으로 익어가는 벼는 일제히 고개를 숙이고 넓은 들안에는 곡식 바다의 물결을 친다. 추수를 앞둔 마을 사람들은 다시 내년 농사를 예비하는 밀보리를 갈기에 분주하였다.

보리밭

시부모 방의 문 여는 소리를 듣자 음전이는 얼른 일어나서 옷을 입고 나왔다.

그는 갓으로 일어난 게슴츠레한 눈을 뜨고 신선한 공기를 들이마셨다. 어쩐지 몸이 무거웠다.

"왜 더 자지 않고 어느새 일어났니?"

"고만……."

수태
부끄러워하는 태도.

음전이는 고개를 숙이고 약간 *수태를 띠었다. 박성녀는 물끄러미 쳐다보다가 물동이를 이고 샘으로 갔다.

그의 눈에는 우선 며느리의 손가락에 낀 금가락지와 머리에 꽂은 금비녀가 눈에 띄었다.

젊은 여자의 고운 바탕은 비단옷 속으로 더욱 아리따운 자태를 드러냈다. 음전이는 분홍 삼팔저고리에 순인 남치마를 입고 그 위에 하얀 앞치마를 둘러 입었다.

그런 것은 박성녀가 한 평생을 두고 몸에 붙여보지도 못하던 것뿐이었다. 그는 며느리의 인물보다도 며느리가 혼수를 잘해 온 데 그만 마음이 푸근하였다. 누더기솜이 꿰져 나오는 걸레 같은 이불 속에서만 키우던 그 아들을, 며느리는 비단 인조견 이불을 두세 채나 해 가지고 와서 덮어주었다.

방짜대야
품질이 좋은 놋쇠를 녹여 부은 다음 다시 두드려 만든 그릇.

은수저, 놋요강, *방짜대야, 식기, 대접—그리고 삼층 장롱은 천장이 얕아서 못 맞추고 위짝은 윗목으로 내려놓았다.

인물은 부잣집이라고 잘나는 것이 아니다. 가난한 집에서도 반반한 인물은 얼마든지 생겨난다. 우선 인순이만 하더라도 며느리와 같이 치장을 잘 차려놓고 보면 남에게 그리 빠지지 않으리라고 그는 생각하였다. 그렇다면 인물도 가꾸기에 달린 것이 아닌가? 의복이 날개라고 그 역시 돈이 아닌가?

한평생을 가난한 살림살이에만 쪼들리던 박성녀는 며느리를 부잣집에서 얻어 온 것이 여간 유세가 아닌 것 같다. 그는 자기네도 금방 부자가 된 것 같은 자부심이 나서 만나는 사람마다 며느리 칭찬을 마지않았다.

사실 이 동리의 가난한 사람들은 음전이의 혼수 해 온 것을 여간 부러워하지 않았다. 더구나 장성해가는 아들을 둔 사람들은 자기네도 그런 며느리를 얻었으면 하는 부러움과 안타까운 나머지에 일종의 시기까지도 없지 않았다.

지금도 수동이네 삼분네 막동이 어머니는 우물가에서 입을 모으고 서로 찧고 까불고 한다.

"인성이네는 참 수 났어! 어짜면 그런 부잣집으로 장가를 들였대여?"

"성님! 참 혼수도 끔찍하지, 삼층장에 *자개함에…… 비단 이불만 두세 채라지!"

자개함
자개를 박아서 꾸민 함.

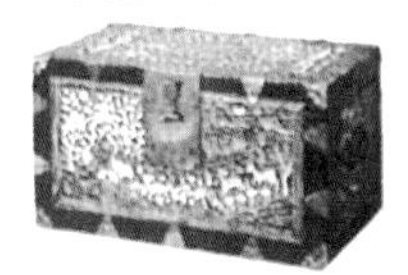

수동이네는 긴장된 표정으로 주근깨가 까무족족한 얼굴을 상큼하니 쳐들고 삼분 어머니를 쳐다본다. 눈 가리는 인조견 이불도 그들에게는 큰 비단으로 보였다.

"아이구! 부잣집 딸이니 무엇은 못해주겠어, 그 집은 차차 셈평이 펴겠던 걸!"

똬리

삼분이 모친은 바가지로 물을 한 동이 퍼붓고 나자, 똬리 끈을 입으로 자그시 물고 머리에 얹는다. 그는 물동이를 이고 일어서며 한 손으로 연신 동이 가로 흐르는 물방울을 씻었다.

"되는 집은 다 그런가 봐…… 딸이 공장에서 벌게 되자 아들 장가마저 잘 들였으니! 아마, 처갓집에서 좀 대줄 걸."

막동이 모친은 삼분이 모친을 돌아보며 다 퍼부은 바가지를 물동이 안에 퐁당 엎어놓는다.

"막내딸이라는데 그럼 대주지 않겠수. 더구나 돈 잘 버는 과부집이란."

수동 어머니는 실심하니 들 건너편 정거장으로 시선을 던지고 앉았다. 해는 아직도 뜨려면 멀었다.

"그 집은 희준이와 친해서 그렇지 않어. 이번에 혼인 중매도, 그이가 한 게라며?"

"그랬다우. 성님도 그이한테 막동이 중신 좀 해달라지 않고."

"글쎄 말이야…… 우리야 그 사람과 친해야지 뭐."

별안간 인기척이 나자 그들은 이야기를 뚝 끊고 한길 쪽을 쳐다보았다.

거기는 박성녀가 물동이를 이고 휘적휘적 샘으로 온다. 그들은 안색을 고치며 일시에 한마디씩 아침 인사를 던졌다.

인동이는 모친이 물을

두 번째나 길어 오도록 일어나지 않았다.

그는 장가를 든 뒤로부터 밤 마실은 그전처럼 잘 다니지 않았으나 그 대신에 그는 늦잠을 자는 버릇이 생겼다.

그는 음전이의 청초한 자색—비단옷에 싸인 그의 눈같이 흰 살결에 몸이 축지고 안청이 흐린 눈을 힘없이 뜨고 다녔다.

“기 애 그저 안 일어났니?”

박성녀는 독에다 물을 붓고 나서 밥솥에 불을 때고 있는 며느리에게 물었다.

“네…….”

“아니 여적 안 일어나는 게 무에냐! 별안간 잠꾸러기가 왜 되었다니?”

박성녀는 그 길로 방으로 쫓아 들어갔다. 그는 문을 열어붙이고 고함을 질렀다.

“얘 고만 일어나!”

“응…….”

인동이는 이불을 걷어치우며 두 팔로 기지개를 부드득 켠다.

“지금이 어느 때라고 여적 잔다니? 미구에 해가 뜨겠는데, 밭에 거름도 져내고 나무도 한 짐 져 와야 하지 않니?”

“아이 졸려…….”

인동이는 여전히 잠꼬대와 같은 소리를 하며 드러누웠다.

그는 모친이 도끼눈을 뜨고 입을 뾰족하고 섰는 것이 우스워서 픽 웃었다.

모친은 아들이 오히려 흥건히 드러누웠는 꼴을 그대로 볼 수가 없던지 아들의 머리맡으로 가서 몸뚱이에다 주먹질을 하며 가만가만 중얼거렸다.

"이 녀석아 별안간 게으름뱅이가 되었니? 왜 눈을 뻔히 뜨고 자빠졌는 게냐? 네 댁도 부끄럽지 않으냐?"

"무엇이 부끄러우, 졸려서 자는 게."

인동이는 드러누운 대로 곰방대에 담배를 담는다.

곰방대

"네 댁은 벌써 일어났는데, 게으르게 그저 자빠졌으니까 그렇지. 참말로 가위가 눌렸니?"

박성녀는 별안간 웃음이 나와서 성이 난 얼굴을 깨뜨리고 말았다. 그는 일전에도 며느리가 혼수를 잘해 왔다는 자랑을 누구 앞에서 하다가 아들에게 우스갯소리를 하던 것이 생각났던 때문이다.

— 생전 처음으로 비단 이불을 덮다가 가위를 눌리면 어쩌려느냐고. 그때 그들은 인동이를 빈정대고 웃어댔던 것이다.

"어머니도 참 별소리를!"

"그럼 왜 그라는 게야…… 누가 첫날밤에 *내소박을 맞었다더니 네가 그러다가는 내소박을 맞겠다. 벌써부터 하는 꼴이……."

내소박
아내가 남편을 박대함.

"내소박을 맞어? 그럼 또 장가들지 걱정이 뭐유!"

방안이 환하게 밝아지자 인동이는 비로소 자리를 일어났다. 박성녀는 부엌에서 듣는다고 아들을 *주장질을 하며

주장질
몹시 나무라거나 때리는 일.

"누가 딸을 흘렸다데 또 듣다게!"

"그런 걸, 누가 들이랬수? 웬 야단이우."

"그렇지! 그런 소리를 누구에게 하니? 여적 거저 두었으면, 동리 있는 계집애들에게 무슨 짓을 했을라구…… 뉘 아버지와 내가 남모르는 속을 얼마나 태운 줄 아니? 그런 생각을 해서라도 이제는 네 댁한테 잘 보이고 동리 어른들한테라도 사람이 되었다는 칭찬을 받도록 조심 좀

해요…… 명색 사내 녀석이 제 댁한테 수가 빠지면 그런 *수통이 어디 있니. 그러기에 어른 되기가 어렵지. 애들 버릇을 그대로 해서야 남에게 손가락질만 받지 않겠니? 그런데 벌써부터 게으름만 피우니 네가 어짜자고 그러는 게냐? 내일부터는 마실 가서 자거라! 집에서 자지 말고……."

수통
부끄럽고 분하다.

모친은 어느덧 수심을 띤 얼굴을 지으며 아들을 순순히 나무란다.

인동이는 별안간 심정이 나서 벌떡 일어났다. 박성녀는 더 말하지 않고 먼저 나와서 가만히 며느리에게 부르짖었다.

"아가 들어가서 이부자리 개켜라!"

"네!"

음전이는 나직이 대답하고 자기 방으로 들어갔다.

남편은 들에 나갈 준비로 해어진 등거리 *잠방이를 갈아입는다. 음전이는 그의 접저고리를 찾아 들고 사내 앞으로 가서 다정한 목소리를 꺼내었다.

잠방이
가랑이가 무릎까지 내려오도록 짧게 만든 홑바지.

"치운데 이거 입으셔요……."

인동이는 아내의 다정한 목소리를 듣자 미소를 띠고 그를 마주 쳐다보았다. 그는 아내의 앞에서는 자기를 억제할 힘이 없어졌다.

'계집이란 게 이렇게 사내를 결박하는 것인가?'

인동이는 속으로 이런 생각을 하면서

"들에 거름을 져낼 텐데, 그건 입어 뭐 해!"

"그래도…… 춥지 않우?"

음전이는 인동이가 등거리 바람으로 섰는 것을 시쁜 마음으로 쳐다보았다. 그는 사실 남편이 추워한다는 것보다도, 땔나무꾼 같은 상스러운 꼴이 보기 싫어서 그랬다.

그는 그와 좀 더 낯익은 사이라면 그 꼴이 보기 싫다고 기어코 저고리를 입혔을는지도 모른다.

그는 이부자리를 장롱 위로 개어 얹고 나서 방문을 열어붙이고 쓰레질을 하였다.

인동이는 *왕얽이짚신을 신고 나서더니 괭이로 거름을 파서 *바수거리에 짊는다. 퇴비 속에서는 김이 무럭무럭 떠오른다.

—송아지는 여름보다 제법 컸다.

음전이는 그가 거름을 짊는 꼴을 한동안 우두커니 서서 바라보았다. 그의 가슴속에서는 누구에게 하소연할 수 없는 근심이 여울물처럼 소용돌고 있었다.

그의 모친이 두 형은 글하는 남편에게로 시집을 보냈다.

큰형은 보통학교 선생이니만큼 더 말할 것 없고 둘째형도 공부한 사람에게로 시집을 보내더니 자기는 왜 농군에게로 출가를 시켰을까?

인동이가 거름을 짊어지고 나가자 모친이 이번에는 며느리에게 아들의 말을 자세히 이야기해 들려주었다.

그것은 벌서 여러 번째 들은 말이다. 음전이는 시어머니의 말을 잠자코 들을 뿐이었다. 그는 행여나 자기 아들이 우락부락하고 잔재미가 없는 까닭으로 그들의 금실이 좋지 못할까 보아서 그 점을 잘 이해하고 지내라는 부탁이다. 그의 노파심은 참으로 그런 염려가 없지도 않았다.

그러나 음전이는 인동이의 그런 점을 도리어 좋아하는 편이었다. 그가 생각하는 이상적 사내라는 것은 결코 잔재미가 있다는 데 있지 않다. 선이 굵고 사내답고 *인금 있고 여자에게 위엄을 보일 수 있는 남

왕얽이짚신
볼품없게 마구 삼은 짚신.

바수거리
바소쿠리. 싸리로 만든 삼태기.

인금
사람의 가치나 인격적인 됨됨이.

자를 그는 사모하였던 것이다.

인동이가 그런 저에는 거의 자기의 뜻과 걸맞았다. 단지, 그가 인동이에게 부족을 느끼는 것은 그에게 글이 없는 것이었다. 그는 *상일하는 사내를 싫어하였다. 자기도 무식한 것이 원한이 되는데, 더구나 남편까지 그런 사람을 만들고 싶지는 않았기 때문이다.

상일
기술이 별로 필요하지 않은 막일.

인동이는 다행히 보통학교 이 학년까지 다녔으므로 그가 아주 문맹은 아니었다. 국문은 잘 알고 한문 글자도 제법 아는 모양이었다. 만일 그가, 그야말로 낫 놓고 기역자로 모르는 사람이라면—그는 한사코 모친의 명령을 거절하였을는지 모른다.

그는 인동이가 이 학년까지 다니고 또 그날 두레 먹던 날—인동이의 선을 제 눈으로 똑똑히 보았기에 그냥 잠자코 있었지만.

그런데 인동이는 그의 안타까운 심정을 도무지 무관심하는 것 같지 않은가? 그것이 차차 애달파졌다. 자기는 그런 생각으로 지성껏 반반한 옷가지를 해놓고 입으라면 그는 마치 *테설궂은 장난꾼 아이처럼 아무 옷이나 되는 대로 입는 것이 성화할 노릇이다.

테설궂다
성격이나 말투가 거칠고 무뚝뚝하다.

어쩌다 읍내로 장 보러 간다고 할 때에도 갑갑하다고 버선도 안 신고 동저고리 바람으로 밀대 벙거지를 뒤집어쓰고 나선다. 그래 그는 시어머니를 졸라서

"얘야! 인제 어른이 되었으니 의관을 하고 다녀라."

할라치면 그는 한 말로 이렇게 차 내던졌다.

"농군이 아무렇게 하고 다니면 어떠우? 어머니는 별 참견을 다 하우!"

음전이는 골이 나도 어쩔 수가 없었다. 그는 할 수 없이 남편에게 글 배우기를 권하였다.

인동이도 야학은 반대하지 않았다. 그래 음전이는 저녁마다 열심히 그를 야학에 끌고 다녔다. 야학에는 남녀반이 따로 있었다.

야학은 희준의 집 사랑방을 치우고 시작하였다. (청년회의 야학은 다른 사람들이 가르쳤다.)

초저녁의 한 시간은 여자반을 가르치고 나서 그들을 헤친 뒤에 잇대어서 남자반을 가르치는 터였다. 방이 한 칸밖에 안 되므로, 이렇게 두 층으로 시킬 수밖에는 없었다.

희준이는 저녁마다 세 시간 이상을 그들에게 가르쳤다.

그는 그들에게 시간을 알릴 필요가 있어서 반(班)을 시작할 때마다 종을 쳤다. 종은 인성이가 맡아 놓고 쳤다.

그들은 글자를 아는 공부도 공부였지마는 세상 지식을 차차 알 수 있는 것이 흥미 있었다.

이제까지 캄캄한 그믐밤중 같은 속에서 속절없이 헤매던 그들에게 한 줄기의 광명이 비쳐온다 할까? 혹은 앞 못 보는 장님이 오직 지팡이 끝으로 길을 찾고 방향을 더듬듯이 세상을 암중모색하던 그들의 눈이 별안간 떠졌다고 볼 것인가? 한 자 두 자를 깨칠수록 글자 세계의 신비한 문이 열리고 한 마디 두 마디를 귀에 담는 그 가운데 이 세상의 꼬투리를 엿볼 수 있었다.

참으로 이 얼마나 이상한 일인가? 눈앞에 뵈는 삼라만상은 어제나 오늘이나 마찬가지였다. 사람은 다 같은 부모의 혈육을 타고난 사람이다. 그러나 하늘이 돌아서 가는 줄만 알았던 해는 땅이 돌아서 간다 하고, 비는 하늘이 새는 것이 아니라 땅 위에 있는 수증기가 하늘로 떠올라갔다가 다시 쏟아지는 것이라 하지 않는가?

뇌성벽력은 하느님이 진노해서 죄인을 벼락 치는 것이라고 믿었던 것이 문명한 사람은 그것을 잡아서 전등불을 켠다 하지 않는가? 더구나 자기네와 같은 일하는 사람들은 공장에서 전기를 부린다—이 세상은 노동의 힘으로 움직여간다고— 인동이는 이런 생각을 하며 지금 야학에서 배운 것을 집에 와서 복습하고 있었다.

야학에서는 *국어, 산술, 조선어, 습자 등을 배웠다.

국어
여기서는 일어를 가리킴.

인동이가 야학에서 돌아올 때는 밤이 열 시가 지났었다.

아내는 깜박깜박하는 석유 등잔불 밑에서 마치 자기를 기다리는 것처럼 바느질을 하고 앉았다. 그가 방으로 들어가니 음전이는 사뿐 일어나서 책보를 받아놓고 바느질 그릇을 한 옆으로 밀어놓는다.

"그게 뭬야?"

인동이는 아내에게 물었다.

"저고리!"

"누구, 내 게야?"

"네……."

음전이는 해죽이 웃으며 남편을 쳐다본다. 인동이는 새로 마른 옥양목 저고릿감을 들여다보다가,

"난 이런 옷 입기 싫대두 그래! 임자는 나를 글방 서방을 만들고 싶은가?"

하고 조금 볼멕은 소리를 지른다.

"누가 참…… 그럼 비단옷은 비단 게라고 안 입고 옥양목은 옥양목이라고 안 입으면 무엇을 입을라우."

아내는 별안간 뾰로통해서 고개를 숙인다. 인동이는 아내가 성내는 것이 애석한 생각이 나서 빙그레 웃는 낯을 지으며,

"그런 건 당신이나 입고 나는 튼튼한 광목옷을 해주어! 방귀만 힘껏 뀌어도 찍찍 나갈 것을 어떻게 입으래!"

"누가 일할 때 입으시라우, 놀 때 입으시지……."

"놀 때도 싫여…… 놀고 호사하는 자식이나 입을 입성을 우리 같은 농군이 입으면 남이 흉보지 않는가!"

"그래도 입는 게야!

음전이는 고개를 숙인 채로 나직이 부르짖다가 목멘 소리로 말끝을 흐린다. 인동이는 아내의 심중을 엿보고 속으로 민망히 생각하였다.

'이 가시내가 즈이 어머니를 닮어서 오입쟁이 사내를 좋아하는 모양이지. 그럼 너도 시집을 잘못 왔다!'

인동이는 한 손으로 여자의 머리를 쳐들며

"그럼 이번만 입을 테니 다시는 하지 말라구. 임자도 그까짓 입성 같은 것에 어린애처럼 굴지 말고 공부나 잘 하라구…… 참으로 지금 우리는 배우는 것이 목적이야, 오늘은 무얼 배웠수!"

"언문……."

인동이는 책보를 펴놓고 독본을 읽기 시작하였다. 음전이도 골이 풀려서 그 옆에서 들여다보고 앉았다.

이때 박성녀는 안방에서 그들의 두런거리는 소리를 듣고 가만히 나와서 문틈으로 엿을 보고 있었다.

"아이구 그것들…… 저것 보게!"

밀보리를 갈고 나서 원터 사람들은 수확을 하기에 한참 바쁠 판이다. 남자들은 품앗이로 벼 베러 다니기에 밭일을 거둬들일 틈이 없다. 원칠이 부자도 날마다 들일을 나다녔다.

박성녀는 며느리를 얻은 뒤로는 다소 마음이 느긋해졌다. 그는 며느리에게 집일을 맡기고 인제는 안심하고 들일을 거들 수 있었다. 그래서 콩팥도 거둬들이고 깨와 고추도 따 들였다.

음전이는 음식점을 하는 친정에서 자라난 연고로 *천역도 잘할 줄 알았다. 그래 그는 두 팔을 걷어붙이고 나서서 부엌일을 세차게 하였다. 음식 만드는 솜씨는 도리어 시어머니보다도 잘한다는 칭찬을 그는 식구들한테서 받았다.

천역
천한 일.

그것은 시부모에게 더구나 귀염을 받게 하였다.

인동이네 벼 베던 날에 일꾼들은 열 마지기에 스무 섬이 난다고 허풍을 쳤다. 사실 원칠이는 그 논을 짓던 중에 근년 처음으로 농사가 잘 되었다. 올해는 어디나 할 것 없이 풍년이 들었지만 예년 같으면 아주 못 먹을 봉천지기 건답이 도리어 잘 되었다.

건답은 봄내 갈이가 잘 된 데다가 금년에는 비가 순조로워서 가뭄을 타지 않기 때문에 수답보다는 건답이 잘된 것이다.

그런데 한 지주의 전장이라도 소작료는 도조와 타작이 섞여 있다. 민판서 집 전장도 대개 수답은 타작이요 건답은 도조다. 이 역시 이해타산에서 작정된 것 같다.

수답은 소출이 많은 까닭에 타작이 유리하고 건답은 흉작이 많기 때문에 도조를 받는 모양이다. 더구나 근년에는 *금비(金肥)를 주어서 소출이 많다. 그러므로 만일 금비를 사주지 않는 작인은 소작권을 떼일 염려가 있다.

금비
돈 주고 사서 쓰는 거름. 화학 비료.

그것은 지주에게 해가 된다는 것이었다. 남은 논을 서너 번씩 매는데 두 번만 맸다고 *나농(懶農)이란 낙인이 찍혀서 작권이 떨어지는 요새 세상인데 더구나 비료를 덜할 작인이 누가 있으랴? 하긴 금비를 주

나농(懶農)
농사일을 게을리 함.

어서 소출이 훨씬 많이 난다면 그것은 지주나 소작인이 일반으로 유익할 것 같지마는 실상인즉 그렇지는 않다.

혹시 후한 지주는 비료대를 절반씩 갚아주기도 한다. 원체 비료값을 소작인에게 전부 물리는 것은 지세를 그들에게 부담시키는 것과 일반으로 불공평한 일이다.

그런 것을 반액도 안 물어주는 지주가 많다. 민지주도 예에 빠질 수는 없었다. 그런즉 작인에게는 그전에 물지 않던 금비 대금이 새로운 부담으로 되지 않는가?

가령 논 한 마지기에 한 섬씩 나던 것을 금비를 반 짝씩 주어서 삼 할을 더 나게 했다고 계산해보자. 그런 논을 열 마지기를 짓는다면 금비 닷 섬을 주어서 석 섬을 더 내먹는 셈이다. 그 석 섬을 지주와 절반씩 나누면 한 섬 반(대두 십오 두), 거기에 비료대를 한 섬에 이 원 오십 전씩만 치더라도 닷 섬에 십이 원 오십 전—그러면 벼 한 섬 반에서 십이 원 오십 전을 제하고 나면 얼마나 남을 것인가?

더구나 비료대에는 거의 반년 동안이나 이자가 붙지 않느냐? 그러면 벼 한 섬에 십 원씩을 치더라도 오히려 비료 값이 부족하지 않은가? 그런데 곡가는 점점 떨어지고 금비 값은 점점 올라가니 농촌의 피폐한 이유는 이 한 일에서만 보더라도 족히 짐작할 수 있지 않느냐.

원칠이는 다행히 올과 같은 풍년을 만나서 농사를 잘 지었다. 그는 개똥을 주워 모으고 퇴비를 만들어서 밑거름을 잘하였으나 남들이 다 주는 금비를 유독 안 할 수가 없어서 논맬 적에 두어 섬을 사다가 끼얹어주었다.

그래 그런지 벼가 *뀌여지게 되었다. 이 논은 도조이기 때문에 닷 섬만 치르고 나면 나머지는 자기 차지가 되는 것이다. 만약 벼 베는 일

뀌여지다
내미는 힘을 받아 약한 부분이 미어지거나 틀어막았던 데가 터지다.

꾼들의 말대로 스무 섬이 난다고 하면 열닷 섬이나 소득이 될 것이다.

그러나 가을 곡가를 염려하기는 원칠이도 일반이다. 어쩌다가 농사를 잘 지은 요행도 이래서는 허무하다. 그는 인동이 장가들이느라고 가외 빚을 수 삼십 원 진 데다가 장릿벼와 비료대며 자질구레한 외상값을 갚고 나면 얼마 남을 것이 없다.

다행히 벼 한 섬에 십 원만 해도 *과동할 양식은 떨어질 것 같아서, 그는 유일한 소망을 거기에 붙여놓고 있다. 농사를 잘 지은 원칠이가 이럴 적에야 다른 사람들은 말할 것도 없지 않은가?

과동(過冬)하다 겨울철을 나다.

여름 동안 하늘을 쳐다보던 그들은 다시 이 가을 곡가를 목마르게 쳐다보고 있었다.

연중행사와 같이 해마다 그렇지만 곡가는 *연부년 떨어져만 가는 중에도, 그나마 가을에는 여지없이 폭락한다. *구주대전 무렵에 일시 폭등을 보이던 곡가는 차차 떨어져서 인제는 겨우 벼 한 근에 삼사 전을 오르내리고 있다. 연전에 십이삼 전 하던 것에 비하면 두 곱절 이상이 떨어졌다. 그래서 이백 근 한 섬 치고 이십여 원을 하던 것이 단 칠팔 원으로 폭락되고 말았다.

연부년(年復年) 해마다.

구주대전 제1차 세계대전. 1914년부터 4년간 계속되었던 세계전쟁.

볏금이 이렇게 되니 지주들은 추수한 벼를 잔뜩 쟁여두고 곡가가 오르기만 기다린다. 그러나 중농과 빈농들은 추수하는 즉시로 모든 부채와 추렴새와 일용품을 사기 위해서 곡식을 당장에 팔지 않을 수 없었다.

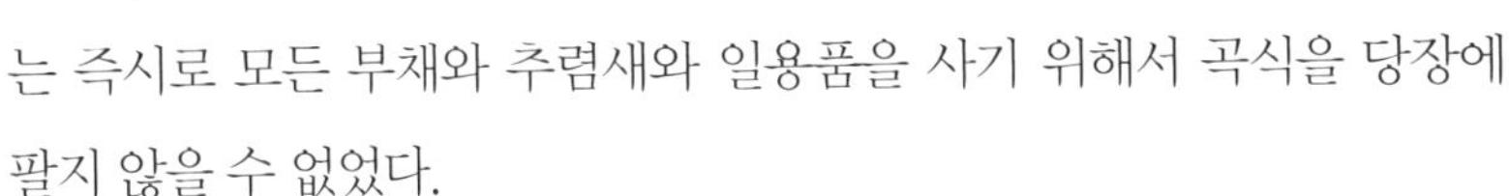

이때에 곡가는 금시로 떨어진다. 그들이 곡식을 다 내고 나서 만주 좁쌀을 사먹을 무렵에는 곡가는 그제야 오르기 시작한다. 지주들은 이 기회를 노리고 있다가 창고를 비우지 않는가. 그들은 이 이듬해 여름까지 장기간을 두고 그런 기회를 기다릴 만한 여유가 있기 때문에.

웬일인지는 모르나 그것은 불경기 때문이라 한다. 원칠이는 불경기란 무슨 말인지 암만 들어도 모를 말이다. 이 시체 문자는 누가 만들어 낸 말인가? 불경기는 왜 하필 가난한 농민의 궁둥이만 쫓아다니는가? 한 땅에서 살면서도 불경기를 모르고 사는 사람이 있는 것은 또한 웬일인가?

원칠이는 오래간만에 볼일이 있어서 읍내로 장을 보러 들어갔다. 그는 사돈집을 지나면서 *과문불입할 수가 없어서 알은 체를 하였더니 안사돈은 반색을 하며 어서 들어오라고, 또 술대접을 하여서 이번에는 돈을 꺼냈다. 그러나 주인은 한사코 받지 않는다.

과문불입(過門不入)
아는 사람의 집 문 앞을 지나면서도 들르지 아니함.

"원 망령의 말씀도…… 이런 영업을 안 해도 일부러 사다 드릴 터인데 그게 다 무슨 말씀이셔요."

"허허 그래도 너무 이래서는 사돈댁을 뵈올 염치가 없어요, 어디 또 올 수가 있어야지요."

원칠이는 할 수 없이 돈을 도로 주머니 속에 넣고 불안스러운 표정을 짓는다.

"무슨 죄 지셨어요, 또 못 오신다게…… 사위는 오늘 안 들어옵니까?"

"못 옵니다. 남의 일 하러 갔어요."

"쉬 한번 제 댁하고 내보내셔요. 요새 참 *바심하시기에 바쁘시겠군!"

바심
타작.

"네, 그런데 참 곡식 금새가 무척 떨어질 모양이지요."

원칠이는 장에 들어오는 길에 우선 싸전에 가서 햅쌀 금을 물어보고 눈이 확 돌아가도록 놀랐다. 소두 한 말에 팔십 전이 못 된다는 것이다.

"글쎄요, 벼 한 섬에 오 원도 못하리란대요."

"허, 그럼 큰일 났는걸. 백주에 헛농사를 지었으니."

원칠이는 금시로 풀이 없이 입맛을 쩍쩍 다신다.

"촌사람들 탈났지요. 이런 영업도 전 같지 않어요, 주머니가 비니까 누가 술을 먹으러 와야지요."

주인은 담배 한 대를 붙여서 치마끈으로 물부리를 닦고 원칠이를 준다. 그는 잘 먹어서 기름진 살이 아래턱에 두두룩하게 졌다.

풍년 공황—원칠이는 농사를 잘 짓고도 *독흉년을 만난 사람처럼 저녁 때, 어깨가 축 처져서 돌아왔다.

독흉년
독흉(獨凶). 풍년에 한 지방이나 한 사람의 논밭만이 당하는 흉년.

"농군들은 풍년이 들기만 바라는 것인데, 풍년이 들어도 이런 세상이니……."

저녁을 먹고 나서 그는 김선달 집으로 마실을 갔다. 사랑방에서는 일꾼들이 사나끈을 꼬고 가마니를 치느라고 부산하다.

마당으로 달빛이 환하게 비친다. 희준이가 팔짱을 끼고 슬슬 들어온다. 그도 오늘 읍내를 들어갔다 왔다. 야학은 일요일이기 때문에 오늘 밤은 쉬었다.

장에 갔다 온 사람들은 하나 둘씩 모여들며 모두들 터무니없는 곡가에 실망한 표정으로, 걱정하는 판이다. 덕칠이는 보리밥 먹은 방귀 같은 헤식은 웃음을 터뜨렸다.

"아따 죽기 아니면 살기지 걱정하면 소용 있나."

벼 한 섬에 오 원! 그것은 참으로 웃을 수도 울 수도 없는 허무한 사실이다.

그래 그들은 제가끔 미구에 닥쳐올—타작마당의 비극을 생각하고 애달픈 표정을 속절없이 지을 뿐이었다.

조첨지도 와서 한 추렴을 들었다. 늙은이들은 연신 한숨만 쉬고 있었다.

인동이네 타작 날에는 김선달네 수동이네 서너 집도 마당질을 하였다. 인동이는 새벽부터 벼를 실어 나르고 김첨지는 집에서 마당질할 차비를 차렸다.

잦추다
동작을 재게 잇따라 재촉하다.

마을에는 첫새벽부터 사람들이 움직였다. 새벽을 *잦추는 닭 우는 소리가 이 집 저 집에서 요란히 들리는데 어둠 속으로 반딧불 같은 등잔불이 하나 둘씩 켜지면서 여자들은 아침 준비를 시작하고 사내들은 오늘 할 일을 붙들었다. 뒤미처 집집마다 연기가 나고 일꾼들은 제각기 논으로 밭으로 헤어진다.

서리 새벽의 쌀랑한 가을! 해는 뜨자면 아직도 멀었다.

차차 빛을 잃어가는 새벽별이 갠 하늘 속으로 자취를 감추려 한다. 먼동이 훤해지며 하늘가는 차차 불그레하게 물들어진다.

산병진(散兵陣)
군사를 넓게 벌여서 친 진지.

넓은 들판에 깔아놓은 볏단은 마치 *산병진을 친 군사처럼 논둑에 벌여 있다. 이 광경을 참으로 무엇이라 할까? 생산의 위대한 힘! 그것은 과연 장엄하지 않은가? 엊그제까지 온 들안이 황금색으로 가득 찼던 벼를 일제히 베어서 단을 묶어놓았다.

그것을 인제는 다시 거둬들인다. 그러나 며칠 안 있으면 들안에 벼라고는 씨도 없이 빈들만 남을 것이 아닌가!

그리고 내년에는 다시 모를 심어서 이 들안을 온통 푸르게 꽉 채웠다가 가을에는 황금 같은 곡식바다를 만들어놓을 것 아닌가.

인동이는 새삼스레 이런 생각이 났다. 이것은 해마다 하는 일이요 무시로 하는 것인데 왜 그전에는 그런 생각이 안 났던가? 지금은 도리어 그것이 이상하다 할 만치 절실히 느껴진다.

'우리들은 지금까지 자고 있었다. 그리고 밤새도록 가위를 눌렸다. 별안간 악몽을 깨어나 보니 세상은 딴 세상이 된 것 같다!'

인동이는 자기의 변해진 마음을 이렇게 생각하였다. 그리고 자기의 깊이 든 잠을 깨워준 사람이 희준이라 생각할 때 어쩐지 이상스러운 느낌이 났다. 노동자도 농민도 아닌 그가 어떻게 그런 생각을 가질 수 있었던가?

그러나 그는 확실히 자기보다 눈을 먼저 떴다. 그는 개명한 글을 배워서 남 먼저 눈을 떴다. 그런데 우리들은—하찮은 것에 눈이 가려서 오래도록 늦잠을 자지 않았던가!

그렇다! 그들은 하찮은 일에 눈이 어두웠다. 한 조각 땅덩이에 목을 매고 죽여라 살려라 하고 있다. 그러나 그것이 무슨 소용이 있던가? 땅은 암만 파도 그 턱이다.

농사를 잘못 지어서 가난하더냐? 사람이 오직 땅만을 믿고 산다는 것이 틀렸다…… 그러면 누구를 믿고 살 것이냐? 그러나 흘러가는 냇물은 누구나 떠먹을 수 있듯이, 물은 목마른 사람에게 더욱 필요치 않은가. 그렇다. 그들에게 그 속을 알려야 한다.

한데 그들은 그저 자고 있지 않은가! 모두 손톱만한 제 욕심에 눈이 어두워서…… 막동이 그 자식은 계집한테 눈이 어둡고, 학삼이 그 자식은 막걸리에 눈이 어둡고, 쇠득이 못난이는 엿방뱅이(투전)에 눈이 어둡고…… 놈들을 어떻게 하면, 정신이 펄쩍 나게 깨워놓을 수 있을까?

인동이는 이런 갈피 없는 생각에 홀로 헤매며 길이 차는 볏단을 들어서 쇠달구지에 쥙었다. 짐승은 아까 먹은 여물을 입아귀를 새기며 *느침을 흘리고 섰다. 겉으로 드러난 볏집에는 된서리가 하얗게 앉았다.

볏단

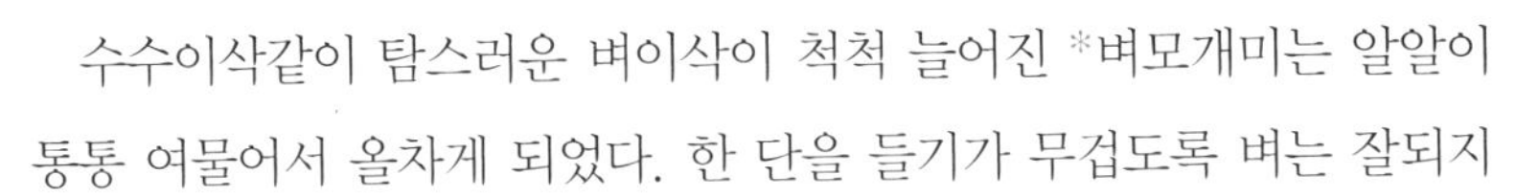

수수이삭같이 탐스러운 벼이삭이 척척 늘어진 *벼모개미는 알알이 통통 여물어서 올차게 되었다. 한 단을 들기가 무겁도록 벼는 잘되지

느침
잘 끊어지지 않고 길게 흘러내리는 침.

벼모개미
벼의 이삭에 달린 부분.

않았는가!

인동이는 볏단을 보니 저절로 배가 부른 것 같다. 그러나 이 벼를 오늘 타작해서 자기 집 차지가 몇 섬이나 될까? 또는 그 벼의 나머지를 장으로 가져다가 팔면 몇 푼을 받을 것인가?

부친이 밤새도록 잠을 못 자며 상심을 하는 까닭과 모친이 살림 걱정에 밤낮 없이 안달을 하며 잔소리를 퍼붓던 심중을 그는 비로소 동정할 수 있다. 그들은 그렇게 한평생을 살아왔다. 그리고 올해나 내년이나 하고 턱없는 소망을 붙여가며 늙어왔다. 그러나 그 결과가 어찌되었던가!

동천의 햇발이 넓어질수록 어둠은 차차 물러가고 넓은 들 위로는 푸른 하늘이 높이 개었다. 인동이는 벼를 한 바리 가득 싣고 냇둑 길로 소를 몰고 오며 새날의 광명한 천지를 둘러보았다. 그의 마음속도 마치 명랑한 일기와 같이 탁 트인 것 같았다.

"이러—쩌쩌쩌쩌— 낭이다……."

방개 집 원두막 자리를 지나며 그는 속으로 중얼거렸다.

'그때는 고약한 짓도 했거든! 지금 같으면 안 그랬을걸.'

마을 안에서는 마당질하는 소리가 툭탁—툭탁—들린다.

이날 안승학은 식전부터 분주하였다. 서울에서 내려온 타작관은 촌으로 나갔다. 그는 타작마당으로 돌아다니며 일일이 감독하지 않으면 안 되었다.

하긴 하루에 한 집씩 타작을 시켜야만 가장 잘 밝힐 것같이 생각되었으나 하루를 다투는 가을일을 꼭 그렇게 이상적으로만 할 수 없었다. 그래서 오늘도 할 수 없이 서너 집을 시킨 것인데 그러자니 이 집

저 집으로 돌아다니면서 벼를 잘 털라고 잔소리를 하고 그래도 못 믿어서 털어놓은 짚단을 헤쳐 보다가 만일 벼 알이 더러 붙었으면 눈을 부라리고 호령을 하는 것이었다.

그래서 그는 정작 타작관보다도 작인들에게 더욱 심하게 굴었다. 그는 이렇게 지주에게 충성을 다해야 '마름'의 성적을 올릴 수 있다고 생각하기 때문이다.

"이게 *자리개질을 한 겐가 무엔가? 어서 다시 털라구."

자리개질
자리개로 곡식 단을 묶어서 타작하는 일.

안승학은 김선달 집 마당에서 쇠득이가 지금 털어 던진 짚단을 펴보더니만 눈을 곱지 않게 뜨고 다시 털라고 호령을 한다.

쇠득이는 할 수 없이 그놈을 집어다가 네댓 번 다시 후려쳤다. 안승학은 그제야 마음이 놓였던지 한동안 우두커니 서서 보다가 수동이 집으로 뒷짐을 지고 슬슬 올라간다.

"흥! 참 너무 그라지 말라구! 제기랄 것."

쇠득이는 참았던 분을 쏟아놓는다.

"아따 실컷 할퀴다가 지주댁에 바치라게! 그까짓 한 톨 더 먹는다고 얼마나 살찌겠나!"

김선달도 심정이 나서 부르짖는다. 그는 짚단을 쌓고 있었다.

"때리는 시어미보다도 말리는 시누년이 더 밉다는 격으로…… 타작관보다도 더 심할 게야 무에람!"

"흥…… 그래야만 지주의 눈에 잘 보여서 마름을 오래 하지."

희준이는 어느 틈에 왔는지 별안간 그의 목소리에 여러 사람들이 일제히 쳐다본다. 그들은 금시에 어떤 힘을 얻은 것 같아서 제각기 든든한 마음을 갖게 하였다.

"아니 선달 아저씨 마당질 술도 좀 안 주시우?"

"왜 안 줘. 지금 그라지 않아도 부르러 보낼랬는데 잘 왔네."

김선달은 짚단을 동이면서 대답한다. 타작은 짚단도 절반씩 나누기 때문에 타작마당에서 아예 그것도 동으로 묶여서 나누기에 편리하도록 만드는 것이다.

일호차착
아주 작은 잘못이나 어긋남.

"아니 그렇게 *일호차착이 없이 평균히 노느고 싶거든 벼이삭을 한 개씩 들고 훑으라지. 그렇게 하면 쭉정이라도 죄다 흘어질 것이 아니여."

도급기
벼를 훑어 내는 데 쓰이던 재래식 농구.

"그러기에 *도급기(稻扱機)를 쓰라고 하지 않는가베."

"그럴진대 도급기를 한 개씩 사줄 것이지."

"허허…… 그 사람 참 미련한 소리도 다 하네. 도급기는 누가 거저 준다나!"

김선달은 허구픈 웃음을 웃으며 침을 탁 뱉는다.

"앞으로 두고 보시오. 전부 도급기를 사용하게 되지 않나. 그리고 벼도 정조식으로 심고 타작마당에서도 벼를 풍구질로 까불러서 다시 *사름통으로 쳐서 돌을 골러가지고는 그것을 앉은뱅이저울로 달어서 정평(正秤) 이백 근 한 섬씩 달어 갈 겐데 뭐! 벌써 큰 들에서는 그렇게 하는 곳도 많답니다."

사름통
낟알을 사래질한 다음에 싸라기를 따로 흔들어 떨어뜨리는 데 쓰는 통.

"참 그렇다니 말이지 작년에, 저—한 들에를 가보니까 거기는 모두 쌀 도지를 되는데 쌀을 되는 데도 협잡이 붙을까 봐서 공중에다 홈통을 만들어놓고 쌀을 거기서 내리쏟아서 그 밑에 둔 빈 말로 떨어지게 해놓고는 다시 방망이질을 싹 하지 않던가! 그렇게 해서 기계 사나끈으로 한 가마씩 묶어놓는데 허허 참! 그놈을 검사만 맡으면 정거장으로 실어서 인천이나 군산으로 그대로 막 내실리도록 만들었데그려! 몇 해 전만 해도 어디 그런 일이 있었나?"

"정말 그렇게만 하기로 하면 그건 참 공평한 일이게요! 아니 ○○사는 김부자는 저울 속에다 납봉을 박어서 여러 해 동안 근량을 속여서 도지를 받아먹은 일도 있지 않었수. 그런 거를 본다면 있는 사람이 더 무서운 것인데 뭐요……."

"참 그때 신문에도 떠들었지."

김선달은 덕칠이의 말에 그럴 듯이 대답한다. 그것은 지주들이 할 수 있는 대로 공평무사하게 한다는 것은, 실상인즉 자기네가 한 톨이라도 벼를 더 가져가려는 심사라는 것을 의미해서 말하는 것 같았다.

김선달은 침통한 웃음을 웃는다.

사실 큰 들에는 농업에도 모두 근대적 설비를 충분히 하고 있다. 그런 데는 큰 농장을 들 가운데 새로 짓고 근처 작인들이 모두 그리로 와서 작말을 하게 되는데, 넓은 마당은 시멘트로 맥질을 해서 잔돌 한 개도 안 들어가게 만들었다. 그런 데서 도급기로 이 잡듯이 벼를 훑어서 그놈을 *풍구로 까불고 사름통으로 다시 쳐서 섬피(가마니와 사나끈 무게) 근량을 제한 정미 백 근씩 저울에 달아서 한 가마니에 열 말씩 이백 근 한 섬을 잡는 것이다.

풍구
곡물로부터 쭉정이, 겨, 먼지 등을 제거하는 농구.

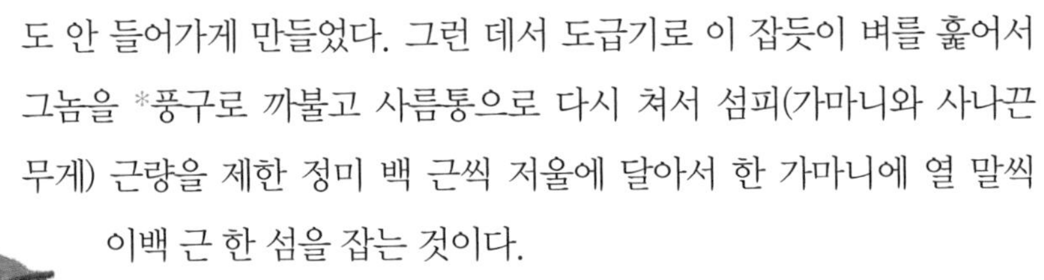

그것은 다 같은 한 섬이라도 옛날 한 섬의 그것과는 엄청나게 내용이 틀렸다. 옛날에는 두툼하게 섬을 쳐서 모래와 흙이 섞인 껄끄렁벼를 모말로 스무 말씩 되어서 한 섬에 처담고 짚 모개미를 넣어서 묶는 것을 한 섬이라 한 것이다.

그때의 그런 벼 한 섬은 지금의 반 섬 폭도 못 될 것이다. 왜 그러냐 하면 첫째는 벼를 쌀같이 몽글리는 것, 둘째는 지푸라기나 돌멩이라든지 모래알 같은 잡동사니가 섞이지 않은 것, 셋째는 저울로 이백 근씩 정평을 해서 다는 데도 섬피의 근량까지 제하니까 한 섬 근량이 무척 많아진 것—이러고 보니 땅 한 마지기는 그전이나 지금이나 일반인데도 소작료는 실속으로 그전의 갑절을 무는 셈이 아닌가? 그러면 그것은 전혀 소작인의 손실로 돌아갈 것뿐이다.

그들의 생활이 *연부년 곤란해지는 까닭은 여기서도 찾을 수 있지 않은가?

그들은 한 섬의 소작료를 왜 이백 근씩이나 정했는지 모른다. 논 한 마지기에 이백 평을 잡아서 한 평에 한 근씩 하자는 것인가?

옛날의 한 섬은 일백 육십 근밖에 안 되던 것을, 지금은 어디서나 이백 근씩 받는 것이 아주 불문율이 된 것 같다.

그들은 이런 생각을 할수록 옛날 세상이 인심은 후한 것 같았다. 세상은 점점 개명해간다는데 인심은 점점 각박해가니 이것이 도무지 무슨 까닭인가?

희준이는 김선달 집에서 막걸리 한 잔을 권에 못 이겨서 간신히 마시고 그길로 인동이 집 마당질 터로 내려가 보았다.

거기에는 아래 원터 구장집 머슴으로 있는 곽첨지와 막동이 인동이 백룡이 등이 둘러서서 자리개질을 하고 있었다. 곽첨지는 영남내기 도리깨질이 신명나게 후려친다. 볏단을 질끈 묶어서 발뒤꿈치를 번쩍 쳐들고 힘을 뻐물어서 고함을 치며 달려들어 *개상을 후려치는 것이었다.

개상
볏단을 메어쳐서 이삭을 떨어내는 데 쓰던 농기구.

그렇게 너덧 번을 앞뒤로 공글려 치면 벼는 죄다 떨어지고 거뿐한 짚단만을 공중으로 저만큼 떨어지게 하는 것이었다. 늙은이의 이와 같은 억센 노동에 소동 축도 성벽이 나서 마주 대들었다.

인동이도 길이 넘는 볏단을 휘감아서 누구만 못지않게 자리개질을 하였다.

음전이는 이날 진종일 부엌일을 하기에 헤어날 틈이 없었다. 그는 어쩌다 싸리문 밖을 내다보다가 외면을 한다.

남자가 노동일을 하는 것은 어째 부끄러운 생각이 난다. 그것은 자기 친정에 있을 때 자기 집을 무시로 출입하는—돈 잘 쓰고 고등 요리만 먹으러 오는—손님들만 보았기 때문에. 그러나 또 한편으로는 자기 사내의 튼튼한 주먹은 그런 사람들을 몇 십 명이라도 때려누일 것 같이도 생각되었다.

세 집 마당질 터에서는 한나절까지 길이 찬 볏단을 치는 소리가 번갈아 들렸다. 그러는 대로 개상 밑에는 황금 같은 벼알이 떨어져서 높이 쌓인다.

그러면 그것을 파 제끼고 비질을 해서 검불을 긁어낸다. 누런 벼가 쌓일수록 그들은 더욱 신명이 나서 기운차게 벼를 털었다.

"참 베 잘됐다. 쭈그렁이 한 톨 없이 구렁이 아래턱 같구나! 이렇게도 잘될 수 있는가?"

"고시레—이 마당에 더도 말고 서른 섬만 나게 해줍소서!"

점심참까지 다 털어서 긁어모은 볏무덤을 보고 곽첨지는 점심을 먹을 때 밥 한 숟갈과 술 한 모금을 마당가로 떠 내던지며 이렇게 *고수레를 하였다.

고수레
무당이 굿을 하거나 들에서 음식을 먹을 때, 귀신에게 먼저 바친다는 뜻으로 음식을 조금씩 떼어 던지는 일.

"서른 섬은 몰라도 근 이십 석 바라보겠는데!"

막동이가 볏 무덤을 돌아가며 밟아보고 하는 말이었다.

"막동이 어서 밥 먹게! 스무 섬만 났으면 큰 수가 나게."

인동이는 빙그레 웃으며 막동이를 불러 앉힌다. 그들은 밥을 먹으면서도 서로 몇 섬이 난다는 내기를 하면서 수북하게 쌓인 볏담불을 흐뭇하게 쳐다보았다. 원칠이도 그들의 말을 듣고 빙글빙글 웃음이 나왔다.

세 집 마당질 터에는 서로 약속이나 한 듯이 점심 전에 죄다 털어서 벼를 긁어모았다. 그들은 점심을 먹고 나서 한참을 늘어지게 쉬는 판이다. 봉분 위에는 *넉가래를 엎어놓았다. 인제는 저녁 바람에 벼를 들어서 다시 몽글려가지고 섬피에 처담으면 그만이다. 마당가에는 싸리비, *키, 넉가래, 가마니, 사나끈, 낫, 삼태기 등의 농구가 벌여 있다.

넉가래
곡식, 눈 따위를 한 곳에 밀어 모으는 데 쓰는 기구.

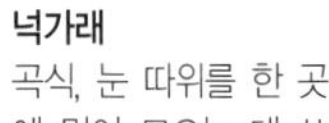

키
곡식 따위를 까불고 고르는 기구.

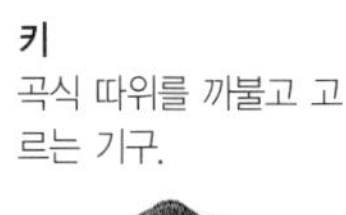

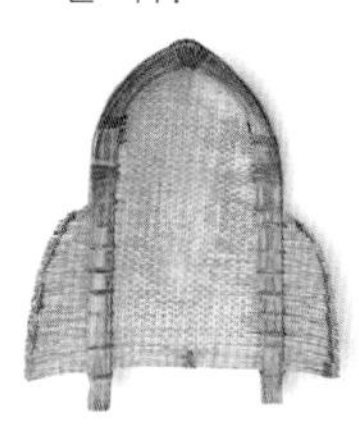

안승학은 마치 공장 감독이 작업 중의 노동자를 감시하듯이 그들이 오후의 일손을 붙들게 되자 도둑고양이처럼 살금살금 왔다. 그는 벼를 잘 들이는가? 못 들이는가? 그래서 잡동사니 하나라도 안 들게 하였으면 하는 생각뿐이었다.

일꾼들은 그가 나타나자 금시로 기분이 달라지며 하던 이야기를 끊었다. 그들은 차차 어떤 공통된 불안을 느꼈다. 그것은 이 벼를 이렇게 몽글려서 몇 섬이나 날 것이며 또는 거기서 소작료와 모든 부채를 제하면 얼마나 남을 것인가? 모자랄 것인가? 하는 염려에서. 과연 저녁때에 벼를 되기 시작할 때부터 낯선 사람들이 푸떡푸떡 나타난다. 개는 그들을 보고 자지러지게 짖고 마을 사람들은 그들을 보고 가슴을 두근거렸다. 권상철이도 점심때에 나와서 안승학의 사랑에 있다가 마당질 터로 슬슬 내려왔다.

고리대금업자로 유명한 그인 만큼 이 동리 사람들 중에도 그의 돈을 쓴 사람이 더러 있었다. 그는 이 가을 타작마당에서 본전을 받지 못하면 내년을 다시 기다리기가 위험하다 하였다. 재산이 넉넉한 사람이라면 몇 해씩이라도 참아주고 이자와 본전을 추켜 매면 되겠지만 *삼간두옥에서 소작농으로 연명하는 사람들은 그해 농사에 받지 않으면 낭패 보기가 십상팔구였다.

삼간두옥(三間斗屋) 몇 칸 안 되는 작은 오막살이 집.

원칠이도 인동이의 혼사 때문에 희준이의 소개로 그 집 돈을 오 푼 변으로 십오 원을 얻어 썼다. 그것을 음력으로 시월 그믐까지 석 달 한을 하고 쓴 것인데 희준이로 보를 세운 때문에 특별히 오 푼 변을 받는다는 것이었다.

인동이네 부자는 권상철이가 오는 것을 보고 마치 뱀을 만난 때와 같이 몸서리를 쳤다.

"김첨지 올해 농사 잘 지셨구려. 참 잘되었는데!"

"아, 권주사 나오십시오. 진작 오신 줄 알었더면 약주나 대접할걸."

원칠이는 겉으로는 어쩔 수 없이 부드러운 말을 꺼냈다.

다른 일꾼들은 머리를 굽실거린다.

"어디 내가 술 먹을 줄 아나요. 어서 일 보시우."

권상철은 마치 그런 말을 그만두고 어서 저 줄 것이나 달라는 표정 같다. 이와 같이 불안한 공기 속에서 원칠이는 가마니에 벼를 퍼붓기 시작하였다. 십여 개의 가마니들은 나도 나도 하고 차례로 입을 벌렸다.

맨 나중 섬까지 퍼 담고서 가마니를 묶을 때는 마치 죽은 사람을 하관하고 칠성판을 덮을 때처럼 애달픈 생각을 갖게 한다. 과연 이 벼는 죽은 사람이 땅속으로 영구히 파묻히듯이 자기네 앞을 떠나갈 것이 아닌가?

원칠이네 벼는 거의 열닷 섬이나 났다. 그러나 거기서 이백 근 한 섬씩인 소작료 닷 섬(일천 근)을 제하고 권상철의 돈 십오 원의 본전과 변리를 합한 근 이십 원 돈과 사음의 *색조니 뱃짐 값이니 구장과 동장의 거듬새니 그리고 비료 값, 새우젓 값, 반찬장수 외상과 술값 잔빚 등을 요새 볏금 오륙 원을 치고 제하고 보면 겨우 사오 석도 남지 못할 것 같았다.

색조
세곡이나 환곡을 받을 때나 타작할 때 정부나 지주가 간색(看色)으로 더 받던 곡식.

그래 그는 소작료와, 권상철의 돈빚으로 서너 섬을 갈라놓고 이런 예산을 속으로 쳐보고는 그만 눈이 홱 돌아가며 고개가 천근같이 숙여졌다.

일꾼들은 그 눈치를 채고 모두 풀기가 하나도 없이 굼벵이같이 몸을 놀린다. 곽첨지는 비록 남의 집을 살더라도 원칠이의 이 꼴을 보고 동정의 한숨을 지었다.

그는 권상철이가 윗마당으로 돈빚을 받으러 가는 꼴을 우두커니 눈을 흘기고 보더니만 곰방대에 담배를 담아서 붙여 물고 마당 가운데에 쪼그리고 앉으며

"흥, *백주에 헛농사 지었구나. 이런 놈의 농사를 뭐 할라꼬 짓능가? 김첨지— 허허……."

백주(白晝)
대낮.

"잘 지었으니, 저만치 남지 않었수."

"아이구 목구멍이 보두청이라 안 짓지도 못하고 넨장할 이놈의 것!"

"그래도 농사를 지어야 빚이라도 얻어먹지 뭐!"

"암, 그래서들 짓는 것이 아닌가베."

29. 그 뒤의 갑숙이

인순이는 인동이가 혼례식을 하던 날 특별 허가를 얻어가지고 혼인 구경을 하고 간 뒤로 그 이야기를 오래도록 두고 하였다.

그는 자기의 친정 올케가 인물이 어떻게 생기고 그날 혼례식은 어떻다는—신랑이 신부의 손에 반지는 어떻게 끼워주고 희준이가 주례는 어떻게 하고 축사는 어떻게 하고 구경꾼들은 얼마나 오고 그리고 또, 잔치를 어떻게 했다는 것까지—미주알고주알 이 잡듯 *서캐 잡듯 하였다.

서캐
이의 알.

그럴라치면 여러 동무 애들은 넋 없이 인순이의 얼굴을 쳐다보며 그 이야기를 흥미 있게 듣고 있었다. 그들은 제가끔 자기네들도 언제나 한번 남과 같이 버젓하게 혼례를 갖추고 재미있게 살아보나 하는 부러움과 시새움과 그리고 과년 찬 처녀의 열정이 타올랐다.

그들은 자기 집에도 그런 오빠가 있고 언니가 있으니 없으니 하며, 없는 애는 있는 애를 부러워하고 장가든 오빠와 시집간 언니를 가진 애들은 그들의 가정을 낱낱이 이야기하였다. 그러나 또한 그들의 이야기가 저마다 행복한 것 같지도 않았다.

그래 나중에는 쓸쓸한 웃음을 지으며 인순이가 이야기한 그 오빠의 신식 혼례식도 그들과 똑같은 운명이 아닐까 하는 의심스러운 생각이 났다.

그들은 하루에 두세 차례씩 쉬는 시간마다 이런 이야기를 하며 자기네의 또는 자기 집안의 애달픈 신세를 한탄하였다.

그러는 가운데 낮이 가고 밤이 왔다. 똑같은 노동은 밤낮없이 똑같은 시간을 북 드나들듯 하게 한다. 그들은 지루한 시간에 피곤한 노동을 계속하며 고향을 생각하고 부모와 형제를 그리우고 그리고 청춘의 타는 불을 숨죽였다.

방직공장에서 일하는 소녀

저녁 고동이 부니까 공장실에서는 별안간 기계 소리가 똑 그치고 수백 명 여공들이 와글와글하며 홍수처럼 밀려 나온다. 그들은 몇 사람의 통근공을 제하고는 모조리 기숙사로 몰려갔다. 인순이는 이즈음 갓으로 들어온 옥희와 친하여서 쉬는 시간이면 항상 그 애와 같이 붙어 다녔다.

옥희라는 처녀는 인순이보다 두세 살을 더 먹은 듯, 키가 자칫 큰데 얼굴이 해말갛고 몸집이 날씬하였다.

그는 태생이 그런지 모르나 어디로 보든지 교양 있는 집 처녀같이 몸 가지는 것이 상스럽지 않았다.

그들은 수도 앞으로 가서 세수를 하고 저녁 먹을 동안에 순간의 휴식을 맛보았다.

가을의 짧은 해는 벌써 떨어진 지 오래이나 달은 뜨려면 아직도 먼 것 같다. 깜깜한 밤이다.

"퍽 고되지!"

인순이는 처음 들어온 옥희를 가엾은 듯이 쳐다보며 동정하는 표정을 보인다.

"그래도 차차 지나가니까 처음 올 때보다는 견딜 만하다."

옥희는 수건으로 손을 씻으며 인순이를 마주 보고 해죽이 웃는다.

"그래 나도 처음 들어와서는 아주 죽겠더라. 도무지 안 아픈 데가 없겠지…… 호호호……."

"난 허리가 아퍼서 죽겠어."

능지 되다
매를 몹시 맞아 몸을 가눌 수 없게 되다.

"허리뿐이야? 전신이 다 아프지, 누구한테 *능지가 되도록 맞은 것처럼."

"그래 참!"

그들은 무짠지 조각과 된장국에 저녁밥을 달게 먹고 제각기 침실로 들어갔다.

기숙사는 바로 기관실 뒤로 여러 채를 길게 지어놓았다.

삥 둘러 담을 치고 출입문은 하나밖에 없다. 방 한 칸씩에 툇마루 반 칸씩을 줄행랑처럼 지었는데 마루 밑으로 함실 부엌이 있고 손바닥만 한 마당이 높은 담 밑으로 깔려 있다. 그들은 거기서 조각하늘을 쳐다보며 멀리 고향을 그렸다.

기숙사는 다행히 동남향으로 앉은 때문에 한 달에 몇 밤씩 돋아오는 달을 제대로 바라볼 수 있다. 몇 번씩 뜨는 달은 그들에게 위안을 주었다.

그러나 또한 그들은 달을 보고 슬퍼도 하였다. 달은 설움을 자아내고 유혹을 이끌었다. 손짓하는 달을 좇아가지 못하고 둥글어 가는 달과 같이 자유로 커가지 못하는 처지를 발버둥쳤다.

인순이와 옥희는 다행히 한방을 쓰고 있었다. 그들은 기숙사 맨 끝 방을 맡아 있었다.

쌀쌀한 가을밤에 황량한 저녁 바람만 벌판에서 이따금 불어오는데 괴괴한 시골 밤은 위대한 침묵을 싣고 일각일각 깊어간다.

"아—"

인순이 방에는 세 사람이 거처하고 있었다. 각 방마다 정원은 다섯인데 인순이 방에 있던 제일 오래 있던 복실이란 처녀는 폐병으로 각혈이 심하여서 고향으로 병 치료하러 돌아가고 또 한 아이는 옥희보다 조금 먼저 들어와서 밤마다 신세 한탄을 하며 잠도 안 자고 울기만 하더니 며칠 전 노는 날에 온다 간다 말없이 저의 집으로 달아났다.

그들의 결원을 아직 보충하지 않기 때문에 인순이 방에는 K군에서 왔다는—주근깨가 약간 돋고 쥐 이처럼 옥니가 박힌 점순이란 아이와 단 셋이 있었다. 그들은 방으로 들어가자 서로 약조나 한 것처럼 일제히

"아—"

소리를 질렀다.

생리적으로 나오는 피곤한 한숨이다. 온종일 시달린 노동은 그들에게 피로를 한껏 느끼게 한다.

이 "아—" 소리는 피로의 깍지를 터뜨리고 나오는, 탄식의 폭발성이었다. 그런 소리가 각 방마다 들린다.

그들은 방으로 들어가서 열병 환자처럼 일제히 쓰러졌다. 이제는 내일 아침까지 쉴 수 있다는 느긋한 마음이 긴장했던 몸에 별안간 탄력을 잃게 한다.

"아—아—아—"

옥희는 이날도 골치가 몹시 아팠다. 그는 허리도 몹시 아프지만 골머리가 노상 아파서 정신이 흐릿하였다. 그것은 구름 낀 날같이 언제나 기분이 불쾌하다.

처음에는 편두통같이 욱신욱신하던 것이 인제는 기둥에 부딪힌 것처럼 띵하고 있다. 그는 이틀이 모두 솟아올랐다. 어깨가 결리고 손등이 터지고 종일 뜨거운 물에 담그고 있던 손은 빨갛게 익어 부풀었다. 그는 지금도 손등에 크림을 발랐다.

밤을 자고 나면 손등은 제법 부드러운 것 같다. 그러나 그날 종일 또, 물에다 휘젓고 나면 손은 어제와 같이 뻣뻣하게 거세어졌다.

옥희가 처음 들어왔을 때는 손이 분결같이 희고 윤택하였다.

그는 집에서도 구정물을 다루지 않았다. 그렇던 손이 지금은 두꺼비 잔등같이 흉해진 것을 볼 때 그는 미상불 애달픈 생각이 없지 않았다.

그러나 한번 결심한 이상에 그까짓 손이 다 무엇이냐? 인순이가 그의 손을 쳐들고 보며

"아이구 네 손등이 어느 틈에 이렇게 되었니? 처음 올 때는 곱기도 하더니……."

하고 은근히 얼굴빛을 흐릴 때도 그는 천연히 웃으면서

"그 대신 손이 퍽 튼튼해졌단다. 일하는 손이 그럼 그렇지 않구!"

"그래도 어짜면!…… 이 겨울을 또 이렇게 지난다니. 겨울에 손이 잘 터지는데."

"글쎄 터질 대로 터지라지. 얼마나 터지나 보게."

점순이도 마주 근심하는 표정같이 쳐다본다.

"이보다 더 터지면 어떻게 사나?"

그는 한편으로 이런 *자겁이 없지도 않았으나 어디 견디어보자꾸나, 다른 애들이 참을라고 죽으면 그만이지! 하고 마음을 도슬러 먹었다.

그는 어려서 너무 호강으로 커난 *앙화를 받는 것이 당연하다 하였다. 오히려 자기보다 몇 살을 덜 먹은 인순이는 꿋꿋하게 배겨내지 않는가? 그는 몇 해를 먼저 들어와서 신체가 단련되기도 하였지만 그보다도 어려서 노동의 체험이 있기 때문이다. 나이는 더 먹어가지고 그들이 하는 일을 감내치 못하는 것이 그는 여간 부끄럽지 않았다.

옥희는 저녁을 먹고 나니 더욱 피곤해서 그길로 바로 자리를 깔고 누웠다. 작업복을 갈아입고 담요를 깔고 누웠으니 사지가 느른하다.

인순이와 점순이는 마주 앉아서 바느질을 하고 있다. 옥희는 드러누워서 그들의 이야기를 듣고 있었다.

인순이는 오라버니 혼인 구경 갔다 온 이야기를 또 하였다. 점순이는 그 얘기를 들으면서 한숨을 치쉬고 내리쉬고 하였다. 밤이 어느 때나 되었는지 달빛이 창 앞에 비친다.

그들은 창문을 열어놓고 바깥을 내다보았다.

이웃 방에서도 문 여는 소리가 난다. 방마다 그들은 이마를 마주 대고 무슨 말인지 소곤거리고 있었다. 그런가 하면 몸이 불편한 사람들은 마치 병자와 같이 이불을 두르고 길게 누웠다. 앓는 소리도 들린다.

자겁
제풀에 겁을 냄.

앙화
어떤 일로 인하여 생기는 재난.

옥희는 요통과 두통이 나서 이리 궁싯 저리 궁싯 하고 밤이 깊도록 잠을 이루지 못하였다.

라인 샤프트
주축으로부터 직접 동력을 받아 다시 중간축에 전달하는 축.

아라이바
아라이바(あらいば), '개수대'의 일본말.

*라인 샤프트(幹軸)가 공중에서 일 분간에 사백 바퀴씩 회전하는 속도로 전광석화와 같이 돌아가는데 실린더에서는 큰 뱀과 같은 삼 인치의 벨트가 이쪽저쪽의 작은 샤프트를 물고 꿈틀꿈틀 굽이쳐 돌아간다.

제사장에서는 사관(絲管)에서 나오는 실 감는 정사기(整絲機) 소리가 요란하다. *아라이바(洗場)는 온천장같이 풀을 만들고 급수 펌프에서는 폭포와 같이 물이 떨어진다.

여공들은 일제히 흰 수건을 쓰고 풀의 주위로 둘러앉아서 실을 씻는다. 뭇 손들이 움직인다.

새로 지은 방적실 20반에서 40반까지의 브라이트식, 긴 방적기가 폭포수와 같은 굉장한 소음을 내며 2백 피트의 길이와 30피트의 넓이를 가진 이 직포실(織布室) 안에 두 줄 박이로 쪽 장치되었다.

수백 명 여공의 손은 마치 타이프라이터를 누르는 것처럼 방적기 위에서 뛰놀고 있다. 그러는 대로 굉장한 소리를 내서 옆에 있는 사람이 고함을 치기 전에는 알아들을 수 없을 만큼, 발밑이 움죽움죽하고 기계 바퀴는 선풍기 돌아가듯 한다.

이곳에 남공이라고는 실북을 끼워주는 사람 두엇과 직공장이 한 사람, 실내의 온도는 겨울 새벽이라도 육십 도를 올라간다.

옥희는 제사공의 견습을 몇 달 하지 않아서 방직공으로 옮겼다.

그는 청하지도 않았는데 왜 그렇게 쉽게 전공(轉工)을 시켰는지 모른다. 다른 애들은 몇 해씩 그대로 있는 사람이 있는데 옥희는 불과 몇 달에 상급 여공으로 올라갔다고—그래 그를 시기하는 어떤 애들은 그에게 좋지 못한 억측까지 하였다.

그러나 옥희는 남들이야 무어라든지 손에 물을 다루지 않는 것이 좋았다. 또한 다 같은 고된 일이라도 일을 바꾸는 데 진력이 덜 나는 것 같았다.

물론 공장에서는 여공들의 재질을 보아서 아무쪼록 능률을 많이 낼 자리로 그들을 부려먹는다. 옥희의 총명한 재질은 제사를 오래도록 시키는 것보다는 값 많이 나가고 짜기 어려운 비단을 짜게 하는 편이 유리하다고 보인 까닭도 있겠으나 그것은 표면적 이유에 불과하다.

옥희를 방적실로 옮긴 것은 그보다도 더 의미 깊은 내막이 잠재한 줄은 아마 옥희 자신도 모를 것이다.

어느 날 저녁에 옥희가 사무실 앞을 혼자 지나려니까 감독이 은근히 손짓을 하여 부른다. 사무실에는 난로가 지글지글 끓는데 웬일인지 감독 이외에 아무도 없다. 그는 두 다리를 쭉 뻗고 불을 쬐고 앉아서 무료히 담배만 피운다.

"왜 그라셔요?"

"춥지? 불 쬐라구!"

"네?"

옥희는 잠깐 의아한 표정을 지었다. 불 쬐라고 불렀는가?

"실을 켜기보다 길쌈하는 것이 어때?"

"좋아요!"

옥희는 고개를 숙였다. 왜 별안간 그런 말을 묻는가?

감독은 일부러 점잔을 피워서 자세를 고치며

"바른 대로 말해. 이건 농담으로 묻는 것이 아니라…… 당자의 실제 감상을 들어서 회사에 보고하는 격식이야. 누구든지 전공을 할 때에는 그래서…… 음!"

사실 그때는 옥희가 방직실로 옮겨간 지가 몇 날 되지 않았을 무렵이었다.

"예! 정말로 좋아요."

"정말 좋지! 진종일 물에 손을 잠그고 있으니보다는…… 옥희는 다른 사람과 달라서 그런 일은 하기 싫을 게야…… 저렇게 고운 손이 모두 터진 것을 보니까 아깝단 말이야…… 그래서 특별히 다른 애들 같으면 아직도 몇 달 더 실을 뽑힐 것이로되 그래서…… 에헴! 에—웬 재채기가 이리 난담! 고뿔이 오나, 누가 내 말을 하나……."

옥희는 그 바람에 별안간 웃음이 나와서 호호 웃었다. 그는 다시 감독이 어찌 알는지 몰라서 단정한 태도로 용모를 수습하면서

"그렇게 염려해주시니 대단히 고마워요."

하고 늙은 감독의 눈치를 보았다. 감독은 그 말을 듣더니 신이 난 모양 같다. 대머리보다는 수염이 많이 난 아랫수염을 연신 쓰다듬으며

"응! 그렇지! 그럼 이담에도 그렇게 알어야 해! 응?"

"네……."

옥희는 공손히 예를 하고 그 자리를 물러 나왔다. 어쩐지 모욕을 당한 것 같은 느낌이 났다. 그러나 그는 모든 것을 참아가며 뒤끝을 보기로 결심하였다.

누가 이용을 당하는가?

옥희는 겨울 동안에 여러 아이들과 친하였다.

처음에 그들은 인텔리라고 저희들 그룹에서 *베돌게 하였으나 옥희는 의식적으로 그들을 사귀려 들었다. 또한 그들과 함께 생활한 뒤로

베돌다
한데 어울리지 아니하고 동떨어져 행동하다.

부터 노동자의 의식과 감정이 그들과 동화해갈 수 있음을 깨달았다.

그들의 쓸데없는 잡담과 절망적인 탄식 속에도 때로는 불과 같은 맹렬한 열정과 동무를 사랑하는 믿음, 불의를 미워하는 정의감이 번득인다. 또한 독립 자주적 정신으로 자기의 힘을 믿으려는 마음이 많은 듯하다.

과연 그들은 자기 이외에 믿을 이가 누구냐?

옥희는 그들에게 한 마디라도 유익한 말을 들려주고 싶은 동시에, 또한 그들에게서는 이와 같은 담대한 성미를 배우고 싶었다. 그럴수록 그는 자기 자신의 나약한 신체를 한탄하기도 하였다.

그러나 날마다 규칙적으로 노동하고 생활함을 따라서 비록 건강은 파괴된다 할지라도 의지는 단련될 대로 단련되어갔다.

그것은 그전에 책상머리에서 피상적으로 생각하던 바와는 딴판으로 노동자의 실감을 가지고 현실을 똑바로 보게 *육박하였다.

육박하다
바싹 가까이 다가붙다.

그는 지금까지 이 세상의 생산 기구를 잘 모르고 있었다.

간혹 책권 속에서 읽어본 적은 있지마는 그것이 지금과 같이 실제적 지식으로 똑바로 보이지는 않았다.

한 회사의 사업과 한 공장의 생산은 겉으로 보면 민간의 일개 산업 기관에 불과하다. 그들은 상당한 대가를 지불하여 원료를 사들이고 노동자를 모아놓고 그리고 공장을 설비해놓고 제사와 방적업을 개시한 것이 아닌가.

그러나 다시 한편으로 그 이면을 들여다볼 때, 원료는 누가 공급하는 것이며 상품은 누가 만드는 것이며 그 상품이 시장으로 굴러 나와서 금전으로 교환이 될 때 자본은 어떠한 유통 과정을 밟아가지고 다시 공장주의 품속으로 들어가는가?

노동자와 농민은 결국 그들의 이윤을 불리기 위하여 원료를 공급하고 상품을 생산하고 다시 소비 계급으로서 자기 자신이 만든 상품을 헐한 품삯을 받은 임금으로 사먹어야만 되는 것 아닌가?

옥희는 온 겨울 동안을 두고 이런 생각에 마음을 붙여 지냈다.

그의 생각은 새 생활을 파고들었다.

한번 그런 생각이 들자 그는 지나간 날의 일신에 대한 불행과 비관을 털어버리고 앞날의 포부를 가지게 되었다.

사람은 누구나 절망에서 헤매는 것보다 더 큰 불행이 없을 것이다. 자기의 생활에서 장래와 현재에 아무런 의의를 찾지 못한 사람이야말로 인간성을 상실한 사람이다.

사람은 참으로 왜 사는가? 무엇 하러 사는 것인가? 자고로 성현 군자가 동서양에 적지 않았다고 역사는 말하지 않았는가? 그러나 그들은 인간의 역사가 몇 천만 년이 되어오도록 오늘날까지 그들이 이상하는 낙원을 한 번도 만들지 못하지 않았던가? 그들은 다만 인간성을 해석할 뿐이었다. 문제는 해석에 있는 것이 아니라 세계를 어떻게 변혁하는가에 있는 것이다.

그러면 그것이 무슨 까닭이냐? 사람은 자연의 법칙을 따라서 물질을 토대 삼아 살아왔고 정신은 그것을 뿌리 삼고 난만한 꽃을 피우지 않았는가?

사람은 자연을 극복하여 물질을 풍부히 함으로써만 그들의 생활을 향상하고 인간의 문화를 고상하게 발전할 수 있지 않으냐. 그것을 물질을 토대하고 물질을 해방하는—오직 단순한 이 한 점에서 출발점을 찾을 것이다. 여기에 물질의 위대한 힘이 있다. 물질을 생산하는 노동의 위대한 힘이 있다.

옥희는 이렇게 혼자 생각하던 것을 차차 동무들에게 나눠보기를 시작하였다. 그는 마치 맛난 음식을 얻었을 때 사랑하는 가족에게 그것을 나누어 먹이고 싶듯이—그래서 서로 나누어 먹듯이…….

그래서 지루한 시간도 괴로운 노동도 여기에 위안을 얻었다. 인순이 점순이 그 외의 여러 애들도 차차 옥희의 말에 동감해가는 눈치가 보였다. 옥희는 무엇보다도 그것이 반가웠다.

귀중한 시간은 흘러가서 그 이듬해 봄이 왔다. 옥희는 굳은 결심으로 온갖 고초를 참고 겨울을 지나갔다. 긴긴 겨울밤에 찬 구들에서 새우잠을 자고 서릿발 어린 새벽녘에 언 손을 불고 일어나서 식은 밥덩이를 목메게 먹고 나서는 공장실로 다시 일손을 잡으러 들어가기란 실로 죽기보다 싫은 생각이 난다.

그다음 점심참의 "뛰—"를 대자면 또다시 얼마나 지루하던가? 일하는 시간은 한량없이 더디 가고 쉬는 시간은 순식간에 달아났다. 다행히 그는 심야업을 하지 않았다.

다른 동무들은 한 푼이라도 더 벌려고, 교대해서 하는 심야업 이외에도 자청하는 사람이 있었다. 심야업은 정기로 하지 않고 임시로 하는데 그때는 경쟁을 붙여서 능률을 높이게 하는 것이었다.

그러나 옥희는 한 푼을 더 벌려는 욕심보다 한 푼 살을 덜 깎일 욕심이 더 컸다. 약한 체질을 가진 사람은 누구나 그렇겠지마는 원래 근육노동에 체험이 없는 옥희는 갑자기 과도한 노동을 지속하기도 어려운데, 무리한 능률까지 내려다가는 며칠 안 가서 신체를 파괴할 위험이 있을 것 같다.

그런데 어떤 애들은 공장 감독의 권하는 대로 파멸되어가는 건강을 돌보지 않고 남에게 지지 않으려는 무리한 능률을 내고 있다.

회사에서는 그럴수록 좋아할는지 모르나 그들 당자로 보아서는 불과 푼돈 몇 닢에 마구 내두른 기계와 같이 신체에 고장을 일으킨다. 그런 애들은 불과 며칠 동안에 코피를 쏟고 얼굴이 나빠지며 몸이 수척해졌다.

어느 날 점심 시간에 그는 인순이와 만나서 변소를 함께 가며 잠시 동안 짧은 대화를 할 수 있었다.

이즈음은 낮일이 지루한 대신에 차차 추위가 물러가는 것이 그들에게는 다시없는 행복이다.

양력으로 사월 초생—공장 마당에 서 있는 사쿠라 나무에도 새순이 피어나고 읍내 뒷잔등의 우중충한 노송나무 틈에 들어서 있는 고목나무도 새싹이 연둣빛으로 아귀를 터 나왔다.

"봄이 다 됐구나. 저 나무 싹 좀 보아!"

인순이는 공장 담 안으로 심은 나무에 새순이 나오는 것을 보고 신기한 듯이 부르짖는다.

"글쎄 어느 틈에 저렇게 나왔는지 모르겠다. 내가 공장에 들어온 제가 벌써 이태가 지났구나."

"벌써 그렇게 되었니?"

"그럼 재작년 가을에 들어왔으니 그렇지 않어."

"그래도 넌 몸이 튼튼해서 좋다!"

옥희는 부러운 듯이 인순이를 쳐다보며 눈초리가 꼬부장하게 웃는다. 농민의 씨를 받은 인순이는 배추 줄거리 같은 옥희보다 건강하였다.

"난 손에 익어서 그렇지. 너도 인제 차차 지나면 괜찮다."

"그래도 난 어짠지 너 같지 않어. 힘에 부치는 것을 악지 쓰고 할라니까!"

"넌 감독이 귀애하니까 슬슬 발라맞춰도…… 호호호……."

옥희는 잠깐 얼굴을 붉혔다. 사실 그는 감독이 자기에게 어떤 환심을 사려고 호의를 보이는 틈을 타서 일하는 데도 약은꾀를 썼다.

"참 뉘 방에도 아까 구경꾼이 들어갔지?"

"응 그게 누구라니?"

"젊은 남자는 새로 들어온 사무원인데…… 그 여자들은 아마 그 집안 식구들인 게야."

"그게 요새 들어왔다는 사무원이냐? 난 자세히 못 보았어."

"그렇단다, 읍내 사는 뉘라던지…… 큰 장사하는 부잣집 아들이래."

"부잣집 아들? 그런 이가 이런 데를 뭐 하러 들어와."

"누가 안다니. 너와 같은 작은아씨도 들어왔을라구."

"이애, 놀리지 마라!"

옥희는 인순이의 어깨를 툭 치고 웃었다. 그러나 마음속으로는 그 사무원이 누구인지 궁금하였다.

'그게 누군가?'

이때 별안간 옥희는 깜짝 놀라면서 인순이에게 시선을 쏘았다. 그리고 달음박질을 치는 찰나에 인순이의 옆구리를 꾹 찌르며

"쉬!"

저편으로 감독이 지나가며 눈총을 이리로 쏜 것이다. 그들을 식당으로 들어갔다.

옥희는 웬일인지 이즈음에 새로 들어왔다는 사무원이 누군인가 알고 싶었다. 그는 일전에 변소에서 인순이한테 들은 말이 종시 귀에 걸

린다.

큰 장사하는 부잣집 아들이라면—그게 누구일까? 이 회사의 어떤 중역의 아들인가? 그렇지 않으면…… 누구일까?

그는 이런 생각이 든 뒤로부터 그 사무원이 공장실로 들어오거든 한번 자세히 살펴보리라 하였다.

어느 날 아침.

창밖에는 새봄을 재촉하는 봄비가 부슬부슬 내렸다. 공장 안에는 언제와 같이 단조한 기계 소리가 간단없이 소음을 내고 있었다. 실내에는 전등불이 켜졌다.

옥희는 직조를 하기에 잠심하고 앉았는데, 그의 손 위로 앉은, 알곰삼삼하게 *손티가 있는—K라는 처녀가 슬쩍 눈짓을 하며 가만히 소곤거린다.

손티
약간 곱게 얽은 얼굴의 마맛자국.

"저게 새로 들어온 사무원이라지? 아주 젊은이가 얌전하게 생겼어."

옥희는 대답은 하지 않고, 얼른 곁눈질로 쳐다보았다. 그는 옥희가 앉은 데서 십여 칸통이나, 거리가 먼—가로 뚫린 길을 걸어서 조면실(繰綿室)께로 가기 때문에 얼굴은 볼 수가 없었다. 아래위로 새까만 양복을 입고 저벅저벅 걸어가는 그의 뒷모양은 어디서 본 것 같은 낯익은 스타일이다. 옥희는 그렇지 않아도 그가 누구인지 몰라서 궁금하던 차에, 더욱 똑똑히 보고 싶다. 그는 속으로 생각하기를 그가 사무실로 나가자면 다시 아까 가던 길로 도로 나올 테니, 이번에는 정면으로 그의 얼굴을 똑바로 쳐다볼 수 있지 않은가?…… 그래 그는 그 기회를 놓치지 않으려고 주의를 게을리 하지 않았다.

그는 연신 그편으로 곁눈질을 하고 있었다. 과연 한 십 분 뒤에 그는 저 안쪽에서 아까 가던 길을 되짚어 돌아온다.

사무원이, 옥희가 앉은 바른편 측면으로 한 발 두 발 거리를 단축시켜 나올 때 유심히 바라보던 옥희는, 그 순간 자기의 눈을 의심하도록 놀랐다. 만일 옥희의 윗손으로 앉은 처녀도 그때 마침 그편 쪽을 쳐다보지 않았다면 그는 옥희가 자지러지게 놀라는 것을 수상스럽게 눈치챘을는지도 모를 만큼.

'아이구, 저이가 웬일이야? 내가 잘못 보았나…… 세상에 같은 사람도 많지 않은가?'

옥희는 입속으로 이렇게 부르짖었다. 그리고 그는 마음의 동요를 오래도록 진정하지 못하였다.

그 바람에 옥희는 실을 끊기고 한동안 쩔쩔매게 하였다.

옥희는 그날 밤에 밤새도록 곰곰이 생각해보았다—만일 그 사람이 틀림없다면 자기는 어떻게 처신을 할는지…… 곤란한 문제가 또 다시 생길 것 같다. 그것은 범을 피해서 사자의 굴로 들어온 것이 아닐까 싶다.

그는 이 일만은 인순이까지도 속였다. 그리고 그 이튿날부터, 그 사람의 눈에 뜨이지 않도록 주의하였다. 마치 그는 검거망을 피하려는 범인처럼, 조심을 하는 동시에, 그 사람이 무슨 까닭으로 이런 데를 들어오지 않으면 안 되었던가 그것을 탐지하고 싶었다.

그도 혹시 자기와 같은 막다른 사정에서 자기와 같이 집을 등지고 나온 것이나 아닌가 싶기 때문에.

그날도 옥희는 은근히 그런 수심을 띠고서 남모르게 가슴을 졸이고 있었다.

간조 날이다!

공장일을 피했을 무렵에 그들은 사무실 앞으로 가서 늘어섰다. 감독이 부르는 대로 한 사람씩 들어갔다.

옥희는 중간으로 들어가서 그가 내주는 간조 봉투를 받고 책상 위에 펴놓은 장부에다 자기의 성명을 찾아 도장을 찍으려고 차례로 밀려서 앞으로 나왔다.

사무실에는 양복쟁이 오륙 인이 책상 앞에 둘러앉았다.

옥희는 할 수 없이 그 사람과 시선을 마주쳤다.

그는 외면을 하였다. 사무원도 넋 잃은 사람처럼 바라보다가 고개를 돌린다.

옥희가 홧홧 다는 얼굴을 돌이켜서 문밖으로 뛰어나올 때까지도 젊은 사무원은 여전히 넋 잃은 사람처럼 멍하지 않았다. 감독은 젊은 사무원의 얼굴을 의심스레 쳐다보다가 다시 옥희에게로 시선을 옮겼다.

두 사람의 무서운 시선에 부딪힌 옥희는 전혀 의식을 잃은 사람처럼, 한달음에 기숙사로 뛰어나왔다.

그날 밤새도록 그는 만단으로 궁리를 해보았다.

봄풀은 해마다 푸르건만 한번 죽은 사람은 다시 깨어날 줄을 모른다. 땅속에 묻었으니 그 밑에 있을 것인가? 산 사람의 인정은 죽은 사람을 잊지 못하여 묘를 쓰고 비석을 세워서 어디까지 기념을 하려고 한다.

그러나 한 점 흙으로 사라진 그들의 자취를 부질없이 찾지 말고 암흑한 죽음을 생각하여, 귀중한 생명을 살아가자! 죽은 사람을 기념하자는 것도 또한 거기에 의의를 둠이 아닐까?

초로같이 사라지는 생명! 그것은 초목 금수와 다를 것 없다. 이 우주에는 삼라만상의 억만 생명이 살아 있고 또한 죽지 않는가? 생명은 다만 생명 그것이 중한 게 아니다. 한 포기 이름 모를 풀이라도 그것은 꽃을 피워서 아름다운 생명을 상징시키려고 하지 않는가?

희준이는 원터 뒷산에 있는 공동묘지에 올라서서 빈틈없이 들어박힌 *고총을 내려다보며 마음속으로 이런 생각을 하고 있었다.

고총(古塚) 오래된 무덤.

고총 위에서 새싹이 엄돋는다. 파묻은 지 며칠 안 되는 새 무덤에는 새 뗏장과 새 패목을 꽂았다.

그는 고총 틈에, 선친과 조모의 분묘가 끼인 것을 바라보았다.

죽음! 사람들은 왜 죽음을 두려워하는가! 사는 것은 죽음을 향하여 가는 행진곡이라면 또한 죽는 것은 새 생명을 창조하는 새로운 현상으로 볼 수도 있을 것이다. 우리는 다만 죽기 위한 삶을 취할 것이냐, 살기 위한 죽음을 취할 것이냐? '생'과 '사'—그것은 분리해서 생각할 수 없을 것이다.

오늘이 한식날이라고 제각기 무덤을 찾아서 곡하는 사람들이 많다. 웬 중년 여자는 새로 뗏장을 안고 누운 묘 앞에 앉아서 땅을 치며 슬피 운다. 그러나 무덤은 말이 없다.

쓸쓸한 공동묘지에는 봄해가 발볌발볌 비쳐 나온다. 벌써 농가에서는 씨 나락을 담그고 못자리판은 앙구기 시작한다.

그들은 또 미구에 작년과 같이 낙종을 하고 가래질을 하고 논을 갈고 그리고 모를 가꿀 것이다. 그들은 동면에서 깨어난 곤충처럼 눈부시게 활동할 제철을 만났다.

물이 오른 버들가지

희준이는 누구를 기다리는지 산 밑을 내려다보고 섰다. 앞내 방축으로 늘어선 실버들가지에는 연둣빛 버들잎이 퍼렇게 피어난다.

땅 위로 솟아 나온 새봄은 대지의 구석구석까지—잔디밭에도, 덤불 속에도, 개천가에도, 고목나무 가지에도, 곳곳마다 뛰어나오고 소리치고 활개 치는 것 같다.

공동묘지 뒷산 솔밭 속에서는 꾹꾹새가 처량하게 운다.

"꾹꾹! 꾹꾹!"

앞들에는 흰옷 입은 사람들이 꾸물거리고 있다. 봄물은 쪽물과 같이 푸르게 내 속으로 흘러내린다.

희준이의 시선은 다시 방축 둑을 쏘아본다. 이편 제방 위로는 삼사인의 검은 그림자가 나타난다.

희준이는 그들을 발견하자 기다리던 지루한 생각에서 해방되었다. 그들은 쏜살같이 산 밑으로 기어오른다. 이때 희준이는 마치 성묘하러 온 사람처럼 공동묘지를 배회하고 있었다.

처녀의 명랑한 웃음소리가 먼저 들린다. 그들은 숨이 차서 씨근거리며 비탈을 타 오르느라고 애를 썼다. 희준이는 주위를 조심스럽게 살펴보며 그들의 앞으로 향하여 갔다.

인순이가 앞장을 서서 올라올 때,

"아이, 숨차! 오빠 벌써 오셨수?"

"응! 잘 있었니?"

옥희와 다른 두 처녀는 말없이 고개를 숙였다. 두 처녀는 처음 보는 여자다. 한 처녀는 키가 크고 왁살궂게 생긴 것이 성격이 매우 활발해 보이고 또 한 처녀는 신경질로 날씬하게 생긴 것이 퍽 이지적인 눈동자를 굴렸다.

"올라오기에 가쁘지. 퍽 일찍 나섰군."

"네, 오늘은 날이 좋아서, 아주 좋은데요."

누구보다도 숙친한 인순이는 가족처럼 희준이 말을 대꾸한다. 그는 작년보다도 훨씬 더 컸다.

옥희 이외의 두 처녀는 그가 참으로 인순이의 사촌오빠인 줄만 알았다.

청년 남자 앞에 얼굴을 마주 대하고 있는 그들 네 처녀는 제각기 가슴을 뛰고 자기의 프라이드를 뵈고 싶었다.

그들은 솔밭 속으로 사라졌다.

인동이는 뒷산에서 갈퀴나무로 솔가루와 낙엽을 긁고 있다. 울섶 감쯤 되는 소나무가 마치 콩나물시루와 같이 산속에 꽉 들어섰다.

그는 지금 나무를 하면서, 작년 이맘때와 지금 자기를 비교해 보았다. 지나간 일이 꿈결같다.

'방개는 지금 어떻게 하고 있을까? 그 계집애도 인젠 어른이 되었다고 얌전을 빼고 들어앉었나. 그렇지 않으면 또…….'

인동이는 몸을 떨었다. 그리고 목 안이 뿌듯하게 무엇인지 치미는 것을 도로 꿀떡 삼켰다.

'그 가시내가 그저 있었더면? 계집이란 모두 그런가? 암탉이 알을 안 낳는다는 둥, 가새가 무디어서 잘 안 든다는 둥, 누구는 살림살이를 알뜰히 한다는 둥, 밤낮 집안 걱정만 하고 있으니…… 집집마다 울타리를 치고 그 안에서 옴닥옴닥 하듯이, 그들의 생각도 그 울타리 밖을 벗어나지 못하는 것들이야! 왜, 울타리를 터놓고 못 사는가? 어떤 놈이 들여다볼까 봐? 훔쳐 갈까 봐? 그러나 들여다보아도 좋다! 훔쳐 갈 아무것도 없지 않은가? 우리는 모두 똑같은 생활을 하고 있다! 똑같은 조건 밑에서 똑같이 일하고, 똑같이 쉬고, 자는 것 먹는 것까지도 똑같지 않은가? 그런데 울타리가 무슨 소용이냐?'

인동이는 이런 생각이 나자 자기도 모르게 어깨를 솟았다. 그는 별안간 그런 생각이 어디서 생겼는지 자기 자신도 모른다.

'그렇다. 우리들은 울타리가 소용없다. 모두 똑같은 생활이다! 도적놈이 와야 아무 것도 가져갈 것 없다.'

인동이는 별안간 솟아오른 자기의 훌륭한 생각에 취해서 혼자 좋아하고 부르짖었다.

그러나 그 순간 번갯불 같은 의심이 지나갔다.

'그러면 당초에 울타리를 왜 했던가? 예전에는? 우리 할아버지, 증조할아버지 적에도 지금 우리들과 마찬가지로 살었다 하지 않는가?'

인동이는 별안간 솔가루를 긁던 갈퀴로 자기도 모르게 땅바닥을 후려쳤다. 어떻게 몹시 때렸던지 갈퀴발 한 개가 부러졌다.

'그것은…… 우리들에게 일부러 집어 처넣었다. 흐응! 그렇지 옳다!'

인동이는 마치 엎어놓은 투전짝 끗수를 맞춘 때와 같이 회심의 웃음을 웃었다.

갈퀴

'그렇다. 울타리가 소용없다. 울타리를…… 우리집 울타리부터 뜯어놓자! 방개도, 우리집 가시내도…… 그런데 음전이는? 벽돌담을 치고 살던 계집이 아닌가!'

인동이는 갈퀴를 멈추고 앉아서 생각해보았다. 벽돌담! 벽돌담이란 생각은 별안간 인동이의 얼굴에 우울한 빛을 띠게 하였다.

'그 새끼는 벽돌담 속에서 커났다. 울타리와 벽돌담은 다르다. 그 새끼와 성미가 맞지 않는 것은 그 때문이 아닌가? 그렇다면 방개가…… 방개는 울타리 속에서 같이 컸다.'

인동이의 얼굴은 차츰 찡그려졌다. 그것은 지금 방개도 자기와 같은 생각으로 자기를 그리고 있지 않은가? 만일 그렇다면 그 여자도 불행할 것이 아닌가?

'첫사랑을 바친 사내를 못 잊어서 본부를 독살했다는 각시가 있다는 것이 엊그제 신문에 났다고 어른들이 이야기하지 않던가. 방개는 그렇지는 않지만…… 그래도 그 가시내는 막동이보다도 나를 더 정 주었는데…….'

인동이는 머릿속이 답답하였다. 지난 일이 꿈결같이 내다보인다.

인동이의 아내는 한결같이 다정히 굴었다. 그러나 그는 어쩐지 그 아내에게 덤덤한 정을 느낄 뿐이다. 방개와 같이 감칠맛이 없다. 인제는 아주 자기 물건이 되었다는 평범한 생각에서 긴장미를 잃으니까 그런지? 그러나 전혀 그런 것 같지도 않았다. 그것은 무엇이라고 꼬집어 낼 수는 없어도 그와 자기 사이에는 한 겹의 간격이 있는 것 같았다. 알몸뚱이로 한이불 속에 누웠을 때도…….

'그렇다! 그 새끼는 벽돌담 안에서 살었다. 음전이는 지금도 그 속에서 산다…….'

인동이는 자꾸 이런 생각이 치밀었다.

꾹꾹새 우는 소리에 인동이는 깜짝, 새 정신이 돌았다. 빽빽한 솔밭 속은 하늘도 잘 보이지 않는다. 그는 별안간 답답증이 나서 지게를 짊어지고 산고랑을 타고 올라갔다.

인동이의 갈피 없는 생각은 지난 겨울에 야학에서 들은 이야기가 생각났다.

그때도 그 이야기를 인상 깊게 들었지마는, 울타리란 생각이 그 기억을 지금 일으켰는지 모른다. 혹시 그때의 그 의식이 무의식 중에 울타리라는 생각을 일으켰는지도 모른다. 울타리와 그 이야기? 인동이는 그 생각이 또 자꾸 난다. 그 이야기는 호랑이의 이야기다. 아니 호랑이의 꿈 이야기였다.

그때 이야기 임자는 이렇게 말을 꺼냈다.

"서울 동물원을 가면 호랑이가 있는데, 호랑이를 철창 속에다 가두고 키우지, 이 중에서 누가 가본 사람이 있냐? 있거든 손들라고."

하나도 손드는 사람이 없었다. 서울은커녕 ㅇㅇ구경도 못했는데, 그 호랑이 이야기가 인도 땅 이야기라니, 사람을 웃기지 않는가? 그때 자기도 웃었다.

'아이구 누가 쓴 소설책이라던가, 어떻든지 양대인이 쓴 것인, 소경이라던가, 귀머거리라던가?'

인동이는 다시 생각해보아도 그것을 알아낼 수 없었다.

'인도 호랑이 하나가 동물원에 갇혔는데, 그전에는 이 뒷산에도 호랑이가 들어왔었던가. 호랑이란 놈이 참으로 기운이 그렇게 센가? 그놈 한번 만나봤으면…… 한데 그 호랑이가, 철창살 속에 갇힌 그 호랑이가 날마다 구경꾼들이 와서 놀리는 것이 부애가 나서 참을 수 없었다지. 그런데 하루는 어쨌다던가? 어쨌든지 생시와 같이 넓은 천지를 자유로 뛰어다니는데 하루는 어디를 가보니까 호수로 둘러싸고 그 안에 돌담을 높이 쌓은 왕궁이 있는데, 웬 아름다운 여자가 담을 넘어서, 그 밑 물 위로 떨어지려는 것을 보았다던가? 그리고 뒤미처 한 손에 육혈포를 든, 위엄있는 사람이 쫓아와서 그 여자를 도루 붙잡어 갔다던가?'

인동이는 그런지 저런지 잘 모르는 것처럼, 고개를 끼웃거렸다. 별안간 웃음이 탁 터졌다. 그것은 그때 호랑이가 몹시 성이 나서 쳐다보았다는 생각이 문득 나기 때문이었다.

'호랑이란 놈이 참 영물인 게야.'

인동이는 입속으로 혼자 중얼거리며 이야기를 생각하였다.

'그래 호랑이가 성이 나가지고 호수를 헤엄쳐 건너가서 돌담을 뛰어 넘어 들어가 보니까, 그 안에는 정원이 굉장히 넓고 수목이 울창한 속으로 궁전이 여기저기 있는데, 한 곳을 가보니까 우리 속에 도야지가 여러 마리 갇혀 있더라나. 마치 제놈이 철창 속에 갇혀 있던 것처럼. 그래 그 호랑이는, 어흥 소리를 지르고 달려들어서 앞발로 우리를 때려 부수고 도야지를 내쫓으며… [검열에 의해 200자 내외 삭제됨] …서, 노발대발했다던가?'

[검열에 의해 30자 내외 삭제됨]

아무 것도 없이, 울타리를 치고 사는 사람들은 마치 이 호랑이가 미워했던 도야지나 새나 금붕어와 같지 않은가.

어디서 지껄이는 소리가 들린다. 누구들인가?

소나무 사이로 사람의 그림자가 어른거린다. 남자의 목소리! 이따금 여자의 앳된 목소리. 기침 소리! 인동이 눈앞에 가까이 비친 말만큼씩 한 여자들은, 한 남자를 둘러싸고 앉아 있지 않은가?

인동이는 뜻밖의 광경에 놀랐다. 그는 그들을 어떻게 해석해야 좋을지 몰랐다. 한번 경을 쳐주려고, 살금살금 올라가서 솔폭 사이로 가까이 들여다본 인동이는, 다시 의외의 광경에 놀라서 뒷걸음질을 쳤다. 그 남자는 희준이요, 그리고 네 처녀 중에는 인순이도 섞여 앉지 않았는가?

'하하…….'

인동이는 나오는 목소리를 숨죽였다. 인순이의 옆으로 앉은 여자는 어디서 본 듯한 낯익은 모습 같으나 누구인지 잘 기억나지 않았다.

'좋은 색시들이다! 좋은 색시들이다!'

인동이는 입속으로 부르짖었다.

(인동이는 끝까지 그들의 눈에 띄지 않았다.)

해가 한낮이 거의 가까울 무렵에, 그들은 자리를 일어섰다. 네 처녀는 희준에게 공손히 인사를 하고, 산 잔등으로 올라갔다.

"넌 이리로 바로 가면 가깝지 않으냐?"

옥희가 묻는 말에 인순이는,

"그래도 저리로 갈란다."

하고 그는 공동묘지 있는 산 밑으로 오던 길을 다시 갔다.

동안 뜨다
동안이 오래다. 거리가 멀다.

그들은 둘씩 짝을 지어서 *동안뜨게 내려갔다. 희준이는 노송나무 뒤에 서서, 그들의 내려가는 양을 우두커니 바라보고 있었다. 봄바람이 두루마기 자락을 날린다.

송림(소나무 숲)

그는 한참을 그렇게 섰다가 그들이 산 밑으로 내려가서 한길을 접어들 무렵에야 비로소 송림으로 사라졌다.

인동이는 그들보다도 먼저 몸을 피하여서, 지게 있는 곳으로 왔다. 그는 다시 갈퀴질을 하며, 고대 눈앞에 떠올랐던 광경을 그려 보았다. 그들의 이야기는 더러 못 알아들을 말이 있었다.

참으로 이 세상은 왜 어디를 보든지 빽빽하고, 답답하고, 인간의 훈훈한 김이 없고 모두들 불악귀 같은 악다구니판인가. 빌어먹을 놈의 세상이다. 사람들은 과연 정직하고 평화스럽게 살 수 없을까! 속이고 뺏고 남을 해치지 않고 살 수는 없을까? … [검열에 의해 200자 내외 삭제됨] …

인동이는 이런 생각을 하며 사방을 둘레둘레 보았으나, 희준이는 어디로 갔는지 그새에 없어졌다.

백룡이네 참외밭 머리를 내려와서 냇둑 큰길로 나선 인순이는 옥희와 손을 나누고 원터길로 들어갔다.

그들은 내일 식전이면 다시 만날 터이나, 어쩐지 서로 헤어지기가 서운하였다.

더구나 옥희는 인순이를 따라가지 못하는 것이 애달팠다.

"잘 가거라."

"그래 잘 다녀오너라."

그들은 서로 작별하고 몇 걸음씩 가다가는 마주 돌아보았다.

옥희는 큰내를 건너서 여울목 위로 방축한 원둑길을 걸어갔다.

앞서간 두 아이들은 벌써 저만큼 멀리 갔다. 그들은 철교를 건너서 레일 위로 쌍나란히 걸어간다. 아마 정거장 구경을 하고 무엇을 사러 가는 모양이다.

혼자 떨어진 옥희는 어디를 가야 좋을는지 몰랐다. 반날 동안을 무료히 보내기가 아까웠다.

그는 인순이가 있으면 어디로 놀러 가고도 싶었으나 혼자는 아무런 흥미로 안 난다. 모처럼, 노는 날이 돌아와서 오래간만에 제집에 가겠다는 애를 내 생각만 하고 붙들 수가 없었다.

그렇다고 그는 지금 쓸쓸한 공장 안으로 맥없이 들어가기도 싫었다. 그러면 어디로 갈까?

옥희는 차차 처량한 생각이 들어갔다. 뒷산에서 우는 꾹꾹새 소리는 더욱 자기의 고단한 신세를 조상하는 것 같다. 그는 지척에서 남자들의 지껄이는 소리를 듣고 원둑을 내려서서 논두렁길을 걸었다.

발밑에서는 이름도 모를 조그만 풀들이 뾰족뾰족 고개를 쳐들고 나온다. 마치 크낙한 봄에 그들의 조그만 생명이 노란 것처럼 빨간 꽃과 노랑 꽃을 피운 놈도 있다.

그는 엄돋는 풀잎을 밟기가 애처로워서 길 한가운데로 조심스럽게 걸어갔다. 갈피 없는 허튼 생각에 잠착히 고개를 숙이면서.

"갑숙씨."

별안간 부르짖는 이 소리에 옥희는 가슴이 펄쩍 뛰도록 자지러지게 놀라서 그만 그 자리에 털썩 주저앉았다.

그리고 그는 멍하니 마치 금시로 혼백이 빠진 사람처럼 눈앞을 내다보았다.

웬 사내가 그 앞에 딱 섰다.

"아……."

옥희는 다시 머리를 숙였다. 눈물이 쏟아진다.

"갑숙씨!"

그 남자도 넋 잃은 사람같이 마주 섰다. 천만 뜻밖에 그 남자는 경호였다.

참으로 그들은 이 어인 기이한 상봉인가?

30. 신생활

이 세상에서 부잣집 자식으로 학창에 몸을 두고 꽃다운 청춘을 자랑하던 경호는 뜻밖에 실연의 독배를 마시는 동시에, 설상가상으로 자기는 누구의 자식인지도 모르는 미천한 인간으로 태어나서 오늘날까지 친부모로 알고 살아오던 부모는 실상인즉 빨간 남이라는 것을 알게 되었을 때, 그는 일시 방편상으로 그런 줄 모르는 체하고 전과 같이 집안에 붙어 있으나 어쩐지 양심을 속이는 것 같아서 잠시도 그대로 있기가 싫다.

그런 마음을 억제하려면 그럴수록 불쾌한 감정만 치밀었다. 비루한 자기를 저주하고 싶도록 자신이 밉다.

그뿐만 아니라 또 한편으로 생각할 때 갑숙이는 자기로 말미암아 공부도 중도에 폐지하고 그리고 자기 집을 도망가도록까지 남의 *전정을 막아놓지 않았는가. 만일 그가 어디로 가서 지금도, 자기가 그저 의붓아버지 집에서 그전처럼 모르는 체하고 호강스러운 물질적 생활을

전정(前程) 앞날.

하고 있는 줄 안다면 그는 얼마나 자기를 조소하고 저주할 것인가?

그런 생각을 하더라도 자기는 진작 생활을 고쳐야 할 일이다.

이런 의미에서 경호는 신생활의 첫걸음으로, 권상철의 소개를 빌려 가지고 그곳 제사공장의 사무원으로 취직하였다. 그러나 갑숙이는 새봄이 돌아오도록 종적이 묘연하였다.

(그는 작년 여름에도 고향에서 오래 있었으나 읍내 사람들은 그를 잘 몰랐다. 이곳에 사는 여직공들도 그와는 처지가 다른 만큼 어려서도 그와 친한 아이가 별로 없었다. 더구나 그가 여직공으로 들어왔을 줄은 꿈에도 생각지 못한 만큼 그들은 주의를 하지 않았다.)

그는 동경으로 건너갔다는 소문이 있으나 그것도 믿을 수 없다. 혹시 해외로 멀리 나갔는지도 모른다.

하여간 경호의 생각에는 그는 벌써 조선을 멀리 떠난 줄로만 알고 있었다.

그래서 그는 올봄에 학교를 졸업한 후에 그때는 동경 유학을 청했어도 갈 수 있는 것을 그만두고 일변 취직을 한 것이다. 그의 자존심은 한시바삐 독립 생활을 하고 싶었다.

오매불망(寤寐不忘) 자나 깨나 잊지 못함.

그런데 뜻밖에 *오매불망하던 그 여자가 자기의 지금 있는 공장으로 들어와 있다는 것은 참으로 무엇이 지시한 것인지 신기하다 할는지 기적이라 할는지 도무지 말이 안 나온다. 경호는 그날—간조날 처음으로 갑숙이를 지척에 놓고 쳐다볼 때도 자기의 눈을 꾸짖고 끝끝내 부정하고 말았다.

세상에는 거의 같은 사람이 없으란 법도 없다. 아마 그에게 환장이 되어서 그렇게 본 것이라고. 그 뒤로는 경호는 그의 동정을 살피는 동시에 조용한 틈을 타서 직공들의 이력서를 들추어보았다.

작년 가을 그가 없어질 무렵에 채용된 여직공 중에는 나옥희(羅玉姬)라는 처녀의 글씨가 있는데 그것은 분명히 갑숙이의 필적과 같았다.

그래서 그는 마침내 옥희가 갑숙이의 변성명인 줄을 눈치 챌 수 있었다.

그렇게 생각하면 갑숙이가 여직공으로 들어올 만한 경로도 가졌다 할 수 있다. 그는 작년에—일심사에서 만났을 때도—만일 출가를 하게 되면 어떤 공장으로나 들어가겠다는 결심을 했다고 하지 않았던가. 서울에서는 들어갈 수가 없으니까 할 수 없이 이곳으로 내려온 것이라는 것을 그는 비로소 깨닫게 되었다.

이에 경호는 천고의 의문을 푼 것 같은 가뜬한 마음으로 기회를 엿보았다.

'연애의 파산으로 그도 다시 신생활을 찾은 것이 아닌가?'

기다리던 휴일날—오늘—경호는 아침을 먹고 바로 회사로 들어갔다. 공일이라고 집에서는 아침을 늦게 지었다. 그래 여덟 시가 지나서야 들어가 보니까 기숙생들은 벌써 외출한 사람들이 많았다.

아뿔싸! 경호의 눈은 시뻘겋게 되어가지고 우선 기숙사로 들어가서 옥희가 거처하는 방문을 들여다보았다.

"밖에들 나갔어요!"

그 윗방에 있는 여공들은 경호의 자유스러운 몸을 시새우는 듯이 쳐다보며 묻지도 않는 말을 대답하듯 한다.

경호는 실망하고 도로 나왔다. 어디로 갈까? 경호는 사무실도 안 들어가 보고 기숙사만 다녀 나오는 것을 누가 보지나 않았는가 싶어서 사무실로 들어가 자기 책상 서랍을 빼가지고 공연히 뒤적뒤적하다가, 그길로 다시 길거리로 튀어나왔다.

그는 지향 없이 걷는다는 것이 읍내 앞 원둑 밑 논길을 걸어갔다. 그런데 거기서 뜻밖에 갑숙이를 만나지 않았는가?

경호는 드러난 길거리에서 그와 같이 있기가 남의 이목에 띌까 두려워서 그의 귀에 무엇을 두어 마디 소곤거리고 지나갔다. 여자는 고개를 끄덕였다.

그는 마치 풀잎을 희롱하는 것처럼 하고 앉았다가 남자가 냇둑 위로 올라서서 없어지려 할 무렵에야 가만히 몸을 일으켰다.

새잎이 싹터 나오는 포플러나무 숲이 늘어선—냇둑 언덕 밑에는 경호와 갑숙이가 나란히 붙어 앉았다.

경호는 시름없이 흐르는 냇물을 굽어보고, 갑숙이는 불안한 표정으로 주위에 눈동자를 굴린다. 눈가가 새빨갛게 부풀었다.

경호는 그동안의 자기의 지나온 소경력을 하나도 빼지 않고 말한 뒤에 그전에 오해하고 있던 심중을 거짓 없이 고백하였다. 그러고 나서 그는 다시 갑숙이를 쳐다보며

"인제는 다 지나간 일이나 모든 책임은 내가 지겠어요. 그러나 당신이 그런 결심을 하실 때에 왜 나한테는 한마디 말이 없었나요?"

"그럼 또 무슨 말을 해요?"

갑숙이는 얼없는 웃음을 웃었다.

그는 경호를 경원할 수밖에 없었다. 전자에는 다 같은 학생의 처지였으나 지금은 경우가 다르다. 그는 감독자의 지위에 속하고 자기는 직공이다.

그래서 경호가 그동안의 경과를 세세히 이야기하고 자기에게 속임 없는 고백을 하는데도 그는 다만 들을 만할 뿐이었지 그 이상을 더 나

가지 않았다.

자기가 공장에 들어온 경호를 말할 때도 그저 인순이의 발연으로 채용되었다는 말을 간단하게 할 뿐이었다. 만일 잘못하다가 그의 *사촉으로 공장에서 쫓겨난다면 큰일이라 싶어서. 경호는 지나간 이야기를 그치고 장래 일을 다시 묻기 시작하였다.

사촉
개인의 사사로운 부탁.

그는 자기도 과거와 같은 생활을 벗어나려고 취직을 한 것인데 조만간 자기도 출가를 해서 독립생활을 하겠다는 것이었다. 그러나 그의 말 속에는 갑숙이와의 끊겼던 인연을 다시 맺었으면 하는 그런 의미도 포함된 것 같았다.

갑숙이는 그대로 잠자코 있었다.

"갑숙씨! 지나간 모든 허물을 사죄하는 의미에서 앞으로 나는 당신을 위해서는 어떤 희생이든지 감수하고 싶습니다. 그러면 당신은 그전처럼 나를 다시 신임해주시지 못할까요? 지금의 나로서는 오직 그것이 소원인데요!"

"천만에, 선생님이 무슨 잘못하신 게 있어요…… 인제는 제가 한 공장 안에서 괴로움을 끼치게 되었으니 설혹 잘못하는 것이 있더라도 눌러 용서해주……셔요."

갑숙이는 짐짓 애교를 띠고 사교적 웃음을 다정히 웃었다. 그는 자기에게서 별안간 그런 말이 어디서 솟아 나왔는지 모른다.

그는 지나간 상처를 긁혀서 아까 혼자 올 때는 남모르게 속으로 울었다. 그러나 지금은 적이 가슴이 진정되었다.

경호는 불같은 열정이 끓어오르다가 갑숙의 말을 듣고는 등허리에 냉수를 끼얹는 것 같았다. 갑숙이의 말은 그전보다 친절은 하면서도 어쩐지 범접하지 못할 위엄이 있어 보인다.

그에게는 벌써 소녀의 천진난만한 숫티가 없어진 것 같다. 그동안에 고해의 풍파를 많이 겪은 사람처럼 이지적인 날카로운 칼날을 눈 속에 번득이면서, 그리고 상대자의 동작을 간단없이 주의하는 것 같다. 여차하면 심장을 푹! 찌를 듯이…… 그런가 하면 그는 또 피로를 쉬지 못한 몸이 몹시도 수척해 보이는데다가 야윈 두 뺨 위로는 광채 나는 두 눈만 커다랗게 빛난다.

그는 손등이 검어지고 터지고 해서 그전에 비단결처럼 곱던 자태가 어디로 사라졌다. 경호는 그런 몰골이 눈에 띄자 다시 애처로운 생각에 목메기 마지 않았다.

"그럼 당신은 이 공장에 오래도록 있을 터인가요?"

"네! 한동안 기술을 다 배우기까지는……."

"혹시 공장보다 나은 곳이 있어도요?"

"여자의 직업으로 공장보다 나은 데가 어디 있겠어요."

갑숙이는 은근히 고소를 머금으며 말을 이어서

"설령 있다고 하더라도 가고 싶지 않어요.…… 선생님이 나를 참으로 사랑하시거든……."

경호는 잠자코 있다가 초연히

"네, 당신이 아까 어디 갔다 온 것도 알지요."

"?……"

갑숙이는 가슴이 덜컥 내려앉았다. 그는 그것을 어떻게 알았던가?

그들은 한동안 침묵을 지키고 흘러가는 냇물만 굽어보았다. 암탉의 품속같이 포근한 봄은 따뜻한 양지를 대지에 펴고 있다!

경호는 갑숙이에게 더 묻고 싶은 말을 중단하였다.

그는 갑숙이에게서 어떤 눈치를 챘기 때문이었다.

갑숙이의 자기에게 대한 태도가 그와 같이 냉정하게 된 것은 지금의 처지가 서로 달라진 까닭이 아닌가? 갑숙이는 점도록 서름한 태도로 자기를 꺼리는 모양 같다.

그는 갑숙이의 그러한 태도가 결코 무리가 아니라고 생각하였다. 사람이란 환경이 달라지면 그의 심리 상태도 일변해지는 법이라고.

우선 자기만 보더라도 지금까지 친부모로 알았던 지금 부모가 일개 수양부모라는 사실을 안 뒤로부터는 그전처럼 친자의 정이 붙지 않는다. 그들과의 사이에는 전에 없던 어떤 간격이 막혀 있지 않은가?

그렇다면 갑숙이도 마치 자기의 그런 생각과 같이 자기에게 대한 심리가 변하였을 것이다. 갑숙이는 지금도 자기를 선생님이라고 불렀다. '당신'이라고 부르던 칭호는 어느덧 '선생님'이라는 간격을 지은 것이다.

그러면 자기는 먼저, 아까 고백한 것을 사실로 증명하기 위하여 지금의 처지를 벗어나야 할 것이다. 지금부터는 그와 의논할 것이 아니라 그에게 행동을 보여야 한다. 자기가 그를 진정으로 사랑한다는 것은 그를 위하여서는 무엇이든지 희생한다는 것을 사실로써 증명해야 될 것 아닌가?

그러나 그는 그 순서를 어떻게, 어디서부터 밟아야 할는지 몰랐다. 우선 자기 집과 깨끗이 인연을 끊어야 될 것이 아닌가? 그러면 그때, 지금 부모들은 어떻게 생각할 것인가? 그들은 얼마나 놀랄 것인가!

그들은 비록 고리대금을 하고 수전노와 같이 오직 돈 하나만 아는 진실치 못한 인간이라 할지라도 자기를 갓난애로부터 길러낸 공로는 잊을 수가 없었다. 수양부모도, 부모는 부모다. 비록 갈라져 나오더라도 그들을 끝까지 수양부모로 섬기고 싶다.

그러나 그들은 그렇게 흔연히 마음을 고쳐먹을 수 있을 것인가?

또한 자기가 지금 집에서 깨끗이 출가를 한다면 회사의 직업이 위태하지 않을까?

그들은 자기의 소위를 괘씸하게 생각하고 회사에 말해서 해고를 시키지는 않을까? 경호는 별생각이 다 난다. 약한 마음을 먹을수록 별별 의심이 다 난다.

그렇다고 경호는 그대로 있을 수는 절대로 없다. 그것은 갑숙이를 생각해서만 아니라 자기의 당초 계획이 그렇던 바인데 천만 의외에 갑숙이를 한 공장 안에서 만나게 된 이때에 있어서는 한시바삐 그것을 실행하지 않으면 안 될 형편이었다.

경호는 마침내 최후의 결심을 도슬러 먹고 정중한 목소리로 오랫동안의 침묵을 깨뜨렸다.

"갑숙씨의 의사는 충분히 알었습니다. 나는 굳이 더 앞일을 묻고 싶어하지는 않겠어요. 다만 우리는 경건한 마음으로 인간의 바른 길을 찾아 드는 것이 급무라 하겠지요. 과거의 우리들은 벌써 죽었다 한다면 우리는 그 죽음 속에서 다시 새로 난 어린애라고나 할는지요…… 과거의 우리를 깨끗이 잊어버리자면…… 그러나 그 묵은 둥치에서 새싹이 나온다면 우리는 그것을……."

갑숙이는 밭은기침을 하고 나서 얼른 경호의 말을 가로챘다.

"그러니 지난 일은 깨끗이 잊어주셔요. 지금 하신 말씀과 같이 나도 죽었다가 다시 살아난 셈이어요. 나도 그전 일은 깨끗이 잊어버리겠어요. 아주 죽은 사람처럼. 그리고 지금 선생님은 아주 모르는 이를 새로 만난 것처럼. 그래야만 피차간 장래의 앞길을 또다시 그르치지 않을 것같이 생각되니까요.…… 선생님은 어떻게 아시는지 몰라도 나는 그렇게 재출발하는 것이…….”

갑숙이는 목소리를 삼켰다. 그는 별안간 눈물이 핑 돌기 때문에 얼른 머리를 숙였다.

“네, 나 역시 그렇게 생각합니다. 서로 백지로…… 백지로 대해주셔요. 그전 상처를 건드리지 말고 그것은 참으로…….”

경호는 감개무량한 자기의 감정을 어떻게 표시해야 좋을지 몰라서 다만 말 없는 시선을 지난날 연인에게 던졌다…… 그의 시선도 마주쳤다.

그는 격렬한 감정을 그대로 참을 수가 없어서 먼저 자리를 일어섰다.

“안녕히 가셔요!”

경호는 이런 목소리를 들은 것 같은데 그는 답인사를 하였는지 어쨌는지 마치 술 취한 사람처럼 정신없이 걸어갔다.

—그는, 그것을 나중에야 깨달았다.

인순이는 오래간만에 자기 집에를 나왔다. 그는 인동이의 혼인 때 다녀간 뒤로는 지금 처음으로 나오는 길이었다. 그는 다른 식구보다도 새로 들어온 올케를 자세히 보고 싶어서 벌써 언제부터 집에를 나오고 싶었던 것이다.

인동이가 나무를 해 지고 내려와 보니까 인순이는 벌써 와 앉아서 무슨 이야기인지 식구들과 지껄인다.

“너 언제 왔니?”

인동이는 시치미를 뚝 떼고 누이동생에게 이렇게 물었다.

“나도 지금 왔수, 나무하러 갔다 오오.”

음전이는 스스러운 시누이 앞에서 남편을 대하기가 부끄러운 듯이 몸가짐을 조심하는 것 같다.

인동이는 벌써 그 눈치를 채었던지 싱글싱글 웃고 아내를 쳐다보다가 다시 인순이에게로 시선을 쏘며

"넌 뉘 올케를 인저 처음 보지. 어떠냐 네 맘에 드니, 안 드니?"

"오빠도 참 별소리를…… 왜 처음이야. 혼인 때에 왜 안 와 봤수."

"오, 참 그때 상면을 했던가. 그래도 그날은 잘 못 보았겠지."

"왜 너같이 뉘나 다 눈이 무딘 줄 알었니. 너는 그날 너무 좋아서 동생이 온 줄로 몰랐구나 호호호……."

모친이 웃는 바람에 좌중은 일시에 따라 웃었다. 음전이는 그러지 않아도 면구해 죽겠는데 시어머니까지 농담을 하는 바람에 더욱 몸을 움츠리고 귀밑을 붉혔다.

"참 그런가 봐. 오빠두 참!"

하고 인순이도 심중으로 벌써 올케의 속을 엿보고 있는 중이었다.

그는 옥희와 자기 올케를 서로 비교해보았다. 물론 공부를 못한 음전이가 옥희를 따라갈 수는 없겠지만 어쩐지 천박한 세속 티가 흐르는 것 같다. 지금은 누구나 다, 돈! 돈! 하고 돈 하나만 내세우는 세상이지마는 그 역시 그들과 같이 부세(浮世)의 뜬 영화에 걸뛰는 것 같았다.

그것은 자기도 공장에 들어가기 전에는 그렇게 생각하고 있었다. 세상의 아무런 물정을 모르고 맹목적으로 그저 악착한 현실에 부대끼는 만큼 어떻게 하면 거기에서 조금이라도 물질적 자유를 얻을 수 있을까 하는 생각뿐이었다.

그러나 지금의 인순이는 그런 생각은 한갓 공상에 지나지 못하는 것을 사실로 인식함에 이르자 세상에 대한 새로운 지식을 차차 터득하게 되었다.

그러는 대로 사람이 귀하다거나 사람이 사람답게 산다는 것은 한갓

금전만 위해서 사는 데 있지 않을 줄 알았다. 그것은 금전을 사람 이상으로 평가하는 모순이 아닌가? 그래서 그는 얼마 전까지 자기도 이 세상의 많은 가난한 사람과 천대받는 사람들이 가지고 있는 공통된 생각처럼 자기를 하찮게 여기고 자포자기해서 짐승만치도 알지 않던 것을 인제는 자기도 이 넓은 세계의 한 사람으로서, 사회의 일 분자로서 한 사람 구실을 해야겠다는 향상심을 가지게 되었다.

이런 안목으로 음전이를 볼 때 멸시에 가까운 생각을 가질 수 있는 것은 물론이다.

'오빠의 성미가 저런 여자를 좋아할까? 만일 좋아한다면 그의 인물에 반해서나…….'

그는 속으로 혼자 이런 생각을 하고 있었다.

박성녀는 이날도 인순이가 오래간만에 왔다고 점심 반찬을 장만하느라고 야단이었다.

풋나물을 삶고 말린 *호박고자리를 담그고 도토리묵 달걀 등속을 있는 대로 주워 나왔다. 음전이가 마주 수종을 들러 나오는 것을

호박고자리
'호박고지'의 방언. 호박을 얇게 썰어 말린 찬 거리.

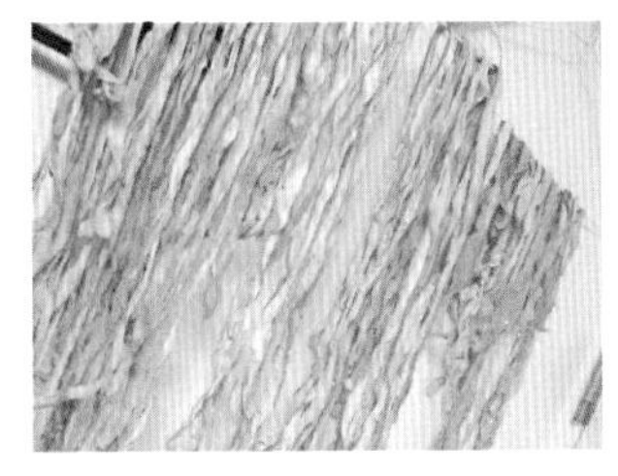

"의라! 너는 애기하고 이야기나 하고 놀다가 밥이나 먹어라. 점심은 내가 혼저 지마."

하고 못하게 하였다. 음전이는 할 수 없이 시누이와 마주 앉았다.

이야기를 하라니 별안간 무슨 이야기를 해야 좋을는지 몰라서 그는 어리삥삥하니 가끔 먼 산만 쳐다보았다.

"인순이 바람에 오늘 점심은 잘 먹겠고나. 어머니 그런데 나보고는 놀란 말이 없으니 그래 이 세상은 딸만 제일이유?"

"하하하! …… 네 대신 네 아낙이 놀지 않니."

"호호호……."

두 젊은 여자들은 마주 소리쳐 웃는다. 인동이도 그들을 따라 웃고 나서 거름 한 짐을 파 지고 들로 나갔다.

인순이가 왔다는 소문을 듣고 마을 사람들은 하나 둘씩 모여들었다. 업동이네, 수동이네, 쇠득이 처, 희준 어머니, 김선달 마누라, 삼분 어머니…… 그들은 인순이가 공장에 들어가서 돈을 잘 번다는 말을 듣고 남의 속은 모르고 부러워하였다.

과연 그들은 작년보다도 바짝 더 늙었다. 수동이네는 부황이 났는지 얼굴이 부석부석하다. 그도 그럴 것은 작년에는 자기 집이 농사를 잘 지었다는데도 벌써 양식이 떨어져서 장릿벼를 얻어먹는다니, 수동이네같이 타작마당에서 빗자루만 쥐고 일어선 집이야 더 말할 나위가 없을 것이다.

그들은 인순이를 중심으로 뺑 둘러앉아서 제가끔 여러 가지 질문을 하였다. 희준이 모친은 마치 이 자리에 좌상 격으로 담뱃대를 뻗치고 앉아서 여러 사람의 말을 꼬느고 받고 하였다. 그는 자기 아들이 이 동리에서 제일 시체 격식에 유식하고 동리의 대소사를 주름잡다시피 하는 만큼 은근히 자기도 그런 아들을 둔 자랑이 가슴속에 서려 있었다.

그들은 인순이에게 순서 없는 말을 지껄이다가 더 물을 말이 없으니까, 그제부터는 음전이에게 총부리를 대고 모두들 그의 인물이 잘났다고 칭찬이 벌어졌다.

박성녀는 그런 말을 듣는 대로 입이 벌어졌다. 그것은 더욱 음전이가 잘사는 집에서 태어났다는 것으로 그의 인물이 높이 평가되는 것 같았다.

인순이는 무언중 그들의 대화를 들으며 은근히 미소를 머금었다. 작년에 왔을 때는 그래도 그렇지는 않았는데 그들은 한층 더 비참해진 것 같다.

그것은 그들의 영양 부족에 걸린 얼굴이나 초라한 의복에서만 아니라 말하는 것이나, 태도 갖는 것까지 현실에 절망된 가련한 궁상이 나타난다.

그들은 이야기의 씨가 다하니까 나중에는 제각기 자기네 처지로 화제를 돌렸다.

그들은 지금까지는 마치 남의 정신을 놀았다는 것처럼 말끝이 자기네 발등에 떨어지자 갑자기 우울한 표정을 짓는다.

"성님넨 요새 어떻게 지내우? 양식 좀 팔었우?"

"양식을 무슨 수로 팔어."

"그럼 어떻게 지나우. 허구한 날!"

"그렁저렁 지내지. 언제는 별수 있나."

수동이네는 업동이네가 묻는 말을 이렇게 심드렁하게 대답한다.

"참 내남없이 사는 게 용하거든…… 작년 가을에 생각할 때는 벼 한 섬도 차지를 못했는데 이 겨울을 어떻게 넘기나 하였더니 그래도 굶으며 먹으며 또 한 겨울을 보냈으니…… 아주머니! 사람의 목숨이란 퍽 모진 게지?"

"그럼 여북해야 목구멍이 보두청이라나."

업동이네가 묻는 말에 희준이 모친은 맞장구를 치며 담뱃대를 문 아랫입술을 실기죽한다. 그도 자기의 애달픈 생활의 고뇌를 마음속으로 씹어 죽이는 모양이었다.

"아이구 또 이 봄을 어떻게 살아간대유. 하루 한 날 아니구…… 조석 때가 돌아오면 아주 지긋지긋해 죽겠어유."

"글쎄 말이여. 어서 햇나물이 났으면."

"우리 집 애아버지는 누가 두고 안 주는지 조석 때마다 화를 내서 성화해 죽겠어유."

"참 모두들 큰일 났어. 보리동을 대자면 아직도 멀었는데."

"그럼매 말이어유."

"성님은 요새 먼 산으로 칡뿌리를 캐러 다니신다지?"

쇠득이 처가 묻는 말에 수동이네는

"어제도 봉화재로, 일심사 절 뒤 상봉으로 쏘다녔지. 칡뿌리는 더러 있어도 산이 험해서 맘대로 다닐 수가 있어야지. 하마터면 범바위 밑에서 떨어져 죽을 뻔했어."

"내일두 가실 테면 나하고 가셔유."

"그라세."

"아니 수동이네는 나이도 지긋하고 하니 가피떡 장사나 해보지 그려. 양지쪽에는 햇쑥이 뾰죽뾰죽 나오는데."

"그것도, 밑천이 있어야 하지요. *피천 *대푼도 없는데 떡쌀과 고물을 어떻게 당해요."

"하긴 그도 그렇지."

희준이 모친은 제풀에 서글픈 웃음을 웃는다.

"빼도 박도 못한다더니 참 그 말 쪽이네, 그래 가난한 사람은 이렇게 *옴낫을 못하란 법인가."

그는 지나간 시대를 동경하는 것처럼 부지중 한숨을 내쉰다.

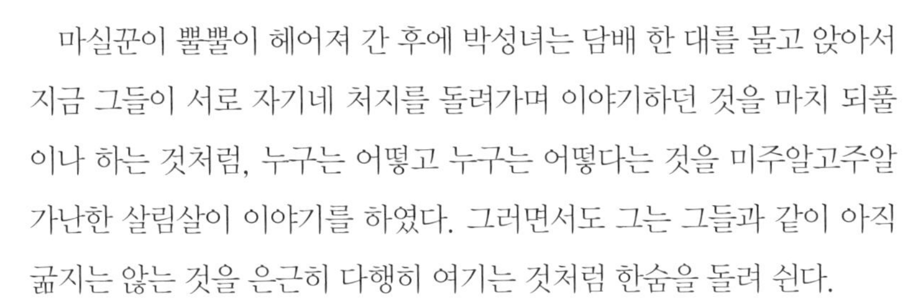

마실꾼이 뿔뿔이 헤어져 간 후에 박성녀는 담배 한 대를 물고 앉아서 지금 그들이 서로 자기네 처지를 돌려가며 이야기하던 것을 마치 되풀이나 하는 것처럼, 누구는 어떻고 누구는 어떻다는 것을 미주알고주알 가난한 살림살이 이야기를 하였다. 그러면서도 그는 그들과 같이 아직 굶지는 않는 것을 은근히 다행히 여기는 것처럼 한숨을 돌려 쉰다.

"모두 다, 말이 아니란다. 웬일인지 작년 봄보다도 뉘나 바짝 오그러만 드는구나."

"정식이 오빠네 사시기는 요새 어떻다우."

"그 형님 댁도 말 아니지."

"굶지나 않수?"

"모르지! 그래도 희준이의 *권도살림으로 그만침이나 부지하지, 명준이 같으면 벌써 거덜났을라."

"방개는 시집갔다지?"

"그랬단다, 네 오라비와 한 달에……."

쑥

피천
노린동전. 매우 적은 액수의 돈.

대푼
돈 한 푼이라는 뜻으로, 아주 적은 돈을 이르는 말.

옴낫
'옴나위'의 북한어. 꼼짝할 만큼의 작은 여유.

권도살림
그때그때의 형편에 따라 이리저리 둘러맞춰서 살아가는 살림.

"호!"

인순이는 의미 있는 웃음을 웃다가 언뜻 올케를 쳐다보고 표정을 고쳐 지으며

"그래, 가서 잘 사나."

"잘 산다더라. 엊그제 친정에 왔다더니 그저 있는지 다녀갔는지……."

"네, 친정에 왔대요? 한번 만나 보았으면!"

모친은 무심코 딸에게 곁눈질로 흘겼다. 며느리가, 그전에 그와 아들과의 관계를 알까 봐서 겁이 났다.

그러나 방개는 벌써부터 싸리문 뒤에 붙어 서서 이 집안의 내용을 살피고 있었다. 그는 이삼 일 전 오던 날부터 인동이 집에를 가고 싶었으나 그전의 관계를 온 동리 사람이 모두 아는 만큼 주저하였다.

그렇다고 그는 인동이가 보고 싶어서 가보고 싶다는 것은 아니었다. 그보다도 음전이의 인물을 한번 다시 똑똑히 보는 동시에 그들의 가정이 얼마나 재미있나 알고 싶었는데 무슨 핑계가 없이는 불쑥 가보기가 겸연쩍었다. 그런데 오늘 아침에 인순이가 나왔다는 말을 듣고 그는 이 기회를 놓치지 말자 하였다.

그는 인순이가 나왔다는 말을 들으면 다른 사람들도 찾아갈 줄 짐작하고 일부러 느지감치 저녁때에 내려가 보니 과연 마실꾼들은 모두 돌아간 모양으로 집안이 괴괴하고 식구들의 목소리만 들렸다.

"아주머니! 집에 계시군…… 안녕하십시오?"

빨간 댕기에 은비녀를 물려서 쪽을 찐 방개는 그동안에 활짝 피어서 각시 꼴이 뚜렷이 박혔으나 그러나 얼굴에 화색이 없이 무슨 근심이 있는 사람과 같았다.

"아이구, 이게 뉘여! 참 왔단 소문을 듣고 한번 올라가 보자면서 하

는 것 없이 오늘내일 하다가…….”

박성녀는 짐짓 반가운 표정을 지으며 어서 들어오기를 청하였다.

하긴 그도 방개가 근친 왔다는 소문을 듣고 한번 가보고 싶었으나 아들과의 처녀 적 관계를 세상이 다 아는 까닭에 혹시 찾아갔다가 그 어머니와 식구들이 좋지 않아 할는지도 몰라서 그만둔 것이었다.

“인순이가 왔다기에 만나보고 싶어서 왔어유.”

“그렇지 어서 올라와.”

“호랑이도 제 말 하면 온다더니 지금 막 언니 말을 했는데.”

“그랬어…… 잘 있었수?”

“언니두 잘 있었수?”

인순이는 능청스럽게 방개를 언니라고 불렀다. 방개도 그것을 싫게 듣지 않는 것 같다.

음전이는 말없이 자리를 일어서서 묵례를 할 뿐이었다. 방개도 거기에 답례하는 것처럼 쳐다보았다.

“그래 퍽 고되지, 공장 일이…….”

“내야 늘 그렇지. 언니야말로 새살림 재미가 어떠우?”

인순이가 방끗 웃으며 묻는 말에 방개는 어색한 웃음을 따라 웃으며

“새살림 재미? 좋지 뭐…….”

하는 말끝에는 쓸쓸한 기분이 떠돌았다.

“참 태기가 있는가 원…… 어서 아들을 나야 할 텐데…….”

“어디서…… 하늘에서요?”

방개는 별안간 소리쳐 웃는다. 그가 생각 밖에 말을 듣는 것이 기막힌 모양이었다.

방개는 음전이를 쳐다보다가 다시 인순이에게

"나도 너처럼 시집가지 말고 공장에나 들어갔으면 좋겠다."

"왜?"

"시집이라고 가보니 그전 생각 같지 안어서, 아주 한 말로 말하면 왼 몸을 잔뜩 결박진 것 같애서 도무지 못살겠다. 내 자유대로 혼자 사는 것이 제일 좋겠어……."

하고 그는 다시 쓸쓸한 웃음을 지었다.

박성녀는 부엌 뜰에 짚방석을 깔고 앉아서 여전히 곰방대로 담배를 피우며 그들의 이야기를 듣다가

"그렇게 자네 말 같애서는 세상에 시집갈 사람이라고는 하나도 없게. 왜 그라는 게야. 소문에는 재미있게 산다는데!"

"재미가 아주 깨 쏟아지듯 한답니다."

"그럼 부모 슬하에서 첫정을 붙여 사는 것이 재미있지 않구."

박성녀는 다시 빙그레 웃는다.

"재미가 무슨 재미여요. 그것도 다 넉넉한 집안 말이지. 가난한 살림을 하랴거든 차라리 혼자 사는 것이 낫겠어요. 그래서 저는 이렇게 생각하는데요. 저 타국 사람들처럼 버젓하게 한번 살지 못하겠거든 시집이나 장가도 들지 말고 그저 혼자 사는 게 좋겠다고요."

"그럼 인간의 씨가 멸종되게!"

"멸종이 되든지 말든지 그게야 상관 있어요, 짐승같이 사는 것은 죽으나 사나 일반인걸유 뭐."

"하하…… 하긴 그도 그래요. 그렇지만 사람의 일이란 어디 맘대로 돼야지!"

방개는 담뱃갑을 괴춤에서 꺼내서 박성녀에게 한 개를 꺼내주며

"아주머니 그 담배 고만 피시고 골련을 잡수시유."

"골련?"

하고 박성녀는 주는 것을 받는다.

"자, 너도!"

"내가 언제 담배 먹었남."

"그동안 배우지도 않었어?"

"안 배웠수."

"그럼 이 양반이나."

"먹을 줄 몰라요."

음전이는 고개를 돌리며 빙그레 웃는다.

"왜 시어머니 앞에서라고 어려워서 그러우."

"아니유."

"원 담배들도 못 먹고 무슨 재미로 산담! 난 담배를 잠시도 못 먹으면 죽을 것 같으니."

"아주 담배 인이 백인 게지."

"아마 그런가 봐."

방개는 담배를 맛있게 흡연을 하면서

"난 술도 먹는단다. 그까짓 것 기위 잘살기는 틀린 바에야 *휘뚜루멋두루 제 맘대로나 살다 죽지 무어 거리낄 것이 있나!"

휘뚜루멋두루
휘뚜루마뚜루. 이것저것 가리지 않고 닥치는 대로 마구 해치우는 모양.

"그러다가 쫓겨나면 어짜구."

"쫓겨나면 고만이지요."

박성녀는 하하 웃으며

"자네가 어려서도 왁살궂더니 커서도 그 성미가 그대로 있네그려."

"그래 동병상련으로 아주머니댁 며느님 생각은 어떤가 하고 이야기나 좀 하러 왔더니만 너무 얌전하시니까 어디 말을 붙일 수나 있어야지유. 아주머니께서는 참 며느님을 잘 얻으셨습니다."

"나도 잘 얻고 자네도 잘 시집갔지."

"저 같은 *왈패를 시부모가 좋아하겠어요."

왈패
말이나 행동이 단정하지 못하고 수선스러운 사람.

여러 사람은 일시에 웃었다.

인순이는 웃음을 거두고 정색을 하며

"언니도 그러게 마음을 먹지 말고 진실하게 착심을 해보우…… 세상일을 가만히 생각하면 재미있는 구석이 없지도 않은 게야. 나도 그전에는 언니같이 생각했는데 공장에를 들어가서 차차 닦여나 보니까 그전에 모르던 일이 깨달어지고 사람이 왜 사는지 그 까닭이 알어지더구먼!"

"그러기에 아까 너보고도 그라지 않었니! 나도 공장이나 들어가구 싶다고…… 참 말이 났으니 말이지, 나 같은 사람도 그런 데 들어갈 수 있을까?"

"무얼 못 들어갈 것도 없지 머!"

"아니 시집간 사람도 들어갈 수 있을까!"

"시집간 사람도 많이 다닌다우."

"그럼 나도 한 자리 징궈주렴!"

"내가 무슨 권리 있나. 올해도 뽑을는지 모르지 가보구려."

"나 같은 무식쟁이를 뽑을까? 죄인처럼 가만히 혼자 집안에만 갇혀 있으니까 답답해서 사람이 살 수 있어야지…… 그럼 뽑을 임시해서 기별해주고 한 동리 사람이라고 잘 말해주어!"

"정말이유? 그럼 그러우."

방개는 담배 한 개를 다 태우고 나서 그만 가야겠다고 저녁 해먹고 가라는 것도 고사하며 일어났다. 그는 싸리문을 나서서 큰길 거리로 오다가 빈 지게를 지고 오는 인동이와 마주쳤다.

방개는 별안간 눈초리가 샐쭉해지며 자기로도 억제치 못할 어떤 감정에서 못 본 체하고 그대로 지나가려니까 인동이가 빙그레 웃고 길을 막아선다.

"작년—백중날 밤에 당신은 나 보구 길거리에서 만난대도 인사를 않겠다더니 당신이야말로 그 말이 맞었구려."

"당신같이 부잣집 따님에게로 장가든 귀동자님을 보고 누가 인사를 해!"

"귀동자!…… 대관절 어디 갔다 오는 길이오."

"당신 집에!"

"우리 집을 다 찾아오고 그건 너무 고마운데."

"누가 당신 보러 갔남, 인순이 보러 갔지."

"아따 뉘를 보러 갔던지."

"당신 실내마님도 똑똑히 좀 다시 보고!"

"그래 어떻습디까?"

"그래 예쁩디다, 돋어오는 반달 같고 썩은 동아줄 같고 물 찬 제비 같고 당신이야말로 새살림 재미가 어떻소? 아씨가 그렇게 이쁘니까 물론 좋겠지."

"그다뿐이오, 그런데 길거리에서 이럴 게 아니라 저녁에 우리, 그날 밤에 만나던 차돌바위로 만납시다."

"누가 어째여? 자기가 공연히 지나가는 사람들 붙들고 실갱이를 하며."

"하여간 어짜겠소. 이따가 오겠소 안 오겠소?"

"미쳤나 그런 데를 가게."

"여보 이건…… 신정도 좋지만 구정을 잊지 말랬다고 사람이 그럴

수가 있소, 내—털끝 하나도 안 건드리리다."
"몰라요 난!"
방개는 발길을 돌리더니 그길로 뒤도 안 돌아보고 달아난다.
"기다리겠소."
"몰라!"
인동이는 작년 봄에 먼 산 나무를 가다가 방개를 이 앞 큰길 가운데서 마주쳤을 때 처음으로 그에게 장난을 붙여보던 생각이 났다. 그것을 동기로 하여 그와 접촉할 기회를 지은 것인데 지금은 그때와 다른 의미로 그에게 수작을 붙여본 것이다.
인동이는 고개를 숙이고 오면서 다시 생각해보았다. 그가 오늘 밤에 자기를 만나러 올까 안 올까? 어쩌면 올 것도 같고 어쩌면 안 올 것도 같다.
그는 집으로 들어가서 안마당에 지게를 벗어놓고 조끼 주머니에서 희연 봉지를 뒤져 담배를 담으려니까
"엇다. 이 골련 먹어라."
하고 모친은 궐련 한 개를 집어준다.
인동이는 그것을 받으러 가며
"궐련이 어디서 났수?"
"지금 방개가 당겨갔는데…… 나 먹으라고 한 개 주더구나."
"방개가 어째 왔을까?"
인동이는 궐련을 붙여 물며 시치미를 뚝 떼고 그들의 눈치를 본다.
"인순이가 왔단 말을 듣고 보러 왔다구……."
"아, 그래서……."
인순이는 빙그레 웃고 있다.

그는 마치 자기를 비웃는 것 같다.

인동의 생각은 자기도 그전 같지 않다는 것을 그 누이에게 알려주고 싶었다.

고부가 저녁을 지으러 부엌으로 들어간 틈을 타서 인동이는 혼자 있는 인순이 방으로 들어갔다.

"들에 갔다 오슈."

"그래."

"넌 왜 빙글빙글 웃니?"

"누가 오빠 보고 웃었수."

"너 아까 산에 갔다 왔지."

하고 인동이가 마주 싱글싱글 웃는 바람에

"산에?"

"아까 산에서 나려오지 않었어."

"산은 웬 산?"

"나도 다 안다!"

"호!"

인순이는 그제야 눈치를 챘다. 그는 자기가 들어온 뒤에 인동이가 갈퀴나무 한 짐을 해 지고 온 것이 생각나서

"방개가 공장에 들어가겠다고 한 자리 소개해 달랍디다."

"공장에는 왜?"

"누가 알우."

"내가 어떻게 소개를 하니, 늬가 해야지."

"희준이 오빠를 졸러서! 호……."

"싫다 얘! 난……."

인순이는 입을 막고 웃는데 인동이는 얼굴을 붉힌다.

인동이는 저녁을 먹고 나서 마실을 가는 체하고 마을 가운데로 슬슬 돌아다니다가 남의 눈을 피해서 작년 칠월 백중날 밤에 방개와 만나던 그 자리—차돌바위를 찾아 올라갔다. 첫봄의 밤공기는 쌀랑하니 찬 기운이 돈다.

'봄바람은 첩이 죽은 귀신이라더니 참으로 품속으로만 대드는구나!'

인동이는 속으로 중얼거리며 팔짱을 끼고 올라갔다. 초승달이 큰내 여울물 위로 남실거린다. 낮에 그렇게 울던 꾹꾹새는 목이 쉬었는지 자는지 아무 소리 없다. 차차 산기슭을 올라갈수록 송풍이 이따금 우—하고 불어온다.

인동이는 차돌바위를 찾아가서 쪼그리고 앉았다. 찬 돌 위에 우뚝 앉으니 더욱 소름이 끼친다.

그는 읍내 앞들을 내려다보았다. 정거장통으로 환하게 켜진 전등은 작년이나 이제나 일반이었다.

십 분! 이십 분! 거의 한 시간 동안을 공상에 잠겨 있으면서 눈으로는 읍내의 야경을 굽어보았다. 그런데 방개의 종적은 묘연하였다.

"안 오는군!"

좀더 기다려볼까 내려갈까? 그는 슬그머니 화가 나서 그만 내려가려고 일어서 보니 산 밑으로 거무스름한 것이 움직인다. 그것이 자꾸 올라오는 것 같으므로 인동이는 다시 동정을 보기로 하였다.

과연 숨이 차서 씨근거리며 올라오는 것은 방개가 분명하였다.

"아! 벌써 올라 왔수?"

"벌써가 무어요. 난 지금 안 오는 줄 알고 나려가랴는 판인데."

"나도 당신이 안 올는지 몰라서 올까 말까 하다가 혹시 올는지도 몰라서 오는 길이오."

"아, 그랬던가요. 하여간 잘 만났소. 여기 앉으시오."

방개가 인동이의 옆으로 바짝 붙어 앉는 것을 인동이는 일부러 사이를 비키며

"아까 털끝 하나도 건드리지 않는댔으니 그대로 시행해야지. 자! 이만큼 사이가 떴소."

"아따 내야말로 당신 털끝 하나도 안 건드리겠소. 어여쁜 각시를 가졌는데 그게 될 말인가."

"허허허…… 그건 다 농담이고 당신은 아까 우리 집에 와서 인순이 보고 공장에 들어가고 싶댔소?"

"왜 그래! 그랬소."

"무슨 까닭으로 그런 생각을 먹었는지 좀 듣고 싶은데요."

인동이는 비로소 정색을 하고 말은 한다.

"무슨 생각은 무에 무슨 생각이여, 그저 들어가고 싶으니까 들어갈랬지."

"아니 당신은 상구도 엇먹게 말하는 것 같소마는 나는 결코 농담으로 하는 말이 아니야. 한 살이라도 어렸을 적에는 아이들 마음으로 장난도 했지마는 이제 우리들은 바른길을 찾어서 살어야 될 줄 깨달었소…… 그것은 더욱 내가 장가라구 들고 보니까 그런 생각이 더 나서 하는 말이오."

"왜 당신은 장가를 잘 들어서 누가 그런 생각을 먹으라우."

"당신은 지금 내가 재미있는 살림을 하구 있는 줄 아우?"

"그럼!"

"결코 그러지 않소. 나도 지금 생각하면 공연히……."

"왜 그래요. 나는 당신은 재미가 옥실옥실하는 줄 아는데."

방개는 참으로 그렇게 여겼는데 지금 인동이의 말을 듣고 반신반의하였다.

"당신이 곧이 안 들으면 사실대로 말하지. 음전이는 얼굴은 밉지 않어도, 성미가 맞지 않어! 인색하고 성깔 없고 자차분하고, 마치 염소 새끼야."

"호호호…… 부잣집 딸이 인색하지 않구."

방개는 음전이의 평을 잘했다는 듯이 간드러지게 웃는다.

"부잣집 딸이라구 다 그렇지는 않거든. 나는 희준이 형님이 그런 데로 왜 중신을 해주었는지 몰라. 하긴 그런 데로 장가를 들여주면 내가 좋아할 줄 알았겠지마는. 사실 또 그때는 안 좋은 것도 아니었지만 *막비 들고 보니 늑대는 늑대끼리 노루는 노루끼리 사는 것이 옳은 모양이야……."

막비
'아닌 게 아니라'를 한 문투로 이르는 말.

"그러나 길은 가보지 않으면 모른다구 지금은 당해봤으니까 그런 줄 알지 않었수?"

"그럼, 그렇지! 사람이란 먼 길을 가는 것과 같은데 길을 잘못 드는 수도 있고 잘못 가르쳐주는 사람도 있는 거야. 그러는 대로 경험을 얻어서 그 길을 바로 가는 것이 사람의 목적이겠지."

방개는 인동이의 말을 새겨듣는 것처럼 한동안을 잠자코 앉았다가

"바루고 삐뚜루고 그건 몰라도, 제일 답답해서 못살겠어…… 밥을 굶지 않으면 제일인 것 같지만두 밥만 먹구 우두커니 있는 것두 못살 노릇 같애!"

방개는 인동이에게 동의를 구하는 것처럼 쳐다본다.

"우두커니 있기 싫으면 일하지!"

"일이 무슨 일이야, 그까짓 시답잖은 일!"

"그럼 뉘는 별일 하우. 아무 일이나 재미를 붙여서 하면 되는 게지."

"재미 붙일 데가 없는 것도 붙여? 시부모라야 똑 늙은 고양이 자웅같이 밤낮 암상만 부리고 놈팽이는 *새젓이구."

새젓
'새우젓'의 준말.

"새젓?"

"고리단 말이야. 묵은 새젓 같단 말이야……."

"하하하……."

"남은 속상해 죽겠는데 임자는 웃는구려 흥!"

"그럼 어떻게 하우 웃기나 하지. 똑같이 잘됐구려. 당신도 새젓을 얻고 나도 새젓을 얻고."

"당신은 왜 새젓이야. 여편네야 그만하면 잘 얻었지."

"어째서?"

"사내는 여편네를 맘대로 할 수가 있으니까 괜찮지만 여편네는 사내에게 매 지내니까 저보다 난 사내를 얻어야 할 것 아닌감!"

인동이는 빙그레 웃으며

"나도 그전에는 그렇게 생각했었다는구먼, 하지만 그런 게 아니야. 사람은 일반인데 그렇게 층하를 할 게 있나, 하구 또 우리네 가난한 백성들이야 남녀의 구별이 어디 있어. 다 같이 일해 먹고사는데!"

"아따 이편은 각시를 잘 얻었으니까 저런 소리를 하지…… 서로의 뜻이 맞지 않는 것은 어짜느냐 말이야……."

"글쎄 그것은 지금 나도 당하는 것이지만…… 사람이 어떻게 똑 제 욕심만 채울 수 있나베…… 그저 참는 수밖에 없지."

"참을 수 없는 것도 참어!"

방개는 별안간 소리를 빽 지르고 돌아앉는다. 그리고 내 속을 누가 알아주랴는 듯이 땅이 꺼지게 한숨을 쉰다.

이 순간 인동이는 별안간 어떤 충동을 느꼈다. 여자가 웃는 것도 정이 끌리지만 성이 나서 앵돌아질 때도 한층 귀엽게 보였다.

"왜 성났나?"

"……."

"대답해!"

"호호호…… 성은 무슨 성…… 참 나는 어떻게 해야 좋다우? 그래서 난 당신을 만나보고 한번 의논해 보랴고 별렀는데…… 당신은 그렇게 냉정하우?"

인동이는 충동을 억제하며

"내가? 그럴 리가 있나."

방개는 별안간 인동의 가슴 앞으로 쓰러지며

"난 지금도 당신을…… 당신이 없이는 못…… 살…… 겠…… 흑."

하고 느껴 운다. 그의 머리에서는 동백기름내와 분냄새가 떠오른다. 은비녀와 은 귀이개를 꽂았다. 그러나 이때 인동이는 무아몽중이 되어서 자기도 모르게 그를 힘껏 껴안고 있었다.

한동안 침묵이 계속되었다.

그들은 불순한 충동의 정도를 지나쳐서 정화(淨化)된 고운 정서를 느꼈다.

방개는 눈물을 씻고 일어나 앉으며 아까보다는 화평한 기색으로

"그래 나는 이런 생각을 가지고 당신을 만나고 싶었수! 같이 달어나자구……."

방개는 인동이의 눈치를 슬쩍 보고 나서 다시 잇대기를

"만일 그럴 수가 없다면 난 공장에나 들어갈까."

밤새가 솔밭 속으로 휙 지나간다. 인동이는 무엇을 한참 생각하더니

"당신은 혹시 섭섭히 알는지 모르지만…… 난 달어날 수는 없소. 그건 음전이를 못 잊어서 하는 말이 아니라 늙은 부모를 버릴 수가 없지 않우…… 그러니 나중 말대로 공장이나 들어가는 것이 좋겠소. 거기는 동무들이 있어서 심심치는 않은가 봅디다."

방개는 다시 느껴 울기 시작하였다. 한 팔로 턱을 괴고 시름없이 산 밑을 내려다보면서.

한동안 울던 방개는 별안간 눈물을 씻고 무엇을 결심한 듯이

"당신을 다시 괴롭게 굴지 않을라우…… 난 공장에 들어가겠소. 고만 내려갑시다."

하고 발딱 일어서서 내려간다.

인동이는 아무 말 없이 그 뒤를 따라갔다. 그는 가을 하늘과 같이 휑뎅그렁한 공허가 가슴속으로 퍼져 나갔다.

31. 비밀의 열쇠

그날 밤에 경호는 조용한 틈을 타서 부친이 거처하는 방으로 들어갔다.

"아버지 주무셔요?"

"응! 여적 자지 않었느냐?"

하고 권상철은 드러누웠다가 일어나 앉는다.

"네…… 잠깐 여쭐 말씀이 있어서 들어왔어요."

경호는 공손히 무릎을 꿇고 앉았다.

"무슨 말?"

권상철은 의심스러운 듯이 힐끗 경호를 쳐다본다. 어떤 예감이 번개같이 지나간다.

경호는 기침을 두어 번 한 후에 진중한 목쇠를 더욱 침통하게 꺼내서

"참 그동안에, 저같이 미천한 것을 거두어주신 두 분 부모님의 은혜는 무에라고 여쭐 말씀이 없습니다……."

"……."

권상철은 아무 대답이 없이 입술 위로는 부단히 경련(쥐나는 것)을 일으킨다. 그는 벌써 경호의 귀에 그 소문이 들어간 줄을 알았기 때문에 다시 물어볼 말도 없었다. *만사는 와해다!

만사 와해(萬事瓦解)
모든 일이 산산조각 나서 흩어짐.

"그래…… 애비 어미가 누구인지 자식 된 도리로 한번 찾어나 볼까 하옵는데 그런 사정으로 내일부터 저는 물러갈까 합니다."

"……."

권상철은 겉으로는 처연한 체하나 마음속은 여간 당황하지 않았다. 이제는 모든 일이 물거품과 같이 사라지고 말았다.

한번 소문이 난 이상에야 그것이 어느 때 들어가도 본인의 귀에 안 들어갈 수가 없는 일이라면 지금까지 가지는 그런 비밀을 감추려고 애를 쓴 것이 도리어 어리석고 우스운 일이 아닌가? 까딱했더면 돈 오천 원만 올라갈 뻔했다고 권상철은 자식을 잃어버리는 경황없는 순간에도 안승학에게 돈을 뺏기지 않은 것을 다행하게 생각하였다.

"그러오나…… 옛말에 생아자도 부모요 양아자도 부모라고…… 더구나 저 같은 인간을 길러주신 두 분 부모님 공로에 대해서는 죽기까지 친부모와 같이 섬기고 싶사오니 저 같은 불초라도 남의 자식이라고 생각지 마시고 전과 같이 사랑해주시기를 바랍니다."

경호는 할 말을 다했다. 그래 저편의 대답을 기다렸다. 아니 대답을 기다릴 것도 없다. 그는 아무 것도 요구하고 싶지는 않았다.

그러나 권상철은 여전히 검다, 쓰다 아무 말이 없다.

수양아들을 삼으란 말이지 피! 수양아들 같은 것을 삼을 생각이 있으면 벌써 삼았지, 너를 남몰래 길러냈겠니?—그는 경호의 마지막 말에 이렇게 무언한 대답을 하는 것 같다.

권상철은 장죽에다 장수연 기사미를 한 대 담아서 담뱃불을 붙여 물고 두어 모금을 빽빽 빨고 나더니 눈도 거들떠보지 않고

"네 생각대로 해라!"

이 말 한 마디를 간신히 할 뿐이었다.

경호는 자리를 일어서며 상반신을 굽혀서

"안녕히 주무십시오."

하고 인사를 하니까

"응."

하고 권상철이도 겨우 이 소리 한 마디를 간신히 꺼내었다.

그 소리는 참으로 침통하고 애달픈 목소리다.

경호가 가만히 방문을 열고 나가니 권상철은 부지중 한숨을 길게 쉰다. 참으로 그는 자식을 죽인 바나 다름없이 마음이 공중에 떠돈다.

인제는 자식이라고는 영구히 절망이 아닌가? 늙어가며 자식도 없이 누구를 믿고 살아야 할까?

재산은 누구를 위해서 모으는 것인가?

그는 밤새도록 잠을 이루지 못하고 애꿎은 담배만 피우며 한숨을 치쉬고 내리쉬고 하였다.

이렇게 될 줄 알았으면 당초에 그런 애를 키우지 않은 편이 낫지 않았을 것 아닌가.

그런 일이 없었다면 지금 이렇게까지 낙심될 것도 없을 것이다.

그는 자기보다도 마누라가 이 일을 알게 되면 울며불며 야단일 것이 염려되었다.

그런 생각을 하면 자기도 눈물이 나온다.

그래 그는 그 밤으로 마누라에게 알리지 않았다.

경호는 그 길로 나오는 길로 자기 방으로 들어가서 자리를 펴고 누웠으나 눈은 반반하니 잠이 오지 않는다. 이 생각 저 생각 갈피 없는 생각이 꼬리를 맞물고 일어나서 머리를 뒤숭숭하게 흔들었다. 부모 없는 고아! 의지가지없는 혈혈단신!

자기는 정말! 앞으로 누구를 바라고 살 것인가?

밤중에 자다가 별안간 *홍두깨로 대가리를 얻어맞은 때처럼 권상철은 뜻밖에 경호에게서 그런 말을 듣고 보니 도무지 어떻게 해야 좋을지 무엇이라고 대꾸해야 좋을는지 말이 나오지 않는다. 그 자리에서는 네 생각대로 하라기는 하였으나 경호를 내보내놓고 나서 머리를 냉정히 하고 다시 생각해본즉 경호를 그렇게 내보냈다가는 자기의 체신이 말이 못될 것 같다.

홍두깨
다듬잇감을 감아서 다듬이질할 때 쓰는 도구.

첫째로 하인들부터 수상히 알 것 같고 그래저래 소문이 나게 되면 자기에게 별별 억측과 중상이 다 돌아올 것 아닌가? 더구나 어떻게든지 무슨 기회를 엿보고 있는 안승학은 경호의 비밀한 내력을 자기보다도 더 잘 아는 모양인즉 그에게 경호가 출가했다는 소문이 들리는 때는 또, 무슨 얄궂은 장난을 칠는지도 모르는 일이다.

그렇게 되는 날에는 자식을 잃는 것은 차치하고 자기까지 망신을 할 모양이니 그야말로 게도 구럭도 모두 잃는 *일거양실이 될 것 아닌가?

일거양실(一擧兩失)
한 가지 일을 하여 다른 두 가지 일을 잃음.

그래 그는 제 방에서 자는 경호를 새벽녘에 사랑으로 깨워내 가지고 들어와서 우선 그의 의사를 떠보았다.

"음! 네가 오늘부터 네 부모를 찾아서 가겠다니 어디로 멀리 찾어 나서겠단 말이냐? 어디로 가겠단 말이야?"

경호는 수면 부족이 된 눈을 한 손으로 비비고 나서

"말이 찾는다고 했지요만 어디 가서 찾을 곳이 있습니까. 그래 당분간은 회사에 그대로 취직하고 있을까 해요."

"그럼 구태여 나갈 것도 없지 않으냐 그대로 집에 있어도……."

"그렇지만…… 요담에 다시 들어오는 한이 있더라도 지금은…… 기분을 새롭게 하기 위해서라도 잠시 슬하를 물러가고 싶어서요……."

경호는 무어라고 말대답을 해야 좋을지 몰라서 주저하다가 나오는 대로 이렇게 말하고는 고개를 숙였다.

한동안 침묵이 계속되었다.

권상철은 경호의 눈치를 슬금슬금 보다가

"그럼 네가 신경쇠약도 걸리고 했다니 어디 가서 병 치료를 할 겸 몇 달이고 일 년이고 있다 오면 어떠냐? 그 비용은 내가 당해 주께."

"황송하오나 그렇게도 하고 싶지 않어요. 저는 당분간 회사에서 사무를 배우고 싶어요……."

"허!"

권상철은 추연히 한숨을 내쉰다. 그는 밤 동안에 번민을 해서 그런지 형용이 초췌하게 되었다. 경호는 더욱 그의 이런 모양을 보기가 민망하고 죄송하였다.

"그러나 네가 기왕 나갈 바에는 피차에 좋도록 헤어지는 게 좋지 않으냐? 그런데 이주 나갔다면 남들이라도 수상히 알고 별별 소문이 들리지 않겠느냐? 그렇게 되면 너도……."

"네, 그러기에 저는 아무 말도 않고 그저 잠시 그런 일이 있어서 임시로 나왔다고 하겠습니다."

권상철은 더 말하지 않고 자기 방으로 돌아갔다. 그는 참으로 경호의 심중을 알 수 없었다.

경호가 갑숙이와 한 공장에 있기 때문에 그런 계획을 세운 줄이야

상철인들 귀신이 아닌 다음에야 알 수 없을 것이다.

이 다음 날 경호와 갑숙이는 한 공장 안에서 동지 결혼을 하고 거기에 경호의 아버지가 뛰어나오고 또 그의 어머니가 마저 찾아온다면 그때 권상철은 얼마나 놀랄 것인가? 안승학은 또 얼마나 놀랄 것인가? 원터 사람과 이 읍내 일경 사람들은 얼마나 놀랄 것인가? 기적은 귀신이 만드는 것이 아니라 평범한 현실이 기적을 만든다. 그런 일이 없을 것을 누가 보증할 것이냐?

그러나 경호가 그날 회사로 출근한 이후로는 다시 돌아오지 않고 과부집 음식점(음전이 친정어머니)에 월정 기숙을 했다는 소문이 전파되자 권상철과 경호를 싸고도는 소문은 꼬리에 꼬리를 물고 다녀서 삽시간에 온 읍내 거리와 정거장을 한 바퀴 뺑 돌아서 원터 안승학의 귀에까지 들어갈 만큼 모르는 사람이 없이 파다하였다.

그래 이 구석 저 구석에서 둘만 모여도 수군거리며 경호는 중의 자식이라는 둥, 어떤 상피 붙은 놈의 불의의 씨라는 둥, 또는 권상철은 남의 자식을 속여 기르기 때문에 천벌로 그런 비밀이 인제야 탄로되었다는 둥, * '적악지가에 필유여앙' 이라는 둥, 그래서 그때 잔치를 했다는 둥 별별 소리가 다 들렸다.

적악지가 필유여앙
(積惡之家 必有餘殃)
남에게 악한 짓을 많이 한 집에는 반드시 재앙이 따른다는 뜻.

그러나 경호는 안주인 음전이 모친은 자기의 젊어서 지나던 경로를 생각해서 눈물을 흘리며 경호를 동정하였다.

음전이도 어려서 어미가 없었으면 그쪽이 되었든지 남에게 끌려갔을 것이 아닌가?—하는 내 자식을 생각하는 마음에서.

경호는 그 이튿날도 전과 같이 회사에 출근하였다. 그는 별안간 집 없는 사람이 되고 보니 마음이 쓸쓸하였다.

—여우도 굴이 있고, 까마귀도 깃들일 곳이 있으나 인자는 머리 들 곳이 없다.

예수의 말이 생각난다. 그러나 그는 인제는 무거운 짐을 벗어놓을 것 같은 가뜬한 마음이 나는 동시에 갑숙이에게도 면목이 서는 것 같은 유쾌한 기분이 난다. 더구나 갑숙이와 한 공장 안에서 일하고 있다는 것이 무엇보다도 그러하였다.

일방, 권상철의 집에서는 마치 초상난 집같이 그렇게 번화하던 집안이 별안간 찍소리도 없이 괴괴하고 이 구석 저 구석에서 수군수군하는 소리만 들린다. 하인들은 심상치 않게 눈알을 굴리며 발끝을 적여 디디고 자취 없이 가만가만 다니는 것이었다.

무엇을 쉬쉬하며 손짓 눈짓으로 호들갑스럽게 비밀을 이야기한다.

권상철과 그의 부인은 안방과 건넌방에서 각각 머리를 싸고 드러누웠다.

남은 이렇게 경황이 없는 한편에 안승학은 경호가 출가했다는 소문을 듣고 소스라쳐 놀랐다. 그것은 자기 딸을 팔아서 전화위복으로 일확천금을 할 수 있던 것이, 그만 또 경호의 뜻밖의 출가로 허사가 된 때문에.

업원(業冤)
전생에서 지은 죄로 말미암아 이승에서 받는 괴로움.

"이런 경칠 놈의 일이 있나. 아니 그 자식은 나하고 도대체 무슨 *업원이야, 작년 가을만 해도 다 된 일을 그 자식이 그런 일을 저질러서 죽도 밥도 안 되고 남의 집안만 망쳐놓더니만 또 이번에도 다 된 일을 훼방치고 말게 하니…… 세상에 이런 기급을 할 일이 있나 원!"

승학은 한참 동안 무엇을 생각하다가 한 꾀를 생각하고 희색이 만면해서 그길로 제사 회사로 경호를 찾아갔다. 그는 경호를 끼고 다시 무슨 계책을 꾸며보자는 심산이었다.

수위에게 명함을 들여보내고 얼마 동안 기다려니까 경호가 마주 나오며

"아니 웬일이십니까?"

하고 양복 입은 몸을 굽혀 인사를 한다.

"응! 잘 있었나, 자네 좀 보러 왔어."

"네! 그럼 저리로 좀 들어가시지요."

"아니 여기도 좋지, 잠깐 할 이야기니까!"

"네!"

"저, 다른 말이 아닐세, 자네가 권씨 집에서 나왔다는 말은 들었네. 그러면 기위 나올 바에야 생활 보장으로 생활비를 얻을 수 있는데 그런 말 해봤나?"

"아니요."

"왜 안 한단 말인가, 자네에게는 아무 과실이 있는 게 아닌즉 저편에서 그것을 거절하지 못할 텐데."

"생활비 같은 것은 준대도 안 받겠습니다."

경호는 그가 무슨 까닭으로 일부러 찾아와서 이런 말을 하는지 속을 모를 일이었다.

"아니 그건 왜?"

"저를 여적 길러준 공로도 감사한데 그 위에 또 생활비를 달라면 제가 염치없는 사람이 되지 않겠어요."

경호는 빙그레 웃으며 승학을 쳐다보았다.

"그 사람! 원 별소리를 다 하네. 인제는 남 됐으니까 말일세마는 권상철이가 자네를 위해서 길러준 줄 아나?"

"어떻든지 길러낸 것만은 사실이 아닙니까."

"안승학은 예측했던 바와는 아주 실망이란 표정을 지으며
"그래 정말 생각 없나?"
"네, 없어요."

손복
복을 일부 또는 전부 잃음.

"예끼 이 사람! 그건 무슨 *손복할 심사란 말인가…… 그럼 내 딸 찾어 놓게. 자네 때문에 내 집이 망한 줄 모르나?"
"죄송합니다."
경호는 고개를 숙여서 사례하였다.
"죄송하다면 무슨 일이 되는 줄 아나? 글쎄 무슨 심사로 자네에게 이로운 일까지 않는단 말인가. 자네가 청구하기 무엇하면 내가 대신해서라도 찾어줄 생각으로—이를테면 자네를 동정해서 하는 말인데 그런 것도 못 듣겠다니 내가 말한 본정이 어디 있나. 권상철이는 제 자식 삼을 욕심으로 백주에 남의 자식을 데려다가 속여서 기른 것인데!"
경호는 비로소 안승학의 심중을 엿보았다. 그도 권상철만 못지않게 잇속에 밝은 위인인데 결코 자기를 위해서 그런 짓을 하려는 것은 아닐 것이다. 한 말로 말하자면 자기를 볼모로 내세워가지고 무슨 음험한 계책을 또 꾸며서 이 기회에 돈을 좀 먹자는 수작이 아닌가?
"네, 그렇게까지 생각해주시는 것을 봉행치 못한다는 것은 더욱 황송하오나 다른 일 같으면 모르지만 그 일만은 차마 할 수 없습니다. 그리 통촉해주십시오."
"그만두게. 말한 내가 잘못이지, 무슨 심사로…… 너도 원터 구장집에서 머슴 사는 늬 애비처럼 사는 것이 소원인가 부다."

망지소조(罔知所措)하다
너무 당황하거나 급하여 어찌할 줄을 모르고 갈팡질팡하다.

"네! 그게 무슨 말씀이어요……."
경호는 천만 뜻밖의 말에 별안간 *망지소조하였다.
안승학은 아무 대답 없이 그길로 휑하니 달아난다.

경호는 쫓아가서 붙들고 다시 물어보려던 생각을 중지하고 한동안 그 자리에 장승같이 우두커니 서서 무엇을 생각하고 있었다.

'그게 무슨 말인가? *필유곡절이다…….'

필유곡절(必有曲折) 반드시 이유가 있음.

경호는 그날 종일 사무를 어떻게 보았는지 자기도 모른다.

정신이 있는지 없는지 머리가 멍하니 흐리다. 그는 오직 아까 안승학에게서 들은 그 말이 점도록 심중에 떠돌고만 있었다.

그는 어서 시간이 되기를 고대하였다.

참으로 그는 권상철이를 자기의 친부모로만 믿고 살아오다가 그렇지 않은 줄을 안 뒤로부터 *일구월심 자기의 친부모가 누구인지 알고 싶었다.

일구월심(日久月深) 날이 오래고 달이 깊어 간다는 뜻으로, 세월이 흐를수록 더함을 이르는 말.

죽었는지 살았는지, 그것은 별문제로 하고 그들이 누구인지나 알고 싶었던 것이다. 그런데 뜻밖에 원터 구장집에서 머슴 사는 사람이 자기 부친이라니 그것은 과연 참말인가? 일시 자기를 모욕하기 위한 거짓말인가?

경호는 시간이 되자 일 분의 여유를 남기지 않고 보던 사무를 집어치우기 시작했다. 상석에게 바쁜 일이 있어 먼저 나간다고 그길로 그는 바로 사관으로 나왔다.

사관에 돌아와서도 그는 방문을 첩첩이 닫고 멍하니 혼자 앉았다.

주인마누라가 들어와서 묻는다.

"어디가 아푸?"

"아니요."

"그럼 어머니가 보고 싶은 게군."

"어린앤가!"

"워낙 그렇게 되면 누구나 보고 싶지 않겠수. 편치 않거든 드러누우시우 끌끌."

"괜찮수다."

경호는 출가한 이후에, 자기를 동정한답시고 인사하는 사람들이 많아서 질색할 노릇이었다. 더구나 그것은 자기의 성이 무엇인지 그것을 전혀 모르기 때문에 지금도 권가의 행세를 그대로 하는 것이 집을 나온 보람도 없는 것 같고 남에게 웃음을 사는 것 같았다.

그것은 그의 자존심을 몹시 상하게 하였다. 그래 찾을 수만 있다면 지금 당장이라도 감발을 하고 출발할 생각이 났다.

그는 지금도 주인마누라가 실상은 동정하는 말인데도 귀에는 듣기가 거슬린다. 그래 불쾌한 생각을 혼자 새기지 못하고 앉았는데 밖에서 마누라와 누가 떠들썩하게 지껄인다. 그것은 희준의 목소리와 같았다.

그는 영창문을 밀치고 고개를 내밀고 보았다. 과연 거기는 희준이가 부엌에서 주인마누라와 마주 서서 무엇을 웃고 지껄인다.

문 여는 바람에 이편을 바라보다가 경호를 보고 그는 고개를 끄덕한다.

"김선생님! 가실 때 좀 들어와 주셔요."

경호는 마주 인사를 하고 희준이를 청하였다.

"그라지."

안주인은 딸의 소식을 묻는 모양이었다. 얼마 동안 이야기를 하고 나서 안주인은 제 방으로 들어가고 희준이는 경호의 방문을 열고 들어왔다.

"들어오셔요. 이리로 내려앉으셔요!"

하고 경호는 방석을 권하였다.

"괜찮어…… 오늘은 일찍 나왔나?"

"네, 조금 전에 나왔어요."

희준이는 경호의 눈치를 본다.

"선생님께 좀 의논드릴 말씀이 있는데요!"

"무슨 말인데?"

"제가 출가한 것은 선생님께서도 아마 들으셨겠습지요마는 오늘 이상한 말을 들었어요."

하고 경호는 고소에 가까운 웃음을 웃는다. 희준이도 긴장해서

"응, 무슨 말?"

"아까 안승학씨가 회사로 찾어왔겠지요. 그렇게 나올 테면 생활비나 찾어가지고 나오지 왜 그대로 나왔으냐고, 만일 제가 직접 청구하기가 무엇하거든 자기가 대신 청구해줄 수 있다구……."

"흥, 그건 또 무슨 *시바인가."

희준이는 코똥을 뀐다.

"그래 거절을 했더니만 별안간 성을 내며 하는 말이 너도 원터 구장집에서 머슴 사는 네 아비 같은 생활이 소원이냐! 하고 휭하니 달어납니다 그려! 그게 무슨 일입니까?"

"구장집 머슴?…… 글쎄 그게 무슨 말일까?"

희준이도 *금시초문이다. 곽첨지가 경호의 아버지란 것은 도무지 상상치도 못할 일이었다.

"그래 어려우시지만 그 속을 좀 조사해줍시사고."

"그야 어렵지 않지. 그럼 내 지금 가서 아는 대로 바로 기별하지."

희준이는 부리나케 일어서서 모자를 쓰고 나간다.

"아, 천천히 가시지요."

시바이(しばい) '속임수'의 일본말.

금시초문(今始初聞) 바로 지금 처음으로 들음.

"아니 가야겠어."

희준이는 그 길로 원터로 뛰어갔다.

희준이는 돌아오는 도중에서도 경호의 일을 곰곰이 생각해보았다. 암만해 보아야 곽첨지가 경호의 부친이 될 것 같지는 않다.

그래도 안승학이가 그런 말을 했을 때는 아주 근거 없는 말을 했을 리가 없지 않은가. 희준이도 경호의 내력에 대해서는 벌써 별별 소문을 많이 들었다. 그래도 하나 *준신할 것이 못 되는데, 이번 안승학의 말만은 무슨 내용이 있는 것 같기도 하다.

준신(遵信)
그대로 좇아서 믿음.

희준이는 이런 생각을 하며 지금 바쁘게 원터로 향하여 가는데 언뜻 작년 여름에 원칠이에게서인가 누구에게서인가 들은 말이 생각난다.

작년 여름—그게 아마 안승학의 보리타작하던 날이었다.

보리타작

그날 곽첨지도 그 집 일을 왔었는데 이야기 끝에 곽첨지의 신상 이야기가 나와서 어쨌다는 것이 어렴풋이 기억난다.

"옳다, 거기 가서 물어보면 알 것이다."

희준이는 그 길로 인동이 집에를 들어갔다. 원칠이는 마침 집에 있었다.

"읍내 갔다 오나?"

"네, 아저씨한테 잠깐 여쭈어볼 말씀이 있는데요."

"응."

희준이는 그를 조용히 불러 앉히고 은근히

"아저씨 저 원터 사는 곽첨지를 잘 아시지요."

"잘 알지 그건 왜?"
하고 원칠이는 수상스럽게 희준이를 쳐다본다.
"글쎄 그런 일이 있어 그러는데요……. 작년 여름인가 마름집 보리 마당질하던 날 곽첨지도 그 집 일을 하러 오지 않었었어요."
"그…… 그랬지……."
"그날 곽첨지 이야기를 했다 하지 않었어요. 그가 젊었을 때 어떤 여자를 얻어서 살었다던가."
김첨지는 머리를 긁적긁적하며 무엇을 생각하는 모양이더니
"응, 그래…… 한 이십여 년 전에 수리터 어떤 집에서 그때도 머슴을 살고 있는데 밥을 얻어먹으러 다니는 젊은 여승이 왔더라나. 그래 그 여자를 한 달 동안 다리고 산 일이 있다던지……."
하고 희준이를 다시 쳐다본다. 그는 마치, 그런 말은 왜 묻는가 의심스러운 표정으로.
"그럼 한 달밖에 안 살었군요. 어째 바로 갈렸나요?"
"모르지…… 중 서방이 도루 찾어갔다던가 어쨌다던가."
"네, 그만하면 알겠습니다. 알겠어요."
희준이는 다시 되돌아서 부리나케 읍내로 들어갔다.
"저 사람이 무슨 일인가?"
경호를 찾아가서 지금 들은 말을 전한 후에 그의 생년월일을 물어가지고 희준이는 다시 아래 원터로 내려갔다.
곽첨지는 들에서 막 들어온 모양이었다. 희준이를 보고
"희준이가 웬일이오?"
곽첨지는 자기를 찾아오는 줄은 모르고 이렇게 말한다.
"곽첨지 좀 뵈러 왔는데요."

"나를? 나하고 무슨 할 말이 있다꼬!"

곽첨지는 곰방대를 툭툭 털며 침을 퉤! 퉤! 뱉는다.

"거기 좀 앉으서요. 잠깐 물어볼 말이 있으니 저—지금부터 한 이십 년 전에 어떤 여승과 사신 일이 있다지요."

"여승? 있지. 그건 왜 묻는가?"

"글쎄요. 그게 그럼 바로 기유년이지요? 그해 삼월이던가요?"

"아—그렇지. 어떻게 남의 일을 그렇게 잘 아는가?"
하고 곽첨지는 누런 이를 드러내놓고 허허 웃는다.

"곽첨지는 수 나셨수."

"수가 무슨 수?"

"아들 하나가 생겼으니."

"계집도 없는 놈이 아들이 어디서 생기노."

"그 여승이 당신 아들을 낳지 않었어요?"

"그 여승이…… 그 에미네가 어디 있능가?"

곽첨지는 반신반의해서 놀라운 표정을 짓는다.

"권상철이 아들이 친아들이 아니란 소문을 들었지요. 그래 그 아들이 일전에 그 집에서 나갔다는 말도 들으셨겠지요. 그 아들이 당신 아들이란 말이지요."

"내사 무슨 소린지 모르겠다."

희준이는 답답한 듯이

"모를 것이 무에여요. 생각보시오. 그 여승이 낳은 아들을 일심사에서 권상철의 집으로 개구녁받이로 들여보냈지요. 그때 그 여승을 중 서방이 와서 도루 찾어갔다며요? 그런즉 그 중이 더구나 제 자식도 아닌 속인의 자식을 키울 리가 있나요. 그래 자식 못 낳아서 해마다 불공하는 권씨 집으로 들이민 게지요. 권상철이 집에서도 그때 뜻밖에, 아들을 낳았다고 큰 잔치까지 했다지요. 곽첨지가 여승하고 살던 날부터 권상철의 집에서 아들 낳았다고 잔치하던 그 임시까지 따져보시오. 들어맞나 안 맞나……."

"하하……."

곽첨지가 가만히 생각해보며 손가락을 폈다 굽혔다 해보니 일자가 조금도 틀리지 않는다고 한다.

"거 보시오!"

희준이는 더 묻지 않고 급히 돌아갔다.

그 이튿날—경호가 곽첨지를 찾아보고 돌아오자 며칠 후에 G신문 지국에서 배달되는 신문 사회면에는 다음과 같은 신기한 기사가 실렸다. 참으로 그것은 근래에 처음 듣는 희한한 사실로서 읽는 사람은 누구나 흥미를 느끼지 않을 수 없고 또한 그것을 다시 안 옮길 수가 없도록 마음이 간지러웠다.

십만 장자의 귀한 독자가 실상인즉 머슴의 아들!

—이십 년 만에 부자가 처음 상면하는 극적 광경!

—기구한 전반생을 타고난 곽 소년의 실화!

○○○도 ○○군 읍내 ○○번지에 거주하는 십만 장자 권○○이라는 사람은 형세가 유여하나 사십이 넘도록 슬하에 일점혈육이 없음을 슬퍼하던 차에 지금으로부터 이십일 년 전에 동군 일심사에 백일치성을 드리고 나서 일개 옥동자를 탄생하였다고 그때, 성대한 잔치까지 배설하고 일반이 신기하게 여기던 것은 지금도 오히려 기억에 새롭거

니와 오늘날 이십 년 뒤에 천만 뜻밖에도 그 아들이 친아들 아닌 것이 판명되었다 한다.

현재 ○○제사공장 사무원으로 있는 권○호는 지금까지 철석같이 친부모로 믿고 살던 권씨의 부부가 실상인즉 수양부모에 불과한 사실을 알았다는데 그렇게 된 내막을 들어보면 누구나 한 줄기 눈물을 뿌리지 않을 수 없으리라 한다.

전기 권○호는 실상인즉 곽씨인데 그 내력을 들어보면 거금 이십일 년 전에 동군 ○○면 일심사에서 고고의 소리를 지르고 기구한 운명으로 태어났는데 그의 모친은 어떤 객중의 아내였다 한다.

벌써 이십여 년 전 일이라 사실을 조사하기가 곤란하나 정확하게 내탐한 바에 의하면 그의 모친도 기구한 운명으로 중에게 농락을 당해서 그런 길을 밟았다 한다.

그는 중 사내와 같이 속가로 동냥도 다니고 어떤 때는 홀몸으로 촌가를 방황하기도 하였다는데 그때 우연한 인연으로 홀아비 곽모와 잠시 동거한 것이 곽 소년을 뱄다 한다. 승방에서 속아(俗兒)를 출생한 그들은 아이의 처치에 곤란하던 차 필경 권씨의 가문으로 그 애를 들여보낸 것이라는데 이런 사실을 꿈에도 모르고 있는 동군 동면 원터(院垈里) 구장(區長) 오모의 집에서 머슴을 살고 있는 곽○○은 난데없는 아들이 찾아와서 아버지를 부를 때, 그는 어안이 벙벙해서 일시는 극적 장면을 이루었다 한다.

그러나 곽 소년은 오히려 모친의 종적을 알 길이 없어서 이십여 년 만에 부자가 상면한 그들은 다시 어머니와 아내를 생각하고 일희일비하는 광경을 이루었다 한다…….

한번 이런 기사가 신문에 발표되자

권상철을 싸고도는 소문은 또 한 번 굉장하게 퍼졌다.

그것은 작년 여름에 청년회원 충돌 사건 이후로 이 지방에서는 처음 되는 일이었다. 더구나 이번에는 문제의 인물이 일군의 재산가요 가정에 관계되는 일인 만큼 그것은 일반의 호기심을 자아냈다.

그래서 신문 기자들은 서로 다투어가며 사실의 내막을 조사하려고 활약하는 반면에 권상철은 아주 말대답하기가 귀찮을 지경이다. 그래 그는 병을 *칭탈하고 두문불출하였다.

그는 일조에 멸문지환을 당한 것 같은 집안일을 생각하니 오직 *암루가 종횡할 뿐이다. *누거만의 재산이 한 아들만 같지 못할 때 그는 재산도 귀할 것이 없었다. 이렇게 될 줄 알았다면 그는 차라리 수양자로나 그대로 두는 것이 좋지 않았을 것인가 하는 뒤늦은 생각이 나기도 하였다.

그러나 그것은 지금 생각이지 그때는 그렇지 않았다. 아니 지금이라

칭탈(稱頉)
무엇 때문이라고 핑계를 대다.

암루
소리 없이 흘리는 눈물.

누거만(累巨萬)
매우 많음.

도 내 자식을 두고 싶은 생각은 남의 자식을 기르고 싶지는 않았다.

그러나 이십 년 동안이나 내 자식같이 키워놓은 것을 생각할 때 그는 경호에게 대한 정을 끊기도 어려웠다. 그것은 권상철이보다도 그 아내가 더하였다.

그는 참으로 외아들을 죽인 모친처럼 경호가 나간 뒤로는 미친 사람같이 시렁시렁하였다.

그는 남편을 졸라서 경호를 도로 데려오라고까지 하였다.

"수양자도 자식이지 경호를 다시 다려옵시다. 저도 여태까지 키워놓은 공으로라도 안 올 리야 있겠소."

그러나 때는 벌써 늦었다. 그것은 경호가 출가하기 전에나 될 수 있는 일이었다. 경호가 출가한다고 하직을 고하던 그날에나 간청했으면 혹시 모르지만 지금은 뚜렷한 경호의 친아버지가 나서지 않았는가? 또한 권상철이도 암만 자식은 없어도 남의 집 머슴의 자식에게 아버지 소리를 듣기는 싫었다.

'오, 인간의 희비극이여!'

32. 수재(水災)

원터에는 금년에도 두레가 났다. 그들은 작년에 처음으로 두레를 내던 해에 성적이 좋았을 뿐 아니라 기위 농악도 제구가 맞게 있으므로 두레를 내는 데 아무런 지장이 없었다.

농악

희준이는 작년과 마찬가지로 두레에 한몫을 보았다.

마을 사람들은 그동안에 별로 변동이 없었다. 다만 백룡이 모친이 올봄에 어디로 또 나가서 돌아오지 않았고 간 봄에 방개는 제사공장으로 소원대로 뽑히고 막동이가 대판으로 노동벌이를 하러 갔을 뿐이다.

농사치에도 별 변동이 없이 모두 작년에 짓던 대로 소작을 하는데 작년 같은 풍년에는 근년 처음으로 모두 농사를 잘 지었으나 가을 곡가의 여지없는 폭락으로 그들은 묵은해 빚도 *청장 못한 이가 태반이었다.

청장(淸帳)
장부를 청산한다는 뜻으로, 빚 따위를 깨끗이 갚음을 이르는 말.

인동이네는 인순이가 월급을 타는 대로 다소간 살림을 보태주는 때

무리꾸럭
남의 빚이나 손해를 대신 물어주는 일.

문에 비교적 나은 편이었으나 그 대신 혼인 빚을 가외로 *무리꾸럭했을 뿐더러, 식구 하나가 더 늘었는 데다가 음전이는 그동안에 태기가 있어서 남 보기에도 차차 배가 불러왔다.

원칠이 내외는 며느리가 태기가 있다고 좋아했다. 그들은 어서 손자를 보고 싶어서 박성녀는 몰래 돈푼을 모아 가지고 읍내 단골 무당에게 점을 쳐보기도 하였다.

그러나 인동이는 다시 무거운 짐을 지는 것 같은 것이 목뒤를 내리눌렀다. 그는 어느 때 음전이 배에서 태아가 꼼지락거리는 것을 만져볼 때 기이한 생각이 들었다.

그는 어떻게 생긴 자식을 낳으려나? 얼른 낳아 보고 싶은 생각도 들었으나 자기 아내도 벌써부터 애를 주섬주섬 내놓아서 그들을 기르기에 허덕허덕하는 중에, 자기도 늙어갈 것을 생각하면 미상불 허구픈 마음이 없지도 않았다.

그는 자기 부친에게서 자기를 발견할 수 있었다. 부친의 과거를 미루어서 자기의 장래를 점칠 수 있었다. 그것은 비단 자기나 자기 부친의 생활이 그럴 뿐 아니라 가난한 이 마을 사람들의 생활은 모두 *한대중으로 판에 박은 듯한 똑같은 생활을 되풀이하면서 빈궁의 막다른 골목으로 비비고 들어갔다.

한대중
전과 다름없는 같은 정도.

그래도 늙은이들은 예년에 따라서 하늘을 쳐다보고 올 연사를 점쳐보았다. 작년의 경험으로 보아서 풍년이 든댔자 소용없는 줄 알면서도 농사를 짓는 그들에게는 바랄 것이라고는 그나마 풍년 밖에 없었다.

정월 대보름의 망월을 보고 늙은이들은 올해는 큰물이 갈까 보다고 염려하였다. 더구나 좀생이가 북으로 간데다가 몹시 묽은 것을 보면 빈틈없이 흉년이란 것이었다.

그래서 조첨지는 아주 장담을 하다시피 하는 동시에 만면수색을 띠고 근심하였다. 그런데 *일룡치수(一龍治水)에 *구일득신(九日得辛)이고 보니 연사를 가히 알 노릇이 아닌가!

그들이 믿기는 용이 너무 많은 해는 저희끼리 싸움을 하고 의견충돌이 되기 때문에 그런 해는 비를 적게 주어서 한재(旱災)가 심하다는 것인데 그렇다고 만일 용이 하나가 되는 때는 그해는 제 맘대로 비를 줄 수 있기 때문에 으레 큰물이 간다는 것이다.

그런데 금년에는 용이 하나인데다가 또한 득신까지 멀어놓고 보니 암만해도 풍수의 해를 입지 않을 수 없겠다는 것이었다.

아닌 게 아니라 봄내 가물던 하늘은 여름철을 들어서며부터 늦장마가 지기 시작하였다.

금년에는 워낙 봄가물이 심한데다가 이앙기(移秧期)에는 비가 풍족치 못해서 수답 외에는 제때에 모를 심지 못했다. 인동이네와 덕칠이 집과 같은 봉천지기를 짓는 사람들은 초복이 지나도록 모 한 포기를 꽂지 못했다.

*마냥모를 심어놓고 솥 떼 지고 달아난다는 농가의 속담이 있지마는 그들은 늦게— 불암소 털 같은 마냥모를 꽂아놓고 땅이 꺼지도록 한숨을 내쉬었다.

남의 수답들은 벌써 검어서 장잎이 풀풀 날리는데, 노란 모포기가 땅 밑에 깔려 있는 것은 마치 모진 시어미 손에서 찌든 민며느리와 같이 가련해 보인다. 그들은 그만 거기다 불을 싸지르고 싶었다.

사실 불을 싸지른대도 화르르 타오를 지경이다. 그래도 그들은 그것을 물이 없는 다랑이는 밑에서 품어올리고 호미로 파서, 묘목을 심듯하였다.

일용치수
한 마리의 용이 물을 다스린다는 말로, 그 해의 강수량을 점침.

구일득신
음력 정월에 처음 드는 일진의 천간이 신(辛)으로 된 날. 초하루에 들면 '일일 득신(一日得辛)', 열흘날 들면 '십일 득신(十日得辛)'이라고 하여 그해 농사의 풍흉을 점치는데, 신일이 5, 6일에 든 해가 가장 좋다고 한다.

마냥모
늦모.

그날 인동이는 모를 심다가 화가 나서 그만 아래 원터 술집으로 달아났다.

백중놀이
음력 7월 15일날 하는 놀이. 농신제, 작두말타기. 춤판, 뒷놀이로 구성되어 있다.

원터 두레는 칠월 *백중놀이를 하기로 작정하였다.

올해는 농악을 사지 않고 타동 고지논도 맨 까닭에 수입은 작년보다 많은 데다가 딴 비용이 없이 고스란히 모였다. 그러나 원터 동리도 다른 동리와 같이 두레꾼들이 술을 마구 먹었다면 근 백 원 되는 고지돈도 얼마 남지 않고 거지반 소비했을는지 모른다.

원터의 젊은 사람들은 차차 부조(父祖) 전래의 구습을 버리게 되었다. 그들은 희준이의 지도를 받아서 첫째 술을 과음하는 버릇을 고치게 되었다. 술과 기타 음식을 일정하게 제한을 해서 먹고 매사에 서로 불공평한 일이 없게 하였다.

두레꾼들이 술을 과음하지 않고 신용을 보이기 때문에 타동에서도 고지를 자청하였다. 그래 그들은 그 돈 중에서 삼분지 일만 두레를 먹고 나머지는 동유 재산으로 계(契)에 맡길 작정이었다.

백중을 앞둔 며칠 전에, 갤 듯하던 비는 다시 부슬부슬 내리더니 오늘 식전부터 바람이 불기 시작한다. 바람은 차차 강풍으로 돌변하였다. 오정 때가 되자 거먹 구름은 비를 몰고 들어와서 사방이 자오록하다.

삽시간에 원터 일경은 암흑천지로 변하고 뇌성벽력 속에 소낙비만 무섭게 퍼부었다. 소낙비는 다시 폭풍우로 홀변하자 해가 지기도 전에, 지척을 분별할 수 없고 천지가 뒤눕는 듯 뇌성을 할 뿐이다.

"우르르! 뚝—딱—와지끈! 자끈……."

벌창
물이 넘쳐 흐름.

하는 대로 번갯불은 섬섬(閃閃)하며 하늘을 쪼개었다. 개울물이 *벌창을 한다. 농군들은 *도롱이 삿갓에 *종가래를 둘러메고 행성집 같은 초막 속에서 유령같이 어청어청 나와서 제각기 물꼬를 보러 나갔다.

도롱이
짚, 띠 따위로 엮어 허리나 어깨에 두르는 비옷.

인동이도 저녁을 먹고 나서 논으로 나갔다. 그는 마냥모를 심었지만, 올에는 밑거름을 잘한 까닭에 뿌리를 잡은 벼 포기는 싹수 있게 검어 올랐다.

앞날이 얼마 안 남아서 자라날 틈이 없었으나 올에는 유두(流頭)가 한낮이 지나서 울기 때문에 서리가 늦게 올 것을 믿고 적이 안심할 수 있었다.(음력으로 6월 15일 유두날에 가만히 들으면 지둥하듯 우르르하는 소리가 어디서든지 들린다는 것이다. 이 소리가 새벽이나 식전에 들리면, 이른 서리(早霜)가 오고, 늦게 나면 늦서리가 온다는 것이다.)

종가래
작은 가래.

원칠이는 며칠 동안 찬비를 맞고 일을 다닌 까닭인지 어제부터 몸살이 나서 드러누웠다.

그래서 음전이는 안심찮은 듯이 그까짓 마냥모를 심은 것이 수파가 나면 얼마나 손해가 나겠느냐고 만류하는 것도 듣지 않고 인동이는 도롱이 삿갓을 차리고 종가래를 집고 나섰다.

*캄캄칠야! 비는 놋날 드리듯 하고 이따금 강풍이 천지를 뒤흔드는 듯한 속으로 논두렁길을 더듬어 가는 인동이는 여간 정신을 차리지 않고서는 길을 찾을 수가 없었다.

캄캄칠야
아주 캄캄한 밤.

사나운 풍세는 몸을 가눌 수가 없이 전후좌우로 들이친다. 인동이는 종가래에다 몸을 버티고 한 걸음 두 걸음 앞길을 더듬어 나갔다.

그는 자기 집 논까지 갈 동안이 몇 시간이나 되는 것처럼 지루하였다. 물론 똘창마다 벌창을 하고 냇물은 어두운 속으로도 훤하게 벌을 넘어 나갔다.

인동이는 밑에 논에서부터
모조리 물꼬를 파놓고 올라갔다.

그가 맨 윗논으로 올라가서 마지막으로 논꼬(논 물꼬)를 파고 있자니까 바람이 잠잠한 틈을 타서 무슨 소리인지—고총이 듬성듬성 있는—불과 몇 십 간 되지 않는 거리에서 마치 바가지를 긁는 소리 같은

"닥—닥—닥—닥—"

하는 소리가 들렸다.

'저게 무슨 소린가?'

인동이는 다시 귀를 기울였다. 폭풍이 불 때에는 바람 소리 때문에 잘 들리지 않다가도 잠잠한 때는 여전히 닥—닥—소리가 들린다. 그는 물꼬를 다 파놓고 나자 한편으로 무시무시한 생각이 없지 않았으나 그보다도 호기심이 나서 가만가만 소리나는 곳을 찾아갔다.

별안간 번개가 번쩍! 하는 바람에 소리 나는 편을 바라보니 덤불 속에서 무슨 짐승 같은 것이 무엇을 그렇게 긁는데 거기에는 난데없는 아래 원터 곽첨지가 쭈그리고 앉았다.

인동이는 그 순간 정신이 아찔했다. 그는 다시 정신을 차려서 똑똑히 보았다. 그러나 미구에 곽첨지는 없어지고 또다시 닥—닥—소리가 들린다.

인동이는 비로소 담력을 내서 살금살금 가까이 가자, 그놈이 곽첨지로 *도섭을 할 때에, 그만 그의 정수리를 향해서 종가랫날을 내리쳤다.

도섭
능청맞고 수선스럽게 변덕을 부리는 짓.

"캥!"

소리를 지르고 짐승이 뛰어가는데 종가랫날 밑에 부서진 것은 과연 해골바가지였다.

"망할 놈의 짐성 누구를 홀리려 드니."

인동이가 장력이 세다고 소문난 것이 바로 이 일이 있은 뒤부터였다.

그날 밤—사나운 폭풍우에 인동이 집은 안방 뒷벽이 무너졌다. 원체 고옥인 데다가 집이 쓸려서 손을 댈 수가 없기 때문에 작년 혼인 때에도 그대로 둔 것인데 그래도 이렇게 쓰러질 줄을 그들은 몰랐다.

인동이는 물꼬를 보러 나갔다가 비를 호졸근히 맞고 들어와서 젖은 옷을 벗고 마른 옷을 갈아입고 나니 몸이 으스스하여서 바로 홑이불을 덮고 드러누웠다.

그는 금시로 잠이 솔곤히 와서 정신 모르고 코를 골았다. 비바람은 밤중이 지나도록 더욱 사납게 몰아치고 뇌성벽력은 폭우와 함께 무섭게 진동한다.

음전이는 무서운 생각이 나서 인동이 옆에서 그대로 쓰러졌다.

원칠이 내외는 도무지 송구해서 잠을 잘 수가 없었다. 이때나 그칠까 저때나 그칠까 해도 비는 도무지 그칠 줄을 모르고 퍼붓는다. 그래서 내외는 담배를 번갈아 피우며

"허 이거 큰일 났군. 암만해도 이날이 무슨 일을 저지르겠군!"

"글쎄 참 천지개벽을 할랴나, 이게 웬일이라오!"

하고 고시랑거리며 있었다.

비는 얼마나 더 오려는지, 새끼 빈대 떼가 겨[糠] 멍석에 드러누운 것처럼 깔끄럽게 파먹는다.

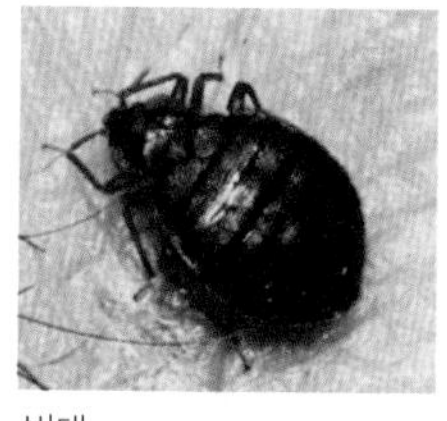

빈대

인성이와 인학이는 겨 껍데기 같은 빈대가 뜯는 대로 엎치락뒤치락하며 잠결에도 괴로워한다.

밤은 어느 때나 되었는지 모르는데 비 오는 소리도 들리지 않는 것 같다. 아마 새벽이 거진 되었을 터인데 날은 밝지 않고 바람소리만 여전히 사납다.

그런데 별안간 무엇이 털썩하고 떨어지는 소리가 나며 뒤미처 사람의 외마디소리가 들리는 것 같았다.

"이게 무슨 소리여 뉘 집이 무너졌나?"

"글쎄…… 사람의 소리가 나는 것 같지 않우."

박성녀는 가슴이 두근거려서 옷끈을 잡매고 있으려니까 별안간 안방 방문을 여는 소리와 함께

"어머니!"

하고 인동이의 놀랍게 부르짖는 목소리가 호되게 들린다. 원칠이 내외는 마치 대답할 새도 없이 겁결에 뛰어나갔다.

인동이 내외는 잠이 깊이 들어서 정신 모르고 자는데 비바람이 들이쳐서 함씬 젖은 뒷벽은 차차 틈이 벌어지기 시작하다가 그만 방 안으로 왈칵 무너져서 자는 사람들의 몸뚱이 위로 떨어진 것이다.

그 바람에 음전이는 놀라서 비명을 지른 것이었다. 원칠이 내외가 뛰어 들어와 보니 인동이는 앉아서 *외얽이를 일으켜 세우고 흙덩이를 주섬주섬 치우는데 음전이는 꼼짝을 못하고 그대로 누워서 신음을 한다.

외얽이
나무로 만든 벽에 흙벽을 치기 위해 가로세로 외를 얽는 일, 또는 그런 물건.

그는 반듯이 누워 자다가 치였는데 흙덩이는 배에도 떨어져서 복통이 몹시 나고 허벅다리 아래로 정강이를 몹시 다쳤다.

이 광경을 목도한 원칠이 내외는 한동안 말이 나오지 않았다. 박성녀는 우선 며느리가 두 손으로 움켜쥔 아랫배를, 손을 떼놓고 대들어서 문지르기 시작하였다. 그는 홀몸도 아닌 며느리가 *동태나 되지 않았는가 싶어 겁이 났다.

동태
태아가 놀라 움직여서 배와 허리가 아프고 낙태될 염려가 있는 병.

"아니 너는 다치지 않었느냐? 엥!"

"전 괜찮어유."

하는 인동이의 다리도 꺼풀이 벗겨졌다. 원칠이는 흙덩이를 아들과 함께 치우며 연신 한숨만 쉬고 있었다.

"아가 배가 몹시 아프냐?…… 아이구 이 일을 어찌한단 말이냐."

박성녀는 음전이가 고민하는 대로 가슴이 떨리고 눈물이 쏟아졌다.

그는 훌쩍훌쩍 울음을 삼켰다. 참으로 그들은 어떻게 해야 좋을지 몰랐다.

방이 무너질 테면 차라리 자기네 방이 무너져서 다른 사람이 다쳤어도 좋을 터인데 하필 홀몸도 아닌 며느리—남의 자식이 다친 것은 운명의 장난도 너무 심하다고 생각하였다.

그들은 며느리를 볼 낯이 없고 사돈에게 무어라고 기별해야 좋을는지 몰랐다.

생각하면 이와 같은 뜻밖의 환난도, 원인은 가난하기 때문이라 하겠으나 그들은 그것을 자기네의 허물로 후회하고 한탄하였다.

"아이구 집 한 칸을 남과 같이 의지 못하고 살다가 필경 이 꼴이 되었구나…… 그렇더라도 네야 무슨 죄로?"

박성녀는 울음을 삼키며 오직 다친 사람이 무사하기만 신명께 *암

암축
신에게 마음 속으로 기원함.

축하였다. 그들은 앓는 사람의 옆에서 밤을 새고 있었다.

하룻밤 동안에 원터 앞뒤 들은 그야말로 상전이 벽해로 변하였다. 잘된 벼는 모조리 엎치고 앞 냇둑—안승학이가 지적도를 위조하던 굽이친 회목—은 터져서 원터 동리 앞까지 *복사가 들이밀렸다.

복사(覆沙)
모래가 물에 밀려 논밭 따위에 덮여 쌓임. 또는 그 모래.

비는 그 뒤로도 연 사흘을 와서 마침내 큰물은 을축년 이상으로 갔다. 큰내 방축은 상리에서 내려오는 상류 쪽으로 터져서 읍내 앞으로 대드니만큼 그 안에 든 벼들은 복사와 물속에 휩쓸려서 여지없이 전멸되고 말았다.

오종과 잘된 벼들은 이때가 마침 이삭이 나올 무렵이라 침수가 안 된 것도 바람에 엎쳐서 버릴 지경이다.

벼이삭

엎치지 않은 벼에는 잠으락[稻花]이가 떨어졌다가도 다시 올라붙어서 상관없으나 쓰러진 놈은 그런 작용도 할 수 없이 되었다.

인동이네 논은 마냥모인데다가 '다마금'을 심어서 덜 팬 이삭도 많았거니와 배가 벌어진 놈도 까뭇까뭇하게 '관자'를 붙였다.(관자 붙은 놈은 쭉정이가 된다) 읍내에도 침수 가옥이 수백 호나 되지마는 원터에도 쓰러진 집이 세 가구나 되고 반쯤 무너진 집이 십여 호가 되었다.

방축 위로 상리에서 흐르는 냇물이 윗대가 터지기 때문에 읍내 앞으로 내 하나가 새로 생겼다. 읍내 서리 쪽 언덕바지 빈민 부락의 담집들은 폭풍우에 거지반 무너진 중에도, 밤중에 '환난'을 당한 집은 몇 식구씩 치여 죽기까지 하였다.

S청년회에서도 구호반을 조직해가지고 부근 각 동리와 읍내로 출동

하였다. 희준이는 원터에 사는 까닭으로 자기 동리를 맡아보았다.

그는 마을 사람들과 상의한 후 두레 먹을 돈으로 이번에 수해를 많이 입은 사람에게 분배해주기를 제의하였다. 그래서 우선 집이 무너져서 거처할 수가 없는 사람들에게 집을 짓도록 조력하였다.

날이 번쩍 들자 큰물이 지나간 벌판은 황량한 폐허와 같이 *살풍경을 이루었다. 물에 나간 논은 말할 것도 없거니와 그렇지 않은 것도 마치 우박 맞은 김장밭같이 짓대겨졌다. 농사는 큰 흉년이다.

살풍경
보잘것없이 메마르고 스산한 풍경.

원터 사람들은 하늘을 우러러 탄식하였다. 마을에서는 뚝딱! 뚝딱! 재목을 다듬는 소리가 들린다.

원칠이 집 마당에는 김선달, 덕칠이, 백룡이, 쇠득이, 누구누구가 모여 앉았다. 원칠이는 재목을 다듬고 있었다. 남은 빚은 더 지더라도 며느리가 다치기까지 하게 방이 무너진 것을 그대로 둘 수 없어서 재목을 사왔다.

그래서 인동이는 동중에서 두렛돈 나눠준 것을 도로 퇴하였다. 박성녀는 그 말을 듣고 아들을 책하였다.

"애야 한 푼이 새로운데 왜 그랬니. 우리 집도 무너져서 주는 것을 왜 안 받는단 말이냐…… 네가 받기 싫으면 내가 받으마."

"그만둬요. 우리는 그 돈 아니라도 집을 고치지 않수."

"그건 그게고 이건 이게지."

"우리보다 더 어려운 사람에게 주면 그도 좋은 일 아니겠수."

"아따 기 애는 별말을 다 하네. 누가 남을 위해 산다더냐."

인동이는 욕심내는 모친의 꼴이 보기 싫다. 그는 여태까지 늙어가도록 그렇게 욕심을 피워서 무엇을 모았던가? 가난뱅이의 욕심 채우기란 가난을 저축하는 것밖에 안 된다. 그는 만일 음전이가 그런 말을 한다면 당장에 볼치를 올리고 싶었다.

"인제 꼭 죽었으니 이 일을 어째야 좋단 말인가?"

조첨지는 한숨을 내쉬며 시름없는 말을 꺼내었다. 그는 하루에 이 말을 적어도 열 번 이상을 하는 것 같다.

"아따 귀끼면 아저씨 한 분만 귀끼겠수. *대동지환으로 죄다 죽을 판인데요 뭐."

대동지환(大同之患)
모든 사람이 함께 겪는 환난.

김선달은 이런 판에도 활발한 기상을 보였다.

"그래도 있는 사람들은 끄떽없지 않겠나."

"그야 그렇지요."

"어떻게 마름댁에 잘 말해서 소작료를 감하든지 해야지. 무슨 변통을 하든지……."

"감할 게 어디 있어요. 아주 탕감한대도 소출이 없을 터인데요."

"그럼 그렇구 말구."

다른 사람들도 여출일구로 김선달의 말에 동의한다.

작인들의 관심은 차차 소작료를 중심으로 날이 갈수록 물론이 돌기 시작하였다.

"희준이 자네 논은 수파 안 당했나?"

"왜 안 당해요. 죄다 엎치고 복새가 나갔는데요."

"그러니 어떻게들 산단 말인가?"

"어떻게든지 살겠지요."

그들은 지금은 희준이를 의미 있게 쳐다보며 무엇을 하소연하는 것 같다.

며칠 뒤에 그들은 동회를 부치고 토의한 결과 조첨지, 김선달, 원칠이, 덕칠이 등…… 노축들이 우선 안승학을 찾아보고 올 같은 해는 소작료를 면제해달라고 교섭해보기로 하였다. 그들이 작년과 같이 소작료를 치른다면 *도조논을 부치는 사람들은 그것도 모자랄 것이요, *타작논을 부치는 사람들은 도무지 수확이 없을 모양이다.

그들은 학삼이 보고도 같이 가자 하였으나 그는 *좌칭우탈하고 동행하기를 거절하였다.

평소에 잘 찾아오지 않던 작인들이 별안간 떼로 몰려오는 것을 보고 안승학은 심중으로 불안을 느꼈다. 그는 *강잉히 웃음을 지으며 그들을 맞아들였다.

"웬인들이오. 이렇게 한꺼번에……."

"네, 안주사 어른께 좀 간청할 말씀이 있어서……."

김선달이 자리를 고쳐 앉으며 먼저 말문을 열었다.

"아, 무슨 말?"

"참 이번 수해는 누구나 대동지환이지마는 우리네 같은 작인의 처지는 더 말할 나위가 없지 않습니까?"

다른 사람들은 김선달의 말끝이 떨어질 때마다 "하—"소리를 연신 질렀다.

"그야 그렇지……."

대답하는 말과는 딴판으로 주인의 기색은 냉정하기 짝이 없다. '소용없는데' '어떨까? 들어줄는지?' '설마 아주 틀릴까?'—그들은 제각기 주인의 눈치를 보아가며 이렇게 속생각을 하고 있었다.

"그러니 안주사 어른께서도 어련히 생각하실 바는 아니시겠지만 우리 작인들은 다른 뉘를 바라겠습니까. 마름댁과 지주댁을 바라고 사는 목숨들이오니 민대감께 잘 사정 말씀을 하셔서 어떻게 소작료를 탕감

도조
일정한 대가를 주고 빌려쓰는 논밭.

타작
거둔 곡식을 지주와 소작인이 어떤 비율에 따라 갈라 가지는 제도.

좌칭우탈
이리저리 핑계를 대고 까탈을 부림.

강잉히
억지로, 마지못해서.

해주시도록 해줍시오. 그래야 작인들이 목숨을 부지하고 이해 겨울을 부지하겠습니다."

"참 사실 그러워요 아하—"

"참 그렇습니다 나리."

일동은 손을 맞잡고 고개를 늘어뜨리며 시선을 주인에게로 쏘았다.

"탕감을 하다니? 소작료를 아주 면제해달란 말이야."

안승학은 별안간 두 눈이 휘둥그레지며 목소리에 힘을 주어서 부르짖는다.

"그렇습죠. 올 같은 연사에 그것을 얼마나 감하겠습니까? 아주 탕감을 한대도 남을 것이 없을 터인데요."

"허허 참 그런 흉년이라니……."

덕칠이는 김선달의 말을 거들며 기막힌 웃음을 터뜨린다.

"그래도 소출이 아주 없지는 않을 터인즉 다만 얼마씩이라도 소작료를 문대야 옳지. 남의 땅을 거저 지어 먹는대서야 되나."

"아니 수확이 없는 땅은 지세도 면제해주지 않습니까?"

"지세는 나라에서 받는 것이지만 소작료는 개인의 사유가 아닌가베."

"그러니까 나라에서도 지세를 면제해주시는 터인즉 나라의 정사를 받는 백성도 그 본을 받는 것이 옳지 않겠습니까."

"아니 글쎄, 나라니 백성이니 할 것 없이 남의 땅을 거저 지어 먹으라는 심사가 어디 있느냐, 말이야? 혹시 몇 할을 감해 달라면 모르되 아주 감해 달라는 것은 심사가 틀리는 말인걸."

"그렇게 역정을 내실 것이 아니라 그럼, 지금이라도 간평을 해보시면 알 것이 아닙니까. 일 년 내 품밥 들여서 농사지은 것이 죄다 물에 씻기고 말었으니 그 손해는 차치하고라도 장차 이해 겨울을 어떻게 살며 내년 농사를 어떻게 짓겠느냐 말입지요. 그래 호소하는 말씀이 아닙니까?"

"그건 작인들만 손핸가요, 지주도 손해지…… 금쪽같은 돈 주고 산 땅에서 소작료도 못 받는다면 어떤 놈이 땅 살 시러베아들 놈이 있담."

안승학은 은연중 비양거리는 태도가 보인다. 김선달은 슬그머니 부아통이 끓어올랐다.

"그럼 얼마나 감해주시랍니까? 아모케나 공평하게만 해줍시오그려!"

"그게야 지주 댁과 상의해서 타작관이 내려와 봐야지."

"그럼 속히 상의해보아 주십시오. 고만들 갑시다."

"나리 잘 처분해 주셔야겠습니다."

"그야 이를 말인가, 우리는 마름댁만 믿겠습니다. 참 여북해야 이런 말씀을 하겠습니까! 하—"

조첨지는 마지막으로 또 한 번 애원하듯이 말하고 안승학을 쳐다보았다. 그날 밤에 희준이는 인동이를 찾아갔다.

안승학은 차일피일하고 미뤄 내려오다가 거의 한 달이나 가까울 무렵에야 비로소 회답이 왔다고 작인들에게 전하는 말은 이러하였다.

—타작이란 원체 그 논에서 나오는 소출을 가지고 절반씩 나누는 것인즉 그것은 감할 필요가 없고 다만 도조논만은 도조거리도 못 될 만치 소출이 부족할는지도 모르니 그것은 간평을 해서 정당하게 감해준다는 것이다.

작인들은 이 말을 듣고 낙망하였다. 그러나 안승학은 그 가운데 약은 꾀를 쓴 것이다. 원터 앞들은 대개가 타작이요, 도조논은 얼마 안 되기 때문에 그는 이렇게 해서 아무런 불평을 말할 구실을 못 붙이게 하자는 것이었다. 그런데 공교히 도조논을 짓는 사람들은 마을 중에서 그중 세력 있는 집들이다.

우선 희준이가 그렇고 원칠이가 그렇고 덕칠이가 그렇다. 다만 김선달만이 타작논을 부치지만 다른 사람들만 가만히 있으면 그가 혼자, 독불장군으로 별일을 저지르지는 못할 것이다. 그렇게 되면 그 작인들에게는 헛생색을 낼 수 있고 지주에게는 잘 보일 수가 있다. 실로 사음의 처지로서는 이보다 더 좋은 묘계가 별반 없을 것 아닌가?

작인들은 다시 모여서 의논하였다. 만일 도조논을 부치는 사람들이 사음의 농락에 떨어진다면—사실 그들이 자기네에게 유익할 줄 알고 그대로 있을까 봐 겁이 난다. 그러나 그들도 마름의 속을 모르지는 않았다.

그들은 벌써, 안승학은 지주에게 편지도 하지 않고 제 맘대로 대답한 줄 짐작하였다.

그래 그들은 사음을 중간에 세울 것 없이 지주에게 직접 담판을 하고 싶었다.

이런 물론이 돌자, 그들은 비밀히 진정서를 꾸며가지고(학삼이만 빼놓고는 모두 날인을 했다) 김선달 이외 몇몇 사람이 가만히 서울로 올라갔다.

그들이 만일 이번 길에도 실패를 하게 되면 벼를 벨 것도 없이 끝까지 내버려두자는 굳은 약속 밑에서 길을 떠났다. 그들의 여비는 두렛돈 중에서 지출하였다.

학삼이는 앞뒷집에 사는 수동이가 미행을 붙여서 동정을 살피게 하였다. 일시는 승학의 꾀에 넘었던 쇠득이도 다른 작인들과 한통이 되었다.

그날 낮에 인성이는 학교에서 점심 시간에 누이를 찾아갔다.

뛰—부는 소리를 듣고 바로 뛰어갔기 때문에 그는 쉬는 시간에 면회를 할 수 있었다. 응접실에는 '한인물입' 이니 '면회 시간은 오 분 이상을 불허함' 이니 또는 '작업 중에는 직공 면회 사절' 이니 '가족 이외는 면회를 불허함' 이니 하는 엄중한 게시를 써 붙였다. 그런가 하면 좌우의 벽 위로는 '성실근면' 이니 '수신정기(修身正己)' 니 하는 액면이 붙어 있다.

인순이는 점심을 먹다가 붙들려 나왔는지 입아귀를 연신 다시며 규지를 따라 나온다. 인성이는 두어 마디 안부와 찾아온 용무를 말하고 나올 때에 넌지시 편지 한 장을 전하였다.

"그럼 잘 가거라!"

"뉘 잘 있수."

인순이는 상냥한 표정으로 방글방글 웃으며 다시 식당으로 뛰어갔다.

"이애—난 밥을 먹다 말었는데…… 망할 자식들!"

인순이는 발을 굴렀다. 식당 보이는 벌써 밥그릇을 죄다 치우고 말았다.

"그래 좋다!"

인순이는 제풀에 웃고 그 길로 변소에를 갔다. 일할 시간은 아직도 한 십 분 남았다.

인순이는 변소 문을 열고 나오다가 마침 옥희와 마주쳤다.

그는 잘되었다는 듯이 옥희를 찍어가지고 후미진 데로 돌아갔다.

마당에서는 동무 애들이 끼리끼리 모여서 공을 던지는 축에, 줄넘기를 하는 축에, 뜀박질을 하는 축에, 양지쪽에서 무슨 이야기를 하며 깔깔대고 웃는 축에, *우물고누를 두는 축에 온 마당 안이 떠들썩하다.

우물고누
'十'의 네 귀를 둥근 원으로 막고 한쪽 귀를 터놓은 판에 각각 말 두 개씩을 서로 먼저 가두면 이기는 놀이. 먼저 두는 사람이 첫수에 가두지는 못한다.

인순이와 옥희도 무슨 재미있는 이야기를 하려는 것처럼 치마를 걷어올리고 마주 앉아서 조약돌로 땅바닥에 금을 그으며 소곤거리고 있었다.

뒤미처 사이렌이 운다. 그들은 앞을 다투어가며 공장 안으로 꾸역꾸역 들어갔다.

근 사백 명이나 되는 여직공들은 마치 여울목에 떼로 몰린 물고기처럼 근감하게 쑤알거렸다. 인순이와 옥희도 손바닥을 털고 일어나서 그들의 뒤를 따라 들어갔다.

제사공장에서는 해마다 직공 위안이란 명목으로 회사 전체의 대운동회를 열었다. 작년에는 봄에 열던 것을 올해는 가을에 열게 되었다. 회사에서는 올과 같이 수해가 심해서 더욱 불경기한데도 불구하고 직공을 위해서 운동회를 열어주는 것을 자랑삼아 선전하였다.

"참으로 고마운 일이다! 너희들이 제각기 집에 있다면 무슨 꼴이 되었겠니? 그런데 이렇게 좋은 집에 와서 옷 걱정을 하나 밥 걱정을 하나 길쌈 가르치고 글 가르치고 그리고 월급을 주어서 고스란히 모으게 하니 이 세상에 이런 낙원이 또 어디 있단 말이냐? 그런데도 불평을 말하는 자가 있다는 것은 그건 사람이 아니라, 배은망덕이야. 그렇지 않으냐? 이 애들! 그런데 또, 해마다 수백 원씩 들여서 운동회까지 열어주니 애들아, 일부러 돈 써가며 서울 유학 갈 것 무엇 있니 응, 그렇지 않아!"

감독은 웃는지 성이 났는지 모르는 흘개눈을 지르뜨고 지금도 그런 말을 또 하였다.

"누가 불평을 해요?"

"그런 애가 있어!"

"난 안 그랬어요."

"오, 그래야지."

감독이 저편으로 슬슬 가자 아이들은 그의 뒤통수에 주먹질을 하고 혀를 빼물었다. 인순이와 옥희는 그전부터 그런 애를 눈여겨 두었다.

운동회 날은 아침을 일찍 먹고 사원 일동이 남녀 직공을 영솔하고 운동장으로 행진해 갔다.

회사에서는 일부러 서울에서 악대를 불러 내려왔다.

운동장은 그곳 보통학교의 넓은 마당이었다.

사오백 명의 *인총은 자줏빛의 회사 '기'를 선두로 양악에 발맞추며 근감하게 늘어서 갔다. 여직공들은 일정하게 흰 적삼에 검정 치마를 입었다. 그들에게는 명절 기분이 나서 어떤 애들은 분을 하얗게 바르고 분홍 리본을 드렸다.

인총(人叢)
한곳에 많이 모인 사람의 무리.

부대한 사장의 훈사가 끝나며 운동회는 요란한 주악 속에서 시작되었다.

먼저 직공 댄스와 체조가 있은 뒤로 남녀 직공은 구미를 나누어서 순서대로 운동회를 진행하였다. 학교에서는 학생을 '홍' '백'으로 편을 갈라서 승부를 다투는데, 회사에서는 그러지 않고 직공 특유의 반열이 있었다.

악대의 거리 행진 모습

그것은 공장실에서 작업에 나누인 구미대로 편을 갈라서 승부를 다투는 것이었다. 그래야만 그들은 제 구미를 위하는 승벽이 강해져서 작업 중에도 승부를 낼 수 있으니까 구미끼리의 경쟁심을 운동회에서도 고취하자는 것이다.

해마다 그들은 참으로—아무 실력이 없는 우승기를 쟁탈하기 위해서 얼마나 승벽이 굉장하였던가!

해가 높이 오를수록 운동회는 백열화해갔다. 주위에는 구경꾼들이 *백차일 치듯 하고 장사치들은 *악머구리 끓듯 돌아다니며 싸구려를 부르고 있었다.

백차일
햇볕을 가리려고 치는 하얀 빛깔의 포장.

악머구리
잘 우는 개구리라는 뜻으로, '참개구리'를 이르는 말.

지금은 남 직공들이 소경 장난을 하는 중이다. 구경꾼들은 모두 웃음통이 터져서 홍소를 내뿜는다. 관중의 시선은 일제히 그들에게로 집중되었다.

옥희는 여직공 석에 섰다가 살짝 나와서 정신없이 구경하고 있는 경호의 옆구리를 찔렀다. 경호가 홱 돌아서며 시선이 마주치자 옥희는 그를 데리고 학교 뒤 언덕배기 수풀 속으로 들어섰다.

"우리들이 나갈 시간은 아직 멀었지요?"

옥희는 무슨 말을 먼저 꺼내야 할는지 모르다가 이렇게 물었다.

"몇 조지요?"

경호는 프로그램을 꺼내 본다.

"A조 B반!"

경호는 우데마키 시계(손목시계)를 다시 들여다보더니

"네, 얼마 안 남었군요. 십오 분간!"

"그럼 잠깐 이야기할 시간을 주시겠어요?"

"네 무슨?"

옥희는 경호의 턱 밑으로 입을 바짝 대고 가만히

"저, 선생님은 무엇이든지 저를 위해서는 힘써주시겠다고 하셨지요?"

"네 그건 지금도!"

경호는 별안간 숨소리가 호되어진다.

"그럼 언제든지 내가 부탁하는 대로 꼭 해주셔요!"

"그라지요. 언제요?"

경호가 긴장해서 대답하는 것을 보고 옥희는 빙그레 웃으며 쳐다보다가 별안간 그의 귀에 자기의 입술을 바짝 가까이 갖다 대었다.

오 분간! 그러자 옥희는 참기름챙이처럼 몸을 빼쳐서 운동회장으로 뛰어갔다.

경호는 정신이 황홀하였다.

그 이튿날 제사 회사에서는 휴업을 하고 직공들을 놀렸다.

그것은 직공들을 놀리기 위해서만 아니라, 사원들이 어제 운동회에 피곤해서 그들을 작업시킬 수가 없었기 때문이다. 그래도 '원체 정기 휴업일' 을 택해서 운동회를 연 까닭에 회사에서 받는 영향은 하루 동안에 불과하였다.

이날 새벽차로 경호는 오래간만에 서울을 올라갔다. 그는 갑숙이와 천만 뜻밖에, 죽었던 사람을 다시 만나듯 한 공장 안에서 반가이 만나게 되어 끊겼던 인연을 다시 맺게 된 것을 생각하니 기쁜 마음이 걷잡을 수 없어서 남이 안 보면 춤이라도 추고 싶었다.

일제시대의 경성역사
(지금의 서울역)

경호는 경성역에서 내리는 그길로 갑성이 집을 찾아갔다.

오래간만에 경호가 식전 아침에 대드는 것을 보고 순경이는 웬일인지 몰라서 가슴이 후닥닥후닥닥 뛰었다.

경호는 갑성이가 학교에 가기 전에 편지를 전하려고 일부러 새벽차를 탄 것이다.

"아, 권학생이…… 아니 나 봐! 참, 곽학생이라지, 그런데 웬일이유?"

순경이는 갓으로 일어난 두 눈을 비비며 무안한 웃음을 빙그레 웃는다.

"어서 들어오!"

경호의 목소리를 알아들은 갑성이와 갑준이는 자다가 일어나서 안방으로 뛰어 들어온다.

"야, 오래간만이다. 웬일이야?"

갑성이는 언제와 같이 쾌활하였다.

"오래간만에 서울 구경 왔다."

"자네 제사 회사에 다닌다지?"

갑준이는 의미 있는 웃음을 지으며 묻는다.

"그래 밥벌이한다."

"참 학생 사적은 신문에서도 보았소마는 세상에 그런 일이 어디 있소?"

경호는 어색해서 다만 아래턱을 만지고 있었다.

"그래 아버지 되는 이를 찾어 뵈었다지."

"네!"

"아버지는 지금 어디 계시우."

"아직 전에 계시던 집에 그대로 계시지요."

"권씨 집에서는 곽학생이 아주 나왔다며?"

순경이는 '곽학생' 소리가 잘 나오지 않아서 말을 더듬으며 속으로 웃었다.

"네!"

"그래 어머니의 소식은 이내 모르는군!"

"그럽지요, 어디 알 수가 있어야지요."

"아버지도 모르시는가?"

"네!"

"늬 어머니가 그저 중하고 붙어 다니나 부다."

"누가 아니."

순경이는 갑성에게 눈을 흘기며

"어머니도 살으셨으면 아들 생각하고 수소문하련마는…… 세상에 참, 어머니를 다시 만나본다면 그런 신기한 일이 또 어디 있소."

"얘, *바랑을 해 짊어지고 절로 돌아다니며 찾아보렴!"

"지금 이 시대에 그렇게 한다고 찾을 수 있겠니."

"그럼, 살어 계실 것 같으면 어머니가 벌써 찾어왔지."

"그래도 아직 신문을 못 본 지 아우?"

"그야 그렇지, 소문이 나서 듣는 대로 이담에 찾어오실는지 누가 아나."

"글쎄요!"

순경이는 측은한 생각이 나서 경호를 바라보다가

"참 학생이 회사로 들어가기를 잘했소. 권씨 집에서 *찐덥게 알더래도 피차간 그런 줄을 알게 되면 그대로 살기가 찐덥지 못할 게야. 벌써 천륜이 씌어서 그랬던 게요! 인제 학생도 늙은 아버지를 노래에 남의 집 *고공살이는 면해드려야 되지 않겠소. 하하하…… 그렇다면 학생이 장가나 들고 어머니가 또 찾어오신다면 여북 신기한 노릇일까!"

"신기한 일은 댁에도 있답니다."

"우리 집에도?"

경호는 마주 빙그레 웃으며 놀라는 순경이를 쳐다보고 비로소 품속에서 편지 한 장을 꺼내놓았다. 그는 순경이의 이야기 통에 잊어버렸던 편지를 미처 꺼내지 못하였다가 지금에야 생각났던 것이다.

"그게 웬 편지유?"

바랑
중이 등에 지고 다니는 자루 모양의 큰 주머니.

찐덥다
남을 대하기가 마음에 흐뭇하고 만족스럽다.

고공(顧工)살이
머슴살이.

하고 순경이는 황황히 겉봉을 뜯어보았다.

어머님! 그동안 안녕하신지요. 불효 여식은 그 사이 이곳으로 와서 몸 성히 잘 지내오니 안심하시옵소서. 비록 공장이라 하오나 뜻밖에 경호씨와 함께 있는 줄을 알게 된 이후부터는 은근한 경호씨의 도움으로 심신이 유쾌하게 잘 있습니다. 어머님! 저를 자식으로 사랑하시거든 아무 염려 마시고 전과 같이 누구에게든지 절대로 저 있는 곳을 모르는 척해 주시기를 바라고 믿습니다. 총총 이만 상달하나이다.

×년×월×일 소녀 갑숙 상서

순경은 보기를 다하자 정신이 아득해져 한동안 어쩔 줄을 모르고 있었다.

경호는 편지 한 장을 마저 갑성이에게 전하였다.

갑성이는 학교에 가는 길에 박훈의 집을 들러 갔다. 경호는 그날 밤 막차로 되짚어 내려왔다. 원터 작인들 중에서 서울로 교섭하러 올라갔던 사람들도 민지주를 만나보고 내려왔다. 그들은 십중팔구 예상했던 바와 같이 실패하고 돌아왔다.

민지주는 모든 것을 사음에게 맡겼으니 그와 잘 타협해서 좋도록 하라는 것이었다.

그래서 작인들은 다시 안승학을 상대해서 담판하기로 하였다.

여공들 중에는 수군수군하며 전에 없이 불안한 기분이 떠돌았다. 그 중에도 몇 사람들은 이상한 기분에 싸여 있었다.

어느 날 아침—그날은 회사에서 무슨 사정으로 공장을 임시 휴업하는 날이었다. 회사에서는 불경기 까닭으로 물건이 잘 팔리지 않아서 손해가 많이 난다고 임시 휴업을 선언하였다. 그래도 사원들의 월급은 깎이지 않고 주주 배당은 제대로 있을 것이다.

어떤 입바른 애가 오늘 아침에 그것을 불평 삼아 말하고 있을 때 감독은 어느 틈에 와서 들었는지 그 말을 듣고 쫓아와서 그 애를 보고 추상같이 호령하였다.

"그 대신 너희들은 회사에서 공밥을 먹이지 않느냐. 그런 소리를 어디서 하니!"

하고 그는 이내 그 애의 성명을 수첩에 적어가지고 간다. 그 애는 바로 인순이 옆에 방에 있는 ○○군에서 멀리 온 경순이라는 처녀다.

여러 애들은 모두 가슴이 두근두근해서 그 애를 둘러싸고 서서, 궁금한 하회를 기다리고 있었다. 조금 있다가 그 애는 과연 감독에게 다시 불려서 사무실로 들어갔다. 그는 도수장에 들어가는 짐승처럼 끌려갔다.

"*구비끼리!"

여러 애들은 입속으로 일제히 이렇게 부르짖고 사지를 벌벌 떨고 있었다. 한 삼십 분 뒤에 그 애는 참으로 그 당장에 해고를 당하고 뚝뚝 떨어지는 눈물을 흘리며 시름없이 나왔다.

그는 몇 푼 안 되는 간조를 타기에 엄중한 훈계를 받았다.

"어서 행구를 차려 가지고 늬 집으로 가! 주둥이를 함부로 놀리다가 그래도 싸지!"

하는 감독은 성화같이 재촉하였다.

"어련히 갈까 봐 걱정이유. 인제는, 당신이 나한테 지청구할 아무 권리도 없어!"

구비끼리(くびきり)
'해고'의 일본말.

"흥!"

감독은 코똥을 뀌고 달아난다. 그 애는 제 방으로 돌아가서 행장을 묶어 가지고 기숙사를 나왔다. 그는 행구를 싸면서도 목을 놓고 울었다.

경호는 그 애를 입회하러 기숙사로 나왔다. 여러 애들은 그를 붙들고 마주 눈물을 뿌렸다.

더구나 한방에 있던 애들은 이 불의의 화액을 입은 희생자에게 남의 일 같지 않게 동정의 눈물을 뿌렸다. 경호도 남모를 눈물을 삼켰다. 그들은 서로 주소를 적어두고 편지하기를 약속하였다.

며칠 뒤에 회사에서 일을 시작하려 할 때 여공 일동은 사이렌이 울어도 각 방에서 꼼짝도 않고 있었다. 사원들은 벌써 눈치를 알아채고 허둥지둥하였다. 여공들은 일전에 해고한 경순이를 다시 복직해 달라는 이외에 대우 개선, 기타 몇 가지의 요구 조건을 사무실로 제출하였다. 그들은 모두 죽은 듯이 제 방에서 이불을 쓰고 드러누웠다. 그날 낮에는 남공 일동도 여공들에게 호응하였다.

밤낮 쉴 새 없이 쏟아져 나오던 공장 굴뚝은 별안간 연기 한 점도 안 나오고 멋없이 우뚝 섰다. 수재로 인한 금년의 대흉으로, 농민들이 불안한 공기 중에 싸여 있는 가운데 또 다시 제사공장의 뜻 아닌 파업 소동은 장차 추운 겨울을 앞두고 어떻게 해결을 지을 것인가?

그것은 각각 당사자들은 더 말할 것도 없거니와 시민 일반과 아울러 부근 농촌에서도 다대한 주목을 하며 모두들 송구한 생각을 품고 있었다. 그럴수록 인심은 더욱 흉흉하였다.

어서 하루바삐 해결을 짓지 않으면 사건이 의외로 중대하게 전개할는지도 모른다고, 그래 당국자들은 눈코 뜰 새 없이 주야로 활동하였다.

33. 재봉춘

안승학은 학삼이의 내통으로 작인들이 직접 지주와 담판하러 비밀히 상경한 것을 알았는데, 그러자 며칠 안 되어서 민지주한테서도 편지가 왔다. 내용인즉 그런 일은 사음이 잘 조치하지 못하고 왜 작인들이 서울까지 올라와서 귀찮게 굴게 하였느냐고 책망을 부옇게 하였다. 민지주가, 작인들에게는 사음에게 전부 위임하였으니 내려가서 사음과 좋도록 타협하라고 이르고서 안승학에게 한 편지에는 타작관을 내려 보낼 테니 그리 알라는 것이었다.

민지주가 작인들을 내려 보내놓고 다시 생각해보니 사음과 작인 간에는 벌써 갈등이 나서 그들끼리는 원만하게 해결이 되지 못할 줄을 알고, 그렇다면 자기 집 사람을 보내서 조사해보는 것이 좋을 줄로 방침을 고친 것이다.

안승학은 그런 기별을 듣고 나서 다시 지주의 그런 편지를 보고나니 그들의 소위가 여간 괘씸하지 않았다. 그래 그는 단단히 앙심을 먹고 어디 두고 보자고 작인들을 벼르고 있었다.

그는 우선 면서기를 다니는 자기 동생을 오라 해서 전후 사연을 자세히 설파한 후 그것은 오로지 희준이의 *사촉이라는 것을 넌지시 말하고 앞으로 그들의 행동을 감시하도록 당부하였다.

사촉(唆囑) 사주.

그러나 벼는 베려면 아직도 멀었다. 벼가 익기도 전에 베랄 수도 없는 일이요, 작인들이 그 뒤에는 가만히 있고 보니 그는 다시 무어라고 손을 댈 수도 없는 일이었다. 그래 그는 학삼이를 내놓아서 오직 그들의 행동을 주야로 탐문하라는 부탁을 해놓고, 그리고 그에게서 무슨 보고가 들리기만 고대하였다.

그래서 만일 어떤 불온한 공기가 보인다면 그는 즉시로 전홧줄을 대고 있는 읍내 사는 동생에게 기별하여서 그들의 계획을 미연에 부숴뜨리자는 심산이었다.

한편으로 희준이는 안승학이가 자기의 뒤를 밟을 줄을 결코 모르고 있지는 않았다. 그는 학삼이가 자기네의 행동을 내탐하는 줄도 알았다. 그뿐 아니라 그는 길동 아버지의 연통으로 민지주에게서 편지가 온 사연까지 들을 수 있었다.

길동 아버지는 겉으로는 안승학에게 심복인 척하며 유유 복종하는 모양을 하고 있으나 속으로는 항상 그에게 불만을 가지고 있었다.

그것은 자기도 그전에—안승학이가 구차하게 지낼 때는 오히려 승학이보다도 잘살았다. 그리고 또, 지체도 그리 떨어질 것이 없는데, 어찌하다가 패가를 한 후 오늘날 제 집에서 행랑살이를 한다고 아주 하인처럼 천대하는 것이 속으로 불쾌하였다.

그렇다고 후회하지도 않고 보니 자연 주인의 험구를 아니 할 수가 없었다. 그런데 희준이로 말하면 이웃 사람들의 일을 자기 집 일보듯 보살펴줄 뿐 아니라 매사를 공평하게 처리해서 모든 사람들에게 신임을 받고 있는 만큼 길동이네도 자연 그에게로 마음이 끌리게 된 것이었다.

희준이는 민지주가 안승학에게 책망을 하고 타작관을 내려 보내서 잘 처리하겠다는 말을 듣고, 속으로 회심의 웃음을 웃었다. 그렇다면 안승학을 다시 건드릴 것도 없다. 가만히 못 들은 척하고 있다가 타작관이 내려와서 *간평을 할 때에 서두를 일이다. 다만 그동안에 단속만 잘하고 있으면 그만이다.

그래 그는 작인들 중 모모에게 그런 말을 하고 그들이 실망하지 않도록 주의하였다. 그리고 이번 물난리로 가옥이 무너진 사람들을 위하여 동중이 합력해서 조력하도록 *동독하였다.

이태 동안 두레를 내서 이웃 간에 친목이 두터운 마을 사람들은 불의의 손해를 입은 사람들에게 동정을 아끼지 않았다.

그전 같으면 앞뒷집에서 굶어도 서로 모르는 척하고 또한 그것을 아무렇지도 않게 여겼는데 그것은 그들의 처지가 서로 절박하여서 미처 남을 돌아볼 여유가 없을 뿐더러 날로 각박해지는 세상 인심은 부지중 그렇게만 만들어놓았던 것인데—지금은 굶는 사람이 있으면 서로 도와주려는 훗훗한 인간의 훈김이 떠돌았다.

두 되만 있어도 서로 꾸어 먹고 한 푼이라도 남의 사정을 보려 들었다. 그것은 누구를 무서워서 그러는 게 아니라 그렇게 해야만 자기네에게도 유익이 돌아오기 때문이었다.

만일 이웃 간에서 누가 굶는데 양식 있는 집으로 먹이를 꾸러 갔다가 그 집에서 거절을 하는 지경이면 그 집과는 수화를 불통하고 안팎 없이 발을 끊는다.

간평(看坪)
농작물을 수확하기 전에 미리 작황을 조사하여 소작료율을 결정하던 일.

동독(董督)
감시하며 독촉하고 격려함.

됫박

지금 학삼이네가 그렇게 온 동리 사람에게 돌려내서 일꾼도 타 동리에서 얻어 와야 할 형편이 되었다. 마을 사람들은 그것이 두렵기도 하였다.

인동이는 아침을 먹고 나서 지게를 지고 나갔다. 논두렁 풀 말린 것을 걷을 겸 여새나무를 하러 간 것이었다. 음전이는 그저 다친 다리를 절룩거리며 겨우 *호정출입을 하였다.

호정출입
병자나 노인이 겨우 마당 안에서만 드나듦.

그는 다리를 다친 뒤로부터 심정이 변해졌다. 그는 전같이 시집을 탐탁히 여기지 않는 모양이었다. 그것은 처음에는 다리만 다친 줄 알았던 것이 차차 복통이 나기 시작하며 하혈을 하기 시작하다가, 마침내는 낙태를 한 줄까지 알게 되자 가뜩이나 아픈 몸에 실망까지 겸하게 된 것이다.

원칠이 내외도 그 염려가 없지 않아서 그 이튿날 아침에 안태할 약을 네댓 첩 지어다 먹였다. 원칠이는 우선 사돈집에 알릴 필요가 있겠다 생각하고 읍내를 들어가는 길로 찾아가서 그 말을 전하였다. 그래 사돈이 용하다는 오약국집에 가서 약을 지어다 먹인 것이다.

비가 개매 사돈이 나와 보고 약을 또 지어 보내서 일변 달여 먹였는데도 워낙 몹시 놀라서 그런지 그만 죽은 애를 낳고 말았다. 그때 원칠이 내외의 놀라움은 말할 것도 없었거니와 음전이 자신도 여간 애달파하지 않았다. 더구나 첫아들을 무참히도 그렇게 죽였다는 생각은 오래도록 그 어머니의 마음을 구슬프게 하였다.

사돈이 이 말을 듣고 낙망하였다. 막내딸이 첫아들을 낳아, 외손자를 보았더면 얼마나 귀여울 것인가? 그것은 가난한 집으로 시집을 보냈기 때문에 생으로 죽였다고—그는 암만해도 잊혀지지 않는다.

그런데 사위는 쥐뿔도 없는 놈이 마음만 *희떱다는 것이 아니꼽고, 또한 사돈이란 영감쟁이는 집이 그렇게 쓰러지게 되었는데도 진작 고치지를 못하고서 이때까지 있다가 생사람을 다치고 죽이게까지 하였는가 싶어서, 그는 딸보다도 오히려 그들을 차차 못마땅히 생각하게 되었다.

희떱다
실속없이 마음이 넓고 손이 크다.

그럴수록 그는 후회하기를

"내가 공연히 잘못했어. 장래는 어찌 되었거나 그래도 밥술이나 먹는 데로 여읠 것을!"

하고 은근히 그 딸의 신세를 애달파하였다.

그러나 인동이는 그런 것을 도무지 개의하지 않았다. 그는 이번에 당한 일에도 어떤 공분을 느끼지 않을 수 없었다.

남의 속을 모르는 사람들은 여북 주변이 없기로 사람 사는 집을 못 고치고 무너지게 하였느냐고 우선 장모부터 그런 말을 하는 모양이나 워낙 할 수 없는 처지를 어찌하랴? 죽어가는 사람을 옆에 놓고서도 돈이 없으면 약을 사 먹이지 못하고 그대로 죽이는 수밖에 없다.

지금 세상은 그런 세상이다. 그런데 가난한 사람들이 어느 해가에 묵은 집을 고치고 들 수가 있느냐? 원터 동리에도 이번 장마에 무너진 집이 여러 채다. 다른 집들은 낮에 무너졌기 때문에 다행히 사람은 상하지 않았다.

그래도 읍내 서리말 언덕배기 담집들은 밤에 무너져서, 몇 식구가 몰사한 집도 있지 않은가? 인동이는 곰방대에 담배를 피워 물고 지금 한참 잔다미를 뜯고 있는데

"나무하러 왔수?"

하는 누구의 목소리에 고개를 번쩍 들고 쳐다보니 눈앞에는 생각 밖에

방개가 어느 틈에 왔는지 보구미를 들고 섰다.

"아, 웬일이유?"

"뭬 웬일, 밭에 왔지!"

"그렇게 기척도 없이 와서 섰으니까 말이지."

하고 인동이는 낫을 놓고 우두커니 앉아서 쳐다본다. 검정 치마에 흰 적삼을 입은 방개는 방그레 웃음이 괸 눈으로 흘겨보며

"당신이야말로 사람이 오는 줄도 모르고 무엇을 그렇게 생각하고 있었수?"

"생각은 무슨 생각? 거기 좀 앉구려!"

방개는 마치 그 말을 기다렸던 것처럼 보구미를 옆에 놓고 잔디밭에 앉는다.

"몰골이 접때보다 틀렸수, 어디 아푸?"

하고 방개는 은근히 남의 이목을 *두리는 것처럼 사방을 둘러본다.

두리다
두려워하다.

"아니."

"참 다쳤다더니 좀 어떻수? 다 났수?"

"누가?"

"뭘 누가. 임자 아씨 말이지."

"응 그저 덜 났다우."

"참 안됐구려. 일껀 귀여운 아들까지 지우고……."

인동이는 빙그레 웃고 안심찮아 하는 방개를 쳐다보다가

"거 보. 당신이 우리 집으로 시집을 안 오기 잘하지 않었수!"

하고 곰방대를 손바닥으로 탁탁 친다.

방개는 얄미운 듯이 마주 바라보다가 그런 소리는 하지 말라는 듯이 별안간 인동이의 어깨를 탁 치고 사뿐 일어섰다.

인동이는 방개의 치맛자락을 붙잡아 앉히며

"거기 좀 앉어 이야기나 합시다!"

하고 붙들었다.

"이야기는 무슨 이야기를 해! 난 *동부 따고 녹두 따러 왔는데."

동부
콩과의 일년생 만초.

녹두

방개의 말은 바쁜 듯하나 몸은 그대로 앉는다.

"그래 공장 재미가 어떠우? 집에 있느니보다 낫습디까?"

"낫구 말구 간에 요샌 누가 가기나 하나."

방개는 기분이 매우 유쾌한 듯이 정찬 웃음을 웃는다.

"참 요새는 논다지, 장차 어떻게 될 모양인가?"

인동이는 비로소 무슨 생각이 났는지 얼굴에 긴장한 빛을 띠고 쳐다본다.

"무얼 어떻게 되어. 회사에서야 도무지 몸 달 것이 있어야지!"

"어째?"

"그러지 않어도 세월이 없어서 일을 쉬었다는데 좀더 놀리기로 손해될 게 있어야지."

"그도 그렇지만 그럼 회사에서는 언제까지든지 놀릴 모양인가?"

"그게야 알 수 있수. 우리들 통근공 보고는 언제든지 오라구 하거든 오라니까! 그렇지만 밖에서 다니는 사람은 얼마 되지 않으니까 기숙생들이 하기에 달렸겠지."

하고 방개는 제법 공장 용어를 쓰며 여직공의 기분을 나타낸다.

그는 별안간 무슨 생각이 났는지 금시로 생기 있는 표정을 지으며

"참, 그런데 이상한 일이 또 한 가지 있겠지!"

"무슨 일?"

인동이의 눈알은 번쩍 빛난다.

"소문낼라구! 그럼 난 싫여……."

방개는 인동이를 쳐다보며 몸을 뒤흔든다. 그것은 일부러 애교를 보이려는 것같이 도발적이었다.

"누가? 내가 말이야!"

"그럼."

"내가 언제 당신에게 신용을 잃은 일 있습디까?"

"그렇지만 사람의 일을 누가 아는가베……."

"무슨 일이야. 비밀한 이야기라면 소문내지 않지!"

인동이는 호기심이 나서 더욱 바짝 달라붙었다. 그래서 방개는 여러 번 다짐을 받고 나서

"저, 임자도 갑숙이를 알지 않수."

하고 물어보았다.

"갑숙이가 누구여?"

인동이는 얼른 생각이 안 나는 것처럼 두 눈을 두리번두리번 한다.

"아따 마름집 딸 말이야."

"아, 저 갑숙이, 그래 갑숙이가!"

"갑숙이가 우리 공장에 들어와 있어……."

"응 언제? 아니 어디 타국으로 달어났다더니……."

인동이는 곧이가 안 들리는 것처럼 방개를 쳐다본다.

"나도 그런 줄만 알었는데 언제 들어왔는지 나보다 훨씬 먼저 들어왔대!"

"응! 정말이야. 그건 거짓말 같은데, 그럼 저의 집에서 왜 모르고 있을까."

"글쎄 나도 처음에는 그런 줄은 도무지 몰랐는데 한번인가 언제는

식당에서 목사의 전도를 듣느라고 여러 애들이 한자리에 모였을 때 언뜻 보니까 똑 갑숙이 같은 애가 내 앞에 앉었겠지. 그럴 리가 없을 텐데 참 세상에는 같은 사람도 많다 하고 그때는 무심히 넘겼댔어. 그래도 그 뒤에 두고두고 그 애를 앞뒤로 뜯어보니까 암만해도 갑숙이란 말이여! 그래 하도 궁금하기에 하루는 조용한 틈을 타서 인순이를 불러가지고 넌지시 물어봤더니 인순이가 처음에는 은근히 놀래는 기색을 보이다가 귓속말로 그렇다고 하며, 저의 집에서 알면 큰일 난다구 아무 보고도 말 말라고 쉬쉬하겠지."

인동이는 방개의 말을 듣고 나서 비로소 그럴 듯이 생각하는 모양으로

"그 애가 거기를 어떻게 들어갔을까?"

"글쎄 그건 모르지만 갑숙이라고 부르지 않고 옥희라고 부르는 것을 보면 아마 회사를 속이고 들어간 게야."

인동이는 그제야 생각나는 듯이 고개를 끄덕이었다. 간 봄에 뒷산에서 나무를 하다가 희준이와 인순이 일행을 솔밭 속에서 발견하였을 때 한 처녀가 어디서 똑 본 것 같은 낯익은 기억이 있었는데 인제 생각해보니 그게 갑숙이가 틀림없었다는 것을 알 수 있었다. 그렇다면 그가 어떠한 발연으로 들어간 줄도 짐작할 수 있으니만큼 그는 희준이한테 물어보고 싶다고 마음을 먹었다.

방개는 한 걸음을 다가앉으며 이야기에 신이 나서

"그런데 그 애가 감독하고 좋아한다는 소문이 났겠지. 그것은 감독이 그 애를 퍽 위하기 때문에 그런 소문이 났다는데 이번 통에도 옥희는 빠지지 않었겠어?"

방개는 이상하다는 듯이 인동이를 쳐다보고 눈초리를 꼬부장한다.

"누가…… 유치장으로 더러 들어갔나?"

인동이는 눈을 희동그랗게 뜨고 마주 쳐다보다가 대꼬바리를 낫 꽁당이에다 턴다.

"그럼…… 고두머리와 그중 큰 애 하나가! 고두머리는 참말로 험상궂지만, 얼굴도 억득억득 얽은 것이 그래서 조그만 애들은 모두 기 애를 무서워하겠지."

"험상쟁이와 암상쟁이가 서로 잘 만났군."

"왜 내가 암상쟁인가?"

하고 방개는 눈초리를 샐쭉하며 얄미운 듯이 지르떠 본다.

남의 집 울안에 열린 탐스러운 실과를 쳐다보고 침을 삼키듯이, 그는 인동이를 볼 때마다 지나간 시절의 미련이 남아 있다. 그때는 임자 없는 과실이 아니었던가!

인동이도 방개의 심중을 엿보았다. 그는 자기가 건드리기를 기다리는 것 같다. 건드리기만 하면 그의 온 몸뚱어리를 금방이라도 맡길 것 같다.

인동이는 그런 생각을 하니 몸이 떨린다. 그는 자기도 모르게 나직이 한숨을 쉬었다.

그는 낫 꽁당이로 잔디밭을 두드렸다. 가슴속에서 폭풍우가 이는 것을 그는 진정할 수 없는 모양이었다.

이런 기미를 저편에서도 알았던지 별안간 방개도 나직이 한숨을 짓는다. 그는 인동이를 힐끗 쳐다보며 사내의 얼굴빛을 살피었다. 그 순간 귀밑이 빨개지며 겉으로는 천연한 척하고, 시름없이 먼 산을 쳐다보았다.

봉화재 연봉 위로는 조각구름이 둥둥 떠돈다. 구름 조각은 참으로 자유로운 듯이 맑게 갠 가을 하늘 위로 유유히 피어오른다.

두 사람은 한동안 안타까운 침묵을 지켰다. 고요한 가을날은 넓은 들안에 햇살을—공작새 날개 펴듯 하였는데, 큰물이 나간 뒤의 어지러이 짓대겨 놓은 넓은 들은 마치 심술꾸러기 장난꾼 아이가 악착스러운 장난을 하고 나서 음흉한 웃음을 웃는 것처럼, 그것은 처참한 광경이었다.

논밭 곡식 할 것 없이 모든 곡식은 모조리 상처를 입었다. 복사가 밀린 볏논은 마치 대수술을 받고 누운 환자처럼 가로누웠다.

두 사람은 황량한 들판을 말없이 바라보며 심중으로는 복잡한 감정에 들뜨고 있었다. 상사(相思)의 일념은 두 사람의 몸뚱어리를 무형한 밧줄로 찬찬 동여매는 것 같았다.

그런가 하면 어떤 무서운 영물이 두 사람의 사이를 떼놓고 등을 밀어내는 것도 같았다.

인동이는 그늘에 있는 화초처럼 날로 시들어가는 음전이의 애처로운 모양을 보다가 금방 뽑은 푸성귀같이 생생한 방개를 대하니 통으로 삼키고 싶은 본능의 욕망을 느끼게 한다.

음전이의 옆에서는 찬바람이 휘돌던 감정이 지금 방개의 앞에서는 화약 같은 정열이 타오른다.

그는 음전이의 옆에서 자기가 싫어서 간밤에도 마실을 나갔다. 그럴수록 그들의 사이는 점점 벌어졌다.

인동이는 별안간 얼굴이 울그락붉그락해지며 입술에 경련을 일으켰다. 그는 무서운 눈을 지르뜨고 한참 동안 방개를 노려보다가 한번 진저리를 치고는 낫자루에 침을 탁 뱉어서 힘껏 쥐고 잔다미를 북북 뜯기 시작하며

"고만 가라구! 임자 볼일 보러."

하고 볼먹은 소리를 내질렀다. 뜻밖에 덜미를 잡혀서 내쫓기는 것 같은 모욕을 느낀 방개는 얼굴이 다홍빛이 되며

"저이가 미쳤나 왜 빨끈 성을 내고 그래! 가라면 누가 겁날까 봐서……."

하고 보구미를 들고 일어선다.

"늬가 옆에 있으면 깨물어 먹고 싶게 이가 갈린다. 다시는 내 눈앞에 뵈지 말라구."

인동이는 여전히 흥분되어서 부르짖는다. 방개는 인동이의 심중을 엿보았다. 그는 도로 그 자리에 털썩 주저앉으며 정열에 띤 목소리로

"안 보면 보고 싶고, 보면 이가 갈린단 말이지? 나두 그런데 뭐……."

"그런 허튼수작은 말라구!"

"임자야말로 너무 그라지 말라구!"

"그런 소리 말고 임자는 인순이와 잘 지내라구. 그것이 당신에게는……."

"그건 나두 잘 알어. 고만두라구! 고만두라구!"

방개는 발딱 일어서서 암상스러운 눈으로 인동이를 흘겨보다가 별안간 부리나케 달아난다.

인동이는 그가 가는 뒷모양을 한동안 우두커니 쏘아보고 있었다.

방개가 출근하라는 통지를 받고 벤또[도시락]을 싸가지고 공장에 들어가는 날 밤에 옥희는 남모르게 약조한 시간이 돌아오기를 고대하였다.

경호는 그날이 숙직이었다. 그는 시간이 박두할수록 차차 긴장한 기분을 느꼈다. 그를 조용히 만나는 반가운 심중은 알 수 없는 질투심과, 또는 남의 눈을 피해서 비밀히 만나려는 이날 밤의 결과가 어찌 될는지 모르는 두려운 마음까지 한데 얽히어서 종잡을 수 없는 복잡한 감정이 머리를 혼란하게 만들었다.

그는 저녁을 먹고 나서, 갈피 없는 생각을 머릿속에 서려 담고 회사 안의 넓은 마당을 거닐었다.

열두 시가 되려면 아직도 멀었다. 그는 어제 저녁 때 수도 앞에서 옥희를 만났을 때 슬쩍 스치며 무슨 종이조각을 떨어뜨리고 가는 것을 얼른 집어 보았다.

> 내일 밤 열두 시에 기숙사 문을 열어주셔요. 조용히 만나 뵈올 일이 있습니다.

그때 경호는 정신이 현란할 만큼 황홀하였다. 무슨 일인지 모르지만 그렇지 않아도 은근히 보고 싶던 차에 *일각이 삼추같이 기다려진다. 기숙사의 열쇠는 그날 숙직도 한 개를 가지고 있느니만큼 피차에 시간 약속만 있으면 얼마든지 따내올 수 있었다.

다만 한 가지가 염려되는 것은 그 시각에 수위와 소사가 잠이 들었나 안 들었나 하는 것이 문제였다.

이런 생각에 경호는 지금도 가슴을 뛰며 모험을 할 때와 같은 조마

일각이 삼추같이
본래 일일여삼추(一日如三秋). 하루가 삼 년 같다는 뜻으로, 몹시 애태우며 기다리는 마음을 가리킴.

조마한 마음을 졸였다. 그것은 마치 학생 시대에 동무들과 밀회하던 때와 같은 과거의 기억이 새로워진다. 아니 그보다도 더한 긴장미를 느끼게 하였다.

자정을 치기 십 분 전에 숙직실을 가만히 나왔다.

그는 먼저 소사실 앞으로 살금살금 자취 없이 가서 귀를 기울여 보았다. 소사는 저녁마다 고대소설 *『유충렬전』을 흥얼거리다가 자정이 되면 자는데 오늘 밤은 웬일인지 열한 시가 되기 전부터 졸음이 와서 하품을 연신 하다가 책을 손에 집어든 채로 잠이 들었다.

그의 코 고는 소리가 드르렁! 드르렁! 나는 것을 듣고 안심하였다. 경호는 수위실 앞으로 다시 걸어갔다.

수위실도 괴괴하니 아무 소리가 없다. 경호는 *만심환희하여 그 길로 바로 기숙사 앞으로 돌아왔다. 수위실은 바로 들어오는 문어귀에 있는 까닭에 비록 수위가 자지는 않더라도 동안 뜬 기숙사에서 가만히 하는 말은 그에게 잘 들리지 않았다.

기숙사를 둘러싼 검은 판장문이 어둔 밤 빛 속에 더욱 우중충하게 보인다. 경호는 판장문 앞까지 발짝을 적여디디고 와서 바른편 귀를 널판에 붙이고는 두어 번 노크를 하였다.

처음에는 가만히 치다가 나중 두 번을 크게 쳤다. 그것은 그전 학생 시대에 치던 버릇이 자기도 모르게 생각나서 익숙하게 친 것이었다.

과연 그 안에서는 방문을 여는 소리가 들린다. 뒤미처 신발 소리가 사뿐! 사뿐! 이편으로 가까이 들려온다.

경호는 숨을 죽이고 판장문 뒤에 찰싹 붙어 섰다. 그는 미심스러운 생각이 나서 저편을 똑똑히 알기 전에는 문을 열어주지 않을 작정이었다.

신발 소리가 판장문까지 와서 똑 그치며 그 안에서도 숨을 죽이고

「유충렬전」
병자호란의 실상과 함께 청나라에 대한 적개심을 담고 있는 작자 연대 미상의 고전소설.

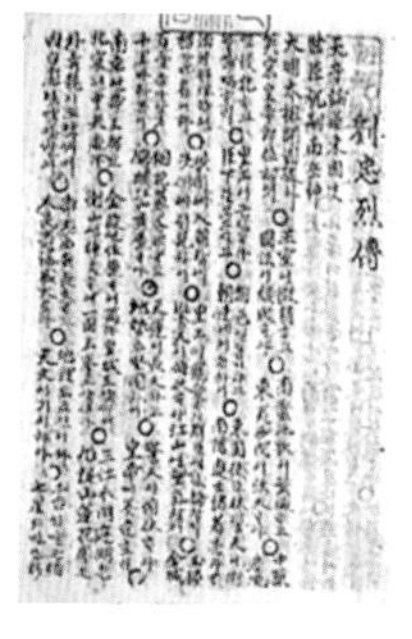

만심환희(滿心歡喜)
만족하여 아주 기뻐함.

섰다. 경호는 가만히 목소리를 꺼냈다.

"누구여—"

"헴—"

나직이 기침하는 소리가 옥희의 음성인 줄을 알아챈 경호는 비로소 안심하고 대문을 잠근 자물쇠를 열었다. 옥희가 그 틈을 타서 얼른 나오자 그는 전과 같이 자물쇠를 다시 잠그고 옥희를 데리고 숙직실 안으로 들어갔다.

다다미 여섯 닢이 까린 숙직실은 오시이레(이불과 기타 물건을 넣어두는 벽장)가 있고 자기 화로에 얹힌 무쇠 주전자에는 김을 내뿜으며 찻물이 끓는다. 그 옆에는 차반에 차구를 받쳐놓고 한옆으로 행자목 바둑판이 놓였다. 문 앞으로는 전화통이 걸리고 방 한가운데 오시이레의 앞으로는 두꺼운 일본 요와 이불을, 새 옥양목으로 깨끗하게 홑이불을 시친 것을 펴놓았다. 그 앞으로는 방석을 서너 개 포개놓았다.

"이리 앉으시지요."

경호는 화로 앞으로 방석을 갖다 놓고 옥희를 권한다. 옥희는 목례를 하고 경호와 마주 앉았다. 그는 우선 눈을 들어서 방 안을 둘러보았다.

자기가 거처하는 기숙사보다는 모든 것이 청결하고 설비가 놀라웠다. 그들은 하룻밤씩 자는데도 이렇게 위생을 하고 있는데, 직공들이 밤낮없이 거처하는 기숙사는 왜 누추하기가 짝이 없이 하였을까? 한집 속에 있는 사람으로 이와 같이 너무도 현격한 생활을 목도할 때 그는 새삼스레 놀랐다.

옥희는 경호도 이런 곳에서 거처하는 것을 보고 자기의 생활과 그것이 동안 뜬 만큼 서로 간격이 있게 한다. 일찍이 학생 시대에는 다 같은 동료라는 점에서 피차에 거리낌 없이 사귀어서 연애의 정점에까지도 올라갔었으나 지금은 환경이 서로 판이해서 그런지 그는 어떤 계급적 심리를 느꼈다.

지금 자기는 노동자의 생활을 하고 있다. 경호는 과연 자기의 지금 생활을 이해할 수 있을 것인가? 그는 지금의 자기 생활을 만족하고 있지 않은가? 이와 같은 소부르주아의 생활을 그는 만족하게 생각하지 않는가? 만일 그렇다면 그에게 크게 기대하고 있는 것이 결국 허사가 되지 않을 것인가?

"편히 앉으셔요, 기숙사 방이 몹시 춥지요?"

"아니요, 괜찮어요."

옥희는 자리를 고쳐 앉으며 경호의 지금 한 말의 의미를 읽어보려는 것처럼 쳐다보았다. 그는 참으로 자기를 동정해서 하는 말인가? 그렇지 않으면 입에 발린 소리로 남자들이 *항다반 여자 앞에서 말하는 그따위 사교적 행투인가?

항다반(恒茶飯)
항상 있는 차와 밥이라는 뜻으로, 항상 있어 신통할 게 없음을 이르는 말.

그러나 경호는 옥희를 진심으로 동정하였다. 악마디가 진 손과 햇빛을 쏘이지 못한 얼굴과 으스스해 보이는 새파란 입술이. 그것은 그전 학생 시대의, 야들야들하던 살결과 능수버들처럼 나긋나긋하던 자태와는 마치 딴사람같이 보인다.

그는 용모뿐 아니라 성격에도 그전처럼 온화한 맛이 없고 어디인지 억세고 맺히고 날카롭고 굳센 틀이 잡혀진 것 같다. 꼭 다물어진 입이, 열기 있는 눈이 그렇다.

경호는 옥희의 입술과 두 눈을 번갈아 쳐다보았다.

'사람이 어쩌면 저와 같이 변할 수 있을까?'

경호는 생각해보았다. 갑숙이가 이와 같이 변한 것은 그의 이름이 옥희로 변하듯이, 오로지 공장에 들어온 까닭 같다.

그는 힘찬 노동과 규율적 생활과 육체적 고통에서 몸과 마음이 강철처럼 단련되어가기 때문이 아닐까? 사람이 자기의 생활에서 절망을 느끼는 경우에는 그런 사람은 오직 비관만 할 재료밖에 없으므로 피로한 심신이 무기력하게 날로 시들어갈 뿐이지마는 그와 반대로 자기의 생활에 이상과 신념을 발견하고 순교자적 정열을 가질 때에는 그는 어떠한 고통이라도 그것을 씹어 삼키고 밟아 넘어갈 만한 용기와 대담과 인내의 행동을 가질 수 있는 것이다. 지금 옥희는 그와 같은 열정이 가슴속에 타올랐다. 그는 불길같이 두 눈이 반짝인다.

경호는 자신의 부끄러움을 깨달았다. 자기는 남자라도 근육 노동에는 감내하기 어려울 것 같은데 갑숙이와 같은 섬약한 여자의 몸으로서 그것을 배겨내는 것을 보매 심중으로 탄복하지 않을 수 없었다.

그러나 지금 경호는 냉정한 머리로 옥희를 연구할 여유가 없었다. 일찍이 그와 단둘이 호젓하게 붙어 앉아서 안타까운 사랑의 넋두리를 하던 때와 같이 그는 지금 옥희와 단둘이 마주 앉았다. 그것은 몇 해 전의 그때 시절이 다시 돌아온 것 같다.

청춘의 행복을 느끼던 그 시절이 다시 소생해 온 것 같다. 그래 그는 꺼졌던 연애의 불길이 새로 피어났다.

"같은 집 속에서 나는 이와 같은 편한 생활을 하고 있는데 갑숙씨는 너무 고생스런 생활을 하고 계신 것이 그것은 나의 본의는 아니라 할지라도 무어라구 미안한 말씀을 드릴 수가 없어요."

경호는 암만해도 피차간 생활이 다르다는 것을 그대로 감출 수가 없어서—더구나 사랑하는 사람끼리, 그런데도 또한 자기는 남자라는 자존심에서 양심을 고백하지 않을 수 없었다. 만일 이 자리에서 서로 처지가 바뀌어졌다면 자기는 얼마나 떳떳하게 옥희를 대할 수 있을 것인

가. 자기는 굳건한 노동자가 되고 옥희는 회사의 여사무원이라면……
그때는 지금보다 남자의 낯을 세울 수 있지 않은가.

"뭐 천만에 어떤 생활이든지 그게야 상관있나요! 아무 데서라도 진실한 생활을 할 수가 있다면 그것으로 만족할 수 있지 않겠어요."

화로와 부젓가락

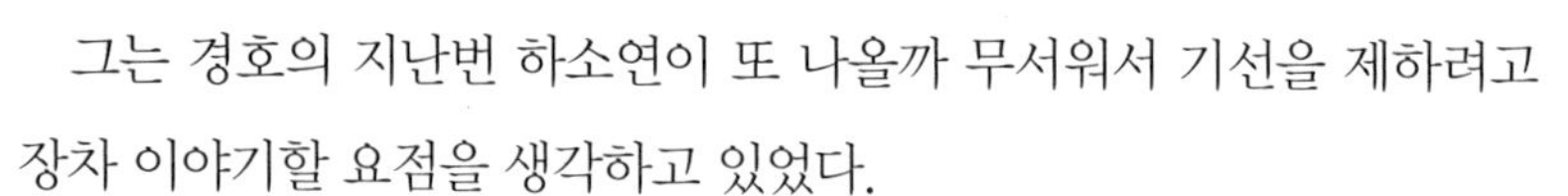
하고 옥희는 부젓가락으로 화롯불을 되작되작하며 대답하였다.

그는 경호의 지난번 하소연이 또 나올까 무서워서 기선을 제하려고 장차 이야기할 요점을 생각하고 있었다.

—위험한 이 장소에서 일 분이라도 지체할 것이 아니라고.

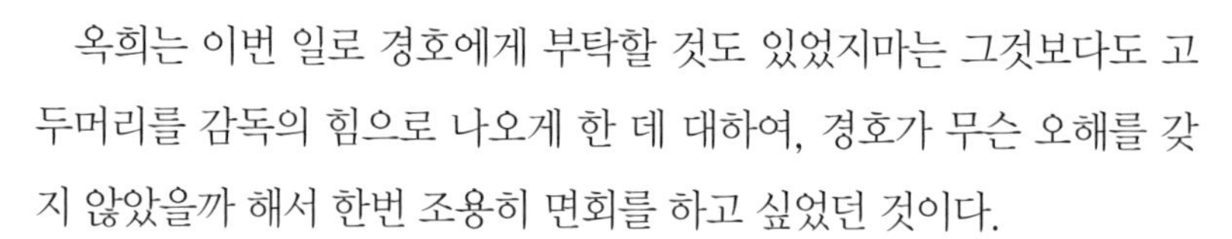
옥희는 이번 일로 경호에게 부탁할 것도 있었지마는 그것보다도 고두머리를 감독의 힘으로 나오게 한 데 대하여, 경호가 무슨 오해를 갖지 않았을까 해서 한번 조용히 면회를 하고 싶었던 것이다.

회사에서는 처음에는 여공들이 소동을 일으킬 때 크게 낭패하였으나 차차 냉정히 생각해보니 그렇게 염려할 아무 것도 없었다.

왜 그러냐 하면 이 회사에는 통근공은 몇 명 안 되고 그나마도 보통학교를 변변히 마치지 못한 분별없는 어린애들뿐이었다. 하기는 방개가 통근공에서는 제일 장성한 사람이라 하겠으나 그 역시 언문도 잘 모르는 문맹이었다.

그런즉 내부만 잘 단속하고 본다면 외부에서 손을 댈 수가 없는 일이다. 외부에서 손을 대지 않았다면 그것은 단순한 자연 발생적 행동에 불과한 것으로 볼 수 있다.

그래서 당초에 일이 벌어졌을 때 사장 이하 중역이 급히 모여서 우선 이번 일의 성질을 연구하였다. 그때 그들은 감독과 직공장을 불러놓고 물어보았다.

“대관절 이번 일의 성질을 규명할 필요가 있는데…… 그대들은 어떻게 생각하는가?”

뚱뚱한 사장은 긴장한 목소리로 마치 이번 일은 그들의 잘못한 과실이라는 것처럼 퉁명스럽게 부르짖으며 두 사람을 번갈아 쳐다보았다.

“어떠한 성질?”

키가 작고 앙버티게 생긴 직공장은 그 말의 의미를 해석할 수 없다는 듯이 사장에게 반문하였다. 감독과 그는 참으로 큰일을 저지른 듯이 황송하다는 자세로 공손하게 양수거지를 하고 섰다.

“다시 말하면 이번 일이 외부의 손이 미친 것이냐 그렇지 않으면 내부에서 발생된 일이냐 말이야?”

‘외부?…… 내부?……’

감독은 속으로 되새겨보았으나 그게 도무지 무슨 소리인지 영문을 모르겠다. 그래 그는 자기에게도 질문을 하게 되면 무어라고 대답을 해야 할는지 몰라서 가슴을 두근거렸다.

직공장은 감동을 한번 쳐다보고 나서

“글쎄요! 제 생각에는 단순한 내부의 일로 보고 있습니다.”

하고 자신 있게 말하였다.

사장은 담배를 뻑뻑 빨고 있다가

“응 그래여. 그럼 감독은?”

하고 시선을 감독에게로 돌린다. 그 순간 감독은 별안간 *동침에 찔린 것같이 가슴이 뜨끔하였다. 그는 발음이 시원치 않은 일본 내지말로 머뭇머뭇하다가

“저도 그렇게 생각하고 싶습니다.”

“생각하고 싶다니?”

동침
가늘고 긴 침의 한 가지.

"그렇게 생각합니다."

감독은 진땀이 흐르고 발이 저렸다.

"그럼 책임을 지겠는가?"

"네!"

여출일구(如出一口) 이구동성. 입은 다르나 목소리가 같다.

두 사람은 *여출일구로 대답하였다. 사장은 무엇을 생각하는 것처럼 잠자코 있더니 다시 기막힌 질문을 내던진다.

"무슨 이유로?"

"무슨 이유요!"

직공장은 감독을 곁눈질한다. 어리둥절한 모양이다.

"무슨 이유로 그렇게 생각하느냐 말이야!"

이때 직공장은 얼른 생각해보았다. 그는 과거의 생활에서 지금까지 많은 윗사람을 섬겨왔다. 그의 지나간 생활은 거의 남의 밑에서 부림을 받고 살아온 몸이다. 그러므로 그는 윗사람의 심리를 잘 안다. 그들은 거진 공통하다시피 수하는 영리하고 똑똑한 것을 요구한다. 그것은 말하는 데도 *간명 직절해야지 흐리멍텅해서는 안 된다. 지금 당장 감독도 한 대 먹지 않았는가.

간명직절(簡明直截) 간단명료하고 직선적이어서 모호하지 않다.

그래 그는 이번 일의 내용을 잘 모르는데, 그것은 누구나 귀신이 아닌 이상에야 남의 속을 잘 모를 것이지마는, 아주 자신 있게 말한 것이었다. 기위 자신 있게 말한 이상에는 그것을 추궁한다고 도로 굽혀서는 안 된다.

끝까지 자신 있게 대답해야 된다. 거기에는 변론이 필요하다. 사장은 지금 그것을 기다린다. 웅변! 웅변은 이런 때에 소용된다. 웅변은 사실을 굽힐 수도 있지 않은가!

그래서 직공장은 기침을 한번 하고 나서 변론을 하기 시작했다.

직공장은 기착을 한 자세로 참으로 연설을 하는 듯이 목소리를 감다 들어서

"에—그것은 아까 말씀한 바와 같이 단순한 내부의 발생으로 저는 생각합니다. …… 왜 그러냐 하면 무슨 병이든지 병의 원인을 잘 알어야 그 병의 성질을 잘 알 수 있는 것과 마찬가지로 이번 사건에 있어서도 그 동기를 살피는 데서 사건의 내용을 판단할 수도 있고 따라서 대책을 강구하기도 용이한 것 같습니다."

잠깐 말을 그치는 틈을 타서 사장은 어서 다음 말을 듣고 싶어 하는 듯이 중얼거린다.

"그야 물론!"

"그렇다면 이번 일은 무엇이 동기입니까? 저의 동무 하나가 해고를 당한 것이 동기가 아니겠습니까? 그럼 그 아이는 무슨 이유로 해고를 당한 것입니까? 그것은 다른 일이 아니라 감독이 듣는 데서 회사에 대한 불평을 말하기 때문이 아니겠습니까?"

직공장은 차차 흥분이 되어서 열변을 토하기 시작하였다. 그는 말끝을 이어가는 대로 자기도 모르게 열이 올라서 저절로 주먹이 쥐어졌다. 감독은 직공장을 슬슬 곁눈질하며 불안한 공포를 느꼈다.

'이 자식이 무슨 말을 하랴고 이와 같이 서두는가? 까딱 말을 잘못하다가는 일불이 *살육통으로 나까지 그 통에 주저앉지 않을까?' 하고 *자겁이 나서 견딜 수 없었다.

사장은 다 아는 소리를 수다하게도 공연히 늘어놓는다 싶어서 양미간을 찡그리고 짜증이 나서 코를 벌쭉벌쭉하였다. 또 한 번 주의를 주고 싶다는 것을 억지로 참고 있었다.

그것은 앞으로 다시 무슨 말이 나올는지 모르기 때문에 저편의 감정

살육통
단 하나의 잘못으로 모든 것이 다 그릇됨을 이르는 말.

자겁(自怯)
제 풀에 겁을 냄.

을 상해서는 안 되겠다는 생각으로 그대로 있기는 하나, 그는 어서 결론을 듣고 싶었다. 직공장은 그 눈치를 챘는지 사장을 한번 쳐다보더니 싱긋 웃으며

"그런데 그것이 요점이올시다. 바꿔 말하면 이번 일의 동기는 거기 있습니다."

"어디 있단 말이야? 간단히 결론을 말하라구!"

사장은 참다못해서 한 마디를 쏘고 나서 외면을 한다. 좌중은 더욱 긴장하였다.

직공장은 생각지 않은 공격에 깜짝 놀라서 잠깐 멍하니 사장을 쳐다보았다. 그러나 그는 미구에 정신을 수습해가지고 불의의 습격에 방비하려는 것처럼 손짓을 해가며 목소리를 높여서 하던 말을 계속한다.

"……결론은 즉 이것이올시다! 한 아이가 회사를 비난하기 때문에 회사에서는 당연히 그 아이를 해고하지 않을 수가 없어서 해고를 시킨 것인데 그 때문에 이번 일이 생겼다면 생각해보십시오! 거기서 결론을 얻을 수가 있지 않습니까? 왜 그러냐 하면 그런 말은 결코 그 애 혼저만 하는 말이 아닌 줄 압니다. 누구나 자기의 몸이 고통 될 때는 남을 원망하는 수가 많지 않습니까? 그것은 또한 자기에게 제일 가까운 밀접한 대상으로 옮기는 법입니다. 그래서 속담에 안 되면 조상 탓이라고 하지 않습니까? 그러므로 그런 말은 다른 애들도 서로 다 노상 하는 말이외다.

왜 그러냐 하면 그런 불평과 고통은 다른 애들도 그 애처럼, 똑같이 가질 수 있으므로……그렇다면 그 애는 다만 감독이 듣는 데서 그런 말을 한 것이 잘못이외다. 한데 그것도 우연히 감독에게 들킨 것이지 일부러 들으라고 한 말은 아니올시다. 그렇다면 다른 애들이 그 애를

어떻게 생각하겠습니까? 그 애가 그런 말을 해서 희생을 당했다는 것은 전혀 자기들이 당한 것이나 다름없이 생각될 것 아니겠습니까?

왜 그러냐 하면 자기네들도 무시로 그런 말을 하고 그런 생각을 하고 있기 때문에 서로 처지를 바꾸어서 생각할 수 있습니다. 아닌가, 이번 일의 그들의 첫째 요구를 들어보십시오. 희생된 그 애를 복직시켜 달라는 것이 아닙니까? 그러므로 저는 이번 사건은 그들의 내부적인 자연 발생적 행동으로 지적하기를 주저하지 않습니다."

직공장은 말을 마치고 나서 손수건으로 코를 풀었다. 사장은 안색을 화평하게 지으면서 조그만 눈을 까막까막하고 있다가

"*나루호도!"

나루호도(なるほど) '과연'의 일본말.

그때 이 말을 들은 감동은 '인젠 살었다' 하는 듯이 한숨을 돌려 쉬었다.

"*요로시 그럼 돌아가서 직공들을 잘 단속하라구……."

요로시(よろしい) '좋다'의 일본말.

과연 사장의 입에서는 이런 말이 흘러나오자 그들은 발길을 돌렸다.

34. 경호

차간이회분략
여공들의 파업과 관련된 장면들이 2회분 삭제된 것으로 보임.

'*차간이회분략(此間二回分略)'

그런데 경호는 그들이 나온 데 대해서 뜻밖에 오해를 갖는 모양이었다. 그는 마치 옥희와 감독 사이에 무슨 밀접한 관계가 있지 않은가 의심하였다. 그것은 경호에게 이런 맥락이 있었다.

회사의 사정은 자기에게도 무시로 탐지할 수 있었는데 왜 옥희는 별안간 자기에게는 아무 기별도 없이 타협안을 감독에게 제의하였던가?

왜 좀더 버티지 못하고 감독의 말만 듣고 굴복하였던가. 쉽게 말하면 자기에게는 이렇단 말이 없이 그런 일을 저희끼리 결정하였느냐 하는 오해였다.

이마적
지나간 얼마 동안의 가까운 때. 간경(間頃).

어느 해가
어느 겨를.

그러나 옥희의 사정으로 말하면 그때 형편이 한시바삐 양단간 결정해야 할 처지에 있었다. 더구나 *이마적에는 경계가 엄중하기 때문에 여간해서는 손쉽게 만나기도 어려운 판이다.

그런데 *어느 해가에 시간을 약속해가지고 다시 만날 수 있겠으랴?

우선 오늘 저녁만 해도 가까스로 어제 저녁에 약속할 틈을 탄 것이 아닌가.

그때 형편이 한시라도 시간을 지체했다가는 여러 애들이 모두 자발적으로 복업하기를 선언하고 나섰을는지도 모를 뻔했었다.

만일 그렇게 된다면 그야말로 죽도 밥도 아닌—당초에 거사하지 않은 편만 같지 못할 뿐 아니라 들어간 아이들을 나오게 하지도 못했을 것 아닌가? 옥희는 무엇보다도 그것을 두려워한 것이다.

물론 옥희는 공장 생활에 경험이 적은 만큼 자기가 모든 일을 잘했다는 것은 아니었다.

그는 무슨 일에서든지 정당성을 갖지 않으면 안 된다고 주장하였다. 따라서 그는 양심에 거리끼는 일을 저지른 바는 없었는데 누구보다도 경호가 자기의 행동을 의심하려는 것은 실로 뜻밖인 동시에 그것은 다분히 애정 관계로 질투의 감정이 섞인 것이라는 것을 속으로 분석해보고 옥희는 다시금 고소하기를 마지않았다.

옥희는 지금도 그런 생각을 하고 남녀 관계란 참으로 이상야릇한 것이라고 속으로 중얼거렸다.

그러나 옥희는 귀밑이 붉어 오르는 애욕 문제를 꺼내기가 겸연쩍어서 얼른 화제를 돌렸다. 그는 경호가 그의 친아버지를 마침내 찾고 말았다는 소문이 신문에 굉장히 났다는 말을 들었으되 지금까지 조용히 만나서 한 번도 인사를 할 틈이 없었다.

그래 그는 이와 같이 어색한 자리에서는 그런 말을 먼저 꺼내는 것이 제일 좋겠다고, 표정을 고쳐서 기침을 한 번 한 후에

"참, 저번에 아버님을 뜻밖에 만나보셨다지요?"

하고 은근히 물어보았다.

"네?"

경호는 생각지 못했던 묻는 말에 다소 얼을 먹은 사람처럼 대답을 미처 못하고 쳐다볼 뿐이었다. 그가 심상치 않은 표정으로 마주 보는 것이 옥희에게도 불안을 일으키게 한다. 공연한 말을 해서 남의 기분을 좋지 못하게 한 것이 미안쩍어서 옥희는 잠깐 얼굴을 붉혔다.

사실 경호는 옥희에게서 지금 이 말을 듣는 순간에 문득 자기도 모르게 치미는 모욕에 가까운 감정을 느꼈다. 그는 왜 지금까지 있다가 새삼스레 그런 말을 묻는가? 그럼 오늘 밤에 자기를 일부러 만나자고 찾아온 것은 기껏 그런 말을 물으러 온 것이던가?

그의 이런 생각은—옥희를 오해하지 않고 있던 때에도 듣기가 거북하였을 것인데, 더구나 지금 이 자리에서 듣고 보니 그것은 누구를 조롱하려고 일부러 신랄한 술책을 쓰자는 것같이 해석된다. 사람이란 누구나 *자격지심이 있다. 그것은 경호의 현재의 생활이 옥희에게 달리느니만큼 그런 자격지심을 강하게 할 수 있었다.

자격지심(自激之心) 자기가 한 일에 대해 스스로 미흡하다고 여기는 마음.

'저는 저의 부모를 떳떳하게 모시고 잘 사니까 인제는 나 같은 사람은 막보아도 좋단 말인가.'

경호는 이와 같이 아녀자의 약한 마음을 먹고 속으로 눈물을 삼켰다.

두 사람은 한동안 납덩이같은 무거운 침묵을 지켰다. 시계가 각침을 새기는 소리와 주전자에서 물 끓는 소리만 요란히 들린다.

옥희는 치마끈을 만지작거리며 이 답답하고 괴로운 시간에서 어떻게 해방했으면 좋을까 하고 조바심을 쳤다.

그러나 경호는 자기가 먼저 말하기를 기다리는 것처럼 아무 말이 없이 부처같이 앉았다.

옥희는 괴로움을 더 참을 수가 없어서

"진작 한번 조용히 찾아뵙고 인사 말씀을 드리자 한 것이 시간과 자유가 없어서 인제서야 말씀드려요…… 돌아가신 줄만 아셨던 아버님을 만나보셔서 얼마나 반가우셔요!"

옥희는 진심으로 동정하는 마음에서 마치 자기 부모를 생각하듯 하였다. 그는 지금 의지적으로 모든 괴로움과 쓸쓸한 회포를 누르고 있으나 때로는 외로운 마음을 견딜 수 없어서 어머니와 동생을 남모르게 그리고 있었다.

그는 아버지만은 보고 싶지 않았다. 그러나 지난날 육친 간의 정의는 그 아버지도 간혹 보고 싶은 생각을 갖게 한다. 비록 남의 부모라 할지언정 생전 처음으로 상봉한 경호의 부자간은 낯모르는 남이라도 지나온 그들의 비극을 슬퍼하겠거든, 하물며 옥희와 같은 사이랴? 그는 웬일인지 조금도 남의 일같이 생각되지 않았다.

그러나 경호는 더욱 어색한 생각이 나서 빙그레한 웃음을 띠며 괴로이 말을 꺼냈다.

"네! 그저…… 무얼 그까짓 일로 일부러 만나러 오셨나요?"

"그까짓 일이라니요. 그보다 더 반가운 일이 지금 경호씨에게 무에 또 있어요?"

옥희는 경호의 말에 의외로 놀랐다. 경호는 더욱 우울한 표정을 짓고 침착한 목소리로

"나는 부친을 만난 이후로 더욱 고통을 느낍니다. 반가움은 만날 때의 잠깐이고 인제는 고통만 더해갈 뿐이어요…… 아니, 노골적으로 말하면 처음 그를 만났을 적에도 반가움보다는 서글픈 점이 많었지요. 만나서 반갑고 이별해서 섭섭하다는 것은 서로 정의가 두터운 데서 생기는 것이 아닙니까? 그런데 우리 부자로 말하면 말로만 부자간이지

한 번도 만나보지 못한 터에 무엇이 서로 반갑겠어요? 반가움이라느니보다는 놀라움과 불안이 더하고 놀라움과 불안보다는 불쌍하고 가엾이 여기던 것이 그때의 장면이었지요. 흰 털이 허얀 늙은이가 남의 집에서 머슴을 살고 있는, 일평생을 홀아비로 지냈다는 그이에게 무엇이 반가울 것이 있겠어요. 아—그때 이야기를 나는 지금까지 아무한테도 안 했습니다마는 나는 그때 자꾸 울기만 하였어요. 울 것밖에는 아무 할 일도 없지 않어요. 부친도 그때 나를 마주 붙들고 울었습니다. 그이도 울 것밖에는 아무런 할 말이 없었던 모양이외다…… 흠! 그런데 당신은? 아니 옥희씨는 무엇이 반갑다고 그런 인사를 하시러 일부러 오셨다는지요!"

경호는 어느덧 흑! 흑! 느끼며 원망스러운 듯이 옥희를 바라본다. 옥희는 일찍이 보지 못하던 그의 시선이 무서웠다.

그는 어서 바삐 그렇지 않다는 변명을 해서, 그의 무서운 시선에서 해방되고 싶었다. 그러나 경호는 미처 대답할 틈도 없이 다시 말끝을 힘 있게 잇댄다.

"그것도 옥희씨가 보통 안면만 있는 다른 사람이라면 으레 그러시겠지요. 그러나 옥희씨까지 일부러 와서 마치 연극의 비극 장면을 보고 구경꾼이 웃는 것과 같은 인사를 하실 줄은 몰랐습니다. 나를 그렇게까지 괴로이 구실 일은 없지 않어요? 옥희씨! 아니 갑숙씨!"

경호는 눈물 어린 눈으로 옥희를 야속한 듯이 쳐다본다. 옥희는 더욱 *창황망조하였다. 그는 치맛자락을 한 손으로 여미고 당돌하게 도사리고 앉으며 참으로 맹랑한 듯이

창황망조(蒼黃罔措)하다
너무 급하여 어찌할 바를 모르다.

"아니어요. 제가 말한 본의는 결코 그렇지 않습니다. 저는 진심으로 한 말인데 그것은 경호씨가 오해를 하시는가 봅니다. 제가 무슨, 경호

씨를 괴롭게 굴 일이 있어야지요."

"그렇기에 말이지요."

경호는 옥희의 눈치를 살피고 있다.

"저 역시 경호씨의 내력을 그전부터 들은 만큼 그렇게 모르던 아버님을 뜻밖에 만나셨다기에 인정의 보통 상식으로 먼저 반가움부터 생각나서 한 말인데요. 그렇게 괴로이 들으실 줄은 참 몰랐어요. 그렇다면 그것은 저의 불찰인즉 용서해주셔요!"

하고 옥희는 참으로 망단해서 *저저이 변명을 하였으나 은근히 *무정지책을 들은 분한 생각이 슬그머니 떠올랐다. 그래 그는 더욱 무안한 생각이 나서 새참하니 외면을 하고 앉았다.

옥희가 성이 나서 뾰로통해 앉은 것을 보고 이번에는 경호가 미안한 듯이 수그러지며

"옥희씨는 그렇게 무심히 하신 말인지 모르나 내가 듣기에는 괴로운 사정을 옥희씨도 몰라주시나 해서…… 그전에 부친을 모르고 있을 때에는 나 혼자 한 몸으로 무슨 짓을 하던지 거리낄 것이 없었는데 인제 외로운 부친을 모시고 보니 그를 그전과 같이 모르는 척하고 있을 수도 없고 그렇다고 단둘인 부자가 살림을 할 수도 없지 않은가요? 그런데 당신은 반갑겠다고만 하시니, 나는 아까까지도 그것은 도무지 *히니꾸로밖에 달리 들리진 않었어요."

경호는 감독과의 의심스러운 소문을 끄집어내고 싶은 것을, 그런 델리케이트한 문제를 집어냈다가 만일 저편에서 역습을 하게 되면 도리어 해를 당할는지 몰라서 슬며시 변죽만 울렸다. 옥희는 그 눈치를 채었다. 그도 금시에 마음이 풀렸다. 그는 이지적인 눈을 깜박깜박하고 앉았다가 별안간 장마 볕처럼 방끗 웃으며

저저이
낱낱이.

무정지책(無情之責)
아무 까닭없이 하는 책망.

히니꾸(ひにく)
'빈정거림'의 일본말.

"그게 그렇게 괴로울 것이 무에 있어요?"
하고 쳐다보는 바람에 경호는 또 한 번 얼을 먹고 멍하니 있었다.

"네?"

"그게 무에 그렇게 괴로우셔요? 나 같으면 즐겁게 살림을 시작하겠어요. 셋방살이를 하든지 곁방살이를 하든지 그게야 무슨 상관이 있어요."

옥희는 다시 해죽이 웃는다.

"정말 그럴까요? 그것을 당해보시지 않었으니까 남 보매 그러려니 하는 생각이 아닐까요."

"아니어요. 정말인데요. 난 그런 아버지가 있으면 얼마만큼 좋아할는지 모르겠어요."

하고 옥희는 정색을 해서 말한다.

"어째서요?"

경호는 차를 마시며 물어본다. 그는 오늘 밤에 대접하려고 미리 사다 두었던 과자를 이제야 내놓으며 옥희에게 권하였다.

"잡숴보셔요!"

"네!"

옥희는 답례를 하고 나서 과자를 한 개 집으며

"그렇지 않어요. 우리들에게도 가정의 평화와 행복이 있다면 그것은 식구끼리 동지적으로 결합하든지 그렇지 않으면 인간으로서 정당한 생활을 하는 사람끼리 모여서 사는 데서 찾을 수 있지 않겠어요? 나는 그전에 어떤 동무에게서 들은 말이 새록새록 생각나겠지요! 그 동무의 집은 형제 남매간에 가사를 돌보지 않기 때문에 형세가 *치패했는데 그 대신 서로 한 일자리에서 같은 일을 하게 되니까 그전보다도 얼마나 마음이 편하고 재미있는지 모르겠다고요…… 그것은 무슨 일이든

치패(致敗)
살림이 아주 결딴이 남.

지 같은 일을 하게 되면 거기에 공통한 취미를 느껴서 그렇게 된다고도 하겠지만 그보다도 이해관계를 떠난 의로운 일을 하게 되면 더욱 재미가 있지 않겠어요? 그런데 경호씨로 말하면 일평생 노동에 종사하신 아버님을 모시지 않았습니까? 훌륭한 농부의 아버님을 두신 만큼 시대 양심에 조금도 가책을 당할 것은 없지 않어요? 그것을 저의 부친과 비교하면 얼마나 순진한 생활이겠어요. 또한 그전에 경호씨가 부친으로 아셨던 권상철씨에게 비교해 본대도 얼마나 진실한 생활이겠습니까? 저는 경호씨의 이 점이 다른 모든 괴로움보다도 즐겁다고 보아지는 것이어요."

옥희의 진중한 말에 경호는 다소 *수괴지심을 낯 위에 띠며

수괴지심(羞愧之心) 부끄럽고 창피한 마음.

"에—그야 그렇겠지마는 사람의 생활이란 복잡하니만치 어디 한 가지 생각으로만 단정할 수가 있어야지요."

하고 얼굴을 붉혔다.

"그도 그렇지요만 이 세상 사물이란 무엇이든지 적은 것은 큰 것을 위해서 희생되는 것이 당연하고 또한 그것이 법칙인 줄 알어요. 그렇다면 경호씨의 경우도 다른 모든 괴로움은 한 가지의 큰 즐거움을 위해서 물리칠 수 있지 않겠어요? 아니, 큰 목적을 위해서요."

"네, 그는 그렇습니다만……."

"그래서 난 이런 생각을 먹었어요. 만일 경호씨도 그런 생각을 가지셨다면…… 언제 한번 아버님을 뵈옵고 싶다고요."

옥희가 말을 마치고 고개를 숙이자 경호는 깜짝 놀라서 부르짖었다.

"네, 우리 아버지를요? 어떤 아버지를?"

"당신 아버님!"

하고 옥희는 해죽이 웃는다.

옥희—갑숙이—는 왜 자기 아버지를 만나고 싶다는가? 경호는 알듯 모를 듯한 그 말 속에서 무슨 암시를 찾으려고 초조한 것같이 눈알을 굴렸다.

'그것을 몰라?'

하는 것처럼 옥희는 시선을 마주 쏜다.

경호는 옥희의 '당신' 이란 말이 반가웠다. 그러면 그는 아직도 자기에게 마음을 두고 있는가? 그러기에 우리 아버지를 보고 싶다는 것이 아닐까? 그렇다면 자기는 얼마나 기쁠 것이냐? 참으로 사는 보람이 있을 것이다. 봄을 두 번 만난 나무와 같이 자기의 생활도 금시에 잎이 피고 꽃이 필 수 있지 않은가? 경호는 지금 이와 같은 아름다운 공상에 홀려서 *무아몽중이 되어가지고 앉았다.

무아몽중(無我夢中) 자기를 잃은 꿈 속의 상태.

"무얼 그렇게 생각하고 계셔요."

옥희는 얼빠진 사람처럼 우두커니 앉아 있는 경호를 할긋할긋 옆 눈으로 보다가 그대로 앉았기가 무료해서 부르짖었다.

"아리따운 천사를 그립니다. 무슨 잠꼬대를 하는가?"

"네?"

"당신은 나의 천사가 되실 수 없습니까?"

경호는 실룩실룩하며 경련을 일으키더니 별안간 옥희의 발밑으로 푹 엎드러지며 흐늑흐늑 느껴 운다. 그리고 울음 섞인 목소리로

"옥희씨! 진정을 말해주셔요?…… 왜 나의 아버지를 보시고 싶다는지요? 네!"

"아니 이게 무슨 짓이어요. 어서 일어나셔요!"

옥희는 마치 미친 사람과 같은 경호의 발작에 그만 질색을 했으나, 할 수 없이 두 손으로 그의 머리를 끌어안고 일으켜 앉히려고 애를 썼

다. 그러나 경호는 여전히 꿇어 엎드려서 느껴 울 뿐이었다.

"나는 당신의 대답을 듣기 전에는…… 일어날 수 없어요!…… 예스입니까? 노입니까?"

"예스고, 노고 어서 일어나셔요. 그럼 난 갈 테야요."

"가는 것은 당신의 자유겠지요. 나는 진정으로 당신의 한마디 말을 듣고 싶어서……."

경호는 여전히 고개를 처박은 채로 중얼거린다.

"어린애처럼 이게 무슨 짓이어요…… 참! 어서 일어나셔요!"

옥희는 부지중 웃음이 나오는 것을 억지로 참았다.

"당신이 무슨 소리를 하든지 나는 다 듣겠어요. 나는 당신 앞에서 자존심을 뺏긴 지는, 벌써 오래전부터인 줄 압니다…… 당신에게 사로잡혔어요! 그만큼 나는 당신에게 최후의 대답을 듣고 싶어요…… 자! 예스입니까? 노입니까?"

"호호……."

마침내 옥희는 실소하고 말았다. 경호가 긴장해서 떨리는 목소리로 말하는 것은 마치 영화 해설을 듣는 것 같은 생각이 나서 별안간 웃음을 내뿜게 한 것이었다.

"남은 진정을 토하는데 당신은 웃으십니까?"

"우습게 구니까 그렇지요. 고만 일어나셔요."

"말하면 일어날 테요."

"일어나면 말할께요."

"네, 정말이오?"

경호는 고개를 번쩍 쳐들어

보며 중얼거린다.

"네!"

비로소 경호는 옥희의 말을 믿고 일어나 앉으며 흐트러진 머리를 쓰다듬는다. 그는 오히려 흥분된 모양으로 장차 옥희의 입에서 무슨 말이 나올는지 모르는, 불안에 싸인 것처럼 해말간 두 눈을 끄먹끄먹하고 앉았다.

"글쎄 무슨 말을 하라구 그러셔요."

"말한다고 하시지 않었나요!"

"자꾸 조르니까 그랬지요……."

"그럼 아무 할 말도 없으신가요?"

"무슨 말이어요? 서로 속을 다 아는데……."

하고 옥희는 의미 있게 경호를 쳐다보며 웃는다.

"아는 증거가 있어야지요."

"증거요!"

"무엇이든지 나를 믿게 하는……."

"뭐야요? 아니 내가 그렇게도 못 믿어 뵈시던가요!"

옥희는 잠깐 성난 표정을 지으며 경호를 쳐다보았다.

"당신은 그저 그렇게 추근추근하시구려, 난 그런 사람이 딱 싫여요!" 하고 옥희는 그만 실쭉해서 돌아앉는다.

이 바람에 경호는 오랫동안 참고 있던 분한 생각이 일시에 북받쳐 올랐다. 자기는 옥희의 발밑에 엎드리기까지 하였다. 자기는 한 여자에게 짓밟힐 대로 짓밟히고 하소연할 대로 하소연하였다. 그리고 다만 그에게 한 마디의 사랑한다는 말을 듣고자 하지 않았던가! 그런데 그는 왜 그 말을 아끼고 안 하는가? 누구를 위해서 그 말을 아끼려는가?

이런 생각이 들자 그는 그만 걷잡을 새 없이 질투의 불길이 일어났다. 그래 그는 독기를 띤 눈으로 옥희를 마주 노려보며 자기도 모르게 부르짖었다.

"요새 감독과 자주 만난다지요."

"네?"

옥희는 소스라쳐 놀랐다.

그가 너무나도 몹시 놀라는 바람에 경호는 그 순간 몸이 움찔해졌다. 옥희의 두 눈이 점점 똥그래지는 것을 보면 그는 분명히 경호의 말한 의미를 알아챈 모양이다.

"자주 만나면 어때요? 직공과 감독이란 날마다 만나는 게 아니어요, 무시로 만날 수 있지 않어요?"

"그런 것이 아니라……."

옥희는 별안간 분이 발칵 나서 성난 *두꺼비처럼 가슴을 팔딱팔딱 뛰면서 한동안 경호를 흘겨보았다.

"*빠가!"

별안간 옥희는 치마를 휩쓸고 발딱 일어나 나가려는 것을 경호는 황망히 좇아가서 붙들었다.

"뭐요?…… 빠가?…… *요시!"

경호는 숨이 차서 헐떡이며 반 토막 말을 한다.

"놔요…… 다시 말하고 싶지 않어요."

"그럼 가라구. 말하기 싫건 가거라!"

두 사람은 마주 서서 주고받고 하였다.

"아니 그럼 그래서 의심하시는가요? 나를 그래서 의심하나요? 감독과 내가 무슨 관계가 있다구…… 아! 그런 그런……."

두꺼비
개구리와 비슷하나 더 크며 피부가 우툴두툴함.

빠가(ばか)
'바보'의 일본말.

요시(よし)
시인하거나 결의를 나타내는 일본말.

별안간 옥희는 그 자리에 푹 고꾸라지며 흑흑 느낀다.

경호는 옥희가 우는 것을 보자 다시금 민망하였다. 그러나 한번 내뻬던 다리를 다시 오그릴 수 없어서 그대로 버티어 보았다.

"그럼 왜, 고두머리를 감독의 말만 듣고 그렇게 속히 빼 왔나요? 나한테는 아무 기별도 없이……."

옥희는 눈물을 씻고 일어나 앉으며

"뭣이오!…… 그건 그때 사정이 급박하니까 그랬지요, 밥 먹으러 애들이, 모두 식당으로 모인 한 좌석에, 감독이 들어와서 뭐랬는데요! 요새는 무시하기 때문에 그대로 놀려고 괜찮지만…… 꾹!…… 만일 개업을 하라는 날에도 늬들이 그대로 뻗댄다면 한 사람씩 불러다 놓고 물어보아서 휴업을 하겠다는 애들은 깡그리 해고를 할 테니 그리 알라구…… 그리고 하는 말이 만일 지금이라도 복업을 한다면 들어간 애들도 나오게 해서 피차에 문제가 해결될 터인데 늬들이 무슨 수를 믿고 뻗대느냐고. 최후의 선고같이 내던지고 가는 것을 어째요…… 그 말을 듣더니만 여러 애들이 벌떼같이 쑤알거리며 감독의 말이 옳다고 그렇게 하자는데 어떻게 해요!…… 그래 할 수 없이…… 그런 마당에 기별할 틈이 있어야지요! 오늘 저녁에 만나기도 가까스로 틈을 타서 미리 시간 약속을 하지 않았어요…… 그때 한시라도 유예하면 여러 애들은 자발적으로 제가끔 복업하겠다고 나설 판인데…… 그랬다가는 들어간 애들도 못 나오게 하고 우리는 더욱 참패를 당할 뿐 아니겠어요…… 더구나 고두머니는 우리 때문에 들어가지 않었나요? 제가 모든 책임을 혼자 지고 들어간 것이 아니어요. 그런데 그 애까지 희생시키고 죽도 밥도 안 되면 우리는 무슨 꼴이 되었을까요. 여북 답답해서 그랬을라고요. 그런데 얼토당토않게 그것을 감독과 불순한 관계로 해석한다는 것은…… 아—그런 이와 무슨 말을 다시 하겠어요!…… 마치 변태성욕자와 같이 구는 이에게…….”

옥희는 생각할수록 분통이 터지는 것처럼 입을 옹동그려 물고 두 주먹을 부르르 떨면서 다시 일어났다.

“옥희씨! 나는 당신의 말과 같이 변태성욕자인지도 모르지요, 아니 그보다도 나는 *빙충맞은 사내라 하겠지요. 세상 사람들은 누구나 저 잘난 맛으로 산답디다마는 나는 한 번도 그런 생각을 못해보았어요. 때로는 그런 생각이 안 나는 것도 아니었으나 나의 마음속에는 다른 생각이 곧 그것을 취소하고 말지요. 내가 옳다고 생각하는 것과 그르다고 생각하는 두 가지 마음이—또는 어떤 게 참으로 옳고 그른지 모르는 두 가지 마음이—그것은 늘 나를 괴롭게 하고 외롭게 하고 빙충맞게 하면서 나의 오장을 물어 떼고 있지요. 촌백충과 같이 나의 정력을 핥아먹고 있는 것 같애요! 아—그래서 나는 지금도 당신에게 그런 말을 했소이다. 나는 나의 가슴속—저 안쪽으로는 당신을 의심하고 싶지 않었으나, 다른 한쪽 생각이 그것을 용서치 않고 당신에게 화살을 쏘았습니다. 그럼 당신은 어떻게 하실는지요? 그 주먹으로 나를 따려주는지 죽여주든지…… 그건 맘대로 해주셔요. 나는 노예와 같이 당신이 무슨 짓을 하든지 달게 받겠습니다. 더구나 당신의 지금 말씀과 같다면 결백한 당신을 의심했다면—나는 무엇으로 속죄할 아무것도 가진 것이 없으므로 오직 당신에게 이 몸뚱어리를 맡길 뿐이겠습니다. 그밖에 나는 아무 것도 할 거리가 없지 않습니까?”

하고 경호는 참으로 폐간에 맺힌 목소리를 짜내면서 다시 옥희의 발밑으로 엎드렸다.

“옥희씨!”

빙충맞다
총명하지 못하고 어리석고 수줍음을 타는 데가 있다.

경호는 잠깐 말을 끊었다가 옥희를 부르며 또다시 침통한 목소리를 꺼낸다.

"나는 옥희씨에게 아무런 변명을 하고 싶지도 않습니다마는, 그러나 내가 옥희씨를 불순한 마음으로 의심하게 된 경로와 동기를 들어주실 수 없는지요?…… 나는 나의 외로운 신세를 잠시도 잊어본 적이 없어요. 그것은 내가 부모도 모르게 남의 집에서 가련히 커났다는 내력을 안 뒤로부터 더하였습니다. 나는 참으로 누구를 바라고 살어야 할는지요? 그래서 나는 당신을 다시 만나지 않었다면 벌써 자살을 했을는지 모르지요! 그만큼 나는 당신을 믿고 기다렸지요! ……언제나 언제나?…… 하고 당신이 사랑을 약속하실까 해서…… 나는 마침내 기다리다 못해서 당신을 의심하게 된 것이 아니겠습니까? 더 참을 수가 없이 괴로운 마음! 안타까운 마음이…… 조바심을 하고 몸부림을 치게 한 것이외다.

사람은 어디를 가든지 의탁할 곳이 있어야 사는 것이외다. 제 한 몸뚱이만 무슨 낙으로 살어갈까요? 그런데 나는 절해고도에 표류(漂流)한, 저 로빈손 크루소와 같이 별안간 고독한 신세가 되지 않었나요. 그러나 로빈손 크루소는 하누님이나 믿고 살었지요. 나는 그 하누님도 없이 않습니까?…… 그래서 나는 *마요이꼬 같이 홀로 헤매다가 당신을 다시 만난 것이 아닙니까? 나는 당신을 위해서 살 수가 있다면 얼마나 행복을 느낄는지 몰라서…… 당신은 나의 우상이 되고 나는 당신의 종이 되고 싶을 만치…… 그런데 당신은 나에게 얼마나 냉정히 굴었던지요? 원래 우상이란 그런지도 모르지만…… 나는 언제까지 그 상태로만 있을 수는 없기 때문에……."

경호는 어느덧 훌쩍거리기 시작하였다.

마요이꼬(まよいこ) '미아(未兒)'의 일본말.

"고만두어요. 고만두어요…… 다 알어들었어요!"

옥희는 날카로운 목소리로 부르짖었다.

"그래도 당신은 나를 구박만 하랴는가요?"

하고 경호는 야속한 듯이 별안간 눈을 번쩍 떠보니, 웬일이냐? 자기는 어느 틈에 그랬는지 옥희의 무릎을 베고 똑바로 드러누운 것을 발견하였다. 이 순간 그의 가슴속에서는 화약이 터지고 두 눈에서는 번갯불이 번쩍! 켜졌다.…… 이때 옥희는 붉어 오른 눈자위로 미소를 머금고 한 손으로는 흐트러진 경호의 앞머리를 간조롱히 쓰다듬으며 약간 있는 새치(흰 머리칼)를 뽑고 있었다.

옥희는 나직이 기침을 하고 나서 마치 자모가 어린애를 품에 안고 어루만지며, 그를 들여다볼 때와 같이 애정이 가득 괸 눈으로 경호를 내려다보며

"당신은 이 세상에서 행복을 누릴 수 있는 줄 아셔요?"

"어느 정도까지 있지 않은가요!"

옥희는 고개를 흔들었다.

"그런 막연한 말은 말고!"

"그럼 어떻게?"

"당신은 지금 나 한 몸뚱이만 위해서 사는 것은 고통이라고 안 하셨어요!…… 그랬지요?"

"그랬지요!"

"그럼 이런 고통과 행복이란 것과는 어떻게 구별되는 것이어요?"

"그것은—"

하고 경호는 잠시 주저하다가(그는 속으로 '지금 이 자리가 행복이다!' 하면서)

"그것은 행복의 대상이 있고 없는 것으로 구별되겠지요."

"그러나 도대체 당신은 어떤 것을 행복이라 하시는 거야요, 난 그것 자체부터 애매히 생각되는데요."

"왜요? 행복이란 자기 생활에 만족을 가진 것 아니겠어요."

"그럼 지금 세상에서 누구나 그것을 누릴 수 있겠어요? 누구나 만족한 생활을 할 수 있겠어요?"

"그러기에 어느 정도까지 한계를 두고 말하지 않었습니까?"

"그렇다면 벌써 그것은 행복이랄 수 없겠지요."

"왜요?"

"불철저하니까!"

"그럼 옥희씨는 행복이란 것을 어떻게 생각하십니까?"

"나는요—행복이란 것을 부정하고 싶어요. 그러나 굳이 있다고 하면 그것은 자기의 몸을 즐겁게 희생하는 것이라고나 할는지요."

"자기 몸을 *요로꼰데 희생하는 것 말이지요."

요로꼰데(よろこんで) '기꺼이'의 일본말.

"그렇지요! 원래 인간에는 완전한 행복이란 것은 없는 줄 알어요. 먼 장래에 과학이 발달되고 물자가 풍부하여서 사람들도 생리적으로 별반 다름이 없이. 모든 사람이 살 수 있을 때에는 그것이 있다고 보겠지만, 그것도 종국적으로 완전한 것을 찾는다면 인류의 종말을 의미하니까요. 왜 그러냐 하면 완전에는 발전이 없으니까요."

"그러나 사람에게는 고통이 있는 반면에 기쁨이란 것이 있지 않습니까?"

"그러기에 그 기쁨이란 것을 생각하기에 달렸다고 볼 수 있지 않어요. 당신은 아까 당신 맘속에 두 가지 생각이 있어서 그놈이 늘 서로 충돌된다 하셨지요? 그것은 누구에게나 다 있는—하나는 금수같이 야비한 마음과 또 하나는 거룩한 인간성이라 할는지요. 사람은 누구나 다 한 머릿속에 악마와 천사를 거느리고 있습니다. 다만 그 사람의 자제하는 힘의 여하로 그의 행동은 천사로도 나타날 수 있고 악마로도 나타날 수 있는 것 아니겠어요?…… 그렇다면 지금 경호씨도 얼마든지 고통을 극복할 수 있지 않으셔요."

"감정이 이지(理智)를 씹어 먹는 것을 어짜구요? 이성은 듣지마는 본능이 안 듣는 것은 어짜구요?"

"그러나 사람은 본능으로만 사는 것도 아니니까요."

"그렇다고 이성으로만 살 수도 없지 않습니까? 사람은 누구나 먹지 않고는 못 사니까요."

"그러니까 먹는 것 이외에 너무 호강스런 생각은 단념하란 말이지요! 단념할 수도 있단 말이지요."

"아, 그것은 너무 잔혹하지 않습니까? 너무 쓸쓸하지 않습니까?"

"아니지요. 조금도…… 당신은 아까 내 한 몸을 위해서 사는 것은 하잘것없는 고통이라고 하시지 않었나요? 그럼 당신 아버지를 위해서 살어주셔요! 당신 아버지와 같은 모든 농민과 노동자를 위해서…… 참으로 로빈손 크루소와 같은 열정으로 미개한 인간을 개척해주셔요…… 그래도 당신은 외롭다 하시겠습니까? 그때는 당신은 외롭지도 않고 또한 그것을 행복으로 느낄 수도 있지 않을까요?…… 아, 당신이 만일 그렇다면…… 지금 이 자리에서 굳게 약속해주신다면 나도 당신에게 제일 가까운 동무가 되고 싶어요……."

이 말을 들은 경호는 벌떡 일어나서 옥희를 껴안은 채, 자기도 모르는 눈물을 소리 없이 마주 흘렸다.

잦추다
동작을 재게 하여 잇달아 재촉하다.

옥희가 기숙사로 돌아왔을 때는 사방에서 새벽을 *잦추는 닭 우는 소리가 요란하며 동쪽 하늘의 한 귀퉁이가 훤하게 터진 미명이었다.

그는 자기 방에서 자는 동무 애들이 잠을 깨지 않았는가 조심해서 발끝을 적여 디디면서 가만히 방문을 열고 들어갔다.

다행히 여러 애들은 정신없이 자는 모양이었다. 그러나 옥희는 오히려 뛰는 가슴을 진정할 수 없었다. 그도 머리가 흥분할 대로 흥분되었다.

오래간만에 맡은 그의 입김! 살 냄새! 그리고 떨리는 포옹! 그것은 참으로 얼마나 오래간만인 옛날의 기억을 새롭게 하였던가!⋯⋯ 옥희는 사실 이곳에 들어온 후부터는 사내라는 것을 온통 잊어버리고 있었다. 순결한 처녀는 알 수 없는 이 남성의 나라를 궁금히 여기고 남몰래 동경하기도 하겠지만 한번 신비의 문을 열어 본 옥희로서는 그런 동경도 없이 아주 심상하게 잊었던 것이다. 그는 그보다도 어떤 고상한 이상에 불타는 열정이 오직 이지의 횃불을 켜들고 의지력의 채찍으로 준마를 휘몰아서 외골목으로 달리듯이 한곳으로만 달리고 있었다. 그러므로 그는 다른 것은 모두 잊고 지났었다.

그런데 그는 오늘 밤에 별안간 잠자던 생각이 깨어났다. 그놈은 맹수와 같이 맹렬하게 '이지'를 짓밟고 정점에까지 올라가려고 날뛰지 않았던가?⋯⋯ 아니 그것은 도리어 오랫동안 이성에 눌렸던 본능적 충동이 그런 기회에 해방되려고 날뛴 것이 아니던가. 그야 어느 편이든지 옥희는 위기일발로 위험을 면하였다. 그는 끝까지 자기를 누르고 경호의 최후의 요구를 사절하였던 것이다.

"당신은 지금 한 말을 금방 잊으셨나요?⋯⋯ 뒷생각이 없는 맹목적 행동은 파멸과 암흑을 가져올 뿐 아니어요? 당신은 나의 길동무가 되겠다고 지금 약속하셨지요? 그런데 그만 것을 참지 못하고 일을 저지르면 어찌하랍니까?"

하고 그때 옥희는 사내를 준절히 꾸짖었으되 미상불 심중으로는 자기도 경호만 못지않게 마음의 동요를 일으켰다.

만일 뒷걱정이 그에게 없었다면 그는 선선하게 사내의 요구를 들었을 것이다. 주렸던 애정을 꺼릴 것 없이 자기도 누리고 말았을 것이다. 그러나 그랬다가 만약 이상한 증후가 생긴다면 자기는 또 여기서도 쫓겨날 것이 아닌가? 그러는 날에는 다시 볼 것 없이 여지없는 파멸을 당하고 말 것이다. 그러면 그 뒤에 올 것은 무엇인가? 현실의 무서운 풍랑은 *정사(情死)한 시체와 같은 두 사람의 무참한 운명을 언덕 위로 떠밀어 내놓고 썩은 고깃덩이를 악마와 같이 조소할 것이 아닌가?

정사(情死)
서로 사랑하는 남녀가 그 뜻을 이루지 못해 함께 자살하는 일.

아! 무섭다, 몸서리칠 일이다! 한때의 정욕을 참지 못해서 이와 같은 파멸을 당하는 사람이 공적 사적으로—이 세상에 얼마나 많을 것이냐?

성적 충동도 의식주와 같이 인간의 본능이라 하겠지만 그것이 지금 시대에 있어서는 이와 같은 위험성을 나타낸다. 그것은 마치 음전 양전과 같아서 맞부딪치면 번개를 치고 벼락을 치는 수가 많다.

이런 위험을 제거하려면 마치 인간이 공중의 전기를 잡아서 과학적으로 이용하듯이 인간 생활을 합리적으로 생활하는 데서만 실행할 수 있을 것 아닌가?

모든 초점은 한곳으로 몰렸다. 그렇다면 그 한곳의 초점을 노리자.

그래서 옥희는 경호에게 약혼을 허락하고 장래 생활에 있어서 할 수만 있는 사정이라면 그의 시아버지가 될 곽첨지를 모시고 경호의 떳떳한 아내로서 한 가정을 이뤄도 좋겠다는 맹서를 하였음에도 불구하고 당분간 정조만은 굳게 지키기로 결심한 것이었다.

그러면 그는 왜 독신 생활을 못하느냐 하겠지만 그것은 지금 생활에 있어서 경호를 동무로 사귀고 싶을 뿐 아니라 경호와는 벌써 그전부터 육체적 관계가 있는 만큼 그를 남편으로 구하는 것은 결코 새삼스러운 짓이 아니겠고 또한 경호의 아버지가 농부라는 데 호기심이 끌려서 이래저래 경호와 다시 손을 맞잡는 것이 좋겠다고 그렇게 한 것이었다.

35. 갈등

그 뒤 며칠 후에 경호는 회사에서 나오는 길로 희준이를 찾아갔다.

원터 앞내의 철교 밑으로 흐르는 강변과 언덕이며 듬성듬성 서있는 버드나무 고목과 일렬로 늘어선 포플러숲은 작년 여름에 갑숙이와 달밤에 만나던 그때의 정경을 그립게 한다. 그때도 자기는 사랑의 옥 매듭에 얽혀서 얼마나 간장을 태우며 초조하였던가! 난마(亂麻)와 같이 얽혔던 청실홍실은 좀처럼 풀 수가 없지 않았던가…… 풀려면 풀수록 진땀만 바작바작 나고 점점 더 얽혀질 뿐이 아니었던가? 그러나 경호는 지금은 그 실을 완전히 다 풀었다.

갑숙이는 자기와 약혼하기를 허락하였다. 그리고 가까운 장래에 자기와 결혼한 후 부친을 모시고 한집에서 살기로 약속하였다.

아! 그러면 그때는 얼마나 즐거울 것이냐?…… 그는 행복을 부정하였다! 사실 인간에는 행복이란 것이 별로 없는지도 모른다. 이 사람의 행복이 저 사람에게는 고통이 되고 행복이라고 생각하는 그 속에도 도리어 많은 분량의 고통이 포함되어 있는 수가 있는 것 같다. 그것은 무슨 까닭인가?

경호는 아직 인간의 철학적 원리를 모른다. 그러나 사람이란 무엇이든지 한 가지의 신념을 붙들어야 한다.

오늘날 대다수의 미개한 인간들은 아무 의식(意識)이 없이 다만 본능의 요구를 채우기만 위해서 사는지도 모른다 하자! 비록 그렇다 하더라도 그 사람들은 좀더 지금의 생활보다는 잘 살기를 바라고 무엇이나 좋은 일을 해보고 싶다는 생각이 있을 것 아니냐? 그래서 그들은 무엇이든지—미신이든지 향락이든지—한 가지의 신념을 붙들고 자기의 생활이 금일보다는 명일이 더 좋기를 바라고 각기 *깜냥대로 노력하는 것이 아닌가?

깜냥
스스로 일을 헤아림. 또는 그러한 능력.

그렇다면 인간은 서로 뺏고 속이고 죽이고 하는 골육상쟁을 하기 전에 서로 돕고 가르치고 사랑할 수가 있지 않은가? 아니 인류의 역사는 수천 년 동안 장원하도록 오늘날까지 피로 물들어왔으니 인제는 그만 칼날을 거두고 평화를 가져와야 할 것이 아닌가?

생활은 투쟁이라 한다! 이 생활의 투쟁은 반드시 인간에게만 있는 것이 아니라 자연계의 일체 현상에서 볼 수 있는 일반적 법칙이라고도 한다.

그러나 투쟁은 반드시 살벌적이라야 할까?…… 만일 그렇다면 인류는 멸망하고야 말 것이다.

그렇다면 인간의 생활 투쟁은 인간끼리 서로 물어뜯을 것이 아니라, 과녁을 바꿔서 자연에게 향할 수 있을 것이다.

인간은 협력해서 자연을 극복함으로부터 비로소 다 같은 행복을 누릴 수 있지 않은가?

그런데 이상한 일로 인간은 지금 수라장이 되어 있다. 그것은 또한 무슨 까닭이냐?

지금 경호는 이런 생각을 하며 걸어갔다.

그런가 하고 보니 그는 옥희의 심중을 이해할 수 있을 것 같다. 위대한 행복을 위해서는 조그만 행복을 희생해야 된다고…….

그러나 경호는 지금만은 자기의 행복을 아니 느낄 수 없었다.

갑숙이가 진정으로 사랑하기만 한다면 자기는 어떤 곳에서, 무슨 짓을 한다 할지라도 그것을 낙으로 알고 살 수 있었다.

그것이 다소 불완전하다고 그것을 아주 부정할 필요는 없겠다. 아니 불완전함으로 말미암아 완전을 바라보는 위대한 희망과 동경이 있을 수 있다.

오늘날 조그만 행복이 눈에 차지 않는다고 어찌 장래의 위대한 것만 바라볼 것이냐?

경호는 이와 같이 행복에 대한 관점이 옥희와는 다르다. 그러나 그도 생활과 환경이 똑같은 관계에 있는 밀접한 경우라야만 생의 만족이 충실할 줄을 깨달았다.

그만큼 그는 옥희에게 육체적 만족보다도 고상한 정신적 만족을 더 많이 느낄 수 있었다.

그런 의미에서는 자기가 한층 옥희보다 어린 것 같다. 그래서 그런 의미에서는 그가 누님 같기도 하였다.

실상인즉 지금 경호의 고독한 신세로는 누이 겸 동생 겸—어머니 겸 *휘뚜루 구석 빈 감정을 그의 한 몸에서 느낄 수 있었다.

이에 비로소 경호는 옥희에게서 의탁할 곳을 발견한 셈이었다. 그는 어린애처럼 아주 그의 품안에 안기고 말았다.

휘뚜루
무엇에나 닥치는 대로 쓰일 만하게.

쓸쓸한 가을해는 어느덧 만리재 고개턱에 남실거리고 원터 산 밑은 황혼을 재촉하는 그늘이 온 동리를 음랭하게 휩싸고 있었다.

그 속에서 가느다란 저녁연기가 이 집 저 집에서 떠오른다. 연기가 안 나는 굴뚝도 있다.

큰 몸이—마치 긴짐승이 풀밭을 짓대기고 간 자국같이 군데군데 들 안으로 복사를 밀고 나간 자리가 황량한 가을빛과 아울러 더한층 촌가의 황폐한 꼬라지를 드러낸다.

때마침 불고 부는 시절풍은 이 땅의 살풍경을 조상하는 애처로운 한숨이라 할까?…… 바람은 미친 듯이 달려와서 나뭇잎을 입 맞추고 다시 어디로인지 자취 없이 사라진다. 그러면 병든 잎사귀는 그만 놀란 듯이 비명을 지르며 바르르 떨다가는 떨어진다.

냇물

그 사이로 흐르는 물소리가 목 막힌다. 그러나 기운차게 한결같이 흐르는 냇물은 이 모든 광란과 애조를 물리치고 '끝까지 어서 가 보자!' 하는 듯이 오로지 저 갈 길만 가고 있지 않은가.

희준이 집에를 채 들어가기도 전에, 그가 동구 밖으로 먼저 나온다. 개가 짖는 바람에 그는 웬 낯선 사람이 오는가 해서 나왔다. 그는 어떤 불안한 마음까지 치밀었다.

그렇다는 것은 그는 요새 무슨 일로 불안한 기분에 싸여 있었다. 그것은 비단 희준이 일 개인이 아니겠지만 그런 중에도 희준이가 더하였다.

"아 경호요, 난 누구라고……."

희준이는 자기 앞으로 오는 사람이 경호인 줄을 알아보자 비로소 안심하고 관대한 웃음을 머금었다.

"무슨 일로 다 저물게 나오?"

"그동안 안녕하셔요. 선생님 좀 뵈러 오는데요."

하고 경호도 반가운 인사를 하였다.

"나를?…… 그럼 들어갑시다."

희준이는 경호를 데리고 집으로 들어갔다.

"아버님을 낮에 뵈었지, 여전히 근력 좋으시던데……."

희준이는 팔짱을 끼고 걸으며 의미 있게 경호를 돌아보고 웃는다.

"네…… 저는 며칠 동안 못 뵈었는데요!……."

"그렇겠지. 피차에 겨를이 없으니까……."

그 뒤로 그들은 집에 들어가기까지 아무 말 없이 발을 옮겼다.

"자, *오하이리나사이!"

"네!"

오하이리나사이(ずはいりなさい) '들어오라'의 일본말.

경호는 희준이가 권하는 대로 건넌방으로 들어와 앉았다. 야학은 그저 계속하는지 윗목 벽 위에 칠판이 붙어 있다.

먹칠한 것이 벗어져서 분필 가루가 부옇게 묻고 그 밑 홈통에는 헝겊으로 만든 '칠판닦이'가 배알이 터진 대로 얹혀 있다.

"어째 선생님 신관이 요전보다 틀리신 것 같은데요, 어디 편찮으셨어요?"

하고 경호는 방안을 한번 휘둘러보던 시선을 희준이에게 멈추며 물어보았다.

"그래여? 요새 며칠 잠을 설때렸더니…… 저녁 안 자셨지?"

하고 일어나려는 희준이를 경호는 한 팔을 들어서 제지하며

"아니어요, 먹고 왔어요. 지금 막 먹었어요."

"벌써 먹었다니, 속이는 말 아니어?"

"아니어요, 안 먹었으면 달래서 먹지요 뭐……."

희준이는 할 수 없는 듯이 경호와 마주 앉아서 담배를 꺼내며

"그럼 담배나……."

"네, 여기 있어요……."

하고 경호도 담뱃갑을 꺼내서 한 개를 붙여 물고 나서

"저, 선생님을 잠깐 뵈러 온 것은 제가 쉬—살림을 시작하고 싶은데요, 거기 대해서 선생님과 의논을 좀 하랴고요……."

"살림을?"

"네! 아버님도 연만하신 터에 언제까지 남의 집에만 계시랄 수가 없지 않어요. 그도 제가 할 수 없다면 모르되 다만 몇 푼씩이라도 월수입이 있는 이상, 저 혼자만 여관 생활을 하고 있는 것이 죄송스럽기도 하고…… 그래서 올해 *사경이나 받으시는 대로 머슴살이는 고만두시게 하고 싶은데요 어떻게 했으면 좋겠습니까?"

사경
새경. 농가에서 일 년 동안 일해 준 대가로 주인이 머슴에게 주는 곡물이나 돈.

"글쎄 물론 그래야지. 그건 대단 좋은 생각이오."

하고 희준이는 희색이 만면해서 부르짖는다.

그는 아까 만난 곽첨지의 협수룩한 꼴을 마음속에 그려볼수록 경호

와 같은 아들을 두었다는 것이 종시 신기하게 생각되었다.

"그러나, 하긴 그렇게 해야겠는데 무슨 두서가 있어야지요. 두 홀아비가 밥을 어떻게 짓고 옷은 어떻게 빨어 입나요."

경호는 난처한 듯이 빙그레 웃으며 희준이를 쳐다본다.

"글쎄 연세가 젊으시다면 마나님이나 얻어드리지만. 하하."

"그렇게는 할 수 없고…… 제 생각에는 방이나 두서너 개 있는 집을 사서 문간방은 행랑을 주고 밥을 좀 해달라고 싶은데요…… 그렇게는 될 수 없을까요?"

"왜 없어. 행랑을 두면 으레히 밥해주고 빨래해주고 물 길어 대는 것인데."

"그럼 그런 집 한 채를, 나는 대로 *듣보아 주시겠어요?"

듣보다
듣기도 하고 보기도 하며 알아보거나 살피다.

"어디로?"

"저는 읍내서는 살기 싫어요. 그러나 회사가 너무 멀어서 다니기에 불편할 테니까, 읍내 근방으로 구했으면 좋겠습니다. 그리고 행랑을 살어줄 사람까지……."

경호는 그런 청을 하기가 불안한 모양으로 낯빛을 붉힌다.

"그런 사람이야 얼마든지 있겠지. 집 없는 사람이 무수하니까."

"그런 집 한 채를 사자면 얼마나 될까요? 적어도 방 셋은 있어야겠는데요."

"그건 집 나름이겠지! 웬만하면 돈 백 원이나 줘야 될 걸!"

경호는 한 걸음 다가앉으며

"논마지기나 딸린 집을 그만 돈으로 살 수 있을까요? 아버님도 노시느니 농사라도 지시게 하였으면 좋겠는데요."

"잘하면 살 수 있겠지, 그러나 백 원씩이나 한뭇 돈이 될 수 있겠소?"

"네, 그것은 사장에게 사정말을 하면 돌려줄 것 같애요. 제가 기구한 운명으로 커났다고 사장도 매우 동정하는 모양이니까요……."

"경호군은 본시 착실하니까 회사에서도 물론 신임을 하겠지. 아니 그럼 행랑을 둘 것이 아니라 장가를 들지그려. 아버지께서도 늙으셨으니 메누님이나 보시게 할 겸……."

하고 희준이는 다시 껄껄 웃는다.

"아직 장가야 들 수 있어요, 먹을 것도 없는데……."

"무얼 행랑 치다꺼리를 하기로 하면 넉넉하겠지. 속담에 상전의 빨래를 해도 발뒤꿈치가 희다고, 남을 거저 시킬 수는 없을 터이니까……."

"그야 그렇습죠마는……."

하고 경호는 잠시 머뭇머뭇하다가

"아직은 결혼할 생각이 없을 뿐 아니라 또 약혼한 데도 있고 해서……."

"응! 약혼한 데가 있어? 난 그런 줄은 몰랐지!"

"……."

"색시는 어디 사는데?"

희준이는 비스감치 누웠다가 벌떡 일어나며 호기심이 나는 것처럼 긴장한 목소리로 묻는다.

"저하고 같이 있어요."

"같이 있다니, 여직공이여?"

"네! 선생님도 잘 아시는 갑숙이여요."

하고 경호는 다시 한번 씩 웃는다.

"아—갑숙이!…… 난 누구라구……."

희준이는 갑숙이란 말에 은근히 놀랐다.

그는 지금까지 생각하기는 경호의 약혼하였다는 여자는 자기가 아주 모르는 어디 먼 데 사는 여자처럼 생각되었다.

그런데 그가 바로 갑숙이라니 그것도 도무지 뜻밖이 아닌가? 그러나 그와 동시에 희준이는 자기의 둔감에 놀랐다.

갑숙이와 경호는 벌써 오래전부터 연애 관계를 맺고 있었던 것이 아닌가? 비록 한 때는 서로 좋지 못한 파탄이 생겼다 하더라도 그들이 한 회사 안에서 다시 만난 이상에는 과거의 끊겼던 인연을 새로 이어갈 것 아닌가?

그러나 그 순간 희준이는 자기도 모르는 이상한 감정이 무럭무럭 떠올랐다. 그는 내색을 하지 않으려도 마치 질투와 같은 야릇한 감정을 아니 느낄 수 없었다.

그래 그는 별안간 침울해서 가만히 앉았다. 경호는 그 눈치를 채고 무언중에 승리의 쾌감을 느꼈다.

금시로 그는 우월감을 가지고 여태까지 희준이 앞에서 쳐들지 못하던 고개를 번쩍 들었다.

"참 잊었군요. 옥희(갑숙이)가 돌아오는 휴일날에 선생님을 좀 만나 뵙고 싶다던데요."

"나를?…… 어디로요!"

"그날 아침에 제게로 오시면 안내해 드리겠습니다."

"그라지. 그럼 내 열 시쯤 해서 가지……."

희준이는 표면으로는 아무렇지 않게 심상히 대답했으나 마음속으로는 궁금한 생각과 아울러 여전히 야릇한 감정이 종시 사라지지 않았다.

경호가 나가고 교대해서 인동이가 들어왔다.

"형님 저녁 잡수셨수?"

희준이는 인동이가 들어오는 줄도 모르고 멍하니 앉았다가

"인동이냐. 들어와."

인동이는 방으로 들어와 앉으며 이상스레 눈알을 굴리면서

"지금 나간 사람이 누구여요?"

하고 묻는다.

"응, 곽첨지 아들."

"곽첨지 아들?"

인동이는 곽첨지 아들이란 말에 더한층 놀라운 표정을 짓는다.

"아니 그게 곽첨지 아들이유? 어째 왔다우……."

인동이는 매우 수상쩍다는 듯이, 희준이가 무슨 말을 하려는가를 의심하는 것처럼 쳐다본다.

"나한테 뭐 물어볼 말이 있다구…… 아버지 집에 계시냐?"

희준이는 슬쩍 화제를 돌렸다.

"네…… 그이도 회사에 다닌다지유?"

"응!"

희준이는 딴생각을 하는 사람같이 건성으로 대답한다.

그는 인동이가 경호의 말을 묻는 것이 어쩐지 불유쾌한 기분을 나타내게 하였다.

"그런데 참 마름집 딸두 공장에 다닌다지?"

인동이는 별안간 희준이에게 입을 가까이 대고 속살거린다.

"마름집 딸."

희준이는 마치 남몰래 무슨 짓을 하다가 들킨 사람처럼 속으로 놀라

면서 겉으로는 모르는 체하였다.

'저 애가 어디서 그것을 알었을까?…… 만일 소문이 퍼진다면 큰일 인데…….'

그는 이와 같은 불안한 생각에 가슴을 뛰면서 은근히 인동이의 기색을 살폈다.

"난 모르는데 누가 그라디?"

하고 희준이는 한번 시치미를 뚝 떼보았다.

"무얼 몰라…… 형님이 넣어주시고서 허허……."

"뭐? 내가 언제……."

희준이는 얼굴을 붉히고 창황히 부르짖었다. 그러나 인동이는 확고한 신념을 가진 사람처럼 조금도 움직이지 않으며 여전히 싱글벙글 웃으면서

"나도 다 아는데 공연히 속이려구……."

"누구한테 들었니?"

"아무한테 들었지……."

희준이는 어찌할 수 없이 사실을 시인하였다. 그는 인동이를 눈으로 주의를 시키며

"쉬—소문내면 큰일 난다, 그 말이 제 집에 들어갔다가는……."

"나두 그런 줄 안다우…… 허 참!"

희준이는 두 눈을 끔쩍거리며 가만히 앉았다.

그는 인동이가 그 말을 어디서 들었을까 그것을 생각하고 있었다.

"그 사람이 그전에 마름집 딸하구 연애했다지…… 그럼 또 하겠군."

무 밑동을 쑥 집어 빼듯, 별안간 불쑥 내미는 이 말에 희준이는 그만 실소하였다.

그 순간에 그는 또 야릇한 감정이 떠올랐다. 그래 그는 거의 핀잔을 할 때와 같은 성난 음성으로 쏘아붙였다.

"남의 연애 걱정 말고 네 앞 건사나 잘 하렴!"

쏘고 나서 생각하니 안 되어서 희준이는 인동이를 슬쩍 쳐다보았다. 인동이는 다소 무안한 표정으로 그러나 여전히 느물느물하게

"왜 내가 어쨌수."

"왜가 무에야, 어머니 아버지께서는 나를 볼 때마다 걱정을 하시니까 그러지야!"

희준이는 비로소 정색을 하고 불만을 토하였다.

"걱정은 무슨?……."

별안간 인동이는 고개를 축 늘어뜨린다.

"병환은 좀 어때여?"

"누가 알우…… 아! 그게 왜 죽지도 않는지…… 어서 죽기나 했으면……."

인동이는 부지중 한숨을 휘 쉬고 곰방대에 담배를 부스럭부스럭 담는다.

"그게 다 무슨 소리여! 끌끌……."

희준이는 혀를 차고 외면을 하였다. 그는 참을 수가 없는 듯이 다시 고개를 들리며

"글쎄 왜 그란다니, 의합하게 살지 못하고?"

"나두 모르지!"

인동이는 담배만 빼끔빼끔 피우고 앉았다.

"그러지 말고 잘 살어, 동생같이 장가를 잘 든 사람이 어디 있다구 그래. 가화만사성이라구 식구가 화목해야 집안이 잘되는 법이야!"

"흥!"

인동이는 그대로 담배만 피우며 들은 체 만 체하였다.

인동이는 한동안 침울한 기분으로 앉았다가 무거운 입을 열어서 방안의 침묵을 깨쳤다. 그는 마치 납덩이를 뭉클뭉클 뱉듯이 한마디 한마디를 토막토막 잇댄다.

"성님은 나보고 장가를 잘 들었다 했지유?"

"그럼 그만하면 잘 들지 않었나."

"무엇으로?"

인동이는 성이 나서 씨근거린다. 희준이는 인동이의 황소 같은 숨소리가 무서웠다.

"무엇이 뭐야…… 인물도 잘나고……."

"인물?"

또 한 번 한숨을 내쉰다.

"성님 들어보오! 만일 인물로만 잘 살 수가 있다면 그까짓 장가는 들어 무엇 하우. 돈을 모아서 기생 오입을 하든지 그렇지 못하면 하다 못해 좆도 집이라도 가면 되지?"

"하하 그 사람 참…… 아니 그럼 넌 나를 원망하는 셈이냐? 혼인 중매 잘못해 주었다고 야속히 하는 말이야?"

희준이는 내심에 책임감을 느끼며 반문하였다.

"그때는 원망하지 않었지만 지금은 성님을 원망하고 싶우."

"글쎄, 왜 그러는 게야?"

"나두 몰루!"

인동이의 두 눈에는 눈물이 글썽글썽 고인다. 그는 진정인 것 같다.

그러나 희준이는 암만해도 그 속을 알 수 없었다. 도리어 음전이는 인동이와 같은 농군의 아내가 되기는 너무나 지나치다 할 만큼 청초하고 아리따운 자태를 가졌을 뿐 아니라 마음씨도 순량해 보이는데 그는 왜 그런 아내를 부족해하는가? 자기 같으면 아내로서는 그만하면 만점일 것 같다.

어지빠르다
정도가 넘고 지나쳐서 어느 한쪽에도 맞지 아니하다.

*엊빠른 여학생 찌끄러기보다는 차라리, 순진스러운 이런 여자가 낫지 않을 것인가? 그래서 그는 읍내 야학에서 그를 가르치고 있을 때도 얼마나 은근히 그 여자를 사모하고 있지 않았던가?

인동이는 코를 벌쭉벌쭉하며 여전히 흥분한 태도로

고추

"성님! 사람이란 게 식성을 남은 모르는 것 같애요…… 제게 소용되는 것은 제 맘대로 고르게 하는 것이 좋을 것 같애요…… 그런데 난 고추가 먹고 싶은데 호박을 골라주고 먹으라니……."

희준이는 아무 말도 안 했다.

그러나 심중으로는 자기도 모르게 부르짖었다.

호박

'그렇다! 그 여자는 고추는 아니었다. 호박이다! 그는 과연 호박이었다. 손톱으로 찔러도 아무 데나 쑥쑥 들어가는 '무른' 사람이다…… 그렇다면 인동이는 음전이보다는 방개를 사랑하지 않는가? 너는 지금도 방개를 사랑하는구나…….'

"곽첨지 아들이 마름집 딸을 다시 사랑하듯이 나두 그전에 좋아하던 방개를 잊지 못한다고 그게 모두 내 죄라 할는지요?…… 그 계집애도 나를 못 잊듯이 나도 그 계집애를 못……."

희준이는 대답할 말이 없었다. 그들은 그와 같이 열렬하였던가? 그런 줄 알았으면 자기는 공연한 중매를 하였다고 희준이는 내심으로 후회하였다.

"나는 아까 그 말도 방개한테서 들었수. 방개는 나보고 같이 달아나자는 것을 내가 말렸더니, 그럼 공장에나 다니겠다고 들어간 게라우. 그 계집애도 지금 제 사내가 싫어서 몸살을 한다우…… 새우젓 같은 사내가 싫다구…….”

‘새우젓! 호박!…….’

희준이는 별안간 이런 생각이 연상되는데 인동이는 쓰디쓴 침을 꿀떡 삼키며 다시 부르짖는다.

“새우젓은 호박이 제격인데…… 왜 그 가시내두…….”

희준이는 비로소 인동이의 심중을 이해할 수 있었다. 그는 음전이와 성격이 맞지 않아서 그런 모양이었다.

그러나 한 가지 모를 것은 도리어 자기의 마음이었다. 그는 진심으로 인동이가 음전이와 잘 살기를 바라는 것처럼 말하였으나 한편으로는 그런 것이 은근히 자기에게 좋은 것 같은, 악마와 같은 생각이 떠올랐다…….

그는 음전이를 아내로 삼은 인동이를 평소에 부러워하던 마음이 부지중 이런 생각을 남몰래 갖게 한 것이 아니었던가?

인동이를 보내고 나서 희준이는 침침한 방 안에 혼자 드러누웠다. 그는 저녁도 먹기가 싫다. 그래 두 눈을 딱 감고 한 동안 명상에 잠겨 있었다.

—인간이란 이와 같이 비열한 것인가?…… 자기는 참으로 그렇게 야비한 인간인가?…… 하고 희준이는 자기 자신을 냉정히 비판해보았다.

조혼으로 말미암아 일찍이 연애의 경험이 없고 따라서 이성(異性)의 흡족한 사랑을 맛보지 못한 희준이는 언제나 한 구석이 빈 것 같은 인생의 공허를 느낄 때가 많았다.

그는 누구나 아내를 잘 얻은 사람을 보면 부러워하고 길거리에서 아리따운 여자만 보아도 공연히 가슴이 두근거렸다.

참으로 그는 자기 아내를 얼마나 미워하였던가? 자기보다 몇 살을 더 먹은 지금 아내는 그가 열네 살 먹던 해 봄에 장가든 아내였다.

열네 살이라 하나 만으로는 열세 살도 못 되는 어린아이를 장가라고 들여놓고 그것들을 한방에 재우고서 어서 손자를 보고 싶어 하는 그들 조부모의 심정은 실로 얼마나 우스운 희비극이었던가?

희준이는 그때 지나간 일을 생각하면 너무도 기가 막혔다. 생각할수록 청춘이 허무하였다!…… 이와 같은 희생자는 희준이가 아는 범위만 쳐도 무수하다.

그러나 그들은 희준이가 보기에는 모두들 용감하였다. 그들은 못해주겠다는 아내와 싸움을 해가면서 갖은 수단으로 이혼을 한 후에 제각기 맘에 맞는 대로 새 아내를 얻어 살았다.

다다미(돗자리)와 여자는 갈아댈수록 좋다는 말을 본받아서 연방 새 여자를 갈아들이는 사람도 있었다.

헌 계집도 처음 얻으면 새 여자요, 숫처녀도 오래 살면 헌 여자가 된다는 것이 그런 사람의 여자에 대한 이론이었다.

그야 어떻든지 그들은 모두 자기보다는 훌륭한 여자를 맘대로 골라가지고 사는 것 같다. 그 한 일로 보면 자기는 그들에게 견주어서 몹시도 못생기고 빙충맞은 것 같다. 원체 싫증이 난 사람과 같이 붙어산다는 것은 도무지 틀린 수작이 아닌가?

그러나 희준이는 그 아내와 이혼을 하는 대신으로 자신이 동경으로 달아났다.

희준이가 현해탄을 건너간 것은 물론 그때 청년들이 동경하던 신풍조에 휩쓸려서 자기도 위대한 포부를 가지고 문명국의 신학문을 배우기 위한 것이 첫째 원인이었겠지만, 만일 희준이도 가정의 불화가 없었다면 동경까지 건너가지 않았을는지도 모른다.

만족하면 배가 불러서 타락하기가 쉽고 불행한 사람은 양심이 나서 향상하려는 노력을 크게 한다. 희준이의 동경행은 이와 같은 결과를 가져왔다.

그는 지금 개인의 행불행을 그리 문제로 삼지 않는다.

그러므로 연애 같은 것은 더구나 문제도 되지 않는다. 인간 생활은 연애가 전부는 아니다. 인간에는 연애보다도 훨씬 고상한 생활이 있다.

누구나 만일 진리의 사도가 되려 할진대, 그리고 두 가지를 동시에 겸할 수가 없을 것 같으면 그는 반드시 진리를 위해서 살아야만 할 것이다.

그러나 또한 그 역시 아직도 청춘이 새파랗다. 그런 인생관을 가질수록 본능의 충동이 맹렬하다. 그도 맹수와 같이 갇혀 있던 성적 충동이 때마다 발작하면 걷잡을 수 없었다. 그럴수록 그는 아내가 더 미웠다.

그런데 한때 은근히 사모하던 갑숙이는 경호와 다시 묵은 인연을 맺었다 한다. 경호는 그 여자와 가정을 이루기 위하여 자기 보고 집을 사 달라고 하지 않는가!

그런데 또 인동이는 자기가 사모하던 음전이를 중매해 주었는데 그 여자를 싫다고 다시 그전 정부를 그리워한다는 것은 아, 그들은 얼마나 호강스러운 생각이냐?

과연 그들은 자기보다 행복하대야 옳을까? 또는 다 같은 동병상련이라 할까? 그런데 인동이가 그 아내를 싫어한다는 틈을 타서 별안간 음전이를 동정하고 싶다는 생각이 난다는 것은 그것도 진정으로 그를 위함이라 할까?

희준이는 자기의 불순한 생각을 저주하기 마지않는 동시에 또한 그들을 시기하는 마음이 없지 않았다.

오늘 저녁에도 희준이 집은 콩나물죽을 쑤었다. 모친은 저녁마다 죽 그릇을 대하는 데 *애성이를 냈다.

애성이
분하거나 성이 나서 몹시 애를 태우는 일, 또는 그런 감정.

그는 죽이 먹기 싫다느니보다도 말년의 자기 신세가 죽을 먹지 않으면 안 되게 된 그것을 슬퍼함이었다.

그는 중년까지도 가난을 모르고 호의호식을 하고 지났는데 늙을 마당에 죽물로 연명하게 된 것을 생각하면 사람이란 후분이 좋아야지 초년 호강은 쓸데없다는 것과, 또한 자기 집안이 이렇게까지 망하고 만 것은 영감을 잘못 만나고 아들을 잘못 둔 까닭이라 하였다.

남편은 이미 황천객이 되었으니 더 말할 거리도 없거니와 희준이가 제 실속만 차려서 영악하게 굴 것 같으면 그래도 조석 걱정은 없을 것이 아닌가.

그는 동경을 갔다 오더니만 더욱 헐렁이가 되어서 도무지 아까워하는 것이 없고 제 집 살림보다 남의 집 걱정을 더 하는 것 같은—지각없는 짓을 하는 것이 질색할 노릇이었다. 남이란 쓸데없는데 그러게 해주면 그런 공이나 아는가?

백주에 헛일인데도 종시 정신을 못 차리고 한 타령이니 그건 난봉이랄지 뭐랄지 도무지 갈피를 차릴 수 없다는 것이었다. 그래 그는 희준이의 이 같은 행동에 그만 적성을 하였다.

처음에는 아귀다툼도 해가며 기를 쓰고 타일러보기도 하였는데 그럴수록 모자간에 의만 점점 더 나고 아무 소용이 없는 줄을 알게 되자 그는 아주 진이 떨어져서 인제는 모든 것을 사주팔자에 돌리고 그저 사는 날까지 아무 상관 말고 제야 곤두를 놀든지 만두를 놀든지 제멋대로 살게 내버려두자 하였다.

그러나 귀머거리나 벙어리가 아닌 이상 눈으로 보고 귀로 듣는 것을 모르는 체하고만 있을 수도 없었다.

그전에는 밑구멍이 찢어지게 가난뱅이로 살던 안승학이, 그때는 자기 집에서 찬밥 신세를 지던 안승학이가 지금은 처지가 뒤바뀌어서 하늘처럼 쳐다보게 된 것이라든지, 하다못해 학삼이 따위의 논 몇 마지기를 가지고 있는 것들이 곤댓짓을 하며 사는 것을 보면 그는 금시에 복통을 해서 죽어도 시원치 못할 만큼 역증이 나서 견딜 수 없었다.

그래 아들에게 그런 말로 푸념을 할라치면 희준이는 여전히 만사태평으로 귀 밖에 듣는 것을 어찌하랴?

정히 심하게 야단을 칠라치면 그는 볼먹은 소리로 한마디를 꽥 지르고는 숫제 어디로 가서 며칠씩 안 들어오기가 일쑤였다.

이래저래 상심이 되는 희준의 모친은 지지리 속을 태우는 대로, 날로 *신머리를 더해갈 뿐…… 마치 *내종 든 사람처럼 속으로 끙끙 앓으면서 오직 어린 손자들의 커나는 것에 낙을 삼아 그날그날을 시름없이 지나갈 따름이었다.

지금도 그는 콩나물 대가리가 곤두선 죽그릇을 앞에 놓고 억센 무김치 뿌다구니와 입아귀 씨름을 하면서 속으로는 고기를 씹어 밸던 예전 일이 생각켰다.

그는 한편으로 그때 너무 *양광에 겨워서 벌역을 받는 것이 아닌가? 생각하였다.

신머리
센머리. 흰머리.

내종
내장에 난 종기.

양광
분수에 넘치는 호강.

정식이는 저녁마다 죽이 먹기 싫어서 숟갈을 들고 끄적끄적하고만 앉았다. 그래도 희준이는 더운 죽을 후 후 불어가며 아무 소리 없이 잘 먹는다.

'경칠 놈의 죽이 뜨겁기는 퍽 뜨거워! 아이구, 이놈의 죽 웬수를 언제나 갚는담…….'

모친은 입속으로 이렇게 열이 나서 부르짖으며 눈으로는 아들을 뻔히 쳐다보았다.

'갚을 날이 언제 있어! 죽물이나마 때를 놓지나 말라지…… 저도 염의가 없으니까 조석이라구 되는 대로 해주어도 찍소리 없이 먹는구나…….'

모친은 이런 생각이 다시 들자 한편으로 그 아들이 불쌍한 생각도 들어간다. 그렇다니 말이지 그는 희준이를 그렇게 미워하면서도 큰아들한테는 가지 않았다.

그것은 처가살이를 하는 그들을 쫓아가서 사돈에게 창피한 꼴을 보이기가 싫은 까닭도 있지마는 그들 내외는 저희끼리 의가 너무 좋아서 그런지 먼저 제 몸뚱이들만 알지 부모 형제는 둘째로 생각하는 기미가 보였다.

그전에 한집에서 시어미를 섬기고 있을 때도 그랬는데, 인제는 친정 옆에서 아주 제 살림을 사는 터에 더 말할 것이 무엇이냐고, 그래 굶어 죽더라도 큰아들한테는 안 가기로 결심하였다.

그는 큰아들이 제 아내한테 쥐여 지내는 것을 빙충맞다고 욕하였다.

그 점으로 보아서는 작은아들은 사내 구실을 하는 것이 든든해 보였다.

저녁을 먹고 나자 김선달이 마실을 왔다.

그는 언제와 같이 활발한 태도로 말상 같은 얼굴에 웃음을 머금고 들어오며

"아니 인제들 저녁이신가요?"

"다 먹었어유. 어서 들어오시유, 그놈의 빨래인가 무엇인가 하느라고, 저녁이 저물었네유……."

모친은 끝으로 물 한 모금을 마시고는 상을 들어서 며느리를 내주며 걸레 뭉치로 방바닥을 훔치고 나서 한시가 바쁜 듯이 곰방대를 들고 앉는다.

"자, 담배 자셔! 담배도 떨어져가는구나……."

그가 내놓는 담배통은 언제인가 머슴애가 정거장에 갔다가 길거리에 내버린 *간즈메 통을 길옆에서 주워 온 것이었다.

간즈메(かんづめ) '통조림'의 일본말.

"담배 여기 있어요."

김선달은 조끼 주머니에서 담배쌈지를 꺼내놓으며

"이 담배 한 대 잡숴보시지!"

하고 자기도 한 대를 담는다.

"그래 저녁은 잡숫고 오시나유. 요새는 어떻게 지내셔?"

모친은 안심찮은 듯이 김선달을 바라보았다.

"참 어떻게 지내시유?"

하고 희준이도 비로소 생각난 듯이 말참례를 하였다.

"허허 먹으니까 사는 게지요."

"참 재주도 용하시유…… 그래도……."

"전 아주머님 댁이 사시는 게 용해 뵈는데요."

"용하니 오죽해유. 죽지 못해 기를 쓰는 게지……."

모친은 마치 희준이더러 들어보라는 것처럼 일부러 목소리를 크게 한다.

"그래도 올 같은 흉년에 굶지 않으면 장한 게지요. 지금 세상에서 더구나 우리 같은 농군이 그 위에 더 바랄 것이 무엇이겠어요. 더 바란다면 *적심(賊心)을 먹는 게지요……."

적심(賊心) 도둑질하려는 마음.

하고 김선달은 의미 있는 듯이 또 한바탕 호걸웃음을 웃는다.

"지금 어디서 오셔요. 별일 없지요?"

희준이는 긴한 일을 잊었다는 것처럼 김선달을 쏘아보며 긴장해서 묻는다.

"그렇잖어도 그 때문에 자네를 보러 왔네."

김선달은 지금까지 쾌활하던 태도가 홀변하고 침울한 기색을 나타낸다.

"왜 무슨 일이 있었나요?"

"아니 별일은 없지만……."

"그럼?"

희준이는 더욱 불안해서 김선달의 입만 쳐다보고 있었다.

김선달은 무심히 담배만 피우고 앉았다가

"모두들 죽겠다니 말일세!"

"난 또 무슨 일이 있다구, 아니 언제는 안 죽겠었나."

희준이는 심상한 웃음을 머금고 쳐다보는데

"죽겠긴 마찬가지라도 그 정도가 다르지 않겠나. 금방 숨을 모으랴는 놈과 며칠 더 살 수 있는 놈이 다르듯이…… 허."

"그래 뭐라구들 해요, 어떻게 한다구?"

"무얼 어떻게…… 벼를 베어 먹었으면 좋겠다지!"

"아니 누가 그래요?"

하고 희준이는 별안간 두 주먹을 쥐고 불끈 일어난다.

"저 애는 무슨 말만 들으면, 금방 *소지를 올리려 드는 게 병통이야!…… 채 듣지도 않고…… 왜 그러니?"

소지
고소장.

모친은 자기가 영문을 모르는 만큼 아들을 제지하며 김선달을 돌아본다.

"어머니는 공연히 아시지도 못하고서…… 아니 누가 그래요?"

김선달은 코똥만 뀌고 앉았다가

"모두들 그라지 누가 그래!"

"모두들 그라다니, 아니 여적까지 버티고 있다고 벼를 벤다는 것이 무엇들이야! 그까짓 벼를 베면 며칠이나 먹겠다고. 그러면 죽도 밥도 안 되고 모조리 쪽박밖에 찰 게 없는데……."

수확을 기다리는 벼

"흥! 여북해야 그런 생각을 먹겠나. 내일 날은 죽더라도 당장 먹을 게 없으니까 그러는 게지."

"그래서 아무 일도 안 되는 게요, 눈앞만 생각하고 장래 일을 생각지 않기 때문에……."

희준이는 더욱 열이 나서 고함을 지르며 두 눈에는 쌍심지를 켜고 있었다.

"선달님도 그렇게 생각하시유?"

"내야 죽기로 그럴 리가 있겠나."

"그럼 돌아다니면서 잘 타이르시유. 지금 굴복을 하게 되면 당초에 대항 안 하나만 같지 못할뿐더러 참말로 깡그리 바가지를 차고 나서게 될 것밖에 없다구. 그리고 이삼 일 안으로 어떻게 양식을 변통해서 주겠다고."

"글쎄 그렇기나 한다면 모르되 빈말로만 해서는 암만해도 안 들을 모양 같애……."

김선달은 적이 용기가 나는 것처럼 희준이을 빙그레 웃고 쳐다본다. 그는 희준의 말을 전하러 밖으로 나갔다.

희준이는 분김에 장담을 하기는 하였으나 이삼 일 안으로 무슨 수로 돈을 변통한다고 하였는지 말을 해놓고 나서 생각해보니 말막음을 할 만한 아무 도리도 없지 않은가?

그는 자기 한 집도 조석 끼니를 이어가기가 극난한 형편인데 수십 호나 되는 동리 사람들의 그것을 어떻게 한 몸으로 지탱할 수가 있겠으랴.

그동안에는 겟돈을 잡아 쓰고 두렛돈으로 이럭저럭 별러왔으나, 앞으로는 그런 돈도 없고 더구나 빚을 얻기는 하늘에 올라가서 별을 따오기보다도 어려운 일이었다.

위심하다
심하게 되어 있다.

그런데 지금 각자 *위심하는 동리 사람들의 마음을 돌이키자면 적어도 몇 십 원은 가져야, 다만 일이 원씩이라도 별러줄 것이 아닌가.

만일 지금 그 돈을 못 주선해서 그들이 산심이 된다면, 그래서 마름의 하라는 대로 벼를 베기 시작한다면, 모든 일은 수포로 돌아가서 안승학은 승리의 웃음을 웃고 그들은 그의 모진 손아귀에 들어서 죽으라면 죽는 시늉까지 해야 될 것이다.

그러면 그때야말로 그들은 자기 목을 졸라매는 올가미를 영구히 쓰고 말 것이다.

이런 생각을 하니 기가 콱 막힌다. 어떻게든지 바삐 서둘러서 다만 얼마라도 변통해가지고 터지려는 불구멍을 미리부터 막아놓아야 하겠다.

그들은 그야말로 주린 짐승이 날고기를 옆에 두고 있는 셈이었다. *톨스토이의 이야기에도 그런 것이 있지 않은가?

—어떤 동방 여인이 길을 가는데 별안간 등 뒤에서 호랑이가 쫓아왔다.

그 사람은 대경하여, 어디 숨을 곳을 찾아 헤매다가 마침 길가에 있는 깊은 웅덩이를 발견하고 그 속으로 들어가려 하였다.

그런데 자세히 보니까 웅덩이 속에는 용이 아가리를 딱 벌리고 있어서 들어오기를 기다리는 것처럼 들어가면 잡아먹을 것 같다.

진퇴유곡에 빠진 그 사람은 어쩔 줄을 모르고 창황망조하다가 그만 웅덩이 가에 난 풀포기를 휘어잡고 그 밑으로 매달렸다.

그는 다시 주위를 살펴보니 자기가 잡은 그 풀포기에는 꿀이 붙어 있다.

그런데 거기에 또 난데없는 흰 쥐가 나타나더니 그가 매달린 풀뿌리를 갉아먹기 시작하였다.

아, 위기일발!…… 그의 죽음은 순간에 있는데 그래도 그는 혀를 내밀어서 그 꿀을 핥아먹고 있었다 한다.

지금 이들은 마치 그 사람과 같이 자기네 앞에 섰는 벼 한 톨을 따먹으려는 것이 아닌가?

희준이는 새삼스레 다급한 생각이 났다.

그는 읍내로 들어가서 무슨 변통을 해보려고 김선달의 뒤를 따라서 막 문밖으로 나가려니까 별안간 인성이가 헐레벌떡이고 뛰어오며 희준이를 부른다.

톨스토이(1828~1910) 러시아 작가, 대표작 『전쟁과 평화』 『안나 카레니나』가 있다.

"형님 얼른 오래여, 어머니가……."

"왜?"

"쌈 났어!"

"누가?"

"아버지가……."

인성이는 눈을 똥그랗게 뜨고 숨이 차서 씨근거리며 말을 못하는데 그 말을 듣고 희준이가 걸음을 빨리 걸어 내려가노라니까, 과연 아랫골목에서 원칠이의 갈범 같은 목소리가 들려온다.

인성이는 희준이 옆에 붙어 서서 종종걸음을 친다.

"어머니 하고 싸우시니……."

"아니 형님하고……."

희준이가 들어가니까 원칠이는 무섭게 두 눈을 부릅뜨고 인동이의 멱살을 잡고 서서, 당장에 때려죽일 듯이 닥치는 대로 두드리며 황소같이 날뛴다.

사시나무

머리가 풀어 흩어진 박성녀는 그의 손을 붙들고 돌아다니며 뜯어 만류하느라고 쩔쩔매고 음전이는 한옆에 서서 사시나무 떨듯 오직 전신을 떨고 있는데, 인동이는 아무 반항도 없이 부친이 하는 대로 죽은 사람처럼 가만히 있다.

"아저씨! 노세요. 이게 무슨 짓이셔요. 점잖잖게!"

희준이가 달려들며 원칠이의 두 손을 붙들고 만류하자 그들 고부는 사지에서 뜻밖에 구원을 받은 사람처럼 기뻐하였다.

박성녀는 싸움을 희준이에게 맡기고 물러나서 부엌에 가 털썩 주저앉았다.

그가 기진해서 땀이 비 오듯 하고 전신은 오히려 부들부들 떨렸다.

“고만 노셔요. 글쎄 이게 무슨 짓이어요, 말씀으로 하시지.”

희준이가 말리는 데는 어찌할 수 없다는 듯이, 원칠이는 인동이의 팔목을 슬그머니 놓았다.

인동이는 아무렇지도 않은 듯이 궁둥이를 툭툭 털고 돌아서며 찢어진 옷을 갈아입으러 방으로 들어갔다.

그는 성난 짐승처럼 식식하기만 하였다.

원칠이는 오히려 분이 덜 삭은 듯이 씩씩하면서

“그놈을 꼭 때려죽일랬더니…… 자네가 말리니까 고만두겠네마는 원 그런 고얀 놈이 있나.”

“아니 왜 그라셔요? 아주머니!”

희준이는 박성녀를 쳐다보며 갈피를 물어보았다.

"아이구 누가 아나베…… 공연히들 찌룩째룩하니까……."

박성녀는 아까까지 악만 남아서 두 눈에 불이 번쩍거렸는데 별안간 자기도 알 수 없는 눈물이 샘솟듯 하며 목 안이 뿌듯하게 무엇이 치밀어 오른다.

원칠이는 또다시 열이 나서 마누라를 무섭게 노려보다가 하소연하듯이 희준이 앞으로 다가앉으며

"글쎄 내 말 좀 들어보게. 열이 나겠나 안 나겠나. 참 저로 말하면 자네가 중매를 해서 장가를 좀 잘 들었는가!"

"뭐, 천만에 말씀을……."

"아니야! 제 따위로는 너무 황송하다 할 만하지…… 그런데 이런 기급을 할 자식이 있는가? 원체 복에 겨워서 그러는지 모르지만 그런 아내를 위할 줄은 모르고 공연히 툭하면 싸우네그려…… 응! 참 자네와는 한집안 속 같으니 무슨 말을 못하겠는가마는 그래서 공연히 제 장모한테도 눈의 밖에 나고, 구순할 집안이 가끔 불화하고 보니, 글쎄 그게 무슨 빌어먹을 짓이냐 말이야……."

원칠이는 침을 뱉고 나서 담뱃대를 *섬돌 위에 탁탁 턴다.

섬돌
오르내리게 된 돌층계.

"무얼 그리 걱정하실 것 있어요. 남남끼리 살자면 싸움도 하고 다투기도 하기가 예사이지요."

박성녀는 희준이의 말이 깨소금 맛같이 고소하게 들렸다.

그도 처음에는 며느리를 영감만 못지않게 귀애하였으나 살아갈수록 며느리만 추어올리려는 영감의 심사에 그만 부아가 나서 요새는 인동이 편을 들기가 십상팔구였다.

원칠이는 댓진이 끓어오르는 담뱃대를 빠느라고 쥐 잡는 소리를 찍찍 내다가

"그것도 유만부동이지, 하기야 사람이란 하루 한 날 사는 게 아닌 담에야 어떻게 노상 웃고만 살겠나마는 이건 공연히 심정을 부린단 말일세…… 오늘 저녁만 해도 대수롭지 않은 일에 제 아내를 때려서 집안이 요란하게 하니 부모 슬하에서 그런 죽일 놈이 어디 있나?"

하고 원칠이는 다시 인동이를 노려본다.

"무얼 당신도 그 애만 나무라지 마우. 그게 인제 몇 살이라구…… 이녁은 젊었을 때 나를 얼마나 위해줬수!"

박성녀는 듣다 못해서 한 마디를 쏘아붙였다.

그는 부잣집 며느리라고 너무나 비위를 맞춰주려는 영감의 소위가 얄미웠다.

"저런 쇠새끼 같은 것 봤나. 자식을 저따위로 가르치니 그 자식이 제 말냥일 수밖에 끌! 끌!"

"그럼 그렇지 않구…… 자기 흉보는 건 듣기 싫은감! …… 오늘 저녁만 해도 그 애 성미가 본시 그런 줄 알었거든 저도 고분고분 들었으면 좋을 텐데 기어이 대거리를 하다가 그 꼴이 되었지 뭐……."

박성녀는 곁눈질로 노리는 대로 음전이의 고개는 점점 숙어졌다.

그는 하염없이 눈물만 쏟아졌다.

"이런 제기랄…… 그까지로 하는 놈의 비위를 누가 고분고분 듣는담! 그래 처갓집에 가보라는 소리가 무엇이 해로워서…… 그 놈이 무슨 딴 생각이 있기에 그라는 게지……."

원칠이는 하던 말을 뚝 끊고 침을 뱉는다.

"딴생각은 무슨 딴 생각이여."

마누라는 어이없는 듯이 영감을 핀잔주었다.

"그럼 무슨 까닭이냐 말이야…… 원 도무지 알 수 없는 일이 아니냐 말이야…….”

인동이는 답답증이 나서 아무 말 없이 울타리 밑으로 나와 쪼그리고 앉아서 아니꼬운 듯이 침만 뱉고 있었다.

“그럼 제까짓 게 무엇이기에 제 집에 가거라 말거라 해요. 그리고 옷 입는 것 밥 먹는 것까지 시비를 하려 드니…… 그럴라거든 늬 집으로 아주 가라구.”

인동이는 별안간 벌떡 일어나서 아내를 마주 쳐다보고 퉁명스럽게 부르짖고는 밖으로 휘적휘적 나간다.

“저런 박살할 놈이 있나. 이놈을 기어이…….”

하고 원칠이가 이를 갈며 작대기를 들고 쫓아가는 것을 희준이가 매달려서 간신히 붙들었다.

그날 밤에 원칠이는 몸부림을 하며 밤새도록 *애고땜을 내놓았다.

애고땜
아이고땜. 몹시 원통하거나 슬플 때에 넋두리를 하는 일.

희준이는 그길로 읍내를 들어갔다.

내 집 일이나 남의 집 일이나 그는 도무지 어떻게 해야 좋을는지 몰랐다. 어디를 보든지 인간의 추악한 장면이 공동변소처럼 널려 있다.

이것은 참으로 인간의 본성이 너절해서 그러냐?

그렇지 않으면 현실이 너무 악착하기 때문이냐?

희준이는 고향에 들어온 지가 어느덧 삼 년이란 세월이 지나갔다.

그동안에 자기는 한 일이 무엇이던가!

그가 당초에 고토(故土)로 나온 것은 자기 한 집을 위해서나 일신의 행복만을 위하고자 함은 아니었다.

그는 세계라는 무대 위에서 뒤떨어진 조선 사회를 굽어볼 때 청년의 피가 끓어올라서 하루바삐 그들로 하여금 남과 같이 따라가게 하고 싶었던 것이다.

그래서 누구보다도 먼저 고토의 동포를 진리의 경종으로 깨우치고자, 그는 나오는 길로 많은 열정을 가지고 청년회를 개혁해보려 하였으나 완전히 실패하고 그 뒤로는 농민을 상대로 농촌개발에 전력해왔는데, 역시 오늘날까지 이렇다 하고 내세울 만한 것이 아무것도 없었다.

아니 그런 게 아니라 자기 생각에는 그들을 엔간히 자각시킨 줄만 알았는데—농민의 생활과 이익을 위해서, 엔간히 그들이 나아갈 방향을 짐작한 줄 알았는데—급기야 일자리에 내세워놓고 보니 그것은 허수아비같이 너무도 무력하다는 것이 차라리 놀랄 만한 일이었다.

지금은 야학도 하지 못하기 때문에 그들을 한자리에 앉혀놓고 격려할 기회도 없다.

일시 기분적으로 *흰소리를 텅텅하던 그들의 기염(氣焰)은 그 후로 쑥 들어가고 물에 빠진 생쥐처럼 발발 떨고 있지 않은가!

흰소리
터무니없이 자랑삼아 떠벌리거나 거드름을 피우며 허풍을 떠는 말.

그래서 비겁한 그들은 오랫동안 붙어 있던 농노의 근성을 죄다 털어버린 줄 알았던 것이 마치 장마 속의 곰팡이처럼 그들에게 다시 붙지 않았는가?

만일 희준이가 그들을 위하여 물질적으로 다소간 유익을 주지 않았다면 그들은 희준이가 관념적으로 가르치는 말로만은 그야말로 쇠귀에 경 읽기와 마찬가지가 되었을 것이다.

그는 *산감에게 나무하다 붙들려 간 사람들을 몇 번이나 무사히 빼놓고 동리 사람이 병이 나면 자기 집 식구처럼 약을 지어다 먹였다.

산감
산감독. 산의 나무를 함부로 하지 못하게 관리하는 사람.

다만 그중에서 제일 씩씩하기는 김선달과 인동이였다. 희준이는 이 두 사람을 사랑하였다.

그래 그는 모든 일을 비관하다가도 이 두 사람을 생각하고 자기를 안위하였다.

그런데 지금은 김선달도 자기의 신념을 잃은 사람처럼 절망을 하소연하지 않는가? 그는 빈말로만은 그들을 무마할 수 없다는 것이다.

지금 그들은 문제가 뜻대로 해결되기 전에는 벼를 베지 말자고 맹서한 것도 잊어버리고 마름이 꾀는 대로 벼를 베자는 것이었다.

인동이도 이런 때에 하필 가정의 불평을 하소연하며, 급기야 집안의 풍파를 일으켜서 온 동리를 소란하게 하지 않았는가?

이 모든 상서롭지 못한 분위기는 저들의 *산심을 조장시킬 뿐이다.

산심(散心)
마음이 어지럽게 흩어짐. 딴 생각을 함. 방심.

그래서 농민의 무지는 일시에 와—하고, 도리어 자기에게로 총부리를 겨누려 들지 않는가!

—참으로 이 일을 어찌하면 좋으냐?

그러나 희준이는 끝으로 한 가지의 희망을 붙여보았다.

그것은 지금 가는 길이 허행이 안 되기를 소원함이었다.

어떻게 해서라도 다소간 주선만 된다면 그들을 다시 며칠 동안을 가만히 있게 할 수 있을 것 아닌가!

희준이는 지금 이런 생각을 하며 청년회에서 그중 열정으로 일을 보던 고두머리를 찾아갔다.

"긴상, 밤중에 웬일이슈?"

고두머리는 동저고리 바람으로 찾아온 희준이의, 심상치 않은 행색을 속으로 놀라며 대하였다.

"잠깐 의논할 일이 있어서 왔는데요."

"그럼 들어가시지."

"아무도 없어요?"

"네!"

주인은 희준이를 작은사랑으로 데리고 들어갔다.

그는 희준이가 찾아온 뜻을 대강 눈치 챌 수 있는 만큼 은근히 불안을 느꼈다.

—그는 요새 며칠 동안 청년회원들과, 이 지방에 새로 퍼진 *마작을 하느라고 밤을 새웠기 때문에 정신이 혼몽하고 눈만 감으면 '깡' 이야 '펑' 이야 소리만 들리는 것 같았다.

마작
중국에서 전해오는 실내놀이의 한 가지. 네 사람이 136개의 패를 가지고 짝을 맞추는 놀이.

희준이는 방으로 들어가서 단도직입적으로 찾아온 용무를 말하였다.

"대강 들어서 아시겠지만 우리 동리 일에 대해서 좀 의논할 일이 있어서 왔는데요."

하고 희준이는 우선 저편의 기색을 엿보았다.

"참 어떻게 되었는가요."

"그저 그라구 있는데…… 거기 대해서 좀 부탁할 게 있는데요."

하고 희준이는 소작인들의 형편을 자세히 말하였다.

—즉 그들의 곤경은 더 참을 수가 없기 때문에 와해될 위험이 각각으로 절박해온다는 것을 말한 후에—

"그러니 어떻게든지 저들을 구해야겠는데 사실 지금 나로서는 막다른 골목에 있는 셈으로 다시는 아무 도리가 없는데요, 그래 생각다 못해서 찾아왔는데 어떻게 몇 십 원만 둘러주셔야겠어요."

"글쎄요, 돈이 어디 있어야지요."

주인은 벌써부터 꽁무니를 빼기 시작한다.

"그러나 많은 돈을 요구하지는 않어요. 어떻게 한 이삼십 원만 변통해주시면 일이 펴는 대로 갚아드릴 수 있겠고 아무한테도 그런 말을 하지도 않을 터이니까…… 만일 단독으로 주선하실 능력이 없거든 달리라도 변통해주셨으면 좋겠어요."

주인은 난처한 기색을 지으며 매우 거북한 듯이 주저하면서

"내면 나 혼저 내야 하겠는데 그만 돈이 창졸간 될 수 없는데요. 요새 장난인가 하느라고 있던 것을 죄다 없애놓아서……."

하고 강잉히 허구픈 웃음을 짓는다.

희준이는 이 말을 듣고 아무 대답이 없이 불쾌한 기색으로 가만히 앉아 있었다. 주인은 이때의 무료한 적막을 깨치려는 것처럼, 동시에 희준이의 눈치를 살펴보며

"그리고 켕겨서 어디 그런 돈을 내놓으려고들 하겠어요. 그전에 청년회 일을 볼 때에도 모두들 서로 밀고 꽁무니를 사렸는데요."

하고 얼 없는 웃음을 다시 웃는다.

"그건 내가 보증하지요. 내가 단독으로 책임을 지고 차용한 것이라면 아무 문제가 없지 않겠어요."

"그야 그렇지만—내남없이 어디 그렇게 생각하나요. 혹시 발각이 나서 경을 치면 어짜는가 하지요. 그리고 요새는 그놈의 마짱인가 무엇에 미쳐서 모두들 정신이 없는 판이라 그런 말을 하는 것을 도리어 바람맞은 사람으로 돌릴 텐데요 뭐…… 긴상도 한 일 년 같이 일을 해 보신 터에 벌써 짐작하실 일이 아니어요?"

하고 고두머니를 교묘히 자기도 발을 빼려고 *둔사를 피운다.

둔사
빠져나가려고 꾸며 대는 말.

희준이는 그 기미를 알아채고 이런 마당에 그의 발목을 꼭 붙들지 않으면 안 된다고 생각하였다.

"그러기에 나는 형공만 믿고 온 것이 아닌가요. 타락한 인간들이야 돈이 누거만 있기로니, 아무 소용 없겠지만 적어도 친지간이라면 비상수단을 써서라도 피차에 도와갈 의무가 있지 않겠어요…… 그렇다면 형공께서도 남다른 생각이 있어야 할 줄 아는데요."

한번 추어올리는 바람에

"네, 그건 그런데…… 지금은 마침 돈이 없는데요."

하고 주인은 무색한 듯이 한 손으로 머리를 긁으며 희준이를 쳐다본다. 그것은 마치 살려달라고 애원하는 죄인의 가련한 태도와 같다.

"그럼 일간 변통될 수가 있다는 말씀인가요?"

"네…… 며칠 후에는 다소간 돌아설 것 같은데요……."

"그럼 그 동안에 힘써 보아주시지요. 나는 형의 성의만 믿고 가겠어요."

하고 희준이는 자리를 벌떡 일어섰다.

"아니, 더 놀다 가시지요."

"아니요, 가봐야겠어요."

희준이는 문밖으로 나와서 아까 오던 길을 다시 밟았다.

그는 돌아오며 곰곰 생각할수록 세상인심이 변해지는 데 은근히 놀랐다. 고두머리가 그와 같이 변했을 적에야 다른 사람들은 더 말할 것도 없지 않은가? 그들은 모두 소시민적인 안일한 생활에 보금자리를 치지 않으면 그날그날의 *룸펜 생활에 만족하고 있는 무지몰각한 인간으로 오직 타락의 길을 걸어갈 뿐이었다.

룸펜 실업자. 부랑자.

'완전한 실패다!…… 그럼 저 일을 어찌할까?'

희준이는 점점 머리를 숙이며 절망의 심연으로 생각을 떨어뜨렸다.

36. 희생

희준이는 그 이튿날 아침에 경호를 찾아갔다.

음전이 모친이 그전 같으면 반갑게 내달으며 딸의 안부를 물으련만 이마적은 사위가 미워서 그러는지 희준이를 보아도 심드렁하였다.

그는 마치 실심한 사람처럼 생기가 없어 보인다.

기다리고 있던 경호는 희준이가 들어가니 모자를 집어 쓰고 부리나케 나온다. 그는 기분이 매우 좋았다.

눈 가장자리와 입모습에는 남모르는 웃음이 남실남실 괴었다.

'너는 지금 행복을 느끼고 있고나!'

희준이는 이런 생각이 들매 슬며시 시새운 마음이 난다.

그것은 어젯밤 밤새도록 가슴속에 오락가락하던 야릇한 그 생각이었다. 희준이는 아무 말 없이 경호의 뒤를 따라갔다.

'대체 어디를 가는 셈인가? 무슨 까닭으로 옥희는 경호를 통해서 나를 만나자는 것인가?'

그는 경호가 읍내 뒷잔등을 지나서 정거장 뒤 냇가 위—후미진 산기슭으로 올라가는 것을 보고 속으로는 점점 불안한 생각이 들어갔다.

"어디로 가는 게요?"

"인제 다 왔어요. 이 근처서 기다린다고 했는데요."

경호는 앞장을 서서 올라가며 사면을 둘레둘레 보는데 그 말이 떨어지며 저만큼—솔폭나무 밑에서 얼굴을 가만히 쳐드는 한 사람의 여자가 있었다.

"아, 저기 있군요! 얼른 가보셔요……."

경호는 한 손으로 옥희 있는 편을 가리키며 희준이에게 명령하듯 말한다.

그리고 손수건을 깔고 그 자리에 앉는 것을 보면 미리부터 그들끼리는 무슨 약속이 있는 모양 같았다.

시키는 대로 희준이는 옥희에게로 가까이 올라갔다.

"바쁘신데 오시라고까지 여쭈어서 대단 죄송스러워요!"

옥희는 희준이에게 고개를 숙이며 인사를 하는데 어느덧 두 귀 밑이 단풍잎처럼 발갛게 물들었다.

"아니 괜찮습니다."

희준이는 옥희의 옆으로 털썩 앉으며 일부러 쾌활한 자세를 꾸몄다.

"동리 일은 어떻게 되었나요? 매우 곤란하시지요……."

옥희는 종시 고개를 들지 못하다가 있는 용기를 다해서 잠깐 남자의 정면을 쳐다본다.

그는 희준이의 얼굴을 똑바로 쳐다보고 나니 더욱 그에게 무슨 죄를 지은 것 같은 송구한 생각이 나서 견딜 수 없었다.

가슴이 뛰고 손이 떨린다.

"네, 지금 매우 곤란한 상태에 빠져 있어요."

희준이는 아무렇지 않은 듯이 대답하였다.

"물론 그러시겠지요. 그래서 소식도 좀 들을 겸…… 조용히 만나뵈옵고 싶으나 가 뵈올 수는 없기 때문에 황송하지만 오시라고 여쭈었어요."

옥희는 생끗 웃으며 영채 도는 두 눈을 지르뜨는데 길게 난 속눈썹 밑으로 새까만 눈동자가 빛난다.

"네…… 괜찮어요……."

희준이는 저편의 말을 기다렸다.

그는 옥희가 자기 앞에서 당황해하는 꼴을 볼수록 자기도 어떤 충동을 일으켰다.

어려서 그와 감꽃을 주우며 소꿉질하던 생각과 그 뒤에 보통학교를 같이 다니던 것과 그리고 작년 가을에 서울을 올라갔을 때 박훈이 집에서 그와 함께 저녁을 먹던 생각까지 새록새록 떠오르며 마음이 흔들렸다.

옥희는 손수건을 만지작거리며 여전히 가라앉지 않은 태도를 보이면서

"대관절 어떻게 되었어요? 아버지 때문에 좀처럼 해결이 안 나지 않어요?"

"아니 그런 것만도 아니지마는……."

희준이는 한 손으로 아래턱을 만지면서 말하기가 거북한 것처럼 어물어물한다.

옥희는 희준이의 기색을 살피자 깡똥하니 몸을 도사리고 앉으며 당돌하게 열쌘 목소리로

"뭐 아버지께 당한 일이라고 조금도 구애하지 말어주셔요! 저는 아

버지와는 의절하다시피 되었으니까…… 그런 부모는 남보다도 더 미워요!…… 선생님은 조금도 주저하지 마시고 그에게 관한 자세한 이야기를 들려주셔요! 사실대로 들려주셔요."

하는 옥희의 눈에는 어느덧 눈물이 글썽글썽하였다.

그는 부친에 대한 반감이 부지중 북받쳐 올라서, 흥분된 얼굴이 더 한층 새빨갛게 되었다.

희준이는 옥희가 진정으로 묻는 것 같은 태도를 보고 나서 비로소 이야기를 시작하였다.

그동안에 민판서 집에서는 *간평할 타작관이 내려와서 보고, 워낙 수재가 심한 데 동정하여서 그는 웬만하면 작인들이 억울하지 않도록 잘 해주자는 것을 안승학은 그렇지 않다고 그 사람을 살살 꾀고 칙사 대접하듯 하는 바람에 사음이 하자는 대로 따라갔다는 말과, 안승학이가 그와 같이 역설한 이유는 올 일 년만 그렇게 해준다면 별로 큰 관계가 없겠지만 한번 그런 전례를 내주게 되면, 그것이 나쁜 버릇이 되어서 해마다 그런 일이 생길 게니 큰일이 아니냐고 언뜻 들으면 누구나 그럴 성싶게 삶아댄 것이라고. 그래 자기가 시키는 대로 벼를 베고 순종할 것 같으면 타작마당에서 상당하게 감해줄 수도 있겠지만 만일 이와 같이 주제넘게 대항을 하고 나선다면 그때는 한 톨도 안 감해줄 터이니 그리 알라는 말과 아울러, 지금까지 지나온 경과의 전후사연을 사실대로 *저저이 말하였다.

그리고 다시, 희준이는 흥분이 되어서 긴장한 목소리로

"그러나 나쁜 전례를 짓는다니 일반이 아닌가요? 올과 같은 흉년에 소작료를 감해주지 않는다면 올보덤 더한 흉년이 들어도 감해주지는 못하겠다는 전례를 짓자는 말이 아닌가요, 우리는 조금도 무리한 청구

간평(看坪)
농작물을 수확하기 전에 미리 작황을 조사하여 소작료율을 결정하던 일.

저저이
있는 사실 그대로 낱낱이 모두.

를 하지 않는데도 아버님께서는, 너무 심하신 것 같애요! 참 뭐한 말로 보는 데가 없이 다른 사람이 그런 짓을 한다며 내일은 어찌 되었든지 간에 열나는 대로 *닥뜨려 보았겠지요."

닥뜨리다
닥쳐오는 일에 직접 맞서다.

희준이는 공분이 끓어올라서 숨을 몰아쉬었다.

옥희는 가만히 앉아서 듣고 있다가 옷깃을 바로 여미며

"우리 아버지란 양반은 족히 그럴 것이어요. 그는 이욕이나 지위나 자기 명예를 위해서는 처자도 모르고 친구 간의 의리도 모르는 이여요, 돈을 위하여서는 무슨 짓이라도 하는 비열한 성격을 가졌어요…… 그러기에 저도 이렇게 집을 나온 것이 아니어요!"

옥희는 다시금 코가 메고 눈물이 괴었다.

그는 온몸이 부들부들 떨렸다. 마치 그것은 부친의 죄악을 자기가 대신 심판을 받는 것과 같은 쓰라린 가책을 느끼게 하였다.

"그렇게 말씀하시니 나도 기탄없는 말을 하겠습니다마는, 글쎄 지주 집 사람까지 감해주자는 것을 당신이 고집을 부릴 필요가 무엇인가요? 그렇게 한다고 지주한테서 별안간 더 많이 생길 것도 아닌데……."

"그이는 원래 그런 성미를 가졌어요. 한번 작정한 것은 끝까지 자기 주장대로 하고 싶어하는걸요……. 뭐—아! 죄를 져도 자기 집 식구에게나 질 일이지 어쩌자고 애매한 남들까지 볶을까요? 그는 인제, 그 벌역을 알뜰히 받을 것이야요. 아니 벌써부터 받고 있는 셈이지요…… 흑!…… 저희 사 남매가 모두 각배가 아닙니까! 지금 끝에 동생 하나가 아버지의 귀염을 받지마는 다른 동생들과는 의가 났어요. 동생들뿐 아니라 온 집안 식구하고 모두 의가 났지요…… 오직 작은어머니란 이가 아버지의 비위를 맞추고 있는 체하지마는 그것은 웬걸 정말로 위하는 것인가요, 지금은 돈이 있으니까 알랑알랑하면서 자기가 낳은 아들을 위해서 실속을 차려주려고 그라지요! 그럼 누가 있어요, 저도 집을 나왔지만 다른 동생들도 붙어 있을 줄 아나요. 지금은 학교를 다니니까 그저 꾹 참고 있지만…… 어머니도 기 애들만 없으면 벌써 달어났을 터인데요! 그러면 늙을 말년에 무슨 꼴이 되겠어요…… 그래도 제 집 안사람에게 죄를 짓는 것은 오히려 덜하여요. 그것은 서로 결연이 있고 세상에는 그런 사람이 많으니까…… 그러나 남에게 *적악을 하는 사람은 용서치 못할 죄악의 씨로 태어난 사람이어요. 아! 저는 왜 그런 이의 자식으로 태어났을까요…….”

적악(積惡)
악한 짓을 많이 함.

옥희는 부친을 원망하는 나머지에 설움이 북받쳤다.

그는 그런 부친을 가진 것이 희준이 앞에서 참으로 얼굴을 못 들도록 부끄러웠다.

희준이는 옥희의 말을 듣고도 한동안을 말이 없이 가만히 있었다.

그리고 곁눈으로 옥희의 아리따운 태도를 흘려 보았다.

그는 마치 옥희가 지금 한 말이 정말인지 거짓말인지를 판단하려는 것처럼.

안승학! 그것은 얼마나 증오에 가득 찬 이름이냐? 그는 *아귀였다.

그 한 사람으로 말미암아 원터 일경과 상리 부근의 백여 호 작인의 수백 명 식솔들이 지금 생사지경에서 방황하고 있지 않느냐?

*상담에 때리는 시어미보다도 말리는 시누이가 더 밉다는 격으로 안승학은 지주보다도 더 미웠다.

아귀
전생에 지은 죄로 아귀도에 태어난 귀신. 염치없이 먹을 것을 탐내는 사람을 욕으로 이르는 말.

상담
일상의 평범한 말.

그런 사람의 자식으로 옥희가 태어났다는 것은 얼마나 고마운 일이냐? 희준이의 눈은 옥희의 얼굴에 못처럼 박혔다.

“말씀해주셔요! 어떻게 되었어요? 아버지가 뭐라고 해요!”

하고 옥희는 눈물이 어린 눈으로 희준이를 쳐다보며 조른다.

“하! 그건 들어서 뭐 하시나요. 공연히 속만 상하실걸.”

희준이는 빙그레 웃으며 혹시 모르는 일이라고, 또 한 번 여자의 마음을 떠보았다.

“아니어요 괜찮어요, 다른 사람이 그렇더라도 알어 보고 싶을 터인데 황차 부모 되는 이의 관계되는 일을 어떻게 묵과할 수 있겠어요. 부모가 되는 만큼 저도 책임감을 아니 느낄 수가 없어요…… 아버지 하나로 인하야 많은 사람이 무고히 고통을 당한다면—그리고 또 저 한 몸을 희생해서 그 많은 사람을 구할 수가 있다면…… 저는 그런 부모의 자식 된 죄를 대신해서라도…… 몸을 바쳐야 할 것 아니어요…….”

옥희는 별안간 끓어오르는 분통을 참지 못해서 손수건으로 입을 가렸다. 눈물방울이 치마 앞으로 떨어진다.

희준이는 별안간 몸이 떨렸다. 그는 안타까운 시선을 옥희에게 쏘았다.

과연 그가 여자의 입에서 이런 말을 들어보기는 평생 처음이었다.

그는 동경에서 사오 년을 지낼 동안에 많은 여자들과 일자리에서 만나볼 수 있었고 또한 마음에 끌리는 여자도 더러 있었으나 이와 같이 자기의 온몸을 사로잡는 여자는 볼 수 없었다.

그것은—옥희와 자기는 어려서부터 한 이웃에 살고 한 학교를 다니던 관계인지도 모른다. 그러나 그는 작년보다도 훨씬 더 피고 지금은 건강미가 그의 몸을 물결치고 있었다.

지금 희준이에게는 그를 같은 일꾼으로 사랑하려는 마음이 훨씬 더 컸다.

그것은 옥희의 열정에 찬 아까 하던 말을 생각할수록 그러하다. 그러나 또한 옥희의 수태를 머금은 아리따운 자태와 처녀의 열정을 담은 정찬 목소리는 일찍이 맛보지 못한 이성의 꽃다운 향기를, 사랑에 주린 이 사내로 하여금 처음 맡게 하지 않는가?

두 가지 생각은 마라톤 경주를 한다. 희준이는 정신이 황홀하였다.

"아니 왜 그라셔요…… 제가 한 말을 고깝게 들으셨나요?"

희준이는 전에 없이 다정한 목소리를 꺼냈다.

그는 손으로 껴안는 대신에 목소리로 그 여자를 껴안으려는 듯이 본능적으로 그런 목소리가 나왔다.

"아니어요…… 저 혼자 분한 생각이 나서…… 선생님의 말씀을 고깝게 들을 리가 있어요."

옥희는 수태를 머금은 엷은 구름 사이로 반짝! 하는 미소의 태양을 비친다. 희준이는 가슴이 뛰었다. 그는 별안간 옥희의 손목을 덥석 쥐었다.

"옥희씨! 지금부터 나를 동무라고 불러주셔요! 나는 옥희씨를 같은 동무로 사랑합니다…… 인간의 감정 중에 제일 큰 것은 사랑인 줄 알어요…… 그리고 부부간의 사랑 자손간의 사랑이란 것도 이 동지애의 결합이요 결정(結晶)이 아닐까요!"

희준이는 감격에 차서 부르짖었다. 여자도 은근히 가슴을 뛰며 사내에게 손목을 잡힌 채로 가만히 앉았다.

그도 숨소리가 호되어졌다. 별안간 그는 눈물 괸 눈으로 안타까운 듯이 사내의 얼굴을 쳐다본다.

그 순간! 희준이는 정신이 펄쩍 나서 여자의 손목을 탁 놓았다.

—그의 시선에는 저만큼 멀리 앉은 경호의 뒤통수가 내려다보였다.

희준이가 손을 놓는 바람에 옥희도 깜짝 놀랐다.

그는 언제 손을 붙잡혔는지도 모른다. 그런가 하니 새삼스레 부끄러운 생각이 나서 고개를 다시 숙였다.

그러나 어쩐지 꿈을 깬 것 같은 서운한 생각이 들었다.

그의 눈에도 경호가 내려다보였다. 그의 가슴속에서는 사금파리가 깨지는 소리가 나는 것 같았다.

어려서 희준이와 같이 소꿉질하던 사금파리가!

감꽃

"옥희씨 나는 동무를 사랑하오! 아니 그전부터 사랑하였소…… 어려서부터…… 소…… 꿉…… 질을 할 때부터. 우리들은 감꽃을 주우면서 놀지 않었나요! 그래 그 언제인가 한번은—동무의 아버지가 보시고 커드란 머스매하고 같이 논다고 꾸중을 하시기까지 않었나요……."

"아! 아!"

옥희는 수건으로 두 눈을 가렸다.

감구지회(感舊之懷) 지난 일을 회상하며 느끼는 회포.

희준이는 더욱 *감구지회가 나는 것처럼 구월(음력으로) 초생의 멀리 갠 가을 하늘을 유연히 바라보며

"그 뒤에 소학교를 같이 다닐 때도 나는 동무와 같이 놀던, 어려서

기억이 그대로 남어서 호젓한 때에는 동무와 단둘이 이야기하고 싶었지요. 그때 동무는 너무 어려서 아무 생각이 없었는지 모르나, 또한 나의 그런 태도를 밉게 보았는지 모르나, 나는 동무를 볼 때마다 나도 모르게 가슴을 뛰었지요!"

"……."

옥희는 머리를 숙인 채로 흑! 흑! 느낀다.

"아—그러다가 나는 그만 할머니 환갑 때에…… 열네 살 먹어서 장가라고 들지 않었습니까? 그때 아무 철모르는 나는 그만 제단에 오르는 양과 같이 희생이 되고 말었지요…… 그때 장가든 아내가 지금 아내지요. 그런 아내에게 사랑이 있을 수 있나요…… 억지로 붙들어 매놓았으니까 어찌할 수 없이 그대로 지내는 것이지요!"

푸른 하늘가에는 흰 구름 조각이 둥둥 떠돈다. 사내의 눈에도 어느덧 눈물이 핑! 돌았다.

"그 뒤로 우리들은 영영 동서로 헤어지지 않었습니까? 그러다가 작년에 박훈씨 댁에서 나는 장성한 동무를 다시 만나보았을 때…… 그리고 만찬을 한자리에서 먹을 때에 나는 얼마나 반가웠는지 모르지요. 그러나 그때는 동무가 오늘과 같이 될 줄은 모르고, 다만 지나간 시절에 흠모하던 동무의 자태를 사랑하고 싶었습니다. 지금 내가 동무 앞에서 이런 고백을 하는 것이 쑥스러운 짓인지 모르나, 또한 동무는 어떻게 아실는지 모르나, 나는 옥희씨를 영구히 동무로 믿는 이 자리인 만큼 내 속에 품은 생각을 숨기고 싶지 않어요. 만일 그렇지 않고 동무가 그전과 같이 일개 갑숙씨로 있었다면 나는 지금 이런 말씀을 안 했겠지요…… 아니 그것은—나는 지금 동무를 만난 이 자리에서 그런 말을 하니까 적이 마음이 후련한 것 같은데요. 나는 아무한테도 하지 않던 말을, 서려 담었던 생각을 동무 앞에서 이렇게 고백할 수 있는 것은, 마치 곪았던 종기를 짜서 응어리를 빼낸 것처럼 시연합니다."

이렇게 말하는 희준이의 목소리는 떨렸다.

그는 눈앞에 옥희의 고운 자태를 들여다볼수록 억제하기 어려운 충동의 날개가 퍼덕거린다.

그전의 갑숙이는 다만 일개의 여자로서—이성의 대상으로서, 그를 사랑하고 싶었다. 그러나 지금의 옥희에게는 다른 거룩한 사랑이 샘솟아 올랐다.

그것은 자기에게 생명수가 될 수 있다. 그리고 그는 지금 목말랐다.

속이 타는 목마른 가슴은 그것을 기껏 마시고 싶었다.

아—그런데 지금 자기는 그것을 왜 못 마시는가? 그 생명수를 지척에 두고 왜 그 물을 못 마시는가?

그는 다만 크고 거룩한 사랑으로써 옥희를 사랑하기는 옛날의 상처가 너무나 쓰라렸다.

다만 그의 정신만 사랑하기는 한편 구석이 빈 것 같다. 왜 자기는 전신으로 그를 사랑하지 못하는가?

희준이는 몸이 떨렸다. 그는 금시 몇 번이나, 옥희를 껴안고 뒹굴고 싶은 충동을 억제하였다.

거룩한 사랑과 정욕은 지금 맹렬한 싸움을 그의 가슴속에서 계속하고 있었다.

그는 팔짱을 끼고 침통한 기색으로 앉아서 우두커니 하늘가를 바라보고 있었다.

사내의 괴로워함을 역력히 눈치 챈 옥희는 그대로 있을 수가 없었다.

그는 정사(情死)의 심리를 이 순간에 맛보았다.

그는 몸부림을 치고 통곡을 해도 시원치 않을 것 같다. 물어뜯고 할퀴고 그를 통째로 씹어 먹고 싶다.

아, 그가 그전처럼 무의식한 여자라면…… 그는 전생에 무슨 업원으로 서로 만나서 이렇게도 상사의 정을 태우게 하느냐고 사내를 저주하였을 것이다.

옥희는 별안간 희준이의 무릎 앞으로 쓰러지며 머리를 처박았다.

그리고 어깨를 달싹거리며 흐늑흐늑 느꼈다.

사내는 이 광경을 보고 어쩔 줄을 몰랐다. 그는 두 팔을 벌려서 옥희를 안으려다가 멈칫하고 손을 오그렸다.

그의 눈은 마치 '저것 봐라!' 하는 듯이 경호의 뒤통수를 노렸다.

동무와의 사랑과 정욕의 투쟁! 만일 누가 이때의 광경을 목도한다면 그는 희준이의 무섭게 다문 입모습과—그 입으로 모든 고통을 갈아 마시고 있는 의지력 위로… 침통한 고민을 띠고 있는 것을 발견하였을 것이다.

"선생님…… 저를 용서하여주셔요…… 선생님을 버린 저를 용서하여주셔요……."

옥희는 울음 섞인 목소리로 가늘게 떨며 부르짖는다.

그는 목메어 울었다. 모든 설움이 일시에 울음으로 내쏟치는 것처럼.

"선생님! 저도 선생님을 사…… 사랑하였어요. 그…… 그러나……."

울음에 목멘 목소리가 목 안에서 나오지 않는 것처럼 옥희는 느껴 운다. 희준이는 어쩔 줄을 몰랐다.

"동무, 왜 이러셔요! 그런 말씀은 인제 고…… 고만둡시다."

"네…… 그건 인제, 쓸데없는 말인 줄은 저도 잘…… 알어요…… 그렇지만…… 아! 생각할수록…….”

"동무, 고만 일어나셔요. 아까 내가 한 말을 잊으셨습니까?"

희준이도 목소리가 떨렸다. 입술이 실룩실룩해졌다.

"선생님!…… 오늘 선생님을 만나뵈랴 한 것은 실상인즉…… 선생님께 사죄할 양으로…… 그랬어요…… 용서해주셔요…….”

"무엇을 사죄하시나요?"

희준이는 강잉히 웃어 보였다.

"경호씨와…… 다시 만…… 만나게 된 것을…"

"아, 그건 잘하셨습니다. 참 경호씨와 약혼하셨다는 말을 어제 들었지요."

하고 희준이는 한 손을 옥희의 등에 얹었다.

몽실몽실한 살결의 촉감이 전기처럼 찌르르하니 자기 몸에 느껴진다.

그것은 마치 줄불처럼, 등허리의 한복판을 쪼개고 지나간다. 희준이는 현기증이 난다!

"잘했어요?…… 정말로 그렇게 아셨나요!"

옥희는 가만히 고개를 쳐들며 마치 질문을 하는 것처럼 다부지게 묻는다. 그는 무어라고 대답해야 할는지 몰랐다.

"그럼, 정말이지요. 동무는 경호씨와 결혼을 하시는 것이 가장 합당하겠지요."

"아!"

옥희는 다시 머리를 숙였다. 그는 한 동안 진정하였던 설움이 새로 북받쳐 올랐다.

"선생님…… 제가 경호군과 다시 언약하기 전에 한 마디도 여쭈어보지 못한 저의 심정을 용서해주셔요…… 그러나 저도 결혼만 위해서……

그렇게 한 것은 아니어요…… 결혼 그것보다도…… 저의 지금 환경이 그렇게…… 그리고 그라지 않으면—그 역시 타락할는지도 모르기 때문에…….”

하고 옥희는 바스스 일어나 앉으며 수건으로 눈물을 씻는다.

눈가가 새빨갛게 부푼 눈매는 더 한층 육감을 자극한다.

“그런 줄 압니다… 더구나 경호씨와는 그전부터 사랑하시는 터가 아닙니까?”

희준이도 손을 떼고 진중한 태도로 마주 앉았다.

“그런 것은 아니어요. 그보다도…….”

옥희는 다시 고개를 숙이고 코 멘 소리를 한다.

희준이는 지금 하는 말의 의미를 옥희의 두 눈에서 읽어보고, 자기도 모르게 한숨을 내쉬었다.

“동무! 동무도 나를 사랑하였다면 그전부터 사랑하였다면 나는 더욱 동무를 믿고 사랑하고 싶습니다. 그러나 우리는 지난 일을 깨끗이 잊어버리는 것이 좋지 않을까요. 부질없는 옛날 상처를 건드려서 슬퍼할 것은 없지 않습니까? 우리는 그보다도—한갓 육신을 사랑하는 본능적 사랑보다도, 더 고상하고 의의 있는 정신적 사랑으로 사귈 수 있게 된 것을 나는 도리어 행복하다고 보고 싶어요.”

하고 희준이는 잠깐 말을 끊고 옥희를 쳐다보았다.

이때 옥희는 마치 목사의 설교를 듣는 신자와 같이 고개를 다소곳하고 있었다.

희준이는 더욱 목소리를 가다듬고서 차차 경건하고 열정에 띤 목소리로 정중하게 말을 꺼냈다.

“아까도 잠깐 말한 바와 같이 사랑 중에 동무의 사랑이 제일 큰 줄로 난 압니다. 다른 사랑은 이 동지애적 사랑에서 모두 파생된 것으로 볼 수 있을 줄 압니다. 그러므로 만일 두 가지의 사랑을 동시에 겸할 수가 없다면 우리는 동지의 사랑으로써 만족할 수밖에 없겠지요. 설사 다른 것이 부족할지라도 우리는 떳떳이 그 방면은 희생해야 될 줄 압니다. 의로운 일에 자기를 희생하는 것은 인간의 다른 모든 일보다도 귀중한 줄 압니다. 개인적 연애는 단 두 사람의 즐거움뿐이 아닌가요. 그러나 여러 사람이 다 같이 서로 사랑할 수 있는 동지애는 여러 사람이 다 같이 즐거워할 수 있는 큰 즐거움이 되겠지요! 거기는 시기도 없고 싸움도 없고 아무런 갈등도 없을 것입니다. 그렇다면 지금 우리도 그것으로 만족할 수 있지 않습니까?"

희준이는 감개무량한 듯이 말끝을 마치고, 인하여 무심코 하늘을 쳐다보았다.

맑게 갠 푸른 하늘 위에는 조각구름이 둥둥 떠돈다.

그것은 자기가 지금 말한 '사랑'이, 마치 저 하늘과 같이 깨끗이 맑게 갠 광대무변한 것처럼 생각되었다.

과연 그 사랑은 그렇게 되지 않으면 안 될 것이다.

동지애로서의 깨끗하고 넓고 큰 사랑은, 가을 하늘과 같이 높게 개지 않으면 안 될 것이다.

그러나 그의 눈앞에는 아리따운 옥희가 지척에 보였다. 그것은 지금 저 하늘의 조각구름처럼 희준이의 깨끗한 사랑을 흐리게 하였다.

한 떨기의 꽃 향기는 청춘의 넋을 싣고 공중으로 떠오르게 하였다.

"그렇습니다! 그렇습니다!"

하고 옥희도 감격한 듯이 부르짖었다. 그러나 그의 목소리는 울음이 섞였다.

그의 울음소리에는 여러 가지 애달픈 사정이 복잡하게 얽혔다.

그것은 현실의 쓰라린 고통과 또한 경호와 다시 인연을 맺게 된 얄궂은 결연과 희준이를 사랑하지 못하는 슬픔과 아울러 사랑하는 어머니와 동생들을 버리고 외로이 와 있는 집을 떠난 설움까지 한데 뭉친 것이었다.

그는 자기의 그 모든 불행과 집안의 불평을 오직 부친의 탓으로 돌렸다.

시대를 거스르는 자가, 자기 자신만 *죄얼을 받는 것이 아니라 그 자손에게까지 벌을 입히는 것이라 하였다.

죄얼
죄악에 대한 재앙.

옥희는 지금도 희준이를 사랑한다. 만일 그에게 아내가 없다면 그는 벌써 희준이에게 그것을 하소연하였을는지 모른다. (그것은 희준이가 먼저 했을는지도 모르지만.)

그러나 그는 차마 아내 있는 희준이를 빼앗을 수는 없었다.

다만 나 좋자고 남을 해롭게 하는 것은 죄악이다. 그것은 어떠한 경우라도 그렇다. 그는 그것을 인도주의적이라고는 생각하지 않았다.

그것은 정당한 윤리 관념에서 나온 도덕이 아니면 안 된다.

그래 그는 마지못해서 경호와 약혼한 것이다.

여공 생활을 하는 옥희로서는 한 공장 안에 있는 경호를 동무로서 다시 인연을 맺는 것이 필요하기 때문이었다.

그러나 그는 희준이에게 그런 말을 먼저 하기는 위험을 느꼈다.

만일 그런 고백을 하려다가 자기로서도 억제할 수 없는 충동이 생겨서 희준이와 사랑을 맺게 되면 어찌하나 하는, 이지적(理智的) 공포가 덜미를 누르는 것이었다.

과연 그날 밤에 옥희가, 경호와 약혼한 일이 없었다면 지금 이 자리에서 무슨 탈선행위를 했을는지 모르는 자기의 약점을 발견하였다.

그런 점에서 승리의 기쁨과 안심을 얻기는 희준이도 일반이었다.

그는 옥희에게 동지의 사랑 이상을 더 바라지 못하게 된 것을 만족하고, 도리어 다행하게 생각할 수 있었다.

만일 그 이상으로 올라간다면 그것은 산꼭대기에 섰던 사람이 더 올라가기를 바라는 것과 같아서 그 사람은 필경 산 밑으로 다시 기어 내려오지 않으면 안 될 것이다.

그와 같이 자기도 지금 만일 옥희를 육체적으로 사랑한다면—고상한 동지애의 최고봉에서 추잡한 연애로 떨어진다면, 그것은 곧 삼각관계의 추태를 연출하여서 보기 싫은 인간의 꼬라지—갈등—의 또 한 장면을 벌여놓을 것이 아닌가?

그러나 마음속 한편 구석에서는 인생의 야릇한 적막을 느꼈다.

그것은 옥희를 가까운 동지로 악수하게 되었다는 점에서 더하였다.

가까운 동지라면 왜 그의 육신까지 사랑할 수 없는가? 그는 사막에서 오아시스를 보고 그대로 지나가는 것 같은 갈급증이 난다.

이성에 주린, 사랑의 갈증은 동지로서의 옥희를 발견함으로 더한 것 같았다.

지금까지 공허한 청춘은 마치 기름 당긴 불처럼 확 붙었다.

아! 그는 무슨 심사로 남의 가슴에 불을 싸질렀는가! 왜 잔잔한 웅덩이 물에 심술궂은 장난꾸러기처럼 돌멩이를 팽개치고 달아나는가? 왜 목마른 자에게 선만 보이고 안타깝게만 만드느냐 말이다.

그러나 그것은 누구의 죄인가? 그것은 과연 옥희의 죄이더냐? 그것은 누구 때문이냐? 이 세상에는 그와 같은 일이 무수하다.

'당신만 그러우? 나도 그렇소! 자, 나를 보셔요! 이 눈에서 눈물이 왜 나는 줄 아셔요…… 내 가슴은 지금 왜 이리 뛸까요. 자, 나를 어서 껴안아주셔요.'

하는 것처럼 옥희는 내리깔고 있던 게슴츠레한 눈을 할끗 떠본다.

그의 눈—안타까운 눈! 희준이는 몸서리를 쳤다. 그는 그만 더 참을 수가 없어서 벌떡 일어났다.

만일 이때 희준이가 일어나지 않았다면 그는 사실 옥희를 껴안고 경호 있는 데까지 뒹굴어 내려갔을는지도 모른다.

"고만 가겠습니다."

"네 가셔요?"

옥희는 별안간 실망한 사람처럼 기색이 변하였다. 그는 정말 희준이와 떨어지기가 싫었다.

좀더 마주 앉아서 힘 있는 그의 말을 듣고 싶었다. 그러나 만류할 수도 없지 않은가? 지척에는 경호가 있었다.

"저, 잠깐만 앉으셔요. 전할 것이 있는데요."

"네, 무슨?"

희준이가 의아해서 다시 엉거주춤으로 앉았으려니까 옥희는 품속을 급히 뒤져서 노랑 봉투를 꺼내더니만 그 속에 든 것을 꺼내 보인다.

"그게 웬 것입니까?"

하고 희준이는 놀라운 눈으로 쳐다보았다.

"저, 얼마 되지 않어요…… 지금 제게 있는 것이 이뿐인데, 매우들 옹색할 테니 한때 죽거리라도 쓰게 해주셔요!"

하고 그것을 한 손으로 희준이 앞에다 내민다.

그는 자기가 모아두었던 것과 또한 동무에게 꾼 것을 그전부터 생각했던 만큼 정성껏 모아온 것이다.

그는 아까도 부친의 죄를 대속하고 싶다고 말하지 않았던가? 그런 도덕적 관념과 생활의 바른 길을 찾자는 경건한 마음에서 그는 그 돈을 내놓을 수 있었던 것이다.

희준이는 또 한 번 옥희에게서 감전되었다. 아—그것은 얼마나 기쁜 일이냐? 고상한 희생이냐! 그는 두 눈이 번쩍 떠지며 그 돈을 받았다.

이 돈은 지금 자기가 생명을 내놓고 구하려도 구할 수 없는 귀중한 선물이 아닌가!

"동무—감사합니다!"

희준이는 별안간 옥희의 손목을 꼭 쥐고 흔들었다.

그 순간! 어느 의미로 해석할는지 모르는 눈물이 핑 돌았다. 옥희도 눈물이 글썽글썽하였다.

돈 봉투를 넣고 돌아서는 희준이는 고개를 숙였다.

그는 한 동안 정신없이 섰다가 돌이켜 보니, 옥희는 그 자리에 오뚝 서서 이편을 마주 바라본다.

두 사람의 시선은 마주쳤다. 그는 다시 고개를 제대로 돌리고 외갈래 산길을 터벅터벅 내리 디뎠다.

그의 가슴속에는 인생의 적막과 공허가, 마치 대해의 파도처럼—물결쳐 나간다.

그는 다시 하늘가를 바라보았다.

거기는 외로운 구름 한 조각이 마치 지금 내려가는 자기처럼 홀로 떠 있다.

희준이는 쏜살같이 원터로 달려갔다. 뜻밖에 구원금을 얻은 희준이는 참으로 개선장군과 같이 의기양양하였다.

이야말로 생명수가 아닌가? 그는 무한히 기뻐하였다.

인제는 낙망할 것도 없다. 한 사람의 튼튼한 동무를 얻는 것은—더구나 진퇴유곡의 막다른 골목에서 그것을 얻는 것은, 얼마나 큰 힘이 되고 도움이 될 것이냐? 그래 그는 용기백배하였다.

희준이는 두 활개를 치며 원터로 들어가는 길로 원칠이와 김선달을 찍어가지고 자기 집으로 들어갔다.

"어떻게 변통 못 되었지!"
하고 김선달은 희준이의 눈치를 보며 묻는다.

"됐어요."

"응 됐어, 얼마나?"

김선달과 원칠이는 만면희색으로 좋아한다.

"몇 십 원 되겠지요."

"참 자네는 재주도 좋네—하여간 일은 잘되었네, 타 동리 작인들은 할 수 없이 벼를 베어 먹기 시작하는데 공연히 버텨야 아무 소용없겠다고 물론이 자자하데…… 며칠만 그대로 있어 보게. 한두 사람 베기 시작하면 죄다 베려 들걸."

"그렇구 말구."

원칠이도 김선달의 말에 동감한다. 그러자 인동이가 왔다.

"들어 와!"

희준이는 인동이도 불러들였다.

"아저씨 그럼 어떻게 할까요?…… 분배를 어떻게 했으면 좋을까요."

"글쎄 돈이 얼마나 되는지 곡식을 팔어서 노나 주는 것이 어떨까?"
하고 원칠이가 김선달을 돌아본다.

"아니 그러지 말고 차라리 돈으로 노나 주지요. 곡식으로 하면 귀찮습니다, 되가 적으니 많으니 하고 누군 더 갔느니 덜 갔느니 하면 그 성화를 어떻게 받게."

하고 김선달은 말상 얼굴에 주름살을 짓고 빙그레 웃는다.

"하긴 그도 그래여."

"그럼 돈으로 주지요. 그런데 돈으로 주면 또 이런 폐단이 없을까요? 정작 시급한 양식은 팔지 않고 다른 데 쓰고서 끼니가 없느니 무어가 없느니 하면 귀찮지 않어요."

희준이는 난처한 모양으로 좌중을 돌아본다.

"어떤 놈이 그까짓 소리를 해요, 그럼 그깟 놈의 다리 옹드라지를 분질러 놓지. 이게 어떤 돈이라구!"

김선달은 눈을 부리부리하며 목청을 지른다.

"그럼 선달님이 책임지실라우?"

희준이는 껄껄 웃으며 다짐을 받았다.

"책임지지, 그렇지 않으냐?"

"그럼요!"

인동이도 힘 있는 대답을 한다.

"그러니까 돈을 줄 때에 아주 단단히 일르고 주게 해요. 이 돈 출처가 기막힌 것을 말하고 그러니 다른 데는 쓸 생각을 말고 며칠 동안의 양식을 얻으라고……."

"그러지요. 그 다음으로 분배는 어떻게 할까요? 매호에 평균 분배를 할까요 식구의 비례대로 할까요?

"평균 분배하지 뭐!"

하는 김선달의 말에 원칠이는 희준이를 쳐다보며

"그럼 또 식구가 많은 집에서 뭐라고 말하지 않을까?"

"그러나 *매인열지를 어떻게 하나요."

하고 김선달이 반박한다.

"그래도 이런 일에는 공평무사해야 되니까 좀 귀찮더라도 식구의 비례대로 주는 것이 공평할 것 같구먼요!"

하고 희준이는 김선달의 눈치를 살핀다.

"아따 아무리나 그까짓 것 상지할 것 있나…… 그럼 집집마다 식구를 적어 보게."

"적지요."

희준이는 연필과 공책을 꺼내 들었다.

"그럼 저 윗모퉁이서부터 적게, 원칠이네 다섯 식구."

"다섯 식구, 아니 그 집은 네 식구가 아니어요?"

"이모인가 고모인가 요새 와 있다네. 백룡이네 세 식구."

"세 식구."

"말불이네 네 식구."

희준이는 김선달이 부르는 대로 이렇게 적는데 별안간 밖에서 왁자지껄하며 남녀노소의 군중이 한 떼로 몰켜 들어온다.

해가 뉘엿뉘엿하며 저녁때가 가까워지자 수동이 어머니는 차차 저녁거리 걱정에 조바심을 하게 되었다.

아침도 설쳐서 어른도 배가 고픈데, 어린 것들이 밥 달라고 우는 것을 두들겨 내쫓기는 하였으나 저녁까지 또 굶길 수는 없었다.

그래 마실가는 핑계로 이 집 저 집으로 좁쌀 됫박이나 꾸어 먹을 데가 있는가 하고 눈치를 보고 돌아다니다가 마지막으로 희준이 집으로 발길을 옮겼다.

매인열지(每人悅之) 모든 사람의 마음을 기쁘게 함.

그런데 사랑방에는 사람들이 모여 앉아서 무엇을 쑤군쑤군하는데 가만히 듣자니까, 돈이 생겨서 서로 노나 먹으려는 공론이 분분한 모양이다.

그래 그는 좁쌀 한 되를 꾸어가지고 돌아오는 길로 삼분 어머니를 만나서 신이 나게 그 말을 전하였다.

그 말을 들은 삼분 어머니는 역시 신이 나서 만나는 사람마다 그 소문을 퍼뜨렸다.

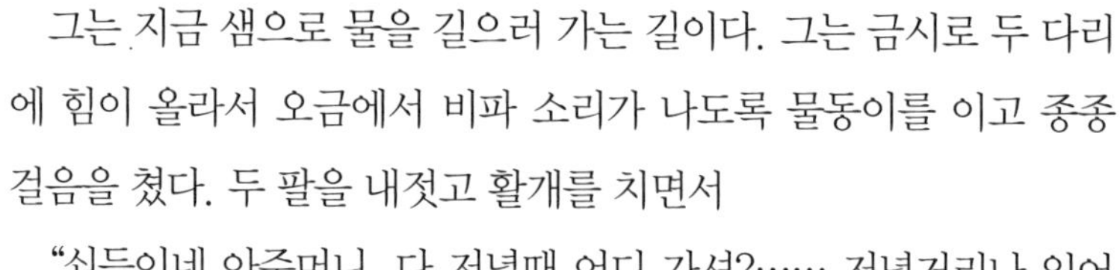

그는 지금 샘으로 물을 길으러 가는 길이다. 그는 금시로 두 다리에 힘이 올라서 오금에서 비파 소리가 나도록 물동이를 이고 종종걸음을 쳤다. 두 팔을 내젓고 활개를 치면서

물동이를 인 여인

"쇠득이네 아주머니, 다 저녁때 어디 가셔?…… 저녁거리나 있어유?"

"정거장에 가느냐구?"

"아니 저녁거리나 있어유?"

삼분 어머니는 쇠득이 모친의 귀에다 입을 대고 목소리를 크게 질렀다. 그는 웬일인지 올부터 가는귀를 먹었다.

"응, 없어?"

"그럼 어서 희준네 집으로 가셔유. 돈이 생겨서 지금들 노눈대유. 나두 물 길어다 놓고 갈래유……."

"응, 돈 생겼어. 그럼 가봐야겠군."

"어서 가보셔유! 우리 집 화상은 그런 데나 남 먼저 좀 못 가보고 어디로 뒤질러 다니는지……."

쇠득이 모친은 지팡이를 짚고 뚜벅거리며 오던 길을 돌아서 급히 간다.

삼분 어머니는 우물에 가서도 허풍을 쳤다. 그래 마을 사람들은 앞을 다투어서 희준이 집으로 몰려온 것이었다.

방 안에서 *적바리를 하던 사람들은 일시에 시선을 옮겨서 바깥을 내다보았다.

삽시간에 온 마당이 빽빽하도록 사람들이 모여들었다.

"참 냄새들은 용하게 맡는군! 어떻게 벌써 알고 쫓아들 왔담."

하고 김선달은 허허 웃으며 일동을 둘러본다.

"무슨 수가 생겼나요?…… 저녁거리는 없고 공연히 들로 싸다니다가 돌아오는 길에 들으니까 수가 생겼다기에 쫓아왔지요. 허허허."

하고 수동 아버지가 얼빠진 웃음을 웃는다.

"우리도 저녁거리가 없어서 쫓아왔는데 어떻게 되는 셈인가 원……."

쇠득이 모친이 고개를 쳐들고 불안한 눈알을 굴리며 두리번두리번 한다.

"염려 마셔요. 다 공평하게 분배해드릴 테니. 희준이가 어제 오늘 돌아다니며 애를 써 얻어 온 돈이어요. 누가 덜 먹고 더 먹을 리가 있습니까?"

"참 희준이는 재주두 용해여…… 어짜면 그렇게…… 후유."

등이 꼬부라진 노인들은 허리에 힘이 없고 숨이 가빴다. 해소병이 있는 노인은 벌써부터 기침이 나와서 콜록대었다.

"아닌 게 아니라 희준이 아니면 이 동리가 벌써 뿌리 빠졌습니다. 그 *손타구니에 살 사람이 몇이나 되겠습니까?…… 그런데 내남없이 이렇게 준다는 데는 머리를 싸고 모두들 덤비지만, 공공한 공동 사업에는 꽁무니를 슬슬 빼고 합심이 잘 안 되니, 어디 무슨 일을 같이 할 수가 있어야지요…… 다 적었나? 수동이네 여섯 식구."

적바리
적바림. 나중에 참고하기 위하여 글로 간단히 적어둠. 또는 그런 기록.

손타구니
손아귀.

"참 그래유…… 희준이 참, 애 퍽 쓰지유."

"아따 참 그 집 식구 빼끈히 많다. 식구 많기로 몇째 안 가겠는데."

"이 동리서 식구 제일 많은 집이 누군가?"

"갑술네지 뭐."

"아니 학삼이네가 아니구."

"그까짓 자식은 빼고 말야."

김선달은 지금 말한 사람을 내다보며

"임자들은 지금 학삼이를 욕하였지. 그 사람을 본보기로 해서 제각기 내 앞 감당을 잘해요. 남의 말하기 쉽다고 공연히 함부루 굴지 말구. 지금 그런 말을 하던 사람이 이담에 학삼이 쪽이 나면 그건 더욱 제 낯짝에 똥칠한 셈이지."

"암 그렇지요, 그래요……."

군중은 일시에 자세를 정돈하고 잡담을 뚝 그친다.

희준이는 식구들을 다 적고 나서 합쳐놓고 돈 머릿수에 별러서 한 식구에 얼마씩이나 돌아가는지 따져보니까 겨우 삼십 전씩 돌아가고 남은 것은 몇 푼 되지 않는다.

"얼마씩 되겠나?"

"삼십 전밖에 안 되겠어요."

"삼십 전이면 석 냥씩이란 말이지."

하고 조첨지는 자기 집 식구를 헤아려보았다.

"이런 때는 식구가 많은 사람이 좋겠네 그려, 허허허."

하고 그는 다시 허구픈 웃음을 웃는다.

"참 그런 걸유!"

하고 밖에서 누가 조첨지의 말을 받는다.

"그럼 그렇게 공포하지."

김선달의 말에

"예."

하고 희준이는 문 앞으로 가까이 가서 군중을 향하여 공포하였다.

"에—여러분이 이 동안 사시기에 대단 어려우실 줄은 조석으로 보는 바에 누가 모르겠습니까, 그래 어제오늘 동안 돌아다니며 백방으로 주선한 결과 몇 십 원을 변통해 왔어요. 그것을 가지고 동리 어른들과 의논한 결과 식구 수효대로 평균 분배하기로 하였습니다. 혹시 그것을 식구가 적은 집에서는 불만히 생각하실는지 모르나, 호수(戶數)로 평균하는 것보다는 공평할 것 같고 또 식구가 많은 집은 더욱 구차한 형편이므로 매호에 식구 비례로 분배하는 것이 좋겠다고 작정되었습니다. 그래서 돈 액수와 계산해본즉 한 식구에 삼십 전씩 돌아갑니다. 그것으로 우선 양식을 사서 지나시도록 하십시오. 다른 데 써서는 절대로 안 됩니다. 그리고 우리는 끝까지 합심이 되어야 합니다. 그럼 지금부터 식구대로 계산해서 한 집씩 드리겠습니다."

"한 식구에 삼십 전씩—그럼 식구 적은 집은 아주 한딘데……."

"글쎄, 그리고 같은 식구라도 어린애가 많은 집은 어른 있는 집보다 좋지 않어."

"그럼! 식구가 많은 집은 더 구차하게 산다지만, 인성이네 같은 집은 또 그렇지도 않지 뭐."

"참 그렇지. 인순이가 월급 타서 보내지 않나."

식구가 적은 사람들은 끼리끼리 몰켜 서서 불만한 표정으로 서로 쳐다보며 불평을 토한다.

귓결에 이 말을 들은 김선달은 열이 벌컥 나서 별안간 고함을 쳤다.

"아니 그럼 어떻게 하잔 말이야, 웬 뒷공론이야! 그럼 어디 더 공평하게 분배할 수 있거든 들어와 해보아요! 어련히 생각하고 그렇게 했을라구…… 한번 작정한 일이면 그대로 실행을 해야지."

"아니 그럼 그럴 것 없이 매호에 똑같이 노납시다. 부역도 그렇게 하지 않나요!"

"자네는 그런 때는 부역을 내세우네그려, 정작 부역을 나올 때는 잘 안 나오면서!"

식구 많은 사람이 먼저 말한 식구 적은 사람의 말을 받아친다.

"식구대로 합시다. 그게 공평합니다."

"아니 매호대로 합시다."

"저런 제기, 그러기에 여기서도 생각해본 것이래도. 매호로는 식구 많은 집안이 더 많으니까 그런 집에서 또 불평이 없느냐 말야! 그럼 난 두 식구니까 제일 손해가 아닌가. 다른 집은 죄다 세 식구 이상이지! 그런데 *불심상관인 걸 가지고 사람들이 왜 그 모양이야."

불심상관(不甚相關) 크게 상관할 것이 아님.

김선달은 성이 나서 벌떡거리며 문밖을 대고 담뱃대로 상앗대질을 한다. 이때 인동이가 벌떡 일어나며

"아까 우리집 말한 이가 누구여유? 우리집에서는 안 받아갈 테니 그리들 아시유! 아버지 그렇게 합시다."

하고 흥분이 되어서 부친을 돌아본다.

원칠이는 아무 말도 없이 담배만 빨고 있는데 밖에서는 또 공론이 부산하다.

"아니 그렇게 할 말은 아니야. 누구는 가져가고 누구는 안 가져가서야 쓰나 원."

"그렇지. 아따 그대로 하래여, 식구 수대로 하는 게 좋겠구먼."

조금 전에 들어온 쇠득이가 눈을 흘긴다.

"그럼 우린 한 장도 못 되게."

"우리도 그렇다!"

식구 적은 사람들은 여전히 불평만만이었으나 두 식구인 김선달이 그대로 하자 하고, 식구 많은 인동이네는 안 받겠다고 하는 바람에 그대로 나눠주기를 바라고들 있었다.

"자, 그럼 윗모퉁이서부터 노나 주세, 자네가 먼저 식구 수와 맞춰서 돈을 세어 내놓게! 잔돈은 모자라지 않을까?"

"대개 되겠지요."

희준이와 김선달이 돈을 세기 시작하니까 사람들은 와—하고 문 앞으로 대가리를 들이밀며 싸개를 놓는다.

"아니 이렇게들 덤비면 정신이 빠져서 일을 볼 수가 있는가, 윗모퉁이에서부터 차례대로 하나씩 부를 테니 기다리고 있다가 부르거든 와요."

"그라지들, 무슨 구경할 것 있는가 원, 하나씩 부르거든 오라구."

조첨지도 희준이 말을 따라서 밖에 있는 사람들에게 말을 건넨다.

"자, 지금부터 부를 테요, 거기 좀 터놔요."

하는 말에

"네, 비켜 비켜라!"

하고 밖에 있는 사람들은 한편으로 짝 갈라서며 한가운데로 길을 터놓는다.

"원출아!"

"예!"

원출이가 뒤통수를 긁으며 사방의 눈이 수비대의 총열처럼 겨누고 있는 속을 통과해서 방문 앞으로 들어섰다.

그는 수줍은 생각이 나서 멈칫멈칫하며 손을 가만두지 못한다.

"야, 원출이가 일등이로구나!…… 이 자식아, 돈을 받거든 그대로 나오지 말고 절을 하고 나와."

"하하 참, 품평회 때 상 타러 들어가는 것 같은데."

"난 맨 꼬드랩일 텐데 언제 쌀을 팔어다가 저녁을 짓는담!"

밖에 섰던 사람들은 다시 또 지껄이기 시작하는데 김선달은 희준이가 세어준 돈을 다시 세어보면서 원출이를 쳐다보고는

"늬 집이 다섯 식구지?"

하고 묻는다.

"네!"

하고 원칠이가 돈을 막 받으려 하는데

"어째 늬 집이 다섯 식구냐? 네 식구지."

하는 난데없는 목소리가 들리며 군중 틈에는 수동이의 눈이 번득거린다.

원출이는 이 바람에 주춤해서 뒤를 돌아보며 지금 말한 수동이를 눈으로 찾자, 주먹을 쥐고 이빨을 응등그려 물고 달려든다.

"우리 아주머니할래 다섯 식구가 아니야, 이 자식아!"

"옳다 옳어! 제 고모가 요새 와 있지 않니. 자, 어서 와 받어라."

하고 방에서는 그대로 내주려 하는데, 그러나 수동이와 원출이는 점점 가까이 마주 서며 닭 싸우듯 한다.

"늬 고모는 오늘 가지 않었니, 이 자식아."

"갔으면 어째! 낼 모레, 또 오기로 했는데 이 자식아!"

"이 자식아, 누가 간 식구할래 치기냐. 지금 있는 식구 말이지. 그렇게 치기로 말하면 손님 온 것까지 치게. 얘 우리 집에도 낼모렌 손님이 올는지 모른다."

"이 자식아 잠깐 다니러 갔다 온다는 게 네가 무슨 참견이야!"
하더니 원출이는 별안간 달려들어서 수동이의 멱살을 잡고 귀퉁이를 쥐어박는다. 두 사람은 서로 붙들고 엎치락뒤치락하며 악을 쓴다.

"이놈들아! 싸우지 마라, 해 다 간다. 원체 내가 잘못이지 어디 나간 객식구까지 치는 법이 있나."

"잠깐 다니러 나갔는데 왜 그래요, 왜 못 쳐요."
하고 원출이는 징징 울며 어른에게 달려든다.

"허허, 참 별일도 다 보겠군! 그래서는 안 된다. 나간 식구를 누가 친담."

"그렇지, 그건 안 될 말이야!"

바깥 군중은 또 난데없는 풍파로 말미암아 예서 불끈 제서 불끈하고 야단이다.

"원 이런 기급을 할 놈의 일이 있단 말인가."
하고 김선달은 돈 세던 것을 내던지고 화를 낸다. 이때 인동이가 별안간 내달아 싸우는 두 사람을 쩍 갈라놓으며

"얘들아 고만두어라, 어린애들이 어느 새부터 그렇게 인색해서 어디다 쓰니. 원출이 늬 아주머니 몫은 우리 집 몫에서 한 몫 빼줄 테니, 그렇게 하면 수동이 너도 아무 시비 없겠지! 큰일을 하는 데는 조그만 것은 탐내지 말어야 한 대도 그러는구나!"

인동이의 말에 장내는 조용해지고 두 아이는 아무 말 없이 서로 쳐다보고 픽 웃고는 제 자리로 물러선다.

"그렇지. 인동이 말 잘했다, 큰일을 하는 데는 조그만 일은 희생해야 되느리라!"

김선달 말에

"그렇소. 자, 노나 줍시다."

장내가 정돈되자 희준이와 김선달은 분배를 시작하여 해가 저물 때까지, 그 뒤로는 풍파 없이 끝을 마쳤다.

희준이는 사람에게 휘둘려서 골치가 아프고 이마에 진땀이 흘렀다.

37. 고육계

그 후 며칠 되지 않은 어느 날 밤—경호의 숙직 날을 기다려서 옥희는 그의 주선으로 무난하게 외출할 수가 있었다.

그는 아래위에 깜장 옷을 입고, 공장 문밖을 나오는 길로 원터를 향하여 종종걸음을 쳤다.

원터 앞내 다리목에서 거닐고 있는 것이 희준인 줄 알아본 옥희는 자기도 모르는 반가움에 무심코 손을 내밀며

"벌써 오셨어요?"

하고 악수를 청하였다.

희준이는 얼떨결에 그의 손을 꼭 쥐고 있다가 펄쩍 정신이 나서 탁 놓으며

"잘 오셨군요. 집으로 들어가시지요."

"괜찮을까요."

옥희는 한동안 그에게 손을 잡히고 있던 것이 무안쩍은 생각이 나서

고개를 숙이며 물었다.

"네, 조용합니다."

희준이는 일전에 그를 만나던 생각이 났다.

그는 옥희가 생각 밖에 열정적인 것에 놀랐다. 그는 매사에 열정적인 것 같았다.

옥희는 희준이의 뒤를 따라서 조심성 있게 걸어갔다. 그는 어두운 밤이라도 자기 집의 윤곽을 어렴풋이 볼 수 있었다.

연전—방학 때에 내려와서 한여름을 이 동리에서 지내던 일을 생각하니 실로 감구지회가 없지도 않다.

그 때는 일개 여학생이던 자기가 오늘날 이와 같이 변할 줄을 어찌 알았으랴? 더구나 여직공의 몸으로 밤을 타서 이 동리로 희준이……를 만나러 올 줄을 누가 알았으랴…… 가만히 사랑방으로 들어간 두 사람은 희미한 등잔불이 비치는 속에서 귓속 이야기를 시작하였다. 희준이는 그 동안의 경과를 이야기하였다.

—옥희는 비로소 일전에 자기가 준 것이 불과 삼사 일 양식밖에 안 되었다는 것과 자기 부친은 조금도 양보하지 않고 있으므로 또다시 곤경에 빠졌다는 말을 들었다.

"그럼 어떻게 하셔요. 큰일 나지 않었습니까?"

옥희는 근심스러운 기색으로 희준이를 쳐다보았다.

"글쎄요…… 요전에 청년회원 누구한테 돈 말을 했더니 수일 후 보자구 하기에 다소간 믿고 있었는데 그것도 틀린 모양인데요."

하고 희준이는 싱끗 웃어 보인다.

"그 청년회원들은 모두 마짱에 미쳤다지 않어요! 그까짓 것들하고 무슨 일을 해요."

"네, 그래요. 모두 마음이 약해서……."

희준이는 옥희의 당돌한 태도에 은근히 놀랐다.

"그럼 어떻게 하나요. 제가 얼마 가지고 오기는 했습니다마는 이까짓 것으로는 지탱할 수 없을 터인데요."

하고 옥희는 괴춤에서 요전번과 같이 누런 봉투를 꺼내놓는다.

"아 또 가지고 오셨어요? 어떻게 또!"

희준이는 놀라움과 반가움에 섞인 목소리로 부르짖으며 옥희에게 시선을 쏘았다. 옥희는 한 손으로 입을 가리면서 부끄러운 듯이

"뭐 얼마 되지 않어요! 그럴 줄 알고 경호씨한테 말했더니……."

"아, 이건 너무…… 그러나 무리하게 근심하지는 말어주셔요."

희준이는 두 번째인 만큼 불안스러운 생각이 들었다.

"아니 관계없어요…… 제가 갚기로 했으니까요."

옥희는 고개를 다소곳하였다가 다시 상기된 얼굴을 반듯이 쳐들면서

"그러나 이 대중으로 지나서는 안 될 터인데…… 무슨 별 방침이 없으셔요."

"아직은 막연합니다. 나종은 어찌 되었든지 간에 이 상태로 계속할 수 있는 데까지는 지나보랴는데요."

"그렇게 해서는 곤란하실 텐데요…… 아버지 성미가 여간해서는…… 저, 그럼 이렇게 했으면 어떠실는지……."

"네, 무슨?"

옥희는 희준이 앞으로 가까이 와서 그의 귓가로 입을 대고 한 동안 무엇을 소곤소곤하였다. 그러는 대로 희준이는 눈을 똑바로 뜨고 침착히 있었다.

"그랬으면 좋겠군요. 나도 그런 생각을 가지고 있었는데요."

하고 희준이도 그제야, 자기의 계획을 말하였다. 옥희는 다 듣고 나서 생글생글 좋아하면서

"네, 그럼 그렇게 해보셔요…… 어떻게든지 쉬 해결을 짓도록…… 전 고만 가겠어요."

하고 자리를 일어선다.

"아, 가셔요! 시장하실 텐데……."

"아니요, 배고프지 않어요. 그럼 안녕히 계셔요."

"그럼 조심하셔서……."

희준이는 그를 전송하러 철둑까지 슬슬 따라갔다.

그의 귀에는 오히려 옥희가 귓속말을 할 때의 숨소리와 따스한 입김이 남아 있고 보드라운 촉감이 남아 있는 것 같았다.

돌아오는 길에 희준이는 마을 어귀에서 인동이를 만났다.

"성님 어디 갔다 오시유?"

"잘 만났네, 난 동생 집에 가랴던 길인데—우리집으로 가!"

하고 희준이는 인동이를 자기 집으로 데리고 갔다.

"왜요? 지금 간 여자가 누구여요?"

인동이는 무심코 다시 물어보았다.

"지금 간 여자! 어디서 봤니?"

희준이는 빙그레 웃으며 돌아다본다.

"나도 다 봤수."

하고 인동이는 의미 있는 웃음을 웃는다.

"쉬!"

희준이는 인동이에게 주의를 시키고 집에까지 가만히 와서 방으로

들어와 앉힌 뒤에야 비로소 말하기를

"보았으면 누구인지 알겠지, 누구데?"

"어둔 밤이라 알 수 있수."

"그게 마름집 딸이야."

"내—궤, 공장 여자 같기도 하더군! 그 색시가 왜 왔수?"

"그런 일이 있어."

"무슨 일?"

"좋은 수가 생겼다."

"흐흥."

"이 돈이 생겼어!"

하고 희준이는 인동이에게 돈 봉투를 꺼내 보인다.

"아니 그럼 먼젓번에도 거기서 돈이 나왔구려."

하고 인동이는 놀랍게 부르짖는다.

"그래! 절대 비밀이야."

"나두 다 알우……."

인동이는 먼젓번의 돈 출처를 몰라서 궁금하던 차에 비로소 그것을 알고 의심을 풀 수 있었다.

"그러나 이것만 가지고는 저번같이 나누기가 부족할 터인데 돈 십 원이나 더 있었으면 좋겠구먼!"

인동이는 빙글빙글 웃으며 희준이를 쳐다보다가

"내가 채드리유?"

"네가 채울 수 있으면 내가 채우게."

희준이는 목침을 베고 드러눕는다.

"상전은 종만 업신여긴다고, 왜 나는 돈 생길 때가 없는 줄 아우."

"늬가 돈이 어디서 나니."

희준이는 여전히 농담으로 돌리며 코웃음을 친다.

"아닌가 보시유. 이건 돈 아니유!"

인동이는 조끼 주머니에서 일 원짜리로만 돌돌 뭉친 지전 뭉텅이를 꺼내놓는다. 희준이는 별안간 벌떡 일어나며 안심찮은 듯이

"아니 어디서 났니? 도적질하지 않었니?"

하고 가만히 중얼거리며 눈을 크게 홉뜬다.

"도적질해 왔수."

"뭐?"

인동이는 아무 말 없이 싱글싱글 웃기만 하고 앉았다.

그럴수록 희준이는 더욱 의심스러운 생각이 나서 반신반의하는 표정으로 인동이를 쳐다보았다.

"별안간 도적질을 어디 가 하겠수."

"그럼 지금 어디 갔다 왔나?"

"방개가 만나자기에……."

"얘, 너두 그 짓 좀 말어다구, 어짤라구 그러니? 응……."

희준이는 방개란 말에 눈살을 찌푸린다.

"글쎄 말을 들어보아유. 누가 그런 일로 간 줄 아우."

"그럼 무슨 일이야."

"성님두 참……. 이 돈이 어디서 난 줄 아우?"

"무어? 그럼 방개한테서 났단 말이야!"

희준이는 다시금 놀라지 않을 수 없었다.

"그럼—나두 왜 만나자는지 몰라서 가봤더니…… 하긴 일전에 만났을 때도 동리 이야기가 나서 자세한 말을 했더니 그럴상 부르게 듣고

있더니만…….”

“아니 그 역시 무슨 돈이 있었던가?”

“그건 나두 물어 보았다우. 혼인 반지를 잡혔대!”

“저런!”

희준이는 혀를 찬다.

“그 여자가 동생한테 아주 반했구나…… 허허허…… 아따 하여간 잘 되었다. 이만하면 요전같이 노나줄 수가 있을 테니.”

하고 희준이는 신이 나서 인동이에게, 아까 옥희가 하던 귓속말을 역시 귓속말로 옮겼다.

“아—그거 잘됐소! 그라지, 그래요…… 하늘이 무너져도 솟아날 구멍이 있다구…… 참!”

인동이는 희색이 만면해서 어쩔 줄 모르고 좋아하였다.

이튿날 희준이는 일찍이 일어났다. 오늘까지 지루하게 끌어온 사단을 결말을 지어야 하겠다는 마음의 긴장이 식전부터 그를 지배하는 것 같다.

아침을 먹고 나니까 인동이가 앞서서 들어오며

“아침밥 자셨이유?”

“그럼 이때까지 있겠나. 그런데 혼자 오나!”

“왜요—저기들 들어오는데유.”

하고 인동이가 뒤를 돌아다볼 때, 과연 싸리문 안에는 벌써 김선달과 수동 아버지와 조첨지가 들어오고 있다.

희준이는 방에서 일어서면서

“어서들 방으로 들어오시지요.”

하였다. 인동이만 널마루에 걸터앉고 다른 사람들은 모두 방으로 들어갔다.

"인동이한테서 대강 들으셨겠지만 오늘은 어떻게든지 결말을 내보고 싶어서 이렇게들 오시라고 한 것인데요. 에—여러분이 다 같이 안승학이한테를 가보실까?…… 그러는 것이 좋겠군요."

"그런데 인동이한테서 듣기는 들었으나 담판하러 가자는 말만 듣고 왔지, 딴 이야기는 못 들었는데 이번에두 코만 떼운다면 어디 결말이 나겠어!…… 난 하두 진력이 나서……."

수동 아버지는 또 웃고 싶지 않은 웃음을 헤 하고 희준이를 본다.

"진력이 아니라 *짜른력이 나더래도 그렇다고 아모렇게나 결말을 지을 수 있나베, 처음부터 이런 줄 알고 시작한 노릇인데 코를 떼우면 대관 있나. 또 끝까지 해보지."

짜른력
짧은력. 진력에 빗대서 한 우스갯말.

김선달이 수동 아버지의 약해지는 듯한 마음을 붙드느라고 이런 말을 했다.

"아무렴 물론이지요, 그러나 오늘 우리가 안승학이를 만나서 강경하게 해내기만 하면 제가 굴복하고야 말 것입니다. 제 자신의 명예에 대하여서는 신경이 예민한 자이니까 우리가 제 집 가정의 아주 불미한 사실을 가지고 세상에 전파시켜서 행세를 못하게 맨든다면 그 조건에는, 제 아무리 물욕에 들어서는 교활하기 짝이 없는 안승학일지라도 결국은 양보할 것입니다."

"그런데, 그렇게 창피한 사실이 있건대?"

수동 아버지는 미리부터 그 사실의 내막을 알고 싶다는 눈치였다.

"있구 말구요…… 사실인즉 우리가 정정당당한 수단으로 끝까지 해보지 못하고 개인의 가정사를 가지고 위협한다는 것은 도리어 창피한 일입니다마는……."

“그거야 상관이 있나요. 아무렇게나 해서 좋도록 결말이 나고 우리가 뜻한 대로 된다면 고만이지. 안 그런가베?”

김선달이 큰 눈방울을 궁굴리면서 같이 온 수동 아버지와 조첨지를 번갈아 본다.

“그야, 그렇지. 물어볼 것 있나…….”

이렇게 세 사람의 눈이 피차의 의사를 표시할 때 희준이는 정색하고 말했다.

“아니올시다. 우리는 반드시 정당한 방법을 가지고 나아갈 힘을 길러야 합니다. 그런데 지금은 아직 그런 힘이 없으니까 불가불 다소 비열한 수단을 쓸 뿐이지요. 잘못하다가 시일을 앞으로 더 오래 끈다면 도리어 우리들의 일이 와해되어서 우리의 약점이 공개되고 말겠으니 먼저 이것을 방비해야 하지 않겠어요?”

“그렇지!”

세 사람은 그제야 희준이의 말이 옳은 줄 알았다.

‘정당하게 싸움하는 것이 좋지. 그런데 희준이는 무슨 사실을 가지고 안승학이를 굽힐 작정인가?’……그들이 이렇게 속으로 생각하고 있을 때

“자아, 그러면 일찍이들 찾아가 봅시다.”

하고 희준이가 먼저 일어났다.

“성님 저도 가요?”

인동이가 꽁무니를 뺄 눈치를 보이므로

“그럼, 나도 가요가 무어야, 모두들 같이 가야지, 왜 무슨 일이 있나, 꾀를 피게 응.”

하고 핀잔을 탕 주었다.

방개를 좀 만나러 갈랬더니—인동이는 속으로 이렇게 생각했으나, 그대로 따라나섰다.

우물가에를 지나오려니까 마름집의 개가 그 근처에서 똥을 누려고 하므로 인동이가 돌멩이를 한 개 집어서 때리니, 그 돌멩이는 신통하게도 개의 옆구리를 맞추었다.

삽살개

엉거주춤하고 있던 삽살개가 비명을 지르고 혼이 빠져서 도망가는 것을 보고 김선달이

"잘했다!"

하고 손뼉을 칠 듯이 기뻐하였다.

안승학이는 사랑방에서 혼자 앉아서 금테 안경을 콧잔등에 걸고는 문서질을 하다가 인동이를 앞세우고 김선달 조첨지 수동이 아버지 희준이 이렇게 다섯 사람이 일시에 달려드는 것을 보고 적이 마음에 불안을 느꼈다.

그래 그는 붓을 놓고서 마당을 내려다보며

"무슨 일들인가? 식전 댓바람에 내 집에를 이렇게 찾아오거든 문간에서 주인을 찾고 들어와야지."

매우 위엄스럽게 하는 말이었다.

"아무도 없는데 누구보고 말하랍니까? 대문 기둥에다 대고 말씀하랍시오."

김선달이 받는 말이다.

저런 괘씸한 놈 말하는 것 좀 봐라……그런데 행랑 놈은 어디를 갔기에 문간에 아무도 없었더람! 안승학은 속으로 분해했다.

그러나 호령할 용기는 생기지 않는다. 희준이와 인동이와 김선달은 신발을 벗고 마루에 올라가 앉았다.

조첨지와 수동 아버지는 뜰 아래서 올라갈까 말까 하는 눈치다.

"하여간 무슨 일들인가?"

안승학은 얼른 이야기나 들어보고 돌려보내자는 계획이다.

"저희들이 이렇게 댁을 찾아 왔을 때는 무슨 별다른 소관사가 있겠습니까…… 지난 번에도 왔다가 코만 떼우고 갔습니다만 대관절 어떻게 저희들의 요구 조건을 들어주시겠습니까?"

희준이가 정식으로 말을 꺼냈다.

"그따위 이야기를 할 작정으로 이렇게들 식전 아침에 왔어? 못 들어주겠어! 벌써 여러 번째 요구 조건은 들을 수 없다고 말했는데, 자꾸 조르기만 하면 될 줄 아는가? 어림없지…… 괜히 그러지들 말고 일찍이 나락을 베는 것이 당신들에게 유익할 것이야……."

안승학이는 긴 장죽에 담배를 한 대 담아가지고 불을 붙이기 위해서 성냥을 세 개비나 허비했건만 잘 붙지 아니하므로 그래 네 번째 불을 댕겨서는 쉴 새 없이 빠끔빠끔 빨다가 그만 입귀로 붉은 침이 주르르 흘리고서는 제풀에 화가 나서 담뱃대를 탁 밀어 내던진다.

"괜스리 시간만 낭비하고 피차의 물질상 손해만 더 나게 하지 말고 어서 돌아가서 잘들 의논해서 오늘부터라도 일을 시작하란 말이야! 나도 아침부터 바쁜 일이 있으니 어서들 가소."

"그래 정녕코 요구 조건을 못 들어주시겠다는 말씀이지요."

"암!"

"무슨 일이 있든지 이 때문에 영감 댁에, 어떤 불상사가 생기든지 못 듣겠단 말이지요?"

희준이는 점점 다가앉았다.

"불상사? 불상사? 그 때문에 내 집에 불상사가 날 것이 조금도 없네."

"만일 불상사가 생긴다면 어찌하시랍니까?"

"그렇지 그렇지…… 그렇다면 어떻게 하실 작정인가요? 그래도 상관이 없어요?"

김선달이 곁에서 한 팔을 거들면서 대들었다.

안승학은—무슨 일이 있나? 이것들이 왜 이 모양인가? 이렇게 생각하는 듯이 의심하는 빛이 그윽이 양미간에 떠돌았다.

"불상사라니 무슨 이야기인지 나는 모르겠네마는 내 집에 상서롭지 못한 일이라고는 본래부터 없네 없어!"

"그러면 말씀입니다…… 따님이 지금 무엇을 하고 있는지, 어디 가서 누구하고 같이 좋아하는지 영감이 아십니까?"

"무어? 무어? 내 딸이……."

안승학은 희준의 얼굴을 정면으로 바라보면서 이렇게 놀라운 듯이 큰 소리로 말하다가는 별안간 말을 뚝 끊고 무엇을 생각하는 모양이었다.

갑숙이 년이 어디로 달아나서 무슨 짓을 하기에 이것들이 이런 말을 할까? 사실 안승학이는 아까 희준이가 "따님이……" 이렇게 말할 때에 가슴이 뜨끔하였다.

갑숙이가 경호와 그런 관계만 없고 무단히 집에서 도망하여버린 일만 없다면 안승학이는 제 집안의 명예와 동리에서 행세하는 권위에 조금도 수치스러운 점이 없을 것인데 최근에 와서 이런 일이 돌발한 까닭으로 혹시나 이런 소문이 동리에 퍼지면 어찌할까 하고 항상 은근히 심려하여 오던 터였다.

그러나 그렇다고 지금 이 자리에서 소작인들에게 이런 내색을 나타내는 것은 실수라고—그는 입을 꽉 다물어버린 것이다.

희준이는 물론이요, 그 외에 소작인 대표로 와서 앉은 사람들도 안승학이가 별안간 말문이 막히는 모양을 보고서 그에게 숨길 수 없는 약점이 있다는 것만은 확실히 알았다.

"깊이 생각해 보십시오……."

희준이는 이렇게 말을 꺼내가지고 계속하였다.

"올 같은 수해이기에 도지를 탕감하야 달라는 것인데 서울 있는 지주 영감은 반대하지도 않는 것을 사음 보시는 어르신네가 맘대로 지주보다도 더 욕심꾸러기 짓을 하려고 하니 말이 됩니까…… 일찍이 문제를 해결해주지 않는다면 댁에서는 아무리 이 동네서 행세를 하고 싶어도 딸을 팔어 가지고 위자료 오천 원을 받아먹으려고 하다가 코가 납작해지구, 게다가 그 딸의 정조를 유린한 청년이라는 것이 중놈에게 끌려 다니던 여자의 몸에서 애비가 누군지도 잘 알 수 없게 생겨난 사람이라면!…… 만일 이 사실을 동리 사람들이 안다면 얼마나 조롱거리가 되겠습니까…… 그뿐인가요, 지금……."

희준이가 이렇게 말을 마치기 전에 안승학은

"가만있게! 그게 다 모두 누가 지어낸 이야긴가, 원 당치도 않은……."

이같이 가로막았다. 이런 창피할 데가 있나! 이런 생각 때문에 그의 얼굴은 조금 붉어진 듯 싶다.

"지어내다니요. 누가 없는 사실을 지어낼 사람이 있어요? 지금도 따님이 경호와 죽사 사자 하는 판이니까 우리가 알고 있지요…… 댁은 이 동네서 부자요 행세하는 양반인지 모르나 따님은 공장의 여직공으로 경호하고 좋아지내니 당신도 결국은 우리와 마찬가지 미천한 사람이 아니겠습니까!"

희준이는 더 보잘 것 없다는 듯이 거리낌 없이 말했다.

안승학이는 그만 당장에 얼굴이 붉으락푸르락하고 코를 벌름벌름하기 시작했다.

인동이는 상쾌한 듯이 마루 끝에 앉아서 싱글싱글 웃고 있고 김선달과 조첨지, 수동 아버지는 이제야 아까 희준이가 이리로 오기 전에 하던 말이 이런 사실인 것을 깨닫고서 '옳지! 일이 그렇고 그렇단 말이지…… 그렇다면 왜 진작 우리들한테는 이런 이야기를 들려주지 아니했남! 벌써부터 알었더면 실컷 놀려나 먹을 것을…….' 이렇게 뱃속으로 중얼거렸다.

"양반의 집 가문이 어떠니 어떠니 하더니 그 꼴 참 잘됐다!"

김선달은 비꼬는 듯이 딴전을 보면서 이런 말을 내뱉었다.

"그러기에 자랑 끝에 불붙는다지 않나베!"

조첨지가 맞장구를 쳤다.

"조용히들 해. 누가 당신들에게 떠들어도 좋다고 했나?"

안승학은 홧김에 만만한 조첨지와 수동 아버지만 쳐다보고 눈을 부릅뜬다.

"얼른 우리들 요구를 들어주시기만 하면 더 앉아 있으라고 하신 대도 곧 가겠습니다."

조첨지는 지지 않고 말대답을 한다.

"그렇습니다. 마름댁의 명예를 생각하시거든 일을 속히 조처하십시오. 우리는 오늘 마지막으로 담판을 하러 온 것입니다. 지주 영감도 반대하지 아니하는 우리의 요구를 중간에서 이렇게 심하게 굴 게 무엇입니까…… 만일 기어코 못 들어주신다면 마름댁의 추태를 세상에 폭로하고 또 지주가 반대하지 않는 소작인의 요구를 억압하는 사음의 사회적 죄악을 철저하게 규탄하고 응징할 결심이니 그런 줄 아십시오."

"자…… 자…… 잠깐 기다리게!"

안승학은 황당하게 희준이의 말이 끝나기를 재촉하고 나서, 일단 얕은 음성으로

"이 사람! 자네 나하고 무슨 원수졌나? 말이면 함부로 무슨 말이나 다 하는 것인가……."

나무라듯이 이렇게 말한다. 그들은 오오, 인제는 고개가 좀 수그러졌구나 하였다.

"그러면 어떻게 하시랍니까? 저 역시 구태여 댁 따님의 이야기를 가지고 다니고 싶어서 하는 말은 아니올시다. 우리들의 요구만 들어주신다면 그야!"

"흥…… 가만있게 좀 기다리게."

"더 기다릴 수는 없습니다. 지금 이 자리에서 확답하십시오."

"지금? 지금은 말 못하겠네."

"그럼 언제 대답하시랍니까?"

"오늘 밤에 대답하지. 돌아가서들 기다리면 사람을 보내겠네. 자네한테로……."

"그러면 오늘 밤 안으로 해결지어주시지 않는다면 내일부터는 최후 행동을 취합니다."

안승학은 말없이 모가지로 승낙하는 의사를 보였다.

"그럼 고만들 갑시다!"

희준이의 목소리에 여러 사람들은 일제히 일어섰다.

38. 먼동이 틀 때

초가집

어둠 가운데 조용히 잠든 것 같은 올망졸망한 초가집들이 둘러싸고 앉은 원터 동리의 뒷산은 이 마을의 평화와 행복을 영원히 옹호하고 서 있는 듯이 보인다.

밤은 아직 어두웠다. 달이 솟으려면 두어 시간 기다려야 할 것 같다. 그러나 이 어두운 가운데 동쪽을 뻗치어 내린 조금 드높은 언덕 위에는 사람들의 두런거리는 소리가 들린다.

희준이와 김첨지와 인동이를 비롯해서 수동 아버지 조첨지 쇠득이네 그 외에도 원터 마을에 사는 소작인들이 모인 것이다.

"그런데 어째 여태 소식이 없대유."

"글쎄, 아마 열 시나 됐을 걸 그려."

"빌어먹을 놈의 마름이 거짓말한 것이 아닌가요?"

"설마 저도 생각이 있겠지……."

여러 사람이 주거니 받거니 하는 말에 희준이가 말대꾸를 하고 있다.

"성님 그런데 옥희가 아직 모르나요?"

"아까 낮에 만나서 이야기했는데……."

"그러면 궁금해서 오겠구먼요."

"글쎄…… 우리 집에들 모여 있는 줄 알고 집으로 먼저 가보겠지…… 그랬다가 여기 있다는 이야기를 듣는다면 이리로 오겠지."

희준이는 이렇게 대답하고서 어둠 속으로 귀를 기울였다. 어디서 사람의 발자취 소리가 들리는 것 같았던 까닭이다.

그러나 바스락하던 소리는 바람에 감나무 잎사귀가 나뭇가지로부터 떨어지는 소리였다.

희준이는 일순간 마음의 적막을 느꼈다. 참말 옥희가 웬일인가…… 오지 않으려나? 공장에서 야근을 하나? 아까 만났을 때에는 그런 말이 없었는데…… 혹시 기숙사에 무슨 일이 생겼단 말인가?

그는 곁에 앉아 있는 인동이에게도 들리지 않으리만치 가늘게 한숨을 쉬었다. 그리고 희준이는 제 자신에게, 자기는 옥희를 사랑하는가 물어보았다.

과연 자기는 옥희를 사랑할 수 있는 몸인가, 사랑해도 관계치 않는가? 그러자 그의 눈앞에는 옥희의 순박하고도 쾌활하게 생긴 얼굴이 나타나 보이며 일전에 경호가 옥희를 만나게 하여 주었을 때, 정거장 뒤 냇가 언덕에서 잠깐 동안일망정 자기의 심정을 토파하던 때의 광경이 암암하게 그려졌다.

옥희의 숨쉬는 어깨, 고개를 푹 수그린 얼굴과 뒷모가지와 자기의 손으로 꼭 쥐어보던 따뜻한 손! 이런 것들을 다시금 감촉하는 것같이 생각되었다.

"성님 무슨 생각을 그리 하시유."

별안간 어둠 속으로 들리는 인동이의 목소리에 희준이는 달콤한 환상으로부터 깨어났다.

"응! 아무것도 아니야……."

"거짓말 말어유, 누군, 등신인 줄 아는가베…… 지금 성님이 무슨 생각을 했는지 알어내 볼까?"

"그래 말해보려무나."

"그럼 그걸 몰라, 옥희 생각했지 무얼."

인동이는 어때? 내가 용하지? 하는 듯이 희준이의 얼굴을 빠끔히 들여다본다.

그러나 희준이는 어둠 속에서 인동이의 얼굴이 가까이 온 줄만을 느꼈을 뿐이다.

"내가 옥희 생각을 했는지 경호 생각을 했는지 어떻게 안담……."

희준이는 짐짓 이런 말을 했다.

"나도 지금 방개 생각을 하고 있었으니까, 내 마음을 미루어서 성님 마음을 알 수 있지 않어유……."

이렇게 말하면서 인동이도 한숨을 쉬었다. 이 뜻하지 않은 설명과 탄식에 희준이는 적지 않게 놀랐다.

동시에 그는 자기가 옥희를, 곁에 있는 사람이 눈치 챌 만큼 생각하는 것에도 충분히 놀람을 느낄 수 있었다.

무엇 때문에 자기는 옥희를 생각하는가? 옥희를 꼭 사랑해야만 할 필요가 있는가? 옥희는 벌써 경호와 사랑하는 사이가 아닌가? 자기는 사랑하는 두 사람 사이에 새로 침입하는 방해자가 아닌가? 자기는 도리어 두 사람의 행복을 위해서 뒤에서 축복을 해주어야 할 사람이 아닌가? 그렇다면 자기는 당연히 옥희에게 대해서 야릇한 감정을 끊어야 한다!

"인동이! 너는 내가 옥희를 사모한다면 어떻겠니?"

"어떻기는 무에 어때?"

"찬성이냐? 반대냐? 말이야."

"반대는 무슨 반대, 사랑하면 좋지. 누구 자식인지도 모르는 경호하고 사는 것보다야 옥희로서는 성님하고 연애하는 편이 낫지…… 난 경호가 웬일인지 보기 싫더라."

"아니다. 내가 잘못이다. 옥희를 지금까지 다소라도 사모하여 온 내 행동을 나는 지금 이 자리에서 뉘우친다. 나는 옥희를 사랑할 사람이 아니다!"

별안간 희준이는 자기를 꾸짖는 것같이 힘 있는 목소리로 말했다.

그의 음성은 가늘게 떨렸다. 만일 어둡지만 아니하면 그의 흥분한 얼굴빛까지도 인동이에게 보였을 게 아닌가?

인동이는 웬 영문인지 모르는 것같이 희준이의 얼굴만 바라보고 아무 말이 없다.

무슨 까닭으로 희준이가 저렇게 사모하는 옥희의 생각을 끊어버리려고 할까? 그렇다면 아마 자기에게 방개 생각을 하지 못하게 하려고 일부러 저런 말을 하는가 보다.

이렇게 생각하며 인동이의 마음은 실쭉해지지 않을 수 없었다.

"왜 나더러 방개 생각을 끊어버리란 말이유?"

인동이는 불쑥 이렇게 질문을 했다.

"아니다. 그렇게 하는 말이 아니다. 너는 방개하고 좋아지내도 좋다. 그것을 방개도 역시 희망하니까. 그러나 나만은 지금 누구를 단순한 애정에 끌리어서 사랑할 처지가 못 된다…… 네 이야기를 한 것으로 듣지는 말어다구."

그럴 즈음에 두어 칸통이나 아래쪽으로 떨어져서 웅기중기 둘러앉았던 여러 사람들이 한참이나 떠들썩하던 이야기를 뚝 그치더니

"게 누구여?"

하는 소리가 들렸다.

"내야, 여기들 있었수? 마름댁에서 조금 전에 가보라고 해서 나왔는데 오다가 좀 볼일이 있어서 좀 늦었어유."

"응, 난 누구라구 학삼이 아니여?"

"응, 그런데 희준씨는 여기 안 왔나?"

"여기 있소. 마름집에서 보내서 왔소?"

"네."

"빌어먹을 자식. 좀 올 테거든 일찍이 오지 자정 때가 되도록 사람들을 기다리게 해!"

희준이는 벌떡 일어나서 학삼이 곁으로 갔다. 언제 구름 속에서 별안간 나왔는지 봉화재 연봉이 토해놓았는지 알 수 없는 이지러진 그믐께 달이 그때에 반쯤 흐린 광선을 던지고 있다.

"하여간 안승학씨가 무어라고 우리들한테 가서 말을 하라고 합데까?"

희준이는 학삼이 곁으로 다가섰다.

"이번에는 소작인들의 요구하는 대로 다 듣겠대유. 그 대신에 여기다가 도장을 찍어 달래유."

학삼이는 손에 들고 있던 종잇조각을 희준이의 턱 밑으로 들이민다.

"이게 무어야, 어두워서 어디 보여야지! 누구 좀 불을 켜주어요."

그러자 김첨지가 성냥불을 득 긋더니 손가락만 한 양초에다가 불을 댕겼다. 희준이는 불 밑으로 지금 받은 종이를 펴들고서 처음부터 찬

찬히 읽어 내려갔다.

차입서

금번 본인 등이 귀하에게 요구하는 조건 등을 귀하께서 애호하시는 마음으로 승인하여 주심에 당하여는 충심으로 본인 등이 감사하는 바이올시다. 그 점에 대하여는 귀하의 신상과 가문에 대해서 불명예로운 *무근지설이 전파되는 것을 본인 등이 극력 방지하겠사오니 하량하심을 바라나이다.

년 월 일

무근지설(無根之說) 근거 없이 떠도는 말.

희준이는 여러 사람들이 다 알아듣도록 큰 소리로 이것을 읽고 맨 끝으로 쓰여 있는 김선달 조첨지 등 십여 명의 소작인 대표들의 이름까지 크게 읽었다.

"그러니까 우리더러 입을 다물어달란 말이지! 여러분들, 지금 내가 읽은 말을 들으셨지요? 이런 것에 마름이 도장을 찍어달라 하니 말씀들 하셔요."

희준이는 여러 사람들의 얼굴을 둘러보았다. 어떻게 하면 좋은가! 이런 일을 언제 당해 보았어야 좋고 나쁜 것을 알지?—여러 사람들의 표정은 이러하였다.

그러자 잠시 동안의 침묵을 깨뜨리고 김선달이 의사를 발표하였다.

"그런 것쯤은 도장을 찍어주기로 대수 있나, 나는 도장을 찍어주어도 상관없다고 생각합니다."

"그렇습니다. 내 생각에도 이런 것쯤은 열댓 장 써준대도 이쪽에 손해 될 것은 없으리라고 생각합니다."

희준이도 즉시 김선달에게 찬성하였다.

"그렇지 도장을 찍어주십시다."

"그러나 도장을 가지고 왔어야지……."

"그까짓 것 그렇다면 내일 도장을 받어서 보내주면 고만이지."

"그래유. 어차피 내일 일이로구먼."

"그러면 당신은 먼저 돌어가시우. 이 서류는 내가 맡었다가 내일 가지고 가든지 인동이 시켜서 보내든지 할게."

희준이는 종잇조각을 접어서 조끼 주머니에 집어넣으면서 학삼이의 얼굴을 바라본다.

"예, 그렇게 하지요. 난 그럼 먼저 갈래여."

학삼이는 좀 어색한 듯이 뒤통수를 긁으면서 산 밑으로 내려가려고 돌아섰다.

"하여간 우리들의 요구가 관철된 것을 기뻐한다고 안승학씨에게 말해주, 또 만납시다."

벌써 언덕을 내려가는 중에 있는 학삼이의 뒤통수에다 대고 희준이가 이렇게 말하였다.

그때에 내려가는 사람과 서로 엇갈려서 이리로 올라오는 사람이 있으니 그것은 으스름달밤에 보아도 옥희인 것이 분명하다.

옥희는 가쁘게 숨을 쉬면서 달음질치듯이 급히 희준이 곁으로 갔다.

"어떻게 되었어요? 잘 되었어요?"

옥희의 할딱! 할딱! 하는 숨소리가 희준의 귀에도 안타깝게 들린다.

"네, 예상하던 거와 같이 결말이 났답니다."

"아이그 다행합니다. 저는 또 그이(아버지)가 딴 생각을 하고서, 말을 안 들으면 어쩌나 했지요…….”

옥희는 숨을 몰아서 한꺼번에 크게 쉬면서 이렇게 말한다.

'인제 안심했다!'

희준이는 한 걸음 여러 사람 곁으로 다가서면서

"여러분!"

하고 입을 열었다.

"우리가…… 한 달 동안이나 다툰 문제는 오늘로 아마 확실하게 결말이 난 모양입니다. 이렇게 된 것은 전혀 원터 마을 소작인 일동이 끝까지 온건하게 버티어온 결과라고 저는 굳게 자신합니다. 이 점을 지금 이 자리에서 여러분에게 감사합니다."

희준이가 이렇게 말을 마치자 이번에는 김선달이 *출반주하였다.

출반주
여럿이 모인 자리에서 맨 먼저 말을 꺼냄.

"원, 감사라니 우리에게 희준씨가 감사하다고 하면, 도리어 우리가 부끄러운 판인데 허허허…….”

"아무렴, 그렇구 말구. 혼자 애쓴 사람이 누구여! 참말이지 일이 꼬이는 때면 누구나 다 낙담하는 건데 희준씨가 남의 일을 내 일같이 생각하고 *발분망식해가면서 돈도 얻어다 노나주고 쌀도 얻어다 노나주지 아니했더면, 우리가 이때까지 지탕해 나오지 못했을 게 아닌가베…….”

발분망식(發憤忘食)
분발하여 끼니마저 잊고 힘씀.

"그렇지 오늘 우리들이 이긴 것은 우리의 힘이라기보다 희준씨의 힘이지."

"아니올시다!"

희준이는 여러 사람이 이같이 주거니 받거니 하는 소리를 듣다가 손을 내저으면서 그들의 말을 막았다.

여러 사람들은 희준이가 무슨 말을 하려고 저러나 싶어서, 입을 다물고 그를 바라들 보았다.

"지금 우리가 안승학이라는 철면피와 같은 마름에게서는 완전한 결말을 지을 수도 있을지 모르지요, 그러나 그 결말이라는 것은 한때입니다. 금년에 해결되었다가 명년에 또 이런 일이 생기지 말란 법이 있습니까? 지금 여러분은 만족한 것으로 생각하시는 모양이지마는 결코 그렇게 생각하지 마십시오!"

여러 사람들은 아무 말이 없이 희준의 말을 경청하였다.

"듣고 보니 참말 그렇군!"

조금 있다가 그들 중에서 이런 소리가 들렸다.

"사실이야 이기다니, 우리가 무얼 이기었겠어. 그 마름이 어떤 사람이라구…… 나종에 걸리기만 하면 어디 보자 하고 단단히 우리를 잡어먹으려고 벼를 사람인데……."

누구인지 이렇게 장래를 염려하는 사람도 있다.

"그렇습니다! 피차에 서로 그렇습니다.…… 그리고 왜 그리고 또, 이번에 우리가 명심해야 할 것은 이번 행동을 정정당당한 수단에 의해서, 우리의 튼튼한 실력으로 하지 못하고 한 개의 위협 재료를 가지고 굴복받었다는 부끄러운 사실을 잊어버려서는 안 될 것입니다."

희준이는 열정에 끓는 어조로 자기의 소신을 말했다. 모두들, 참말 그렇다! 희준의 말이 옳다! 하는 듯이 고개를 끄덕이고 있다.

그들은 마음속으로 희준이의 사상에 공명하나 그 의사를 확실하게 말로 표현할 줄은 알지 못했다.

옥희는 아까부터 희준이가 하는 말과 소작인들이 지껄이는 소리를 듣는 대로 한편으로는 기쁘면서 한편으로는 부끄럽기도 하였다.

모두 다 자기 아버지 때문에 이런 야단이 생기지 아니하였던가 하매, 다시금 아버지에 대한 반항심은 불붙는 것같이 일어났다.

그래 그는 두어 걸음 뒤로 물러서서 늙은 소나무 *등걸에, 홀로 몸을 기대고 있었다. 그리고 희준이가 얼른 이야기를 끝내고 자기에게 와주기를 기다렸다.

등걸
줄기를 잘라 낸 나무 밑동.

옥희의 가슴은 지금 참새 새끼의 그것과 같이 팔딱팔딱 뛴다.

웬일일까? 가을의 새벽하늘에서 내려오는 싸늘한 바람이, 소매 속으로, 앞가슴으로 거침없이 들어오건만 그는 그것을 봄바람같이 가볍게 느꼈다.

희망과 정열과 동경…… 이런 긴장된 감정이 그의 마음을 대장부와 같이 씩씩하게 만든 것 같다.

검은 포장을 땅 위의 공간에 빈틈없이 꽉 차도록 쳐놓고 그 포장에다 구멍을 총총하게 뚫고서 촛불을 한 개

씩 달아놓은 것 같은 가을의 밤하늘! 그 가운데 서쪽으로 기울어져서 중천에 매달린 반쪽 달! 이 야경을 무심히 바라보고 섰는 옥희는 자기를 내려다보는 수많은 별들이—그 한 개 한 개가 모두 무엇인지 자기에게 속살거리는 것같이 느꼈다.

'내가 희준씨를 사랑한다면 그이가 내 사랑을 받어주려는지……? 그렇지만 일전에 냇가 언덕에서 만났을 때 희준씨는 내 손목을 꼭 쥐고서 "그런 아내에게 사랑이 있을 수 있나요! 억지로 붙들어 매놓으니까 어찌할 수 없이 그대로 지내는 것이지요!…… 그때는 동무가 오늘과 같이 될 줄은 모르고 다만 지나간 시절에 흠모하던 동무의 자태를 사랑하고 싶었습니다……." 이런 말을 한 일이 있지 않은가? 희준씨는 나를 사랑하는 것이 틀림없을 것이다!' 옥희는 이렇게 뱃속으로 생각하고서 눈앞에 경호의 모양을 그려보았다.

'그이는 아직도 학생 티를 벗지 못한 사내야! 얌전은 하지만…….'

이렇게 공상하고 있을 때

"춥지 않으십니까?"

하는 소리가 옥희의 바로 귀 밑에서 들렸다. 옥희는 깜짝 놀란 듯이 얼굴을 돌렸다.

"선생님이셔요?"

"네, 공장에서 늦게 나오셨던가요?"

희준이는 옥희의 곁에 정답게 가까이 서서 옥희와 나란히 하늘을 쳐다보고 말했다.

"그러믄요, 퍽 늦게 나왔어요. 열 시가 지나서…… 그런데 이야기는 다 끝내셨어요?"

"네!"

“어떻게 하기로 하구, 문제가 해결되었나요? ‘무조건 요구 승인’입니까?”

“옥희씨 부친이, 그렇게 선선하게 아무 조건도 없이 우리들의 요구 조건을 들어줄 리가 있어요?”

희준이는 이렇게 말하고서 조금 전에 학삼이가 가지고 온 ‘각서’의 내용을 이야기했다.

“저의 아버지라는 양반이 그렇게 영악한 체하면서도 어리석기란 짝이 없지요! 요구 조건을 승인하면 했지 무슨 다짐을 받어요. 아무러면 살어 있는 자기 딸의 이야기를 세상 사람이 영영 모를라고! 어떻게 소문이 나든지 소문이 날 걸 가지고…… 그런 것을 소문나지 않도록 해 달라구 한다니 어리석지 않어요?”

옥희는 자기 아버지가 소작인들에게 도장을 찍으라고 했다는 사실을 듣고서, 이렇게 비난하였다.

“동무는 동무의 아버지보다 훨씬 총명합니다. 그러기에 우리는 그런 종잇조각에 도장 찍는 것쯤은 상관없다고 결의했답니다.”

“왜 말씀을 그렇게 하셔요. 제가 언제 총명하다는 말씀을 듣고 싶어서 아버지의 행동을 비난한 것인가요…….”

옥희는 금시에 뾰로통해지면서 얼굴을 돌린다.

“잘못되었나 봅니다. 나는 무심코 한 말인데…… 용서하십시오.”

희준이는 손목을 잡고서 사과를 하려다가 문득 무엇을 생각하고서 그것을 쥐러 가던 자기의 손을 도로 가져왔다.

옥희는 얼른 다시 고개를 희준이에게로 돌리면서 무슨 말을 할 듯 할 듯하더니 그대로 입을 다물어버린다.

‘저는 선생님을 사랑해요.’

옥희의 별같이 빛나는 눈이 이렇게 희준이에게 신호를 보내는 것 같았다.

그러나 희준이는 괴로운 듯이 눈을 아래로 깔았다. 그렇다! 역시 옥희를 사랑하지 않는 것이 좋다! 그래야만 정당하게 주의에 사는 사람이 된다. 그러면 이 말을 지금 이 자리에서 옥희에게 토파하는 것이 옳지 않으냐? 희준이는 결심한 듯이 고개를 번쩍 들고서

"옥희씨!"

하고 입을 열었다.

"네!"

"저는 동무에게 사죄해야 할 일이 있습니다."

"무엇을 제게 사죄하실 일이 있어야지요."

옥희는 희준이의 마음을 아직 잘 알지 못하고 이렇게 말한다.

"일전에 저는 동무를 만나서 어느 정도까지 저의 진정을 이야기한 일이 있지요. 제가 동무를 사모해오던 정경을 듣고서 그동안 동무도, 역시 내나 마찬가지로 번민하셨을 줄 압니다."

옥희는 고개를 수그리고 아무 말이 없다. 희준이는 다시 말을 계속하였다.

"그러나 저는 지금 와서 동무에게 공연히 그런 말을 해서 마음을 괴롭게 하여준 것을 사과합니다. 저는 그 후로 이 며칠 동안 '사랑'이라는 문제에 대해서 남녀 간의 애정이라는 문제에 대해서 생각해보았습니다. 그 결과 모든 형태의 사랑—애정이라는 것이 근본은 극단의 개인적인 것이면서 실상은 사회적인 물건이요, 극단의 감정적인 물건인 것 같으나 사실은 이지적인 것이라고 생각하게 되었습니다. 애인과 애인 간의 사랑도, 형과 아우와의 사랑도, 아버지와 아들과 어머니와 딸

과의 사랑도, 결코 그것이 현재 우리들이 거처하고 있는 사회를 떠나서는, 그 처지를 떠나서는 문제가 서지 않는다고 확신하게 되었습니다. 그런 까닭으로 우리들의 사랑이라는 것은 이와 같은 사회적인 그 처지의 기준 위에서 성립되고 평가되어야 합니다. 그런데 지금 내가 동무를 사랑했었다든지 혹은 앞으로 하겠다든지 하는 것은 물론 우리의 처지에 있어서, 또는 사회적으로 보아도 아무 부자연한 것이 없겠지요. 같은 부류의 일을 위해서 손목을 마주 잡고 나가는 동지로서 아무런 불순한 점이 없다고 하겠지요. 그러나 이성 간의 사랑은 단순한 개인과 개인의 결합만이 그 전부가 아닐 것입니다. 육체적 결합을 초월하고 결합되는 사랑! 동지적 사랑이라 할까? 이런 사랑이야말로 육체적 결합을 전제로 하고 출발하는 연애라는 것보다는 더 크고 힘 있고 영구적인 사랑인 줄로 나는 생각합니다. 연애도 물론 진실한 동지 간에 결합되는 것이라야 일평생 가는 것이 있기야 있지만……."

"그래요! 저도 선생님의 말씀이 그럴듯하게 생각되어요."

옥희도 무어라고 이런 경우에 말하지 않고 있을 수는 없다고 생각하자, 희준이의 주장에 공명하였다.

그렇다고 공명하고 싶지 않은 말에 옥희는 거짓 찬성하였을까? 아니다, 그는 이렇게 말해놓고 가슴에서 무거운 돌덩어리 한 개를 내려놓은 것처럼 기분이 제 스스로 명랑해지는 것을 느꼈다.

그는 마음속의 무거운 짐을 희준이의 이 같은 설명으로 풀어놓은 것이 사실일 것이다.

"아—인제 고만 내려들 가자는데 두 분만 더 계시다 내려오실래유?"

돌연히 인동이가 이렇게 소리를 지르는 바람에 또 무어라고 입을 열려고 하던 희준이는 비로소 마을 사람들이 이때까지 자기들 두 사람의

이야기가 끝나기를 기다리며 멀찍이 서서 바라보고 있는 광경에 제정신이 깨어났다. '아차! 잘못했구나.'

"참 너무 늦었군! 인제는 모두들 내려갑시다. 나는 이야기를 다 했으니까 같이들 가십시다. 옥희씨도 내려가시지요."

희준이는 빙글빙글 웃으면서 앞서서 걸으며 여러 사람 곁으로 갔다. 옥희도 기분이 가벼워진 듯이 웃는 얼굴로 그의 뒤를 따랐다.

하늘은 한빛으로 검은데 서쪽 만리재 고개에 걸쳐 있는 조각달은 구름이 가렸는지 보이지 않고 웅장한 봉화재 연봉의 산날망이가 어둠 가운데 희미하게 윤곽이 나타나면서 동쪽 하늘빛이 희끄무레하게 걷히기 시작한다.

검은 장막이 한 꺼풀 벗겨지고 희미한 회색 구름이 하늘 한구석에서 점점 커지면서 장차 오는 광명을 예고하는 것 같다.

그리고 머리 위에서는 은하수가 물속에 있는 보석같이 빛나고 있는데 언덕 아래에서는 닭의 홰치는 소리가 손에 잡힐 듯이 들리면서 연달아서 "꼬끼요—" 하고 길게 빼내는 울음소리가 일어났다.

"아아 벌써 날이 밝기 시작하나베!"

앞에서 가는 사람들 중에서 누구인지 이런 말을 하였다.

"밝은 날을 위해서 우리도 준비합시다. 다들 집에 가셔서 편히 쉬시고 우리 집으로 오십시오."

희준이는 마음이 상쾌하고 정신이 영롱해지는 것을 느끼면서, 공중에다 대고 이렇게 말하였다.

"자아 그러면 편안히 쉬십시오."

그들도 이렇게 희준에게 인사한다. 언덕을 다 내려와서, 그들은 동리 어귀에 이르렀던 것이다.

"네 편안히들 쉬십시오."

희준이는 이렇게 대답하자 인동이와 옥희를 앞세우고, 자기는 맨 뒤에 따라오다가 조금 높은 곳에서 발을 멈추고는 하나씩 둘씩 먼동이 트는 새벽하늘 밑으로 흩어져가는 그들의 뒷모양을 우두커니 내려다 보고 있었다.

《조선일보》, 1933. 11. 15 ~ 1934. 9. 21

작가연보

1895년_1세 5월 29일(음력 5월 6일) 충남 아산군 배방면 회룡리에서 태어남. 부친 이민창은 덕수 이씨 충무공파로 1892년 무과에 급제한 이후 서울에 머물면서 가계를 돌보지 않아 이기영은 어려서부터 매우 어려운 생활을 함.

1897년_3세 천안군 북일면 중엄리(현재 천안시 안서동)로 이사.

1905년_11세 모친 사망. 어머니의 사망으로 마음 붙일 곳을 찾아 소설 읽기를 시작함.

1906년_12세 사립 영진학교 입학, 고대소설 『목단화』, 『추월색』 등을 읽고 커다란 충격을 받음.

1908년_14세 한양 조씨 집안의 조병기와 결혼함. 이 결혼은 할머니의 회갑을 더욱 경사스럽게 하기 위한 것이어서 이기영의 의사와는 거리가 멀었고, 그래서 이기영은 조혼의 폐습을 절감하고 이후 작품에서 그것을 자주 비판함.

1910년_16세 소학교를 졸업한 뒤 6개월간 잠업강습소에 다님.

1912년_18세 해외 유학을 위해서 부산으로 갔으나 현해탄을 건너지 못하고 두 달만에 귀가.

1914년_20세 다시 가출하여 수년 간 전라도, 경상도, 충청도 각지를 방랑함.

1917년_23세 11월 첫아들 종원 출생.

故鄕

1918년_24세 귀향, 고향에 기독교가 들어오자 곧 열렬한 신자가 되어 직책까지 맡음. 11월 할머니와 아버지가 10일 사이를 두고 사망.

1919년_25세 1월부터 천안군 고원 노릇을 함. 청년회에 들어 문화계몽사업에 참가함.

1922년_28세 동경 정칙 영어학교 입학. 사회주의 서적과 러시아 문학을 접하고 고리끼 작품을 애독함.

1923년_29세 조선 유학생들의 모임에서 조명희를 알게 되고, 9월 관동대지진으로 유학생활을 청산하고 귀향함.

1924년_30세 『개벽』 창간 4주년 기념 현상 작품모집에 단편 「오빠의 비밀편지」가 3등 당선됨.

1925년_31세 『개벽』에 「가난한 사람들」 발표, 『조선지광』의 편집기자로 취직하고, 이상화, 송영, 이익상, 이적효, 한설야 등과 함께 카프(KAPF)를 결성함, 신여성 홍을순과 결혼함.

1927년_33세 카프의 볼세비키화가 단행되고 이기영도 이를 주장하는 평론을 『조선지광』에 발표함.

1930년_36세 카프 중앙위원회 위원이자 서기국 산하 출판부의 책임을 맡음.

1931년_37세 카프 1차 사건으로 검거된 후 2개월만에 불기소로 석방됨.

1933년_39세 「서화」 발표, 8월 초순 천안의 성불사에서 40일 동안 『고향』을 집필하여 11월부터 《조선일보》에 연재하기 시작함.

1934년_40세 '신건설사 사건'으로 체포되어 전주 형무소에서 1년간 감옥 생활을 함.

1935년_41세 12월, 3년형에 집행유예 판결을 받고 석방됨.

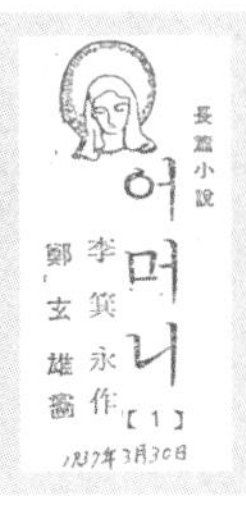

1938년_44세 장편 『신개지』를 연재하고, 금강산을 관광한 뒤 기행문 「금강 비경행」 발표.

1940년_46세 장편 『봄』을 《동아일보》에 연재하다가 신문이 폐간되자 『인문평론』으로 옮겨 연재함.

1945년_51세 해방 후 조선프롤레타리아예술연맹 결성에 주도적 역할을 함.

1946년_52세 희곡 「해방」 발표, 이해부터 1982년까지 35년 동안 조소친선협회 중앙위원회 위원장을 지냄. 김일성의 배려로 평양에 정착함.

1948년_54세 북한문학사상 첫 장편소설인 『땅 : 개간편』을 발표함.

1950년_56세 소설집 『농막선생』 간행.

1954년_60세 장편 『두만강』 제 1부 발표.

1957년_63세 『두만강』 제 2부 출간, 8월 최고인민회의 부의장이 됨.

1959년_65세 『땅』 제 2부를 《평양신문》에 연재하다가 신병으로 중단.

1960년_66세 『두만강』으로 1960년 '조선민주주의인민공화국 인민상'을 수상, 『붉은 수첩』 연재.

1961년_67세 『두만강』 제 3부 발표.

1967년_73세 조선문학예술총동맹 중앙위원회 위원장.

1972년_78세 장편 『역사의 새벽길』 발표.

1984년_90세 8월 9일 사망. 평양 신미리 애국열사릉에 묻힘. 유고집 『태양을 따라』 발간.

농민의 건강성과 평등사회에 대한 열망
— 이기영의 『고향』론

강 진 호 (성신여자대학교)

1. 이기영의 삶과 '고향'

흔히 현대는 고향을 상실한 시대라고 말한다. 정겹고 아름다운 산야로 둘러싸이고 유년기의 추억이 얽힌 곳으로서의 고향은 이제 더 이상 존재하지 않는다. 급격한 산업화와 근대화의 소용돌이 속에서 친숙했던 들판은 거칠게 파헤쳐져 도로와 공장으로 변했고, 정을 나눴던 이웃은 도시라는 거대한 블랙홀 속으로 사라졌다. 고향은 이제 아득한 추억 속에서나 존재하는 한 폭의 풍경화가 되었고, 그래서 정지용은 일찍이 「고향」이라는 시에서 "고향에 고향에 돌아와도/ 그리던 고향은 아니러뇨"라고 탄식하기도 했다.

이 글에서 다루는 이기영의 『고향』에서도 우리들 마음속 깊이 간직되어 있는 그런 의미의 고향을 만날 수는 없다. 충청도의 어느 농촌을 소재로 소박한 농민들의 생활이 그려지지만 그곳은 더 이상 전원적인 공간이 아니라 공장이 들어서고 노동쟁의가 일어나는 등 급격한 산업화의 격랑 속에 휘말린 곳이다. 하지만, 그럼에도 불구하고 작품이 의미를 갖는 것은 그런 모습이 바로 오늘의 우리를 있게 만든 전사(前史)에 해당한다는 데 있다. '식민지 근대화'가 진행되는 작품 속의 현실은 이미 70여 년이 지난 아득한 과거의 풍경이지만, 우리는 그것을 통해 역설적으로 가슴 깊이 존재하는 고향에 대한 근원적 향수와 만나고 바람직한 삶의 자세가 어떠해야 하는가를 반성하게 되는 것이다.

민촌(民村) 이기영은 1895년 5월 29일 충남 아산군 배방면 회룡리에서 태어났다. 1924년 「오빠의 비밀편지」로 문단에 첫발을 내디딘 후 1925년 한국 최초의 전국적인 문학예술가 조직인 '조선프롤레타리아예술가동맹(KAPF)'에 가입하여 핵심 멤버가 되었고, 카프 조직이 개편된 1930년 이후에는 '출판부'를 담당하였으며, '조선프로작가동맹'의 책임자로 일하기도 하였다. 「홍수」, 「서화(鼠火)」, 『고향』은 모두 이러한 조직 활동의 과정에서 창작된 작품들이다. 또한 이기영은 해방과 함께 '조선프롤레타리아예술연맹'을 주도하고 '조소친선협회' 중앙위원회 위원장을 지냈으며, 1967년에는 '조선문학예술총동맹' 중앙위원회 위원장을 역임하기도 하였다. 그런 왕성한 활동 속에서도 이기영은 북한의 토지개혁을 다룬 장편 『땅』과 식민치하의 민족해방투쟁을 다룬 대하소설 『두만강』을 발표하여 초기 북한문학의 기틀을 다져놓았다. 말하자면 이기영은 작가로서 첫발을 내디딘 이래 줄곧 사회와 역사 현실에 깊은 관심을 보이면서 한국 리얼리즘 문학을 발전시키고 북한문학을 정초한 대표적 작가였다.

여기서 살피고자 하는 『고향』은 일제치하 리얼리즘 소설의 최고봉으로 평가되는 작품이다. 『고향』은 형상화나 현실 반영의 측면에서 당대 최고의 수준을 보여줄 뿐만 아니라 오늘의 시점에서 보더라도 능히 용납되는 인물과 섬세한 묘사력을 보여준다. 그리고 작품은 또한 해방 전후를 관통하는 이기영 문학의 정수이기도 하다. 초기의 「홍수」와 「서화」 등에서 목격되는 인물들의 성격과 일화는 『고향』에서 한층 심화되고 발전된 모습으로 등장하며, 북한 현대소설의 최고 걸작으로 평가되는 『두만강』은 『고향』의 주요인물과 사건을 방대한 규모로 재구성하고 확장한 형태이다. 노벨 문학상 후보에 오르고 북한에서 수여하는 최고 권위의 '조선민주주의인민공화국 인민상'을 수상한 『두만강』은 기실 『고향』을 모태로 해서 형성된 작품이고, 따라서 식민지 시대와 해방 후 북한문학을 잇는 징검다리이자 원형에 해당한다.

『고향』의 높은 문학적 성취는 무엇보다 작가 이기영의 남다른 감각과 깊은 사회의식에 바탕을 두고 있다. 대부분의 작가들이 그렇듯이 이기영도 등단 초기에는 매우 추상적이고 도식적인 내용의 작품을 창작하였다. 등단작인 「오빠의 비밀편지」(1924)에서는 지식인의 허위의식과 여성에 대한 봉건적 억압 등을 소재로 사회 현실을 비판하지만 그 수준이란 기실 소박하고 추상적이며, 「가난한 사람들」과 「원보」 등의 작품 역시 원론적인 계급의식을 토로하는 수준에 머물고 있다. 유산자와 무산자의 갈등을 중심으로 서사가 구성되고, 그런 계급의 문제를 집단의 투쟁을 통해서 극복해야 한다는, 프롤레타리아 작가로서의 소박한 신념을 드러내는 수준이었다. 그런 시행착오를 겪으면서 이기영은 작가에게 필요한 것이 무엇인가를 점차 깨닫는다. 즉, "진정한 문인이요 시인일 것 같으면, 그의 쓰는 글은 반드시 시대적 양심, 즉 인간적 양심에서 우러나와야 할 것."(이기영, 「새 사람이 많이 나오기를」, 『조선지광』, 1927. 1.)이라고 생각하는 것이다. 작품이란 궁극적으로 현실에 대한 체험적 인식에 바탕을 둔 것이지 이념적 도식이나 외적 규율에 의해 강제될 수는 없다는 점, 이런 깨달음에서 이기영은 '문학적 현실'과 체험에 바탕을 둔 '실감과 지식'의 중요성을 역설한다.

이기영이 직접 고향으로 내려가 농민들의 삶을 체험하고 관찰하면서 창작의 주요한 제재들을 수집했던 것은 그런 깨달음을 전제한 것이었다.

> (그러나) 나는 정직히 고백하면 창작방법에 있어 목적의식 운운할 때부터 나의 창작 실천은 그것을 소화하지 못하였다고 말하고 싶다. (중략) 참으로 어떻게 써야만 목적의식적이요, 변증법적 창작방법이라? 지금 생각하면 나는 고만 이 슬로건들에게 가위를 눌리고 말았던 것 같다. (중략) 과연 나는 과거의 창작행동에 있어서 문학적 현실을 너무나 무시하고 다만 일편의 슬로건을 궤상(机上)에서 관념적 기계적으로 주입하려고만 고심하였다. 이렇게 쓴 작품이 태작을 면할 수 없을 것이다. 나는 작하에 우연한 기회로 현재 발표중인 『고향』을 농촌에 가서 집필해 보았다. 별로 자신할 작품은 못되나마 그것을 쓸 때 나는 전에 없는 실감과 농촌에 대한 지식을 적지 않게 얻을 수 있었다.(이기영, 「사회적 경험과 수완」, 《조선일보》, 1934. 1. 25.)

당시 카프는 작가가 되기 위해서는 먼저 사회과학을 공부해야 하고 그 이론에 의거하여 현실을 이해하고 서술해야 한다고 주장하였지만, 이기영은 그것의 문제점을 간파하고 '현실'에서 리얼리티(reality)를 찾는 리얼리즘의 기본 전제를 인지하고 있었던 것이다.

풍속사의 한 대목을 보는 듯한 『고향』의 실감나는 묘사와 인물은 이러한 인식과 체험, 그리고 그에 바탕을 둔 폭넓은 지식을 통해서 이루어진 것이다. 그리하여 이 작품은 최첨단 산업화 사회를 사는 지금의 우리들에게 현재의 전사를 돌아보게 하고 삶의 진정한 가치가 어떠해야 하는지를 진지하게 질문하고 있다.

2. 삼각 연애구조와 '주의자'의 품성

『고향』은 '원터'라는 농촌을 배경으로 해서 동경 유학생 출신의 소작농 김희준을 주인공으로, '농촌점경'을 묘사한 1장에서 소설이 종결되는 '먼동이 틀 때'까지, 신문 연재 250여 회에 달하는 총 38장으로 구성되어 있다. 작품은 김희준이라는 주인공에게만 초점이 맞춰져 있는 것이 아니라 주변 인물과 배경에 고루 시선이 분산되어 「서화」에서 보이는 '돌쇠' 중심의 서술과는 사뭇 다른 모습이다. 이를테면, '원터'라는 특정 공간에서 발생하는 사건들이 시간의 경과에 따라 파노라마식으로 나열되어, '돌아온 아들'(2장), '마을 사람들'(3장), '마름집'(5장), '청년회'(9장), '김선달'(12장), '중학생'(16장), '그 뒤의 갑숙이'(29장), '경호'(34장) 등의 소제목에서 거명된 인물들이 '춘궁'(4장), '농번기'(10장), '원두막'(15장), '풍년'(28장)과 같은 계절의 변화에 따라 일정하게 배치되는 식이다. 그래서 이 작품이 줄거리를 잡아 나가는 것은 "백회를 넘어서" 즉 16장 이후라는 지적은 이러한 파노라마식 구성의 병렬적 특성을 지칭하는 말로 이해할 수 있다.

병렬 배치를 통해서 당대 현실을 사실적으로 그려내면서 작가는 두 개의 삼각관계를 배치하여 방만한 구성을 묶는 기법적 장치로 활용하고 있다. 즉, ① 희준-갑숙-경호, ② 인동-방개-막동 등 두 개의 삼각관계가 장과 장을 이어주면서 작가의 의도를 구체화하는데, ①의 경우, 희준이 처음 등장하는 2장(돌아온 아들) 이후 빈도를 더해가며 소설의 표면에 부각되고, ②의 경우는 3장(마을 사람들)에서 제시된 삼각관계가 갈수록 밀도를 더하여 17장(청춘의 꿈)에서 인동과 막동의 극한 대결로 발전한다. 이와 같이 삼각관계를 이루는 각각의 인물들이 각 장에 고루 분산되어 장과 장을 이어주는 고리 역할을 하기 때문에 작품은 많은 수의 등장인물과 방대한 분량에도 불구하고 일관된 플롯(plot)을 유지하는 것이다. 더구나 작가는 이들의 관계를 단순히 추적하는데 그치지 않고 그 관계의 진전에 따라 인물들의 의식수준을 발전시켜 나간다. 예컨대, 현실에 대해서 뚜렷한 견해를 갖고 있지 못했던 갑숙이 희준과 경호 사이를 방황하면서 점차 희준과 동일한 수준의 의식을 갖게 되고, 평범한 부르주아 지식인인 경호 역시 공장 노동자로 전신한 갑숙과의 교류를 통해서 노동 현실의 참혹함을 이해하고 종국에는 갑숙과 동지적인 관계를 형성한다. 그리고 소박한 농촌 청년이었던 인동 역시 방개와의 자유분방한 관계를 통해서 봉건적 결혼제도를 비판하는 근대적 의식의 소유자로 성장한다. 이러한 의식의 변화를 추적하면서 작가는 농민과 노동자의 계급적 각성과 함께 사회구조에 대한 심도 있는 천착을 수행하는 것이다.

이들의 관계에서 특히 주목을 끄는 대목은 ①의 '희준-갑숙-경호'의 관계 속에서 제시된 '희준의 의식'과 ②의 '인동-방개-막동'을 통해서 드러나는 '농민의 건강성'이다.

작품의 한 축을 형성하는 ①의 인물들을 통해서 제시되는 것은 희준의 '주의에 사는 사람'으로서의 도덕과 결벽성이다. 이를테면, 희준은 원터에 정착한 후 농민운동을 전개하면서 끊임없는 갈등에 시달리고 있었다. 농민들의 궁핍한 생활환경을 개선해야 한다는 생각에서 농민운동에 투신할 것을 결심했지만 농민들의 무지와 비협조는 그를 매우 힘든 지경으로 내몰고, 특히 열성을 쏟고 있는 청년회의 일이 뜻대로 되지 않자 농민운동을 포기할까로 고민하기도 한다. 또 유부녀인 음전과 방개를 만나면서는 "야수적 욕망"에 시달리고, 봉건적이고 무식한 아내와 미모와 교양을 갖춘 갑숙을 대비하면서 갑숙과 함께 젊음을 불사르고 싶은 강한 충동에 사로잡히기도 한다. 하지만 희준은 그런 사적 욕망을 냉정하게 부정하고 농민 운동가로서의 모습을 회복하는데, 그 바탕에는 "주의에 사는 사람"으로서의 도덕과 결벽성이 놓여 있다.

옥희는 얼른 다시 고개를 희준에게로 돌리면서 무슨 말을 할듯 할듯 하더니 그대로 입을 다물어버린다.

(저는 선생님을 사랑해요)

옥희는 별같이 빛나는 눈이 이렇게 희준에게 신호를 보내는 것 같았다.

그러나 희준이는 괴로운 듯이 눈을 아래로 깔았다.

그렇다! 역시 옥희를 사랑하지 않는 것이 좋다. 그래야만 내가 정당하게 주의에 사는 사람이 된다. 그러면 이 말을 지금 이 자리에서 옥희에게 토파하는 것이 옳지 않으냐? 희준이는 결심한 듯이 고개를 번쩍 들고서

"옥희씨!"

하고 입을 열었다. (『고향』에서)

이렇듯 주의자적 품성을 간직한 희준이 내적 번민을 통해서 스스로를 견제하고 있기 때문에 『고향』은, 영채와 선형 사이를 방황하다가 통속적인 연애관계로 빠져든 『무정』의 이형식과는 다른 문제성을 갖는다. 말하자면 주인공인 희준의 이러한 의식이 작품의 기본축이 되어 인물의 행동과 방향을 규율하는 관계로 작품은 단순한 통속 연애소설에서 벗어나 사회 현실을 목적의식적으로 문제 삼는 리얼리즘 소설이 되는 것이다. 작품에서 희준에 대한 서술의 상당 부분이 심리묘사로 처리된 것은 작품의 진실성을 높이는 서사적 장치인 것이다.

한편 ②의 삼각구조에서는, ①에서처럼 의식의 발전은 보이지 않으나 대신 농민들의 건강한 성격이 강조된다. 이 부류 인물들은 한결같이 현실적 구속에서 벗어나 본연의 욕망을 추구하는 사람들이다. 김희준을 도와 농민운동에 적극 가담하는 인동은 성실하게 농사를 짓고 그 대가를 정당하게 받고자 하는 인물이고, 김원칠, 조선달, 박성녀 등은 김희준과의 만남을 통해서 가난을 마치 하늘이 내려준 것처럼 믿고 살던 숙명적 세계관에서 벗어나 노동의 정당한 가치를 자각하는 인물이다. 이들은 하나같이 성실할 뿐만 아니라 스스로의 감정을 속이지도 않는다. 방개를 사이에 둔 인동과 막동의 대립에서 드러나듯, 이들은 특히 애와 증의 감정에서 전혀 숨김이 없다. 사랑하는 사람에 대해서 사랑한다고 거침없이 말을 할 뿐만 아니라 그러한 사랑을 위해서 목숨까지 내던지는 열정을 보여준다. 인동과 막동이가 서로 마주치면 격렬하게 싸울 것이 뻔히 예상됨에도 불구하고 방개는 인동에 대한 자신의 감정을 숨기지 않는다. 인동에 대한 사랑에는 거짓이 없기 때문이다. 그래서 현실의 도덕이나 윤리는 구속력을 갖지 못하고 오히려 삶을 가로막는 장애요인으로 나타난다. 도덕은 원래 자연 환경의 특성에 순응하고 집단과 더불어 생활하면서 갖게 된 삶의 방식과 습속에서 생긴 것이지만, 재래의 도덕(특히 결혼제도)는 그렇지 못하다는 것. 부모들의 현실적 이해관계에 의해서 당사자들의 의견도 묻지 않은 채 강제로 이루어진 게 조혼(早婚)이고, 그래서 그것은 정상적인 인간의 결합이 아니라는 것이다. 발랄한 성격의 방개가 남편을 멀리하고 인동에게 애정을 보이는 것이나 이후 공장 노동자로 취직하는 것은 그녀의 삶을 억압하는 재래의 결혼제도에서 빚어진 것이다. 그래서 두 남자 사이를 오가면서 불륜의 행태를 보이는 방개의 모습이나 그녀를 둘러싸고 벌어지는 인동과 막동의 대립은 추하기보다는 오히려 강한 사회 비판성을 갖는 것이다.

반면에 지주인 안승학은 금테 안경에 금반지를 끼고 양복 조끼 앞자락에 금 시곗줄을 늘어뜨리고 다니며, 또 쾌락을 위해서는 농우(農牛)를 바꾸듯 첩을 갈아들이는 물신화된 욕망에 사로잡혀 있다. 안승학은 자신의 그런 모습을 오히려 남성다움으로 자랑하는 가부장적 의식에 사로잡혀 있고, 심지어 딸의 결혼마저 치부의 수단으로 생각하는 극도의 이기주의적 모습을 보여준다. 갑숙이를 권경호와 혼인시키고자 한 것은 경호의 부친인 "권상철의 고삐를 단단히 붙잡고 장사 밑천을 대게 할 작정"에서였다. 그런 관계로 그는 자신의 행동에 대해서 부끄러워하거나 반성할 줄 모른다. 또, 권경호의 의부 권상철 역시 깊은 허위의식에 빠져 있다. 그는 자식을 낳지 못한 상태에서 경호를 친자로 입양해서 키우고 있지만, 그런 사실을 완강하게 숨기고 있다. 진실이 탄로되기까지 그는 돈으로 소문을 무마하고자 할 뿐만 아니라 안승학과의 흥정마저 불사하면서 자신의 가부장적 권위를 유지하려 한다.

이렇듯 『고향』에는 두 부류의 인물들이 서로 상반된 모습으로 그려져 있다. 물론 여기서 작가가 주목하는 것은 농민들이고, 그들의 건강한 모습을 통해서 삶의 새로운 가능성을 포착하고자 한다. 그런 점에서 작품 전반부에 제시된 '두레'는 농민들의 건강성을 대변하는 강렬한 상징으로 이해할 수 있다. 작품에서 두레는 무엇보다 흩어져서 반목하던 농민들을 하나로 묶어내는 계기로 작용한다. 원래 두레는 농민들이 농번기에 농사일을 공동으로 하기 위하여 부락이나 마을 단위로 만든 조직으로, 소농 경영(小農經營)의 어려움을 극복하기 위해 조직된 것이었다. 돌아가면서 농사일을 돕는 과정을 통해서 농민들의 진취성과 아울러 자주성이 고취되었던 관계로, 지금껏 상부상조의 미풍양속으로 전승되고 있는데, 작가는 그런 본래의 취지를 살려서 작품의 중요한 상징으로 삽입하는 수완을 발휘한다.

"깽무갱깽, 깽무갱깽, 깽무갱, 깽무갱깽……."

아침 해가 뿌주름이 솟을 무렵에 이슬은 함함하게 풀끝에 맺히고 시원한 바람이 산들산들 내 건너 저편으로 불어온다. 깃발이 펄펄 날린다. 장잎을 내뽑은 벼 포기 위로는 일면으로 퍼렇게 푸른 물결이 굼실거린다.

그들은 머리에 수건을 질끈 동이고 꽁무니에는 일제히 호미를 찼다. 쇠코잠방이 위에 등걸이만 걸치고 허벅다리까지 드러난 장단지가 개구리를 잡아먹은 뱀의 배처럼 불쑥 나온 다리로 이슬 엉긴 논두렁 사이를 일렬로 늘어서서 걸어간다. 그중에는 희준이의 하얀 다리도 섞여서 따라갔다.

두레가 난 뒤로 마을사람들의 기분은 통일되었다. 백룡이 모친과 쇠득이 모친도 두레 바람에 화해를 하게 되었다. 인동이와 막동이 사이도 옹매듭이 풀어졌다.

(『고향』에서)

백룡이 모친과 쇠득이 모친이 화해한 것이나, 인동이와 막동이 사이의 옹매듭이 풀린 것은 두레를 통해서 서로를 교감할 수 있었기 때문이다. 개인의 마음 깊이 숨어 있었던 감정의 응어리가 공동노동을 통해서 하나의 목표로 결합되고 궁극적으로 서로가 서로를 도와야만 힘겨운 농사일을 감당할 수 있다는 공감을 불러온 것이다.

작가는 이런 사실을 통해서 개별화되고 고립적인 형태의 노동에서 벗어나 서로 힘을 모아야 한다는 단합된 노동의 필요성, 그리고 그것을 통해서만이 가난에서 벗어날 수 있다는 전향적 의식을 함양하고자 한다.

작품 전체의 주제이기도 한 이런 생각은 농민들이 가난에서 벗어나지 못하고 신음하는 근본 원인이 농민들의 체념적이고 '숙명적인 인생관'에 있다는 진단의 결과로 이해할 수 있다. 체념적 사고방식이란 과거 인간의 생산력이 낮았을 때는 불가피한 것이었다. 자연의 위력 앞에서 인간은 무력하게 굴복할 수밖에 없었던 까닭이다. 그런데 시대가 바뀐 지금도 그런 생각이 유지되어 농민들은 가난을 운명처럼 받아들이고 있다. 안승학 등이 노동도 하지 않으면서 잘 먹고 잘 사는 것은 소작인들을 착취해서 그 산물을 가로챘기 때문인데, 농민들은 그것을 당연한 것으로 치부하고 부러워만 하고 있었던 것이다. 그렇지만 '농사를 짓는 것'과 같은 '생산적 노동'은 생존과 직결된 것이기에 그 무엇보다도 신성하고 고귀한 것이라는 점, 이런 사실을 자각해야만 '새로운 세상'을 만들 수 있으리라고 작가는 말한다. 안승학의 방해와 무관심에도 불구하고 김희준이 마을 사람들을 독려해서 두레를 조직하고자 했던 것은 그러한 자각을 심어주기 위한 것이었다.

그런 의도를 담고 있었던 관계로 농민들의 모습은 활기로 넘치고 건강한 모습으로 제시된다. 그러므로 인동 등에게서 목격되는 '농민의 건강성'이란 곧 작가가 작품을 통해서 궁극적으로 말하고자 했던 전망(perspective)이자 현실 변혁의 이념이라 해도 무방하다.

3. 식민지 조선의 농촌과 생동감 있는 인물상

작품의 무대가 되는 '원터'는 이기영이 직접 체험한 충청도의 특정 마을일뿐만 아니라 식민치하 여느 농촌과도 같은 보편적 의미의 공간이다. 춘궁기가 되면 양식이 떨어져서 초근목피로 연명하는 모습이나 콩깻묵이나 재강을 얻기 위해 발버둥치는 모습, 그마저 구하지 못해서 도시의 노동판으로 떠나는 참혹한 광경은 1960년대 초반까지도 온존했던 우리 농촌의 구체적 실상이라 해도 틀린 말은 아니다. 이 참혹한 현실을 깊은 안목으로 관찰하면서 작가는 다양한 인물들을 만들어 내고 그들을 통해서 농촌사회의 구조적 문제를 포착해내고 있다. 작품에서 그것은 대체로 세 부류의 인물을 통해서 이루어지는데, 하나는 지주(혹은 마름)이고, 둘은 그들의 지배를 받는 소작인이며, 나머지 하나는 노동자들이다. 안승학으로 대표되는 지주계급은 당시 농촌사회를 전횡하던 지배계급이며, 김희준, 인동 등으로 형상화된 소작인들은 그들에 의해 착취당하는 피지배계급이다. 그리고 인순이나 방개는 원래 소작인의 자식이지만 가난 때문에 공장 노동자로 취직한 인물이다. 그런데 이들 노동자는 소작계급과 동일한 처지에 있고, 또 김희준을 보조하는 역할만을 수행하는 관계로 작품은 지주와 소작인으로 양분된 이원적 계급구조를 기본축으로 하고 있음을 알 수 있다.

지주를 대리하는 마름 안승학은 원래 "다 찌그러진 오막사리에서 콩나물죽으로 연명하든 처지"였으나 "경부선이 개통된 직후", 즉 일본 자본의 침투가 본격화되면서 급격히 성장한 인물로 그 자세한 내력이 '출세담'에서 언급되고 있다. 그는 마름이지만 계급적으로 부재지주인 민판서를 대리하는 인물로 등장해서 실제 지주보다도 더 악랄한 방법으로 소작인을 착취한다. 또 "부농가에서 농우를 개비하듯 첩을 해마다 갈아 들"여 배다른 네 명의 자식을 두고 있으며, 딸의 정조까지도 돈으로 환산하여 챙기려는 강한 물신성을 보여준다. 하지만 그러한 성격이 역설적이게도 왜곡된 식민지 근대화를 상징적으로 보여주는 것으로 이해할 수 있다. 즉, 안승학은 일제의 등장과 함께 일본말과 신학문을 배우고 군청에 취직하여 교묘히 지적도를 변조하고 마침내는 지주의 신임을 얻어 마름이 되었다. 다시 말하면 그는 남보다 먼저 개화하여 그것을 수단으로 일제의 식민통치구조에 편입된 기능직 관리 계층이고, 이러한 과정이 바로, 김윤식의 지적처럼(김윤식, 「이기영론」, 『동서문학』, 1989, 8-10), 일본으로 대표되는 '근대화라는 제도적 장치'를 이용해서 상승한 '기능직 관리계층'의 특성을 전형적으로 보여주는 것이다. 통치계급의 말단을 형성한

이 기능직 관리계층은 일제식민 통치를 용이하게 해주었고, 그로 인해 일제로부터 상당한 특권을 부여받았는데, 작중의 안승학은 그런 계층의 성격을 상징적으로 보여주는 것이다.

한편 소작인의 입장을 대표하는 김희준은 안승학과는 달리 주변 환경과의 교섭을 통해서 성격이 구체적으로 형성된다. 그의 집안은 원래 "조부가 생존했을 때에는 사랑채에서 객주영업을 하였"을 정도의 부농이었으나 몰락의 길로 들어서 현재는 남의 토지를 소작하는 처지가 되었다. 그는 조모 생존시 조혼의 대가로 동경 유학을 다녀온 지식인이며, "이론을 하기 위한 이론이 아니라 용감한 실천을 통하려는" 생각을 갖고 있고, 그래서 고향에 돌아온 후에는 청년회를 일신하고 야학을 개설하는 등 적극적인 계몽활동을 전개한다. 하지만 그는 농민 위에서 군림하여 지시하고 계몽하는 존재가 아니라 그들을 이해하고 설득하는, 말하자면 현실과 타자에 대한 인식을 통해서 스스로를 정립하는 사회적 성격의 인물이다.

> 집은 읍내에서 살던 집에 비교하면 토굴과 같이 협착하다. 모친은 두 볼이 오무러지도록 더 늙고 아내는 보기싫게 앙상해졌다. 이런 것을 생각하면 그는 응당 슬퍼할는지 모른다. 그러나 그 외의 모든 것은 원칠이의 두드러진 코가 더욱 검붉게 두드러지고 입모습이 자물쇠처럼 꽉 잠긴 것과 아울러 모든 것은 새 생활을 앞 둔 고민과 같았다. 태아를 비릇는 산모의 진통과 같이 묵은 것은 한편으로 쓰러져간 것 같다. (『고향』에서)

동경서 돌아온 후 집안의 몰락상을 처음으로 대하고 느낀 심경을 서술한 부분으로, "토굴"과 같은 현실에 절망하지 않고 그러한 현실을 "산모의 진통"과 같은 "새 생활을 앞둔 고민"으로 해석하는 희준의 세계관이 드러나는 대목이다. 만약 희준이 집안의 몰락이라는 가족사의 비극을 사회적 변화와 무관한 개인의 운명으로 받아들였다면, 그의 행동은 이른바 '세계사적 의미'를 지니지 못했을 것이다. 그렇지만 그는 집안의 몰락을 사회의 본질적인 측면과 결부짓고 스스로를 농민으로 재정립하면서 지식인의 허위의식에서 벗어나 사회적 주체로 우뚝 서게 된다. 따라서 그는 소작인들의 고통이나 농민들의 열악한 생활을 동정하기만 하는 감상주의자나 농촌 현실에 하향적으로 계몽하려는 이형식과 같은 추상적 계몽주의자가 아니라, 농민의 문제를 자신의 문제로 받아들이는 일체화된 의식의 소유자인 셈이다.

한편, 노동계급을 상징하는 안갑숙은 지나친 작위성으로 말미암아 개연성을 상실한 '관념의 화신'으로 제시되고, 작중의 역할 역시 희준을 보조하는 수준에 머무른다. 그녀는 노동자의 대표격으로 소작쟁의를 지원한다는 점에서 노동자와 농민의 계급적 연대가능성을 암시하지만 사실은 매우 작위적이고 추상적이다. 그리고 노동자가 된 인순도 작가의 주목을 받지 못하여 적극적인 역할을 수행하지 못한다. 특히 인순은 소작인 원칠의 딸로 가난에 시달리는 과정에서 여공이 되었지만, 소설의 6장(새로운 우정)에서 보이는 그녀의 의식은 막연하기는 하지만 현실이 온통 '노동과 기아'로 충만했다는 예리한 수준임을 보여준다. 또 자신의 처지를 마름의 딸 갑숙과 비교하면서 그녀와는 다른 소작인의 자식으로서 계급적인 특성을 깨달으며, 이후 갑숙과 함께 노동쟁의를 주도하는 등의 긍

정적인 역할을 수행한다. 그렇지만 작가는 더 이상 그녀에게 시선을 보내지 않는데, 만일 작가가 현실성 있는 인순을 통해서 노동 현실을 천착하고 서사를 전개했더라면 이 작품은 한층 더 큰 호소력을 가졌을 것이다.

이렇듯 『고향』은 지주계급을 대표하는 안승학과 소작인을 대표하는 김희준을 중심인물로 설정하고, 그 주변에 상인이자 고리대금업자인 권상철과 농민 인동, 원칠, 김선달 등을 배치하여 전자의 몰락과 후자의 승리를 보여주고, 궁극적으로 사회 변혁의 가능성을 암시하고 있다.

이 외에도 『고향』에는 '두레'나 '혼인풍습'과 관련된 봉건성의 문제가 중요하게 다루어지는데, 그 중에서 특히 시선을 끄는 것은 '조혼'을 비롯한 봉건적 혼인제도이다. 여기에 대해서 작가는 매우 비판적이다. 안승학은 네 명의 배 다른 자식을 두어 가정사의 희비극을 연출하고 있으며, 김희준은 조혼의 폐해에서 비롯된 아내와의 불화로 괴로운 나날을 보내고 있다. 또 국실이는 남편에 대한 불만으로 외도를 일삼으며, 방개도 인동에 대한 애정을 숨기지 않고, 경호 역시 정상적이지 못한 부모를 두고 있다. 이처럼 『고향』에 등장하는 대부분의 인물들은 봉건적 결혼제도의 피해자들이고 그로 인해 정상적인 가정생활을 누리지 못하고 있다. 그래서 작가는 정상적인 삶을 가로막고, 더불어 인간의 행복을 방해하는 악습인 재래의 결혼제도에 강한 불만을 표시하는 것이다.

— 혼인이라는 것은 두 사람이 서로 인간의 건전한 생활을 살기 위하여 힘을 합하자는 맹서올시다. 사람은 남여가 일반이나 그러나 부부가 유별인 만큼 두 사람의 합한

> 생활을 떳떳하다고 볼 수 있습니다. 그런데 우리 사회의 재래의 결혼은 모든 폐습이 많고 또한 조혼을 시켜서 두 사람의 행복을 위한다는 혼인이 도리어 그들을 불행에 떨어뜨리고 마는 일이 많지 않습니까? (『고향』에서)

"인간의 건전한 생활"을 위한다는 혼인이 당사자를 "불행에 떨어뜨리"는 재래의 결혼제도는 마땅히 부정되어야 한다는 것. 작가의 이런 생각이 작품 전반을 관류하기 때문에 인동과 방개의 불륜은 추잡하기보다는 오히려 왜곡된 사회구조에 대한 강한 저항성을 갖는 것이다.

이처럼 '원터'는 당시 대부분의 농촌과 마찬가지로 강한 봉건적 질곡 하에 놓여 있고, 희준을 비롯한 등장인물들은 그러한 질곡에서 자유롭지 못한 삶을 살고 있다. 따라서 『고향』은 당대 현실을 지배하고 규정하는 제반 요소들에 대한 투철한 인식을 보여준 작품이라고 할 수 있다.

하지만 이런 긍정성에도 불구하고 『고향』에는 몇 가지 문제점이 발견되는데, 특히 두드러지는 것은 작품 후반부에서 보이는 작위성이다. 소설의 종반부가 다른 부분에 비해 작위적이고 밀도가 떨어지는 것은 '신건설사 사건'으로 이기영이 1934년 9월에 검거되자 나머지 35, 6회분을 김기진이 집필한 탓도 있지만, 중요한 것은 이데올로기에 바탕을 둔 카프의 창작방법론이 작가의 의식을 강제하고 있었기 때문으로 보인다. 안갑숙을 비롯한 노동자들의 모습이 현실성을 갖지 못한 것은 그런 사실과 관계되는데, 가령 안갑숙은 시종일관 이상화된 인물로만 등장한다. 전반부에서 보여준 그녀의 고민은 주로 경호와의 연애문제였다. 그런데 갑자기 소설 종반부에 등장하여 소작쟁의로 고전하는 희준을 돈으로 도와주고 마침내 승리하는 것으로 처리된다. 이러한 돌발적 변신은 이기영이 현실의 구체성을 염두에 두고 있음에도 불구하고 한편으론 '프롤레타리아는 필연적으로 승리한다'는 카프의 이데올로기적 도식을 완강하게 견지하고 있었다는 것을 말해준다. 즉 노동자와 농민의 연대투쟁이라는 당위적 이념에 의거해서 두 인물을 연결시켰고, 그로 인해 후반부에서 자연스럽지 못한 사건과 인물이 남발된 것이다. 식민지하의 현실에서, 그것도 온몸으로 민족의 비극을 타개하려 했던 작가에게 있어서는 이념적 규율이란 어쩌면 지켜야 할 최소한의 양심과 윤리였을지는 모르지만, 리얼리즘의 견지에서는 그것이 오히려 작품의 완성도를 떨어뜨리는 요인이 되었던 것이다.

5. 『고향』의 소설사적 의의

'원터 마을'에는 일제의 출현과 더불어 근대적 문물과 제도가 등장하고, 그것의 폐해가 드러나면서 농민이 노동자가 되고 농촌을 떠나는 등의 당대 현실이 사실적으로 그려져 있다. 작가는 그런 현실을 바탕으로 시혜의 대상이 아닌 역사적 실체로서 농민들을 불러내고, 그들의 역동적인 삶의 공간으로 농촌을 제시하는데, 이 과정에서 특히 주목을 끈 인물은 김희준이다. 지주계급의 전형으로 제시된 안승학은 성격이 고정되어 생동감이 떨어지지만, 소작인을 대표하는 김희준은 끊임없이 갈등하고 방황하는 동적인 성격을 갖고 있다. 그는 부르주아 지식인 출신으로, 시대의 격변으로 집안이 몰락하자 그것을 사회의 필연적인 변화과정으로 받아들이고 소작인의 문제를 자신이 감당해야 할 현실로 수용하는, 말하자면 개인사를 시대사로 치환하고 스스로를 소작인으로 재정립한 인물이고, 그런 점에서 그는 민중 지향적인 지식인의 전형적 모습을 보여준다. 현대 소설사에서 관념적이고 시혜적이기만 했던 지식인이 『고향』에 이르러 비로소 구체적 현실과 교섭하면서 성장·발전하는 역사의 동력으로 자리잡는 것이다.

『고향』은 이런 인물과 환경을 바탕으로 당대 현실의 총체성에 접근한 작품이다. 총체성이란 등장인물의 다수나 규모의 웅장함을 의미하는 것이 아니라, 다양한 에피소드들과 사회의 제 현상을 발전의 측면에서 결합하는 것을 말한다. 『고향』의 배경으로 설정된 '원터 마을'은 반(半)봉건성, 계급구조 그리고 근대화 등의 여러 측면에서 당대 사회를 구성하는 다양한 요소들을 포괄하고 있으며, 그것을 통해서 작가는 농민들의 정상적인 삶을 가로막는 여러 질곡 요소들을 제거하려 하고 있다. 물론 계급간의 대립과 투쟁을 통해서 문제를 해결하려는 시각에 대해 동의하지 않을 수도 있지만, 작가의 근본 의도가 소수에 의한 다수의 착취를 바로잡으려는 데 있다는 점에서 그 정신만은 충분히 존중될 필요가 있다.

한때 세계의 반을 차지했던 사회주의 국가들은 21세기와 더불어 몰락하고, 또 그 이데올로기에 의거해서 새로운 세상을 만들겠다는 변혁의 움직임도 이제는 더 이상 우리의 삶을 규율하지 못하는 상황이 되었다. 인간의 삶과 사회가 하나의 도식으로 설명될 수 없듯이 사회를 보는 작가의 시각 역시 특정 이념이나 강령에만 의지할 수는 없을 것이다. 카프의 핵심 멤버에 의해, 사회주의 이념을 바탕으로 창작된 작품임에도 불구하고 『고향』

이 평가될 수 있는 것은 식민치하 농촌을 배경으로 바람직한 삶의 자세와 가치가 무엇인지를 진지하게 보여주었다는 데 있다. 인물들을 통해서 제시한 농민들의 건강하고 진솔한 삶의 자세와 착취 없는 평등 사회에 대한 열망은 갈수록 빈부의 격차가 심화되는 오늘의 현실을 되돌아보게 하는 감계(鑑戒)의 대상이 되기에 충분하다. 현실을 냉정하게 볼 수 있는 지혜와 함께 그 이면에 관류하는 역동성을 포착할 수 있는 각고의 노력만이 한 시대의 진실을 사실적으로 포착할 수 있다는 점에서도 이기영의 『고향』은 현대문학의 소중한 자산으로 기록되기에 부족함이 없는 것이다.